Gunter Haug

Das Fräulein Mercedes –
Ein Mädchen erobert die Autowelt

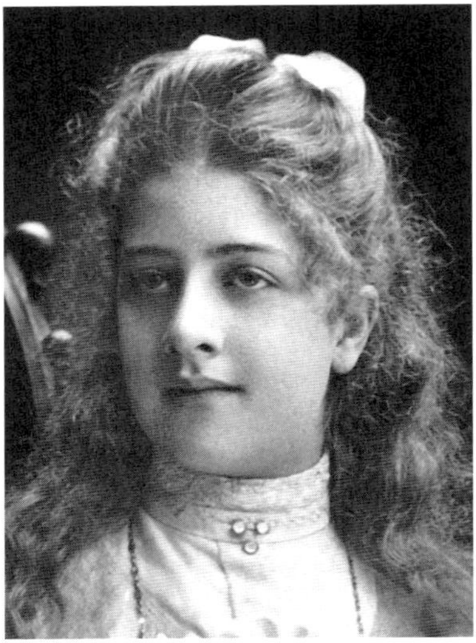

Mercedes Adrienne Ramona
Manuela Jellinek

Emil Jellinek

Gunter Haug

DAS FRÄULEIN MERCEDES

Ein Mädchen erobert die Autowelt

Historischer Roman

Masken-Verlag

Eduard-Steinle-Str. 13, 70619 Stuttgart
www.masken-verlag.de

Produktion: Verlagsbüro Wais & Partner, Stuttgart
Schutzumschlag/Einband: Ilona Bucher, Berlin; Höss-Publishing, Fellbach
Lektorat: Carmen Freihaut, Heidelberg
Abbildungen/Fotos für den Schutzumschlag/Einband, Frontispiz und
auf den Seiten 455 bis 459 mit freundlicher Genehmigung von Mercedes Classic Archive
Druck und Binden: CPI books GmbH, Ulm

ISBN 978-3-939500-30-8

Alle in diesem Buch geschilderten Ereignisse sind wahr.
Fiktiv sind nur die Gespräche.
Und dennoch hat es sie gegeben ...

»Mercedes, Mercedes ... Immer nur deine Mercedes!« Zornig blitzte es aus den Augen der attraktiven, stattlichen Dame – während sie, einer griechischen Rachegöttin gleich, mit weit ausgestrecktem Arm anklagend auf ihr verständnislos dreinschauendes Gegenüber zeigte. »Wir beide haben doch noch andere Kinder! Die dir aber offenbar nichts bedeuten ...«

»Madeleine! Ich bitte dich! Was soll das heißen?« Völlig verdattert stand der sonst so souveräne Mann mit dem imposanten Backenbart mitten im luxuriösen Empfangssaal seiner riesigen Villa und musterte die aufgeregte Madeleine Anaise Jellinek mit einem sorgenvollen Blick. Beim besten Willen konnte er sich den Wutausbruch seiner Ehefrau nicht erklären – zumal dieses Donnerwetter wie der sprichwörtliche Blitz aus heiterem Himmel gänzlich unerwartet über ihn hereingebrochen war.

»Was das heißen soll?!« Allein die Art der Frage schien den Verdruss der knapp 33-jährigen Madeleine noch zu steigern. Empört stemmte sie die Hände in die Hüften und legte ihre Stirn in finstere Falten, während sie mit Eiseskälte zischte: »Es soll überhaupt nichts. Und ›es‹ erst recht nicht. ›Sie‹ meine ich. Die Maja. Unsere Maja. Wenigstens ihren Namen solltest du ab und zu schon wahrnehmen: Maja. Damit du vor lauter Mercedes nicht vergisst, dass du noch eine zweite Tochter hast. Die wir bekanntlich Maja rufen. Ja, da ist tatsächlich noch jemand. Aber von dir hört man ja den ganzen lieben langen Tag nur Mercedes hier, Mercedes da. Von unserer Maja dagegen kein einziges Wort. Als wäre sie ein Kind zweiter Klasse. Halt nur aus der zweiten Ehe.«

»Also Madeleine! Ich muss doch sehr bitten!« Inzwischen hatte auch der so heftig Getadelte seine Lautstärke hörbar gesteigert. »Ob eines meiner Kinder aus meiner ersten oder

der zweiten Ehe stammt, das spielt für mich doch wahrhaftig keine Rolle!«

»Und wieso steht dann immer nur dein Liebling Mercedes im Mittelpunkt?!«

»Ich weiß schon, worauf du anspielst. Aber das eine hat doch mit dem anderen nichts zu tun. Ich habe meine Automobile damals eben so genannt. Und du weißt doch ganz genau, dass es auch als eine Art Trost gedacht war. Trost für mein kleines Mädchen, das jahrelang nicht über den viel zu frühen Tod seiner Mutter hinweggekommen ist. So ist diese ganz besonders enge Bindung zwischen uns entstanden. Sie war doch damals erst vier Jahre alt. Das ist der Grund, weshalb sie sich umso inniger an mich geklammert hat. So gut ich eben konnte, habe ich versucht, ihr über den Verlust der Mutter hinweg zu helfen. Ich war ihre einzige Bezugsperson. Dementsprechend heftig ist sie seinerzeit dann auch erschrocken, als ich ihr mitgeteilt habe, dass ich mich mit dem Gedanken trage, wieder zu heiraten. Du hast es doch selbst mitbekommen, wie sie reagiert hat. Wie sie regelrecht erstarrt ist und dann tagelang kein Wort mehr gesprochen hat. Bis auf diesen einen einzigen Satz, der mir heute noch so fürchterlich in den Ohren dröhnt: »Jetzt habe ich also nach der Mama auch noch meinen Papa verloren!« Du weißt genau, wovon ich rede. Es war schon eine schlimme Erfahrung für dieses unschuldige kleine Kind, mich plötzlich mit jemanden teilen zu müssen.«

»Also wirklich!« Die sich immer weiter in Rage steigernde Madeleine machte ihrem Ruf, ein ganz besonders hitziges Temperament zu besitzen, wieder einmal alle Ehre. Verächtlich zog sie die Mundwinkel nach unten, während sie den Tonfall ihres nach wie vor ziemlich konsternierten Gatten hämisch nachäffte und auch dessen Formulierungen exakt wiederholte. »Mit jemanden teilen zu müssen ... Welch unangemessene Wortwahl. Du wirst mich doch nicht mit irgendjemandem vergleichen wollen! Und dazu noch dieses teilen müssen ...«

»Madeleine. Ich bitte dich sehr. Jetzt dreh mir die Worte

doch nicht einfach im Mund herum. Nur weil ich meiner Tochter mit der Taufe des Automobils auf ihren Rufnamen damals eine Freude machen wollte, um sie damit aus ihrer Depression zu befreien, daraus kannst du mir doch jetzt nicht einen Vorwurf machen. Erst recht nicht jetzt, so viele Jahre danach.«

»Dass wir dann aber auch noch den Termin unserer längst geplanten Hochzeit gleich um ein ganzes Jahr haben verschieben müssen, das hast du wohl inzwischen vergessen. Und wie es damals um meine Befindlichkeit stand, daran erinnerst du dich wohl auch lieber nicht mehr. Was glaubst du denn, wie überaus peinlich es für mich war, als hochschwangere Braut vor den Standesbeamten treten zu müssen. Sozusagen fünf Minuten vor der Geburt meines ersten Kindes!«

In einer hilflosen Geste rang Emil Jellinek die Hände. »Was sollte ich denn tun? Mein ganzes Bestreben war in allererster Linie auf ein harmonisches Zusammenleben unserer Familienmitglieder ausgerichtet. Ich habe lediglich versucht, es allen recht zu machen. Dass sich speziell für meine Kinder aus der ersten Ehe durch unsere neue Verbindung im alltäglichen Zusammenleben der Familie etwas verändern würde, das hatten wir beide ja durchaus erwartet. Dass man ihnen eine gewisse Zeit der Gewöhnung an diese neue Situation geben sollte. Aber ja, es ist nun einmal so: Kinder machen sich eben schon ihre Gedanken, wenn da plötzlich eine andere Frau mit am Tisch sitzt. Ihre Stiefmutter. Um solche negativen Schwingungen erst gar nicht weiter zu verstärken, habe ich versucht, meine kleine Mercedes mit dieser Überraschung, sie zur Namenspatin meiner Automobile zu machen, auf andere Gedanken zu bringen.« Das musste sie doch verstehen. So war es schließlich gewesen. So und nicht anders. Doch auch diese ausführliche Rechtfertigung verfehlte ihre gut gemeinte Absicht leider völlig.

»Wegen der Stiefmutter!« Sie spuckte das Wort geradezu aus ihrem Mund. »Ja, mit diesen wunderbaren Begriffen

werde ich wohl für alle Zeiten leben müssen: zweite Ehe, zweite Ehefrau – zweite Wahl.«
»Madeleine! Nochmals! Bitte!« Es war höchste Zeit, einen deutlich schärferen Tonfall anzuschlagen.
»Was heißt hier bitte?! Komm, gib es doch ruhig zu: Du hast diese andere Frau immer mehr geliebt als mich. Man sieht es ja ganz deutlich an dieser übertriebenen Bevorzugung der Kinder aus deiner ersten Ehe. Da müsste man ja blind und taub sein, um das nicht zu kapieren. Mercedes. Mercedes. Den ganzen Tag höre ich nichts anderes als nur immer Mercedes.«
»Du weißt ganz genau, dass das eine nichts mit dem anderen zu tun hat. Du verquickst da absichtlich einfach zwei grundverschiedene Sachverhalte. Schließlich ist Mercedes inzwischen auch unser Familienname. Jellinek – Bindestrich Mercedes. So ist das nun einmal! So heiße ich mit Nachnamen, so heißen unsere Kinder mit Nachnamen und so heißt auch du: Frau Madeleine Jellinek-Mercedes!«
»Das sage ich ja: Überall Mercedes. Und was ist jetzt mit unserer kleinen Maja? Dann erkläre mir doch bitte einmal, weshalb eigentlich in deiner Garage kein Automobil steht, das auf den Namen Maja getauft worden ist?«
»Ein Automobil, das auf den Namen Maja getauft worden ist«, echote Emil Jellinek-Mercedes verblüfft. »Das heißt, du willst ... du meinst ... Ja, soll ich jetzt etwa vielleicht auf jedes unserer Kinder ein Automobil taufen lassen? Oder sollen es immer nur die Mädchen sein? Denn von den Buben hast du nicht geredet. Was aber ist mit denen, was ist mit Fernand, Guy, Alain, René, oder gar posthum mit dem Adolf?!« Inzwischen war auch der Hausherr so richtig in Rage geraten – und damit nicht minder verdrossen als seine zornige Ehefrau. »So viele Automodelle und so viele gute Konstrukteure gibt es ja gar nicht.«
»Du hast mich durchaus richtig verstanden. Ich meine in der Tat nicht alle, sondern nur dieses eine Kind, das ich erst vor einigen Wochen geboren habe: unsere Maja, die jüngste – und mutmaßlich wohl auch unsere letzte.«

»Madeleine! Also ich muss dich wirklich bitten! Was sind denn das für seltsame Andeutungen. Und wie kommst du nur auf die Maja! Das Kind ist doch erst ein paar Wochen alt. Sie kann doch noch gar nicht begreifen, was das alles bedeuten soll!«

Auch dieses Argument ging ins Leere. Das bewies die schnippische Antwort, die wie aus der Pistole geschossen erfolgte. »Eben darum!«

Was das nun wieder heißen sollte? Doch was auch immer – und wie auch immer. Im Verlauf dieser unangenehmen Auseinandersetzung der beiden Eheleute war wieder einmal deutlich zutage gekommen, wie tief der Graben war, der sich zwischen seiner bald 17-jährigen Tochter Mercedes Adrienne Ramona Manuela und ihrer ungeliebten Stiefmutter auftat. Irgendeine Lösung musste er aber finden. Etwas, das geeignet war, seine Ehefrau zumindest kurzfristig zu beruhigen. Sonst würde er heute – und womöglich die ganze Woche über – keine Ruhe mehr finden. Eine schöne Halskette? Einen ganz besonders kostbaren Ring? Nein, das wäre ein allzu plumpes Ablenkungsmanöver. Und vor lauter Empörung würde sie ihm die Juwelen dann womöglich vor die Füße werfen. Was aber dann? Um die nötige Zeit zum Überlegen zu gewinnen, zupfte Emil Jellinek-Mercedes seinen Zwicker von der Nasenspitze und begann dessen runde Gläser mit dem großen weißen Seideneinstecktuch aus der Brusttasche seines Jacketts umständlich zu polieren. Erst nachdem die Sehhilfe wieder sorgsam auf der Nasenwurzel platziert war, nahm er den Faden dieses sonderbaren Gespräches erneut auf. »Und wie soll das gehen mit der Maja und einem Automobil?«

»Na, da fragst du noch! Du bist es doch, der eh die meiste Zeit bei der Daimlergesellschaft in Wiener Neustadt verbringt. Und bist es doch ebenfalls, der seit kurzem immer wieder sagt, seitdem der junge Herr Daimler endlich von dort weg sei, ginge es richtig voran – dank der neuen Leute, die du selbst ausgesucht hättest. Du schwärmst doch immer

von diesem jungen Ingenieur da ... diesem Brosche oder Borsche – oder wie immer er auch heißen mag.«
»Porsche. Er heißt Porsche. Ferdinand Porsche. Das ist in der Tat ein ganz besonders tüchtiger junger Mann! Ein wahrer Glücksgriff war das.« Allein schon die Namensnennung des auf seine persönliche Vermittlung in die österreichische Daimlergesellschaft eingetretenen Konstrukteurs, den sie dort trotz seines Alters von erst 30 Jahren bereits als Technischen Direktor angestellt hatten, ließ den automobilbegeisterten Jellinek ins Schwärmen geraten. »Ja, in der Tat. Unser junger Herr Porsche, der könnte einmal einer von den ganz Großen werden. Womöglich sogar so einer wie der Herr Maybach in Cannstatt!«
»Na also!«
»Wie, na also?«
»Emil! Damit ist doch alles gesagt. Dann kann doch der nächste neu zu entwickelnde Wagen, den du bei deinem Herrn Brosche sicherlich ...«
»Er heißt Porsche ...«
»... den du bei deinem Herrn Porsche ja sicherlich schon längst in Auftrag gegeben hast, unserer Maja gewidmet werden. Nach einem Mercedes gibt es dann also künftig auch einen Majawagen. Das wäre nur gerecht – und dagegen ist ganz sicher nicht das Geringste einzuwenden. Davon müssten sich auch die übrigen Herren im Vorstand überzeugen lassen können. Mit deinem Geschick und deiner Redegewandtheit, ganz zu schweigen von deiner hervorgehobenen Stellung im Aufsichtsrat der DMG und den enormen Stückzahlen, die du ihnen Jahr für Jahr abnimmst, müsste es ein leichtes sein, diese Angelegenheit zu unser aller Zufriedenheit zu regeln. Meinst du nicht auch?«
Dem auf dermaßen raffinierte Art und Weise endgültig in die Defensive geratenen Diskutanten dämmerte allmählich, dass er in dieser Frage nicht nur den kürzeren ziehen würde, wenn er weiter stur auf seiner ursprünglichen Haltung beharrte, sondern dass sich die Sache zu einem Ehezerwürfnis der ernsteren Art auswachsen könnte. Ganz of-

fenkundig zeigte sich seine Gattin nicht nur bestens über die geschäftlichen Gegebenheiten informiert und hatte sich die Details ihrer Argumentation womöglich schon seit Wochen sorgfältig zurecht gelegt, sondern sie hatte ihm auch unmissverständlich zu verstehen gegeben, dass sie dieses Mal auf gar keinen Fall gewillt war, klein beizugeben.
Also blieb dem in die Enge getriebenen Mann nichts anderes übrig, als mit einer resignierten Geste die Arme weit auszubreiten und einen schicksalsergebenen Blick zum Himmel zu schicken. »Nun gut – ich will also versuchen, meinen Einfluss diesbezüglich geltend zu machen,« versprach er feierlich, um noch ein wesentlich leiseres »... damit die liebe Seele endlich Ruhe hat,« hinzuzufügen.
»Und, damit wir auch diesen Punkt gleich noch geklärt haben, möchte ich dich auf das Eindringlichste bitten, endlich einem weiteren Wunsch von mir zu entsprechen, den ich dir gegenüber schon oft genug geäußert habe, ohne dabei freilich irgendeine Resonanz hervorgerufen zu haben ...«
»Was meinst du damit?« Der von seinem eher untersetzten Körperbau her nicht sonderlich hervorstechende, dafür umso eleganter gekleidete Herr, mit seinen inzwischen 53 Lebensjahren, spitzte sorgenvoll erneut die Ohren. Denn wenn sich seine temperamentvolle Ehefrau erst einmal so richtig »echauffiert« und dementsprechend aufgeregt hatte, wie er das schon des Öfteren hatte erleben können, dann war sie so leicht nicht mehr zu bremsen. Dann kam eines zum anderen und man war in einem solchen Fall gut beraten, möglichst widerspruchslos dem ersten dringenden »Wunsch«, bei dem es sich natürlich viel eher um eine strikte Anweisung handelte, Folge zu leisten – falls das irgendwie möglich war. Allerdings ...
»Was ich damit meine? Das wirst du doch am besten wissen. Jetzt spiel bloß nicht wieder die Unschuld vom Lande!« Neuerlich stemmte die junge Frau ihre Hände vorwurfsvoll in die Hüften und nickte mit ihrem spitz hervorgereckten Kinn in Richtung ihres in der Tat recht ahnungslosen Mannes.

»Aber Madeleine, ich weiß es doch wirklich nicht!«
»Dann werde ich dir eben auf die Sprünge helfen!« Blitzschnell streckte die Madame Jellinek jetzt ihren rechten Arm aus und tippte mit dem Zeigefinger ganz kurz auf die linke Gesichtsseite ihres unwillkürlich zurückweichenden Mannes. »Du sollst dir um Himmels willen endlich diesen schrecklichen Bart stutzen lassen, das meine ich natürlich.«
»Meinen Bart!« Intuitiv betastete Emil Jellinek-Mercedes seinen gewaltigen Backenbart samt den nicht minder respektablen Koteletten. Kein anderer Herr von Rang und Namen konnte mit dieser respektablen Fülle konkurrieren. Noch nicht einmal die vornehmen Generäle, die recht häufig zum Sommersitz der Jellineks, dem stolzen kaiserlichen Nobelkurort Baden bei Wien, zu Kuraufenthalten anreisten. Womöglich würde selbst der Kaiser Franz Joseph mit seiner bekanntermaßen wahrhaft stattlichen Bartpracht gegen ihn den Kürzeren ziehen. Im wahrsten Sinn des Wortes. Und dann ein solcher Anwurf! »Du ... du willst wirklich und wahrhaftig von mir verlangen, dass ich meine Koteletten stutze?«
»Was heißt hier die Koteletten. Den ganzen Bart meine ich. Ich bitte dich! Schau dich doch bloß mal im Spiegel an. Du bist ja zugewachsen wie ein Schimpanse ...«
Jetzt wurde es auch dem in seiner Familie so sehr auf Ausgleich und Verständigung bedachten Hausherrn endgültig zu viel. Zumal auch er durchaus über ein gewaltig aufbrausendes Temperament verfügte, das sich nun urplötzlich seine Bahn brach und mit seinem eruptiven Ausbruch alle weiteren Möglichkeiten erstickte, den Familienzwist im Hause Jellinek-Mercedes womöglich doch noch zu vermeiden.
»Ich muss doch sehr bitten! Da hört sich ja alles auf! Was erlaubst du dir denn eigentlich? Das hat noch niemand gewagt, mir solche unverschämten Vergleiche an den Kopf zu werfen!« Mit vor Erregung zitternden Fingern fuhr er sich durch sein im Lauf der Jahre allmählich schütter ge-

wordenes rötlich blondes Haar. Um dann in einem schneidenden Tonfall fortzufahren. »Mein Bart ist über all die Jahre meine Zierde und mein Erkennungsmerkmal. So kennen mich meine Geschäftspartner. So kennt mich die ganze Welt. So präsentiert sich selbst seine Majestät der Kaiser. Und da verlangst du von mir, den Bart einfach abzurasieren! Niemals!«
Doch Madeleine, einmal in Fahrt, ließ sich weder von der Lautstärke noch von der Schärfe in der Stimme ihres Mannes einschüchtern. Ganz im Gegenteil sogar. »Ein Erkennungsmerkmal! Ach wie niedlich,« höhnte sie lachend. »Das ist ja eine wunderbare Formulierung. Was muss das nur für ein armer Tropf von Mann sein, wenn ihm sein wild wuchernder Backenbart als Erkennungsmerkmal herhalten muss, hinter dem längst der ganze Kerl verschwunden ist. Du liebe Güte!«
»Entschuldigung Monsieur ...« Ein zaghaftes Klopfen, begleitet von einem schüchternen Räuspern, verhinderte in diesem Moment eine noch wesentlich heftigere Antwort. Ärgerlich wirbelte der Monsieur herum.
»Ja was ist denn?!«
Es war einer der Hausdiener, der mit gesenktem Kopf in dem nur einen Spalt breit geöffneten Türflügel des Salons verharrte und ganz offenkundig peinlich von der Tatsache berührt schien, zum unfreiwilligen Zeugen dieser Auseinandersetzung geworden zu sein. Vergeblich rang der Mann um die richtigen Worte.
»Jetzt sag schon!«
Er sei geschickt worden, um dem gnädigen Herrn die Ankunft des erwarteten wichtigen Besuches vom kaiserlichen Hofe in Wien zu melden. Der Besuch sei in Begleitung des Herrn Neffen Otto Zels erschienen. Man bitte um weitere Anweisungen.
Damit fand der harsche Wortwechsel der beiden Eheleute fürs erste sein Ende. Innerlich aufatmend wandte sich der so heftig in die Schusslinie geratene Bartträger nun vollends seinem Diener zu und erteilte ihm in knappen Worten die

entsprechenden Auskünfte: »Sag dem Herrn Hofrat und meinem Neffen, ich lasse die Herrschaften bitten. Du führst sie also in exakt fünf Minuten in mein Arbeitszimmer – aber vorher, da schaust du erst noch nach dem Sekretär Spiegel und übermittelst ihm meinen Wunsch, sich auf der Stelle ebenfalls im Arbeitszimmer einzufinden.«

»Sehr wohl, gnädiger Herr.« Während sich der Diener mit einer übertrieben respektvollen Verbeugung wieder hinaus begab und dabei vorsichtig den mächtigen Türflügel hinter sich ins Schloss zog, war in der Zwischenzeit auch die Dame des Hauses offenbar durch die seitliche Tapetentür unbemerkt entschwunden. Ganz offenkundig schien auch sie mittlerweile nur noch geringe Neigung zu verspüren, die Auseinandersetzung weiter auf die Spitze zu treiben. »Oder aber«, knurrte ihr immer noch auf das höchste verstimmter Ehemann verdrießlich vor sich hin, »sie hat sich inzwischen auf den Weg ins Kurhaus begeben, das scheint mir die wahrscheinlichere Variante zu sein.« Das Kurhaus war seit vielen Jahren der Mittelpunkt der eleganten österreichischen Sommerfrische Baden. Hier hielt sich seine Gattin bekanntermaßen ganz besonders gerne auf, um bei einem ihrer so »überaus wichtigen Termine« in den Kreisen der besseren Gesellschaft des Nobelkurortes die neusten Klatschgeschichten auszutauschen – oder die am Vortag erworbenen Kleidungsstücke und andere Pretiosen unter den neidvollen Blicken der anderen Damen stolz zu präsentieren. »Auch recht. Mein Bedarf an Zwistigkeiten jedenfalls ist für heute schon reichlich bedient. Ach Rachel ...« setzte er bitter hinzu, um dann geraume Zeit regungslos vor einem großen Gemälde an der Stirnseite des prunkvollen Salons zu verharren, das eine großgewachsene, wohl um die 35 Jahre zählende elegante Frau mit dem dunklen Teint einer aus dem Süden stammenden Europäerin abbildete. »Meine geliebte Rachel, weshalb hast du uns nur so früh verlassen müssen!«

Wieder nahm er seinen Zwicker von der Nase und fingerte das weiße Kavalierstuch aus der Brusttasche, mit dem er

sich sorgsam über die tränenfeuchten Augen tupfte. »Alles könnte so schön sein, wenn du noch am Leben wärst ...«
Mit einer ruckartigen Bewegung straffte der traurige Mann plötzlich den Rücken und drückte die Wirbelsäule kerzengerade durch. »Aber es ist halt nicht. Man muss den Dingen ins Auge sehen – so wie sie eben sind. Das Leben geht weiter!« Er wandte sich um und verließ den Raum mit energischen Schritten – ohne zu bemerken, dass eine junge Frau die ganze Zeit über hinter einem der dicken, schweren Vorhänge an der Fensterfront gestanden hatte und somit, ohne es eigentlich darauf abgesehen zu haben, die gesamte Auseinandersetzung des Ehepaares Jellinek von der ersten Minute an mitbekommen hatte. Kaum waren die Schritte ihres Vaters nun im Flur verhallt, traute sie sich endlich hervor und begab sich ebenfalls zu dem Bild mit der interessanten Frauengestalt, das sie genauso lange und intensiv betrachtete, wie kurz zuvor ihr Vater. »Ach liebe Mama. Warum hast du uns allein gelassen? Mich und den armen Papa, der sich von dieser fürchterlichen Madeleine immer diese ganzen wüsten Beschimpfungen anhören muss!«
Wie viele solcher Szenen hatte sie in den vergangenen Monaten nicht schon erleben müssen! Zwar würde bis zum heutigen Abend der Zorn auf beiden Seiten längst wieder verraucht und der familiäre Frieden damit zumindest oberflächlich wieder hergestellt sein, aber der tiefe Graben, der sich von Beginn an zwischen Mercedes und ihrer Stiefmutter aufgetan hatte, war im Lauf der Zeit noch wesentlich tiefer geworden. Selbst wenn sie sorgsam darauf bedacht war, eine offene Auseinandersetzung mit der zweiten Frau ihres Vaters tunlichst zu vermeiden, würde sie niemals eine freundschaftliche Beziehung aufbauen können. Von einer regelrechten Mutter-Tochter-Beziehung, wie das manchmal durchaus auch zwischen Stiefmüttern und den Kindern aus erster Ehe zustande kam, gar erst nicht zu reden. Wie auch? Bei einer Frau, von der sie gerade einmal 16 Lebensjahre trennten. Aber es war nicht nur das. Da war noch

mehr. Da war diese seltsame, geradezu körperlich spürbare Abneigung, die von Anfang an zwischen ihnen beiden herrschte.
Interessanterweise gab es diese Distanz zwischen den beiden einzigen Töchtern ihres Vaters dagegen keineswegs – eher das Gegenteil war der Fall. Und das sollte ihr Leben lang so bleiben.

Wie aus weiter Ferne war da anscheinend eine Stimme an ihr Ohr gedrungen und hatte flüchtig ihr Bewusstsein gestreift. »Mercedes ... Mercedes, kannst du mich hören?« Ich bin es, deine Schwester Maja.«
Maja ... Wie schön! Der Name ihrer Schwester kämpfte sich durch den dichten Nebelvorhang, der sich in den vergangenen Tagen und Nächten erstickend über ihr Bewusstsein gebreitet hatte. »Maja ...« Mühsam versuchte die Kranke, den Namen auszusprechen, schaffte aber nur eine schwache Bewegung ihrer Lippen.
»Langsam Mercedes, ganz langsam. Du sollst dich nicht anstrengen.« Sie konnte fühlen, wie eine Hand sanft über ihr Gesicht streichelte. Das tat gut. So gut.
»Maja ...« Ja, doch: jetzt war es ihr tatsächlich gelungen. Auch wenn es sich mehr um ein heiseres Röcheln gehandelt hatte. Aber immerhin.
Und nun, nun schaffte es die Schwerkranke sogar, die Augenlider ganz leicht anzuheben. Wie durch einen weißen Schleier konnte sie da schemenhaft jene Person erkennen, die sich mit sorgenvoller Miene über sie beugte. Doch, das war ja tatsächlich die Maja. Ihre Schwester Maja, die sie aus sorgenvollen Augen musterte. »Maja ...«
»Mercedes?«
»Ach, Maja ... Ich ... ich habe gerade von dir geträumt ...«
Ein flüchtiges Lächeln schien über das Gesicht ihrer Schwester zu huschen. »Hoffentlich war es ein schöner Traum.«
Was sollte sie sagen. Das ganze Geschichte? Das war viel zu anstrengend. Ein Traum von dir ... und von unserem Papa ...«
»Ah, wie schön.«
»Wie ich ihn vermisse ...«
»Ach meine Liebe. Sei nicht gleich wieder so traurig. Jetzt musst du doch erst einmal gesund werden.«

»Ich werde nimmer gesund ... das weißt du genau. Nein, sag jetzt bitte nichts. Es macht mir nichts aus. Es ist eben so ...« Sie unterbrach sich erschöpft und versuchte, ihre Kräfte neu zu sammeln. Sich konzentrieren. Vorsichtig atmen. So gut es eben ging. Die stechenden Schmerzen im Brustkorb ignorieren. Darüber hinweg atmen. Wie es ihr der Arzt empfohlen hatte. Wann auch immer das gewesen sein mochte. Darüber hinweg atmen. Als wenn das so einfach wäre. Der Mann hatte leicht reden! Aber dennoch ... Nun schien es wieder zu gehen. »Maja ...«

»Ja, meine Liebe?«

»Maja ... meinst du, das ist die Strafe des Himmels? Die Strafe dafür, dass ich meine Familie verlassen habe?«

»Sag doch so etwas nicht Mercedes«, widersprach Maja energisch, während sie heftig den Kopf schüttelte und die tränennassen Augen mit dem Ärmel ihres Kleides abwischte, bevor sie ihrer Schwester wieder zärtlich über deren fieberheiße Stirn streichelte. »Du darfst das nicht sagen, Mercedes.«

»Es ist aber so. Ich denke, es ist eine Strafe für all den Hochmut, den ich in meinem Leben an den Tag gelegt habe ... und für all das Leid, das ich mit meinem Verhalten über meine Familie gebracht habe. Doch, doch Maja. Es ist schon so. Es ist die gerechte Strafe, die ich nun eben dafür erleiden muss ...«

»Aber Mercedes, was redest du da nur? Ausgerechnet du, wo du mir doch schon immer meine liebste Freundin gewesen bist.«

Es funkelte dankbar in den rotunterlaufenen Augen der Kranken. »Ja, du und ich. Maja und Mercedes. Das stimmt schon.« Schlagartig verdüsterte sich ihr Ausdruck wieder. »Aber ich habe meine Familie, meinen Mann und vor allem meine Kinder verlassen. Einfach verlassen – um mich hemmungslos in die Arme des Lasters zu werfen. All die Ausschweifungen, die liederliche Lebensweise, diese Verderbtheit tief in mir drinnen. Ja, doch. Es ist eindeutig. Auch dieser Krebs ist nicht von ungefähr über mich ge-

kommen. Er ist die Strafe des Himmels für meinen selbstsüchtigen Egoismus.«
»Es ist kein Krebs«, unternahm die jüngere Schwester noch einmal den verzweifelten Versuch, die Todkranke aus ihrer traurigen Hoffnungslosigkeit herauszulösen. »Der Arzt hat mir gesagt, es sei nur eine gravierende Schwächung aufgrund deiner starken Grippe und der abschließenden Lungenentzündung, was dir diese Schmerzen in den Gliedern bereitet.«
Mercedes versuchte eine abwehrende Handbewegung. »Aber Maja. Ich habe es den Arzt doch selbst flüstern hören!«
»Das bildest du dir nur ein. Das waren nur Fieberträume.«
»Ach Maja, du bist so lieb zu mir ...«, flüsterte sie mit schwächer werdender Stimme.
»Und du würdest mir einen ganz großen Gefallen tun, wenn du jetzt schlafen würdest.«
Selbst ein Kopfnicken fiel ihr jetzt schon wieder schwer. Zum Zeichen ihrer Zustimmung blinzelte sie mit den Augenlidern. »Bleibst du bitte bei mir?«
»Natürlich bleibe ich bei dir. Aber nur, wenn du mir versprichst, dich jetzt richtig auszuruhen und dir keine solche bitteren Gedanken mehr zu machen. Schlaf gut. Du wirst sehen, morgen ist dann schon ein ganz anderer Tag, da wird es dir gleich wieder viel besser gehen und dann ... dann freue ich mich auf unsere nächste Reise nach Nizza. Wir beide gemeinsam, nur wir zwei. Auf der Fahrt zurück. Zurück nach Hause.«
»Das wäre schön. So schön ...« murmelte die Kranke kraftlos. Dann fielen ihr die Augen zu.

Die 23-jährige Maja schreckte kurz zusammen, als ein Arzt leise in das Krankenzimmer trat. Mit ernster Miene musterte er die Patientin, um gleich darauf seine Stirn in düstere Falten zu legen, als er dem bangen Blick begegnete, mit dem ihn Maja fixiert, während ihr Herz vor Aufregung heftig zu pochen begann. Der Arzt schüttelte ganz langsam

seinen Kopf. Was für ein fürchterliches Zeichen! Es kam einem Todesurteil gleich!
Der jungen Frau schien es, als sei ein Blitz durch ihre Gliedmaßen gefahren. »Aber ... aber Herr Medizinalrat. Das ... das kann doch nicht sein! Das ...«
Warnend legte der Arzt den Zeigefinger an die Lippen und winkte Maja zu sich. Behutsam ergriff er die Unterarme der am ganzen Körper zitternden Frau und drückte sie sanft. Es tat gut. Offenbar verspürte also selbst der hartgesottene Mediziner die ganz besondere Tragik dieses Schicksals. Zumindest zeigte er ihr deutlich seine ehrliche Anteilnahme. Vielleicht war es diese warme menschliche Geste, die es ihr ermöglichte, sich wieder ganz zu beruhigen. Das Zittern ließ allmählich nach. Weitere Minuten vergingen, in denen sie einfach nur still und regungslos nebeneinander standen und dabei das erbarmungslos monotone Ticken der Wanduhr vernahmen, das sich auf kaum wahrnehmbare Weise mit den kraftlosen Atemzügen der Todkranken vermischte.
Es schien ihr eine halbe Ewigkeit vergangen, als sich der Arzt vorsichtig räusperte und Maja mit einem kurzen Nicken bedeutete, näher heran zu kommen, um ihr seine abschließende Diagnose ins Ohr flüstern zu können. »Ich habe als Arzt alles Menschenmögliche getan. Alles, was ich tun konnte. Aber nun bin ich mit meinem Latein am Ende. Ich kann für ihre Schwester wirklich nichts mehr tun. Es wird im Übrigen auch nicht mehr lange dauern ...«
Ein letztes Mal drückte er mitfühlend ihre Hand und nickte ernst, dann wandte er sich um und verließ das Krankenzimmer, dessen Tür er sachte hinter sich ins Schloss zog.

Aus dem erschöpften, fiebrigen Schlummer, in den die Patientin an diesem Abend gefallen war, wurde ein Schlaf, aus dem sie nicht mehr erwachen sollte. Das Morgengrauen des 23. Februar 1929 erlebte Mercedes Adrienne Ramona Manuela Weigl-Mercedes, geborene Jellinek, geschiedene Schlosser, nicht mehr: die junge Frau, deren Vorname einst den Aufstieg und Weltruhm einer Automarke begründet hatte, war tot. Das »Fräulein Mercedes« war gestorben. Im Alter von gerade einmal 39 Jahren.

Auch noch in den letzten Minuten ihres Lebens hatte sie wieder von ihrem über alles geliebten Vater geträumt. Wie schon in den vielen anderen schmerzvoll durchwachten Nächten und Tagen zuvor. Ihrem Papa hatten ihre allerletzten Gedanken gegolten. Emil Jellinek, der Mann mit dem imposanten Backenbart, dessen Koteletten weit über die Kieferknochen reichten. Ein Anblick, den niemand, der ihm je begegnet war, so schnell vergessen hatte. Das Musterbild von einem selbstbewussten Eigenbrötler, das dem heimlichen Gespött der Leute genauso diente, wie den ehrfürchtig-schüchternen Blicken der Menschen, die Bescheid darüber wussten, welche weltbekannte Persönlichkeit sich hinter diesem genauso kuriosen wie spektakulären Erscheinungsbild verbarg. Emil Jellinek-Mercedes, der Mann, der mit seinen unersättlichen Ansprüchen, gepaart mit einer fanatischen Leidenschaft, den Siegeszug des Automobils erst möglich gemacht hatte. Der Mann, der – nicht nur, aber auch – einer Automarke damit zu Weltruhm verholfen hatte und die seitdem jenen nicht minder berühmt gewordenen Vornamen eines kleinen Mädchens in alle Welt trug: Mercedes. Den Namen der jungen Frau, deren Leben gerade eben in einem letzten kraftlosen Atemhauch zu Ende gegangen war.

Was bleibt, ist die Erinnerung. Denn Geschichten können nicht sterben. Man kann sie nur vergessen. Wer sie aber erzählt, kann sie bewahren.

Es war der 17. September 1889. Der Tag nach der Geburt des dritten Kindes der Familie Jellinek. Einer kleinen Tochter! Hurra! Freudestrahlend war der frischgebackene Vater in das Wiener Spital geeilt, in seinen Händen hielt er einen riesigen Strauss roter Rosen für seine Ehefrau. Einen dermaßen üppigen Strauß, dass sein Gesicht dahinter nahezu völlig verschwand. Ohne sich erst mit dem lästigen Zeitverlust des Anklopfens aufzuhalten, stürmte Emil Jellinek in seinem ganzen Überschwang einfach in das Krankenzimmer, das ausschließlich für seine Frau reserviert worden war. »Ach Rachel, ich bin so glücklich! Unser kleines Mädchen! Endlich ist es ein Mädchen geworden. Eine kleine Prinzessin. Ist das schön. Erst unsere zwei gesunden Buben und jetzt haben wir auch noch eine kleine anmutige Prinzessin geschenkt bekommen.«
»Jetzt lege aber erst einmal den Blumenstrauß da zur Seite, damit ich dich überhaupt zu Gesicht bekomme, Emil,« grinste die Wöchnerin amüsiert, nachdem sie sich vom ersten Schrecken über das unvermittelte Hereinplatzen ihres Mannes erholt hatte, der sie damit ganz plötzlich aus einem leichten Halbschlaf gerissen hatte.
Mit wachsender Hilflosigkeit im Blick schaute sich Jellinek suchend um. »Da ... da ist aber nirgendwo eine Blumenvase – und auch sonst keine Ablage,« stotterte er unbeholfen. Es war ihm deutlich anzumerken: die gestrige Nacht, die ganz im Zeichen einer ausgelassenen Freudenfeier über die gesunde Ankunft ihres Nesthäkchens gestanden war, hatte doch noch die eine oder andere Nachwirkung bei dem stolzen Vater hinterlassen. Dann jedoch, ganz plötzlich, huschte ein breites Lächeln über sein gerade eben noch so ratloses Antlitz. »Ach was! Vase hin oder her! Ich lege sie dir einfach aufs Bett, hierher ans Fußende. Dann sollen die Schwestern später danach schauen, ob sie eine geeignete

Vase dafür finden. Mir ist die Zeit dafür zu schade. Viel lieber möchte ich mich um dich kümmern – und um unsere liebe Kleine.«

»... und wenn die schönen Rosen deswegen vertrocknen«, gab Rachel lächelnd zu bedenken.

»Dann kaufe ich dir eben einen neuen Strauß. Was jetzt nämlich viel, viel wichtiger ist als diese dummen Rosen: wie geht es dir eigentlich, meine Liebste. Hast du gut schlafen können? Ist alles in Ordnung mit dir? Konntest du dich schon ein bisschen erholen? War das Zimmer auch wirklich ruhig? Ist das Essen gut? Und kümmern sich die Schwestern denn sorgfältig genug um dich? Und was sagen die Ärzte? War der Herr Professor schon zur Visite da?«

Der Wortschwall endete in einem langen forschenden Blick, mit dem Emil Jellinek seine Gemahlin prüfend musterte.

»Aber ja doch. Sicherlich. Sie kümmern sich alle geradezu rührend um mich. Man könnte beinahe meinen, ich sei eine Angehörige des Hochadels, so geschäftig und bemüht wuseln sie um mich herum. Du brauchst dir also keinerlei Sorgen zu machen.« Die im Gegensatz zu ihren Worten seiner besorgten Ansicht nach durchaus noch etwas blass und erschöpft wirkende Frau – aber vielleicht lag das ja auch an dem weißen Nachthemd und der weißen Bettwäsche und an diesem gänzlich in kalkweiß gehaltenen Krankenzimmer – richtete langsam ihren Oberkörper auf und stopfte dann das Kissen in ihren Rücken, bis sie eine einigermaßen bequeme Sitzposition erreicht hatte. »Aber – was mich nun viel mehr interessieren würde ... Hast du denn auch schon den Namenseintrag im Geburtsregister veranlasst, Chéri – oder hast du die ganze Zeit hindurch nur gefeiert?«

»Aber natürlich habe ich das. Ich habe den Sekretär sofort auf das Gemeindeamt geschickt und ihm sicherheitshalber genau aufgeschrieben, wie unsere Prinzessin heißen wird. Dass der Trottel ja nichts durcheinander bringt: Adrienne Ramona Manuela Jellinek, klingt das nicht wunderschön?«

»Ja, wunderschön«, bestätigte Rachel Jellinek mit einem glücklichen Lächeln.
»Kannst du sie uns vielleicht einmal hierher ins Zimmer bringen lassen – oder geht das gerade nicht?«
»Aber sicher. Das müsste freilich gehen.« Die frischgebackene Mutter streckte ihren Arm aus und deutete auf das gegenüberliegende Ende des Krankenzimmers. »Schau, Emil. Dort drüben, neben der Tür gibt es eine Klingel. Wenn du dort läutetest, dann kommt die Schwester vorbei, die wir bitten können, uns unser Kind zu bringen.«
»Falls es nicht gerade schläft«, gab der stolze Vater überraschend zu bedenken. »Ich möchte nämlich nicht, dass unsere liebe kleine Prinzessin gleich in den ersten Stunde nach ihrer Ankunft auf dieser Welt in irgendeiner Art und Weise von irgendetwas verschreckt wird.«
»Ach Emil, darüber musst du dir nun wahrlich nicht auch noch den Kopf zerbrechen. Die Krankenschwestern hier wissen schon, was zu tun ist. Es ist ja nicht das erste Kind, das in diesem Spital auf die Welt gekommen ist.«
»Aber es ist kein Kind, wie viele andere. Es ist doch unser Kind. Etwas ganz Besonderes. Genau wie meine liebe Ehefrau!«
Wenig später erschien die am Ende dennoch herbei gerufene Krankenschwester mit dem friedlich schlafenden Säugling in ihrem Arm. »Geben sie ihm das Kind,« deutete die Mutter auf ihren erschrocken zusammenzuckenden Mann, der sofort abwehrend die Hände von sich streckte.
»Nein, nein! Bloß nicht. Das ist nichts für mich. Ich hätte Angst, sie falsch anzufassen und womöglich zu verletzten. Nimm du sie lieber. Das können die Frauen viel besser.«
»Männer!« Rachel Jellinek rollte vielsagend mit den Augen, während ein spöttisches Lächeln um ihre Mundwinkel zuckte. »Also gut Schwester, dann geben sie unsere Tochter eben mir, wenn sich der Herr hier nicht traut.«
Kaum hatte sie das kleine Mädchen in die Arme genommen, da begann sich das Neugeborene auch schon zu regen. Im selben Moment fiel ein milder Sonnenstrahl durch die

Fensterscheibe direkt auf das Gesicht des Kindes, das seine Mundwinkel unwillkürlich nach oben zog, gerade so, als würde es die spätsommerliche Wärme aus vollen Zügen genießen und seiner Umgebung ein dankbares Lächeln schenken.

»Da, schau, wie hübsch sie doch ist, unsere Tochter. Wie eine dieser wunderschönen Blumen im strahlenden Sonnenlicht unserer Villa in Baden: so anmutig, so ... so unbeschreiblich graziös. Da! Sieh doch nur! Wie sie lächelt!« Der über alle Maßen begeisterte Emil Jellinek strahlte mit seinem Neugeborenen regelrecht um die Wette. »Ja, genau. Das ist es. Wir hätten sie anders nennen sollen. Die Anmutige. Die Graziöse. Das hätte noch viel besser gepasst.«

Rachel lachte laut auf. »Aber Emil. Wie klingt denn das? Stell dir mal vor, sie ist eine junge Frau und wird von ihrem Mann ›Anmutige‹ genannt. Also weißt du ...«

»Nun ja. Das mit den Männern hat ja hoffentlich noch eine Weile Zeit. Die Kerle werden früh genug wie die Motten um das Licht um sie herumschwärmen. Ich werde sie von ihr fernhalten, so lange es irgendwie geht,« knurrte Jellinek, während sich ein schelmischer Ausdruck auf seine Gesichtszüge legte. »Aber du hast ja schon recht: die deutsche Sprache in ihrer ganze Sprödigkeit bietet einfach nicht genügend Ausdrucksmöglichkeiten, um diesen ganz besonderen Liebreiz unserer Tochter richtig zu würdigen. Anmut, Grazie ... das sind im Deutschen leider nur Begriffe und keine Vornamen.«

»Du machst dir ohnehin überflüssige Gedanken. Denn der Geburtseintrag ist ja inzwischen bereits erfolgt, wie du mir gerade eben selbst bestätigt hast. Und schließlich ist Adrienne ja auch ein schöner Name für unser kleines Mädchen.«

»Ein wunderschöner Name, in der Tat. Allerdings auch in einer anderen Sprache. Im Französischen kann man sich halt einfach viel poetischer ausdrücken ...«

»Im Spanischen nicht minder: Ramona ... Manuela ...«

»Genau! Das ist es,« rief Jellinek unvermittelt aus, während

er begeistert in die Hände klatschte. Ein Geräusch, das seine Ehefrau zu einer scharfen Zurechtweisung veranlasste.
»Nicht so laut, Emil. Du erschrickst sie doch damit!«
»Entschuldige. Das war wirklich gedankenlos von mir ...« murmelte der solchermaßen getadelte, frischgebackene Vater zerknirscht.
»Schon gut,« lächelte Rachel milde. »Das ist halt nun mal dein überschäumendes Temperament. Aber genau dafür liebe ich dich ja auch. Und was hast du nun damit gemeint, mit deinem Freudenschrei? Was sollte dieser Ausruf denn genau bezwecken, Chérie?«
Es glitzerte feucht in den Augen des stolzen Vaters, als er jenen Begriff formulierte, der von nun an nicht nur zum Rufnamen, sondern gleichzeitig auch zum Kosenamen seines kleinen Mädchens werden sollte. Der alle anderen Namen, die sie doch tatsächlich gerade eben erst im Geburtsregister hatten eintragen lassen, für alle Zeit bei weitem in den Schatten stellen und verdrängen würde.
»Mercedes! Ich finde, wir sollten sie Mercedes nennen. Mercedes, was für ein einzigartiger Wohlklang! Welche Sprachmelodie.«
»Schon wahr. Mercedes, das klingt wirklich sehr schön ... Daran könnte ich mich, glaube ich, gewöhnen.«
Neuerlich huschte ein strahlendes Lächeln über Jellineks Gesicht. »Mercedes. Ein Name, wie eine Operettenmelodie. Und der exakte spanische Ausdruck für die deutsche Übersetzung der Anmut. Der Grazie. Genau das ist der richtige Kosename für unseren kleinen Augenstern. Mercedes!«
»Kaum auf der Welt, schon hat das Kind einen Kosenamen. Noch dazu einen inoffiziellen. Aber nun gut. Ich gebe dir wirklich recht Chérie, es ist ein wunderschöner Name. Mercedes. Wie passend. Und wie stilvoll. Aber nun muss ich dich wieder fortschicken. Dein kleines Töchterlein scheint nämlich unruhig zu werden. Ich glaube fast, sie muss neu gewickelt werden. Oder willst du das etwa für mich übernehmen,« neckte sie den sofort mit einer erschrockenen

Abwehrgeste beide Hände von sich streckenden Jellinek mit schelmischer Raffinesse.
»Alles, nur das nicht. Aber du machst das bitte auch nicht. Du bleibst gefälligst liegen und erholst dich von den Strapazen dieser Geburt. Ich werde sofort die Schwester holen. Pass du nur so lange gut auf unsere kleine Mercedes auf. Heute abend komme ich wieder und schaue nach euch. Also dann, adieu meine Liebe. Adieu meine kleine Prinzessin. Adieu Chérie.«
Während sich der glückliche, über alle Maße stolze Vater von seiner Ehefrau und der kleinen Tochter verabschiedete, blitzte mit einemmal ein Gedanke in ihm auf.
Ja, genau. So würde er es machen. Er würde die Vornamenliste ihres kleinen Mädchens ganz einfach komplettieren lassen. Und dabei den allerschönsten Namen an die erste Stelle setzen. Mercedes eben. Unverzüglich würde er sich folglich höchstpersönlich zum zuständigen Beamten des Wiener Matrikelamtes begeben und die gewünschte Ergänzung des Geburtseintrages vornehmen lassen… Mercedes Adrienne Ramona Manuela Jellinek. So und nicht anders würde seine kleine Prinzessin von nun an heißen. Für immer – auf ewig. Genau!
Sofort!
Eile tat not. Auf der Stelle musste er Sorge dafür tragen, dass sich dieses Vorhaben überhaupt noch in die Tat umsetzen lies. Tempo also. Das Unmögliche in letzter Minute doch noch möglich machen. Ja. Das war ein Unterfangen, ganz nach seinem Geschmack. So wie es überhaupt seiner ganzen Wesensart entsprach. Und was für eine Überraschung würde er damit der glücklichen Mutter bereiten, wenn er ihr von seinem hoffentlich geglückten Vorstoß Bericht erstattete. Sie würde sich heute Abend genauso darüber freuen, wie der nicht minder glückliche Vater schon in wenigen Stunden.
Mercedes ... was für ein klangvoller Mädchenname.
Der schönste von allen.

»Wer hätte das gedacht,« kommentierte Emil Jellineks Vater und schüttelte dabei in ehrlicher Verwunderung seinen Kopf, nachdem er zusammen mit der genauso stolzen Großmutter in der zweiten Woche nach der Geburt ihrer Enkelin erstmals in der frisch renovierten riesigen Villa seines Sohnes im vornehmen Kurort Baden bei Wien eingetroffen war, um die neue Erdenbürgerin zu begrüßen. »Was für ein hübsches kleines Wesen! Dass aus dir noch mal etwas Gescheites wird, und dass du dann gleich so eine liebe Frau und eine wunderbare Familie geschenkt bekommst ... Ich weiß nicht, ob du dieses Glück auch wirklich verdient hast – angesichts all deiner früheren Heldentaten,« konstatierte der alte Mann lächelnd.
»Erst recht nicht als in Leipzig geborener Sohn eines mährischen Rabbiners und Neffe eines zum Tode verurteilten Revoluzzers.«
»Allerdings«, nickte sein Vater mit nunmehr ernster Miene. »Dass ausgerechnet du später einmal eine derartige Karriere auf das Parkett legen würdest, noch dazu in Österreich, also darauf hätte ich wirklich mit niemandem auch nur einen Groschen wetten wollen. Der üble Tunichtgut, der selbst seine Hauslehrer in hellen Scharen verschlissen hat, nachdem er es auf keiner Schule ausgehalten hatte ...«
»... war das ein Wunder mit der Schule, wo mich meine Mitschüler doch gleich in den ersten Schultagen wegen unseres Namens gehänselt haben?! Irgend so ein Lästermaul hatte heraus gefunden, dass der Name Jellinek im Tschechischen ›kleiner Hirsch‹ bedeutet. Und schon ging es los, dass sie mich immer als ›Hirschle‹ verspottet haben! Das habe ich überhaupt nicht lustig gefunden, aber als ich einem von diesen Schandmäulern die passende Antwort gegeben habe, da war am Ende ich es, der einen strengen Verweis bekommen hat und dazu noch den Rohrstock auf dem Hintereil spüren durfte. Wie sollte ich mich da jemals in der Schule wohlfühlen? Nein, ich und die Schule: das ist in der Tat von Beginn an gleich eine total verkorkste Geschichte gewesen.«

»Im Gegensatz zu deinen beiden anderen Brüdern – seltsamerweise. Denen hat es auf der Schule so gut gefallen, dass sie hervorragende Zeugnisse nach Hause gebracht haben. Bei denen ging es doch auch. Vor allem bei unserem Georg, der nicht nur als Schüler besonders fleißig gewesen ist, sondern aus dem bereits jetzt, wie man übereinstimmend aus Universitätskreisen zu hören bekommt, ein hochangesehener Rechtswissenschaftler geworden ist.«

»Ach, unser lieber Georg!« Emil Jellinek tippte sich vielsagend mit dem Zeigefinger an die Stirn, während ein spöttisches Lächeln um seine Mundwinkel zuckte. »Nachdem er noch zu Beginn seines Studiums in bittere Tränen ausgebrochen ist, dass er nicht alles gleichzeitig lernen konnte. Ich erinnere mich ganz genau daran, dass er aus diesem Grund drauf und dran war, sein Studium vor lauter Verzweiflung sogar einfach aufzugeben.«

»Bis er dann aber glücklicherweise auf meinen Ratschlag gehört und sich intensiv mit dem internationalen Staatsrecht beschäftigt hat. Demnächst wird er zum Professor berufen werden«, verkündete der Vater mit sichtlichem Stolz. »Aber damit nicht genug: denke doch bitte nur einmal an die enorme Leistung deines Bruders Hermann, der kürzlich schon als Doktor der Germanistik promoviert worden ist, und das im Alter von gerade erst 21 Jahren!«

»Du hast recht Vater, darauf kann die ganze Familie gewaltig stolz sein. Wenngleich ich noch immer nicht so richtig begriffen habe, wozu die Menschheit Abhandlungen über irgendwelche Mondseer Glossen zum Weiterkommen braucht«, spielte er damit auf das seiner Meinung nach völlig nutzlose Thema der Doktorarbeit des Bruders an und zog zur Untermalung dieser Ansicht indigniert die Mundwinkel nach unten.

»Ach, da ist er also endlich wieder aufgetaucht: mein quirliger Emil von früher! Dem alles, was in den Bereich der geistigen Genüsse geht, schon immer ein Gräuel gewesen ist. Doch der Mensch als Krone der Schöpfung ist eben auch ein Wesen, das eine Seele hat. Und diese Seele lechzt nach geistiger Nahrung ...«

»... die meinige nicht«, warf der Sohn trocken dazwischen. »Ich für meinen Teil habe am eigenen Leib gemerkt, wie wichtig es ist, zunächst einmal für die wirtschaftlichen Umstände Sorge zu tragen. Und seitdem ich das geschafft habe, seitdem befindet sich auch meine Seele in einem Zustand selbstbewusster Zufriedenheit. Ob dies in meinem Fall durch eine Universitätskarriere erreichbar gewesen wäre, das wage ich dann doch zu bezweifeln. Und ob seine schöngeistigen literarischen Ergüsse unserem Hermann einen solchen wirtschaftlichen Erfolg verschaffen werden, wie er mir beschieden war, das möchte ich dann doch stark bezweifeln. Glaubst du denn im Ernst, er wird sich jemals eine solche Villa leisten können, wie diese hier?« Mit einer weit ausladenden Handbewegung deutete er durch den riesigen Empfangssalon seines Domizils, der über und über mit kostbaren Teppichen, Möbeln, Tapeten und Kronleuchtern ausstaffiert war.

»Das ist schon enorm, das gebe ich auch gerne zu«. Der alte Rabbiner schürzte anerkennend die Lippen, um anschließend kopfschüttelnd fortzufahren. »Und wie gesagt: ich hätte es niemals für möglich gehalten. Allein wenn ich an all diese peinlichen Streiche, von denen mir die nette Familie in Sondershausen Bericht erstattet hat, die dich bei sich aufgenommen hatte, weil du in der Internatsunterkunft ja nicht bleiben konntest ...«

»Ach, du meinst die Geschichte mit dem Nachttopf!« Begeistert klatschte Emil Jellinek in die Hände. »Das war vielleicht ein Spaß! Die liebe Frau hat tatsächlich gemeint, sie sei von einer tödlichen Krankheit befallen worden, als sie am nächsten Morgen den blauen Schaum in ihrem Nachttopf entdeckt hat. Dabei hatte ich damals doch nur ein harmloses Pulver hinein gestreut!«

»Weswegen die arme Frau beinahe in Ohnmacht gefallen ist und sofort den Arzt gerufen hat ...«

»Na, der hat sie dann aber ja rasch darüber aufgeklärt, dass sie schon noch eine Weile am Leben sein würde. Und nach ein paar Tagen war mir alles wieder verziehen.«

»Ein sofortiger Rauswurf wäre dir sicher lieber gewesen, nicht wahr? Darauf hattest du es doch angelegt?«

Die Antwort in Form eines gleichmütigen Achselzuckens liess wenig Spielraum zur Fehldeutung.

»Ein paar Wochen später hast du es dann ja tatsächlich geschafft«, knurrte Jellinek Senior mit säuerlicher Miene.

»Ja, welch ein Aufstand! Ich kann dir sagen! Dass sie mich nicht gleich aufgehängt oder standrechtlich erschossen haben, das grenzt beinahe an ein Wunder. Jedenfalls ist plötzlich ein halbes Dutzend Polizisten im Internat aufmarschiert. Die haben mich mitten im Unterricht verhaftet und auf das Revier geschleppt. Da ist es selbst mir ganz schön mulmig geworden. Du meine Güte, waren die vielleicht wütend!«

»Nicht zu Unrecht! Denn wie kann man als Zögling des Internats in Sondershausen auch auf eine Postkarte schreiben ›Der Fürst von Sondershausen ist ein Esel!‹ Da musste doch zwangsläufig etwas passieren.«

»Der Postbeamte hätte ja aber auch einfach die Augen zumachen und die Postkarte abschicken können ...«

»Was dich wahrscheinlich ziemlich schwer enttäuscht hätte. Du hattest es doch mit diesem dreisten Spruch förmlich darauf angelegt, von der Schule zu fliegen!«

»Nun ja ...«

»Kannst du dir vorstellen, wie das damals bei uns zuhause angekommen ist? Wenn beim Oberrabbiner in Wien plötzlich die Polizei vor dem Haus steht? Und wenn dann irgendwann durchsickert, dass du schon wieder von der Schule verwiesen worden bist, dieses Mal sogar wegen Beleidigung des Fürsten von Schwarzburg-Sondershausen? So etwas kann man ja nie geheim halten.«

»Da werden die frommen Brüder und Schwestern aber gewaltig erschrocken sein«, grinste Emil Jellinek, der schon vor Jahren der jüdischen Gemeinde den Rücken gekehrt hatte. Aus Rücksicht auf das geistliche Amt seines Vaters

verkniff er sich freilich einen weiteren bissigen Kommentar.
»Und zur Strafe dafür hast du mich ja ins hinterste Böhmen verbannt.«
»Ins hinterste Böhmen verbannt! Als wenn die Stelle bei der Eisenbahn in Böhmen am Ende der Welt gelegen wäre! Du kannst übrigens ruhig zugeben, dass es dir dort zunächst ganz gut gefallen hat, denn sonst hättest du es ja niemals so lange in Rothkostelez ausgehalten, bis dich eben wieder einmal der Rappel gepackt hat und sie dich hinauswerfen mussten.«
»Worauf du nicht mehr lange gefackelt hast, sondern mich endgültig in die Wüste geschickt hast.«
»Es scheint nicht zu deinem Schaden gewesen zu sein«, brummelte der alte Rabbiner. »Denn als Botschaftsangestellter in Nordafrika hast du schließlich all die Grundlagen für diesen erstaunlichen Wohlstand legen können, in dem du heute lebst. Und dazu hast du ja auch immerhin noch deine liebe Ehefrau Rachel kennen gelernt. Die Mutter meiner Enkelkinder!«
»Apropos!« Emil Jellinek hob den Zeigefinger seiner rechten Hand und deutete zur Tür des angrenzenden Salons. »Ich meine, ich hätte da eben etwas gehört. Es könnte sein, dass dein Enkelkind gerade aufgewacht ist. Komm, Vater. Lass uns einmal vorsichtig nachschauen. Du wirst staunen, was für ein anmutiges Geschöpf dir aus der Wiege ins Gesicht strahlen wird. Unsere kleine Mercedes. Unser Augenstern!«

Eigentlich hätte sich Emil Jellinek nie mehr in seinem Leben um geschäftliche Dinge kümmern müssen. Denn trotz seiner noch nicht einmal 40 Lebensjahre hatte er bereits ein immenses Vermögen angehäuft, das es ihm erlaubte, ein von finanziellen Sorgen freies, durchaus luxuriöses Dasein als gelangweilter Privatier zu fristen. Wie so mancher andere auch. Emil Jellinek hatte sein Glück zunächst mit Versicherungen gemacht und war dann während seiner Zeit im Konsulat in Algier auf die entscheidende Geschäftsidee gekommen: den Handel mit Seegras, der ihn mittlerweile zum in der gesamten Donaumonarchie führenden Importeur gemacht hatte. Mit dem sicheren Gespür eines genialen Kaufmanns hatte er sich von den französischen Kolonialbehörden die Rechte am Export dieses Produkts gesichert, das vor der nordafrikanischen Küste in Hülle und Fülle vorhanden war und in getrocknetem Zustand als ideales Dämm- und Polstermaterial Verwendung fand. Die Handwerksfirmen in Wien und Umgebung hatten ihm das Seegras geradezu aus den Händen gerissen und ihm für jede Lieferung bereitwillig Unsummen bezahlt, die den ursprünglichen Erwerbspreis in Nordafrika um mehr als das Hundertfache überstiegen.
Ja, im Verlauf der vergangenen Jahre waren Emil Jellinek wahrhaftig glänzende Geschäfte gelungen. Und zwar nicht nur mit seinem blühenden Seegrashandel, sondern auch mit hochspekulativen Finanztransaktionen, durch die er dank seines souveränen Auftretens (wie es dabei innerlich in ihm aussah, das hatte er glücklicherweise bestens verbergen können) atemberaubende Gewinne für sich verbuchte. Eine echte Spielernatur, wie er das im Grunde genommen ja schon immer gewesen war. Ein befriedigtes Lächeln legte sich jedes Mal auf seine Züge, wenn er den entsprechenden Bescheid in Händen hielt, mit dem er so-

zusagen über Nacht wieder um eine Millionensumme reicher geworden war. Ja, der Vater hatte damals schon recht gehabt, mit seinem wütenden Ausruf: »Du bist und bleibst ein Spieler!« »Aber ein erfolgreicher, weil nervenstarker, Vater«, murmelte Jellinek schmunzelnd in sich hinein. »Und das ist es, was den Unterschied zwischen einem guten und einem schlechten Spieler eben nun einmal ausmacht.«

Aus mehreren Gründen hatte man dem Süden dann aber den Rücken gekehrt. Das lag zum einen an der für einen umtriebenen Geist wie Emil Jellinek geradezu tödlichen Langeweile, die in den französischen Kolonien herrschte und zum anderen vor allen Dingen an seiner empfindlichen Gesundheit. Denn aufgrund seiner blassen Haut litt er von Jahr zu Jahr stärker unter der sengenden nordafrikanischen Sonne. Und so war schließlich die Rückkehr der Familie nach Wien beschlossen worden.

Ehefrau Rachel war sich jedoch in der vor Jahren erworbenen Wohnung am Schottenring in der besten Wiener Innenstadtlage nach einigen Wochen vorgekommen »wie im Gefängnis«, wie sie das in ihrer gewohnt drastischen Sprache ausdrückt hatte. Es fehlten ihr einfach die schönen Parks und Gärten direkt am Haus. So, wie sie das von Kindesbeinen an in Oran gewohnt gewesen war. Diese herrlichen Haushalte mit den prächtigen orientalischen Gärten, in denen die Kolonialbeamten zu residieren pflegten. Ihr Mann fackelte nicht lange – sondern sorgte, wie das seine Art war, rasch für Abhilfe, in dem er einfach ein weiteres Domizil erwarb, das mit einem riesigen, parkähnlichen Garten umgeben war. Natürlich lag dieser Wohnsitz nicht »irgendwo auf dem Land«, sondern im vornehmen Kurort Baden bei Wien, wo sich vom Frühjahr bis in den Spätsommer die Crème de la Crème der Donaumonarchie ein Stelldichein zu geben pflegte. In den Wintermonaten freilich war von dem glanzvollen Kurbetrieb nicht mehr viel zu erleben und das Klima erschien den von der afrikani-

schen Wärme verwöhnten Jellineks in dieser Jahreszeit auch viel zu kühl in Baden, so dass man sich zum Kauf einer weiteren Villa mit einem noch wesentlich prächtigeren Park entschloss. Eine Villa im südfranzösischen Nizza, wo dank des Mittelmeers im Winter ein besonders angenehmes Klima herrschte, das den Bedürfnissen der Eheleute Jellinek auf das vorzüglichste befriedigte.
Aus diesen Gründen waren die Jellineks nur noch äußerst selten in ihrer Wiener Wohnung anzutreffen. Verkaufen mochte Emil Jellinek sie freilich dennoch nicht, denn immerhin erhielt man sich so die Möglichkeit, nach dem einen oder anderen gesellschaftlichen Anlass, der sich bis tief in die Nacht gezogen hatte, nicht mehr die Rückfahrt in der unbequemen Kutsche nach Baden auf sich nehmen zu müssen – oder in einem nicht minder unbequemen Hotelbett zu nächtigen, sondern sozusagen »zuhause«, im eigenen Bett. An Kaufofferten herrschte zwar kein Mangel, es wäre sogar ein hübscher Gewinn zu erzielen gewesen, aber erstens war da nun einmal der ganz besondere Nutzen ihres Wiener Standbeines, selbst wenn er sich auf drei bis vier Nächte im Jahr beschränkte, zweitens befand man sich in finanzieller Hinsicht ja glücklicherweise in der angenehmen Lage, die Wohnung auch gar nicht verkaufen zu müssen.
Und überhaupt: Diese verschiedenen Wohnsitze waren so ganz nach dem Geschmack des umtriebigen Herrn Jellinek, dem, wie er es schon ein knappes Jahr nach den verschiedenen Hauskäufen ausdrückte, »ansonsten bald die Decke auf den Kopf gefallen wäre«. Nirgendwo hielt er es länger als ein paar Wochen aus. Schon gar nicht in Wien. Und so völlig ohne prickelnde Geschäfte, die geeignet waren, den Kreislauf und die kleinen grauen Zellen in Schwung zu bringen. Ja, das sorgenfreie Leben eines Privatiers und Müßiggängers brachte schon so manche Unannehmlichkeit mit sich. Vor allem diese grässliche Langeweile! Er musste dringend nach einer Zerstreuung suchen. Und zwar um Gottes willen nicht etwa durch sportliche Betätigung.

Meinetwegen ... in gewissem Sinne konnte man es ja einmal mit der Anschaffung eines Fahrrades probieren, bei der es ihm von Anfang an freilich mehr um die Erprobung der zu erzielenden Geschwindigkeit und um diese noch recht neue Technik der Vorwärtsbewegung als solche ging, als um das Fahrradfahren an sich. Aber sowieso: die Sache mit dem Fahrrad erledigte sich schon bald als viel zu anstrengend, viel zu umständlich und erst recht viel zu langweilig. Nein, das war es auch nicht. Er brauchte endlich wieder eine Aufgabe. Und zwar eine richtige. Geschäfte. Nicht irgendwas. Sondern solche, die mit hohen Gewinnaussichten versehen waren – und infolgedessen mit ebensolchen Risiken behaftet. Prickelnde Geschäfte eben.

Im Frühherbst des Jahres 1892 war man bei einem Empfang in Wien mit dem Freiherr von Schlosser und dessen Gemahlin zusammengetroffen. Ein Mann, den Emil Jellinek noch aus der Zeit seiner Anstellung als Leiter der Wiener Niederlassung einer französischen Versicherungsgesellschaft flüchtig kannte, weil er mit dem im Handelsministerium tätigen Baron den einen oder anderen Versicherungsfall abzuwickeln hatte. Voller Überraschung hatte man dabei vernommen, dass die Familie des Barons inzwischen ebenfalls eine Wohnung am Schottenring erworben hatte, sogar im selben Gebäude wie die Jellineks. Höflichkeitshalber hatte man die von Schlossers zum Kaffeetrinken eingeladen. Möglicherweise, man sollte ja nie irgendetwas ausschließen, konnten sich im Verlauf des Gesprächs interessante Aspekte auftun, die in einer künftigen Geschäftsidee münden würden. Gerade im Handelsministerium verfügte man ja am ehesten über Erkenntnisse, in welche neuen Richtungen und vor allem Branchenbereich sich die Entwicklung hin verlagerte. Welche Tendenzen also wohin gingen. Das müsste einem Mann in der Position des Freiherrn von Schlosser eigentlich bekannt sein. Aber weit gefehlt. Der Baron schien sich entweder dafür nicht im Geringsten zu interessieren oder – aber er bekleidete doch

nicht die Position, die ihm diese Erkenntnisse ermöglichten. Er machte eben nur seine Arbeit. Und bildete damit das genaue Gegenteil eines Emil Jellinek. Fürchterlich! Verlorene Zeit!
Aufatmend blickten sich die Jellineks in die Augen, als sich das Ehepaar von Schlosser nach gut zwei Stunden endlich wieder verabschiedete.
»Das waren ja ganz besonders grässlich langweilige Leute,« meinte Rachel kopfschüttelnd. »Da konnte man ja erzählen, was man wollte, die haben sich nicht im Geringsten über unser Leben in Afrika interessiert. Sie haben gerade so getan, als wollten sie tatsächlich nichts darüber wissen. Das ist mir wahrhaftig noch nie passiert.«
»Es ist ganz einfach zu erklären, mit einem einzigen Wort: Aristokratie.«
»Was willst du damit sagen?«
»Du bist es noch immer nicht gewohnt, mit diesem Volk zu verkehren. Das ist ja auch kein Wunder. In deiner Kindheit und Jugend in Nordafrika, da hat ein anderer Umgang geherrscht. Da hast du höchstens die Umgangsformen der Kolonialbeamten kennen gelernt. Aber dieses Aristokratenvolk, das tickt ganz anders. Über Jahrhunderte ist da etwas gewachsen, was man nur als eine ganze besondere Melange aus Arroganz, Schnöselhaftigkeit, Eitelkeit und Uninteressiertheit über die wahren Dinge des Lebens bezeichnen kann. Aristokratisches Gehabe eben.«
»Selbst wenn man dabei nur so ein einfacher Freiherr ist, wie dieser langweilige Baron von Schlosser gerade ...«
»... selbst dann«, nickte Emil Jellinek. »Auch wenn sie ihre Güter und ihre Ämter bis zur Bedeutungslosigkeit herunter gewirtschaftet haben, so versuchen sie dennoch, den schönen Schein aufrecht zu erhalten. Es ist alles nur noch Fassade, hinter der es längst gewaltig bröckelt. Aber bitte: Hauptsache man kann sich hinter seinem Adelsprädikat verstecken und damit schön arrogant von oben herab auf unsereins als Bürgerliche herunter schauen. Sie merken zwar – vielleicht ahnen sie es auch nur – dass wir sie schon

längst überholt haben, aber zugeben will das keiner. Vielleicht kommen sie gerade deswegen mit dieser gelangweilten und uninteressierten Attitüde daher.«

»Also darauf kann ich gerne verzichten. Und auf so einen Besuch gleich zweimal. Das brauche ich nun wahrlich nicht – dieses ganze Adelspack da!«

Ihr Ehemann grinste breit. »Da kann man es deutlich hören: du bist wohl zu lange in Afrika gewesen.«

»Schon möglich. Und ehrlich gesagt: es ist mir auf dem Basar in Algerien allemal lieber, als in der Wiener Hofburg unter lauter hochwohlgeborenen Vons und Zus. Ja, wirklich, da friert es mich, allein wenn ich daran zurück denke, an diesen Jahrmarkt der Eitelkeiten, in den wir gestern hinein geraten sind. Ach ja. Apropos frieren: ich würde demnächst gerne wieder einmal die Sonne sehen. Allmählich scheint ja hier der Nebel zum Dauerzustand zu werden. Ein besonders früher Winter scheint dieses Jahr Einzug zu halten und zusätzlich das Gemüt dieser ganzen Langweiler und Vornehmtuer zu beschweren.«

»Du hast ja recht. Auch ich bin es inzwischen längst wieder leid und würde vor allem dieses quirlige Leben an der Riviera lieber heute als morgen mit dem hiesigen Nieselregen und den trüben Mienen vertauschen.«

»Dann lass uns doch endlich nach Nizza aufbrechen. Ich merke nämlich, wie sich in den letzten Tagen auch diese seltsamen Schmerzen in den Knochen wieder verstärkt haben. Daran ist sicher das herbstliche Klima hier schuld. Aber die Sonne am Mittelmeer und die Wärme, das wird mir gut tun.«

Emil Jellinek musterte seine Ehefrau mit einem besorgten Blick. Hätte er noch aus irgendeinem Grund einige Tage länger in Österreich bleiben mögen, so wäre es spätestens nach dieser Andeutung anders gekommen. Denn seit Monaten schon klagte Rachel in unregelmäßigen Abständen immer wieder über ein sonderbares Ziehen, dann wieder über ein Drücken in den Knochen. An den verschiedensten Stellen. Und immer handelte es sich um eine schmerzhafte Angelegenheit, die sich tagelang hinzog. »Das ist das schlimmste: dieses tagelange Drücken. Als wenn dir jemand einen Schraubstock um die Gelenke legt.« Selbst die renommiertesten Mediziner, die teuersten Anwendungen und ausgefeiltesten Kuren hatten nicht die geringste Wirkung gezeitigt. Irgendwann waren die Schmerzen einfach verschwunden – und anfangs hatte Rachel gemutmaßt, sie sei geheilt. Bis das Ziehen und das Drücken einige Wochen später zurück kam. Und damit die Schmerzen. Jedes Mal um eine Nuance stärker. Man würde gut daran tun, nun die besten Ärzte an der französischen Riviera zu konsultieren. Die seltsame Krankheit musste doch eine Ursache haben. Und wenn sie diese erst heraus gefunden hätten, dann musste man sie ja auch behandeln können. Erfolgreich behandeln können. Insofern war es wirklich an der Zeit, die Reise anzutreten. Je früher, desto besser.

»Ist es schlimm mit den Schmerzen?«

»Noch nicht«, winkte Rachel beruhigend ab. »Aber ich könnte mir vorstellen, dass dieses feuchtkalte Wetter mir nicht unbedingt gut tut. Da nützt auch das Thermalwasser in Baden nichts. Von daher sollten wir gehen. Und zwar so rasch wie möglich bitte. Was hält uns noch zurück?«

»Eigentlich gar nichts. Bis auf die Reisevorbereitungen. Die werden schon noch zwei Tage in Anspruch nehmen. Bis ich die Eisenbahnwaggons bestellt habe und bis die Koffer gepackt sind. Also, so lange musst du dich noch gedulden.«

»Nun gut. Das werde ich noch aushalten. Aber lass uns am besten jetzt gleich nach Baden hinaus fahren. Da muss ich wenigstens diesem Baron Schlosser nimmer begegnen und auch nicht mit dieser entsetzlich dummen Person von Ehefrau zusammentreffen. Mit ihrem hochnäsig gepuderten Näschen!«

»Hast du dir eigentlich den kleinen Sprössling des Barons einmal genauer angeschaut? Diesen … wie hieß er noch gleich?«

Rachel verzog schmerzlich das Gesicht. »Er heißt Karl. Soll wohl an Karl den Großen erinnern …«

»Richtig. Karl. Was für ein Musterexemplar einer durch und durch verweichlichten Inzucht! Zwölf Jahre ist der Bengel alt und hockt da starr in der Ecke wie eine Salzsäule. Allein mit welch dämlichem Blick er unsere Mercedes angestarrt hat, als das Kindermädchen sie in das Zimmer hereingetragen hat. Und dann diese dumme Bemerkung von ihr! Hat sie doch tatsächlich gesagt: »Schau Karl, da ist deine Braut« und damit auf unsere Mercedes gedeutet. Auf eine Dreijährige! Das wird noch ein Nachspiel haben!« Verdrossen hieb er mit der flachen Hand auf die Tischplatte, um nur einen Augenblick später innezuhalten, sich kerzengerade aufzurichten und mit seinem bekannten schelmischen Lachen die Schnurrbarthaare regelrecht in Form zu bringen. »Obwohl – wenn ich es recht bedenke – über Finanzmittel verfügen wir bekanntlich in ausreichender Menge, wenn aber jetzt noch ein Adelsprädikat in die Familie hereingeheiratet werden könnte ... also, dagegen hätte ich eigentlich nichts einzuwenden.«
»Aber ich!« Voller Zorn war Rachel von ihrem Sofa empor geschnellt. »Untersteh dich, auch nur einen einzigen Gedanken daran zu verschwenden. Das ... das verbiete ich dir!«
»Schon gut, schon gut. Nun beruhige dich bitte wieder, Chérie.« Schuldbewusst hob der Übeltäter rasch beide Hände in die Höhe und legte eine zerknirschte Miene an den Tag.
Um ein Haar hätte sich aus dieser im Grunde doch völlig belanglos in den Raum geworfenen Bemerkung wieder eine der berühmt-berüchtigten Auseinandersetzungen der Eheleute Jellinek entwickelt. Ganz wie es der impulsiven Wesensart beider Ehepartner schon immer entsprochen hatte. Aber durch seine schnelle und eindeutige Geste der Kapitulation war der Friede genauso rasch wieder hergestellt, wie er plötzlich in ernste Gefahr geraten war.

Seltsamerweise waren diese Szenen die einzigen, die sich Mercedes zumindest bruchstückhaft in Erinnerung hatte bewahren können. Mehr war ihr aufgrund ihres Alters nicht geblieben. Sie war ja erst vier Jahre alt gewesen, als die Mutter starb. Da war also die Erinnerung an diese überaus harmonische Ehe ihrer Eltern. Und da waren diese kurzen heftigen Wortwechsel, sogar, so meinte sie dunkel ganz hinten im Gedächtnis abgespeichert zu haben, diese körperliche Auseinandersetzung, bei der ihr Vater den kürzeren gezogen hatte. Ja, so musste es gewesen sein. Aber genau so schnell, wie auf Donner und Blitz der Sonnenschein folgen kann, genauso rasch waren die beiden grundsätzlich wieder versöhnt – als hätte niemals etwas zwischen ihnen gestanden. Und im nächsten Augenblick fungierten die beiden schon wieder als der glanzvolle Mittelpunkt einer prachtvollen Gesellschaft, wo sie inmitten ihrer Bewunderer das perfekte Paar schlechthin darstellten. Sie: eine große, kräftig gebaute Frau mit diesem »gewissen Etwas«, das die Männer ins Schwärmen geraten ließ. Er: der schwerreiche Glückpilz an der Seite einer hoch attraktiven Frau. Das Glück in Menschengestalt!

Doch was nützte Emil Jellinek dieser ganze Wohlstand, den er seit seiner Kindheit für sich erträumt hatte und über den er längst in überreichem Maßstab verfügte? Er nützte nichts und niemand ... wenn es nicht bald gelang, seiner Ehefrau endlich die Gesundheit wieder zu geben. Es war eine fürchterliche Situation! Im Grunde genommen ging das schon seit dem Spätjahr 1892 so, seitdem sie wieder in Nizza eingetroffen waren. Ausgerechnet in jenem Klima, von dem sich Rachel doch nicht nur eine Linderung ihrer Beschwerden erhofft hatte, sondern sogar die Heilung.
Von wegen Heilung! Das schiere Gegenteil war der Fall!
Und so beherrschte die Sorge um den sich rapide verschlechternden Gesundheitszustand der Ehefrau und Mutter seit Monaten das Leben der Familie Jellinek, mochte es für Außenstehende auch noch so prunkvoll und unbeschwert wirken. Denn die bittere Wahrheit sah ganz anders aus. Von Woche zu Woche wurde die einst so robuste und

leistungsfähig wirkende Rachel mit ihren erst 39 Lebensjahren immer schwächer.
Am Ende hatte sie sich noch nicht einmal mehr erheben können, sondern war wochenlang an ihr Krankenlager gefesselt gewesen. Als genau dieses hatte sie es mit ihren eigenen Worten beschrieben. Diese muntere, immerzu lebensbejahende Frau! Gefesselt an das Krankenbett! Dort war sie buchstäblich verblüht. Egal, welche Ärzte mit dem höchsten internationalem Ansehen der zunehmend verzweifelte Emil Jellinek auch in die Villa bat, sie alle zeigten sich nach eingehenden Untersuchungen der Patientin ratlos. Nur einer von ihnen, ein Mediziner aus Paris, hatte einmal etwas von seltsamen Symptomen gemurmelt, die ihn womöglich an eine Art Knochenkrebs denken ließen. Doch es handele sich nur um eine erste, dazu noch ganz vage Vermutung – und mehr hatte er schließlich zur Genesung der Kranken auch nicht beizutragen gehabt. Zwar hatte er der Kranken einige sündhaft teure Medikamente verschrieben, die eigens von einem speziellen Apotheker aus der französischen Hauptstadt bezogen werden mussten, doch außer einer gepfefferten Rechnung »für seine erbrachten medizinischen Leistungen« war am Ende keinerlei Resultat erzielt worden.
Das wochenlange Siechtum seiner Ehefrau brachte den erfolgsgewohnten Emil Jellinek allmählich an den Rand der Verzweiflung. Es war das erste Mal, dass er mit all seinem Geld an unüberwindliche Grenzen gestoßen war. Egal, welche enormen Summen er auch aufwendete, die Gesundheit seiner geliebten Ehefrau ließ sich mit keinem Betrag der Welt erkaufen. Weder die Gesundheit – und erst recht nicht das Leben.

Der 20. September 1893. Ein fürchterliches Datum. Der Tag, an dem die Mutter auf dem Cimiez Friedhof von Nizza zur letzten Ruhe gebettet werden würde. Rachel Jellinek war am 18. September, nur zwei Tage nach dem vierten Geburtstag von Mercedes, unter fürchterlichen Qualen gestorben. Laut Auskunft des Arztes wohl tatsächlich an dem nur vermuteten, aber ohnehin keinesfalls heilbaren Knochenkrebs. Noch nicht einmal mehr das vom persönlich anwesenden Professor reichlich verabreichte Betäubungsmittel hatte es am Ende noch vermocht, die höllischen Schmerzen zu lindern. So war der Tod für die arme Frau einer Erlösung gleich gekommen, das hatte selbst der am Boden zerstörte Emil Jellinek schließlich einsehen müssen, der noch Stunden zuvor in panischem Entsetzen sämtliche ihm bekannten Ärzte an der gesamten französischen Riviera in dringlichen Telegrammen und hektischen Telefonaten um ihren medizinischen Beistand angefleht hatte. Mochte es kosten, was es wollte. »Sie müssen meine Frau wieder gesund machen, hören sie?!« Ein ums andere Mal hatten Mercedes und ihre Brüder diesen verzweifelten Ausruf ihres Vaters selbst durch die fest verschlossene Tür des Arbeitszimmers dringen hören. Mit wachsender Lautstärke und zunehmender Bitterkeit. Am Ende war das Krankenzimmer dennoch zum Sterbezimmer von Rachel Jellinek, geborne Gogman-Canrobert, geworden. Sämtliche Ärzte waren mit ihrem Latein am Ende gewesen. Rachel Jellinek war den Folgen dieser heimtückischen Krankheit erlegen. Sie hatte nur 39 Jahre alt werden dürfen.

Was für ein Tag, an dem man sich nun zum Begräbnis auf dem Friedhofshügel versammelt hatte! Erstmals in diesem Spätsommer blies ein unangenehm kalter Wind von den Bergen, der die Trauergesellschaft heftig frösteln ließ. Ganz klar: Es waren die ersten Vorboten des nahenden Winters. Der geknickte, bis auf einen blütenweißen Hemdkragen ganz in Schwarz gekleidete Emil Jellinek drückte seine kleine Tochter eng an sich. Das Mädchen schien noch gar nicht recht zu verstehen, was da mit der Mutter passiert war. Nun, es war sicherlich besser so.

Neben ihnen standen mit hängenden Köpfen die beiden Söhne. Wie zwei Wesen, denen jeder Halt abhanden gekommen war, so wirkten der 17 Jahre alte Adolf und der zehnjährige Fernand am Grab ihrer Mutter auf die übrigen Trauergäste.

Doch der am ganzen Leib wie Espenlaub zitternde Witwer schien keinerlei Notiz von seinen beiden anderen Kindern zu nehmen, während er seinen ausdruckslosen Blick auf einen der riesigen Engel richtete, die über den benachbarten Grabstätten wachten – beinahe altgriechischen Rachegöttern gleich.

Inzwischen hatte der Priester seine letzten Worte gesprochen und sich nach einem kurzen teilnahmsvollen Händedruck von den Jellineks verabschiedet. Danach war er gemessenen Schrittes zur Friedhofskirche zurück gegangen, deren goldene Kuppel im Sonnenlicht geradezu märchenhaft erstrahlte und einen seltsamen Kontrast zu dem traurigen Anlass bildete, genauso wie überhaupt der gesamte Friedhof mit seiner auf geradezu verstörende Weise wunderschönen Lage direkt über der Promenade des Anglais und dem Hafen von Nizza. Aber dafür hatten Emil Jellinek und seine kleine Tochter nicht den geringsten Blick. Auch nicht für all die anderen Trauergäste, noch nicht einmal für seinen hinter ihm stehenden Vater. Trotz der schweren Krankheit, von der er seit dem Tod seiner Ehefrau im vergangenen Jahr sichtlich gezeichnet war, hatte es sich der alte Wiener Rabbiner nicht ausreden lassen, beim Begräbnis der Schwiegertochter persönlich anwesend zu sein. Und das, obwohl es sich um eine katholische Zeremonie handeln würde. Begleitet wurden sie von Georg und

Hermann, den beiden Brüdern des Witwers. Schon vor dem Beginn der Messe hatten ihm die beiden in vorsichtigen Worten ihr leichtes Befremden zu verstehen gegeben, dass er anscheinend nur tröstende Worte für seine kleine Tochter fände, nicht aber für die beiden Buben, die doch Trost und Zuspruch mindestens genauso nötig hätten wie die kleine Mercedes, die mit ihren vier Jahren das Geschehen um sie herum doch noch gar nicht richtig begreifen könne. Im Gegensatz zu Adolf und Fernand, die unter diesem Schicksalsschlag für jeden deutlich erkennbar schwer zu leiden hatten. »Jetzt nimm endlich halt auch mal die beiden Buben in die Arme«, zischte ihm nun auch sein Vater scharf ins Ohr. »Du siehst doch, wie einsam und gottverlassen sie da stehen! Was bist du denn nur für ein Rabenvater!«
»Ach was«, beschrieb der Getadelte in seinem ganzen Schmerz eine heftig abwehrende Handbewegung. »Die sind doch alt genug. Im Gegensatz zu Mercedes. Die ist erst vier. Der Adolf dagegen ist bereits 17.«
Doch trotz seiner angegriffenen Gesundheit liess der alte Rabbiner nicht so schnell locker. »Und was ist mit deinem Fernand? Der ist gerade einmal zehn Jahre alt.«
»Ach Vater! Lass mich doch endlich in Ruhe. Ich habe mit meiner lieben Kleinen genug zu tun, das arme Kind in seinem Kummer zu begleiten. Wenn ihr aber meint, die beiden anderen seien wichtiger, nun denn: dafür können ja die beiden hier in die Bresche springen,« deutete er mit einem unzweideutigen Blick auf seine Brüdern, die ihn noch immer missbilligend musterten. Aber egal. Sollten die ruhig denken, was sie wollten, das spielte keinerlei Rolle. Denn ehrlich gesagt hatte er sich weder mit dem einen noch mit dem anderen jemals gut verstanden.
In diesem Augenblick wurde er von einer zarten Mädchenstimme aus seinen Gedanken gerissen. Er wandte den Kopf und blickte in die fragende Miene seiner kleinen Tochter. »Verzeih, Mercedes. Ich war gerade in Gedanken. Was hast du gerade gesagt?«

»Ich habe dich gefragt, was der Onkel da eigentlich arbeitet?«, deutete sie mit dem Zeigefinger auf Georg Jellinek.
»Tja, das ist eine gute Frage. Wie soll ich dir das erklären? Er hat Jura studiert, Rechtslehre also ...«
»... und da schickt er dann die Verbrecher ins Gefängnis?«
»Nein, nicht ganz. Er kümmert sich um das Staatsrecht, nicht um die Diebe und Mörder. Aber das zu erklären, ist schwierig. Das begreife noch nicht einmal ich so richtig. Da fragst du ihn in ein paar Jahren, wenn du ein bisschen größer bist, am besten selbst.«
»Und der andere Onkel, der viel jüngere da ...«, zeigte sie nun zu dem erst 25 Jahre alten Hermann hinüber.
»Ach, der Hermann. Das ist ein Germanist. Der widmet sich also sozusagen der brotlosen Kunst.«
»Was ist das denn: brotlose Kunst?«
»Eben das, was der Onkel macht,« kicherte ihr Vater in einer plötzlichen Anwandlung laut vor sich hin und erntete mit dieser Unbeherrschtheit postwendend den entsprechenden Tadel.
»Also wirklich! Emil! Jetzt reiß dich endlich zusammen. Schließlich sind wir hier beim Begräbnis deiner Ehefrau versammelt!«
Unwirsch ballte der Witwer die linke Hand zur Faust, während er die rechte noch fester um die zarten Finger seiner Mercedes schloss. Dann war es um seine Selbstbeherrschung endgültig geschehen. Die Worte sprudelten plötzlich nur so aus seinem Mund heraus. »Das weiß ich nur allzu genau. Das braucht mir niemand zu sagen! Meine Trauer sieht eben anders aus. Auf jeden Fall ist sie echt und nicht aufgesetzt, in dem ich nur eine solche Betroffenheitsmiene an den Tag lege, wie das die beiden Herren Brüder tun ...«
»Das ... das ist ja unglaublich! Weiß du, was du da eigentlich sagst? Bist du überhaupt noch Herr deiner Sinne?«
»Und ob ich das bin. Und ich bleibe dabei: irgendwelche Äußerlichkeiten sind euch wichtiger als die echte Trauer. Allein wenn ich an die Vorhaltungen unseres Vaters im

Hinblick auf die Begräbniszeremonie denke, kaum dass ihr gestern Abend aufgetaucht seid. Mit welchen Gesängen man sie unter die Erde bringt, das schien ihm ja in der Tat wichtiger zu sein, als die Tatsache, dass seine Schwiegertochter, die Mutter seiner Enkelkinder, gestorben ist.«
Mit dieser scharfen Attacke hatte er seinen Pfeil tief in die Seele seines Vaters geschossen. »Das nennst du Äußerlichkeiten! Nur weil ich in aller Bescheidenheit darauf hingewiesen habe, dass ich es falsch finde, wenn du deine Frau nicht nach jüdischem Ritus begraben lässt. Das ist in der Tat ein Problem für mich, über das du dir natürlich nicht die geringsten Gedanken machst. Das sieht dir ja ähnlich. Es kümmert dich keinen Deut, welche Auswirkungen dein Verhalten auf andere Menschen hat. In meiner Gemeinde in Wien, da werden sie sich das Maul über mich zerreißen. Dass meine eigene Schwiegertochter auf einem christlichen Friedhof in Nizza begraben liegt. Der Oberrabbiner, auf dem katholischen Begräbnis einer Familienangehörigen! Wann hat es denn so etwas jemals gegeben?!«
»Ich sage es ja: alles Äußerlichkeiten! Als ob das eine Rolle spielte.«
Der alte Rabbiner warf in einer fassungslosen Geste die Hände über den Kopf. »Natürlich spielt es eine Rolle!«
»Tot ist tot. Das ist das schlimme daran! Und du ... denkst dennoch nur wieder an dieses ganze Brimborium, das der Priester darum herum veranstaltet. Das macht mir meine Rachel auch nicht mehr lebendig.«
»Brimborium!« Aaron Jellinek schnappte heftig nach Luft. »Wenn doch nur deine arme Mutter noch am Leben wäre, die würde dir die Manieren schon beibringen. Er beschrieb eine kraftlose Handbewegung, mit der er seine beiden anderen Söhne zu sich heran winkte. Kommt, wir gehen. Bitte bringt mich zur Droschke.«
Sein mittlerer Sohn konnte es nicht lassen. Die Frage musste einfach gestellt werden. »Und was ist mit dem Leichenschmaus?«
»Den kannst du dir an den Hut oder sonst wo hin stecken,«

zischte der ansonsten so überaus beherrschte Georg, der älteste der drei Jellinek Brüder. »Musste das jetzt wieder unbedingt noch sein? Man könnte beinahe meinen, du hast es absichtlich darauf angelegt, unseren Vater zu verletzen. Obwohl du weißt, wie schlecht es ihm seit dem Tod unserer Mutter geht. Muss man ihm seine letzten Lebenswochen derart vergällen? Das vergesse ich dir nie!«

»Genauso wenig wie ich euch diese heuchlerischen Vorhaltungen vergessen werde! Gib doch zu, dass du schon längst daran denkst, auch zum Christentum zu konvertieren!«

»Wie bitte?« Der alte Rabbiner zuckte bei diesen absichtlich laut gerufenen Worten zusammen, als hätte ihn ein Schlag in die Magengrube getroffen. »Ist das wirklich wahr, Georg?«

»Nein natürlich nicht Vater«, stammelte der Gefragte verlegen. »Keinesfalls ist das wahr. Er will mich nur verletzen – und dich gleich mit.«

»Verletzen, dass ich nicht lache«, kommentierte Emil trocken. »Ich weiß, was ich weiß ...«

»Emil, es reicht«. Nun war auch sein jüngerer Bruder Hermann ganz nahe an ihn herangetreten. Dessen Augen sprühten zornige Blitze. »Es ist genug. Endgültig genug. Halt endlich den Mund!«

Während Emil Jellinek daraufhin gelangweilt mit den Schultern zuckte, wechselten die beiden anderen einen kurzen Blick und nickten entschlossen.

»Nun denn!« Grußlos wandten seine Brüder sich um und nahmen ihren vor Wut und Enttäuschung zitternden Vater in die Mitte, während sie durch die von riesigen Engeln gesäumten Grabreihen so rasch wie möglich zum Ausgang des Cimiez-Friedhofs strebten.

Ein bitteres Lächeln zuckte um die Mundwinkel des Witwers. Ausgerechnet diese eigenartige Auseinandersetzung schien ihm eine willkommene Ablenkung aus dem ganzen Schmerz und Kummer gewesen zu sein. »Da schau einer an: der ansonsten so distinguierte Jurist – und der nicht

minder feinsinnige Schriftsteller. So entschieden und richtiggehend wütend habe ich sie wohl noch nie erlebt.«
In Wirklichkeit waren Georg und Hermann weniger zornig, sondern vielmehr tief besorgt um den Familienfrieden. Und um ihren in den vergangenen Wochen recht hinfällig gewordenen Vater, dem diese unfassbare Szene womöglich einen weiteren schweren Schlag versetzt hatte.
»So ein undankbarer Bengel. Im Grunde genommen war er ja schon immer so. Wenn ich nur daran denke, was er mir in seiner Kindheit und Jugend schon alles angetan hat. Wieviele Nerven er mich und eure Mutter schon gekostet hat. Jahre unseres Lebens! Und jetzt noch so etwas!« stieß der alte Rabbiner mühsam hervor. Abrupt blieb er stehen und bedachte seine beiden Söhne mit einem entschlossenen Blick. »Jetzt ist er für mich gestorben. Endgültig. Ich habe keinen Sohn mit Namen Emil mehr.«
»Aber Vater, der Emil hat das doch gar nicht so gemeint. Er kann halt nicht aus seiner Haut.« Das war wieder so typisch für Emils ältesten Bruder Georg, den wie immer auf Ausgleich und Verständigung bedachten Juristen, der über ein so völlig anderes Naturell verfügte, wie der impulsive, oft auch hektisch agierende Emil, der einige Stunden danach das meiste von all den unbedacht heraus geschleuderten Sätzen schon wieder bereute, zu denen er sich in einem seiner geradezu legendären Tobsuchtsanfälle hatte hinreißen lassen. Bei Georg war eine solche Verstimmung traditionell meist noch viel rascher verflogen. Nun gut, er würde sich auch niemals dermaßen in etwas hinein steigern, wie der Emil. Georg also hatte sich in der Zwischenzeit längst wieder beruhigt und sich so seine eigenen Gedanken über die sonderbare Debatte am Grab der Schwägerin gemacht. Womöglich, so schien es ihm nun, hatte sich der Emil mit seinem sonderbaren Zynismus, der ansonsten doch gar nicht seiner Wesensart entsprach, lediglich in einen Gemütszustand geflüchtet, der es ihm ermöglichte, den Gedanken an den bitteren Verlust seiner Ehefrau kurzzeitig zu verdrängen. Das war vermutlich die plausibelste

Erklärung. »Vater. Du solltest ihn doch kennen. Das wird schon wieder.«
»Nichts wird! Der Emil ist für mich gestorben!«
»Vater. Bitte ...«
»Doch. Ein für allemal. Und jetzt lasst mich damit in Ruhe. Ich will nichts mehr davon hören.«
Tja. Das hatte der Emil nun davon. Schweigend verharrten sie am Eingangsportal des Friedhofes, bis endlich die Droschke vorgefahren war. Mit einiger Mühe gelang es den beiden Brüdern, ihren von Minute zu Minute schwächer werdenden Vater in das schaukelnde Gefährt hinein zu bugsieren, dann setzten sie sich schwer schnaufend neben den in sich zusammengesunkenen Mann. Auf ein knappes Kopfnicken von Georg hatte sich die Droschke mit den Trauergästen in Bewegung gesetzt, während sie den Witwer, der gerade eben mit seinen drei Kindern das imposante Portal passierte, keines einzigen Blickes mehr würdigten. Das ohnehin recht brüchige Band zwischen dem Rabbiner Aaron Adolf Jellinek und seinem zweitältesten Sohn Emil, der ihm ja schon immer nur Sorgen und Probleme bereitet hatte, schien zerschnitten. Womöglich gar für immer.
Während der Hufschlag der Pferdedroschke rasch verhallte, ballte Emil Jellinek, einem plötzlichen Impuls folgend die Fäuste und baute sich entschlossen vor den drei Halbwaisen auf. »Kinder, hört mir zu: wir gehen wieder zurück nach Afrika, und zwar schon in der kommenden Woche. Hier wird es mir allmählich zu ungemütlich – und zu kalt. In jedweder Beziehung.«
Unverzüglich wurde dieses so spontan geborene Vorhaben in die Tat umgesetzt. Dieses Mal war Algerien das Ziel der Reise.

Nur wenige Wochen später sah sich Emil Jellinek jedoch aus familiären Gründen gezwungen, sein Überwinterungsquartier für einige Zeit zu verlassen. Denn die Brüder hatten ihn mittels einer dringlichen Depesche aus Baden darüber in Kenntnis gesetzt, dass sein Vater im Sterben lag

und seinen Sohn entgegen seines wütenden Schwurs von Nizza doch noch einmal zu Gesicht bekommen wolle. Emil hatte sich unverzüglich um einen Schiffsfahrkarte gekümmert und war am späten Nachmittag des 29. Dezember 1893 in Baden angekommen, wo sie seinen Vater im Nebenhaus der Villa untergebracht hatten. Doch wenige Stunden vor Emils Ankunft war sein Vater verstorben. Am letzten Tag des alten Jahres wurde Aaron Adolf Jellinek, der ehemalige Wiener Oberrabbiner und Schriftsteller, im jüdischen Teil des Wiener Zentralfriedhofs beigesetzt.
Erstaunlicherweise war es dabei nicht zu einer weiteren vorwurfsvollen Auseinandersetzung zwischen den drei Brüdern gekommen, sondern zu einer tränenreichen Aussöhnung.
Dazu mochte vielleicht auch die Tatsache beitragen, dass Georg zur Überraschung der beiden anderen angekündigt hatte, gleich zu Beginn des neuen Jahres tatsächlich zum Christentum konvertieren zu wollen, genauso wie es Emil ja schon vor einigen Wochen prophezeit hatte und damit die heftige Gegenreaktion auslöste. Folglich staunte er nicht wenig: »Ausgerechnet du – wo du mir kürzlich doch noch solche Vorhaltungen deswegen gemacht hast. Damals hat sich das aus deinem Mund aber ganz anders angehört!«
»Ich wollte unseren Vater damit nicht mehr belasten – und bis nach seinem Tod mit diesem Schritt warten,« fügte der älteste achselzuckend an. »Das seltsame an dieser Sache war, dass er selbst sich ja gar nicht als richtigen Juden betrachtet hat. Er hat bekanntlich immer betont, dass erst unsere mährischen Großeltern zum Judentum übergetreten sind, weil die Habsburger damals die Hussiten nicht tolerieren wollten. Weil die Großeltern aber keinesfalls katholisch werden wollten wie die verhassten Habsburger, haben sie sich für das Judentum entschieden. Glaubensgründe haben dabei eine eher untergeordnete Rolle gespielt. Von daher habe auch ich nicht verstanden, wie verbissen er sich in seinen letzten Jahren manchmal an seine Religion geklammert hat.«

»Das habe auch ich ziemlich verwunderlich gefunden«, pflichtete ihm auch Hermann bei. »Religion ist Opium für das Volk, diesen wahren Satz habe ich erst kürzlich wieder bei Karl Marx lesen können, der wirklich ein wahrhaft großer Denker gewesen ist.«

»Deswegen sage ich es ja: Religion. Glauben. Alles mit äußerster Vorsicht zu genießen. Allein wenn ich mir vergegenwärtige, wie viel Leid und Elend religiöse Auseinandersetzungen über die Menschheit gebracht haben – und das alles im Namen des Allerhöchsten! Das ist eigentlich unfassbar.«

»... und dennoch ist es ratsam, nicht ohne Religionszugehörigkeit da zu stehen – das gilt gerade auch für dich Emil, der du sowieso schon Neider genug hast.«

»Das ist mir schon klar und genau aus diesem Grund habe ich mich ja auch der römisch-katholischen Kirche angeschlossen, der Kirche unserer allergnädigsten und allerkatholischsten Majestät«, fügte er mit einem unüberhörbar spöttischen Unterton in der Stimme noch hinzu.

Im Laufe des Versöhnungsgesprächs entwickelte sich eine erstaunlich harmonische Atmosphäre – und so endete diese Zusammenkunft der drei so grundverschiedenen Brüder schließlich erst tief in der Nacht, nachdem sie dieses so seltene, ungezwungene Beisammensein in vollen Zügen fröhlich genossen hatten – indem sie dem Inhalt der von Emil großzügig spendierten Champagnerflaschen voller Begeisterung zusprachen. Am nächsten Morgen verabschiedete man sich in der Gewissheit, dass jeder seiner eigenen Wege gehen würde und sicherlich wieder Monate, wenn nicht gar Jahre verstreichen konnten, bis es zu einem Wiedersehen käme. Ein Wiedersehen, dem keiner mehr so bang oder gar verdrießlich entgegen blickte, wie das bislang der Fall gewesen war. Sonderbar: Plötzlich fühlten sie sich trotz aller Unterschiedlichkeit durch ein unsichtbares Band vertrauensvoll miteinander verbunden. Ein Band, das bislang doch gar nicht existiert hatte. Aber nun gut. Auch das war eine schöne, neue Erfahrung.

Es sollten freilich noch viele Jahre ins Land gehen, bis Georg seine Ankündigung tatsächlich wahr machte und zum Christentum übertrat. Jahre, in denen er seinen längst geplanten Schritt nach nächtelangem Grübeln wieder und wieder aufschob. War es dieser kaum erklärbare Respekt vor dem Glauben seines Vaters, der ihn davor zurückschrecken ließ – oder war es nur »die Feigheit vor der Konsequenz«, wie sein in diesen Fragen höchst pragmatisch denkender Bruder Emil das jahrelange Zaudern genauso kopfschüttelnd wie verständnislos kommentierte.

Der Aufenthalt der Jellineks in Nordafrika war nicht von langer Dauer. Vor allem deshalb, weil Emil Jellinek das dortige Klima immer stärker zu schaffen machte. Das pralle Sonnenlicht, das ihm ins Gesicht fiel, war nichts für ihn und seine überaus empfindliche Haut. Und so hatte er seinen Kindern eines Tages in seiner bekannt impulsiven und keinen Widerspruch duldenden Art den hiermit feststehenden Entschluss verkündet, die »alte Familientradition« wieder aufnehmen zu wollen. Künftig würde man die Sommerzeit folglich also in Baden bei Wien verbringen, um dann gegen Mitte Oktober bis zum Ende des Monats März die Lebensqualität des prachtvollen Nizza zu genießen. Sicherlich stellte das Klima tatsächlich einen der Hauptgründe für diesen Umzug dar. Denn schon während seiner ersten Aufenthalte in Afrika hatte Emil Jellinek diese Temperaturen von häufig über 30, wenn nicht gar 40 Grad schlichtweg nicht vertragen. Dazu gesellte sich nun aber diese unsagbare Leere, seitdem seine Rachel von ihm gegangen war. Natürlich hatte es sich damals nach ihrem Tod um eine überstürzte Flucht aus Nizza gehandelt. Er hatte das Haus und die ganze Umgebung einfach nicht mehr ertragen können. Die Villa, die Zimmer, die Bilder, die Einrichtung: alles hatte ihn an Rachel erinnert. Und dazu die häufigen Fragen seiner kleinen Tochter, wann denn die Mama wieder käme. Ob sie nun vom Himmel aus auf sie herunterschaue und weitere solcher Kinderfragen mehr. Aber die Bilder einfach abzunehmen und durch neutrale Motive zu ersetzen ...? Nein, dazu hatte sich der Witwer dann doch nicht durchringen können. Und so war man eben aus dieser Umgebung schlichtweg geflüchtet. Auch der Kinder wegen. Besonders wegen seiner Prinzessin, die in Afrika in vorsichtigen Schritten das Reiten erlernen sollte. Und damit auf andere Gedanken käme. Hoffentlich ...

Jedoch: Im Laufe der Wochen und Monate hatte vor allem die Langeweile Einzug gehalten in ihrem Domizil. Immer nur mit Kolonialbeamten und deren Familienangehörigen kommunizieren zu können, dazu vielleicht mit dem einen oder anderen Kaufmann – das war längst kein Leben mehr nach dem Geschmack eines Emil Jellinek, der in den zurückliegenden Jahren die Einladungen zu den Gesellschaften des Hochadels und der vermögenden Bankiersfamilien in vollen Zügen genossen hatte. Und der auch peinlich darauf bedacht war, seine Kinder in diesen Kreisen fest verankert zu wissen. Vor allem die liebreizende Mercedes. Doch in Nordafrika war das alles nicht möglich. Die Kinder der engstirnigen Beamten und der nicht minder langweiligen Kaufleute, das war nicht der Umgang, den sie und auch ihr Vater benötigten. Allein wenn er an die Ballsaison der vergangenen Jahre zurückdachte ... Genießerisch schnalzte er mit der Zunge.
Längst war es der sogenannten besseren Gesellschaft ja zur guten Gewohnheit geworden, zwischen November und März in Cannes, Nizza und Monte Carlo rauschende Feste zu feiern. Und da durfte ein Mensch vom Anspruch eines Emil Jellinek natürlich keinesfalls fehlen. Eine angemessene Zeit der Trauer war inzwischen verstrichen, so dass ihm diesbezüglich niemand einen Vorwurf machen konnte, wenn er auf dem einen oder anderen Empfang wieder in Erscheinung trat – und wie es tief in ihm aussah, das ging ohnehin niemanden etwas an.
Also: zurück nach Nizza – in die wunderschöne Villa, die von nun an Mercedes hieß. In Nizza wie in Baden. Ein neuer Name – ein neuer Anfang. Für alle.

Und damit sollte es für die Müßiggänger in Nizza und auch in Baden ein neues Gesprächsthema geben. Immer wieder aufs Neue.
Denn es war schon eine sonderbare Parade, die man voller Vergnügen beobachten konnte, wenn die Familie Jellinek zu einem ihrer geradezu legendären Ausflüge aufbrach. Der

Herr des Hauses leide ja bekanntlich unter einer besonders großen Empfindlichkeit gegen allzu starkes Sonnenlicht, wie eben so viele andere Menschen auch, deren Haar einen rötlichen Schimmer aufwies und deren blässlich-weiße Hautfarbe im Sommer oft genug in einen fürchterlich tiefroten Sonnenbrand umschlagen konnte, falls man es an den nötigen Vorsichtsmaßnahmen hatte mangeln lassen. Nicht so im Falle des Herrn Jellinek und seiner Familie.
Eigentlich bot der Monsieur mit seinem extremen Backenbart ja ohnehin schon einen bemerkenswerten Anblick. Doch nun gesellte sich auch noch der sonderbare Tropenhelm hinzu, ein Mitbringsel aus Afrika, den er bei jedem Spaziergang und bei jeder Ausfahrt mit der Pferdekutsche grundsätzlich auf seinem Haupt platzierte, was ihm in Baden rasch die spöttische Bezeichnung »der Engländer« eingetragen hatte. Denn man hätte in der Tat meinen können, einen englischen Kolonialbeamten oder einen besonders schrulligen Vertreter der Ostindiencompagnie ihrer britischen Majestät vor sich zu sehen. Es war wahrhaftig ein seltsames Bild, erst recht, wenn die gesamte Familie Jellinek zu einem ihrer sonntäglichen Ausflüge aufbrach, denn nicht nur der Herr des Hauses, sondern auch seine Kinder verließen niemals die Wohnung ohne ihre Tropenhelme auf den Köpfen. Die ganze Familie, sogar die Kutscher. Mit einer Ausnahme freilich: das Mädchen. Die kleine Mercedes kam tatsächlich ohne diese Kopfbedeckung aus. Natürlich. Schließlich verfügte sie bekanntlich über einige Sonderrechte bei ihrem Vater und hatte den Verzicht auf den Tropenhelm mit ihren dicken blonden Haare begründen können, sowie mit einem Accessoire, über das die Damen verfügen konnten: einen kleinen Sonnenschirm, den sie über ihrem Kopf ausspannte – sorgsam behütet von ihrem Vater, der peinlich darauf bedacht war, dass der Schatten des Schirmes auch wirklich den ganzen Kopf seiner Tochter bedeckte und der aus diesem Grund während einer solchen Ausfahrt wohl an die fünf Dutzend Mal korrigierend eingriff.

Der Kelch dieser Tropenhelme war also an Mercedes vorbeigegangen. Wie so manches andere auch. Zum Beispiel die nicht minder sonderbaren Kleidungssitten, die für ihre Brüder während des Aufenthalts in Nizza eingeführt worden waren und die bei den Bewohner der Riviera für genau dasselbe erstaunte Schmunzeln sorgten, wie die Sache mit den Tropenhelmen. Emil Jellinek hatte nämlich die strenge Anweisung gegeben, die Söhne grundsätzlich in dicke steirische Trachtenjanker zu kleiden, falls sie die Villa verließen, um sich an die »frische Luft« zu begeben. Und so wurden die bedauernswerten Burschen selbst in der mildesten Winterwoche von Nizza und bei deutlich bedecktem Himmel mit Tropenhelmen auf dem Kopf und in dicke Trachtenjanker gekleidet von der belustigten Öffentlichkeit gesichtet. Da mochten die Knaben murren und zetern: noch nicht einmal der Hinweis an den Vater, sie seien nun endgültig zum Gespött der Leute geworden, ließ diesen von seinen strikten Kleidungsvorschriften abweichen.
Schon allein aus diesem – rein optischen Grund – schien es den Leuten kein Wunder, dass der im Jahr 1897 volljährig gewordene Adolf gleich am 7. August, dem Tag nach seinem 21. Geburtstag beiden Haushalten in den Villen Mercedes den Rücken kehrte. Mit dem harsch herausgeschleuderten Satz »Und dass du es weißt: Diese Dinger hier, die werde ich nie mehr im Leben anziehen« hatte er den Tropenhelm und den Janker vor die Füße seines völlig überraschten Vaters geworfen und anschließend mit energischen Schritten das Haus in Baden verlassen, um »nie mehr wieder zu kommen.«
Diese Rechnung hatte er freilich ohne die Macht der Gewohnheit angestellt. Denn der überaus verschwenderische Lebensstil, den er im väterlichen Haushalt nun einmal seit Kindesbeinen an wie selbstverständlich gewohnt gewesen war und diese Annehmlichkeiten auch durchaus gerne genossen hatte, sorgten dafür, dass er sich viel rascher wieder einfand, als das selbst sein Vater, der sich von diesem glücklichen Umstand zu Tränen gerührt zeigte, jemals vermutet

hätte. Und dann war da noch etwas gewesen, das ihm von Tag zu Tag klarer vor Augen gestanden hatte: die Sehnsucht nach seiner kleinen Schwester Mercedes. Wie sich die beiden Geschwister jubelnd in den Armen lagen, als Adolf plötzlich wieder aufgetaucht war, das sorgte dann gleich ein weiteres Mal für Freudentränen bei dem seinen Söhnen gegenüber ansonsten so streng auftretenden Vater. Aber gut, der Adolf war nun volljährig – und somit würde er ihm die Leine auch durchaus etwas länger lassen können. Sogar bei der Sache mit dem Tropenhelm ... sollte sein Ältester also künftig selbst entscheiden, ob er sich leichtsinnig der Gefahr eines Sonnenstichs aussetzen wollte oder nicht. Und auch, wenn die Entscheidungshoheit bei seinem Sohn lag: Den Helm würde man sicherheitshalber dennoch immer tragen ...

Dass bei Adolfs Rückkehr finanzielle Tatsachen eine gewisse Rolle gespielt haben dürften, war durchaus anzunehmen, denn der war bekanntlich keiner, der auch nur eine winzige Summe von der recht üppigen monatlichen Unterstützung seines Vaters auf die hohe Kante hätte legen können. Aber über diese naheliegende Vermutung wollte sich Emil Jellinek erst gar keine großen Gedanken machen. Vielmehr sah er generös über die offensichtliche Verschwendungssucht seines Ältesten hinweg. Geld genug war ja ohnehin vorhanden und so gab er sich viel lieber der Freude hin, endlich wieder die ganze Familie um sich versammelt zu wissen.

Folglich war – und dies zum ganz besonderen Vergnügen seiner mittlerweile achtjährigen Schwester Mercedes – nun auch der in Bezug auf den Tropenhelm mit gewissen Sonderrechten ausgestattete Adolf wieder mit von der Partie, als es in diesem Herbst nunmehr an die übliche saisonale Verlagerung des gesamten Hausstandes in Richtung Nizza ging.

Ach Adolf! Ihr immerzu so besonders schick und nach der allerneuesten Mode gekleideter, bereits erwachsener Bruder. Was stellte er doch für eine überaus elegante Erscheinung dar! Kein Wunder, dass die Herzen der Damen in die allerheftigste Wallung gerieten, wenn sie den jungen Dandy aus reichstem Hause höflich grüßend an sich vorüber stolzieren sahen. Die Zahl seiner Verehrerinnen dürfe man durchaus im mehrstelligen Zahlenbereich vermuten, hatte Adolf seiner Schwester gegenüber kürzlich gestanden und ihr dabei verschwörerisch zugezwinkert. Oder gar eher genießerisch? Gegrinst womöglich? Egal! Denn wie auch immer: Hauptsache, Adolf war wieder mit von der Partie. Und das war aus verschiedensten weiteren Gründen gut so, denn beim Umzug an die Riviera handelte es sich jedes Mal um ein Ereignis, das trotz der umfangreichen Dienerschaft, die man beschäftigte, die gesamte Familie über mehr als eine gute Woche lang in Atem hielt. Längst war man dazu über gegangen, sich bei der langen Reise in den Süden nicht mehr den Strapazen einer tagelangen Kutschenfahrt auszusetzen, sondern zunächst mehrere Eisenbahnwaggons anzumieten, um darin neben der vielköpfigen Reisegesellschaft auch all die unverzichtbaren persönlichen Dinge wie Kleidung, Bücher und die Lieblingsgemälde unterzubringen, bis Emil Jellinek, konsequent, wie er nun einmal war, noch einen Schritt weiter ging, in dem er gleich einen kompletten Sonderzug für sich und seine Familie vom Bahnhof Baden bis nach Nizza dampfen ließ. Und falls am Mittelmeer der Zoll wieder einmal Probleme machte, dann konnte man die entsprechenden Waggons mit den von den französischen Beamten kritisch beäugten Utensilien einfach auf einem Nebengleis abstellen und verplomben lassen, bis dann auch die letzten Einfuhrdetails geklärt waren. Zumindest die Familie war damit einigermaßen bequem und vor allem wohl behalten angekommen, alles andere würde sich dank der glänzenden Kontakte, die Emil Jellinek bis hoch zum Präfekten von Nizza pflegte, schon in Bälde ganz sicher zur Zufriedenheit aller klären lassen.

»Und wieso sagst du eigentlich manchmal Riviera und dann wieder Côte d'Azur, Papa? Ich denke, Nizza liegt in

Franreich und dort heißt die Küste dann Côte d'Azur und nicht Riviera.« Erwartungsvoll musterte das Mädchen den Vater aus ihren wunderschönen braunen Augen. »Wie heißt es denn nun richtig?«

»Das ist eine wirklich gute Frage«, nickte Emil Jellinek, dem allein diese Bemerkung wieder einmal überdeutlich vor Augen führte, über welch wachen Geist seine Tochter verfügte. Ja, er durfte zurecht stolz auf dieses Geschenk des Himmels sein – ein wunderhübsches noch dazu. »Zu erklären ist es im Grunde genommen aber recht einfach: Nizza war jahrhundertelang eine durch das Fürstenhaus Savoyen geprägte, eher italienische Stadt, bis sich die Einwohner vor einigen Jahren in einem Entscheid dafür ausgesprochen haben, nach Frankreich gehören zu wollen. Diese freiwillige Abstimmung fand im Zuge der Bildung des Staates Italien statt. Mit überwältigender Mehrheit haben sich die Bürger von Nizza für den Beitritt nach Frankreich ausgesprochen. Und so ist aus der Stadt Nizza an der *italienischen* Riviera ein Nizza an der *französischen* Riviera geworden, oder eben: an der Côte d'Azur, dem östlichen französischen Abschnitt der Mittelmeerküste. Alles verstanden, ja?«

Mercedes nickte nachdrücklich. »Aber klar, Papa. So, wie du das wieder erklärt hast, muss man das ja einfach verstehen. Was du aber auch alles weißt! Egal, welche Frage man dir stellt«, fügte sie voller Bewunderung noch hinzu, um sich anschließend genussvoll dem Inhalt ihres Eisbechers zu widmen.

Es war an einem dieser besonders milden, von einem magischen Licht verzauberten Februartage an der Promenade von Nizza. Wieder einmal hatte sie sich von ihrem Vater zum Eisessen »in das beste Café der gesamten Riviera« ausführen lassen dürfen, wo sich die beiden genussvoll ihren Lieblingseisbecher »nach Art des Fürsten Pückler«, also Vanille, Schokolade und Erdbeere, bestellt hatten. Für Mercedes natürlich mit einer ordentlichen Portion extra süßer Sahne obendrauf, für den um seine Linie besorgten Vater

zu seinem größten Bedauern »leider« ohne diese Köstlichkeit.
Einfach nur dasitzen an solch einem wunderbaren Platz, diese faszinierende Harmonie zwischen Vater und Tochter genießen und in den Nachmittag hineinträumen – das war der schönste Zeitvertreib, den man sich überhaupt nur denken konnte!
Leise drang die helle Mädchenstimme von Mercedes an Emil Jellineks Ohr, der mit seinen Gedanken weit abgeschweift war, weit zurück zu den glücklichen Tagen in Nordafrika, wo seine Rachel noch am Leben gewesen war. Rachel, die er niemals aufhören würde zu lieben. Eine Liebe, die er nun auf seinen kleinen Augenstern übertragen hatte. Mercedes, die ihrer Mutter auf so faszinierende und gleichermaßen bedrückende Weise ähnlich war. Äußerlich wie innerlich. Zart, temperamentvoll, zerbrechlich, manchmal jäh aufbrausend – immer wunderschön ...
»Wenn ich groß bin, dann heirate ich dich. Du bist nämlich der beste Mann von allen!«
Überrascht wandte er sich um, während sich seine Augen mit Tränen der Rührung füllten.
»Ach, meine liebe kleine Prinzessin«, murmelte er mit belegter Stimme und schenkte seiner Tochter ein warmes Lächeln. »Das wird nicht gehen – leider.«
»Aber warum denn nicht? Wenn ich es doch will – und wenn du es auch willst ...« setzte sie mit Nachdruck noch hinzu.
»Weil ...« erfolglos suchte er nach den richtigen Worten, um schließlich mit erhobenen Händen vor der Frage zu kapitulieren. »Weil ... das werde ich dir in ein paar Jahren erklären.« Er bemerkte, wie bei dieser zugegebenermaßen alles andere als zufriedenstellenden Antwort ein leichter Schatten über die Miene von Mercedes huschte, und setzte deshalb noch rasch hinzu: »Aber so viel kann ich dir schon heute sagen: du bist das liebreizendste Geschöpf, das Gottes schöne Erde jemals hervorgebracht hat, meine liebe Mercedes. Und nun widme dich bitte wieder deinem Eis,

bevor es sonst genauso rasch hinwegschmilzt wie mein Herz, allein wenn ich dich nur anschaue!« Trotz seiner tiefen Rührung gelang es ihm tatsächlich, ein amüsiertes Grinsen in seine Miene zu zaubern. »Auf jetzt: wer seine Portion als erstes geschafft hat – kriegt noch mal ein Eis. Achtung – fertig – los!«

Noch viele Jahre später sollten sich die beiden an diesen wahrhaft magischen Augenblick im Eiscafé auf der Promenade von Nizza erinnern, der sie dieses unsichtbare Band besonders deutlich hatte spüren lassen, das sie auf immer und ewig miteinander verknüpfte.

Frühjahr 1897 in Baden bei Wien – nur wenige Tage nach der Rückkehr der Jellineks aus Nizza. Vor den Stallungen der Villa Mercedes in der Wienerstrasse 45 schien es, als sei dort ein Riesenaufstand ausgebrochen. »Was ist denn hier los?« Auf den ersten Blick waren Mercedes und ihr Bruder Fernand inmitten einer aufgeregt durcheinander schreienden Horde von Stallburschen zu erkennen, dazu ein laut und ärgerlich wieherndes Pferd, das mit seiner aggressiven Nervosität allmählich auch die anderen Tiere ansteckte. Bei dem scheuenden Pferd handelte es sich um einen jungen Hengst, der in diesem Augenblick vor dem Stallburschen in die Höhe stieg, wodurch der zu Tode erschrockene Mann die Zügel fahren ließ und schützend die Hände vors Gesicht schlug. »Das darfst du doch nicht machen!« Geistesgegenwärtig stürmte Emil Jellinek herbei und stürzte sich mitten in das Getümmel, ohne dabei auf die Gefahr zu achten, in die er sich damit begab. Und tatsächlich: irgendwie gelang es ihm, nicht nur den Hufen auszuweichen, sondern auch den Riemen des Pferdes zu packen und ihn fest in seinem Griff zu behalten. Egal wie wütend der Hengst auch daran zerren mochte, der eher schmächtige Mann, dem niemand eine solche Kraft zugetraut hätte, zwang ihn ganz allmählich nieder. Es war ein langer Kampf, der gut und gerne zehn Minuten gedauert haben mochte, am Ende aber einen guten Ausgang nahm. Mit beruhigender Stimme redete der schweißüberströmte Emil Jellinek noch eine Zeitlang auf das Tier ein und tätschelte ihm vorsichtig den Hals. Dann endlich wandte er sich um und spähte stirnrunzelnd zu den Stallburschen hinüber, die sich nach wie vor in sicherer Entfernung hielten. »Oh ihr alten Feiglinge! Was seid ihr nur für Memmen! Kommt jetzt her beide! Einer allein scheint ja zu tapsig dafür zu sein, um so ein Pferd zu beaufsichtigen!«

Kaum hatte er einem der Burschen die Zügel übergeben, wirbelte er auf dem Absatz herum und schleuderte Fernand seine wütende Frage ins Gesicht: »Was hast du denn da wieder angestellt? Wie konnte das nur passieren? Das Pferd war doch bisher lammfromm!«
Fernand zuckte unsicher mit den Achseln und hielt den Kopf trotzig gesenkt, als er mit sichtlich bemühter Gelassenheit zur Antwort gab: »Du brauchst dich gar nicht so zu echauffieren, Vater. Das werden wir unter uns schon selbst regeln.«
»Selbst regeln! Von wegen! Das war lebensgefährlich! Ist dir das eigentlich bewusst? Das wird ein Nachspiel haben«, zischte er scharf und machte einen drohenden Schritt in Richtung seines 14-jährigen Sohnes.
Der wich erschrocken zurück und schluckte trocken, bevor er dann plötzlich seinen rechten Arm weit ausstreckte und damit auf seine Schwester Mercedes deutete. »Nun gut, wenn du es also unbedingt wissen willst ... Sie war es. Nicht ich. Die da. Die Mercedes hat dem Pferd ins Auge gespuckt ...«
»Du alter Petzer!«, zischte Mercedes verächtlich, während ihr Vater fassungslos die Hände vor den Kopf schlug. »Mercedes! Du?! Ja, bist du denn wahnsinnig?!« Mit hochrotem Kopf baute er sich direkt vor seiner Tochter auf und nahm sie zornig ins Visier. »Wie konntest du denn nur so etwas Verrücktes tun?!«
Sie hielt dem wütenden Blick tapfer stand und schaffte es sogar, mit einigermaßen fester Stimme die überraschende Antwort zu formulieren. »Ich habe dasselbe getan wie du früher auch, Papa.« Und mit einem vielsagenden Lächeln fuhr sie fort: »Weißt du denn nicht mehr, Papa?«
Schlagartig verwandelte sich die gerade eben noch so zornige Miene ihres Vaters in ein verstehendes Grinsen, das sich von der linken Seite des üppigen Backenbarts in voller Breite über das ganze Gesicht bis auf dessen rechtes Ende zog. »Ach, Mercedes. Wie kommst du denn nur dazu, mir immer nacheifern zu wollen. Das sind doch alte Geschichten!

Komm, jetzt bringe ich dich aber erst einmal in Sicherheit.« Lachend und kopfschüttelnd legte er den rechten Arm um die Schulter seiner Tochter und ging mit ihr davon, ohne sich noch im Geringsten um seinen verdatterten Sohn und die nicht minder erstaunten Stallburschen zu kümmern.
»Das ist wieder einmal typisch mein Vater!« knurrte Fernand verdrießlich. »Mich fragt er, was passiert ist. Und wehe, ich wäre es gewesen, dann gute Nacht. Aber seine Mercedes, die darf sich alles erlauben. Es ist so ungerecht ...«
Während sich der enttäuschte Fernand nun rasch unter die Stallburschen mischte, um in deren Gesellschaft hoffentlich eine gewisse Ablenkung von dieser wieder einmal himmelschreienden Ungleichbehandlung zu finden, erzählte der schmunzelnde Emil Jellinek seiner Tochter inzwischen die ganze Geschichte, die sich seinerzeit zwischen ihm und dem Pferd zugetragen hatte.
»Weißt du, ich war bekanntlich ja kein guter Schüler und sowieso ein recht unruhiger Geist ... dieses unruhige Wesen, das hast du also offensichtlich von mir geerbt.«
»Wie schön, Papa.«
»Immer langsam, meine Kleine. Weißt du, das war halt so ein Dummer-Jungen-Streich damals. Ich wollte den Dingen halt schon immer auf den Grund gehen und ganz genau wissen, was wodurch entsteht und was wäre wenn. Bevor mir andere da irgendetwas erzählen, was sich hinterher womöglich als falsch herausstellt, wollte ich eben meine Erfahrungen lieber selber machen. Das ist einerseits ja erklärbar – auf der anderen Seite kann es auch höchst gefährlich werden. Du hast es ja selber gerade beinahe am eigenen Leib erfahren müssen. Mir wird immer noch ganz elend, wenn ich mir ausmale, was alles hätte passieren können ...«
»Es ist aber nichts passiert, Papa.«
»Zum guten Glück!«
»Und wieso hast du nun damals dem Pferd ins Auge gespuckt?«
»Na ja«, verlegen lächelnd wiegte ihr Vater seinen Kopf.

»Weißt du, dieses Pferd, übrigens auch ein Hengst, das stand halt einfach so da. So träge und unnütz. Und ich hatte dabei den Eindruck, dass es mich irgendwie seltsam blöde mit seinem großen Auge anglotzt. Und da ist es ganz plötzlich über mich gekommen: ich habe mich gefragt, was wohl geschehen würde, wenn ich jetzt in dieses Auge spucken würde.« Er lachte trocken auf. Zugegeben, ein recht merkwürdiger Einfall ...«
»Und was ist dann passiert?«
»Genau dasselbe wie vorhin. Plötzlich war der träge Gaul gar nicht mehr träge, sondern ist kerzengerade in die Höhe gestiegen!«
»Und du? Bist du heil davon gekommen?«
»Zum Glück ja. Ich war vorsichtig genug, mich auf alle Eventualitäten vorbereitet zu haben und bin sofort ein paar Schritte rückwärts gerannt, während es den armen Pferdeknecht vor lauter Überraschung auf den Hosenboden gesetzt hat. Aber mehr ist dem Gott sei Dank auch nicht passiert. Ein Streich, der durchaus ein schlimmes Ende hätte nehmen können. Aber nun ja«. Emil Jellinek zuckte verständnisheischend mit den Schultern. »Es ist ja gut ausgegangen. Und ich war damit um eine Erfahrung reicher. Seitdem weiß ich, was passiert, wenn ...«
»... man einem Pferd ins Auge spuckt«, ergänzte Mercedes lachend. »Und ich weiß es jetzt auch!«
»Du hättest mich auch danach fragen können«, knurrte ihr Vater und streifte sie dabei mit einem sorgenvollen Blick. »Das hätte vollkommen ausgereicht. Man muss nicht jede Erfahrung selber machen.«
»Gleiches Recht für alle«, hielt ihm seine Tochter schlagfertig entgegen. »Was du für dich reklamierst, das darf auch ich für mich in Anspruch nehmen. Wie sagst du doch immer so schön: Der Apfel fällt nicht weit vom Stamm.«
»Aber manchmal läuft dieser Apfel damit eben auch Gefahr, von irgendwelchen Pferdehufen zerstampft zu werden«, beharrte Emil Jellinek auf seinem Standpunkt und bedeutete ihr mit einer dementsprechenden Handbewegung, dass

das Thema für ihn nunmehr erledigt sei. »Und außerdem habe ich jetzt keine Zeit mehr für solche Mätzchen. Ich muss unverzüglich nach Cannstatt reisen. Ich habe nämlich gerade in den »Fliegenden Blättern« einen hochinteressanten Artikel gelesen, bevor ich von dem Geschrei da draußen unterbrochen worden bin. Ja schau nur, sie liegt immer noch auf dem Boden – gerade so, als hätte man keine Hausangestellten!« Begleitet von einem unwirschen Stöhnen bückte er sich nach der dünnen Zeitung und faltete sie anschließend vor seiner Tochter auseinander. »Da schau, hier steht es. Es ist eine Abhandlung über einen gewissen Gottlieb Daimler, der wohl zeitgleich mit dem Herrn Benz in Mannheim das erste Automobil gebaut hat. Der Daimler aber soll inzwischen mit besonders leistungsfähigen Motoren die mit Abstand besten Wagen bauen. Das interessiert mich und deshalb habe ich beschlossen, mich an Ort und Stelle persönlich umzusehen, bevor ich da irgendwelchen Behauptungen von diesen Zeitungsredakteuren einfach Glauben schenke.«
»Wie damals bei dem Pferd, nicht wahr?«
»Wie damals bei dem Pferd«, echote Emil Jellinek grinsend.
»Aber du hast dich doch sonst nie so richtig dafür interessiert, für diese Automobile«, warf Mercedes ein. »Wenn ich nur daran denke, wie oft du über dieses seltsame französische Dreirad mit dem Explosionsmotor geschimpft und geflucht hast ...«
»Erinnere mich bitte nicht daran«, stöhnte ihr Vater. »Dieses Ding hat mir einen der peinlichsten Momente in meinem Leben eingehandelt. Ich bekomme heute noch eine Gänsehaut, wenn ich nur daran denke. Wie dieses Teufelsgefährt damals, mitten auf der Place Masséna in Nizza einfach ausgegangen ist und weder unser Sekretär Spiegel noch ich haben es wieder zum Laufen bringen können. War das entsetzlich, dieses hämische Grinsen der Leute erleben zu müssen. Ich habe irgendwann Reißaus genommen und dem Spiegel gesagt, er soll halt schauen, wie er das Ding von der Straße bringt und es dann so schnell wie möglich zu ver-

kaufen, dass ich es nicht mehr zu Gesicht bekommen muss.«
»Ich weiß noch, wie du damals zurückgekommen bist, schweißnass und völlig außer dir. Und wie du gesagt hast, so ein verfluchtes Ding käme dir auf gar keinen Fall mehr ins Haus. Wie hieß es doch gleich wieder? Ich glaube es war eine DeDion Voiturette ...«
»Bitte erspare mir diesen Namen!«
»Na, ist ja auch egal. Auf jeden Fall hast du gemeint, du wolltest für die Freizeitausflüge an die Promenade dann doch lieber weiterhin ein Fahrrad benutzen oder eben in Dreiteufelsnamen – so hast du dich ausgedrückt – nach wie vor in der Kutsche hinter einem Pferdearsch sitzen. Alles sei besser als so ein Ding mit Explosionsmotor.«
»Ja, so ist es. Dieses Ding hat nie richtig funktioniert – zumindest nicht zuverlässig und schon gar nicht über einen längeren Zeitraum hinweg.«
»Und was soll diesmal anders sein?«
»Erstens ist inzwischen geraume Zeit verstrichen – und zweitens, das ist es ja was mich besonders neugierig macht, handelt es sich um einen Wagen mit vier Rädern – samt Motor.«
»Aber auch so einen Wagen hast du doch schon einmal besessen – und auch das nur für ganz kurze Zeit. Und wenn ich mich richtig erinnere, dann war das doch ein Vehikel aus Mannheim, eben von dem Benz, den du gerade erwähnt hast, nicht wahr?«
»Das stimmt schon.« Emil Jellinek wippte auf den Zehenspitzen hin und her. »Aber auch das hat mir einfach nicht getaugt. Es war längst nicht so leistungsfähig, wie ich das gedacht hatte. Übrigens war das eine der ersten Benz-Kutschen mit vier Rädern, nachdem er bis dahin nur solche mit drei Rädern gebaut hat. Kurz vor meiner Bestellung hatten sie die Konstruktion umgestellt. Vielleicht war es also einfach zu früh, so ein Vehikel zu erwerben, in dem noch manche Kinderkrankheit verborgen war. Jetzt aber will ich ja einen Daimler-Wagen ...«
»Und der soll besser sein?«

»Diese Zeitungsschreiber hier behaupten es zumindest und rühmen ihn in den höchsten Tönen. Immerhin hat der Herr Daimler wohl von Anfang an auf vierrädrige Wagen gesetzt. Aber wie gesagt: Ich möchte seine Konstruktion vorsichtshalber erst einmal selbst inspizieren, damit ich nicht wieder auf eine Zeitungsmeldung hereinfalle. Ich werde also nach Cannstatt reisen, um mir mit eigenen Augen ein Bild zu machen. Nicht nur von dem neuen Automobil, sondern auch von den Konstrukteuren und von den dortigen Produktionsanlagen. Interessant scheint es bei diesem Daimler und seinem Chefingenieur ... wie heißt er doch gleich wieder? Ja, richtig, hier steht es: Maybach. Interessant also scheint es da schon zuzugehen. Hochinteressant sogar.«

Es war für Mercedes beinahe körperlich zu spüren: ihr Vater hatte Witterung aufgenommen. Wieder einmal. Endlich! Da war etwas aufgetaucht, das ihn plötzlich wieder begeistern konnte. Eine neue Technik. Eine neue Herausforderung. Womöglich ein weiteres Betätigungsfeld. Bei dem besonders lukrative Geschäfte winkten. Und dann war da noch die Sache mit der Geschwindigkeit. Mit diesem Rausch, dem der Papa ja schon seit seiner Jugend verfallen war. Und in dessen Folge er die rasante Eisenbahnfahrt in Böhmen provoziert hatte, wegen der er damals entlassen worden war. Die Mixtur aus neuester Technik, allerhöchster Geschwindigkeit, unbändiger Kraft, sagenhaften Verdienstmöglichkeiten und einem nicht minder hohen Risiko: ein Spiel. Ein hochriskantes Spiel! Aber genau das machte es ganz ja besonders interessant. Es war das höchste Vergnügen, das es für einen Emil Jellinek geben konnte. Endlich wieder eine echte Herausforderung! Hurra!

Es wäre freilich nicht das erste Mal, dass der Papa die Sache hinterher wieder fallen ließe, wie die berühmte heiße Kartoffel. Wie mit der Voiturette oder dem Benzwagen. Aber egal. Hauptsache, er hatte zumindest kurzfristig sein Vergnügen daran und einen guten Zeitvertreib. Denn nichts war unerträglicher als ein sich langweilender Emil Jellinek.

Und das kam inzwischen recht häufig vor. Als Kaufmann hatte er sich längst dieses gigantische Vermögen verdient, als Immobilienbesitzer die schönsten Villen gekauft, umgebaut und erweitert – was aber konnte ihm das Leben jetzt noch an prickelnden Herausforderungen bieten? Einem Mann in den so genannten besten Jahren, gerade Mitte vierzig Lebensjahre jung.
Folglich war Emil Jellinek im späten Frühjahr 1897 also tatsächlich nach Cannstatt gereist und hatte bei seiner Rückkehr mit hörbarem Stolz verkündet, einen Motorwagen bestellt zu haben, der dank seiner immensen Stärke von sechs Pferdestärken eine Wegstrecke von 24 Kilometern in der Stunde ermöglichte.
»Im Oktober werden sie mir den Wagen liefern. Ich kann es schon jetzt kaum noch erwarten!«

Im Oktober 1897 traf das erste Automobil in der Geschichte der Kurstadt Baden ein und wurde vor dem Anwesen in der Wiener Straße behutsam abgeladen, um wenig später, verfolgt von den staunenden Blicken der zahlreich versammelten Zaungäste hinter einem großen Remisentor der »Villa Mercedes« zu verschwinden. Wenige Tage später, vorsichtshalber nach einer eingehenden Überprüfung aller Funktionen durch den mitgereisten Mechaniker, würde die erste Ausfahrt stattfinden. »Das Wetter scheint sich günstig zu entwickeln. Wir werden morgen wohl losfahren können. Du und ich! Das wird vielleicht ein Ereignis werden. Da werden sie Augen machen! Der ganze Hochadel!«
Emil Jellinek konnte es kaum noch erwarten und fieberte dieser ersten Ausfahrt mit dem nagelneuen Daimlerwagen ungeduldig entgegen. Sicherheitshalber würde man für die allererste Testfahrt aber noch nicht den Weg zum Kurpark einschlagen, sondern über die weniger frequentierte Wiener Strasse aus der Stadt hinaus in Richtung auf Gumpoldskirchen zusteuern. Spätestens am Tag danach, wenn nicht sogar noch am selben würde es in die Innenstadt gehen. »Mitten hinein ins vornehme Getümmel!« Was für ein

phantastisches Bild das abgeben würde! Die Leute würden aus dem Gaffen gar nicht mehr heraus kommen, wenn er und seine Mercedes im Fond des Daimlerwagens stolz an ihnen vorüber rauschten.
Ganz vorne der Mechaniker aus Cannstatt, der in den ersten Tagen gleichzeitig auch als Chauffeur zur Verfügung stehen würde, bevor er sie sorgfältig in die genaue Funktionsweise dieses Wunderwerks der Technik eingeführt hätte, daneben einer der bisherigen Kutscher, der dank seiner Mechanikerlehre ein gewisses technisches Verständnis mitbrachte. Und das alles mit einer atemberaubenden Geschwindigkeit.
»Von wegen Geschwindigkeit!« Es war keine halbe Stunde vergangen, da war die erste Testfahrt des Automobils auch schon beendet. Nicht unbedingt zur Zufriedenheit des ehemals stolzen Neuwagen-Besitzers. Mit zornesroter Miene kletterte der heftig fluchende Emil Jellinek aus dem Automobil, kaum dass es der Mechaniker zurück auf den Hof der Villa gesteuert hatte, wo sie von der erwartungsvollen Mercedes empfangen wurden, die auf die Testfahrt gerne verzichtet hatte und sich lieber auf die Fahrt in die Badener Innenstadt freuen wollte.
»Aber Papa! Was ist denn nur?«
»Nichts ist!« Wütend ballte ihr Vater die Fäuste. »Das ist ein Ungetüm, aber doch kein Automobil. Es bestätigt all diese hämischen Vorurteile, mit denen man mich in den vergangen Tagen belästigt hat: Dass der Dampfwagen dem Benzinwagen sowieso deutlich überlegen sei und dass diese Benzinkutschen schon bald in einer Sackgasse verschwinden würden. Und selbst die Dampfwagen: kein Vergleich mit den Pferdefuhrwerken. Die ewig gestrigen haben also scheinbar wieder einmal recht behalten. In unserem Fall hat sich das fatalerweise leider bewahrheitet. Dieses Ding hier stinkt und lärmt gewaltig – das alles könnte man, vielleicht, ja eventuell noch hinnehmen. Das schlimmste aber ist, dass es überhaupt keine Leistung bringt. Von wegen sechs Pferdestärken. Oder gar 24 Kilometer in der Stunde.

Dass ich nicht lache! Wenn es nicht zum Heulen wäre ...« Kopfschüttelnd lies er seinen Blick verdrießlich über das Vehikel schweifen, nicht ohne dem peinlich berührten Mechaniker der Daimler-Motoren-Gesellschaft einen besonders vernichtenden Blitz aus finsteren Augen hinüber zu schleudern. »Da hätte ich damals ja gleich den Benzwagen behalten können! Von wegen beste Technik! Mir bricht der Schweiß aus, allein wenn ich an diesen Wahlspruch des Herrn Daimler denke, dem ich offenbar auf den Leim gegangen bin: Das Beste oder Nichts! Nun gut – insofern mag er recht haben: Das hier ist nichts. In der Tat nichts.«
»Und was ist nun mit unserer geplanten Ausfahrt, Papa?«
Jellineks Miene verdüsterte sich weiter. »Daraus wird leider nichts, Mercedes. Ich kann uns doch nicht zum Gespött der Leute machen, wenn wir mit diesem stinkenden Etwas über den Hauptplatz ruckeln. Nein, leider kann ich dir diese Freude nicht bereiten. Es ist ... ich weiß nicht, was ich sagen soll, meine liebe Mercedes. Ich enttäusche dich wirklich nur ungern. Aber mit diesem Ding da: Nein, nein und nochmals nein!«
Nach einer guten Stunde hatte sich der zutiefst enttäuschte Emil Jellinek zumindest wieder so weit gefangen, dass doch noch ein einigermaßen sachliches Gespräch zwischen Mechanikern und den Automobilbesitzern zustande kam. Er werde alles versuchen, um die Leistung des Motors zu verbessern. Denn das Ergebnis dieser ersten Testfahrt entspreche durchaus der wahren Stärke des Daimlerschen Motors. Selbst wenn ... man schon zu bedenken geben müssen, dass sich ein entscheidendes Mehr an Geschwindigkeit wohl nicht mehr herausholen lasse, angesichts der Tatsache, dass man zu dritt in dem Wagen gesessen habe und obendrein eine deutliche Steigung habe überwinden müssen – dazu noch gegen die Windrichtung. Auf der Ebene und mit Rückenwind, da sähe es freilich anders aus.
Doch auch die weiteren Testfahrten verliefen alles andere als nach dem Geschmack von Emil Jellinek. Es war dem Mechaniker zwar gelungen, dank einer besseren Justierung,

die lauten Knattergeräusche des Motors und den enormen Qualmausstoß einigermaßen zu reduzieren, aber die Geschwindigkeit selbst hatte sich kaum steigern lassen. Und genau das war es doch gewesen! Die Geschwindigkeit – gepaart mit einer respektablen Leistungsfähigkeit, die es dem Wagenlenker ermöglichte, das Automobil auch bei einer gewissen Steigung immer noch auf derselben Geschwindigkeit zu halten.
Aber anscheinend waren die sechs Pferdestärken dafür keineswegs ausreichend. Wie man damit auf 24 Kilometer in der Stunde gelangen sollte, das schien dem völlig ernüchterten Emil Jellinek, der sich voll und ganz auf die Auskünfte in Cannstatt verlassen hatte, inzwischen ein Rätsel.
»Und die Ausrede mit Gegenwind oder Straßenzustand, die möchte ich auch nicht mehr hören. 24 Kilometer sind 24 Kilometer. Und die möchte ich erreichen! Punktum!«
Eine schlaflos verbrachte Nacht später waren die Dinge schon wieder in Bewegung geraten. Und zwar ganz so, wie das Mercedes bereits als leise Vorahnung verspürt hatte, als ihr Papa gestern noch fluchend um den Daimlerwagen herumgetobt war. Emil Jellinek war zu einem Entschluss gelangt, wie er typischer für ihn gar nicht sein konnte. Die Flucht nach vorne würde er antreten – das war ihm schon immer als die beste aller Marschrichtungen erschienen.
»Ich werde den Herrschaften also deutlichst meine Meinung sagen und wesentlich bessere Qualität verlangen«, verkündete er beim Frühstück mit fester Stimme. »Und das bedeutet: ich will eine höhere Motorenleistung haben – und schneller muss der Wagen auch sein: Ich werde also 40 Kilometer in der Stunde fordern – mindestens! Es müsste doch mit dem Teufel zugehen, wenn das nicht gelingen sollte.«
»Meinst du, die werden sich so einfach von dir zwingen lassen?« gab Mercedes voller Skepsis zu bedenken.
»Mit Speck fängt man Mäuse«, zwinkerte ihr Vater. »Das habe ich schon auch bedacht. Und deshalb werde ich, um die Herrschaften davon zu überzeugen, dass sie mit mir nicht umgehen können wie mit einem x-beliebigen ande-

ren Kunden, gleich zwei Wagen bestellen. Die sie mir nach Nizza liefern sollen. Das sind mehr als zehn Prozent ihrer gesamten Jahresproduktion. Und einen deutlich höheren Preis werde ich durchaus auch akzeptieren, wenn sie meinen Wünschen entgegen kommen. Ich denke, sie werden deshalb zumindest gewaltig in Grübeln geraten«, setzte er mit einem schelmischen Lächeln noch hinzu. »Und dann, dann werden wir beide endlich die versprochene Ausfahrt machen können. Meine kleine Prinzessin und ich. Das verspreche ich dir. Ehrenwort!«

Ganz so reibungslos sollte die Sache freilich nicht vonstatten gehen. Denn der dickschädelige Emil Jellinek hatte seine Rechnung ohne die nicht minder sturen Schwaben gemacht, die sich von einem österreichischen Privatier nicht von einem Tag auf den anderen in ein durchaus riskantes und kostspieliges Abenteuer treiben lassen mochten. Ganz abgesehen von diesem geradezu unverschämt fordernden Tonfall, in dem er mit ihnen zu verkehren pflegte. Es wurden folglich langwierige Auseinandersetzungen – in deren Verlauf Mercedes ihren Vater oft laut aus seinem Arbeitszimmer fluchen hörte, wenn er wieder einen Brief öffnete, auf dem als Absender die Daimler Motoren Gesellschaft im schwäbischen Cannstatt angegeben war. Aber egal. Denn ihr Papa hatte seitdem wieder eine Aufgabe. Eine Herausforderung. Einen Sport! Trotz seiner regelmäßigen Tobsuchtsausbrüche beim Lesen der Antwortbriefe hatte sie ihn deswegen im Alltag schon lange nicht mehr so heiter und fröhlich erlebt, wie jetzt, seitdem seine ganze Konzentration den Automobilen galt. Und seinen Willen würde er am Ende ohnehin durchsetzen. Auch das stand für Mercedes fest. Felsenfest.

Im Badener Kurpark waren die Tulpen inzwischen verblüht. Längst lag der betörende Duft des Flieders in der Luft. Lag es womöglich an der berauschenden Wirkung dieser Fliederblüten? Oder weshalb befand sich, wie es schien, die halbe Stadt in diesem Mai des Jahres 1898 mit einem Mal in einer Art beschwingtem Ausnahmezustand? Die Leute glaubten ihren Sinnen nicht mehr trauen zu können und selbst die ansonsten so distinguierten, sogenannten besseren Herrschaften des Hochadels glotzten ungeniert auf das Schauspiel, das sich unmittelbar vor ihren staunenden Augen abspielte.

Es war aber auch ein bis dahin niemals erlebtes Spektakel, das durch die handelnden Personen eine weitere, höchst exotische Würze erhielt. Dieser Mann da, mit dem eleganten Zwirbelbart und dem seltsamen Tropenhelm auf dem Kopf, den in Baden anfangs die meisten für einen spleenigen Engländer gehalten hatten, saß stolz auf dem Vordersitz einer fürchterlich laut knatternden Motorkutsche und grüßte majestätisch nach links und rechts. Der erzherzoglichen Familie wagte der unverschämte Kerl, ein huldvolles Kopfnicken zu schenken. Emil Jellinek hieß der eitle Geck und es handelte sich bei ihm – man mochte es kaum glauben – um den Sohn des vor fünf Jahren verstorbenen ehemaligen Wiener Oberrabbiners Adolf Aaron Jellinek. Eines überaus angesehenen und gebildeten Mannes, dem eine solche Hybris, wie sie sein missratener Emporkömmling gerade an den Tag legte, immer fremd gewesen war.

Nun ja: das war das typische Gehabe der Neureichen, wie man es, sehr zum Leidwesen der alteingesessenen Adelsfamilien inzwischen immer öfter erleben und erleiden musste. Der Kerl war reich geworden mit diversen Handelswaren aus Nordafrika, und wolle nunmehr – gierig und unersättlich wie er war – dem Hörensagen nach auch in das seiner Ansicht nach offenbar äußerst lukrative Geschäft mit diesen kuriosen, selbstfahrenden Motorkutschen einsteigen. Erst kürzlich habe er sich auf einem Empfang laut und vernehmlich über sein neues Lieblingsspielzeug ausgelassen und dabei sogar die ungeheuerliche Behauptung aufgestellt, dass diese stinkenden Dinger in nicht allzu ferner Zeit sämtlichen Pferdekutschen den Garaus machen würden. Und mehr noch: dass der Kaiser Franz Joseph kürzlich erklärt hatte, niemals würde er den Rücken eines Pferdes mit der Fahrt in einem Benzinwagen eintauschen, das sei wohl eher auf das Alter des allmählich greisen Monarchen zurückzuführen, als auf dessen Überzeugung. Hatte dieser Jellinek tatsächlich von sich gegeben. Was der sich nur einbildete!

Während die Damen und Herren der Gesellschaft also ihren empörten Gedanken nachhingen und gleichzeitig dennoch mit einem gewissen Neid im Blick die Fahrt des Automobils verfolgten, ertönte urplötzlich ein lauter Knall, gefolgt von einer fürchterlich stinkenden, tiefschwarzen Rauchwolke. Das Vehikel war jäh gestoppt worden. Und zwar dermaßen abrupt, dass es seinem gerade eben noch so stolzen darin thronenden Wagenbesitzer den Tropenhelm tief ins Gesicht geschoben hatte – ein höchst kurioser Anblick, der dementsprechend hämische Kommentare und erleichtertes Gelächter bei den Herrschaften nach sich zog, als der erste Schrecken bei Akteuren und Zuschauern verflogen war. »Da habt ihr es ...«

»Da sieht man es mal wieder, von wegen Ersatz für Pferdekutschen!«

»Keine fünfhundert Meter weit ist er gekommen!«

Vor allem die Lenker der Pferdekutschen setzten sich mit ihrer Lautstärke unüberhörbar an die Spitze der lachenden Meute. Es war aber auch zu schön, erleben zu dürfen, wie die angebliche Konkurrenz, die ihnen doch schon bald den Garaus machen wollte, bei ihrer ersten offiziellen Vorführung jämmerlich versagte.

»Und selbst wenn die Dinger fahren sollten, was, wie ihr seht, ja gar nicht der Fall ist, dann brauchen sie ja immer noch einen Monteur dabei. Ohne Mechaniker geht es nicht, so störungsanfällig sind diese Vehikel. Und der hat hinten eine ganze Werkstatt im Gepäck! Das ist ja gerade so, als wenn wir neben uns Kutschern noch einen Helfer für die Pferdeäpfel beschäftigen müssten, oder einen Wagner zur Sicherheit zusätzlich auf dem Kutschbock sitzen hätten!«

»Du meine Güte! Da lobe ich mir doch meine »stinkenden

Pferdeärsche«. Die sind mir allemal lieber, als der Gestank dieser Benzinkutschen.«
»Die werden uns niemals brotlos machen!«
»Auch der Herr Engländer wird sich eines Tages wieder reumütig zu uns in die Kutsche setzen. Das ist so gewiss wie das Amen in der Kirche. Das Automobil hat keine Zukunft. Niemals!«
»Ihr werdet schon sehen!« Mit vor Scham und Verlegenheit hochrotem Kopf versuchte der auf so jähe Weise gestoppte Automobilist, seine Würde dennoch einigermaßen zu wahren. Der Schweiß lief ihm inzwischen in wahren Sturzbächen den Rücken hinunter, doch er dachte nicht im Traum daran, den Tropenhelm vom Kopf zu nehmen, sich der Anzugsjacke zu entledigen oder wenigstens die obersten Hemdknöpfe zu öffnen. Nein, diesen Triumph wollte er ihnen nicht gönnen, sondern tat vielmehr so, als mache er eine mehr oder minder gelassene Miene zum bösen Spiel, auch wenn es in seinem Innersten brodelte wie ein Vulkan. Und ausgerechnet seine bedauernswerte Tochter hatte sich mit in dem Wagen befunden und war den hämischen Blicken und Kommentaren des Pöbels nunmehr genauso schutzlos ausgeliefert wie ihr Vater. »Auf jetzt Spiegel, mach schon. Dreh die Schraube endlich rein und dann probieren wir es wieder«, trieb er seinen Sekretär, der inzwischen die Rolle des Mechanikers übernommen hatte, zur Eile. Er selbst, Emil Jellinek, fungierte dabei als Handlager. Als Handlanger des eigenen Sekretärs! Das musste man sich einmal vorstellen. Jede Minute, die verstrich, wurde damit umso peinlicher. »Was ist denn jetzt Spiegel. Können wir den Motor anlassen? Auf geht's! Beeilung!«
Endlich!
Eine gute halbe Stunde war vergangen, bis sich das Vehikel knatternd wieder in Bewegung setzte. Verfolgt von den teils amüsierten, teils missbilligenden Blicken der zahlreichen Müßiggänger auf der Badener Promenade, die zumindest am heutigen Nachmittag eine willkommene Abwechslung

im öden Einerlei ihres Alltags hatten erleben dürfen. Der über und über öl- und rußverschmutzte Emil Jellinek, der hinter dem Lenker saß und darauf trachtete, sein Automobil so rasch wie möglich und hoffentlich ohne weitere Zwischenfälle zurück zur Villa Mercedes zu bugsieren, hatte in der Zwischenzeit einen grimmigen Entschluss gefasst! Er würde den Herrschaften in Cannstatt in einem geharnischten Telegramm den Marsch blasen. Gleich nachher, wenn er sich ein wenig gesäubert hätte. Ein solches Telegramm hätten sie mit an Sicherheit grenzender Wahrscheinlichkeit noch niemals lesen müssen!

Und noch etwas hatte er sich in dieser üblen Lage geschworen. Jetzt erst recht! Er würde nicht aufgeben. Auf gar keinen Fall. Ein Emil Jellinek warf die Flinte nicht ins Korn. Schon gar nicht öffentlich. Niemals! Frühestens dann, wenn er endlich auf dem Gipfel des Erfolgs angekommen war. Ja, dann konnte er sich anderen Dingen zuwenden. Aber erst dann. Niemals würde er eine solche Niederlage akzeptieren. Er würde die Daimlerleute vor sich her treiben. Sozusagen zum Gipfel prügeln. Und zwar so energisch und so lange, bis sich der Erfolg eingestellt hatte. Und der würde sich einstellen. Er würde es ihnen zeigen. Allen! Ganz sicher! Daran glaubte er. Hunderprozentig.

August 1898. Schon seit Tagen lag eine brütende Hitze über dem ganzen Land. Sogar über der Donau flimmerte die Luft schwül und heiß, weshalb sich die Passagiere des Donaudampfers entweder in den Schatten des Sonnensegels geflüchtet hatten oder sich ganz vorne am Bug den jedoch kaum für Kühlung sorgenden Fahrtwind um die Nase wehen ließen. Es waren folglich nur einige wenige, die auf den Liegestühlen am Heck den prallen Sonnenschein auf ihrem Gesicht genossen. Unter diesem ziemlich überschaubaren Grüppchen befand sich auch die neunjährige Mercedes Jellinek, die auf Einladung eines weitläufigen Verwandten diese Ausflugsfahrt von Wien die Donau aufwärts bis in die Wachau nicht nur absolvierte, sondern in vollen Zügen genoss. Das mochte vielleicht auch daran liegen, dass es sich bei ihrem Begleiter Otto Zels nicht nur um den Großneffen ihres Vaters handelte, sondern auch an der Tatsache, dass der Otto mit seinen 20 Jahren ein fescher junger Bursche war. Dazu ein durch und durch begeisterter Techniker, der an keinem der neuartigen Automobile vorbei patrouillieren konnte, ohne nicht dessen Lenker in eine ausführliche Debatte über die Leistungsfähigkeit und die technischen Finessen des jeweiligen Benzinmotors verwickelt zu haben. Schon aus diesem Grund war er trotz seiner Jugend seit gut und gerne einem Jahr zu einem genauso häufigen wie gern gesehenem Gast der Jellineks avanciert, zunächst in Baden und später dann – nicht minder willkommen – in der Villa Mercedes an der französischen Riviera. Im Antlitz des autovernarrten Emil Jellinek schien jedes Mal gleichsam die Sonne aufzugehen, wenn ihm der Großneffe seine Aufwartung machte, um über die eine oder andere interessante Erkenntnis im Hinblick auf die neuartigen Explosionsmotoren zu fachsimpeln. Manchmal, so lauteten die in späteren Jahren oft geäußerten Vorhaltungen von Jellineks zweiter Ehefrau, hätte man deswegen durchaus die Ansicht vertreten können, der Herr des Hauses nähme einen stärkeren Anteil am Wohlgehen dieses doch ziemlich entfernten Verwandten, als an den Befindlichkeiten seiner eigenen Söhne, mit denen er bekanntlich diese Technikbegeisterung zu seinem größten Leidwesen nicht im Geringsten teilen konnte. Adolf und Fernand, die beiden aus der ersten Ehe, hatten völlig andere Interessen. Und so war eben Otto Zels ins Spiel gekommen, der seine Technikleidenschaft wohl von seinem Vater vererbt bekommen hatte. Kein Wunder, denn der bekleidete immerhin die hochangesehene Position des Direktors der Donaudampfschifffahrtsgesellschaft.

Deshalb auch die auf den ersten Blick so großzügige Einladung an Mercedes. Es war für Otto freilich ein Kinderspiel gewesen, von seinem Vater zwei kostenlose Schiffsfahrkarten spendiert zu bekommen. Doch wie auch immer: seiner »niedlichen kleinen Verwandten« Mercedes Jellinek hatte er damit eine riesengroße Freude bereitet.

»Es ist ein wahrer Genuss für die Augen und erst recht für die Seele, nicht wahr?«, schwärmte Otto Zels und breitete dabei euphorisch die Hände aus, als sich nun die Kulisse von Dürnstein in der Wachau gemächlich ins Blickfeld der Schiffspassagiere schob. Dann deutete er auf den Burghügel, der bis heute so majestätisch über dem idyllischen Ort thront: »Da schau mal – am Fuß dieser Ruine ist einst der englische König Richard Löwenherz auf seiner Rückkehr vom Kreuzzug gefangen genommen worden.«

Doch kaum hatte Otto seinen begeisterten Ausruf vollendet, da wurde er von einem neben ihnen stehenden Passagier rüde beiseite gedrückt.

»Geh mir aus der Sicht!«

»Was soll denn das?« drückte der schlagartig aus seiner Euphorie gerissene Otto kräftig dagegen.

»Bist du taub? Ich habe gesagt, du sollst mir endlich aus der Sicht gehen!« Wieder wurde er rücksichtslos von seiner Position an der Reling geschoben.

»Hörst du jetzt endlich auf? Ich lasse mir das nicht mehr länger gefallen!«
»Das wagst ausgerechnet du mir zu sagen. Du Jude, du elendiger?!«
Beinahe wäre es nun zu ernsten Handgreiflichkeiten gekommen. Wer weiß, wie die unschöne Szene geendet hätte, wenn der Kapitän des Schiffes in diesem Augenblick nicht gerade noch rechtzeitig eingegriffen hätte und mit zwei seiner Matrosen im Schlepptau den unverschämten Angreifer, ohne lange zu fackeln, dingfest machte. Kaum hatten sie die Anlegestelle in Dürnstein erreicht, wurde der Mann mit der dringenden Empfehlung von Bord gewiesen, sich ja nicht mehr im Umkreis des Dampfers sehen zu lassen, andernfalls würde unverzüglich Anzeige wegen Landfriedensbruchs und versuchter Körperverletzung gestellt werden. Mochte er nun eben selber schauen, wie er wieder zurück nach Wien gelangen konnte. Das war dem Kapitän völlig einerlei. Ihm war es lediglich darum zu tun gewesen, den Sohn seines Direktors vor Attacken jedweder Art zu bewahren. Dieses schon aus wohlverstandenem Eigeninteresse heraus. Aber auch sonst ...
»Manche Leute sind und bleiben halt einfach unverbesserliche Idioten.«
»Als wenn der Glaube meines Vaters irgendeine Rolle spielen würde. Was ist das nur immer für ein seltsamer Zwist zwischen den Menschen, wo Religion doch eigentlich Aussöhnung bedeutet. Bedeuten sollte, meine ich natürlich. Und Friede auf Erden. Aber mir scheint, inzwischen ist viel eher das Gegenteil der Fall ...«
»Ich fürchte, da muss ich dir leider recht geben«, pflichtete ihm die immer noch am ganzen Körper zitternde Mercedes bei. »Es geht uns nämlich genau so – und zwar weil mein Großvater Oberrabbiner in Wien gewesen ist. Dabei sagt mein Papa immer wieder, dass ich und meine Brüder katholisch getauft sind und dass auch er dem Judentum schon vor vielen Jahren den Rücken gekehrt hat. Aber dennoch, und das macht ihn immer wieder rasend, zeigen sie

mit dem Finger auf ihn und nennen ihn einen Juden. Diese Beschimpfung ist dann nur noch mit einem anderen Begriff zu übertreffen ...« Mercedes hielt kurz inne und musterte ihren Begleiter mit einem herausfordernden Lächeln. »Kannst du dir denken, was ich damit meine?«

Otto Zels konnte es sich nicht denken und zuckte infolgedessen ratlos die Schultern. Wie aus der Pistole geschossen, erhielt er die entsprechende Antwort: »Wenn sie ihn einen Preußen nennen!«

»Wieso das denn?«

»Weil er – mehr oder minder zufällig – aber eben dennoch, in Leipzig geboren ist.« »Aber – du sagst es ja selbst: seine Eltern sind doch gar keine Deutschen!«

»Wahrhaftig nicht! Mein Großvater stammt aus Mähren, und meine Großmutter hatte ungarisches Blut in ihren Adern. Von daher ist es also eigentlich ganz klar, dass es sich bei meinem Vater um einen österreichisch-ungarischen Staatsbürger handelt. Und zwar um einen wie aus dem Bilderbuch.«

Otto Zels nickte respektvoll. »Das ist er. In der Tat!«

»Und ich nicht minder. Nichts anders will ich auch jemals sein. Wir sind eine österreichisch-ungarische Familie. Auch wenn diese unangenehme Frau, die mein Vater zur Zeit öfters zu uns nach Hause mitbringt, noch so konsequent französisch daher redet ...«

Die Schiffsglocke rief die Passagiere zurück an Bord. In wenigen Minuten würde die Heimreise nach Wien angetreten. Damit war das Thema fürs erste erledigt – und auch die Erinnerung an die unangenehme Auseinandersetzung begann bald zu verblassen. Ganz im Gegensatz zu der immer häufiger im Schlepptau ihres Vaters erscheinenden fremden Dame. Dafür war die französische Madame nämlich viel zu oft bei ihnen zu Gast. Es schien ihr folglich allerhöchste Zeit, dass sie mit ihrem Papa einmal einige klare Worte wechselte ...

Doch Emil Jellinek bewegten inzwischen ganz andere Er-

eignisse. Gleich in den ersten Septembertagen 1898 waren aus Cannstatt zwei nagelneue Daimler-Phönixwagen nach Nizza geliefert worden, die er mit der für ihn üblichen zeremoniellen Begeisterung in Empfang nahm. Extra aus diesem Grund war er sogar, wesentlich zeitiger als üblich, in sein Winterquartier an der französischen Riviera übersiedelt, wo er sich dank der milderen Temperaturen dieses Landstrichs eine intensivere und von den Unbilden der Witterung wesentlich unabhängigere Erprobungsphase versprach. »Da schau, meine kleine Prinzessin: welch wunderschöne Wagen. Sage und schreibe jetzt schon acht (!!!) Pferdestärken stark und womöglich 40 Kilometer in der Stunde schnell – endlich haben sie in Cannstatt damit meinen Wünschen entsprochen. Vier Zylinder haben diese Motoren. Ich weiß, das sagt dir nicht das Geringste, aber lass es mich einfach so ausdrücken: Vier Zylinder an einem Motor – das ist weltweit einzigartig! Verstehst du?«
Mercedes nickt heftig und ließ ihren Vater damit erst richtig in Fahrt geraten: »Wie lange habe ich darauf warten müssen, bis sie sich endlich getraut haben, mir diesen Wagen tatsächlich zu liefern. 40 Kilometer schnell: aber nur auf mein eigenes Risiko, haben sie mehrfach betont. Mündlich und schriftlich! Erst als ich klipp und klar zurückgeschrieben habe, dass sie sich doch bitteschön nicht auch noch meinen Kopf zerbrechen sollen und ich folglich das alleinige Risiko dieser Geschwindigkeit auf mich nehme, haben sie schließlich nachgegeben. Und jetzt sind sie eingetroffen: meine nagelneuen Wagen. Die Krone des Fortschritts. Mit vier Zylindern! Was es noch nie gegeben hat.«
Trotz des vorherigen Erklärungsversuches ihres Vaters bedachte ihn Mercedes mit einem ratlosen Blick. »Papa, ich verstehe dennoch nicht. Was soll denn das nun heißen: mit vier Zylindern? Papa! Zylinder sind doch Hüte. Was aber haben Hüte mit einem Automobil zu tun?«
Ihr Vater machte einen ratlosen Eindruck und kratzte sich dementsprechend nachdenklich am Hinterkopf. »Oh, dieses Mädchen ... Tja, wie soll ich dir das nur erklären ...« sin-

nierte er eine Zeitlang leise brummelnd vor sich hin, bis er plötzlich mit einer impulsiven Handbewegung vor seiner Tochter in die Höhe schnellte. »Ach was! Vertun wir unsere kostbare Lebenszeit doch nicht mit solchen Nebensächlichkeiten! Wieso soll ich dir da große Erklärungen machen? Ich weiß es ja selber nicht bis ins letzte Detail. Ist aber auch egal. Das ist halt einfach so. Das ist das Wichtigste. Genauso wie die Tatsache, dass dieses nunmehr beste Automobil der Welt eben doppelt so viele von diesen Zylindern aufweist, wie all die anderen bislang auf dem Markt befindlichen Modelle. So ist das und nicht anders. Und damit genug der technischen Details! Es gibt schönere Dinge im Leben – beispielsweise eine Probefahrt mit dem modernsten Automobil der Welt. Wie wäre es damit? Magst du? So eine klitzekleine temporeiche Ausfahrt ... Erst kurz ins Hinterland und dann ... dann natürlich hinunter auf die Promenade. Zum ...«

»... Eis essen«, ergänzte Mercedes und klatschte dabei begeistert in die Hände. »Natürlich bin ich mit dabei!«

»Und du hast keine Angst?«

»Wovor denn? Wieso sollte ich Angst haben? Wo du doch bei mir bist, Papa«, schenkte sie ihrem Vater einen dieser mitten in seine Seele treffenden Blicke, die ihn vor lauter Rührung genauso rasch hinweg schmelzen ließen, wie kurze Zeit später den Inhalt seines Eisbechers unter den warmen Strahlen der Mittelmeersonne.

Die sogenannte Probefahrt, bei der sich Emil Jellinek anstelle des inzwischen in einer Art Schnellbleiche vom Kutscher zum Mechaniker ausgebildeten Fahrers sogar persönlich hinter das Lenkrad setzte, kaum dass sie den Stadtrand von Nizza hinter sich gelassen hatten, wurde zu einem einmaligen Erlebnis, das Mercedes nie mehr in ihrem Leben vergessen sollte. Auch weil sie sich dabei wirklich ernstere Sorgen um die Gesundheit und erst recht um den Gemütszustand ihres Vaters gemacht hatte. Denn der schien plötzlich außer Rand und Band, kaum dass er den Gashebel des neuen Automobils erst vorsichtig und dann immer energischer weiter nach vorne schob und der Wagen dadurch mehr und mehr an Schnelligkeit gewann. Laute Jubelschreie ausstoßend umklammerte er das Steuerrad des bedrohlich schwankenden und heftig vibrierenden Gefährts nur noch mit einer Hand, während er mit dem anderen Arm wild herum fuchtelte.

Da plötzlich entdeckte Mercedes eine Art Startlinie, die mit weißem Kreidepulver über den Weg gezogen worden war und neben dieser Linie sah sie zwei genauso angespannte wie ernst drein schauende Männer, von denen einer seinen rechten Arm hoch in die Luft streckte, um ihn im selben Augenblick, als der Wagen an ihnen vorbei über die Markierung sauste, schlagartig zu senken. Es war das Zeichen für zwei weitere Männer, die einige hundert Meter weiter an einer zweiten Kreidemarkierung gewartet hatten, und nun den Auslösemechanismus der großen Uhren betätigten, die neben ihnen auf einem Podest standen. Es war eine Geschwindigkeitstestfahrt, auf die sie der Vater mitgenommen hatte! Und die zweite Linie da hinten – das war das Ziel.
Kaum waren sie mit einem geradezu atemberaubenden Tempo über die Markierung geschossen, zog Emil Jellinek den Geschwindigkeitsregler ruckartig zurück und betätigte den großen Bremshebel an der Seite, bis das Gefährt dampfend und fauchend zum Stillstand kam. »Lass den Motor nicht ausgehen und setze dich jetzt selber auf den Lenkersitz«, rief er dem Mechaniker zu, bevor er seine Tochter zu sich winkte. »Komm, meine Prinzessin. Jetzt wirst du gleich Zeugin einer einmaligen Bekanntgabe sein. Komm nur rasch mit!«
Selten hatte sie ihren Vater so energisch vorwärts eilen sehen, und es schien ihr beinahe so, als zöge er vor lauter Euphorie nicht einmal sein lädiertes linkes Bein hinter sich her.
»Nun meine Herren«, begann er ohne Umschweife, »wie weit sind sie mit Ihren Berechnungen gediehen? Welche

Geschwindigkeit habe ich erreicht? Es müssen auf alle Fälle deutlich mehr als 30 Kilometer in der Stunde geworden sein. Das habe ich allein am Fahrtwind fühlen können.«

»Es waren mehr. Ganz sicher sogar.« Unverwandt starrte der Mann während seiner Antwort auf das Papier, auf das er in aller Eile einige Zahlen gekritzelt hatte. »Das ist sogar deutlich mehr, ich würde sagen, mehr als 40 Kilometer in der Stunde – was haben sie gestoppt?« wandte er sich stirnrunzelnd an den zweiten Zeitnehmer.

»Ganz klar mehr als 40 Stundenkilometer. Ich habe es gleich noch einmal nachgerechnet, Herr Jellinek. Es ist kaum zu glauben – aber es ist eine Tatsache: wir beide sind, bis auf die erste Stelle hinter dem Komma, zu ein und demselben Ergebnis gelangt. Sie haben die Distanz zwischen der Start- und der Ziellinie mit sage und schreibe 42 Kilometern in der Stunde absolviert. Meinen herzlichsten Glückwunsch, Herr Jellinek!«

»42 Stundenkilometer. Das ist ja sensationell!« Emil Jellineks Jubel war unbeschreiblich. »Hörst du, Mercedes? 42 Stundenkilometer! Das ist einmalig. Das hat es noch nie gegeben. Das ist ... Weltrekord! Jawohl! Weltrekord!« Impulsiv nahm er seine kleine Tochter in die Arme und drückte sie fest an sich, während eine wahre Salve von Küssen auf ihre Wangen prasselte. »Weltrekord! Und meine kleine Prinzessin war mit dabei. Mein Augenstern. Mein ein und alles. Meine Mercedes!«

Weltrekord! Welch großes Wort, dessen Bedeutung bei Mercedes freilich für weitaus weniger Begeisterung sorgte, als bei ihrem Vater, der in er Tat völlig aus dem Häuschen schien, wie man dieses Verhalten in Österreich so wunderschön bezeichnete. »Und was ist jetzt mit unserem Ausflug an die Promenade?«

Aber natürlich! Wie konnte ich das nur vergessen!« Lachend schlug sich ihr Vater mit der Hand gegen die Stirn. »Also auf nach Nizza. Hinein mit dir in unseren Weltrekordwagen!

Was dann folgte, das war so richtig nach dem Geschmack

des eigenwilligen Lebemanns mit dem gewaltigen Backenbart und seinem riesigen Tropenhelm, an den sich die Bürger von Nizza aber inzwischen schmunzelnd gewöhnt hatten. Schließlich war er ja nicht der einzige Exzentriker aus der glamourösen Welt der Reichen und des Hochadels, die sich die Stadt an der Französischen Riviera als standesgemäßes Domizil erwählten. Aber dieses Spektakel, das am heutigen Nachmittag ausgebrochen war, das brachte selbst die Bürger von Nizza zum Staunen. Wann hatte man etwas Ähnliches jemals erlebt?
Das Aufsehen, das der Monsieur mit seinem neuen Daimlerwagen auf der völlig verstopften, zur Promenade führenden Straße verursachte, war beträchtlich – und mit voller Absicht erzeugt worden! »Man kommt ja kaum voran. Da können die Leute doch gar nicht sehen, welche enorme Kraft dieses Automobil entwickeln kann«, raunte Jellinek missmutig und entschied dann blitzschnell. Er beugte sich nach vorne und erteilte dem Fahrer die entsprechende Anweisung. »Man muss die Masse auseinander treiben. Gib halt einmal kräftig Gas. Na bitte, es geht doch!«, jubelte er, als der Motor laut aufheulte und der Wagen mit einem gewaltigen Satz vorwärts schoss. Eine dichte Staubwolke nach sich ziehend, schlug er eine Bresche in die Menge aus erschrocken wiehernden Pferden, panisch zur Seite weichenden Fuhrwerken, teilweise völlig entgeisterten, teilweise laut jubelnden Menschen. »Schaut nur! Der Verrückte da! Das ist der Monsieur Jellinek mit seiner Tochter Mercedes.«
Jellinek.
Mercedes.
Wie ein nicht enden wollendes Echo dröhnte es in seinen Ohren: Jellinek, Mercedes.
»Ja, genau. Das ist es.« So energisch aufgeladen nahm er seine Tochter ins Visier. »Ich werde diesem Automobil deinen Namen geben. Mercedes. Das beste Automobil der Welt, das den Namen der schönsten aller Prinzessinnen trägt. Mercedes!«
Es war die Geburtsstunde eines Markenzeichens – freilich

ohne dass sich dessen Erfinder (und erst recht nicht seine Tochter) über die ganze Tragweite seiner Idee im Klaren hätte sein können. Das würden in nicht allzu ferner Zukunft die Umstände besorgen.
»Ich werde gleich heute noch eine weitere Bestellung veranlassen. Wenn man das sieht, wie sich die Leute an diesem Wagen begeistern. Wie sie ihn mit ihren Blicken beinahe verschlingen! Ein Wunderwerk der Ingenieurskunst. Das Beste oder nichts – so, wie ich es gefordert habe. Solche Automobile werden sich bestens verkaufen lassen. Mein lieber Baron Rothschild und all seine vermögenden Freunde werden begeistert sein.«
Noch am selben Abend setzte Emil Jellinek folglich zwei eigenhändig geschriebene Briefe auf, die beide auf dem schnellsten Weg nach Cannstatt befördert werden sollten. Im ersten teilte der über die Maßen stolze Mann den übervorsichtigen Konstrukteuren der DMG, die er persönlich ja erst durch seine kompromisslosen Forderungen zu dieser heutigen Triumphfahrt geradezu gezwungen hatte, mit: »Meine Herren! Sie hatten Unrecht, sich zu ereifern. Ich bin, hören Sie, mit 42 Stundenkilometern gefahren! Ihre Wagen sind nicht auseinandergefallen. Ich selbst habe mich nicht verflüchtigt!«
Und dann der zweite Brief – die logische Folge aus dem ersten Schreiben: er enthielt die definitive Bestellung von gleich zehn weiteren Wagen. In Worten: zehn. Ein gigantischer Auftrag! Die Vorstände in Cannstatt und auch der alte Daimler würden nicht schlecht staunen, wenn sie diese Nachrichten erhielten. Damit würde klar sein, dass der anspruchsvolle Herr Emil Jellinek in Nizza zum besten Kunden der DMG aufgestiegen war. Sozusagen über Nacht. Dank einer einzigen Triumphfahrt, die er mit seiner kleinen Tochter Mercedes absolviert hatte.

Doch selbst dieser einmalige und in der gesamten Automobilwelt natürlich viel diskutierte Rekord von Emil Jellineks viel bestauntem neuen Daimlerwagen schaffte es nur

kurzzeitig, die Familie von ihrem größten Kummer abzulenken: vom 18. September. Dem fünften Todesjahr der Mutter. Ein Datum, das sich in diesen Tagen immer mehr in ihre Erinnerung schob. Auch noch fünf Jahre nach ihrem Ableben wurde Rachel Jellinek von ihnen auf das schmerzlichste vermisst. Viel zu früh hatte sie gehen müssen!
Immerhin war es ihnen gelungen, am 16. September 1898 den neunten Geburtstag von Mercedes mit einer herrlichen Ausfahrt entlang der wunderschönen französischen Riviera zu feiern. Doch als am Abend die Dämmerung einsetzte, war allen schlagartig wieder bewusst geworden, welcher Jahrestag nun unmittelbar bevor stand. Zwei Tage nach dem Geburtstag ihrer Tochter war Rachel Jellinek damals ihrer heimtückischen Krankheit erlegen. Allein die Erinnerung an ihre letzten Tage war fürchterlich. Es tat weh – unsagbar weh!
Umso mehr suchte Emil Jellinek durch die Arbeit Ablenkung zu finden: mit beinahe schon fanatischem Eifer stürzte er sich auf seine neu entflammte Leidenschaft für Automobile und die ausführliche Korrespondenz mit den Konstrukteuren der DMG in Cannstatt.

Am Mittag des 18. September hatten sie die Grabstätte der Mutter mit einem wahren Meer von roten Rosen bedeckt und waren anschließend wortlos vom Cimiez-Friedhof in die Villa zurück gekehrt. Während sich Adolf und Fernand schon bald darauf still in ihre Zimmer zurückzogen, begab sich Mercedes ins Arbeitszimmer ihres Vaters, wo Emil Jellinek in einem der schweren Ledersessel kauerte, während er seinen Kopf mit den Händen bedeckt hielt. So dermaßen schweigsam und düster hatte sie ihren Vater noch nie gesehen. Höchstens vor fünf Jahren, beim Begräbnis der Mutter. Aber damals war sie erst vier Jahre alt gewesen, für eine genauere Erinnerung noch viel zu klein.
»Ach Papa, wie wäre es, wenn du mir einmal etwas von früher erzählen würdest«, suchte sie nach einem geeigneten Weg, den Vater aus seiner Traurigkeit zu befreien.

Zunächst schien es jedoch eher, als habe sie damit das genaue Gegenteil erreicht. Seine Miene schien sich noch mehr zu verdüstern, als er ihr mit leiser Stimme eine ungewohnt knappe Antwort gab: »Ach was. Lassen wir die Vergangenheit doch besser ruhen – genauso wie die Toten ...«
So leicht ließ sich Mercedes freilich nicht abspeisen. Ein zweiter Versuch: »Ich will es aber wissen. Wo du doch der einzige bist, der mir geblieben ist. Meine arme Mutter kann ich ja leider nicht mehr danach fragen, wie und wo ihr euch kennen gelernt habt, weshalb ihr geheiratet habt, wie eigentlich deine Kindheit und Jugend verlaufen sind. Ehrlich gesagt weiß ich nämlich beinahe gar nichts darüber.«
»Ach Mercedes. Ich weiß nicht so recht ...«
Na also. Das klang doch schon wesentlich weniger ablehnend, als gerade eben. Ein weiterer Vorstoß: »Aber ich weiß! Bitte, Papa. Als dein Kind habe ich doch auch ein Recht darauf, zu erfahren, wie die Geschichte meiner Familie verlaufen ist. Was in deiner Kindheit und Jugend gewesen ist – und wie du nach Afrika gekommen bist und meine Mutter kennen gelernt hast.«
Endlich! Seufzend nahm Emil Jellinek die Hände vom Gesicht und musterte seine Tochter mit einem tiefen und nachdenklichen Blick. »Also gut. Du hast mich überredet. Wieder einmal. Wo soll ich beginnen?«
»Na in deiner Kindheit natürlich. Wieso bist du eigentlich in Leipzig geboren – du als Österreicher?«
War das etwa ein flüchtiges Lächeln, das sich bei dieser Frage auf seine Miene stahl? »Ach, die Sache mit meinem Geburtsort. Leipzig. Das ist ein Zufall gewesen, denn eigentlich stammen meine Eltern ja aus Mähren, beziehungsweise ist deine Großmutter ungarischer Herkunft. Beide waren von Geburt an Angehörige der k.u.k. Donaumonarchie – und auch durch deine Adern fließt also das feurige ungarische Blut, was man ja immer wieder unschwer erleben kann ...«
»Aber wieso Leipzig?« ging das Mädchen auf den kleinen Seitenhieb ihres Vaters nicht ein. Nur ja keine Ablenkungs-

manöver! Jetzt, wo sie ihn tatsächlich hatte ablenken können. »Wieso bist du in Leipzig auf die Welt gekommen?«

»Hab doch ein bisschen Geduld, meine Liebe. Ich erzähle dir ja alles. Wie gesagt, Leipzig war eher ein Zufall. Mein Vater hatte da eine kurze Zeit lang eine Anstellung als Prediger in der Synagoge und deshalb habe ich sozusagen auf der Durchreise dort das Licht der Welt erblickt ...«

»Ich erinnere mich vage daran, dass der Großpapa einmal gesagt hat, deine Kindheit und die Jugend seien ziemlich turbulent verlaufen?«

»Das ist wahr! Gerade mit meinem Vater habe ich mich überhaupt nicht verstanden, es ging so weit, dass er mich – und das nicht nur einmal – in seiner Wut einen Taugenichts genannt hat. Aber ...« Emil Jellinek stutzte und bedachte seine Tochter mit einem fragenden Blick. »Habe ich dir das alles denn nicht schon erzählt?«

»Nein, hast du nicht«, wiegelt Mercedes rasch ab. »Nur ab und zu hast du einmal halt diese oder jene Bemerkung fallen lassen. Aber wie es bei euch früher tatsächlich gewesen ist, das weiß ich wirklich nicht. Also bitte, Papa!«

»Nun denn«, seufzte ihr Vater schicksalsergeben, während er sich wieder einmal umständlich an seinem Zwicker zu schaffen machte, dessen Gläser er mit dem blütenweißen Brusttuch sorgfältig polierte. »Wo waren wir also stehen geblieben?«

»Beim Taugenichts!«

»Richtig! Beim Taugenichts!« Ein schelmisches Grinsen blitzte über seine Miene. »Im Nachhinein betrachtet muss ich schon zugeben, dass ich wohl wirklich ein richtiger Tunichtgut und Taugenichts gewesen bin. Der Alptraum jeder Eltern. Denn von dem Gymnasium, auf das mich mein Vater geschickt hat, bin ich schon bald im hohen Bogen wieder herausgeworfen worden. Und das war übrigens nicht irgendein Gymnasium, sondern eines von den Piaristen, die – nicht ganz zu Unrecht – lange Jahre als eine der besten und sorgfältigsten Bildungsanstalten gegolten haben ...«

»Piaristen? Sind das nicht Mönche?«
»In der Tat. Das ist ein katholischer Orden, der sich dem Erziehungs- und Bildungswesen verschrieben hat ...«
»Aber wie kommt ein jüdischer Prediger dazu, seine Kinder von katholischen Mönchen erziehen zu lassen?«
»Das ist im Grunde genommen recht einfach zu erklären: die Familie meines Vaters war wie gesagt seit Jahrhunderten in Mähren beheimatet und stand in Glaubensfragen den Hussiten nahe. Als dann aber durch die Habsburger die hussitische Religion verboten worden ist – in der Hoffnung, die Hussiten würden alle zum katholischen Glauben überwechseln, da haben sich unsere Vorfahren aus Opposition zu den Habsburgern lieber für das Judentum entschieden. Mit anderen Worten: rein von unserer Herkunft betrachtet, sind wir gar nicht jüdischer Abstammung. Das ist auch der Grund dafür, weshalb mein Vater die Dinge nicht ganz so eng betrachtet hat, wie das beispielsweise bei einem orthodoxen Juden der Fall ist. Auch in seiner Zeit als Oberrabbiner in Wien hat er ja immer die fortschrittliche Seite vertreten – und dabei kräftig gegen die Orthodoxen gewettert. Also, wie gesagt, er war für die damalige Zeit schon erstaunlich liberal eingestellt und deshalb hat er mich in dieses Piaristengymnasium gesteckt, weil er meinte, dort würde ich die beste Ausbildung bekommen..«
»Das ist das revolutionäre Blut der Jellineks, nicht wahr? Da hat es doch auch noch diesen Onkel von dir gegeben, den Revolutionär.«
»Du meinst den Hermann. Den Bruder meines Vaters. Den die Habsburger im Jahr 1848 standrechtlich haben erschießen lassen. Ja. Aber von dem erzähle ich dir lieber ein anderes Mal – ebenso wie von meinem anderen Onkel, dem Moritz Jellinek, der ja mit Fug und Recht als Gründer der Budapester Straßenbahnen angesehen werden darf. Das alles ufert ziemlich aus. Und wenn du mich weiterhin dauernd unterbrichst und immer neue Namen ins Spiel bringst, dann komme ich gar nie mehr vom Fleck.«
»Schon gut! Entschuldigung, Papa. Ich werde keinen ein-

zigen Ton mehr von mir geben.« Mit ihrem berühmten entwaffnenden Lächeln hob Mercedes den Zeigefinger an die Lippen. Allein diese Geste würde genügen, um die andeutungsweise Verstimmung ihres Vaters schmelzen zu lassen, wie den sprichwörtlichen Schnee in der Aprilsonne.
Sie hatte sich nicht verkalkuliert. Das schuldbewusste Nicken ihres Gegenübers sprach Bände.
»Also gut, wie auch immer. Auf alle Fälle bin ich ein ziemlich fauler Schüler gewesen, der seine Hausaufgaben nie gemacht hat und irgendwann ist es den frommen Herren dann eben zuviel geworden: sie hatten die Nase voll von mir und meiner Faulheit und haben mich hinausgeworfen. Du kannst dir das Donnerwetter vorstellen, das sich zuhause über mir entladen hat.«
»Und dann? Oh, Entschuldigung. Ich wollte ja still sein!«
»Dann haben sie mich in ein Internat gesteckt, aber auch dort habe ich mich beinahe zu Tode gelangweilt. Anstelle von Latein und irgendwelchen Goethegedichten wollte ich lieber Sport treiben, die neu aufgekommenen Fahrräder besteigen, Eisenbahn fahren.«
»Du? Sport treiben?« Der ungläubige Blick, den sie auf die leichte Wölbung am Unterleib ihres Vaters warf, sprach Bände.
»Ja sicher: ich und Sport. Vor allem hat mich schon damals alles fasziniert, was irgendwie mit Geschwindigkeit zu tun hatte. Eben auch das Fahrrad fahren. Das ist der Grund, weshalb mich auch das Internat bald wieder nach Hause geschickt hat, genauso wie anschließend die Handelsschule in Prag. Das alles war einfach nichts für mich. Immerhin habe ich es dann geschafft, meinen Vater davon zu überzeugen, dass er mich bei der Eisenbahn unterbringen könnte. Das wäre das richtige. Und nachdem er sowieso nicht mehr gewusst hat, was er mit mir noch anstellen soll, hat er nachgegeben. So bin ich also Zugschaffner bei der gerade neu eröffneten Nordwesteisenbahn geworden. Sie haben mich in einer winzigen Textilstadt mit Namen Rothkostelez im äußersten Norden von Böhmen stationiert ... Für einen

scheinbaren Taugenichts war das schon eine tolle Sache: bei der Eisenbahn als Beamter unterzukommen. Und eine sichere Anstellung bis zur Rente. Das zumindest hat mein Vater geglaubt – und selbst ich eine gewisse Zeitlang auch.«

»Wie alt warst du damals?«

»Knapp 17 Jahre. Eine wunderschöne Uniform habe ich bekommen und war stolz wie nie zuvor im Leben. Eisenbahn! Der Gipfel des Fortschritts! Und ich mittendrin in den Waggons, die zwischen den kleinen Städten in Nordböhmen hin und her gesaust sind. Na ja, im Lichte heutiger Geschwindigkeiten betrachtet sind sie wohl eher dahingeschlichen. Aber damals war das noch eine sensationelle Sache. Auch wenn's mich recht bald gelangweilt hat. Und damit nahm das Unglück seinen Lauf, das für mich allerdings eher zum Glücksfall geworden ist.«

»Sie haben dich wieder rausgeworfen?«

»Allerdings«, lächelte Emil Jellinek. »Du hast ganz richtig vermutet.«

»Und weshalb?«

»Eben, weil mir die Sache nach endlosen zwei Jahren bei der Eisenbahn dann halt doch zu langweilig und auch zu langsam geworden ist. Irgendwann gewöhnt man sich ja an jede Geschwindigkeit. Andererseits wusste ich, es wäre ein viel schnelleres Tempo zu erreichen, wenn man nur dürfte. Dazu muss ich anfügen, dass ich mich in jeder freien Minute lieber vorne bei der Lokomotive aufgehalten habe, als in den Waggons. Mit einem der Lokführer habe ich mich sogar angefreundet und schließlich sind wir halt auch darauf zu sprechen gekommen, wie es wohl wäre, wenn die Lokomotive einmal ohne die lästigen Waggons so richtig mit Höchstgeschwindigkeit fahren könnte. Mein Freund hat gemeint, wenn er einen kräftigen Heizer hätte, der ordentlich Kohlen in den Kessel schaufelt, dann könnte da leicht die dreifache Geschwindigkeit herausschauen. Also, dieser Gedanke hat uns einfach nicht mehr losgelassen, und eines Abends – es war ganz windstill – habe ich ihn dazu überreden können, die Lok heimlich aus dem Schuppen zu holen und dann ... dann haben wir auf einer kerzengeraden Schienenstrecke alles aus dem guten alten Dampfross herausgeholt, was möglich war. Das ist ein unbeschreibliches Erlebnis gewesen – ehrlich gesagt, begeistert es mich heute noch. Es war dunkelste Nacht, der Heizkessel hat genauso rot geglüht wie unsere Gesichter von der Hitze. Und oben aus dem Schornstein sind die glühenden Funken nur so herausgestoben – wie Tausende von Sternschnuppen. Und erst die Geschwindigkeit! Herrlich! Ich glaube, nie ist eine Lokomotive dieser Bauart jemals wieder so schnell über die Gleise gerast, wie in dieser Nacht in Rothkostelez. Ja, es war das Risiko wert.«

»Du bist entlassen worden!«

»Sicherlich, denn natürlich hatten die hohen Herren von der Eisenbahndirektion bald von unserem Abenteuer Wind bekommen, so etwas kannst du ja auf Dauer nicht geheim halten – und dann haben sie uns sofort hinausgeworfen, wegen gröbster Missachtung sämtlicher Vorschriften und Gesetze. Aber das war mir egal, denn wie gesagt: der Spaß war es wert. Dieser ganz eigentümliche Rausch der Geschwindigkeit, der mich seitdem in seinen Bann geschlagen hat. Und überhaupt: bei der Eisenbahn war es mir ja ohnehin längst langweilig.«

»Stell dir nur vor, wenn der Adolf oder der Fernand so etwas getan hätten ... was das für ein gewaltiges Donnerwetter von dir nach sich gezogen hätte!«

»Das wäre ja noch mal schöner. Deine Brüder sollen sich nur in Acht nehmen.«

»Aber du durftest das alles? Das war in Ordnung?«

»Für mich schon. Für deinen Großvater natürlich nicht. Der hatte ja inzwischen seine hochangesehene Anstellung als Rabbiner in Wien und war buchstäblich am Verzweifeln wegen mir – weshalb er mich mit allen möglichen und unmöglichen Begriffen überschüttet hat: Windbeutel, Faulenzer, Tagdieb, Tunichtgut ... das waren noch die harmlosesten Dinge, die er mir an den Kopf geworfen hat. Im Nachhinein verstehe ich ja seinen Zorn. Der Sohn des angesehenen Schriftstellers und Rabbiners – ein Taugenichts! Aber das hört man ja oft, dass ausgerechnet die Söhne von Geistlichen immer besonders gerne über die Stränge schlagen«, fügte Emil Jellinek grinsend noch hinzu.

»Und wie bist du dann nach Nordafrika gekommen?«

»Nur dank dieses Rauswurfs bei der Nordwestbahn. Denn in seiner Not wollte mein Vater nur noch eines: mich möglichst weit weg von sich wissen. Womöglich in einer Gegend, in der es weniger komfortabel zugeht als in Europa. Um mir durch Arbeit die Flausen aus dem Kopf zu treiben. Egal wo. Nur weit genug weg von Wien. Und nachdem er mit einem Mann namens Schmidl gut bekannt war, der inzwischen als österreichischer Konsul in Tanger fungiert hat, da hat er bei diesem Bekannten angefragt, ob er mich wohl für einige Zeit unter seine Fittiche nehmen wolle. Zwischendurch musste ich noch einmal zurück nach Wien, weil mir die Einberufung zum Militärdienst gedroht hat. Aber das habe ich den Herren relativ schnell aus dem Kopf schlagen können, der Emil Jellinek und das Militär ...« Das breite Grinsen im Gesicht ihres Vaters sprach Bände. »Es war schon ein beeindruckendes Schauspiel, das ich da vor der Musterungskommission aufgeführt habe. Großes Theater sozusagen.«

»Das kann ich mir lebhaft vorstellen«, pflichtete ihm Mercedes bei und erntete dafür einen gespielt vorwurfsvollen Blick.

»Einfach war das nicht, das kannst du mir glauben. Aber zu den Soldaten wollte ich um keinen Preis der Welt! Deshalb habe ich wirklich alle Hebel in Bewegung gesetzt und zum guten Schluss meine Ausmusterungsurkunde erhalten. So habe ich also mit 19 Jahren endgültig ins Konsulat nach Tanger gehen können. Kein schlechter Tausch. Tanger gegen Rothkosteletz. Auch wenn mir die Hitze dort gewaltig zu schaffen gemacht hat.«

»Also ich weiß nicht ... Nordafrika. Das würde mich gar nicht reizen.«

»Im Gegensatz zu deinen Brüdern. Die sind ja beide dort

geboren worden und denken schon ab und zu noch ganz gerne an diese Zeit zurück. Unsere beiden Afrikaner. Auch für mich als jungen Mann war das natürlich ein gewaltiges Abenteuer. Afrika. Die Wüste. Der Handel mit exotischen Gewürzen, wie ich sie noch nie in meinem Leben zu Gesicht bekommen hatte. Das war ... schlichtweg überwältigend.«

»Und dann hast du dort in Afrika die Mama kennen gelernt.«

»Ja!« Emil Jellineks Miene verdüsterte sich schlagartig. »Meine wunderschöne Rachel ...« Am liebsten hätte sich Mercedes auf die Zunge gebissen. Was für ein Fehler, ausgerechnet an einem Tag wie dem heutigen ihre Mutter ins Spiel zu bringen – aber die Erkenntnis kam zu spät. Am besten also rasch die Unterhaltung fortsetzen: »Die Leute sagen, sie sei eine wunderschöne Frau gewesen – ich selbst habe leider nur noch eine vage Erinnerung an sie, aber ich habe dabei schon immer dasselbe Bild im Kopf, wie sie auf dem Gemälde drüben im Salon portraitiert ist. An ihre hüftlangen schwarzen Haare, an die kann ich mich tatsächlich noch erinnern. Sie muss, so höre ich immer wieder von unseren Dienstboten, eine geradezu spektakuläre Erscheinung gewesen sein, die überall sofort die Aufmerksamkeit auf sich gezogen hat.«

Ihr Vater nickte heftig. »Das stimmt exakt. Sie war wirklich eine Frau von ganz besonderer Anmut und Schönheit. Allein von ihrem Körperbau her hat sie alle anderen beinahe um Haupteslänge überragt und dennoch allein mit ihrer Haltung diese ganz eigene Eleganz ausgestrahlt, wie sie ihr von der Natur geschenkt worden ist. So etwas kann man sich nicht aneignen, das muss man in sich tragen. Ja, deine liebe Mama war wirklich etwas ganz Besonderes.« Emil Jellinek schenkte seiner Tochter ein wehmütiges Lächeln. »Und deshalb ist es auch kein Wunder, dass es sofort um mich geschehen war, als ich ihr zum ersten Mal begegnet bin. Es war bei einem Ausritt in Tetuan, als sie gerade aus dem Haus ihrer Adoptiveltern getreten ist ...«

»Richtig: Adoptiveltern«, fiel ihm Mercedes rasch ins Wort. »Das wollte ich dich schon immer fragen, ob man eigentlich weiß, wer ihre richtigen Eltern gewesen sind.«

»Nun, nicht so hundertprozentig. Sie war ja ein angenommenes Kind der Familie Gogman, und alles, was sie hat in Erfahrung bringen können, das war eher ein Gerücht. Dass sie nämlich die uneheliche Tochter des Marschall Certain de Canrobert gewesen sein soll, aber ihre Pflegeeltern haben ihr darüber nie eine genauere Auskunft gegeben. Im Grunde genommen hat das zu deiner lieben Mama ja auch ganz gut gepasst, diese geheimnisvolle Aura, die sie auf eine faszinierende Art und Weise immer umgeben hat.«

Mercedes runzelte nachdenklich die Stirn. »Canrobert ... Canrobert ... Marschall de Canrobert ... irgendwo habe ich den Namen schon einmal gehört.«

»Das dürfte im Zusammenhang mit dem Krimkrieg gewesen sein, über den dir dein Hauslehrer bei der französischen Geschichte wahrscheinlich schon erzählt hat. Und das führt sogar auf die richtige Spur, denn tatsächlich war der Herr Gogman, der spätere Pflegevater deiner Mama, zu dieser Zeit als Soldat unter dem Kommando des Marschalls de Canrobert in die Schlachten auf der Krim verwickelt. Canrobert soll dort ein uneheliches Kind gezeugt und es später in die Obhut von Gogman gegeben haben.«

»Das heißt, bei Mama handelte es sich um den Spross eines Marschalls von Frankreich. Nicht schlecht!«

Ihr Vater schmunzelte amüsiert. »Allerhöchstens um den illegitimen Spross. Und vergiss dabei bitte nicht, dass Canrobert sie niemals als seine Tochter anerkannt hat. Die Familie Gogman selbst hat ihr ja wie gesagt nie etwas Näheres mitgeteilt – von ihrer Mutter gleich gar nichts. Wahrscheinlich sind die Leute vom Marschall mit einer ordentlichen Geldsumme zur Verschwiegenheit verpflichtet worden. Und vielleicht ist das auch besser so gewesen, wenn sie nicht in einem Atemzug mit ihrem eventuellen Vater genannt worden ist, denn dieser Marschall Canrobert, der übrigens erst vor vier Jahren verstorben ist, war bei seinen

Soldaten alles andere als beliebt. Mehrfach haben sie sich sogar offen gegen ihn aufgelehnt – trotzdem hat man ihn zum Ritter der Ehrenlegion gemacht. Deine Mama selbst hat ihn nie zu Gesicht bekommen, einmal muss sie es wohl versucht haben, er hat sich aber geweigert, sie zu empfangen. Dennoch ist sie bei unserer Hochzeit im Jahr 1874 ganz bewusst als geborene Gogman-Canrobert die Ehe mit mir eingegangen, da konnten ihre Pflegeeltern sagen, was sie wollten: sie hat es so und nicht anders eintragen lassen. Das ist ganz typisch für sie gewesen. So dickköpfig konnte sie durchaus auftreten.«

»Das sagt der richtige: das sagst ausgerechnet du!«

»Nun ja. Ich habe ja auch nicht gesagt, dass es sich dabei um eine schlechte Charaktereigenschaft handeln muss«, zwinkerte Emil Jellinek verschmitzt. »Aber wir waren bei unserem ersten Kennenlernen stehen geblieben. Wo ich ihr gleich auf den ersten Blick restlos verfallen war. Ich habe mein Pferd sofort gewendet und wollte es direkt vor dem wunderschönen Mädchen mit dem feurigen Blick und dem langen schwarzen Haar durchparieren. Irgendwie musste es mir gelingen, ihre Aufmerksamkeit zu gewinnen und ihr vielleicht ein bisschen zu imponieren. Dabei muss ich vor lauter Aufregung einen Fehler gemacht haben, denn mein Pferd hat plötzlich gescheut, ist unvermittelt hochgestiegen und ich bin aus dem Sattel gefallen, wobei sich mein linker Fuß unglücklicherweise im Steigbügel verfangen hat, während der elende Gaul auf und davon ist und mich eine ganze Strecke weit mitgeschleift hat ... Das ist die ganze kuriose Wahrheit: dass ich also keine Minute nach der ersten Begegnung zwischen deiner Mama und mir auch schon im Staub zu ihren Füssen lag. Allerdings in einer wenig eleganten Pose, und dazu noch halb bewusstlos vor Schreck und Schmerz.«

»Das ist dieser Reitunfall gewesen, von dem ich im Zusammenhang mit deinen Schmerzen am Bein und dem von dir so regelmäßig verfluchten Spazierstock andeutungsweise gehört habe?«

»Allerdings. Die Erinnerung an den Unfall ist mir in Form dieses vermaledeiten Spazierstocks für alle Zeiten geblieben. Zudem das leichte Hinken mit den linken Bein, das ich einfach nicht mehr ganz weg bekomme ...«
»Wobei das nur Eingeweihten auffällt.«
»Aber es ist eben dennoch vorhanden – und manchmal schmerzt das Bein halt auch. Was mich immerhin regelmäßig an meine liebe Rachel und die ersten Minuten unserer Bekanntschaft erinnert.«
»Und dann? Wie ist es mit euch weiter gegangen? Wann hast du sie wieder gesehen?«
»Sofort danach. Denn das hübsche Mädchen, dem ich so sehr habe imponieren wollen, hat mich einfach vom Boden aufgelesen und ins Haus getragen. Somit kann ich also mit Fug und Recht von mir sagen, meine Frau habe mich von Anfang an auf Händen getragen«, grinste Emil Jellinek. »Sie hat nicht lange gefackelt, und als ich wieder einigermaßen bei Bewusstsein war, da lag ich schon auf dem Sofa und das schöne Mädchen hat meine Wunden gesäubert und versorgt. Dann haben mich ihre Eltern zu einem Arzt gebracht und damit hat eine wochenlange Geduldsprobe für mich begonnen, denn im Fuß war etwas gebrochen und der Arzt hat mir strikte Ruhe verordnet, wenn ich nicht zum Krüppel werden wolle!«
»Du und strikte Ruhe! Ausgerechnet!«
»Eben! Das war die Hölle, das kannst du mir glauben. Immerhin hat mich das schöne Mädchen zusammen mit ihren Eltern sogar mehrfach besucht, um zu schauen, ob es mit meiner Genesung auch vorangeht. Denn irgendwie hat sie sich mitverantwortlich für den Unfall gefühlt – was für mich natürlich ein großes Glück war. Sie hätte sich über den Tölpel vor ihren Füssen ja genauso gut kranklachen können! So haben die Dinge dann ihren Lauf genommen. Mir jedenfalls war von der ersten Minute an klar, dass dieses Mädchen die Frau ist, die ich heiraten werde. Diese oder keine! Das Problem war nur, dass ich Tetuan, beziehungsweise dem langweiligen Dienst im Konsulat, in Kürze so-

wieso den Rücken kehren wollte, um mich irgendwo in Nordafrika als Kaufmann selbständig zu machen. Andererseits wollte ich dieses Mädchen keinesfalls an einen anderen Mann verlieren. Sie sollte mit mir kommen. Was natürlich eine Heirat vorausgesetzt hat. Sobald ich mich wieder einigermaßen bewegen konnte, habe ich ihr also die Aufwartung gemacht und bald darauf um ihre Hand angehalten. Glücklicherweise war sie einverstanden. Das war der Beginn einer wunderbaren Gemeinsamkeit, die leider ein viel zu frühes Ende gefunden hat ...«

Jetzt nur nicht wieder den traurigen Erinnerungen nachgeben! Rasch weiter: »Es kommt mir übrigens ein bisschen seltsam vor, Papa ...«

Emil Jellinek bedachte sie mit einem irritierten Blick. »Was ist daran seltsam?«

»... dass ich im Grunde genommen gar nicht viele Erinnerungen an meine Mama habe.«

»Aber das ist doch kein Wunder. Du warst ja erst vier Jahre alt, als die Mama gestorben ist!«

»Ja, schon. Und dennoch: es sind seitdem erst fünf Jahre vergangen. Was mich dabei besonders irritiert, das ist die Tatsache, dass ich im Grunde genommen nur eine einzige Szene sehr genau im Gedächtnis habe – von der ich mir allerdings gar nicht sicher bin, ob es sich nicht vielleicht eher nur um einen Traum handelt und ich mir nur einbilde, dass es wahr gewesen sein könnte ...«

Mit dieser Andeutung hatte sie die Neugier ihres Vaters geweckt. »Welche Szene meinst du denn?«

»Hm. Papa. Wie soll ich das beschreiben? Das ist nämlich etwas ganz Merkwürdiges ...«

Emil Jellinek musterte seine Tochter erstaunt. »Was ist denn das für ein seltsames Herumgedruckse? Das ist doch sonst nicht deine Art! Jetzt komm schon: heraus mit der Sprache. Worauf willst du hinaus?«

Doch die Verlegenheit schien eher gewachsen. »Nun ja. Es ist nämlich ein wirklich komisches Bild, das ich da vor mir sehe. Wie ihr beide euch gestritten habt ...«

»... das ist in der Tat mehr als nur einmal der Fall gewesen. Deine Mutter war nämlich ein durchaus temperamentvoller Mensch. Nicht minder temperamentvoll als zugegebenermaßen ich selbst.«
»Eben. Ihr habt euch also gestritten, weswegen, das weiß ich nimmer. Jedenfalls ist es ziemlich lautstark zugegangen, nur deswegen bin ich ja überhaupt darauf aufmerksam geworden und habe durch den Türspalt im Salon geschaut, was eigentlich los ist. Du standest gestikulierend vor der Mama. Da ist sie plötzlich wie der Blitz vom Sofa emporgeschossen. Hat dich mit beiden Händen an der Hüfte gepackt, hochgehoben und durch den Raum geschleudert. Sicherlich zwei, drei Meter weit. Ich hatte schon befürchtet, dir sei etwas zugestoßen, denn du bist ein paar Sekunden lang regungslos auf dem Boden liegen geblieben. Dann aber hast du dich ganz langsam erhoben, hast – ohne irgendetwas zu sagen – deinen verrutschten Zwicker abgenommen, ihn sorgfältig poliert und wieder auf die Nase gesetzt. Danach bist du zu Mama hinüber gegangen, hast ihr einen Kuss auf die Stirne gegeben und den Salon durch die gegenüber liegende Tür verlassen. Und zwar mit einem Lächeln im Gesicht. Das ... das kann doch eigentlich nur ein Traum sein, nicht wahr, Papa? Aber seltsam ist es schon. Denn wie komme ich nur dazu, so etwas Eigenartiges zu träumen?«
»Nun ja ...«, Emil Jellinek schürzte in sichtlicher Verlegenheit die Lippen und schien eine Zeitlang nach den richtigen Worten zu suchen, bis sich sein Gesichtsausdruck im Bruchteil einer Sekunde völlig veränderte und sein berühmtes schelmisches Lächeln wieder die Oberhand gewonnen hatte. »Es stimmt tatsächlich nicht.«
»Das habe ich mir beinahe gedacht«, nickte Mercedes eifrig. »Es ist ja auch allzu abstrus, allein wenn ich mir vor Augen halte, wie die Mama dich ...«
»Moment. Moment. Immer langsam mit den jungen Pferden«, fiel ihr der Vater ins Wort. »Deine Erinnerung trügt dich nicht komplett, sondern nur im Hinblick auf den Kuss.«

»Auf den Kuss ...« Worauf wollte er mit dieser rätselhaften Anmerkung hinaus?
»Ja, auf den Kuss. Denn wie du weißt, war deine Mutter in der Tat nicht nur wesentlich kräftiger als ich, sondern auch um einige Zentimeter größer. Schon von dieser Warte aus betrachtet, kann ich ihr also gar keinen Kuss auf die Stirne gegeben haben, als sie mir gegenüberstand. Es war vielmehr ein Kuss auf die Wange.«
»Ein Kuss auf die Wange ...« sinnierte Mercedes, die noch immer nicht richtig begriff. Dann, ganz plötzlich kam die Erkenntnis. »Das heißt ... du willst mir damit sagen, dass es also gar kein Traum gewesen ist, sondern dass es diese Szene tatsächlich gab. Dass ... dass dich die Mama ...«
»... dass deine Mutter mich bei ihrem überschäumenden Temperamentsausbruch in der Tat gepackt und durch den halben Raum geworfen hat«, nickte Emil Jellinek grinsend. »Übrigens nicht nur einmal. Ich kann mich an zwei weitere Auseinandersetzungen dieser Art erinnern – und allein wenn ich daran denke, dann tun mir noch heute die Knochen weh.« Die Leidensmiene, die sein Geständnis optisch begleitete, sprach Bände.
»Ehrlich gesagt, das hätte ich nicht für möglich gehalten«, fixierte das Mädchen ihren Vater staunend. »Wo ich doch immer davon ausgegangen bin, dass ihr euch innig verbunden wart. Die Liebe deines Lebens, hast du die Mama doch genannt.«
»Allerdings. Und so ist es auch tatsächlich. Nur«, Emil Jellinek zuckte kurz mit den Schultern. »Wie in jeder guten Beziehung gab es auch einmal Meinungsverschiedenheiten. Das ist nun einmal so.«
»Aber doch nicht solche, dass der eine von beiden halb zerschmettert auf dem Boden liegt!«
»Na, ganz so schlimm war es nun auch wieder nicht! Ich lebe noch. Und außerdem war es zwischen uns ja niemals so, dass ein solches Zerwürfnis über Tage oder gar Wochen angehalten hätte. So, wie man es von anderen Ehepaaren immer wieder hört. Nein, nein: wir waren beide von der

Natur mit einem besonders impulsiven Temperament ausgestattet und deshalb hat es dann eben immer richtig gekracht, wenn es einmal gekracht hat. So oft ist das ja nicht vorgekommen – und vor allem: fünf Minuten später war alles wieder vorbei und wir waren wieder mit uns im Reinen.«

»... ein Herz und eine Seele sozusagen«, kommentierte Mercedes mit einem ungläubigen Kopfschütteln.

»Sozusagen ...«, kam es postwendend von ihrem Vater zurück. »Auf Regen, Blitz und Donner folgt bekanntlich immer wieder Sonnenschein – und bei uns hat die Sonne glücklicherweise nahezu immer ihre warmen Strahlen auf die Ehe scheinen lassen. Bis zum Ausbruch dieser heimtückischen Krankheit ...«, setzte er mit einem bitterem Unterton hinzu.

Wieder lief er Gefahr, tief in die trübe Stimmung dieses traurigen Tages zu sinken.

»Habe ich richtig gerechnet: du warst erst 21 Jahre alt, als du die Mama geheiratet hast?«

Gott sei Dank! Ein Lächeln blitzte über sein Gesicht. »Ja, das stimmt. Und deine Mama war sogar erst 20 Jahre jung. Wir haben folglich die Einwilligung ihrer Eltern zu der Heirat gebraucht – und um da von vornherein erst gar nicht zu riskieren, dass sie die Hochzeit verschieben wollten, habe ich ihnen erklärt, die Dinge seien bereits ins Laufen gebracht worden. Meine Eltern, die ich auf dem Postweg über unsere Absichten informierte, hatten uns schon beglückwünscht und inzwischen auch die für das Standesamt notwendigen Dokumente losgeschickt. Da konnten sie kaum noch anders, als ebenfalls ihren Segen zu geben. Zumal ich ihnen nicht unsympathisch war.«

»Und diese ganze Eile deswegen, weil du unbedingt weg wolltest vom Konsulat? Du hast deinen Posten dort aufgegeben, weil es dir zu langweilig war?«

»Ganz genau. Und außerdem, weil meine Geschäfte, die ich zunächst nur heimlich nebenher führen konnte, in der Zwischenzeit derart umfangreich geworden sind, dass ich mich entscheiden musste: zwischen der zwar risikolosen, aber eben wenig lukrativen und im Grunde genommen ätzend langweiligen Tätigkeit im Konsulat – oder der Möglichkeit, zu einem wohlhabenden Mann zu werden. Deshalb der Umzug nach Oran. Es war die richtige Entscheidung, auch wenn meine ersten Blütenträume vom Reichtum kurz danach zerplatzt sind.«

»Das war die Sache mit dem Tabakhandel.«

»Genau. Das alles hatte sich sehr gut angelassen, ist dann aber in sich zusammengebrochen. Alteingesessene Konkurrenten haben mich ausgestochen, als ich ihnen lästig zu werden begann.«

»Zu dieser Zeit ist in Oran auch der Adolf geboren worden?«

»Ja. Der Erstgeborene. Das war freilich eine harte Zeit, nachdem die Geschäfte mit einem Mal schlechter zu werden begannen, dann auch noch ein Kind durchbringen zu müssen. Ich hatte insofern wieder einmal Glück, als ich mit dem Nordafrikadirektor einer französischen Versicherungsgesellschaft gut bekannt gewesen bin. Der hat mich eines Tages gefragt, ob ich nicht als Repräsentant seiner Versicherung in Wien tätig sein wolle – das ist der Grund, weshalb wir damals nach Wien gezogen sind. Allerdings: Versicherungsagent ...« Emil Jellinek verzog säuerlich das Gesicht. »Du kannst dir gut vorstellen, dass es auf Dauer nicht unbedingt der Broterwerb war, der mich zufrieden gemacht hätte. Und nachdem deiner Mutter das Klima in Wien und die Wohnung dort sowieso nicht gefallen hatten, sie war eben die afrikanische Sonne gewöhnt und ein großes Anwesen mit üppigen Gärten darum, da haben wir den Entschluss gefasst, ins französische Nordafrika zurückzukehren. Das war ein echter Glücksfall, denn ich hatte eine neue Idee – und dort in Algerien ist es mir dann auch gelungen, in den Handel mit Seegras einzusteigen. Und das war der Durchbruch. Mit viel Fleiß und ebenso viel Glück bin ich zu einem der größten Exporteure von Seegras geworden. Es war und ist noch immer das ideale Material zum Verpacken, zum Dämmen und vor allem für Sofas und andere Sitzgelegenheiten. Die Polsterer haben mir das Seegras regelrecht aus der Hand gerissen. Das war der Grundstock zu meinem Vermögen. Dort in Oran ist dann ja auch der Fernand auf die Welt gekommen. Im Nachhinein betrachtet war das wohl die glücklichste Zeit unseres Lebens – von Rachel und mir.«

»Aber wieso seid ihr dann nicht in Afrika geblieben?«

»Weil mir, wie ich vorhin schon einmal angedeutet habe, die afrikanische Hitze schwer zu schaffen gemacht hat. Ich bin nicht der Typ Mensch, der viel Sonne gut verträgt. Man sagt ja, dass eine so helle Haut, wie ich sie habe, und die rötlichen Haare ein Indiz dafür sind. Du weißt ja, wie rasch ich immer einen Sonnenbrand abbekomme. Im Gegensatz zu dir, denn du hast glücklicherweise die braune Haut deiner Mutter geerbt.«

»Weswegen sie zu mir in Baden schon einmal gesagt haben, da kommt die Negerin!«

Wie von der Tarantel gestochen schoss Emil Jellinek in die Höhe.»Wer war das?! So eine Unverschämtheit! Ich werde die Leute zur Rede stellen!«

»Ach Papa, das waren doch nur dumme Kindersprüche. Beruhige dich wieder. Ihr seid also nach Wien zurück, weil du die Sonne in Afrika nicht so gut vertragen hast.«

»In der Tat. Deshalb bist du ja auch kurz nach unserem Umzug im Jahr 1889 in Wien zur Welt gekommen.«

»Aber die Mama, die wollte doch viel lieber in Afrika sein, hattest du vorhin gesagt.«

»Weswegen wir einen Kompromiss geschlossen haben. Uns beiden war die Stadtwohnung in Wien bekanntlich auf Dauer gesehen zu eng gewesen – und einen Garten hat es da ja auch nicht gegeben. Deshalb hatte ich schon damals das Grundstück in der Wienerstrasse 43 in Baden gekauft, samt dem riesigen Garten. Da haben wir dann die Villa gebaut, das Vorbild dieser hier in Nizza.«

»Stimmt es eigentlich, dass die Villa in Baden auf den Namen meiner Mutter eingetragen worden ist?«

»Ja, das stimmt«, nickte Emil Jellinek schmunzelnd. »Da haben die Herrschaften auf dem Grundbuchamt vielleicht gestaunt, als ich das angegeben habe. Der Besitzereintrag auf den Namen Rachel Jellinek, geborene Gogman. Und was glaubst du, wie sie dann erst aus dem Staunen gar nicht mehr heraus gekommen sind, als ich unsere Baupläne vorgelegt habe: 42 Zimmer, darin Unterkünfte für mindestens 20 Dienstboten. Das war selbst für die im Umgang mit vermögenden adeligen Herrschaften durchaus geübten Beamten in Baden nicht alltäglich. Gleich nach deiner Geburt haben wir unserer bescheidenen Behausung dort übrigens den Namen Mercedes gegeben.«

»Und wieso habt ihr neben Wien und Baden dann überhaupt noch ein Domizil in Nizza gekauft?«

»Das war Teil zwei des Abkommens zwischen mir und deiner Mama. Die Wohnung in Wien habe ich behalten, um nach eventuellen länger dauernden geschäftlichen Besprechungen oder nach gesellschaftlichen Ereignissen in Wien eine Bleibe für die Nacht zu haben. In der Kurstadt Baden, von deren gesundheitsfördernden Quellen man uns in den höchsten Tönen vorgeschwärmt hatte, sollte unser Sommeraufenthalt sein – vor allem deswegen, weil mir auch an der französischen Riviera die Sommer einfach zu heiß sind. Während der eisig kalten Wintermonate in Österreich dagegen haben wir dieses Domizil in Nizza im milden Klima des winterlichen Mittelmeers. Das war die richtige Entscheidung – und dementsprechend wohl fühlen wir uns hier, nicht wahr?«

»Das stimmt«, bestätigte Mercedes mit einem nachdrücklichen Kopfnicken. »Nur in den ersten Tagen habe ich immer leichte Schwierigkeiten mit der Sprache. Bis ich mich wieder ans Französische gewöhnt habe, so wie sie das hier in Nizza sprechen. Oder umgekehrt in Baden, wenn ich mit den Mädchen dort manchmal versehentlich erst Französisch rede. Die verstehen kaum etwas, denn das bisschen Französisch, das ihnen die Lehrer dort beibringen, das reicht gerade einmal zum Guten Tag und Auf Wiedersehen sagen.«

»Eben drum haben wir von Beginn an darauf geachtet, euch zweisprachig zu erziehen. Deine Mutter, die Französin und ich der Deutschsprachige. Das war eine ideale Kombination. Und es ist schon ein wertvoller Vorteil, den ihr dadurch mit auf den Weg bekommen habt. Allein wenn ich an das freche Grinsen zurück denke, mit dem meine Gesprächspartner zu Beginn meiner Zeit in Nordafrika manchmal meine – zugegeben mühsamen – Versuche quittiert haben, ein möglichst perfektes Französisch zu sprechen. Und selbst heute noch fallen mir manche Redewendungen nicht leicht – wenngleich sich heute keiner mehr traut, mir deswegen unverschämt ins Gesicht zu grinsen. So meine liebe Prinzessin«, gähnend hielt sich Emil Jellinek die Hand vor den Mund. »Jetzt bin ich aber müde, es ist ja auch schon ziemlich spät geworden. Wie wäre es, wenn wir allmählich in die Betten gehen? Deine restlichen Fragen kann ich dir ja ein anderes Mal beantworten. Einverstanden?«
»Einverstanden!« nickte das Mädchen. »Und vielen Dank, Papa!«
»Du brauchst dich nicht bei mir zu bedanken.« Allein das leichte Glitzern hinter den Zwickergläsern verriet ihr, wie sehr diese Unterhaltung die Seele ihres Vaters berührt hatte. Und hoffentlich auch ein bisschen getröstet. »Das war für mich eine schöne Stunde, so unbeschwert mit seiner Lieblingstochter in den alten Erinnerungen zu schwelgen.« Ach – da meldete er sich also schon wieder zu Wort: der ewig tapfere Emil Jellinek. Nur ja keine Schwäche erkennen lassen.
»Lieblingstochter! Dass ich nicht lache! Wo ich doch deine einzige Tochter bin!«
»Was nicht ist, das kann ja noch werden«, grinste er augenzwinkernd herüber.
»Untersteh dich!«
»Schon gut, schon gut! Und jetzt aber endgültig: Gute Nacht, meine liebe Prinzessin.«
»Gute Nacht, Papa.«

An der Tür blieb Mercedes unvermittelt stehen. »Ach, noch etwas: du bist und bleibst der beste Papa von allen! Das wollte ich dir einfach noch sagen. Und jetzt: Gute Nacht.« Ohne eine Antwort abzuwarten, stürmte sie die breite Treppe hinauf in ihr Schlafzimmer und ließ unten einen 46-jährigen Mann zurück, der sich seiner Tränen nun nicht mehr zu schämen brauchte, die ihm jetzt in Strömen über die Wangen liefen.

Frühjahr 1899. Die Woche von Nizza. Eine der ersten Automobilwettfahrten der Welt. Erst vor wenigen Wochen war es Emil Jellinek gelungen, den Magistrat der Stadt und die Präfektur davon zu überzeugen, dass ein solches Spektakel der machtvoll aufstrebenden neuen Benzinwagen genau das richtige sein könne, um dem höchst anspruchsvollen und deshalb des Öfteren vom Angebot an der Mittelmeerküste ziemlich gelangweilten Publikum an der französischen Riviera einen willkommenen Zeitvertreib bieten zu können. Erst zögerlich, dann jedoch mit mehr und mehr Begeisterung hatten die Verantwortlichen seinen Vorschlag aufgegriffen. Es wurde ein großartiges Ereignis und damit ein voller Erfolg – für alle Beteiligten. Die Hotels der Stadt waren zum Bersten voll. Kein Wunder, denn alles was Rang und Namen besaß in der mondänen Welt der Reichen, war erscheinen. Also längst nicht nur die Leute vom Geldadel und die Angehörigen der vornehmsten Adelsfamilien von ganz Europa, sondern auch die Créme de la Créme in der neuen Motorwagentechnik. Die namhaftesten Marken hatten ihre besten Automobile samt ihren fähigsten Monteuren und Automobilisten zu dieser Wettfahrt entsandt, denn alle erwarteten mit einem Sieg vor den Augen der reichsten Menschen der Welt dasselbe: eine gewaltige Steigerung des Prestige und der Verkaufszahlen. Natürlich war auch die gesamte europäische Presselandschaft mit eigenen Korrespondenten vertreten, die emsig ihre Zeitungsseiten füllten und mit ihren Kommentaren die Namen der siegreichen Automobilmarke in aller Welt ruhmreich verbreiten würden.
Vor allen anderen waren es die französischen Automobilbauer, die sich allein schon aufgrund des Standorts einen Vorteil ausrechneten. Und an ihren Siegeschancen nicht die geringsten Zweifel hegten. Auch aus diesem Grund

waren sie in einer beeindruckenden Größenordnung mit Automobilen, Ersatzteilen, Monteuren und Fahrern angerückt. Alle anderen Teilnehmer mussten demgegenüber einfach nur klein und chancenlos wirken. Zumindest zunächst. Selbst der inzwischen zum offiziellen DMG Händler avancierte Emil Jellinek mitsamt seinen eigens aus Cannstatt angereisten Begleitpersonen sah sich bescheiden in den Hintergrund gedrückt. Aber nur solange, bis man das Objekt zu Gesicht bekam, das der Monsieur für diese Wettfahrt an den Start brachte: die neueste Kreation aus der Werkstatt von Gottlieb Daimler persönlich. Des bereits legendenumwobenen ersten Automobilbauers der noch so jungen Motorengeschichte.
Von Emil Jellinek höchstpersönlich würde dem atemlos staunenden Publikum seine staunenswerte Neuerwerbung präsentiert werden, vor einer riesigen Anzahl von Menschen, die höchstwahrscheinlich, wie die Berichterstatter vermeldeten, sogar mehrere Tausend Köpfe zählte. Sie alle hatten sich an der Promenade eingefunden – um aus dem Staunen über das neue Automobil kaum noch herauszukommen. Diesen Wagen hier, den würde keiner so leicht besiegen können, noch nicht einmal ein Panhard oder ein Renault. Kaum zu fassen war das für die automobilbegeisterten Bürger von Nizza, denen natürlich in erster Linie die Marken der im eigenen Land hergestellten Automobile ein Begriff waren. Viel mehr als die deutschen Marken, wie sich aus dem folgenden Dialog unschwer entnehmen ließ.
»Was ist das für ein Fabrikat?«
»Ein Benz vielleicht?«
»Nein, der Benzwagen steht dort drüben.«
»Das hier, das dürfte ein Daimler sein.«
»Aber wieso steht da nicht Daimler drauf?«
»Natürlich steht da Daimler drauf. Was denn sonst?«
»Nein, nein. Ganz sicher heißt das anders – ich kann es von weitem nur nicht richtig lesen. Aber keinesfalls Daimler. So viel ist sicher.«
»Unmöglich. Das kann nicht sein, lassen sie mich mal nä-

her an den Wagen heran«, schob sich ein beleibter Mitvierziger auf das prachtvolle Automobil zu, dessen blitzblanke polierte Messingteile herrlich in der Frühjahrssonne funkelten.

Kurz darauf schien er zu stutzen. Betrachtete den Schriftzug dann ein weiteres Mal. »Na so was. Sie haben recht, da steht ja gar nicht Daimler ...«

»Das sagte ich doch.«

»Da steht Mercedes drauf. Sonderbar ...«

»Was es damit wohl auf sich hat?«

Emil Jellinek, der sich ganz in der Nähe aufhielt und dabei zunächst noch tunlichst darauf bedacht gewesen war, nicht erkannt zu werden, schmunzelte vergnügt in sich hinein. Bald schon würden beide Namen ein fester Begriff sein. Sowohl Daimler wie auch Mercedes. Sie würden die Zusatzbezeichnung Mercedes, die von den zunächst widerstrebenden Mechanikern aus Cannstatt auf sein ausdrückliches Geheiß angebracht worden war, nicht mehr vergessen! Niemals mehr!

Endlich hatte ihn einer der Passanten von der gegenüberliegenden Straßenseite doch erkannt.

Mit offenem Mund glotzte ihm der Mann ins Gesicht.

»Da! Schaut nur einmal, wer da steht!« schmetterte der Gaffer laut in die Menge, während er mit dem weit ausgestreckten Arm direkt auf Jellinek deutete. Eine Unsitte, die der so Zielgerichtete noch nie hatte ausstehen können! »Der Monsieur Jellinek! Persönlich ...!«

»Na, unpersönlich wird es wohl kaum möglich sein«, maulte der andere und schaute sich suchend um. »Wen meinst du denn?«

»Den Monsieur Jellinek!«

»Das ist d e r Jellinek? Der Generalvertreter für die Daimler-Wagen?«

»Ja sicher. Wer denn sonst – oder kennst du noch einen zweiten Jellinek.«

»Nein, natürlich nicht. Jetzt sag schon: Welcher dort drüben ist es?«

»Na, der schmächtige Mann da vorne, der mit dem großen Backenbart und dem Tropenhelm auf dem Kopf.«
»Der?! Dieses Männchen soll der große Jellinek sein, von dem alle Welt spricht?«
»Größe und Länge sind bekanntlich zwei paar Stiefel, diesen Unterschied brauche ich hoffentlich nicht näher zu erläutern ...«
»Ruhe jetzt!«, zischelte es aus den Reihen der dicht an dicht gedrängten Zuschauer. »Ich möchte das hören. Er beginnt mit der Vorstellung seines Automobils!«
In der Tat. Der kleine Mann mit dem Tropenhelm hatte seinen Rücken kerzengerade durchgedrückt und begann mit einem feierlichen Klang in der Stimme seine Erläuterungen zu den technischen Raffinessen des Motorwagens, den er für die Rennwoche von Nizza gemeldet hatte.
»Meine sehr verehrten Herrschaften, ich beehre mich, ihnen meinen Rennwagen zu präsentieren, mit dem es mir mit absoluter Sicherheit gelingen wird, den ersten Platz bei der demnächst beginnenden Wettfahrt zu belegen. Allein schon von seinen technischen Details her ist dieser Wagen allen anderen bei weitem überlegen und auch von seiner Leistungsstärke wird er sämtliche am Start gemeldeten Automobile bei weitem in den Schatten stellen, allein der Motor bringt es auf eine Anzahl an Pferdestärken, wie sie es noch niemals zuvor ...«
Was für ein arroganter Kerl! Aber an Selbstbewusstsein hatte es dem eigentümlichen Kauz bekanntermaßen ja noch nie gefehlt.
»Was glaubt der denn eigentlich, unsere französischen Autobauer dermaßen düpieren zu müssen?«
»Lass gut sein. Unsere Leute werden ihm im Rennen schon die passende Antwort geben!«
»Der wird sein blaues Wunder erleben!«
»Hoffentlich. Es ist ja geradezu unertr ...«
»... halt, was war das eben? Wie hat er seinen Wagen genannt?«
»Mercedes. Ich glaube, er hat Mercedes gesagt.«

»Was soll denn das nun wieder heißen?«
In der Tat: nicht vom neuen Daimlerautomobil war gerade die Rede gewesen, als Jellinek seinen Rennwagen vorstellte, sondern er bezeichnete das Vehikel als Mercedeswagen.
Seit der Ausfahrt im vergangenen Herbst mit seiner Tochter auf die Promenade nach Nizza sei ihm diese Bezeichnung nicht mehr aus dem Kopf gegangen. Er habe nur noch nach einer passenden Gelegenheit für die offizielle Verkündung dieses Namens gewartet, um das neue Automobil dementsprechend auf diesen Namen zu taufen.
Eine Taufe?!
Ja, sicherlich. Wie dies bei Schiffen doch auch üblich sei. Am gestrigen Tag hätten sie sogar gleich zwei dieser nagelneuen Automobile auf den Namen Mercedes getauft. Dies aus Anlass der ersten Rennwoche von Nizza. Einen besseren Zeitpunkt als dieses Datum im zeitigen Frühjahr des Jahres 1899 habe man sich gar nicht wünschen können.
Nun denn.
Trotzdem würden ihm die französischen Automobilbauer bald schon zeigen, wo der Hammer hängt!
Mercedes hin oder her!

Erst Tage später sickerte aus Kreisen der Familie Jellinek allmählich durch, dass es offenbar noch einen zweiten Grund für die doch recht überraschende Automobiltaufe gegeben haben musste, die so ganz gegen die Gepflogenheiten des Monsieur ohne bereits lange zuvor verschickte Festeinladungen an die besseren Herrschaften des Ortes eher in einer sonderbaren Hast und Hektik vollzogen worden war. Und zwar war das die Sache mit einer eventuell einmal möglich werdenden Wiederverheiratung, die der Vater kürzlich seiner Tochter gegenüber noch ziemlich vage angedeutet hatte. Dementsprechend gelassen und unbeeindruckt hatte sich Mercedes zunächst gegeben. Doch die eher vorgetäuschte Gelassenheit war bald einer tiefen

Depression gewichen, als Emil Jellinek die Dinge wenig später viel konkreter machte, als sich die ahnungslose Mercedes dies jemals hätte träumen lassen. Plötzlich war da nämlich ein eigentümlicher Name ins Spiel gekommen: der Name Madeleine Anaise Tiroler, genannt Engler. Die er als seine Verlobte bezeichnete!

Es musste für Mercedes ein gewaltiger Schock gewesen sein. Nie und nimmer hätte sie eine derart konkrete Eheplanung vermutet. Schon gar nicht mit einer jungen Frau, die ihr Papa als langjährige Bekannte bezeichnete. Schon als kleines Mädchen habe er sie gekannt – »damals, in Nordafrika«. Was die Sache noch viel schlimmer machte. Denn damit musste sich diese Person also bereits zu den Lebzeiten ihrer Mama in den Haushalt der Jellineks eingeschlichen haben!

Insofern hatte sich Emil Jellinek gewaltig getäuscht, als er meinte, mit seiner ersten, noch gänzlich vagen Andeutung den Boden für die Verlobungsnachricht bestens vorbereitet zu haben. Von wegen! Es war wie der berühmte Blitz aus heiterem Himmel, ja schlimmer noch: Mercedes war ihrem Vater in den darauf folgenden Tagen regelrecht aus dem Weg gegangen. Und wenn sich während des gemeinsamen Mittagessens der Familie doch einmal ein kurzes Gespräch entwickelte, dann endete es seitdem regelmäßig damit, dass seine Tochter unvermittelt in Tränen ausbrach und aus dem Esszimmer stürmte, um sich in ihrem Zimmer einzuschließen, wo sie stundenlang in ein Kissen weinte.

Dass Mercedes diese Mitteilung aber auch dermaßen heftig treffen würde! Das hätte er niemals für möglich gehalten. Sondern vielmehr eher die zaghafte Hoffnung genährt, sie könne sich über die Anwesenheit einer weiteren jungen Frau im Haus vielleicht sogar freuen. Immerhin sei Madeleine Anaise Engler, die künftige Frau Jellinek, ja erst 26 Jahre alt. Infolgedessen wäre auch der Altersunterschied zu seiner neuneinhalbjährigen Tochter nicht unbedingt als riesig zu bezeichnen. Nur ganze drei Jahre trennten Made-

leine gar vom Geburtsjahr seines ältesten Sohnes Adolf. Man könnte sich womöglich also auf einer ganz persönlichen Ebene nahe kommen. Hatte sich Emil Jellinek hoffnungsfroh gedacht. Noch dazu, weil Madeleine Engler die Familie ihres künftigen Ehemannes nicht unbedingt fremd war. Denn im algerischen Oran hatte sie als kleines Mädchen mit ihren Eltern eine Zeitlang im selben Haus wie die Jellineks gewohnt. Ihr Vater war als Architekt mit dem Bau der Eisenbahn durch Algerien beschäftigt gewesen und weil die Kochkünste der damaligen Madame Jellinek ganz offenkundig jenen der Mutter Engler deutlich überlegen gewesen waren, kam sie in der Mittagszeit oft zu den Jellineks hinüber geschlichen, um dort das eindeutig bessere Mittagessen zu genießen. Und jetzt habe es sich nach so vielen Jahren plötzlich ergeben, dass man sich wieder begegnet sei. Noch dazu unter solch glücklichen Umständen. Meinte ihr Vater ... ohne dabei die Rechnung mit der Gemütslage seiner Tochter gemacht zu haben.
Sie konnte es einfach nicht fassen: »Diese junge Frau! Sie hat dich ganz bewusst geangelt! Das ist doch nämlich genau das Problem, hast du das eigentlich gar nie bedacht? Du bist immerhin 20 Jahre älter als sie! Du könntest also beinahe ihr Vater sein!« Nach diesen bitteren Worten, die auf ihren Vater wie ein Peitschenhieb niederprasselten, wandte sie sich um. Und schloss sich für den Rest des Tages in ihrem Zimmer ein.
Auch noch Tage später wirkte die sonst so lebensfrohe Mercedes deprimiert und niedergeschlagen. Nach wie vor schien sie peinlich darauf bedacht zu sein, nur ja nicht von ihrem Vater in irgendein Gespräch verwickelt zu werden. Emil Jellinek zeigte sich über die Reaktion seiner Tochter verstört. Diese nie zuvor erlebte Traurigkeit seiner Prinzessin. Der hoffnungslose Ausdruck in ihren Augen, mit dem sie blicklos durch ihn hindurch starrte.
In seiner zunehmenden Verzweiflung war er schließlich auf eine hoffentlich rettende Idee verfallen. Auf die Idee mit der Wagentaufe, die durch Mercedes persönlich vorgenom-

men werden sollte. Ein festlicher Anlass, wie sie es so gerne mochte. Eine zwar ziemlich überstürzt organisierte, dafür aber besonders prunkvolle Feier würde er ausrichten, und Mercedes am Tag vor dem großen Rennen damit hoffentlich so viel Freude bereiten, dass sie sich allmählich auch mit dem Gedanken an die für den Herbst geplante Hochzeit ihres Vaters anfreunden würde. Und so war die Wagentaufe – wie bei Emil Jellinek nicht anders zu erwarten – zu einem sündhaft teuren Spektakel geraten, zu dem sich die Crème de la Crème der Gesellschaft an der Côte d'Azur im großen Park des Jellinekschen Anwesens inmitten der riesigen schattenspendenden Palmen nur allzu freudig versammelt hatte.
Kurz nach der Wagentaufe, die, wie es sich für den Ruf des Monsieur gehörte, natürlich mit einer Flasche besonders guten Champagners vollzogen worden war, kam der inzwischen 23 Jahre alte Adolf auf seine Schwester zugestürmt und umarmte sie freudestrahlend. »Mercedes! Das finde ich schön. Dass jetzt sogar ein Automobil deinen Namen trägt. Das Beste vom Besten!« Er drückte dem überraschten Mädchen einen laut schmatzenden Kuss auf die Wange. »Du brauchst nicht zu erröten, das dürfen auch ruhig alle sehen. Damit sie gleich Bescheid wissen. Denn wenn du groß bist, nehme ich dich zur Frau. Dann kannst du nämlich auch weiterhin Mercedes Jellinek heißen. So einen schönen Namen gibt man nicht einfach auf.«
Kopfschüttelnd betrachteten die Festgäste das seltsame Schauspiel. »Schauen sie sich das nur einmal an: dieser Adolf. Er ist und bleibt einfach ein wahrer Filou – durch und durch!«
»Ein Mädchenname für ein Automobil! Ich bitte sie!«
»Und wie vernarrt sie plötzlich in diesen Namen sind! Jetzt möchte auch noch der Bruder gleich seine Schwester heiraten, um diesen Namen zu erhalten.«
»Höchste Zeit, dass der Monsieur bald seine Grenzen aufgezeigt bekommt.«
»Keine Sorge: übermorgen am Abend wird er völlig am -

Boden zerstört in seine protzige Mercedes-Villa zurückschleichen!«
»Spätestens dann wird auch keine Rede mehr von einem Mercedeswagen sein.«

Doch die Unkenrufe liefen ins Leere. In Wahrheit kam es ganz anders: die erste Automobilwettfahrt von Nizza wurde für Jellinek und seinen sogenannten Mercedeswagen zu einem triumphalen Erfolg. Mit einer Stundengeschwindigkeit von durchschnittlich sage und schreibe 34,57 Kilometern erwies sich sein Daimler-Automobil den übrigen Wagen als bei weitem überlegen, genau so, wie es der seltsame Monsieur aus Österreich ja auch vollmundig angekündigt hatte. Für die übrigen Teilnehmer des Rennens an der Mittelmeerküste samt ihren Automobilkonstrukteuren war es beinahe schon deprimierend erleben zu müssen, wie viel Zeit verstrich, bis endlich eines ihrer Vehikel das Ziel erreichte, nachdem Jellineks Fahrer Wilhelm Bauer seinen DMG-Wagen schon längst mit einer triumphalen Siegerpose über die Ziellinie gesteuert hatte. Mit welch gewaltigen Rückständen all die anderen, einst so stolzen Chauffeure der übrigen Marken dann das Ziel erreichten. Und was für trübselige Gesichter sie dabei machten!
»Hurra! Ich habe gewonnen!« Freudestrahlend hatte sich Emil Jellinek, den es in der letzten Phase des Rennens nicht mehr auf seinem Beobachtersessel gehalten hatte, am Zieleinlauf erst durch die Menge der Gratulanten gekämpft und stürmte nun mit weit ausgebreiteten Armen wieder auf die Loge seiner Familie zu. »Mercedes! Wir sind tatsächlich Sieger! Sie haben es anerkannt. Es ist offiziell! Hurra!« Ohne auf die irritierten Blicke seiner Verlobten und der beiden Söhne zu achten, packte er seine nicht minder fröhlich jauchzende Tochter an der Hüfte und hievte sich das Mädchen auf die Schultern. »Halte dich gut fest, meine kleine Prinzessin! Nicht dass du noch von deinem Thron herunter fällst!« rief er ausgelassen, um wenig später einen lauten Schmerzensschrei auszustoßen. »Aber doch nicht an mei-

nen Koteletten! Du sollst mir nicht die Haare einzeln aus dem Bart ziehen. Da, nimm deine Hände und lege sie mir um den Hals, dann kann nichts passieren!«
Voller Amüsement hatte die versammelte Jellineksche Dienerschaft beobachtet, wie sich das Mädchen impulsiv mit den Fingern tief in die mächtigen Koteletten ihres Vaters verkrallt hatte, als Mercedes auf dessen Schultern gefährlich ins Schwanken geraten war.
»So, ja, so ist es gut! Komm – und jetzt werde ich dich auf den Fahrersitz unseres Siegerwagens setzen. Deines Wagens! Mercedes!«
»Und wir?« Allein aus dem Tonfall der Frage seiner Verlobten ließ sich die Verstimmung nicht überhören, die diese Szene bei ihr ausgelöst hatte, nachdem der freudestrahlende Mann anscheinend einzig und allein Augen für seine kleine Tochter zu haben schien. Nun gut: vielleicht auch noch für seinen siegreichen Wagen. Mehr aber nicht ...
»Wie? Ihr?« Irritiert wandte Emil Jellinek sich um und starrte in die vorwurfsvolle Miene von Madeleine Engler.
»Ja, wir: was ist mit uns?«
»Was soll schon sein? Wenn ihr wollt, dann kommt doch einfach mit uns mit.«
»Dann warte gefälligst auf mich und renne mir nicht einfach davon. Wie sollen denn die Leute denken, wenn sie uns so sehen!«
Jetzt endlich hatte es auch Emil Jellinek bemerkt. Und selbst wenn er sich das seltsame Verhalten seiner Verlobten noch immer nicht richtig erklären konnte, heute, am Tag seines allergrößten Triumphes, den er jemals in seinem Leben errungen hatte, stand dem ansonsten durchaus streiterprobten Mann der Sinn nicht nach einer Auseinandersetzung. Nein, heute verspürte er keinerlei Lust auf irgendeine Meinungsverschiedenheit. Mit vorgeblich schuldbewusster Miene verharrt er folglich kurz. »Entschuldige Madeleine, es ist ... es ist halt einfach zu überwältigend für mich. Dieser Triumph! Dass ich mit meinem Mercedeswagen gewonnen habe. In Wahrheit hat mir das doch kein Mensch zugetraut.

Es ist ... so wunderschön. Also, auf geht's. Kommt jetzt alle mit!«
Gerade als er im Begriff stand, sich wieder umzuwenden, da flüsterte ihm die Stimme seiner Tochter leise eine durchaus überraschende Frage ins Ohr: »Wieso sagst du eigentlich immer ich?«
Jellinek stutzte. »Wie meinst du das: »Immer ich? Was soll ich denn sonst sagen?« Doch plötzlich dämmerte ihm die versteckte Ironie, die in der Frage enthalten war. Ein verständnisvolles Lächeln huschte über die Miene des überstolzen Mannes. »Ach so, darauf willst du hinaus. Du meinst, ich soll wir sagen, anstelle von ich. Schließlich ist es ja ein Wagen, der deinen Namen trägt. Wir haben gewonnen: Du, Ich – und unser Mercedeswagen.«
Doch noch immer war der Gedanke nicht konsequent zu Ende gedacht. »Nein, Papa. Das ist es auch nicht: gewonnen hast doch in Wahrheit nicht du und auch nicht wir, sondern dein Fahrer, der Herr Bauer aus Cannstatt.«
»Der Wilhelm Bauer! Aber der hat doch nur den Wagen gelenkt, der ist doch nur ein Chauffeur in meinem Auftrag. Gemeldet habe ich den Wagen und das Risiko eines Scheiterns, das habe ich auch ganz alleine getragen. Mercedes hat gesiegt. Mein Mercedes. Unser Mercedes!«
»So aber ...?« Allein ihr Tonfall deutete darauf hin, dass seine Tochter noch immer nicht locker lassen mochte. »Und wieso fährst du eigentlich nicht selber?«
»Ich?! Selbst am Steuer? Bei so einem Rennen? Niemals! Ich mache mich doch nicht zum Gespött der Leute! Dafür hat man sein Personal, in diesem Fall eben den Herrn Bauer.«
»Also ich sehe da keinen Unterschied. Denn im vergangenen Herbst – auf dem Semmering warst du doch auch persönlich am Steuer deines neuen Wagen. Daran kann ich mich noch ganz genau erinnern«, beharrte Mercedes auf ihrem Standpunkt. »Ich erinnere mich, wie die Leute lachend auf dich gezeigt haben, weil du den Tropenhelm aufgesetzt hast, wie deine drei Mitfahrer auch.«

»Es waren vier Mitfahrer«, korrigierte der Vater seine Tochter. »Und dieser vierte, das war der eigentliche Chauffeur. Der Mann ohne Tropenhelm nämlich, der eine normale Mütze auf dem Kopf hatte. Der auch als Mechaniker dabei gewesen ist. Ich habe damals den neuen Wagen nur ausprobiert und ihn immerhin auf diese Geschwindigkeit von über 40 Kilometern in der Stunde gebracht. Aber den Rest der Fahrt, den hat dann der Chauffeur erledigt. Und seinerzeit habe ich auch für mich beschlossen, es damit in der Öffentlichkeit gut sein zu lassen. Ich bin ja längst nicht mehr der einzige Besitzer eines Automobils. So einen Wagen hat ja inzwischen beinahe jeder von unseren Bekannten – nicht zuletzt dank meiner dementsprechenden Bemühungen«, lachte er und rieb sich dabei vergnügt die Hände. »Aber damit ist eben auch eine Weiche gestellt worden. Es ist nichts Einmaliges mehr daran, ein Automobil zu besitzen. Es ist – zumindest in unseren Kreisen – beinahe so alltäglich geworden, wie der Besitz einer Pferdekutsche. Von nun an geht es nur noch darum, den besten und den schnellsten Wagen sein eigen nennen zu können. Und sich von einem extra dafür angestellten Bediensteten kutschieren, das heißt vielmehr: chauffieren zu lassen. Es ist also nicht anders, als wenn man seinen Sekretär hat oder seine Gärtner, beziehungsweise seine Kutscher. So hat unsereiner neuerdings eben auch seine Chauffeure. Diese Leute sind allesamt gut ausgebildete Mechaniker, deshalb sollen die so ein Rennen auch fahren. Das wäre ja noch schöner, wenn ich mich zum Amüsement der Massen selbst hinter das Steuerrad setzen würde ... und womöglich während der Fahrt irgendeinen Defekt am Motor zu reparieren hätte! Also nein, beim besten Willen nicht ... Das kommt für mich höchstens noch probeweise bei ganz neu gelieferten Wagen und unter absolutem Ausschluss der Öffentlichkeit in Frage. Die eigentlichen Rennen aber, die werden künftig von unseren speziell darauf vorbereiteten Mechanikern gefahren und so soll es auch bleiben.«

»Rennen fahrende Mechaniker ... Rennfahrer. Was für ein eigentümlicher Begriff!«

In der Tat war mit diesen ersten Automobilrennen der Geschichte nicht nur ein neuer Beruf aus der Taufe gehoben worden, sondern auch die dem entsprechende Berufsbezeichnung geboren: Rennfahrer.
»Wie gesagt, Mercedes: das ist wirklich nichts für unsereinen, sich im direkten Vergleich mit diesen Leuten zu messen. Auch wenn der eine oder andere mich dazu natürlich aufgefordert hat. Nein. Niemals. Das wäre ja, als wenn ich mich persönlich auf den Bock einer Kutsche setzte, um den Kutscher zu ersetzen.«
Eine durchaus lustige Vorstellung, die mit einem dementsprechend amüsierten Lachen quittiert wurde. »Das wäre in der Tat ein eigenartiges Bild. Vielleicht solltest du es ja einmal versuchen. Spaßeshalber.«
»Niemals. Wie gesagt, es geht in erster Linie nicht um die Fahrer, sondern um die Automobile. Hauptsache ist folglich, dass es mein Wagen ist, der an den Start geht und siegt. Ausgestattet mit sämtlichen von mir gewünschten technischen Raffinessen. Ein einmaliges Automobil. Keine Massenware. Sondern ein Mercedes. Mein Mercedes!«
Der daraufhin ausbleibende Kommentar seiner Tochter war für Emil Jellinek ein untrügliches Anzeichen dafür, dass das Mädchen mit der bisherigen Antwort noch immer nicht völlig überzeugt schien. Also weiter:
»Und überdies: stell dir vor, ich würde einen Fahrfehler begehen und verunglücken, was wäre dann?« setzte er mit einiger Raffinesse noch wirkungsvoll hinzu.
Mercedes wäre vor Schreck beinahe von den Schultern ihres Vaters gefallen: »Um Himmels willen, Papa! Bitte nicht! Sage so etwas nie wieder!«
»Siehst du! Eben darum sollten wir diese Diskussion jetzt beenden und lieber den Gefühlen dieses wundervollen Tages ihren Lauf lassen. Schau nur, da vorne steht es, unser Prachtstück. Der Siegerwagen. Ein echter Mercedes!«

Auch noch viele Stunden nach dem triumphalen Erfolg im Rennen von Nizza war die Menschentraube, die sich um den siegreichen Wagen und seinen freudestrahlenden Besitzer drängte, kaum kleiner geworden. Noch immer durfte sich Emil Jellinek regelrecht umlagert fühlen. Und zwar – das schien ihm eine ganz besonders erfreuliche Tatsache – nicht etwa »von Hinz und Kunz«, sondern vielmehr von den Mitgliedern des internationalen Hochadels und den Vorständen der renommiertesten Bankhäuser Europas. Und alle wollten sie nur eines: ebenfalls ein solches Wunderautomobil besitzen. Einen Mercedeswagen. Am 21. März des Jahres 1899 hatte der Mythos Mercedes seine Geburtsstunde erlebt.

»Wenn das der alte Daimler wüsste«, schmunzelte Jellinek am späten Abend dieses erfolgreichen Tages verschmitzt in sich hinein und paffte dabei vergnügt an seiner dicken Zigarre, womit er seinen nicht minder fröhlich gestimmten Gast, den Baron Rothschild, der als allerletzter noch geblieben war und sich nach wie vor tapfer dem hervorragenden Rotwein aus dem Jellinekschen Keller widmete, in eine dunkle Rauchwolke hüllte.

»Wieso der Monsieur Daimler? Worauf wollen sei hinaus?«

»Nun ja, er hatte durchaus etwas dagegen einzuwenden, als ihm die Vorstände der DMG kürzlich meinen Namensvorschlag unterbreitet haben. Er will keinesfalls auf die Bezeichnung Daimler verzichten.«

»Das ist ja durchaus verständlich«. Der Baron griff nach seinem Weinglas und nahm einen weiteren innigen Schluck. »Köstlich. Einfach köstlich!«

»Ja schon, aber andererseits muss auch der Herr Daimler anerkennen, dass diese Leistung, die den heutigen Triumph erst ermöglicht hat, nur dadurch zustande gekommen ist, weil eben ich es war, der kategorisch auf den verschiedensten und im Nachhinein gesehen ja auch entscheidenden Änderungen bestanden hat. Zum guten Glück ist sein wichtigster Mitarbeiter, ein Mann namens Maybach, nicht ganz so bockig und hat mir in den meisten Punkten zugestimmt. Ich habe ihm dann ja auch einen Kompromiss angeboten: meinetwegen solle es heißen »Daimlerwagen, Modell Mercedes«. Das müsste ihm doch eigentlich einleuchten, dass sich das besser anhört, als nur Daimler. Vor allem im internationalen Bereich.«

Der Baron nickte genießerisch, während er weiterhin sein noch zu einem guten Viertel gefülltes Weinglas betrachtete. »Mercedes, was für ein Klang!«

»Viel besser als Daimler.«

»Es dürfte dennoch nicht einfach sein, ihn zu diesem Schritt zu bewegen. Man hört ja, er sei aus einem ziemlich harten Holz geschnitzt.«

»Ich ebenfalls«, erwiderte der Gastgeber prompt. »Und warten sie getrost ab: wenn erst einmal meine ganzen Bestellungen in Cannstatt eintreffen – allein was am heutigen Tag an Automobilen bei mir fest in Auftrag gegeben worden ist! – deren bloße Anzahl mich zum wichtigsten Kunde der DMG macht, dann werden sich die Herrschaften schon zu einem kleinen Entgegenkommen durchringen müssen. Auch der gute Herr Daimler wird das eines schönen Tages begreifen ...«

»... Ach ja: übrigens möchte ich hiermit ebenfalls gleich noch einmal zwei Mercedeswagen bestellen. Natürlich vom neusten Daimlermodell und bitte nicht als letzter geliefert bekommen.«

»Das wird nicht ganz einfach sein, angesichts der zahlreichen Aufträge, die uns geradezu überrollt haben. Die Produktion bei der DMG kommt schon jetzt kaum noch nach, um alle meine Aufträge erfüllen zu können.«

»Die Produktion ist mir egal. Ich zahle dafür den besten Preis von allen. Als Prämie für die schnellste Lieferung, versteht sich.«

»Nun denn ... in diesem Falle müsste ich versuchen, mich eventuell dafür einzusetzen, dass ein gewisser Baron Rothschild bei der ersten Auslieferung dabei ist. Mal schauen, was sich machen lässt.« Voller Vergnügen klatschte sich Emil Jellinek auf die Schenkel und grinste dabei selig. Jetzt geht es Schlag auf Schlag. Das ist so richtig nach meinem Geschmack. Erst der überlegene Sieg beim Rennen, dann der neue Name Mercedeswagen ... Und wenn der gute Daimler wüsste, was ihm als Nächstes blüht, dann würde er wahrscheinlich die glatten Wände hochsteigen!« Jellinek lächelte verschmitzt.

»Was kommt denn als Nächstes?«

»Das ist die Sache mit der Zündung. Auch da werde ich ihm nämlich demnächst endgültig das Messer auf die Brust setzen, nachdem er meine sämtlichen Vorschläge bislang einfach so beiseite gewischt hat. Aber dieses Mal lasse ich mich nicht mehr abwimmeln, jetzt wird er das Nachsehen haben. Ich habe bei seinen Vorständen bereits vorgefühlt und die Herren zeigten sich kooperativ, nachdem ich ihnen meinerseits angedeutet habe, dass es keine Frage des Preises sein muss, den ich dafür zu zahlen bereit bin. Ich möchte das beste – egal um welchen Preis. Also werde ich den Herrn Daimler mithilfe seiner eigenen Vorstandskollegen in die Knie zwingen. Er wird künftig die Bosch-Zündapparate in die Mercedeswagen einbauen müssen – ob ihm das nun passt oder nicht.«

»Mercedeswagen. Boschzündapparate. Das sind aber schon ordentlich dicke Kröten, die sie ihn da schlucken lassen. Wenn er das hört, dann wird er explodieren!«

»Besser er als seine Motoren!«

Das auf diese Bemerkung folgende schallende Gelächter der beiden inzwischen schon auf das üppigste mit Rotwein versorgten Herren beendete für diesen Abend ihre kleine automobile Fachsimpelei. Es gab ja auch noch andere schöne Themen. Zum Beispiel dieses. »Ich hätte da noch einen ganz besonders edlen Tropfen anzubieten, Herr Baron. Wenn ich ihnen diesen Wein hier einmal kredenzen dürfte?«

»Aber sicher dürfen sie, Herr Jellinek. Ganz sicher sogar!«

Der vergnügte Abend dieses so überaus genussreichen Tages sollte noch lange kein Ende finden. Denn der Weinkeller des Monsieur Jellinek war bekanntermaßen immer gut gefüllt. Natürlich nur mit den edelsten Gewächsen.

Allein das düstere Funkeln in den Augen ihres Vaters signalisierte den unmittelbar bevorstehenden Ausbruch eines gewaltigen Unwetters: »Wer hat das getan?! Wer war das?!«
Für Jellinekssche Gepflogenheiten war es noch recht früh am Morgen, als sich der Monsieur wutschnaubend vor seinen beiden Söhnen Adolf und Fernand aufbaute, die wie zwei begossene Pudel vor den weit geöffneten Torflügeln der Remise standen, in der während der Nacht die beiden Rennwagen untergebracht wurden. Selbst noch in einigen Metern Entfernung konnte Mercedes das gefährliche Funkeln in den Augen ihres Vaters ausmachen. Ein Funkeln, das nur eines bedeuten konnte: Höchste Gefahr!
»Wer das getan hat, will ich wissen!«
Dermaßen echauffiert hatte sie ihren impulsiven Vater bislang nur ganz selten erlebt – und nach wie vor war es ihr ein Rätsel, was ihn in diesen Zustand versetzt haben könnte.
»Was meinst du denn, Vater?«, wagte Adolf als Ältester schließlich einen zaghaften Vorstoß.
»Was ich meine?! Was ich meine! Es ist ... es ist unfassbar!« Mit beiden Händen griff sich der keuchende Mann an den Hemdkragen, um sich mehr Luft zu verschaffen. »Ja seht ihr das denn nicht? Diese Frechheit. Eine absichtliche Provokation. Eine ... eine Unverschämtheit.« Mit zitternden Fingern deutete er nun auf das Vorderteil des ersten Rennwagens, der gestern noch in Nizza unter dem frenetischen Jubel der Menschenmenge mit überlegenem Abstand über die Ziellinie gesaust war. »Das da. Das meine ich! Was um alles in der Welt soll das darstellen – und wer hat es dort hin getan? Ich ... ich werde unverzüglich die Gendarmerie in Kenntnis setzen und für die Ergreifung des Täters einen Lohn aussetzten!« »Ach ... das ...«, der Anflug eines spitzbübischen Lächelns huschte über die Miene des 16-jährigen Fernand, der sich ganz offenkundig nicht über das drohende Unheil bewusst war, das über ihm schwebte.
»Ja! Das da! Das meine ich! Diese entsetzliche Miniatur.«
»Der kleine Hirsch.«

»Der kleine Hirsch!« echote der aufgelöste Mann entgeistert. »Das sagst du einfach so dahin!« Ganz allmählich dämmerte da eine Erkenntnis. »Und jetzt sag bloß noch, dass du das warst. Du hast den Hirsch also …«

»… hier drauf platziert«, ergänzte Fernand, der sich anscheinend noch immer keines Vergehens bewusst war. »Ja, sicher. Das war ich.«

»Du hast was?«

»Wie gesagt, ich habe den kleinen Hirsch da drauf platziert.«

Emil Jellinek war baff vor Erstaunen. Beinahe wäre ihm der Zwicker von der Nase gerutscht. »Auf meinen Mercedeswagen!«

»Ja, sicher. Es sollte eine Überraschung sein. Ich dachte halt, passend zu unserem plötzlich so berühmt gewordenen Namen müssten wir uns jetzt auch noch ein kleines Emblem verschaffen. Eine Art Erkennungszeichen. Ein unverwechselbares Signet für unsere Mercedeswagen. Und weil mir im Zusammenhang mit der Mercedes nichts gescheites eingefallen ist, da bin ich dann halt auf den Hirsch gekommen, weil die Figur bei mir im Zimmer auf dem Regal stand. Die hat von der Größe her genau gepasst.«

»Ein Hirsch! Auf meinen Automobilen …«

»Ja, sicher. Einen kleinen Hirsch.« Fernand strahlte mit der Morgensonne um die Wette, so überzeugt war er auf seinen Einfall. »Versteh doch Vater, ein Hirsch – vielmehr ein kleiner Hirsch – das ist doch die Übersetzung von unserem Familiennamen, von Jellinek. Du selbst hast uns doch erklärt, dass der Name ursprünglich aus Mähren kommt und soviel wie kleiner Hirsch bedeuten soll. Ein Jellinek. Ein kleiner Hirsch. Das Markenzeichen für unsere Familie. Voller Stolz berührte er mit dem Zeigefinger die silberglänzende Figur über dem wabenförmigen Motorenkühler. »Es sollte eine kleine Überraschung sein.«

»Eine kleine Überraschung …«

Es dauerte dann nur noch einen Wimpernschlag, bis sich das Unwetter nun endgültig seine Bahn brach: »Ja, bist du denn völlig übergeschnappt? Bist du des Wahnes?! Einen Hirsch auf einen Mercedeswagen zu setzen! Das ist entsetzlich! Ein Stilbruch! Eine Banauserei sonders gleichen!« Jellinek schnappte nach Luft und ballte die Fäuste. Er schien in der Tat nun völlig außer sich. Womöglich würde es sogar gleich zu Handgreiflichkeiten kommen. Dagegen musste dringend etwas unternommen werden!

»Er hat es doch nur gut gemeint«, ging Adolf mutig zwischen die beiden und stellte ein nachsichtiges Lächeln zur Schau. Mit seinem gut gemeinten Beschwichtigungsversuch erreichte er aber eher das Gegenteil.

»Nur gut gemeint, nur gut gemeint!« schnaubte seit Vater empört. »Hast du auch nur die Spur einer Ahnung, was ein solches eigenmächtiges Vorgehen an Konsequenzen auslösen kann? Du hast es nicht! Und der hier«, deutete er wütend auf den schmerzhaft zusammenzuckenden Fernand, »der hier anscheinend erst recht nicht!« Mit dem Taschentuch tupfte er sich über die schweißnasse Stirn. »Wenn das die DMG Leute zu sehen bekommen oder womöglich gar der alte Daimler, du liebe Güte! Die würden mir die Hölle heiß machen. Als wenn es wegen dem Mercedes nicht schon genug Scherereien gäbe! Da brauche ich das nicht auch noch! Und dann«, mit dem Zeigefinger tippte er sich mehrere Male heftig gegen die Stirn, »dann noch die Leute buchstäblich mit der Nase auf die Verballhornung unseres Familiennamens zu stoßen. Das ist ja an Naivität, um nicht zu sagen an Dämlichkeit, gar nicht mehr zu überbieten! Überleg doch einmal: Neider haben wir ja weiß Gott mehr als genug. Leute, die nur darauf aus sind, hinter unserem Rücken über uns herzuziehen. Und mein eigener Sohn liefert ihnen mit seiner glanzvollen Idee sogar noch höchstpersönlich die Vorlage, um uns mit Hohn und Spott zu überziehen. Da, schaut, da kommt die Familie Hirschle, werden sie sagen, wenn sie uns zu Gesicht bekommen. Und sich dabei halb totlachen. Willst du das? Hast du es darauf angelegt, künftig der Herr Hirschle zu sein, anstatt der Monsieur Fernand Jellinek? Willst du das wirklich?!«

Fernand riss entsetzt die Augen auf und schüttelte heftig seinen Kopf. »Um Himmels willen: nein!«
»Na bitte.« Die spontane Reaktion seines Sohnes schien Emil Jellinek wieder einigermaßen besänftigt zu haben. Er stemmte die Arme in die Hüften und musterte seinen Zweitältesten kopfschüttelnd. »Hirschle – also ich muss schon sagen! Ein Mercedes bleibt ein Mercedes – und damit Schluss! Irgendwann wird sich im Laufe der Zeit hoffentlich noch ein schönes Emblem dazu finden lassen – aber jetzt erst gilt es einmal, einen schönen Schriftzug zu entwerfen, mit dem ich die Leute von der DMG davon überzeugen kann, dass dieser Schriftzug von jetzt an auf jedem der von mir bestellten Mercedeswagen angebracht sein muss. Das allein ist schon ein ordentlich hartes Brett an Arbeit, danach werden wir dann weiter sehen. Aber ein Hirsch, das weiß ich jetzt schon: ein Hirsch wird es auf gar keinen Fall sein!« Noch einmal tippte er sich vielsagend gegen die Stirn. »Unglaublich! Diese Kerle, nur Flausen haben sie im Kopf.« Allein aus seinem Tonfall konnte man unschwer heraus hören, dass sich der gerade eben noch so heftig erregte Mann wieder einigermaßen gefangen hatte. Jetzt schenkte er seinem Sohn sogar ein versöhnliches Schmunzeln. »Fernand, Fernand. Was soll nur mit dir werden?«
Mercedes, die den seltsamen Disput staunend verfolgt hatte, schüttelte ihren Kopf und lächelte stumm in sich hinein. Das war wieder einmal ein ganz typisches Verhalten gewesen. Genau so war er eben: der impulsive Monsieur Jellinek. Auf Regen folgt bekanntlich immer wieder Sonnenschein. Nur konnte das nirgendwo auch nur annähernd so blitzschnell geschehen, wie bei ihrem Vater. Keine Grautöne. Entweder Schwarz oder Weiß. Nichts dazwischen. Immer die vollen einhundert Prozent. Emil Jellinek, wie er leibte und lebte – und genau so, wie sie ihn liebte.

Der triumphale Erfolg vom Frühjahr war inzwischen längst Geschichte geworden. Internationale Automobilgeschichte. Mittlerweile schrieb man den Sommer des Jahres 1899. Viele Monate waren seit den Rennen von Nizza vergangen. Unerträglich viele Monate in den Augen des genauso ungeduldigen wie unersättlichen Emil Jellinek. Denn inzwischen hatte sich nichts getan. Weder waren aus Cannstatt irgendwelche Nachrichten von einer entscheidenden Fortentwicklung im Motorenbereich gekommen, noch hatten sich die Cannstatter dazu durchringen können, seiner Forderung nach dem grundsätzlichen Anbau von Zündapparaten der Stuttgarter Werkstätte Robert Bosch an ihre Motoren endlich Folge zu leisten. Ja, schlimmer noch: nicht einmal an den von ihm persönlich bestellten DMG Wagen Modell Mercedes mochten Gottlieb Daimler und sein Konstrukteur Maybach diese Zündungen anbringen. Der Grund dafür sei, so hatte Jellinek von einem Gewährsmann aus Cannstatt vernommen, eine tiefgehende persönliche Aversion, die der alte Daimler schon seit vielen Jahren gegen den recht forsch auftretenden, dazu noch wesentlich jüngeren Bosch hege.

»Es ist ja auch zum Haareraufen!« schimpfte ihr Vater wieder einmal wie der sprichwörtliche Rohrspatz heftig los, als sich Mercedes schließlich nach dem Grund für die schlechte Laune erkundigte, die er schon seit einigen Tagen mit sich herumtrug und die selbst ihre regelmäßigen sommerlichen Spaziergänge durch den weitläufigen Badener Kurpark, die sie beide doch normalerweise in vollen Zügen genossen, zu einem eher mäßigen Vergnügen hatten schrumpfen lassen.

»Jetzt sag halt schon: Welchen Grund hat denn deine gedrückte Stimmung?« war Mercedes in die Offensive gegangen.

»Mir ist langweilig! Unendlich langweilig«, ergänzte er knurrend. »Wie unsäglich viel Zeit vergeht, bis sich die Dinge endlich ein Stückchen weit bewegen lassen. Hier der halsstarrige alte Daimler, dort die neuen Motoren, die mittels der wesentlich ausgereifteren Bosch-Zündung viel zuverlässiger funktionieren könnten, ganz abgesehen von der damit möglichen Leistungssteigerung – und dann schaffen es diese beiden schwäbischen Dickschädel nicht einmal, sich im Interesse der Sache zusammenzuraufen und das Motto, das der Daimler einstmals doch so großspurig ausgegeben hat, Wirklichkeit werden zu lasen: Das Beste oder nichts! Von wegen! Das Nichts scheint ihnen lieber zu sein! Man begründet das alles dann mit gewissen technischen Schwierigkeiten und enormen Zusatzkosten, dabei weiß ich aus zuverlässiger Quelle, dass es absolut nicht der Wahrheit entspricht. Der Daimler will einfach nicht, schon deswegen nicht, weil der Bosch, den er nicht leiden kann, ein besseres Produkt vorzuweisen hat, als er selber. Dabei kann ihm doch keiner den Ruf streitig machen, das erste Automobil der Welt entwickelt zu haben ...«

»... Ich dachte, das sei der Herr Benz aus Mannheim gewesen?« warf Mercedes leichthin dazwischen und erntete damit einen erstaunten Blick ihres Vaters.

»Seit wann interessierst du dich denn für Automobile?«

»Zwangsläufig immer dann, wenn ich dich wieder einmal lautstark über eines deiner Fahrzeuge schimpfen höre«, gab das Mädchen lächelnd zurück. »Da bekommt man ganz ohne eigenes Zutun dennoch mit, wer bei den Automobilen gerade die Nase vorn oder hinten hat.«

»Nun denn«, brummelte Emil Jellinek in seinen imposanten Bart hinein. »Aber in der Tat, der Benz und der Daimler sind wohl ziemlich zu derselben Zeit mit ihren ersten Konstruktionen aufgetreten – und müssen sich den Erfinderruhm deshalb auch teilen. Was übrigens beide nicht gerade glücklich macht, denn sie sind sich nicht sonderlich wohl gesonnen ...«

»Schon wieder!« Mercedes tippte sich mit dem Zeigefinger

vielsagend gegen die Stirn. »Das scheint wohl eine Art Berufskrankheit bei den Konstrukteuren zu sein, dass keiner den anderen gut leiden kann.«

»Damit triffst du den Nagel auf den Kopf«, nickte ihr Vater und rollte mit den Augen. »Womöglich liegt es ja an den Benzinausdünstungen, die vielleicht einen Teil ihres Gemüts vernebeln. Aber wie auch immer: Tatsache ist, dass die DMG in Cannstatt momentan durchaus die besten Wagen mit den besten Motoren baut. Das ist schlichtweg eine Tatsache. Wenngleich ich mir ernsthaft die Frage stelle, wie lange das noch so sein wird, wenn sie einfach nicht auf meine zahlreichen Ratschläge und Verbesserungsanregungen hören wollen. Ich begreife einfach nicht, weshalb sie aus unseren letzten Begegnungen – von mir aus können sie es auch getrost Auseinandersetzungen nennen – anscheinend nichts gelernt haben, denn es war doch ebenfalls ich, der sie mit den ganz glasklar formulierten Verbesserungswünschen zur Herstellung dieser phantastischen Automobile gezwungen hat, mit denen wir dann ja auch prompt diese triumphalen Rennsiege errungen haben.«

»Aber wenn du jetzt selbst von diesen phantastischen Automobilen sprichst, Papa: was willst du denn dann noch mehr?«

»Ich will – genauso wie der Herr Daimler – das Beste oder nichts! Wie schon der Name sagt: Der Fortschritt bleibt nicht stehen. Es geht weiter, immer weiter. Und deshalb muss es auch bei der DMG endlich weiter gehen. Ich bin nun einmal felsenfest davon überzeugt, dass sich mit den Zündapparaten von dem Robert Bosch ganz wesentliche Fortschritte erzielen lassen können. Und weil ich bekanntlich schon immer den Anspruch vertreten habe, nur die allerbesten Produkte zu besitzen und somit auch nur, wie meine Kundschaft verlässlich weiß, die allerbeste Ware weiter verkaufe, deswegen bringt mich dieser Eiertanz, den die Daimlerleute da gerade mit mir veranstalten, beinahe um den Verstand. Erst vorgestern hat mir einer der beiden Barone Rothschild, der an der Erfüllung seiner Bestellung anscheinend allmählich ernsthaft zu zweifeln beginnt, zum wiederholten Mal geschrieben, dass der Kaufpreis für ihn selbstverständlich keinerlei Rolle spielen würde, wenn ich ihm bei seiner Order nur weiterhin das unangefochtene Spitzenprodukt garantieren könne. Das aber kann ich bald nicht mehr, wenn dieser Daimler halsstarrig an seiner längst überholten Glührohrzündung festhält. Es ... es ist zum aus der Haut fahren! Ich kann schreiben, drohen und telefonieren so viel ich will: sie bewegen sich einfach nicht! Ich hätte folglich große Lust, eine öffentliche Kampagne zu beginnen, die sie von außen her zwingt, mir endlich entgegen zu kommen.«

»Ja, dann tu es doch, Papa! Was hindert dich denn daran?«

»Du meinst ...?« Selbst der üblicherweise so wortgewandte Kaufmann war einen kurzen Moment lang sprachlos, nachdem – wie aus der Pistole geschossen – die trockene Erwiderung seiner Tochter erfolgt war.

»Aber sicher meine ich das. Wenn du anders nicht weiter kommst ... Also, die Hauptsache ist doch die, dass ich endlich wieder einen fröhlichen Papa habe, der mit mir lacht und scherzt, anstatt nur trübe an seinem Schreibtisch vor sich hin zu brüten. Dafür wäre mir jedes Mittel willkommen!«

»Ach, meine liebe kleine Prinzessin. Komm her und lass dich in die Arme nehmen. Du hast ja so recht! Das dürfen wir nicht zulassen, dass der alte Bärenbeißer in Cannstatt dir das Leben schwer macht, indem er mich zur Weißglut treibt und mir die Laune verdirbt. Nein, so weit darf es wahrhaftig nicht kommen. Auf gar keinen Fall ...« Verstohlen wischte sich der aufs erste Hinsehen so martialisch wirkende Monsieur mit dem Handrücken eine Träne aus dem Augenwinkel, während er seine Tochter mit dem anderen Arm umso fester an sich drückte.

Mercedes zog es angesichts der sentimentalen Rührung, die ihren Papa ergriffen hatte, vor, ihre nächste Bemerkung, die ihr bereits auf der Zunge gelegen hatte, besser hinunter zu schlucken. Die Frage nämlich, ob es ihm mit der geplanten Verheiratung denn immer noch ernst sei. Ihretwegen könne er getrost auf eine Ehe mit dieser Madeleine Engler verzichten. Und auch in der restlichen Familie Jellinek gab es niemanden, der eine solche Person mit offenen Armen empfangen mochte. Sie musste die Abneigung, die ihr entgegenschlug, gespürt haben. Das konnte gar nicht anders sein. Vielleicht war das die Ursache, weshalb sie sich schon seit geraumer Zeit nicht mehr hatte blicken lassen. Vielleicht gab es auch einen anderen Grund. Egal: Hauptsache, sie ließ sich nicht mehr an der Seite von Papa blicken.

»Du bist und bleibst der beste Papa von allen«, flüsterte Mercedes zärtlich und kuschelte sich eng an ihren Vater, dessen Miene durch diese gezielte Geste einen geradezu selig verklärten Ausdruck anzunehmen begann.

Kurz nach dieser Unterhaltung beschritt Emil Jellinek, konsequent, wie es nun einmal seiner Wesensart entsprach, tatsächlich den von ihm angekündigten, spektakulären Weg. Es handelte sich um eine ungeheuerliche Provokation, mit der er die DMG – und dabei natürlich in vorderster Front wieder einmal Gottlieb Daimler – in aller Öffentlichkeit vorführte. Mehr noch: regelrecht blamierte. Jellinek hatte einen ganz besonders raffinierten Weg gewählt, um seine Forderungen an die DMG mit brachialer Gewalt auch wirklich durchzusetzen. Er schaltete Zeitungsanzeigen! Mit einem geradezu skandalösen Text, der sich frontal gegen die DMG-Produkte richtete! So erschien im »Neuen Wiener Abendblatt« diese Annonce: »Die Glührohrzündung bildet eine schwere Gefahr für die Sicherheit des Kraftfahrzeuges, da dieses bei unsachgemäßer Bedienung der Glührohrzündung leicht in Brand geraten könnte. Die Glührohrzündung muss jeden Wagen einmal zum Brennen bringen. Ich will damit nicht gesagt haben, dass dadurch auch jeder Wagen verbrennen muss. Es ist nicht notwendig, dass ein Wagen umfällt, um das Benzin in Brand zu stecken: Es genügt, dass eine heftige Erschütterung das Zuleitungsrohr zu den Brennern beschädigt, um den Brand hervor zu bringen. Mir selbst sind in meiner langjährigen Praxis unzählige Male meine Wagen in Brand geraten. Ein Bollée ist mir vollständig ausgebrannt. Hoffentlich wird in kurzer Zeit die Einsicht der Fabrikanten, oder, wenn es nicht anders geht, ein Gesetz die Verwendung jeder Glührohrzündung bei Automobilwagen abschaffen, da bei Ausbreitung dieses Verkehrsmittels die Folgen dieser gefährlichen Zündung gar nicht absehbar sind!«

Das Beben, das diese Kampagne auslöste, war von Cannstatt bis nach Baden bei Wien zu verspüren – selbst aus Nizza, Cannes und Paris erreichten Emil Jellinek beinahe im Stundentakt besorgte Telegramme seiner Kundschaft, die er allesamt von seinem Sekretär Ferdinand Spiegel mit der Standradformulierung beantworten ließ, man möge sich getrost auf den Herrn Generalvertreter der DMG verlassen, denn der wisse schon, weshalb er sich zu diesem wahrhaft spektakulären Schritt entschlossen habe. Nämlich aus dem einzigen Motiv heraus, auch künftig sichergestellt zu wissen, dass der hochverehrten Kundschaft weiterhin die Auslieferung der allerbesten Produkte grundsätzlich garantiert werden könne. Und im Übrigen dürfe man noch anfügen – Herr Jellinek bitte allerdings sehr herzlich, diese Information noch vertraulich zu behandeln – dass die Dinge bei der DMG inzwischen eine gewisse erfreuliche Beschleunigung erfahren hätten, indem man sich (exklusiv nur für die bevorzugte Kundschaft des Herrn Jellinek) zum Einbau der verlangten Zündapparate Marke Robert Bosch an die jetzt sogar nochmals in ihrer Leistung gesteigerten Motoren entschlossen habe. Das dürfte zwar pro bestelltem Automobil Mehrkosten in Höhe von einigen Tausend Mark nach sich ziehen, aber der Herr Jellinek hoffe, sich der Unterstützung seiner hoch verehrten Kundschaft dennoch gewiss sein zu dürfen. Nichtsdestoweniger biete er jedoch selbstverständlich an, die jeweilige Bestellung aufgrund des erhöhten Kaufpreises stornieren zu können.

Das schiere Gegenteil war der Fall! Die Kundschaft überbot sich nach dieser überaus verheißungsvollen Mitteilung sogar in weiteren Bestellungen – mitsamt dem Hinweis, jeden (einer hatte geschrieben: »ich wiederhole: jeden«) Preis bezahlen zu wollen.

Emil Jellinek hatte – wieder einmal – hoch gepokert und noch höher gewonnen. »Denn es war schon eine riskante Sache, einerseits die Herrschaften von der DMG, die sich logischerweise fürchterlich über meine Kampagne echauffiert haben, wieder zu beruhigen und sie darüber hinaus dann auch noch mit einem neuerlichen, nicht gänzlich sanften Druck dazu zu bewegen, mir auch die ganz neuen, nach Maybachs Aussage noch nicht einmal völlig zu Ende erprobten Motoren einzubauen. Samt dem Bosch-Zündapparat.«

»Weil halt deine Automobile immer schon die von morgen sein müssen, nicht wahr?«

»Beinahe richtig«, schenkte Jellinek seiner Tochter ein warmes Lächeln. »Aber eigentlich möchte ich lieber schon die Automobile von übermorgen besitzen. Es ist nun einmal mein Bestreben, dass ich grundsätzlich über die allerneuesten Produkte verfügen kann, die sonst noch niemand besitzt, wenn ich mich schon auf dieses nervenaufreibende Abenteuer Automobil einlasse. Ein bisschen Nervenkitzel gehört aber schlichtweg dazu, sonst ist mir das alles zu fad. Automobile kaufen und verkaufen, das kann jeder. Sie aber persönlich auszuprobieren, weiter zu entwickeln und somit die ganze Automobilgeschichte maßgeblich beeinflussen zu können, das ist es, was für mich den ganz besonderen Reiz dabei ausmacht. Selbst wenn ich im einen oder anderen Fall Automobile und Motoren geliefert bekomme, die noch nicht alle Testverfahren zum hundersten Mal durchlaufen haben, so, wie das der pflichtbewusste Herr Maybach am liebsten hätte, möchte ich sie bekommen: Denn »Meine Werkstatt ist die Straße«, habe ich ihm kürzlich ausrichten lassen. Erst da zeigt sich wirklich, was ein Motor zu leisten vermag, und was nicht. Nun gut, ich habe ihnen in Sachen Bosch die Pistole schon ziemlich kräftig auf die Brust gesetzt. Aber spätestens mit meiner Einwilligung in Bezug auf den nun weit höheren Kaufpreis ist ihr Protest rasch in sich zusammengefallen. Sie machen dabei ja auch wirklich einen guten Schnitt. Sie denken zwar, ich hätte nicht gemerkt, um wie viel hundert Prozent sie ihre angeblichen Kosten bei der Kalkulation, die man mir vorgelegt hat, übertrieben haben. Aber das ist mir völlig egal, denn meine Kundschaft wird mir noch viel, viel mehr bezahlen – und sie werden das gerne tun. Da kann der alte Daimler toben und wüten, so viel er will: allein die Aussicht auf weitere Bestellungen, die ich bereits signalisiert habe, hat den Ausschlag gegeben. Man wird meinen Wünschen nachkommen. Und zwar allen! Das schöne daran ist wirklich, dass es meine Kunden kaum noch erwarten können, bis sie die Wagen geliefert bekommen. Da, lies nur, Mercedes. Inzwischen hat selbst ein Baron Rothschild begreifen müssen, dass er mit Geld allein nicht weiter kommt, wenn er von mir möglichst rasch einen neuen Wagen haben will. Deswegen ködert er mich jetzt schon mit Cognac und anderen Köstlichkeiten!«

Emil Jellinek deutete mit einem kurzen Nicken zu den zahlreichen Briefen hinüber, die sich momentan auf seinem ansonsten so penibel aufgeräumten Schreibtisch stapelten.
Neugierig beugte sich das Mädchen über die Post. »Welchen Brief meinst du, Papa? Hier liegen nämlich gleich zwei, die von einem Monsieur Rothschild unterzeichnet worden sind.«
Ihr Vater grinste breit. »Da siehst du, was ich meine. Gleich zwei Rothschilds buhlen um meine Gunst. Egal, nimm erst einmal den von Arthur Rothschild. Du kannst ihn ruhig laut vorlesen, diesen Inhalt, den höre ich gerne ein weiteres Mal, wie der Baron Rothschild um meine Gunst wirbt! Das macht richtig gute Laune!«
Mercedes nahm den Brief in ihre Hände und trat ans Fenster. Dann begann sie langsam, die vom Baron persönlich

in einer schwungvollen Handschrift verfasste Mitteilung vorzulesen:
»Lieber Herr Jellinek!
Ich bin im Besitz Ihres Briefes, mit welchem Sie mir den Erhalt des Schecks für den Wagen bestätigen, und nehme mit Vergnügen zur Kenntnis, dass er rechtzeitig fertig sein wird. Je eher er nach Nizza kommt, umso besser, denn Sie haben mir gesagt, dass er am 30. November hergestellt und rasch in Nizza eintreffen würde. Sie erhalten umso mehr Flaschen meines Cognacs, je früher Sie ihn mir zustellen lassen, und Sie können feststellen, dass ich, zum Unterschied von meinem Neffen, meine Versprechen halte. Ich schicke Ihnen heute zwei Hasen und zwei Fasane; ich hoffe, dass sie Ihnen schmecken werden. Nehmen Sie, lieber Herr Jellinek, meine besten Empfehlungen entgegen. Arthur Rothschild.«
Mercedes lies den Brief in ihrer Hand sinken und nickte anerkennend. »Donnerwetter, Papa. Der fällt ja beinahe vor dir in den Staub!«
»Eben!« Emil Jellinek klatschte vergnügt in die Hände. »Und jetzt: nimm auch noch den nächsten Brief, wenn du magst. Den von seinem Neffen, den er versucht hat, bei mir auszumanövrieren, in dem er mich mit dem Cognac bestechen wollte. Aber auch sein Neffe ist halt ein echter Rothschild.«
Mercedes griff interessiert zu dem zweiten Papier auf dem Stapel, das nur mit wenigen Zeilen beschrieben war und begann erneut vorzulesen: »Ich lasse für Sie den 75er ... Was ist denn ein 75er, Papa?«
»Das ist ein besonders guter Weinjahrgang gewesen. Er ködert mich also mit einer dieser Flaschen, die im Handel gar nicht mehr zu kaufen sind!«
»Aha. Also noch einmal: ich lasse für Sie den 75er und die Zigarren gut abliegen und bringe sie nach Nizza, sobald der 24 HP bereit ist. Meine besten Empfehlungen. Dr. Henri Rothschild.«
»Na, was sagt du dazu? Die Herrschaften können es kaum

noch erwarten, von mir beliefert zu werden. Kein Preis der Welt ist ihnen zu hoch dafür, um mit mir ins Geschäft zu kommen ... mit einem, der früher von sämtlichen Schulen geflogen ist. Wenn man das bedenkt, dann grenzt das beinahe schon an ein Wunder. Keiner von denen hätte mir damals auch nur von weitem einen Blick gegönnt. Und heute? Heute kriechen sie zu meinen Füssen ...«
»Aber Papa! Als wenn du nicht schon immer ein außergewöhnlicher Mensch gewesen wärest!«
»Das schon«, schmunzelte ihr Vater. »Aber das habe ich ihnen im Lauf der Jahre erst mühsam beibringen müssen.« Unternehmungslustig schlug er sich auf die Oberschenkel. »Und? Wie steht es mit deinem Appetit? Sollen wir für heute abend den Fasan oder die Hasen zubereiten lassen? Was ist dir lieber?«
Mercedes zuckte wenig begeistert mit den Schultern und überlegte nur kurz, um dann, begleitet von einem strahlenden Lächeln ihre Entscheidung zu verkünden: »Am liebsten ist mir ein Eis – zusammen mit dir!«
Postwendend blitzte ein nicht minder sonniges Lächeln zu ihr zurück: »Ihr Wunsch ist mir Befehl, Mademoiselle! Auf geht's zum Eisbecher ins Kurhaus – und danach sehen wir weiter!«

1.1.1900. Jahrhundertwende. Ein lauter Knall, gefolgt von einer gewaltigen Explosionswelle, dröhnte in ihren Ohren. Mercedes war vor Schreck zusammengezuckt und warf einen ängstlichen Blick auf ihren Vater, der sie mit einer beruhigenden Geste an sich zog. »Du musst dich nicht ängstigen. Das war nichts Gefährliches. Es war nur ein Kanonenschlag vom Feuerwerk.«

Das Feuerwerk! In der Tat handelte es sich um eine gigantische Inszenierung, die zur Feier des neuen Jahrhunderts an der Promenade des Anglais in Nizza vor den staunenden Augen von tausenden jubelnder Beobachter begonnen hatte. Atemlos verfolgte die Zehnjährige das farbenprächtige Spektakel. Sie wusste, dass ein ganz erheblicher Teil des Feuerwerks von ihrem Vater bezahlt worden war. Aber so ein pyrotechnisches Ereignis, das war alles andere als billig. Ganz im Gegenteil sogar. Ihr Papa hatte eine erkleckliche Summe dafür beigesteuert. Das alles hätte Mercedes üblicherweise nicht im Geringsten interessiert, wenn sie nicht unfreiwillige Zeugin der genauso kurzen wie heftigen Diskussion geworden wäre, in die Emil Jellinek vor kurzem von seiner Verlobten verstrickt worden war. »Muss das denn wirklich sein Emil, so viel Geld auszugeben, das ja buchstäblich nur verpulvert wird?« hatte die ihm vorgehalten – war dabei aber an den Falschen geraten. »Ja, das muss sein!«, war seine Antwort scharf und beinahe heftig ausgefallen. »Denn meine Gäste sollen sehen, welche Ansprüche wir haben. Das Beste oder nichts – bei den Automobilen genauso wie bei meinen Feierlichkeiten. Ein solches Feuerwerk, das hat die Welt noch nicht gesehen, und so soll es dann auch bei den Fahrzeugen sein, die wir dem staunenden Publikum Anfang März vorführen werden – bei der nächsten Rennwoche von Nizza. Denn auch im ersten wichtigen Automobilrennen dieses Jahrhunderts werden die Mercedeswagen siegreich sein und meine Tochter wird die Ehrenpreise an die Fahrer überreichen. Nicht wahr, meine kleine Prinzessin? Dafür ist mir jede Summe recht!«

Handelte es sich bei diesem seltsamen Funkeln, das sie in den Augen der künftigen Stiefmutter kurz aufblitzen sah, um Eifersucht? Gut möglich. Aber einerlei. Denn die Abneigung beruhte durchaus auf Gegenseitigkeit. Schon von Anfang an.

Immerhin hatte ihr Madeleine Engler sicherlich noch nicht verziehen, dass die eigentlich für den Spätsommer 1899 geplante Hochzeit, die angeblich aus Gründen der immensen geschäftlichen Inanspruchnahme des Bräutigams zunächst einmal verschoben worden war, in Wahrheit auf einen ganz anderen Hinderungsgrund gestoßen war. Diesen wahren Grund, mutmaßte Madeleine Engler, nur allzu klar und deutlich vor sich stehen zu sehen. Ja, Mercedes konnte den verächtlichen Ausdruck im Blick der anderen durchaus interpretieren. Selbst wenn da möglicherweise auch noch das Erschrecken über die überbordende Prunksucht ihres offenkundig unersättlichen Verlobten mitschwingen mochte. »Ach Emil, du scheinst wohl nie genug zu bekommen. Wir werden doch ohnehin alles haben, was für alle Zeiten zu einem sorgenfreien, eleganten Leben reicht.«

»Wie langweilig!« hatte ihr Vater gekontert. »Ich muss schon auch Ziele im Leben haben. Ohne Ziele ist das Leben nichts wert. Denk doch nur einmal an das Motto der Olympischen Spiel, den Leitspruch vom Baron Coubertin: höher, schneller, weiter. Das ist die richtige Einstellung!«

»Der Weg ist bei dir das Ziel.«

Ein spitzbübisches Schmunzeln breitete sich über das Gesicht das drahtigen Mannes, der stolz seinen Rücken durchdrückte und auf den Zehenspitzen wippte: »Mag sein. Zumindest solange es ein gerade und erfolgreicher Weg ist …«

In diesem Moment ertönte aus dem riesigen Park der Villa ein langgezogener, spitzer Schreckensschrei, der die ausgelassene Festgesellschaft zusammenzucken ließ.

»Ein Alarmruf!«
»Du meine Güte!«
»Was ist passiert?«
»Er muss vom Schwimmbecken her gekommen sein!«
»Oh Gott! Bitte nicht!«
Mit einer Schnelligkeit, die man dem gesetzten Herrn gar nicht zugetraut hätte, war Emil Jellinek zum Bassin geeilt – verfolgt von der neugierigen Meute seiner Festgäste.
»Ist jemand ertrunken?«
»Ich kann nichts sehen!«
»Doch – da! Schauen sie nur. Es ist ekelhaft!« Die völlig durchnässte Dame, die vorhin offenbar den ersten Alarmschrei ausgestoßen hatte, deutete zitternd auf das leicht gekräuselte Wasser des im Halbdunkel liegenden Beckens. »Ich ... ich habe vorhin ins Bassin geschaut und plötzlich eine Bewegung wahrgenommen. Und als ich mich leicht vorgebeugt habe, da sind plötzlich diese Krabbeltiere gewesen – und vor Schreck darüber bin ich ins Wasser gefallen ... Mit knapper Not habe ich es wieder heraus geschafft.« Noch immer schien die Dame unter Schock zu stehen und zitterte infolgedessen auch nicht nur vor Kälte, sondern hauptsächlich vor Anspannung.
»Holt eine Decke und bringt sie ins Haus. Sie muss sich umziehen und braucht neue Kleider«, erteilte Emil Jellinek seiner Dienerschaft rasch die entsprechenden Handlungsanweisungen. Nachdem er die Verunglückte in guten Händen wusste, wandte er sich endlich wieder um und leuchtete mit einer der Fackeln, mit denen sein umsichtiger Sekretär Ferdinand Spiegel inzwischen herangeeilt war, die Wasserfläche ab. »Jetzt möchte ich der Sache aber schon auf den Grund gehen. Krabbeltiere! In meinem Schwimmbecken«, brummelte er kopfschüttelnd. »Ich fürchte ja eher, die Gute hat in Wahrheit zuviel Champagner erwischt. Da, halt.« Er stutzte plötzlich. »Was ist denn das? Das kann doch nicht wahr sein!«
Auch Spiegel hatte es inzwischen bemerkt. »Langusten. Eindeutig. Es sind Langusten!«

»Aber was soll das.« Der Hausherr zeigte sich vorübergehend sogar sprachlos. »Was tun denn die Langusten bei mir im Wasser?«
Eine helle Mädchenstimme sorgte postwendend für die entsprechende Aufklärung. »Das war ich. Ich habe sie da hineingeworfen!«
Auf dem Absatz wirbelte Emil Jellinek herum – und blickte in die um Verständnis heischende Miene seiner Tochter.
»Mercedes!« Ihr Name klang beinahe wie ein Donnerschlag. »Das kannst du doch nicht machen. Die Langusten sind doch zum Essen!«
»Ich finde, sie sehen so ekelig aus. Igitt. So etwas möchte ich nicht essen. Deshalb habe sie lieber freigelassen.«
»Aber wieso denn hier?«
»Weil sie ins Wasser gehören – und außer dem Schwimmbecken gibt es da ja keine Möglichkeit. Höchstens das Bassin in der Küche, aber was es damit auf sich hat, das kann man sich denken!« Schuldbewusst senkte Mercedes ihren Kopf, was den Zorn ihres Vaters wieder einmal im Nu verrauchen ließ.
»Ach meine Prinzessin! Komm zu mir und lass dich umarmen. Du hast es ja nur gut gemeint und es ist auch nichts Schlimmes passiert. Die Dame wird höchstens einen kleinen Schnupfen davon tragen, aber ganz sicherlich am Leben bleiben. Niemand ist zu Schaden gekommen.«
»Noch nicht einmal die Langusten!« ergänzte Mercedes fröhlich.
»Noch nicht einmal die Langusten. Alle erfreuen sich nach wie vor ihres Daseins. Wenn das also kein Grund zum Feiern ist. Kommt Freunde! Lasst uns in dieser wunderbaren Nacht der Jahrhundertwende einen Toast auf unsere Mercedes ausbringen. Möge dir ein langes und glückliches Leben beschieden sein! Zum Wohl, meine Schöne!«
Nicht immer lassen sich Glückwünsche erfüllen – und mögen sie noch so gut gemeint sein …

Allen hoffnungsfrohen Feierlichkeiten zum Trotz: Kaum war das neue Jahrhundert angebrochen, schienen die Hiobsbotschaften gar nicht mehr abreißen zu wollen. Am 6. März 1900 war in Cannstatt der Automobilkonstrukteur Gottlieb Daimler gestorben.

Oh, dieser März! Ein wahrhaftiger Katastrophenmonat. Der Alptraum schien kein Ende zu nehmen. Übler hätte die letzte Woche gar nicht verlaufen können. Ausgerechnet die Rennwoche von Nizza, die vom 26. bis zum 30. März 1900 ausgetragen wurde und zu der im Auftrag des hoffnungsvollen Emil Jellinek dieses Mal also gleich zwei neu konstruierte, sage und schreibe 23 PS starke Daimler »Phönix« – Rennwagen gemeldet worden waren! Beide natürlich mit der bereits weitbekannten Bezeichnung »Mercedes« versehen. Ein sichere Wette auf einen neuerlichen triumphalen Erfolg.

Aber dann! So war es passiert: Beim Bergrennen Nizza – La Turbie war der DMG-Werksfahrer Wilhelm Bauer auf »Mercedes II« mit einer Begrenzungswand kollidiert und dabei tödlich verunglückt. Zwar blieb sein Beifahrer Hermann Braun, der sich mit »Mercedes I« zuvor schon beim Rennen Nizza – Marseille überschlagen hatte, dabei unverletzt. Und dennoch: das Rennen hatte ein Todesopfer gefordert – ausgerechnet in einem Mercedes!.
»Eine Katastrophe!«
Der tiefste Punkt der DMG-Geschichte – und der Jellinekschen Mercedeswagen.
Im vergangenen Jahr noch von allen umjubelter Sieger – in diesem Jahr mit Spott und Häme überschüttet und verunglückt. Am Boden zerstört. Zerschmettert. Im wahrsten Sinn des Wortes.

Alle Träume waren innerhalb von Sekundenbruchteilen zerstoben.
Doch Emil Jellinek wäre nicht der tatkräftige Monsieur Mercedes geworden, wenn er nicht auch in diesem tiefen Wellental energisch die Fäuste geballt und ein grimmiges »Jetzt erst recht!« ausgestoßen hätte. So veranlasste ihn der tragische Ausgang des Rennens, die Flucht nach vorne anzutreten und bei der DMG ultimativ die Konstruktion eines leichteren Fahrzeugs mit längerem Radstand und niedrigerem Schwerpunkt zu fordern. »Ein Fahrzeug, wie ich es schon vor Monaten verlangt habe. Wäre dieser Wagen in Rennen eingesetzt worden, dann hätte es keinen Unfall gegeben. Aber die Herren Konstrukteure meinten ja, sie seien schlauer als ein simpler Kaufmann!«
Mercedes, die ihren Vater in den ersten Stunden nach dem schrecklichen Unfall ja auf das bedrückendste hatte erleben müssen, meinte, sich verhört zu haben: »Du willst also weiter machen, Papa?«
»Aber ja! Allein schon aus dem Grund, um dich und deinen Namen nicht für ewige Zeiten mit diesem fürchterlichen Malheur in Verbindung zu bringen, wie ich das von einigen Lästermäuler bereits gehört habe.«
»Aber ... du hast die Wagen doch nur Mercedes genannt. Ein Name, auf den beispielsweise in Spanien viele Mädchen getauft sind. Warum sollte ich mich da persönlich ...«
Emil Jellinek ruderte unwirsch mit den Armen. »In Spanien. In Spanien ... Sie beziehen es aber auf uns. Auf dich. Auf mich. Auf unsere ganze Familie. Du kennst die Leute nicht! Manchmal können Menschen grausam sein! All die zahlreichen Neider, die mir schon den letztjährigen Triumph niemals gegönnt haben – egal, mit welch süßlichen Reden sie auch versucht haben, mir etwas anderes vorzugaukeln und sich bei mir einzuschmeicheln. Jetzt sind sie wieder obenauf! Und dann noch die von mir gewählte Bezeichnung Mercedeswagen. Das war nicht nur dem alten Daimler ein gewaltiger Dorn im Auge, sondern auch viele der alteingesessenen Familien hier, diese sogenannten bes-

seren Kreise, fühlten sich regelrecht düpiert von mir und meinem Erfolg. Mercedes war in aller Munde, und nicht der Name des hochwohlgeborenen Herrn Barons Soundso, verstehst du? Das haben sie mir schwer geneidet – und deshalb zerreißen sie sich jetzt mit einem ganz besonders großen Vergnügen die Mäuler über mich. Über uns alle. Der Jellinek Mercedes! Der Name, der gleichsam für ein Unglück steht ...«

»Das möchte ich in der Tat nicht haben. Das darf nicht sein!«

»... das ist noch nicht alles. Es kommt noch schlimmer. Sie behaupten nämlich, ich selbst sei im einen Wagen am Steuer gesessen! Ich hätte also den Unfall mit verursacht.«

»Aber das ist doch gar nicht wahr ... Wie können sie denn nur so etwas sagen. Das ist ja ungeheuerlich! Solche Behauptungen sind doch lächerlich! Du standest doch neben mir...«

»Es ist mehr ärgerlich als lächerlich. Und du weißt ja, wie rasch Gerüchte die Runde machen. Wenn sie ins Bild passen, dann fragt niemand nach der Wahrheit. Dann wird die Lüge zur Wahrheit. So wird eben frech behauptet, ich sei selbst mitgefahren. Und bald werden es alle glauben. Deshalb bin ich zu der Überzeugung gekommen, das einzige Mittel, den Lästermäulern ihr loses Mundwerk zu stopfen, ist im kommenden Jahr ein Sieg beim Rennen – und zwar möglichst in allen Klassen. Das verspreche ich dir, so wahr ich hier stehe und dein Vater bin! Das ist der einzige Weg für einen Jellinek. Wir werden wiederkommen: wie der Phönix aus der Asche! Der Name Mercedes wird alles andere überstrahlen – für immer und alle Zeiten.«

»Ach Papa ...« Überwältigt von ihren Gefühlen stürmte Mercedes auf ihren Vater zu und drückte ihn eng an sich. »Du musst mir doch nichts versprechen. Du bist der beste und liebevollste Papa auf der Welt. Das genügt mir doch schon. Das ist das Einzige, das du mir versprechen sollst: dass alles so bleiben wird. Für alle Zeiten. Versprichst du mir das?«

»Das verspreche ich dir.« Hinter den Gläsern seines Zwickers glitzerte es wieder einmal verdächtig, als er seiner Tochter zärtlich über das seidig glänzende Haar strich. »Für alle Zeiten.«

Emil Jellinek hatte alle Detail genau analysiert und sich das weitere Vorgehen penibel zu Recht gelegt. Nach Gottlieb Daimlers Tod dürften die künftigen Geschäftsbeziehungen mit der DMG mit weniger Schwierigkeiten verbunden sein. Denn der alte Daimler hatte sich ja eigentlich als der wahre Bremsklotz erwiesen, vor allem seit der Sache mit der Namensnennung. Daimlers Chefkonstrukteur Wilhelm Maybach aber schien ihm dagegen wesentlich kooperationsbereiter zu sein, obwohl der treue Maybach nicht müde wurde, darauf hinzuweisen, wie viel er »dem Herrn Daimler zu verdanken« habe und »dass man den Herrn Daimler halt auch verstehen« müsse – seine Verdienste um das Automobil seien schließlich völlig unstrittig.
Nun gut. Was sollte man sich nach Daimlers Tod noch darüber streiten. Es ging bekanntlich nicht (nur) um persönliche Eitelkeiten, sondern um die besten Produkte, um sonst nichts. Und um Maybach, als den besten aller Konstrukteure. Als den einzigen, der ihm befähigt schien, den enormen Ansprüchen des Herrn Jellinek auch wirklich gerecht werden zu können. Nur Maybach, kein anderer, sollte die Wagen konstruieren. Vom Motor über die Schaltung bis zum Fahrwerk und der Karosserie. Natürlich strikt den Wünschen Jellineks folgend. Klar, was denn sonst.

Es wurde nicht mehr lange gefackelt. Rasch und zielstrebig, wie es seinem Naturell entsprach, ging Emil Jellinek daran, seine Pläne in die Tat umzusetzen. Bereits am 2. April 1900 traf er folglich mit der DMG in Nizza eine überaus detaillierte Vereinbarung über den Vertrieb von Daimler-Automobilen. Einer der wichtigsten Punkte war ihm dabei, dass »eine neue Motorform hergestellt und dieselbe den Namen Daimler-Mercedes führen« sollte. Der Vorname seiner Tochter nun also auch ganz offiziell als Markenbezeichnung der DMG. Er hatte sich wieder einmal durchgesetzt. Mit allen seinen Forderungen. Die besten Automobile. Die neueste Technik. Der schönste Name. Mercedes!

»Und die Verlagerungspläne ihrer Produktion nach Schorndorf sind damit vom Tisch?«

»Sicherlich«, bestätigte Wilhelm Lorenz, der Abgesandte des Vorstandsvorsitzenden Duttenhofer und zweitmächtigste Mann in der DMG mit fester Stimme. »Mit dem Tod von dem Herrn Daimler hat sich das alles erledigt. Wir hätten es sowieso nicht zugelassen, aber weil der Herr Daimler aus Schorndorf war, wollte er seinem Heimatort einfach etwas Gutes tun.«

»Es schien mir sowieso viel zu weit entfernt von Cannstatt – allein die Hin- und Herfahrerei der Arbeiter, des Materials et cetera, was da an Zeit und Kapazität auf der Strecke geblieben wäre!«

»Eben aus diesen Gründen wird es auch unterbleiben. Allerdings müssten wir dennoch schon in Bälde expandieren, wenn die von ihnen in Aussicht gestellten umfangreichen Aufträge nun tatsächlich erfolgen werden. Wir haben da in Untertürkheim auch schon ein schönes Gelände in Aussicht, ebenfalls am Neckar, ein Stück flussaufwärts, nicht allzu weit von unserer bisherigen Produktionsstätte auf dem Seelberg in Cannstatt entfernt.«

»Also in nächster Nähe?« erkundigte sich der misstrauische Emil Jellinek vorsichtshalber ein weiteres Mal.

»In allernächster Nähe – wie gesagt.«

»Na, dann ist es ja gut«, brummelte Jellinek und kraulte sich kopfschüttelnd an seinem mächtigen Backenbart. »Wie der Herr Daimler nur derart versessen auf dieses Schorndorf sein konnte. Ein schönes Städtchen zwar, ich habe es zusammen mit dem Herrn Maybach anlässlich einer Probefahrt selbst einmal ansehen können – aber diese Entfernung. Also nein! Das wäre nichts geworden.«

»Darüber brauchen wir uns nun keine Gedanken mehr zu machen, die Sache ist gelaufen. Das nächste Werk wird ganz sicher in Untertürkheim gebaut werden – natürlich nur, wenn wir ihren Großauftrag bald zugesprochen bekommen.« Der vorsichtig forschende Blick, mit dem Wilhelm Lorenz sein Gegenüber dabei musterte, entging Emil Jellinek natürlich nicht, auch wenn er sich nichts dergleichen anmerken ließ. Ein Blick, der aussagekräftiger war als tausend Worte.

»Eile mit Weile«, kommentierte der Monsieur trocken. Er würde die Herrschaften noch ein paar Tage zappeln lassen. Ein bisschen Unsicherheit und Nervosität durften ruhig mit im Spiel sein. Umso zuvorkommender würde man ihn künftig in Cannstatt behandeln – und sich auch bei seinen weitergehenden Wünschen aufgeschlossener zeigen. Als der mit Abstand größte Abnehmer von Daimlerautomobilen, der er dank dieses Auftrags sein würde, verfügte er nun über eine außerordentliche starke Verhandlungsposition. Das war gut so. Gerade auch im Hinblick auf die zahlreichen Verbesserungsvorschläge, die sich in seinem Kopf längst zu ganz konkreten Vorstellungen geformt hatten.

Am Ende waren exakt vier Wochen seit Gottlieb Daimlers Tod vergangen, als Emil Jellineks Bestellung endlich in Cannstatt eintraf. Bis auf das i-Tüpfelchen entsprach sie der atemberaubenden Größenordnung, die er dem Abgesandten der DMG kürzlich in Nizza skizziert hatte: 36 Fahrzeuge zum Gesamtpreis von 550.000 Goldmark. In Worten: fünfhundertfünfzigtausend! Eine gewaltige Summe! Der größte Auftrag, der jemals in der Automobilbranche erfolgt war.

All diejenigen, die in Cannstatt leise Zweifel gehegt hatten, dass es sich ihr kauziger Großabnehmer womöglich anders überlegen und die Anzahl der bestellten Fahrzeuge deutlich reduzieren würde, sahen sich eines Besseren belehrt.

Dabei waren die Unkenrufe durchaus zahlreich gewesen:

»Das schafft der nie!«

»Der treibt doch nur sein Spiel mit uns!«

»Wie will er diese vielen Wagen denn alle weiter verkaufen?«

»Woher will er denn das ganze Geld nehmen?«
»Wir sollten vorsichtig zu Werke gehen. Nicht, dass wir auf den Bestellungen sitzen bleiben.«
»Man sollte erst einmal Auskünfte einholen, ob der Jellinek tatsächlich über eine derartige Liquidität verfügt. Vorher sollten wir noch nicht mit der Produktion beginnen.«
Und siehe da: nur wenige Wochen nach der Auftragserteilung traf bei der Geschäftsleitung der DMG ein mit der Badener Adresse Emil Jellineks versehenes, sorgfältig versiegeltes Schreiben aus Österreich ein! Alle Befürchtungen schienen sich zu bewahrheiten. Denn, was sollte der Brief denn sonst beinhalten, wenn nicht die Stornierung beziehungsweise zumindest die deutliche Reduzierung der Anzahl an bestellten Automobilen. Dementsprechend skeptisch waren die Mienen der Vorstände Duttenhofer und Lorenz, die sich nervös über das eng beschriebene Deckblatt des mehrseitigen Briefes beugten – um wenige Augenblicke später einen erstaunten Jubelschrei auszustoßen. Wer hätte so etwas gedacht?! Jellinek tat mit diesem Schreiben nämlich das genaue Gegenteil von dem, was die unvermeidlichen Pessimisten befürchtet hatten. Jellinek stornierte nicht. Es handelte sich auch nicht um eine nochmalige Bestätigung des ursprünglichen Auftrags. Vielmehr hatte er hiermit eine weitere Bestellung aufgegeben! Tatsächlich: der Monsieur wollte wirklich weitere 36 Fahrzeuge haben – zusätzlich zu den bereits bestellten drei Dutzend. Und zwar sofort! »Machen sie schnell«, hatte er die Bestellung eigenhändig und mit deutlichem Ausrufezeichen ergänzt. Und noch ein weiterer Zusatz: natürlich sollten auch diese Wagen mit allen nur denkbaren Raffinessen versehen sein. Mit der teuersten Ausstattung, die ihm »gerade« gut genug erschien.
Die Vorstände der DMG brauchten eine ganze Weile, bis sie ihre Fassung wieder erlangten. »Es ist unfassbar! Ein einziger Mann lastete nun mit seinem Auftrag unsere Produktionskapazität eines gesamten Jahres vollständig aus! Dieser Jellinek!«

»Ein Tausendsassa!«
»Was für ein unglaublicher Kerl!«
Der Monsieur Mercedes eben.

Inzwischen war die Familie wieder in Baden eingetroffen – wegen der in Nizza »plötzlich ausgebrochenen unerträglichen Sommerhitze«, wie Emil Jellinek leidvoll kommentierte. Aus welchen Gründen auch immer – in diesem ersten Jahr des neuen Jahrhunderts wäre er lieber in Nizza geblieben, aber die dort herrschende Hitze, die sich in den kommenden Monaten noch wesentlich steigern würde, machte ihm das völlig unmöglich. Immerhin, in Baden herrschte momentan ein recht angenehmes Klima, das lies sie alle die Phase der Umgewöhnung an ihr Sommerdomizil in der Nähe von Wien umso rascher überwinden.
Mercedes saß an diesem Vormittag auf dem riesigen Sofa im Eingangssalon der Villa und blätterte lustlos in einem Buch, als ihr Vater den Raum betrat. »Ach Papa. Wie schön, dass du kommst. Schau mal, Papa, was ich da gerade in der Post gefunden habe. Ein Buch. Aber es ist ein richtiger Betrug. Vorne auf dem Buchdeckel ist nämlich so ein lustiges Männchen drauf. Aber wenn man das Buch aufschlägt, dann ist es nur noch langweilig. Stinklangweilig sogar.«
»Stinklangweilig sagt man nicht«, lächelte der Vater milde.
»Es ist aber so.«
»Dann lass mich mal sehen, was es mit dem Männchen auf sich hat.«
»Du kennst es sicher, denn ich habe es auch bei deinen Automobilen schon einmal gesehen – deswegen habe ich das Buch ja angeschaut, weil ich gedacht habe, dass da vielleicht schöne, lustige Geschichten mit dem Männchen drin sind. Aber von wegen!«
»Nun gib es mir schon her.« Zunächst mit geringem Interesse, dann jedoch mit deutlich gesteigerter Aufmerksamkeit blätterte er das in französischer Sprache verfasste Büchlein durch. »Das ist ja interessant. Eine gute Idee.«
»Das Männchen?«

Sie erhielt keine Antwort, so sehr war ihr Vater inzwischen in das Werk vertieft.
»Papa! Ich habe dich etwas gefragt!«
»Entschuldige Mercedes? Was wolltest du wissen?«
»Was an dem Buch mit dem Männchen so interessant ist.«
»Tja ... wie soll ich dir das erklären?« Nachdenklich kratzte sich Emil Jellinek am Kinn. »Das ist von den Gebrüdern Michelin. Daher kennst du auch das Männchen. Das ist auch auf den Prospekten meiner neuen, luftbefüllten Autoreifen drauf. Und dieses Buch nun, das soll ein Führer zu Werkstätten und Benzindepots in Frankreich sein.«
»Wie langweilig!«
»Überhaupt nicht. Das ist pfiffig von den Herren Michelin. Eine hervorragende Idee haben sie da gehabt, genau wie bei ihren Reifen. Es handelt sich wie gesagt um einen Ratgeber, wie man Reifen richtig wechselt, wo es Depots gibt und wo man notfalls übernachten kann. Und auch, wo es unterwegs im Umkreis der Werkstätten etwas Gutes zu essen gibt. Ja, doch. Dieser Führer der Michelins könnte durchaus Zukunft haben. Ich denke, ich sollte mit den beiden in Kontakt treten, denn so etwas, das könnte man ja auch für Österreich und Deutschland machen.«
»Und wieso ist nun das Männchen da drauf?«
»Das ist ihr Symbol. Ein Markenzeichen nennt man das. Dass man schon von weitem sieht, um welches Produkt es sich handelt. Das ist so etwas Ähnliches, wie der Schriftzug Mercedes, der ja auch immer gleich ausschaut.«
Mercedes zog ihre Mundwinkel nach unten. »Na ja ... aber wieso nehmen sie dann ausgerechnet so ein komisches Männchen?«
»Das ist halt Geschmackssache. Und über Geschmack lässt sich bekanntlich nicht streiten. Es hat aber sogar einen Namen.«
»Welchen denn?«
In Vorfreude auf den ganz sicher folgenden Kommentar seiner Tochter grinste der Vater fröhlich, als er den Namen aussprach. »Bibendum!«

»Das ist ja noch seltsamer!«

»Aber es ist eine schöne Geschichte, die sich darum rankt. Soll ich sie dir erzählen?«

»Ja. Natürlich.«

»Also. Aber dazu muss ich mich setzen.« Ächzend ließ sich Emil Jellinek neben Mercedes auf das große Sofa sinken und deutete dann mit dem Zeigefinger zunächst noch einmal auf das seltsam rundliche Männchen, das auf der Vorderseite des Buches abgebildet war. »Bei einer großen Ausstellung rund um das Automobil lag da vor einigen Jahren ein Reifenstapel, es waren lauter Gummireifen, die einzeln weiß verpackt waren. Als er das gesehen hat, wie sich diese Reifen übereinander in die Höhe getürmt haben, da hat der eine Bruder Michelin zum anderen gemeint: man könne beinahe glauben, dass es ein Mensch ist. Ein etwas gut beleibter vielleicht, aber eben ein Mensch. Im Grunde genommen fehlten nur noch die Arme. Worauf der andere auf ein Werbeplakat in der Nähe gedeutet hat. Darauf war ein ziemlich dicker Mensch zu sehen. Es war ein Bayer, ein dicker Mann beim Biertrinken. Dieser Mann sähe im Grunde genommen beinahe genauso aus, wie der Reifenstapel. Und dann hat er auf den Spruch des Werbeplakats gedeutet, denn da stand unter dem Biertrinker auf lateinisch »Nunc est bibendum« – das heißt übersetzt: »Nun muss getrunken werden«. Und so sind sie also ganz plötzlich auf ihre Idee gekommen: Sie haben ein Plakat mit einem Männchen entworfen, das aus 40 weißen Reifen besteht, also richtig mit Kopf und Armen – alles aus Reifen. Dieses Reifenmännchen hebt eine Schale mit Glassplittern und Nägeln hoch und sagt wieder – ich übersetze es auf Deutsch: »Nun wird getrunken.« Mit anderen Worten: es soll heißen, dass die luftbefüllten Reifen der Gebrüder Michelin alle Hindernisse einfach verschlucken. Verschlucken gleich Trinken gleich Bibendum. So ist dieser komische Name zustande gekommen.«

»Es soll also aussagen, dass man mit solchen luftbefüllten Reifen bequemer reisen kann, als wenn man andere hat.«

Mercedes nickte. »Das leuchtet mir ein. Wenn ich dagegen an diese Pferdekutschen mit ihren Holzrädern denke ...«
»... dann tut mir heute noch der Rücken weh«, ergänzte ihr Vater und setzte eine gequälte Miene auf. »Wieviele Tage und Wochen meines Lebens ich in diesen schaukelnden und holprigen Ungetümen mit den eisenbereiften Holzrädern habe zubringen müssen. Es war fürchterlich. Aber diese Zeiten sind vorbei. Das war im vergangenen Jahrhundert. Wir leben zum guten Glück nun im beginnenden 20. Jahrhundert. Dem Jahrhundert der luftgefüllten Reifen – und vor allem: dem Zeitalter der Mercedeswagen!«

Am 21. September 1900 war in Neuilly-sur-Seine ihr Halbbruder Alain zur Welt gekommen, den später alle nur Didier nennen würden. Ja, in der Stadt westlich von Paris erblickte er das Licht der Welt, also weder am Jellinekschen Wohnort in Baden noch in Nizza. Sondern ziemlich weit weg von dort. Und das hatte natürlich seinen Grund – denn der Vater war vor lauter Geschäften, Besprechungen mit der DMG, seinen Kunden und den Vorbereitungen auf die kommenden Autorennen wieder einmal derart in Anspruch genommen, dass er keine Zeit für eine sorgsame Betreuung seiner Ehefrau finden würde, wie er ihr in wenigen Sätze klipp und klar auseinander gesetzt hatte. Erst am 2. August 1900 hatte er Madeleine Anaise Tiroler genannt Engler endlich das Jawort gegeben. Zum allerletzten, im Grunde schon gar nicht mehr denkbaren Zeitpunkt, da sich die Braut, sehr zum sichtbaren Verdruss des Standesbeamten, schon längst in anderen, deutlich fortgeschrittenen Umständen befand.
Natürlich hatte die ganze Familie zu der Zeremonie erscheinen müssen – auch die drei Kinder aus der ersten Ehe ihres Vaters. Mercedes hatte sich dabei bemüht, eine einigermaßen gute Miene zu der von ihr nach wie vor skeptisch beäugten Verbindung zu machen. Sie würden dennoch niemals Freundinnen werden, die Stiefmutter und sie. Nun denn ...

Als Geburtsort ihres Kindes wählte die »neue« Madame Jellinek das Städtchen Neuilly-sur-Seine schon deshalb aus, weil sich dort die Wohnung ihrer inzwischen verwitweten Mutter befand. Ganz gewiss würde die sich wesentlich besser und aufmerksamer um die werdende Mutter und das Neugeborene kümmern, als das im Haushalt des Mannes der Fall wäre. Zumal sich Madeleine Jellinek bislang in keinem der Domizile ihres Gatten so richtig zu Hause fühlte. Das würde sie demnächst in den Griff bekommen. Aber nun galt es erst einmal, die Geburt gut zu überstehen – dann würde man weiter sehen.

»Glaubst du denn, ich habe ein gutes Gefühl bei der Geburt meines ersten Kindes, wenn nur irgendwelche Dienstboten um mich herum sind, und gar keine Verwandten? Du selbst bist ja ohnehin durch deine ewigen geschäftlichen Angelegenheiten verhindert – und als Mann allerdings sowieso keine große Hilfe bei einer solchen Angelegenheit. Aber während meiner Niederkunft überhaupt keine vertrauten Gesichter um mich zu wissen, das kann ich mir beim besten Willen nicht vorstellen – und auf die anteilsvolle Fürsorge deiner Tochter brauche ich ja wohl ohnehin nicht zu rechnen«, hatte sie kurz vor ihrer Abreise in Richtung Norden gemeint und mit einem bitteren Unterton in der Stimme noch leise hinzugefügt, dass sich schon in diesen ersten Wochen ihrer Ehe der frühere Verdacht inzwischen noch verfestigt habe, ihrem Ehemann seien seine Rennwagen tatsächlich wichtiger als alles andere auf der Welt. Mit Ausnahme seiner Tochter vielleicht. Danach hatte sie sich brüsk umgewandt und war ohne ein weiteres Wort in den Wagen gestiegen, der sie zu ihrer Mutter an die Seine chauffierte, wo sie also ihr erstes Kind zur Welt bringen sollte.

Nun ja, letztendlich war es gut so.

Emil Jellinek wusste seine Ehefrau in Neuilly-sur-Seine in den allerbesten Händen und konnte sich sorgenfrei wieder seinen automobilen Tätigkeiten widmen, Mercedes durfte sich von der Anwesenheit der wenig geschätzten Stiefmut-

ter befreit fühlen und ihren beiden Brüdern Adolf und Fernand war es ebenfalls recht.
In der Tat konnte man sich des Eindrucks nicht erwehren, dass die Ehe ihres Vaters mehr auf dem Papier stand, als dass er sie tatsächlich lebte. Abgesehen von den gesellschaftlichen Anlässen natürlich, wo er sich höchst gerne mit der attraktiven jungen Frau an seiner Seite präsentierte. Auch wenn ihm dabei das Getuschel der Leute durchaus nicht entging, die hämisch auf den Altersunterschied von 20 Jahren verwiesen, der den Monsieur und die Madame voneinander trennten. Man könne ja beinahe auf den Gedanken verfallen, dass da der wohl schon etwas betagte Onkel Hand in Hand mit seiner jugendlichen Nichte den Festsaal betrete. Freilich: Mehr als ein amüsiertes Schmunzeln konnten diese infamen Bemerkungen bei dem solchermaßen Geschmähten glücklicherweise nie auslösen, denn allein die eifersüchtigen Blicke, mit denen sie ihn und vor allem seine hübsche Ehefrau bedachten, sprachen eine eindeutige Sprache. Der Neid der Besitzlosen! Sollten sie sich ruhig weiter die Mäuler zerreißen.

Am 22. Dezember 1900 herrschte im wahrsten Sinn des Worte in Nizza »Großer Bahnhof«, denn der erste Mercedes mit sage und schreibe 35 Pferdestärken war nach ausgedehnten Erprobungsfahrten und endlos scheinenden konstruktiven Überarbeitungen endlich aus Cannstatt verschickt worden. »Dass ich das noch erleben darf«, brummte Emil Jellinek, der sich nur ungern an die vorher gehenden Wochen erinnerte. Denn sehr zum maßlosen Ärger des Auftraggebers war der Liefertermin ein ums andere Mal verschoben worden, was freilich unter anderem mit der Tatsache begründet wurde, dass Jellinek in Cannstatt fortwährend mit neuen Wünschen und Änderungsvorschlägen vorstellig wurde, deren Umsetzung er nicht nur anregte, sondern in der Wortwahl seiner Schreiben regelrecht anordnete. Dies wiederum zum nicht minder heftigen Verdruss der dortigen Konstrukteure. Doch der Wunsch des mit Abstand wichtigsten Handelspartners der DMG war nun einmal so gut wie ein Befehl, da konnten die Ingenieure schimpfen und räsonieren, so viel sie mochten. Dennoch kam es dadurch naturgemäß zu Verzögerungen in der Produktion.

Und so pflegte der Monsieur am fernen Mittelmeer regelmäßig die Contenance zu verlieren, wenn er wieder einmal einen Brief in seinen Händen halten musste, der ihm mit vorsichtig gewählten Formulierungen eine weitere Lieferverschiebung andeutete. Da konnten die Schreiber dieser Zeilen noch so behutsam ans Werk gegangen sein: Fakt war und blieb, dass sich der ungeduldige Zampano damit in jener Fähigkeit zu üben hatte, über die er am wenigsten verfügte: der Geduld.

Aber heute war es endlich so weit: unerträglich langsam war der Güterwagen mit der Aufschrift »Württembergische Staatsbahn« auf das Abstellgleis des Bahnhofs von Nizza geschoben worden und dort noch langsamer ausgerollt, als der über alle Maßen erleichterte Monsieur Jellinek daher stolziert kam und seinem Sekretär samt zwei weiteren Gehilfen mit einem knappen Wink seines Spazierstocks die eindeutige Anweisung erteilte, die Plane des Waggons zurückzuschlagen.

»Das hat ewig genug gedauert! Also los: beeilt euch jetzt: Ich möchte den Wagen schließlich noch zu meinen Lebzeiten zu Gesicht bekommen!«

Von wegen! Denn mit einem lautstarken, gebieterischen »Halt!« wurde dem Vorhaben wieder Einhalt. Mit raschen Schritten näherten sich jetzt zwei Zollbeamte dem Waggon und verschränkten abweisend die Hände vor der Brust, als sie sich vor den drei verblüfften Männern in eine amtliche Pose warfen. »So schnell schießen die Preußen nicht, Monsieur«, wagte es der ältere der beiden sogar, Emil Jellinek mit der schlimmsten aller denkbaren Formulierungen zu konfrontieren. Die Preußen! Ausgerechnet! Ob das absichtlich geschehen war oder ob der Mann lediglich mit einer seiner Ansicht nach besonders geistreichen Bemerkung die Deutschen an sich, also auch die Cannstatter, mit den Preußen hatte gleich setzen wollen, das war dem empörten Jellinek in diesem Moment völlig einerlei. Mit feuerrotem Kopf und vor Erregung heftig zitternden Schnurrbartspitzen baute er sich unmittelbar vor den in etwa gleich großen Zöllnern auf, während aus seinen Augen feurige Blitze zu sprühen schienen. »Was ... was erlauben sie sich, sie ... sie ...«

Zum guten Glück waren ihm in seiner grenzenlosen Empörung nicht gleich die richtigen Worte in den Sinn gekommen, so dass Mercedes, die nun ebenfalls dazu gekommen war, geistesgegenwärtig in die Bresche springen konnte.

»Aber Papa, bitte! Jetzt echauffiere dich doch nicht so. Das ist nicht gut für deine Gesundheit. Und die Männer hier, die tun doch auch nur ihre Pflicht. Papa! Bitte! Denk an deine Gesundheit!«

»Was soll denn da nicht gut für ...«. Mitten in seiner grim-

migen Erwiderung hielt er inne und starrte auf seine Tochter, die ihn mit bangem Blick fixierte. Urplötzlich änderte sich seine Tonlage: »Ach, Prinzessin. Entschuldige. Ich wollte dich nicht beunruhigen. Ich wollte doch nur ... aber gut, lassen wir das.«
Voller Erstaunen registrierten die Beamten, wie aus dem Wüterich innerhalb von Sekundenbruchteilen ein nachsichtig lächelnder, beinahe schüchtern wirkender Zeitgenosse geworden war, der sich nun an den sicherheitshalber einen Schritt zurückweichenden vorderen Zollbeamten wandte. »Sie müssen also erst einmal die nötigen zolltechnischen Formalitäten einleiten, nicht wahr? Wie lange werden sie dafür benötigen?«
»Nun ja ...« der Mann schien angestrengt zu überlegen, während er einen langen, prüfenden Blick über den großen Eisenbahnwaggon wandern lies und anschließend das Bündel in seiner Hand betrachtete, bei dem es sich wohl um die vorab per Post zugestellten Frachtpapiere handelte. »Das müssen wir jetzt alles miteinander abgleichen, ob es mit allen Angaben seine Richtigkeit hat«, wiegte er nachdenklich den Kopf. »Ich würde sagen, wenn nichts Unvorhergesehenes dazwischen kommt, dann müssten wir in vier bis fünf Stunden durch sein.«
»Vier bis fünf Stunden!« Der notorisch ungeduldige Emil Jellinek vermeinte, sich verhört zu haben. Schon wieder färbte sich seine Gesichtshaut verdächtig rot und womöglich wäre es nun endgültig zur Explosion gekommen, wenn da nicht wieder Mercedes zaghaft die Hand ihres Vaters gedrückt hätte. »Nun gut«, nickte der. »Drei bis vier Stunden werde ich mich wohl noch gedulden können. Tun sie also getrost ihre Pflicht und Schuldigkeit, so wie sich das eben gehört. Ich werde mich wohl oder übel so lange gedulden müssen und mich in mein Domizil zurückziehen. Adieu die Herren. Komm, Mercedes!«

Er tippte sich knapp mit dem Zeigefinger an den Tropenhelm, dann wandte er sich um und schritt Hand in Hand

mit seiner Tochter zügig zum Wagen mit dem daneben wartenden Chauffeur. »Auch wenns noch der alte Mercedes ist, er wird uns dennoch schnell und sicher nach Hause bringen. Voraussichtlich ist es ja das letzte Mal. Eigentlich hätte ich dich heute ja schon gerne mit dem neuen Mercedeswagen durch Nizza chauffieren lassen. Nun denn, das haben uns diese Bürokraten jetzt kräftig vereitelt!«
»Ach Papa, sehen wir die Sache lieber anders herum: dann ist es halt die Abschiedsfahrt für diesen Wagen. Das hat er doch verdient, dass wir uns mit einer letzten Fahrt von ihm verabschieden. So stolz, wie du auf deinen Mercedes immer gewesen bist!«
»Beinahe so stolz wie auf meine Tochter«, fügte Jellinek lächelnd hinzu. »Du hast schon recht. Aber jetzt: Auf geht's ... Bring uns rasch nach Hause, Haas. Ich kann das Elend hier nicht mehr ertragen!« Mit einem vieldeutigen Seitenblick auf die beiden Zollbeamten, die sich bereits an ihr in Jellineks Augen höchst bürokratisches Werk gemacht hatten, war der gescheiterte Versuch einer triumphalen Enthüllung des nagelneuen Automobils auf dem Bahnhof von Nizza hiermit endgültig beendet.
Die Geduld des Mannes wurde jedoch – absichtlich oder nicht – noch auf eine harte Probe gestellt. Denn am Ende waren sage und schreibe sechs Stunden verstrichen, bis die Zöllner endlich auch ihre allerletzte Unterschrift unter die Frachtpapiere gesetzt hatten. Gerade noch vor Einbrechen der Dämmerung gelang es seinen Leuten, den neuen Wagen vorsichtig in Schlepptau zu nehmen und vom Bahnhof aus über die Promenade des Anglais zur Villa Mercedes in die extra für den neuen Wagen gebaute großzügige Garage zu bugsieren. Vorsichtshalber, ohne den Motor in Betrieb zu nehmen. Dafür war es heute zu spät. Auf einen Tag mehr oder weniger kam es jetzt auch nicht mehr an, das war nun selbst die Überzeugung des zähnknirschenden Emil Jellinek. Besser, man verschob die erste Motorprobe samt Ausfahrt gleich ganz auf morgen, in die Helligkeit des kommenden Tages.

Endlich! »Die Krone des Automobilbaus! Die Spitze des technischen Fortschritts! Der Mercedes unter den Automobilen!« Mit sichtlicher Rührung wurde der neue Mercedes von seinem überstolzen Besitzer in einen ersten sorgfältigen Augenschein genommen, während er gleichzeitig voller Stolz zärtlich über das blond gelockte Haar seiner Tochter streichelte, die er auf den Arm genommen hatte, damit sie das neue Wunderwerk der Technik besser betrachten konnte. »Dein Automobil, meine kleine Prinzessin. Es ist dein Wagen, der deinen Namen nun endgültig in alle Welt tragen wird. Morgen werden wir beide eine erste Probefahrt mit dem neuen Mercedeswagen unternehmen. Aber nur wir beide – und der Chauffeur natürlich.«
»Und was ist mit deiner Frau?«
Emil Jellinek entging der spitze Unterton, der in der Frage seiner Tochter mitschwang, natürlich nicht. Dennoch – oder eher gerade deshalb – gab er sich ganz gelassen. »Was soll mit ihr sein?«
»Sie will sicherlich auch dabei sein. Du solltest sie lieber fragen. Nicht, dass sie dir ansonsten wieder tagelang Vorwürfe macht.«
»Ach was«, winkte Jellinek lässig ab. »Sie hat in der vergangenen Nacht nur wenig schlafen können, weil dein kleiner Bruder sie mit seinen Bauchschmerzen stundenlang in Beschlag genommen hat. Da möchte ich ihr wenigstens jetzt die nötige Ruhe gönnen«, setzte er mit einem verschwörerischen Augenzwinkern in Richtung seiner Tochter noch dazu. »Diese Ausfahrt müssen wir alleine absolvieren – nur du, ich und der Chauffeur.«
»Aber nicht, dass es dann wieder so kommt, wie neulich«, gab Mercedes lächelnd zu bedenken und spielte damit auf die Szene von Ende Oktober an, die beiden noch allzu gut im Gedächtnis haftete.
Gleich nach ihrer Ankunft aus Baden hatte ihr Papa damals eine Ausfahrt in die Umgebung von Nizza eingeplant, war aber plötzlich mit einem bislang nicht gekannten Problem konfrontiert worden: in ganz Nizza war kein einziger Trop-

fen Benzin mehr vorhanden. Das hatte einen höchst plausiblen Grund, denn in den vergangenen Monaten waren dank der überaus erfolgreichen Geschäftstätigkeit des Automobilhändlers Jellinek einfach viel zu viele Wagen in die Stadt an der französischen Riviera ausgeliefert worden, die von ihren überstolzen Besitzern natürlich emsig auch über die Straßen geschickt wurden. Der Treibstoffverbrauch war dadurch quasi über Nacht ins Unermessliche gestiegen – und die Verkaufsstellen auf den plötzlichen Ansturm in keinster Weise vorbereitet gewesen. Kein Mensch hatte daran gedacht, die nötigen Vorratslager für Benzin zu bauen – und die Versorgung mit dem Treibstoff sicherzustellen. Noch nicht einmal Emil Jellinek. Da konnte er nun wild mit den Armen gestikulieren und toben, so viel er mochte. Wo nichts vorhanden war, da gab es auch nichts zum Betanken. So einfach war das. Hätte der Monsieur, der sich doch ansonsten damit brüstete, alle Eventualitäten sorgsam zu bedenken, nicht vergessen, sich rechtzeitig um den Nachschub zu kümmern, dann wäre dieses Malheur niemals passiert. Das kam davon, dass man sich von einem Automobilverrückten hatte beschwatzen lassen und die gute alte Pferdekutsche gegen ein sündhaft teures, stinkendes Benzinvehikel eingetauscht hatte, das sich nun nicht mehr von der Stelle bewegen ließ. Mit einer Pferdekutsche wäre das nicht passiert.

Und was machte der Monsieur Jellinek? Anstatt sich zu schämen, setzte er Himmel und Hölle in Bewegung, um doch noch an die allerletzten Benzinreserven zu gelangen. »Die können eben nicht alle gleichzeitig fahren! Aber mein Wagen schon. Ich zahle jeden Preis dafür!« Der Mann tat gerade so, als ginge es um Leben oder Tod. Dabei ging es ja lediglich um eine kurze Ausfahrt ins Hinterland, die anschließend zu einem Eiscafé an die Promenade führen sollte! Aber Prinzip war dem Monsieur eben Prinzip. Denn niemals mehr würde er sich hinter einen stinkenden Pferdearsch in eine Pferdekutsche setzen, beendete er die Diskussion mit drastischen Worten und zahlte, ohne mit der

Wimper zu zucken, den zehnfachen Preis des üblichen für einige wenige Liter Treibstoff.
Es war schon eine seltsame Situation gewesen, all die schönen Automobile am Straßenrand abgestellt zu sehen, während die ehedem so stolzen Besitzer mit missmutigen Blicken die knatternde Fahrt des Jellinekschen Automobils durch Nizzas Straßen verfolgten ...
Der vorsorgliche Einwand von Mercedes im Hinblick auf für die morgen geplante Ausfahrt war also durchaus berechtigt.
Aber andererseits war ihr Vater kein Mann, der sich zweimal mit demselben Problem herumplagen mochte. »Nein, dieses Mal werden wir in dieser Hinsicht keine Probleme mehr haben«, lächelte er gelassen. »Ich habe längst dafür Sorge getragen, dass in der ehemaligen Remise, gleich neben der neuen Garage, ein Treibstoffdepot eingerichtet worden ist. Das war dieser Krach, über den ihr euch ein paar Mal lautstark bei den Handwerkern beschwert habt.«
»Aber wieso hast du eigentlich den Adolf und den Fernand nicht mitkommen lassen, Papa? Die hätten das neue Automobil doch auch gerne betrachtet.«
»Morgen ist auch noch ein Tag«, gab Emil Jellinek trocken zurück. »Heute aber ist unser Tag. Dein Tag, genau genommen: die Geburt eines Meilensteins in der Automobilgeschichte. Der neue Mercedeswagen.«
»Schade ist es dennoch ...«
»Nun ja ...«
Was ihr Papa nicht zu wissen brauchte, war das Versprechen, das Mercedes ihren Brüdern gegeben hatte. Es war ganz einfach gewesen, beim Hinausgehen in einem kurzen unbeobachteten Moment nach dem Zweitschlüssel für die Garagentür zu greifen und ihn in der Tasche ihres Kleides zu verstecken, während der Vater die Türe mit dem Hauptschlüssel sorgfältig verschloss.

Wenige Stunden später, in der Nacht vom 22. auf den 23. Dezember 1900 schlichen sich Mercedes und ihre beiden

Brüder, der 24-jährige Adolf und der 17 Jahre alte Fernand leise aus dem Haus hinüber zur Garage und öffneten mit dem Zweitschlüssel vorsichtig den linken Flügel der Türe einen kleinen Spalt weit, um dann rasch hindurch zu schlüpfen. Adolf hatte für die notwendige Lichtquelle in Form einer kleinen Petroleumlampe gesorgt, deren schwacher Lichtschein den Raum immerhin so weit erhellte, dass man die Konturen des neuen Automobils, das unter einer großen baumwollenen Schutzdecke verborgen war, einigermaßen erkennen konnte. »Komm hilf mir mal, Fernand. Du ziehst hier an der Decke, ich dort – und Mercedes stell die Lampe dort drüben auf den Boden, aber weit genug weg, dass wir nicht versehentlich drauftreten. Aha! Das ist es also, das gute neue Stück!«
Fernand zeigte sich weitaus weniger von dem Fahrzeug angetan, als sein Bruder. »Man sieht ja kaum etwas. Es ist immer noch viel zu dunkel. Ich erkenne kaum die Details. Das Ding sieht für mich aus, wie jedes andere Automobil auch. Vier Räder eben ...«, maulte er, während seine Schwester, die sich im Grunde genommen sowieso nichts aus diesen Automobilen machte, gleichmütig mit den Schultern zuckte.
Adolf dagegen schien beeindruckt. »Jetzt warte halt noch eine Weile, bis sich deine Augen besser an dieses Dämmerlicht gewöhnt haben, Fernand. Und: leiser bitte! Der Hund an der Pforte scheint schon irgendetwas gewittert zu haben! Hört ihr das Gebell?«
»Das hat doch nichts mit uns zu tun. Die werden denken, dass dort draußen wieder ein Fuchs herumschleicht.«
»Na hoffentlich. Nicht, dass sie uns hier drinnen erwischen. Das würde nämlich ein schönes Donnerwetter abgeben«, flüsterte Adolf – und lag mit dieser Einschätzung völlig richtig.
Denn in der Tat war nicht nur der Hund an der Pforte unruhig geworden, sondern – aus welchen Gründen auch immer – ebenso der Hausherr selbst. Sei es, dass er vor freudiger Erregung über die Ankunft seines neuen Wagens

nicht in den Schlaf gefunden hatte und sich nun schon seit gut einer Stunde unruhig im Bett hin und her wälzte, oder sei es, dass ihn eine unbestimmte Ahnung beschlichen hatte. Wie auch immer: das eigenartige Gefühl ließ ihn einfach nicht mehr los, dass sich da gerade irgendetwas zusammenbraute. Womöglich in der Garage. Bei seinem neuen Automobil!

Nur das nicht!

Augenblicklich fuhr Emil Jellinek hoch und tastete nach seinem Schlafrock. Am besten, er verschaffte sich auf der Stelle ein Bild davon, dass alles ruhig und friedlich war und er sich unnötigerweise Sorgen machte. Aber dennoch, er sollte auf der Hut sein und besonders vorsichtig zu Werke gehen, falls es dort drüben nicht mit rechten Dingen zuginge. Wenn er es nur zugelassen hätte, einen zweiten Wachmann direkt in der Villa zu postieren, so wie das seine überängstliche Ehefrau von ihm erbeten hatte. Jetzt wäre ihm der als Begleiter zur Garage durchaus willkommen gewesen. Zum Glück war es eine sternenklare Nacht, so dass die Sicht wenigstens keinerlei Probleme bereitete.

Kurz danach war die Garage erreicht und er schlich sich zur Tür, die tatsächlich einen winzigen Spalt weit offen stand. Offen! Die Erkenntnis traf ihn wie ein Keulenschlag. Also doch! Einbrecher! Was tun? Er begann fieberhaft zu überlegen.

Am besten, die Dinge sofort und ganz massiv angehen, so wie das grundsätzlich seine Art war. Einen Überraschungsangriff starten und die Kerle damit in Panik versetzen. In die Flucht schlagen.

Noch einmal atmete er tief ein und öffnete nun den Mund, um ein lautes »Hände hoch!« durch den Türspalt zu brüllen, als er im selben Moment jene drei Gestalten erkannte, die sich interessiert über das neue Automobil beugten. Das waren ja gar keine Diebe sondern ... seine eigenen Kinder. Adolf, Fernand – und sogar Mercedes. Wieso ausgerechnet sie? Selbst der Wutschrei blieb dem erstaunten Vater in der Kehle stecken. Dass die beiden Kerle sich wieder einmal verbotenerweise an Dingen zu schaffen machten, die sie nicht das Geringste angingen, das war ja nichts Neues. Aber Mercedes? Und was sagte sie da gerade? Emil Jellinek drückte sein rechtes Ohr fest an den Türspalt und lauschte angestrengt.

»Ich glaube, dass da gar kein Treibstoff drin ist«, hört er seine Tochter wispern. Was sollte das denn heißen?

»Deswegen ist der Wagen wahrscheinlich auch in die Garage geschoben worden«, nickte Adolf mit altkluger Gewissheit. »Und keiner von all den sogenannten Experten unseres Vaters ist darauf gekommen, dass es wieder einmal am fehlenden Treibstoff liegen könnte. Das wäre ja was, wenn ich recht hätte. Da wird der Vater aber Augen machen, wenn ich ihn gleich morgen früh auf diese Möglichkeit anspreche. Aber sicherheitshalber will ich erst einmal nachschauen.«

»Nein, lass mich das machen, ich weiß nämlich am besten, wie das geht«, schob Mercedes ihren Bruder energisch zur Seite und machte sich auch gleich daran, den großen Deckel abzuschrauben, unter dem sich der Einfüllstutzen für den Treibstoff befand. Danach ging alles blitzschnell: Du meine Güte! Emil Jellinek erstarrte vor Entsetzen, als er die Schachtel mit den Streichhölzern bemerkte, die Mercedes in diesem Augenblick ihrem widerstrebenden Bruder Fernand aus der Hand wand! Und jetzt: machte sie alle Anstalten, das Streichholz, das sie aus der Schachtel gezogen hatte, zu entzünden. »Gleich werden wir sehen, ob da tatsächlich kein Benzin mehr drin ist.«

Nein!

Im allerletzten Moment gelang es dem entgeisterten Beobachter, sich aus dem erstarrten Schrecken zu lösen. Mit sich überschlagender Donnerstimme brüllte er seinen Alarmruf in das Halbdunkel hinein: »Mercedes! Um Himmels willen! Nein! Wirf sofort das Streichholz weg!«

Erschrocken zuckte seine Tochter zusammen, und ließ das glücklicherweise noch nicht entflammte Streichholz zusammen mit der Zündholzschachtel auf den Boden fallen.

Es waren Sekundenbruchteile. Nur einen winzigen Wimpernschlag später – und der Feuerball einer gewaltigen Explosion hätte vernichtenden Folgen gezeitigt. Mit vor Anspannung zitternden Knien begriff Emil Jellinek, von dessen Stirn dicke Schweißtropfen perlten, wie knapp er und seine ganze Familie am Abgrund gestanden hatten. Es war ein echter Glücksfall gewesen, dass er gerade noch rechtzeitig, im wirklich allerletzten Moment, seine verzweifelte Warnung hatte herausschreien können. Eine Gnade des Schicksals. Ein himmlischer Fingerzeig. Völlig übermannt von der Schwere dieser Erkenntnis spürte er, wie seine Beine plötzlich nachgaben und ihn ein seltsames Gefühl der Schwerelosigkeit an den Rand einer Ohnmacht brachte. Nein! Unter Aufbietung all seiner Willenskraft kämpfte er dagegen an – und schaffte es tatsächlich, die Kontrolle über seine Sinne zurückzugewinnen. Schlagartig wechselte damit auch die Stimmungslage, seine Miene verfärbte sich in ein tiefdunkles Zornesrot. Und bevor Fernand begriff, wie ihm geschah, da klatschte auch schon eine gewaltige Ohrfeige gegen seine Wange. Und eine weitere gegen die Wange von Adolf. »So! Das ist die angemessene Strafe für einen erwachsenen Bruder, der tatenlos zusieht, wie seine Geschwister im Begriff stehen, sich selbst und die ganze Familie in die Luft zu jagen!« Als habe er mit dieser ungewohnten körperlichen Attacke einen Befreiungsschlag gelandet, war alle Wut in ihm schlagartig wie weggeblasen. Tröstend nahm er seine leichenblasse Mercedes in die Arme. »Alles ist gut, mein kleine Prinzessin. Es ist ja nichts passiert. Zum Glück bin ich noch rechtzeitig gekommen. Komm, lass uns zurück ins Haus gehen.« Ohne seine Söhne eines weiteren Blickes zu würdigen, wandte er sich um und schob die sich ängstlich an ihn schmiegende Mercedes behutsam zum Portal der Garage hinaus.

Der nächste Morgen begann erstaunlicherweise mit einem versöhnlichen Gespräch im Kreis der nahezu vollzählig zu einem verspäteten Frühstück versammelten Familie (nur

Madeleine Jellinek war an diesem Vormittag mit Kopfschmerzen im Bett geblieben), wobei Emil Jellinek nach einer schlaflos verbrachten zweiten Nachhälfte seinen drei Kindern aus der ersten Ehe – und dabei vor allem den beiden Söhnen – noch einmal mit eindringlichen Worten ans Herz legte, sich niemals mit einer offenen Flamme einem Benzintank zu nähern. Drastisch beschrieb er die gewaltige Explosionskraft des Treibstoffs, dessen alles zerstörerische Wirkung nur dank des überragenden Genies der Ingenieure lediglich in einem Automobilmotor zur Vorwärtsbewegung genutzt werden könne. »Aber es ist und bleibt dennoch ein Teufelszeug, ich hoffe ihr habt mich verstanden. Ein für allemal!«

Ein betroffenes Nicken aller war die Antwort. »Nun gut, dann steht einer ersten kleinen Ausfahrt mit dem neuen Automobil am heutige Nachmittag ja nichts mehr im Wege«, lächelte der Vater versöhnlich.

»Oh ja, Papa. Das ist prima. Mit so einem schnellen Wagen zu fahren, das wird sicherlich ein riesiges Vergnügen«, jubelte Fernand, während Adolf unternehmungslustig in die Hände klatschte. »Toll! Für dieses Vergnügen bin ich sogar dazu bereit, freiwillig den elenden Tropenhut aufzusetzen und eventuell auch noch einen steirischen Janker anzuziehen. Was sagst du dazu, Vater?«

Emil Jellinek zuckte gelassen mit den Achseln. »Das brauchst du gar nicht.«

»Aha …« Die seltsame Antwort schien Adolf ziemlich rätselhaft. »Ich dachte, du freust dich über so ein Angebot. Jetzt haben wir jahrelang miteinander herumgehändelt, weil ich – und der Fernand ja genauso – diese Dinger einfach nicht anziehen wollten, und nun plötzlich ist es dir allem Anschein nach egal. Entschuldige Vater, aber das verstehe ich nicht.«

»Ich habe nicht gesagt, dass es mir egal ist, ich habe lediglich gemeint, dass es nicht notwendig sein wird. Du solltest besser zuhören, wenn du mit mir sprichst«, gab der mit einer gewissen Schärfe in der Stimme zurück.

In Adolf keimte ein erster Verdacht. »Das heißt ... du meinst ... du willst uns damit sagen ...«
»Das ist doch klar, was er damit sagen will«, mischte sich nun Fernand voller Bitterkeit in die Debatte. »Er hat gar nicht vor, uns beide mitzunehmen. Er will die Ausfahrt zusammen mit Mercedes machen. Mit sonst niemandem. Wir beide, wir stören nur dabei. Wieder einmal! Nicht wahr, Vater?«
»Nun ja, wenn ihr das so sehen wollt ...« Mehr als eine gelangweilte Grimasse im Gesicht ihres Vaters, gefolgt von diesem Kommentar, hatte Fernands bitteres Fazit nicht bewirkt.
Bis auf die Reaktion von Mercedes. »Ach Papa, jetzt gönne dem Adolf und dem Fernand halt auch dieses Vergnügen. Wir haben doch alle Platz in dem Wagen. Wir müssen eben nur ein bisschen enger zusammenrücken – für eine kleine Ausfahrt wird das allemal reichen. Nicht wahr?«
»So einfach ist das nicht, Mercedes. Schließlich handelt es sich bei diesem Automobil um einen Rennwagen mit 35 Pferdestärken. Den muss ich nämlich jetzt erst einmal ausprobieren, um den Herrschaften in Cannstatt möglichst bald meine Eindrücke und eventuell meine Verbesserungsvorschläge zu übermitteln. Dieser Wagen, das ist der Gipfel des Fortschritts und damit alles andere als eine biedere Familienkutsche. Und um die Renntauglichkeit zu testen, hat neben dem Chauffeur deshalb auch nur eine Person Platz, nämlich ich. Dich Mercedes, du kleines Fliegengewicht, kann ich auf noch auf meinen Schoß nehmen, aber damit ist die Kapazität ausgereizt. Es wäre auch nicht in meinem Sinne, denn ich möchte schon wissen, wie sich der Wagen unter denselben Bedingungen und mit derselben Zuladung wie beim Rennen verhält. Das muss der Chauffeur spüren können, um mir hinterher die entsprechende Analyse abzuliefern. Wir beide zusammen, wir dürften ungefähr genauso schwer sein wie der Mechaniker, der im Rennen neben dem Chauffeur platziert sein wird. Deshalb geht es nur mit uns beiden. Verstehst du das?«

Mercedes nickte einsichtig, um anschließend ihre beiden Brüder mit einem mitfühlenden Blick zu bedenken. »Aber leid tut es mir für den Adolf und den Fernand trotzdem.«
»Mach dir kein Kopfzerbrechen darüber«, erwiderte Adolf mit belegter Stimme. »Du kannst ja nichts dafür, Mercedes. Wir haben so oder so längst verstanden, nicht wahr Fernand.«
Ein düsteres Stirnrunzeln war alles, was der enttäuschte Fernand zustande brachte und so fuhr Adolf mit deutlich gesteigerter Lautstärke fort. »Ja, Vater. Wir haben verstanden. Dass in den Wagen nur zwei Leute hineinpassen, das haben wir schon begriffen. Du hättest uns aber auch anbieten können, nach deiner Ausfahrt mit Mercedes eine weitere Probefahrt machen zu dürfen. Das hast du aber nicht getan. Schade drum. Es passt aber haargenau in das Bild, das ich inzwischen von dir leider bekommen habe! Komm Fernand! Wir gehen! Mich hält hier nichts mehr! Gar nichts! Adieu Mercedes!«
Während Mercedes ihren beiden Brüdern, die sich nach diesen harschen Worten blitzschnell erhoben und den Raum mit energischen Schritten verließen, unglücklich hinterher starrte, ballte Emil Jellinek wütend die Fäuste. »So mit mir zu sprechen, das hat schon lange keiner mehr gewagt. Es wird Konsequenzen haben, das garantiere ich euch. Denn spätestens, wenn euch das Geld knapp wird – was erfahrungsgemäß in nicht allzu ferner Zukunft der Fall sein wird –, dann werde ich wieder recht sein: als Anlaufstelle und Finanzier für ein unbeschwertes Leben der Herren Studenten der brotlosen Künste. Na wartet, ihr undankbare Bande. Abgerechnet wird bekanntlich immer erst zum Schluss. Aber komm jetzt Mercedes, vergessen wir diese unerfreuliche Szene. Lass uns gehen und den schönen Tag genießen. Diese beiden Nörgler und Querulanten werden es nicht schaffen, uns das Vergnügen zu vermiesen, wenn die Mademoiselle Mercedes zum ersten Mal in ihrem neuen Automobil unterwegs sein wird, das ihren Namen trägt!«

Die Ausfahrt endete freilich ganz und gar nicht so, wie von Emil Jellinek erhofft. Mit einem irreparablen Schaden an der Kupplung waren sie schon nach wenigen Kilometern liegen geblieben und mussten sich im Anschluss daran mit einer Pferdekutsche zurück in die Villa Mercedes bringen lassen. Ausgerechnet eine Pferdekutsche – aber zum Laufen war die Distanz für den wutschnaubenden Jellinek und sein lädiertes Bein zu weit gewesen. Und das alles unter den schadenfrohen Blicken der zahlreichen Zaungäste, die wie aus dem Nichts heraus herbeigeeilt waren, nachdem sich die kurz bevorstehende erste Ausfahrt des neuen Wunderwagens wie ein Lauffeuer herumgesprochen hatte. Ein Ereignis von mutmaßlich epochaler Bedeutung, das niemand verpassen wollte – und dann so etwas! Es war kein Malheur, sondern eine Katastrophe!
Dementsprechend deutlich waren die Worte, die der wütende Emil Jellinek in seinem Schreiben nach Cannstatt wählte, das er unmittelbar nach seiner schmachvollen Rückkehr verfasste. Immerhin hatte er ja im Frühjahr für sich und seine bekanntlich höchst anspruchsvolle Kundschaft insgesamt gleich zweimal hintereinander jeweils 36 Wagen dieses neuen Typs bestellt. Das Beste vom Besten – in sinnvoller Abwandlung des alten Daimlerspruchs.
Eine neue Ära des Automobilzeitalters wollte er damit einläuten. Von wegen neues Zeitalter! Pustekuchen! Jetzt eben doch hinter einem stinkenden Pferdearsch hatten er und die kleine Mercedes sich nach der peinlichen Panne unter den höhnischen Blicken der Zuschauer zurückkutschieren lassen müssen! Er würde den Herrschaften Beine machen. So wahr er Emil Jellinek war, der Vater eines kleinen Mädchens, dessen Namen sie mit ihrer fürchterlichen Pfuscharbeit in den Schmutz gezogen hatten. Es war ... unglaublich! Verantwortungslos und unakzeptabel. So sprang man mit einem Emil Jellinek nicht um. Während sich der ganze Unmut in den folgenden Tagen also auf die DMG und ihr keineswegs renntaugliches Produkt konzentrierte, war seine Verstimmung im Hinblick auf die beiden Söhne wieder

genauso rasch verraucht, wie sie über ihn gekommen war. Gerade so, als sei niemals etwas zwischen ihnen gewesen, begrüßte er die beiden bei ihrem nächsten Besuch, der nur zwei Tage nach dem hitzigen Wortwechsel erfolgte. Und natürlich ließ er sich nicht lumpen, als sie schließlich damit herausrückten, dass seine Prophezeiung durchaus zutreffend gewesen war: sie sich nämlich in finanzieller Hinsicht momentan ziemlich auf dem Trockenen befänden. Die fröhlichen Mienen, mit denen die beiden nach dem kurzen Gespräch mit ihrem Vater dessen Arbeitszimmer wieder verließen, sprachen Bände. Wieder einmal hatte der sich als ganz besonders großzügiger Finanzier ihrer Studienpläne erwiesen. Typisch Emil Jellinek.

Endlich war es nun so weit: die Rennwoche von Nizza konnte beginnen. Immerhin jetzt schon zum dritten Mal in Folge hatten es die Organisatoren geschafft, in dieser letzten Märzwoche des Jahres 1901 ein weltweit stark beachtetes Automobilrennen zu realisieren. Womöglich sogar die wichtigste Automobilwettfahrt der Welt. Und auch die neuen Mercedesrennwagen waren am Start. Wie man hörte, hatte es der ehrgeizige Emil Jellinek mit wahrer Brachialgewalt durchgesetzt, dass die von ihm gemeldeten Wagen nochmals vollständig von den zahlreich erschienenen Monteuren der DMG und sogar vom technischen Leiter Wilhelm Maybach persönlich unter die Lupe genommen und mit teilweise ganz neuen technischen Vorrichtungen ausgestattet worden waren. Das musste für die Cannstatter ein gewaltiger finanzieller Kraftakt gewesen sein, andererseits, so hörte man munkeln, hatte Jellinek für den Fall eines Rennerfolges seiner Mercedeswagen sofort einen Großauftrag von weiteren 36 Wagen in Aussicht gestellt.
Während freilich nach der demütigenden Pannenfahrt vom Dezember vor allem bei den Fachleuten die Skepsis im Hinblick auf die Siegchancen der Rennwagen überwog, versprühte Jellinek wieder einmal seinen unerschütterlichen Optimismus. »Glauben sie denn allen Ernstes, ich würde diese Rennwagen mit dem wunderbaren Namen meiner Tochter versehen, was ja nun auch offiziell so gehandhabt wird, wenn ich nicht felsenfest davon überzeugt wäre, dass diese Wagen unschlagbar sind? Schauen sie auf dieses liebreizende, ja geradezu einmalige Kind, meine Tochter Mercedes. Ja glauben sie denn, ich könnte es überleben, wenn die Mercedeswagen das Nachsehen hätten und unter dem höhnischen Gelächter der Konkurrenz als letzte die Ziellinie erreichten? Es würde mir das Herz brechen, das können sie mir getrost glauben!«

Allein durch solche Aussagen waren Emil Jellinek und seine Automobile natürlich wieder in aller Munde. Die Konkurrenten staunten nicht schlecht: war sich der Mann überhaupt darüber im Klaren, welch hohes Risiko er damit einging? Und dass er sich im Falle eines – nicht ganz unwahrscheinlichen – Misserfolges endgültig zum Gespött der Massen machte? Unsterblich blamiert – genauso wie die DMG und vor allem das bemitleidenswerte kleine Mädchen, das von seinem Vater bedenkenlos auf dem Altar der Eitelkeiten geopfert wurde. War der Mann völlig von Sinnen? Es konnte ihm doch nicht verborgen geblieben sein, dass seine Wagen viel zu überstürzt konstruiert und gebaut worden waren. Die Cannstatter hatten anstelle des nächsten technischen Schritts alle Vorsicht außer acht gelassen und sich gleich an den übernächsten Meilenstein gewagt – und das ohne die dringend notwendige Überprüfung in Dutzenden von Probefahrten, die witterungsbedingt erst jetzt im März stattfinden konnten.
Die Schuld an dem sich abzeichnenden Malheur trug der ständig drängelnde Jellinek, der die gestandenen Ingenieure und Kaufleute vor sich her trieb wie die Schuljungen! Wie gesagt: das eigentlich Schlimme daran war, dass er seine Tochter mit ihren gerade einmal elfeinhalb Lebensjahren am heutigen Nachmittag des 25. März 1901 zum Gespött der Leute machte. Zum Gespött der ganzen Welt. Das arme Kind. Es konnte sich doch nirgendwo mehr blicken lassen!
Was für ein entsetzlicher Vater!

Am Ende des Tages war alles ganz anders gekommen. Ein ums andere Mal lies der freudestrahlende »Rabenvater« sein nicht minder fröhlich jauchzendes Mädchen auf seinen Schultern hochleben. Die Sensation war perfekt. Die Konkurrenz nicht nur in die Schranken verwiesen, sondern gedemütigt. Dank der unschlagbaren Mercedeswagen, die einen überlegenen Sieg eingefahren hatten.
Und so ging es während der gesamten Rennwoche von

Nizza munter weiter. In allen Kategorien, für die Jellinek gemeldet hatte, rasten seine Fahrer mit weitem Abstand über die Ziellinie. Und das lag – selbst die Chauffeure waren sich dieser Tatsache bewusst – noch nicht einmal am überragenden fahrerischen Können der Lenker, sondern eindeutig an den neuen Modellen, die zwei wagemutige Männer an den Start gebracht hatte. Der geniale Konstrukteur Wilhelm Maybach, der mit dem neuartigen Motorenkühler für Furore sorgte und der ständig fordernde Emil Jellinek, der mutig die Last eines gewaltigen persönlichen Risikos getragen hatte – das musste man ihm durchaus zubilligen. Oder grenzte die Zuversicht, die er dabei an den Tag gelegt hatte, nicht doch eher an Wahnsinn – zumindest aber an maßlose Selbstüberschätzung?

Egal!
Zum Schluss dieser für Emil Jellinek so triumphalen Rennwoche hatte Paul Meyan, der Generalsekretär des französischen Automobilclubs mit seinem Fazit den Nagel auf den Kopf getroffen: »Wir sind in die Ära Mercedes eingetreten!«
Der Triumph war vollständig. In der Zeit zwischen dem 25. und dem 29. März des Jahres 1901 schrieb ein Mädchenname weltweit Geschichte. Mercedes. Als das beste Automobil der Welt hatte sich dieser Wagen erwiesen. Kein anderer war stärker, leistungsfähiger und schneller. Der Mercedes unter den Automobilen! Die Automobilwelt hatte ihre erste Legende bekommen. Und ein elfeinhalb Jahre altes Mädchen war ihre gefeierte Königin!

Kein Wunder, dass sie ihren Vater in den nächsten Tagen kaum noch zu Gesicht bekam. Denn jetzt erntete Emil Jellinek genussvoll die Früchte seines Wagemutes. Kein anderer Bewohner der französischen Riviera war in diesem Frühjahr ein ähnlich gefragter Gesprächs- und Geschäftspartner wie der inzwischen geradezu sagenhafte Emil Jellinek. Der Mann, der dank seines immensen Backenbartes, gegen den selbst der des Kaisers Franz Joseph geradezu jämmerlich verblasste, eher belächeltet worden war. Jetzt wurde dieser Mann von den höchsten Kreisen der Gesellschaft geradezu umlagert und mit neuen Aufträgen für seine Daimler Automobile regelrecht überschüttet. »Pardon, die Herrschaften«, pflegte er die Interessenten ein ums andere Mal zu korrigieren. »Nicht die gewöhnlichen Daimlerwagen als solche dürften sie gemeint haben – sondern ihr Interesse bezieht sich doch höchstwahrscheinlich auf den Mercedes, nicht wahr?«

Die Verwirrung des Gesprächspartners war dementsprechend. »Ja sicherlich, den Daimler-Mercedes meinte ich. Was denn sonst! Damit wir uns nicht missverstehen: Ihr siegreiches Modell bei der Woche von Nizza. Das und nichts anderes möchte ich erwerben.«

»Nun gut«, ein zufriedenes Lächeln breitete sich über seine Miene. »Ich habe verstanden: Das Beste oder nichts! Einen Mercedes eben.«

Es war an einem milden Nachmittag gegen Ende August des Jahres 1901, als das bald zwölfjährige Mädchen aufgeregt winkend in den Garten der Badener Villa stürmte, wo es sich Emil Jellinek unter einem schattigen Kastanienbaum bei einer guten Tasse Kaffee und einigen neuen Konstruktionszeichnungen aus Cannstatt gemütlich gemacht hatte.

»Papa, Papa. Das musst du unbedingt wissen!« In der rechten Hand schwenkte sie eine Zeitungsseite, die sie ihrem Vater direkt vor das Gesicht hielt.

»Was ist denn nur geschehen, dass du ein derartiges Geschrei veranstalten musst?« Voller Verwunderung pflückte Jellinek den Zwicker von der Nasenwurzel und musterte seine ziemlich aus der Puste gekommene Tochter mit einem erstaunten Blick. Deren stürmisches Temperament war man in der Villa Mercedes zwar durchaus gewohnt, aber dieses Mal schien es etwas ganz besonders Wichtiges zu sein, das seine kleine Prinzessin offenbar über alle Maßen beschäftigte.

»In Amerika hat ein Mensch einen Flugapparat, in dem er selbst gesessen ist, in den Himmel gelenkt Mit einem Motor dran. Er ist geflogen. Wie ein Vogel. Da, Papa«, deutete sie auf die mitgebrachte Zeitungsseite, die mit einer besonders großen Schlagzeile überschrieben war. »Lies es einmal selber. Das wird dich ganz bestimmt interessieren!«
»Ein Motorflug. Soso. Lass mich mal sehen, was sie da schreiben«, brummte Emil Jellinek und platzierte seinen Zwicker wieder sorgfältig auf der Nase, bevor er selbst nach der Zeitung griff, die ihm Mercedes voller Ungeduld entgegen streckte. Neugierig vertiefte er sich in den Artikel und eine ganze Zeitlang war nichts von ihm zu hören.
»Nun Papa?«, drängelte Mercedes. »Was sagst du dazu?«
»Es ist in der Tat eine erstaunliche Angelegenheit. Dieser Mann namens Gustave Whitehead scheint wohl tatsächlich einige hundert Meter weit geflogen zu sein und das alles in einer Höhe von zirka 50 Fuß ...«
»Wie hoch ist das in Metern?«
»Das muss man in etwa durch drei teilen ... also sind es gut und gerne 16 Meter.«
»16 Meter!« Staunend schlug das Mädchen die Hände vor den Mund. »Das ist ja so hoch wie der Baum, unter dem du sitzt!«
»Noch höher sogar«, nickte Jellinek bewundernd und richtete seinen Blick zum Himmel. »Das ist wirklich eine gewaltige Leistung vom diesem Mr. Whitehead gewesen. Und anscheinend ist er sogar sicher gelandet. Schade nur, dass sie kein Foto von dem Flug abgedruckt haben.«
»Ja, das finde ich auch. Ach, sieh mal Papa, wer da kommt!« Mercedes deutete zum Haus, aus dessen Gartenportal gerade eben eines der Dienstmädchen trat, das einen jungen, gut gekleideten Mann im Alter von vielleicht 30 Jahren zu den beiden Jellineks hinüber geleitete.
»Der Herr Daimler, ja da schau an.«
In die Miene des Mädchens mischte sich respektvolles Staunen. »Das ist also der Herr Daimler, der die Autos erfunden hat! So ein junger Mann noch!«

Eine Bemerkung, die bei ihrem Vater ein belustigtes Kichern hervorrief. »Nein, nicht direkt«, klärte er sie postwendend auf. »Das ist der Paul Daimler, der Sohn von dem Automobilerfinder Gottlieb Daimler. Der Herr Daimler junior soll hier in Österreich bald als Leiter der Austro-Daimler Werke arbeiten.« In einem verschwörerischen Flüsterton fuhr er fort: »Wahrscheinlich geht es ihm bei seinem Besuch hier noch um irgendwelche Vertragsmodalitäten, die er mit mir aushandeln will. Wozu ich an einem so schönen Sommertag wie heute aber keinerlei Lust verspüre. Erst recht nicht in deiner Gegenwart, meine liebe Prinzessin.«
Inzwischen war der Besucher bei ihnen angekommen.
»Schön, sie zu sehen, Herr Daimler. Sie kommen sozusagen wie gerufen. Ich habe da nämlich gleich etwas für sie«, ergriff der Hausherr unmittelbar nach der etwas förmlich vonstatten gegangenen Begrüßung die Initiative. »Meine Tochter Mercedes hat mich gerade eben mit einer hoch interessanten Zeitungsmeldung überrascht«, deutete er auf das Papier in seiner Hand. »Haben sie auch schon von diesem angeblich tatsächlich realisierten Motorflug des Mr. Whitehead gehört?«
»Ja, gerade erst vorher, am heutigen Mittag, als ich die Zeitung geliefert bekommen habe.«
Seltsamerweise hatte Paul Daimler bei dieser Bemerkung die Mundwinkel deutlich nach unten gezogen.
»Sie scheinen nicht gerade sonderlich begeistert zu sein.« Emil Jellinek war die distanzierte Reaktion seines Gegenübers natürlich nicht verborgen geblieben. »Woran liegt das, wenn ich fragen darf?«
»Nun ja. Ich kann mir einfach nicht so recht vorstellen, dass ein Mann, von dem ich als Motorenbauer noch niemals etwas gehört habe, in der Lage gewesen sein soll, die Motoren für seinen Flugapparat selbst zu konstruieren. Und außerdem, das macht mich ein weiteres Mal stutzig, hat man keine Fotografie von dem angeblichen Flug abgedruckt.«
»Am meisten wird sie wohl stören, dass es ein einfacher Schlosser gewesen sein soll, der diese Motoren zusam-

mengebastelt hat, nicht wahr? Übrigens handelt es sich bei diesem Mr. Whitehead, wie ich dem Artikel entnehme, anscheinend um einen deutschen Auswanderer, der in Wirklichkeit Gustav Weißkopf heißt und aus dem fränkischen stammt. Leutershausen heißt der Ort glaube ich. Kennen sie den?«

Paul Daimler wiegte skeptisch seinen Kopf. »Nicht direkt. Das muss irgendwo zwischen Stuttgart und Nürnberg liegen. Aber wie gesagt: dieser Herr Weißkopf – Whitehead ist noch nirgendwo jemals als Motorenkonstrukteur in Erscheinung getreten. Und deshalb ...«

»... deshalb macht es einem Ingenieur wie ihnen naturgemäß ordentlich zu schaffen, wenn da irgend so ein Handwerker daher kommt und ihnen zeigt, wie einfach es ist, Motoren zu konstruieren und zusammenzubauen. Also ich finde, man sollte sich den Mann durchaus einmal näher anschauen.«

»Aber wieso denn? Wollen sie nun etwa auch in die Fliegerei einsteigen?!« Daimlers postwendende Entgegnung war in ihrem Tonfall schärfer ausgefallen, als er das eigentlich beabsichtigt hatte. Aber andererseits ... Der Herr Jellinek hatte ihn mit seiner beinahe schon spöttisch formulierten Äußerung ja geradezu an diesen Punkt getrieben.

»Nein, das will ich nicht«, gab der Gefragte in einem ebenso bestimmten Ton zurück. »Luft hat bekanntlich keine Balken. Ich bevorzuge es deshalb bei Weitem, auf dem Boden zu bleiben. Das ist auch der Grund dafür, weshalb ich sämtliche Anfragen grundsätzlich abgelehnt habe, die an mich mit dem Wunsch herangetragen worden sind, den Bau eines Luftschiffs finanziell zu unterstützen. Das ist nichts für mich. Ich bleibe lieber bei meinen Mercedes-Automobilen. Und bei diesen Motoren hier ...« Er klopfte mit dem Fingerknöchel auf die vor ihm liegenden Konstruktionszeichnungen. »Da ist noch mehr als genug an Entwicklungspotential drin, das können sie den Herrschaften in Cannstatt getrost von mir ausrichten. Und wie gesagt:

dabei kann es sich doch nicht um ein Hexenwerk handeln, einen leistungsstärkeren Motor zu bauen, auch wenn man immer wieder versucht, mir das vorzuspiegeln. Wenn es schon dieser Weißkopf ganz alleine geschafft hat ...«
»Aber sie können doch nicht die begrenzte Leistungsfähigkeit von solchen kleinen Flugzeugmotoren mit derjenigen ihrer Automobile vergleichen!« Verdrossen schüttelte der junge Daimler seinen Kopf.
»Das kann ich sehr wohl«, entgegnete Jellinek trocken, während es in seinen Augen bereits gefährlich aufblitzte. »Erst recht kann ich das in meinem eigenen Garten tun – wobei ich heute freilich nicht die geringste Lust verspüre, mich zu echauffieren. Ich habe nämlich etwas Wichtiges vor.« Damit deutete er mit dem weit ausgestreckten rechten Arm auf seine Tochter, die den seltsamen Disput mit wachsender Langeweile verfolgt hatte. »Nicht wahr, Mercedes? Wir waren nämlich gerade schon im Aufbruch begriffen und eigentlich bereits so gut wie unterwegs zu einer schönen Ausfahrt mit dem Mercedeswagen hoch auf den Semmering, um dort oben den wunderbaren Sonnenuntergang an einem so herrlichen Tag wie dem heutigen genießen zu können. Tja, sehr verehrter Herr Daimler, für heute muss ich also unser Gespräch zu meinem größten Bedauern leider beenden, sie können sich aber von meinem Sekretär sehr gerne einen Termin für die nächsten Tage geben lassen.«
Ohne mit der Wimper zu zucken streckte er dem ziemlich verdatterten jungen Ingenieur die Hand zum Abschied entgegen. »Adieu, Herr Daimler.«
»Auf Wiedersehen, Herr Jellinek.«
Während Paul Daimler sich also unverrichteter Dinge wieder umwandte und sichtlich geknickt dem Ausgang zustrebte, sah sich der innerlich feixende Emil Jellinek suchend um. »Wo hast du meinen Ausgehhut versteckt, Mercedes. Sag schon!«
»Du meinst deinen Tropenhelm?« entgegnete das Mädchen mit einem leichten Stirnrunzeln.

»Natürlich, was denn sonst. Ich weiß schon, ihr alle findet meine Kopfbedeckung sonderbar – genauso wie die besseren Herrschaften hier ringsum – aber mir ist mein Tropenhelm nun einmal der liebste aller Hüte. Auch wenn sie mich deswegen hundertmal den verrückten Engländer nennen. Das lässt mich völlig kalt. Denn lieber ertrage ich ihren heimlichen Spott, als dass ich einen Sonnenbrand bekomme oder womöglich gar einen Sonnenstich. Erst recht angesichts der bedauerlichen Tatsache, dass meine einst so dichte und wunderschöne Haarpracht allmählich schütter zu werden beginnt«. Mit einer unglücklichen Geste strich er sich über sein tatsächlich in den vergangenen Jahren ziemlich licht gewordenes rötliches Haupthaar. »Auch deshalb ist mir mein Tropenhelm einfach der beste Schutz vor eventuellen Unannehmlichkeiten. Wenn sich das bei den Engländern in ihren südlichen Kolonien vieltausendfach als richtig erwiesen hat, wieso sollte ausgerechnet ich dann an heißen Sommertagen darauf verzichten? Komm Prinzessin, wir gehen jetzt!«
»Aber bitte mit dem schnellsten Wagen!«
»Was denkst du denn? Natürlich mit dem allerschnellsten. Mit dem ganz neu gelieferten Mercedes sogar!«
»Oh ja! Schön!« Begeistert klatschte seine Schöne in die Hände. So war er eben: ihr Vater, wie er leibte und lebte. Sollte er getrost wieder seinen seltsamen Tropenhut aufsetzen und seinem Ruf als »der spleenige Engländer« alle Ehre machen, während sie in rasanter Fahrt die Höhe des Semmering erklommen. Hauptsache, er zwang sie nicht auch noch dazu, so ein Monstrum von Kopfbedeckung tragen zu müssen. Aber davor bewahrte sie zum guten Glück ihrer üppige, dunkelblonde Haarpracht.

Im Frühjahr des Jahres 1902, gleich nach der Rückkehr aus Nizza, waren die beiden zu einem Besuch in Wiener Neustadt eingetroffen. Dort wollte Emil Jellinek, der inzwischen den einflussreichen Posten eines Aufsichtsratsmitglieds der DMG übernommen hatte, die Fortschritte in der hier ansässigen österreichischen DMG-Niederlassung inspizieren, wo er inzwischen ebenfalls maßgebliche Leitungsfunktionen übernommen hatte. »Komm Mercedes, ich will dir einmal zeigen, wie die Automobile gebaut werden, die deinen Namen tragen«, hatte er seine Tochter zu dem Besuch der Produktionsstätte überredet.

Ja, doch: das klang spannend. Selbst wenn sie sich gar nicht für Automobile als solche interessierte und diese Leidenschaft ihres Vaters folglich nicht im Geringsten teilte. Aber einmal dabei zuschauen zu dürfen, wie diese riesigen technischen Ungetüme zusammengeschraubt und geschweißt wurden ... weshalb eigentlich nicht?

Begrüßt wurden sie in Wiener Neustadt von Paul Daimler, dem neuen Direktor der Firma, den Mercedes noch von der eher sonderbaren Begegnung vor einigen Monaten in Baden nicht unbedingt in bester Erinnerung hatte.

»Da, schau, Mercedes. Das neue Werk nimmt immer mehr Gestalt an. Und der Herr Daimler wird dafür Sorge tragen, dass künftig auch in Österreich bald schon schnellere Wagen hergestellt werden als bisher.«

Seltsamerweise hatte der junge Daimler bei dieser Anmerkung irgendwie skeptisch seinen Kopf gewiegt. »Es dürfte sich eher um stärkere Fahrzeuge handeln ....«

Jellinek stutzte. »Was soll das nun heißen? Stärker bedeutet doch auch schneller, nicht wahr?«

»Nicht unbedingt. Denn unser neuestes Projekt wird für das Militär bestimmt sein.«

»Für das Militär?! Jetzt kommen sie schon: was meinen sie damit? Heraus mit der Sprache!«

»Wir werden in die Produktion von Panzerwagen einsteigen.«

Die beiden Jellineks vermeinten, sich verhört zu haben. »Panzerwagen?! Das ist ja entsetzlich!«

»Ich will aber nicht, dass die mit meinen Autos Leute totschießen, Papa.«

»Ich auch nicht«, knurrte Jellinek verdrossen und wandte sich dann direkt an Paul Daimler, den er aus zornigen Augen fixierte. »Da haben sie es. Panzerwagen anstelle von Automobilen. Was für eine Dummheit! Wer ist denn auf diese Schnapsidee verfallen – und das, ohne mich davon in Kenntnis zu setzen?!«

Es folgte eine erregte Debatte zwischen den Männern, ohne dass man jedoch zu einem Ergebnis gelangte.

»Was wird denn nun mit den Panzerwagen werden, Papa?« fragte Mercedes ihren Vater, als sie nach gut einer Stunde das Firmengelände wieder verließen. »Meinst du, sie werden tatsächlich welche bauen?«

»Ich fürchte ja«, knurrte er. »Ich kann es wahrscheinlich nicht mehr verhindern. Aber eines, das kann ich dir versprechen: die Mercedeswagen werden in Cannstatt gebaut und nicht das Geringste mit den Soldaten zu tun haben. Dein Name wird auf keinen Panzerwagen kommen, das garantiere ich dir.« Zornig ballte er die Fäuste. »Diese alten Säbelrassler! Sie scheinen nie auszusterben!

»Diese ... diese Kerle!« Es war selbst für Jellineksche Verhältnisse ein beachtlicher Rahmen, in dem am 16. September 1902 in Baden der 13. Geburtstag von Mercedes in der großen Villa zelebriert wurde, die sie zur Feier dieses Tages nun auch ganz offiziell in »Villa Mercedes« benannt hatten. Nahezu die gesamte Kinder- und Jugendschar aus der sogenannten besseren Gesellschaft von Baden war dazu erschienen, selbstverständlich in Begleitung ihrer Eltern, die es sich trotz der gewissen Abneigung, die vor allem die adeligen Sommergäste gegenüber dem neureichen Emporkömmling Jellinek hegten, nicht hatten entgehen lassen wollen, den ganzen Prunk und den überbordenden Luxus dieser Jellineks einmal mit eigenen Augen zu erleben.
Doch trotz der riesigen Gästeschar, die er ja durchaus als persönlichen Erfolg verbuchen konnte, zeigte sich der Vater auf eine seltsame Art und Weise verstimmt. Ausgerechnet am Festtag seiner Tochter!
»Aber was hast du denn nur, Papa. Wieso bist du nur an meinem Geburtstag so schlechter Laune?«
»Weil ... weil ...« Nach wie vor gab sich der elegant gekleidete Mann völlig entnervt und schnappte dementsprechend hektisch nach Luft.
»Jetzt beruhige dich erst einmal. Du siehst ja aus wie ein Fisch auf dem Trockenen«, lachte Mercedes. Kein anderes seiner Kinder hätte es wagen dürfen, so mit Emil Jellinek zu reden. Aber im Falle seiner Lieblingstochter verhielt es sich natürlich anders. Noch immer zitternd vor Erregung und mit hochrotem Kopf, fand er mühsam die Sprache wieder. »Weil ... weil ich für heute eigentlich noch auf etwas Anderes gewartet habe.«
»Was denn?«
»Ach, es sollte doch eine Überraschung sein ...«
»Also was?«

»Überraschungen verrät man nicht!«
»Auch dann nicht, wenn sie unterwegs verloren gegangen sind?«
Der erste Anflug eines Lächelns zeigte sich auf seiner bislang so verdrossenen Miene. »Verloren gegangen. Wie positiv sich das anhört. Vertrödelt worden, wäre eher richtig. Oder: Im Beamtenapparat versunken.«
»Also?«
»Ich hatte gehofft, dass spätestens heute die offizielle Bestätigung für den weltweiten Schutz des Markennamens Mercedes eintreffen würde. Als eingetragenes Warenzeichen.«
»Als Warenzeichen? Mein Name?« Mercedes konnte sich keinerlei Reim auf diese Ankündigung machen. »Was soll das heißen?«
»Es heißt, dass nur wir auf unsere Automobile deinen Namen schreiben dürfen und niemand sonst. Dass dein Name damit gesetzlich geschützt ist.«
»Geschützt? Das klingt ja fast, als müsse man mich unter Polizeischutz stellen. Das klingt irgendwie gefährlich.«
»Das ist es natürlich nicht. Aber dein wunderschöner Name war andererseits schon in Gefahr. Denn den wollen jetzt nach unseren triumphalen Erfolgen alle auf ihre Automobile heften. Das geht natürlich nicht. Dein Name ist reserviert für das Beste vom Besten. Nur unsere Automobile sollen diesen Namen tragen dürfen. Mercedes. Den Namen meiner allerschönsten Tochter.«
»Immer noch der einzigen ...«
»Das auch!«
»Und warum kommt es dir auf ein paar Tage mehr oder weniger an? Warum warst du so zornig?« Jellineks Miene verfinsterte sich wieder. »Weil diese Beamten eben dermaßen langsam sind! Schon am 23. Juni diesen Jahres habe ich die Angelegenheit angemeldet und darum gebeten, damit bis zu deinem Geburtstag zu Rande zu kommen. So schwer ist das ja nicht, einen Namen in eine Urkunde einzutragen, die ich dir zusätzlich hätte schenken können.

Aber sie haben es nicht geschafft. Man könne uns das Dokument erst in einigen Tagen zustellen, haben sie mir vorhin auf meine Nachfrage am Telefon zur Auskunft gegeben. Es ist ungeheuerlich!« Erschöpft tupfte er sich mit seinem Taschentuch den Schweiß von der Stirn.
»Ach, was spielt das schon für eine Rolle. Ein Stück Papier. Ob ich das nun zu Gesicht bekomme oder nicht. Hauptsache ist doch, du hast mir dieses Geschenk gemacht. Danke sehr, Papa. Du bist und bleibst eben der Beste von allen. Und nun komm mit, du musst das gleich allen sagen, was du mir für ein Geschenk gemacht hast. Die werden staunen ...«
»... und vor Neid beinahe platzen«, grinste Jellinek in schierer Vorfreude auf die Mienen seiner neidvollen Gäste, die sich in wenigen Minuten wieder einmal verfinstern würden, um ihm anschließend in aller geheuchelten Überraschung zu diesem neuerlichen Coup zu gratulieren. »Ändern können sie ja zum guten Glück nichts mehr daran. Die Eintragung ist bereits genehmigt und dementsprechend sozusagen auch schon amtlich. Mercedes. Auf in den Kampf, mein kleiner Augenstern. Ich freue mich schon auf diese Gesichter. Die werden vielleicht Augen machen!
Genau wie von Jellinek vorhergesagt, so kam es auch. Sehr zur diebischen Freude der beiden Hauptpersonen.
Am Ende handelte es sich um eine Verspätung von sogar zehn Tagen. Am 26. September 1902 trudelte schließlich das amtliche Schreiben ein, mit dem der Name Mercedes als Warenzeichen gesetzlich geschützt war. Endlich!

Mittlerweile neigte sich der Oktober des Jahres 1902 schon deutlich dem Ende zu. Ein kühler Nordwind fegte seit gestern Abend von den Höhen des Wienerwaldes herunter nach Baden und schüttelte die letzten bunten Blätter von den frisch gepflanzten Bäumchen im großen Park hinter der Villa Mercedes.
Fröstelnd betrachtete Emil Jellinek vom großen Fenster seines Arbeitszimmers aus eine Zeitlang das herbstliche

Schauspiel, dann wandte er sich um und klatschte energisch in die Hände. »Es ist höchste Zeit, die Sachen zu packen und zu gehen! Spiegel, sag den Mitgliedern unseres Hofstaates bitte auf der Stelle Bescheid, dass wir noch in dieser Woche abreisen werden. Aber Beeilung, bitteschön! Wir haben schon viel zu viel Zeit verstreichen lassen. Wenn es ganz dumm läuft, dann werden wir womöglich noch in den Schnee geraten.«
»So schnell wird der Winter schon nicht kommen, Herr Jellinek«, wagte der Sekretär ausnahmsweise den Versuch eines zaghaften Einwandes. Damit war er freilich an den Falschen geraten.
Schlagartig überzog sich das Gesicht des Hausherrn mit einem ungesunden Dunkelrot – und dann entlud sich ein wahres Donnerwetter über dem armen Ferdinand Spiegel.
»Wenn ich sage, wir reisen ab, dann reisen wir auch ab. Und zwar auf der Stelle. Das ist ein Befehl! Ja glaubst du etwa, ich riskiere eine Lungenentzündung, nur weil ihr wieder einmal nicht in der Lage wart, rechtzeitig unsere Abreise vorzubereiten?! Was glaubst du denn eigentlich, was du dir noch alles herausnehmen kannst? Anscheinend macht in diesem Haus allmählich jeder, was er will! Nein, es ist kein Hofstaat, sondern eine wahrhaftige Menagerie, in deren Mitte ich mich befinde!«
»... und sie sind der Zirkusdirektor!« Erschrocken schlug Spiegel die Hand vor den Mund. Die nassforsche Bemerkung war ihm versehentlich einfach so aus dem Mund geschlüpft. Wie fürchterlich! Jetzt würde es erst recht losgehen ...
Doch weit gefehlt!
Emil Jellinek stutzte. Schien kurz darüber nachzudenken, ob er seinen Sekretär wohl richtig verstanden hatte. Legte seine Stirn in missbilligende Falten und begann ... zu lachen! Einfach lauthals loszulachen! Schallend. Eine ganze Minute lang. Während der verdatterte Ferdinand Spiegel regungslos daneben stand und vor lauter Peinlichkeit nicht mehr ein noch aus wusste.

»Gut gekontert, Spiegel!«, nahm der Monsieur nun seinen Zwicker von der Nase, um sich mit einem weißen Seidentaschentuch die Tränen abzutupfen können, die ihm seit Beginn der Lachsalve von den Wangen rannen. »Das hast du wirklich sehr gut erwidert. Respekt. Das Bild ist aber auch zu passend: unsere ganze Menagerie und ich mitten drin, als Zirkusdirektor!« Wieder kicherte er amüsiert in sich hinein, um danach urplötzlich eine strenge Miene an den Tag zu legen. »Aber nun ist es gut. Jetzt tust du endlich deine Pflicht und Schuldigkeit und sagst meiner ganzen Menagerie, dass ich übermorgen früh abzureisen gedenke und erwarte, dass bis dahin alles gepackt und zum Bahnhof gebracht worden ist. Ende der Diskussion.« Während der erleichtert aufatmende Sekretär so rasch wie möglich das Weite suchte, verharrte sein sprunghafter Auftraggeber noch eine Zeitlang kopfschüttelnd neben dem Schreibtisch des Arbeitszimmers. »Eine Menagerie. Das sind wir in der Tat. Hoffentlich schaffen sie es dieses Mal, nicht wieder die Hälfte zu vergessen. Apropos: wo ist eigentlich mein Notizbuch?«
Stirnrunzelnd beugte er sich über seinen Schreibtisch und begann mit einer immer hektischeren Suche. »Wo hat denn dieser Spiegel wieder mein Notizbuch hingelegt? Ich habe ihm doch eingeschärft, dass er es so platzieren muss, dass ich es jederzeit sofort finden kann. Da ist es nicht – dort auch nicht. Mon dieu! Dieser Spiegel! Mein Notizbuch ist weg! Spiegel! Spiiieeegel!! Du hast mein Notizbuch verloren! Spiiieeegel! Komm sofort ins Arbeitszimmer!«

Ganz plötzlich war es also wieder über ihn gekommen. Wie in jedem Frühjahr und in jedem Herbst: das geradezu sprichwörtliche Reisefieber des Monsieur Mercedes. Erstaunlicherweise schaffte es noch nicht einmal seine Tochter, ihn davon zu befreien. Denn wenn das Fieber erst einmal ausgebrochen war, dann war jeder Therapieversuch zum Scheitern verurteilt. Da blieb ihr kein anderer Ausweg, als einen möglichst großen Bogen um ihren Papa zu machen und einfach auf den Faktor Zeit zu setzen. Denn spätestens, wenn die Bucht von Nizza mit ihrem magisch schimmernden Licht in sein Blickfeld geriet, dann würde sich auch diese Hektik wieder verflüchtigt haben, die ihn bei jeder größeren Reise mit der Familie grundsätzlich mit aller Macht überfiel.

Bei ihrer diesjährigen Abreise hatte das Reisefieber anscheinend besonders heftig zugeschlagen, denn der Papa konnte es kaum noch erwarten, endlich die »Villa Mercedes II« in einen sorgfältigen Augenschein zu nehmen, die er im Frühjahr in Nizza erworben und um einen atemberaubenden Geldbetrag hatte renovieren lassen. Es war beinahe unerträglich für ihn, abwarten zu müssen, bis endlich auch der allerletzte Koffer gepackt und unter den lautstarken Flüchen der Transporteure aus dem Haus geschleppt worden war.

Es handelte sich wieder wahrhaftig um eine imposante Karawane, die Emil Jellinek zweimal im Jahr über die Alpen zu schicken pflegte. Einmal hin – und ein halbes Jahr später wieder zurück. Mittlerweile war er dazu übergegangen, für jede Fahrt zwei Eisenbahnwaggons gleich komplett anzumieten: einen für seinen Hausrat und den anderen, einen Schlafwagen, für das vielköpfige Personal bestehend aus Sekretären, Kammerdienern, Hausmädchen, Kindermädchen, Köchen und Chauffeuren samt einem abgetrennten 1. Klasse Abteil für sich und seine eigene Familie. Immerhin dauerte so eine Fahrt von Baden bis nach Nizza gut und gerne anderthalb Tage, während derer man mehrfach vom einem Zug ab- und an den nächsten wieder angekoppelt werden musste. Stundenlanges Warten auf Abstellgleisen inbegriffen. Kein Wunder, dass sich der chronisch ungeduldige Monsieur mit umso größerem Eifer nun auch auf die Herausforderung stürzte, möglichst rasch von den Ingenieuren in Wiener Neustadt einen leistungsfähigen Lastwagen entwickeln zu lassen, der es ihm ermöglichen sollte, die dringend benötigten persönlichen Utensilien zeitgleich mit der Familie an den jeweiligen saisonalen

Aufenthaltsort zu transportieren. Doch auch in dieser Hinsicht sollte sein kurzer Geduldsfaden auf eine überlange Probe gestellt werden. Vorerst gab es noch keine leistungsfähige Alternative zur Eisenbahn – es sei denn, er würde für einige Tage auf die »dringend benötigten« Möbelstücke verzichten können. Das aber kam keinesfalls in Frage – und so blieb der Familie nichts Anderes übrige, als sich seufzend in ihr Schicksal zu ergeben und wieder einmal in den Eisenbahnwaggon zu steigen. Immerhin hatte man ja ein verlockendes Ziel vor Augen!

Freudestrahlend betrat Emil Jellinek in diesen ersten Novembertagen den großen Salon seiner Villa Mercedes in Nizza, die sie »auf der Flucht vor dem österreichischen Winter« seit einigen Tagen wieder glücklich bezogen hatten. Schon an seinem berühmten Lächeln, das die Mundwinkel beinahe von einem Ohr bis zum anderen dehnte, lies sich unschwer ablesen, dass er sich gerade in der allerbesten Stimmung befand. Und das hatte natürlich seinen guten Grund.

Er breitete seine Arme weit aus, als er Mercedes entdeckte, die sich in einem der großen Ledersessel langweilte: »Da bist du ja, ich habe dich schon überall gesucht!«

»Was gibt es denn, Papa?«

»Neuigkeiten, wunderbare Neuigkeiten!«

»Und was sind das für Neuigkeiten«, hob Mercedes, eher mäßig interessiert, die Augenbrauen. Sicherlich ging es wieder um diese Automobile, Vaters Lieblingsspielzeuge, deren technische Einzelheiten ihr genauso einerlei wie undurchschaubar waren und für immer bleiben sollten.

Doch in diesem Fall sollte sie sich getäuscht haben. Ein Stückchen zumindest. Das Lächeln in der Miene ihres Vaters wurde noch breiter – falls das überhaupt möglich war.

»Ich werde jetzt auch Mercedes heißen – genau so wie du!«

»Wie – genau so wie ich? Ich heiße doch Mercedes. Und du heißt Emil.«

»Jetzt nicht mehr. Jetzt heiße ich auch Mercedes.«

»Ein Mann? Mercedes?«
»Ja, da staunst du, nicht wahr! Natürlich nicht mit Vornamen, das ist ja klar.«
»Aber mit Nachnamen heißen wir doch Jellinek.«
»Und eben künftig auch noch Mercedes.«
»Ich ...«
»Ich auch!«
Die Tochter schien kurzzeitig an der Zurechnungsfähigkeit ihres Vaters ernsthaft zu zweifeln. Sie musterte ihn mit einem prüfenden Blick aus ihren wachen Augen, während um die Mundwinkel von Emil Jellinek ein belustigtes Lächeln spielte: »Ja, da staunst du, nicht wahr? Ich werde wohl auf der ganzen Welt der einzige Vater sein, der jemals den Namen seiner Tochter getragen hat. Mercedes. Jellinek Mercedes. Ein himmlischer Klang.«
»Kannst du mir das jetzt vielleicht einmal richtig erklären, was das alles heißen soll?«
»Nichts ist einfacher als das. Du weißt doch, vorhin ist da dieser Brief per Eilboten aus Wien angekommen: und in dem steht, unser Familienname wird auf mein Ersuchen hin geändert werden. Der Kaiser persönlich hat es genehmigt.«
»Was also genau?«
»Es geht um den Namenszusatz Mercedes. Es wird zwar noch einige Zeit ins Land gehen, bis es unsere kaiserlich-königlichen Bürokraten dann auch amtlicherseits ganz offiziell eingetragen haben, aber von Grundsatz her ist die Sache dennoch bereits gelaufen. Das wurde mir in diesem Schreiben bestätigt. Welch vornehmer und standesgemäßer Klang für eine besonders herausragende Familie wie die unsere: Mercedes!«
Ein zufriedenes Lächeln umspielte die Lippen des stolzen Mannes. »Soll ich dir das Gesuch, das ich vor einiger Zeit eigenhändig an seine Majestät geschrieben habe, vielleicht einmal vorlesen?«
Obwohl Mercedes nur allzu genau darüber im Bilde war, mit welch blumigen, um nicht zu sagen gewaltig ausschwei-

fenden Formulierungen ihr Vater die Begründung für das Namensänderungsgesuch sicherlich verziert hatte – so wie er dies im Umgang mit den Wiener Behörden generell zu tun pflegte, ganz im Gegensatz übrigens zu seinen überdeutlichen, geradezu spitz pointierten Briefwechseln mit den Vorständen der DMG im süddeutschen Cannstatt – mochte sie ihm die Freude am Vorlesen nicht nehmen und so gab sie als gehorsame Tochter ihres Vaters brav die erwünschte Antwort. Mit den Worten »Sehr gerne, Papa. Ich bin schon ganz gespannt darauf«, schaffte sie es sogar noch zu einer Anmerkung, die selbst Emil Jellinek in seinem ganzen Überschwang für einen überraschten Moment kurzzeitig stutzen ließ. Aber das unschuldige Lächeln, mit dem sie ihm entgegen strahlte, ließ den aufgekeimten Verdacht rascher in sich zusammensinken.
Dennoch wollte er lieber ganz sicher gehen. »Die ganze Litanei?«
»Die ganze Litanei, Papa. Wenn schon – denn schon. Das ist doch auch deine Devise.« Der unhörbare Seufzer, den sie dabei zum Himmel schickte, mochte ihr hoffentlich eines Tages von ihrem Schutzengel als gute Tat auf der Habenseite angerechnet werden.
»Ach Prinzessin! Die Frage war im Grunde überflüssig, entschuldige bitte, denn nichts Anderes hätte ich von dir erwartet«, nickte Emil Jellinek begeistert. »Aber ... es ist als Vater einfach ganz wunderbar, so etwas aus deinem Munde hören zu dürfen. Nun denn, es ist zwar etwas umfangreich geraten, aber das hatte auch seinen guten Grund, denn schließlich betrifft es außer dir ja ganz genau so auch mich – und nicht minder unsere gesamte Familie. Schau, hier also steht es, schwarz auf weiß: »Namensänderungsgesuch ...«
Doch Emil Jellinek wäre nicht Emil Jellinek gewesen, wenn er ohne Weiteres einfach mit dem Vorlesen begonnen hätte. Nein, eine solche Angelegenheit von ganz besonderer Wichtigkeit musste dementsprechend feierlich zelebriert werden. Also pflückte er erst einmal den Zwicker von sei-

ner Nasenwurzel und polierte dessen bereits blitzblanke Gläser dennoch langsam und sorgfältig mit seinem großen Seidentaschentuch, das er aus der Brusttasche zog: »Bevor ich beginne, muss ich zur Erklärung noch vorausschicken, dass du buchstäblich in letzter Sekunde den Namen Mercedes bekommen hast, nachdem der Eintrag deiner zunächst geplanten Vornamen ja eigentlich bereits getätigt war. Wenn ich also nicht doch noch zusammen mit deiner lieben Mutter – Gott hab sie selig – mit einem Mal auf einen weiteren Namen, diesen wunderschönen Kosenamen gekommen wäre, als ich dich so lieb und glückselig in ihren Armen sah, dann wäre alles, worüber wir uns jetzt unterhalten können, gar nie möglich gewesen. Aber der Name Mercedes ist mir seitdem nicht mehr aus dem Kopf gegangen und so habe ich es nachträglich gerade noch geschafft, auch diesen Namen in das amtliche Dokument deiner Geburt eintragen zu lassen. Ich hätte damals keine Minute später kommen dürfen, denn der Standesbeamte wollte die Seite mit den Geburtsurkunden im selben Moment schließen, als ich zur Tür herein gestürmt bin. Es war dann noch schwierig genug, den Mann zu dem gewünschten Zusatz zu überreden, du kannst es dir lebhaft vorstellen, ein k.u.k. Beamter wie aus dem Bilderbuch ... Nun ja – schließlich hat er sich ja doch von mir erweichen lassen. Du hättest erst sein Gesicht sehen sollen, als ich ihm gesagt habe, dass unsere Villa in Baden ebenfalls diesen Namen tragen wird. Die Villa Mercedes, in der das Mädchen Mercedes aufwachsen wird. Er hat es vorgezogen, nichts mehr zu sagen, sondern nur noch stumm und schicksalsergeben seines Amtes zu walten. Ganz und gar Beamter eben. Nun denn: Ende gut – alles gut sozusagen. Das also war es, was ich vorausschicken wollte – immerhin markiert diese Szene im Wiener Standesamt im Nachhinein betrachtet den Beginn einer wahrhaft atemberaubenden Märchengeschichte. Und damit nun also zu meinem Ansuchen und der nunmehr so gut wie erteilten amtlichen Erlaubnis, mit dem unsere Geschichte ihren überaus erfreulichen Fortgang genommen hat ... Umständlich platzierte er seinen Zwicker endlich wieder auf der Nase und hielt das aus mehreren Blättern bestehende Schreiben ins Licht. »Also: ›Das gefertigte Matrikelamt beehrt sich das diensthöfliche Ersuchen zu stellen, in der wohldort erliegenden Geburtsmatrikel-Copie vom Jahre 1889 bei der Eintragung des am 16.Septmber 1889 erfolgten Geburtsactes der Mercedes Adrienne Ramona Manuela Jellinek in der Rubrik Anmerkung zur Anmerkung bringen zu wollen: ›Die niederösterreichische Statthalterei hat dem Emil Jellinek zu seiner Tochter Mercedes Adrienne Ramona Manuela die Änderung des Familiennamens in Jellinek-Mercedes mit dem Erlass vom 24. Juni 1903 bewilligt.‹ Mit folgender Anlage des zugrunde liegenden Schreibens an die hohe k.k. Statthalterei: ›Der gefertigte Emil Jellinek, Hausbesitzer in Wien bittet um die Bewilligung, dass seinem Familiennamen das Wort ›Mercedes‹ beigefügt werden dürfe, so dass sein Familienname fortan Jellinek-Mercedes zu lauten habe. Zur Begründung dieser Bitte füge ich folgendes an: wie aus dem angeschlossenen Geburtszeugnis zu ersehen ist, ist der Antragsteller am 6.April 1853 in Leipzig geboren und besitzt in Wien das Heimatrecht. Aus seiner ersten Ehe mit Frau Rachel Jellinek, geborene Gogmann, welche am 18.September 1893 in Wien gestorben ist, stammen drei Kinder ...« »Nun denn, eure Vornamen kennst du ja, das kann ich mir sparen. Ebenso die Namen deiner Stiefmutter und der weiteren Geschwister. Also ... weiter im Text – wo ist es gleich wieder? Aha, hier:« »Herr Emil Jellinek befasst sich seit vielen Jahren mit dem Automobilsport und Geschäft und ist einer der ersten, der Automobile in Österreich eingeführt hat. Er ist Aufsichtsrat der Automobil-Aktien-Gesellschaft in Cannstadt und ist speziell der Erfinder der wohlbekannten Automobiltype ›Mercedes‹, welchen Namen er dieser Type beigefügt hat. Diese sogenannten ›Mercedes-Wagen‹ wurden nämlich nach seinen Ideen und Angaben construiert und erfreuten sich bald in Automobilsportkreisen eines großen Rufes, da sie bis heute das vollkommenste Erzeugnis dieser Art darstellen. Diesen Ruf haben sie bei allen bisher stattgefundenen Rennen bewahrt und wurde deshalb auch ihr Name ›Mercedes‹ für diese, auf Weisung des Herrn Jellinek bestellten Automobile als Wortmarke in Deutschland geschützt. Man kennt den Gesellschafter in Automobilsport-Kreisen in Österreich, Deutschland, Frankreich, England, Amerika etc. fast nur unter dem nom de guerre Mercedes, so dass in sportlichen Kreisen von Herrn Mercedes die Rede ist und Correspondenzen oftmals mit diesem Namen an Herrn Jellinek gerichtet werden, was natürlich zu postalischen Anständen und auch manchmal zur Schädigung des Herrn Jellinek führt. Der Name ›Mercedes‹ wurde dieser Automobil-Type vom Gesellschafter deshalb beigelegt, weil seine einzige Tochter, siehe Geburtsschein, diesen Namen führt. Die Villa des Gesellschafters in Baden bei Wien, Wienerstrasse, heißt aus gleichen Gründen ›Villa Mercedes‹ und ebenso hat er sein neuerbautes Haus am Hauptplatz in Baden bei Wien »Mercedeshof« genannt. Der Name Jellinek ist speziell in Österreich sehr häufig vorkommend und daher Verwechslungen sehr leicht möglich. Aus allen diesen Gründen wäre es dem Gesellschafter von größter Wichtigkeit, wenn es ihm gestattet wäre, das Wort Mercedes seinem Familiennamen beizufügen. Den Namen Jellinek ganz abzulegen und stattdessen den Namen Mercedes anzunehmen, dazu kann sich der Gesellschafter aus Gründen der Pietät nicht entschließen. Den Gesellschafter leiten keinerlei Nebenabsichten. Es sind Gründe geschäftlicher und sportlicher Natur, welche ihn bestimmen, seine obige Bitte zu stellen und um deren baldige angefragte Erledigung zu ersuchen.«

»Und so weiter und so weiter. Endlose Anhänge sind noch beigefügt, aber das hier, das also ist – in groben Zügen – die ellenlange bürokratische Endfassung der Namensumänderungsansuchensgeschichte.«

»Puh. Endlich!« Mercedes sandte einen dankbaren Blick zum Himmel – und einen weiteren zu ihrem Vater. »Danke

Papa, dass du diesen ohnehin noch reichlich geschwollenen Text dennoch so gut wie möglich konzentriert hast. Es war auch in dieser Form durchaus ausführlich und umfassend genug.«

»Wie unsere Beamten halt sind, gründlich, umständlich, gestelzt und langweilig«, grinste der zukünftige Monsieur Mercedes belustigt zurück. »Aber nun, was sagst du denn eigentlich dazu?«

»Tja, das heißt also ...«

»... dass ich künftig nicht mehr nur Jellinek, sondern auch Mercedes heißen werde. Emil Jellinek-Mercedes. Und gleiches gilt wie gesagt nunmehr für unsere ganze Familie – und damit zuvorderst natürlich ebenso für dich, meine Prinzessin. So«, spitzbübisch zwinkerte er hinter den Gläsern seines Zwickers zu seiner Tochter hinüber: »Wie also wirst du von nun an genannt werden?«

Die Angelegenheit schien einigermaßen kompliziert, weshalb das Mädchen etwas ratlos mit den Schultern zuckte: »Na ja, zunächst wohl immer noch Mercedes ...«

»Und weiter? Mit Nachnamen?«

»Jellinek natürlich.«

»Sicherlich, aber da kommt noch etwas – der künftige Zusatz zu deinem bisherigen Familiennamen ...«

»Jellinek ... Mercedes«. Ganz allmählich dämmerte ihr, welches Wortspiel ihrem Vater bei seiner seltsamen Frage- und Antwortrunde ein dermaßen außerordentliches Vergnügen bereitete.

»Ja. So ist es. Dein vollständiger Name wird künftig folglich lauten: Fräulein Mercedes Jellinek-Mercedes: ist das nicht eine wunderschöne Bezeichnung für eine so liebreizende Prinzessin, wie du es bist?!« Emil Jellinek-(Mercedes) schnaltzte mit der Zunge. »Eine Doppelmercedes. Damit werde ich's als einfacher Mercedes zwar nicht aufnehmen können, aber immerhin bin ich als Monsieur Mercedes nunmehr auch im Spiel.«

»Und du hast deswegen also den Kaiser persönlich angeschrieben?«

»Ja, sicher«, bestätigte er stolz.
Die Tochter des frischgebackenen Monsieur Jellinek-Mercedes in spe kam aus dem Staunen gar nicht mehr heraus.
»Der Kaiser! Wie hast du das nur geschafft? Der Kaiser persönlich! Der Kaiser kennt dich also?«
»Natürlich«, blinzelte es stolz hinter den runden Augengläsern hervor. »Sicherlich ist ihrer Majestät meine Wenigkeit ein Begriff …« Er legte eine winzige Kunstpause ein, um dann mit einem bedeutungsvollen Augenzwinkern fortzufahren: »Und der Kaiser weiß im übrigen auch um die Existenz des Fräulein Mercedes, das er sicherlich schon bald einmal zu Gesicht bekommen will. Denn so eine wunderschöne Prinzessin findet sich in seinem ganzen riesigen Schloss Schönbrunn nämlich weit und breit nicht.«
Mercedes jubilierte. »Oh ja! Ein Empfang beim Kaiser. Das wäre wunderbar!«
»Er wird sich aber noch gedulden müssen, der Herr Kaiser, denn zur Feier des Tages geht's jetzt erst einmal raus auf den Hof. Dort steht schon der Haas mit dem Automobil bereit. Also ab zur Promenade. Aus dem zunächst noch leicht wolkenverhangenen Mittag entwickelte sich ein wunderschöner Spätherbst Nachmittag an der Côte d'Azur, den die beiden aus vollem Herzen genossen.

Am 6. April des Jahres 1903 fand die große Geburtstagsfeier statt. Ausnahmsweise war man einige Tage länger in Nizza geblieben, und das, obwohl sich die Vorboten der Sommerhitze in diesem Jahr an der Côte d'Azur ungewöhnlich früh eingestellt hatten. Aber der Anlass für die Verzögerung war nun einmal ein dementsprechend gewichtiger. Denn der Papa wurde 50 Jahre alt. Ein außerordentlicher Grund, um die Feier in diesem Jahr besonders prächtig aussehen zu lassen. Und folglich für die Mitglieder der besseren Gesellschaft zwischen Nizza, Cannes und Monaco ein triftiger Grund, der Einladung auf alle Fälle Folge zu leisten. Schon um ihre Neugier befriedigen zu können. Denn wenn der für seine üppigen Festivitäten ohnehin wohlbekannte Monsieur Mercedes geladen hatte, dann ließ sich gemeinhin niemand die Gelegenheit entgehen, die allererlesensten Köstlichkeiten kredenzt zu bekommen, sowie den Auftritten der berühmtesten Klaviervirtuosen und Sänger lauschen zu können, für deren Engagement dem schwerreichen Gastgeber offenbar kein Honorar zu exorbitant und keine Reisespesen zu üppig waren.
Sogar viele Wiener Gäste aus den besonders vornehmen Adelsfamilien hatten sich zu diesem Anlass eingefunden. Leute, die normalerweise nicht unbedingt danach trachteten, dem neureichen Bürgertum dank der Tatsache ihrer Anwesenheit eine gesellschaftliche Aufwertung zuteil werden zu lassen. Am heutigen Tag aber war alles anders. Und nicht nur der Adel gab sich die Ehre, sondern auch viele Finanziers, Bankvorstände, hohe Hofbeamte und einflussreiche Hofräte aus den Wiener Ministerien – in ihrem Schlepptau die Crème de la Crème aus Baden, die sich in dem Reigen der glanzvollen Gäste beinahe schon wieder klein und verloren fühlen musste. Ein seltenes Erlebnis für diese Herrschaften.

Alle, wirklich alle waren sie erwartungsvoll in die Villa Mercedes nach Nizza geströmt, von der man schon so viel Staunenswertes zu hören bekommen hatte. Aber die Wirklichkeit übertraf all ihre Vorstellungen um ein Vielfaches. Ein nicht minder üppiger Prunk wie in den kaiserlichen Schlössern. Man hätte beinahe meinen können, man befinde sich in Schloss Schönbrunn. All die optischen Eindrücke zu verarbeiten, fiel schwer. Da traf es sich gut, wenigstens von Zeit zu Zeit auf ein bekanntes Gesicht zu treffen, um sich beim Austausch der üblichen Höflichkeitsfloskeln ein bisschen entspannen zu können. »Küß die Hand, Herr Hofrat. Ja, aber sicher: in Bälde werden wir uns in Baden wiedersehen.« Und ähnliche Belanglosigkeiten mehr.
Doch auch der Hausherr selbst reihte sich voller Begeisterung in den inhaltsleeren Reigen.
»Ja, allergnädigste Gräfin. Wie schön, dass sie meinem bescheidenen Domizil die Ehre ihrer Anwesenheit geben.«
»Ja, wie recht sie doch haben: Endlich ist dieser grässliche Winter vorbei. Ich kann es kaum noch erwarten, abzureisen, denn allmählich wird es mir in Nizza fad und langweilig.«
»Es wird in der Tat allerhöchste Zeit für den Beginn der Sommersaison in Baden – ach, darf ich ihnen übrigens meine liebe Tochter Mercedes vorstellen?«
Mit wem er an diesem Abend auch zusammentraf: all seinen Gästen wurde die Tochter Mercedes vorgestellt, deren ganz außerordentlichen Leibreiz zu rühmen, er dabei kein einziges Mal vergaß.
Kein Wunder, dass manches Mitglied der alten Adelshäuser über so viel Eigenlob hinter vorgehaltener Hand missmutig die Nase rümpfte: » Dieser Jellinek, dieser Emporkömmling. Was bildet der sich eigentlich ein. Und nun, nun trägt er auch noch seinen neuen Doppelnamen, dieses seltsame Jellinek-Mercedes, wie eine Monstranz vor sich her. Beinahe schon wie ein Adelsprädikat. Welch eine Frechheit, sich mit unsereinem messen zu wollen! Der Mann glaubt wohl, nur weil er viel Geld besitzt, befände er sich

deshalb auf Augenhöhe mit uns und unseren altehrwürdigen Familien. Was sind das nur für seltsame Zeiten ...«

Natürlich waren auch dem aufmerksamen Emil Jellinek diese Redensarten nicht entgangen. Leise in sich hineinlächelnd ballte er die Hände zu Fäusten: »Na wartet, ihr hochnäsiges Adelspack: wir werden schneller miteinander verwandt werden, als euch das lieb ist. Es wird sich ganz sicher ein eleganter junger Edelmann finden, der um die Hand meiner Prinzessin anhält. Und wenn diese Verbindung zustande kommt, dann haben wir alles: das Geld sowieso und auch noch ein Adelsprädikat! Am meisten freue ich mich schon jetzt auf eure Gesichter, wenn es so weit ist. Und es wird so weit kommen, da bin ich mir ganz sicher!« Noch einmal kicherte er leise vor sich hin, um dann in einer impulsiven Bewegung ganz plötzlich seinen Rücken kerzengerade durchzudrücken und laut in die Hände zu klatschen: »Meine Herrschaften! Ich bitte um ihre Aufmerksamkeit. Ich möchte ihnen allen schon am heutigen Tag ankündigen, dass wir uns schon bald zu einer weiteren wunderbaren Feierlichkeit werden versammeln und wiedersehen können. Diesesmal endlich wieder in unserem geliebten und schönen Baden.«
Wenig später war allen Anwesenden klar, worauf er anspielte. Anlässlich seines 50. Geburtstages hatte Emil Jellinek das zusammen mit den besten Geburtstagsglückwünschen geäußerte Ansinnen des Badener Bürgermeisters positiv beschieden, nämlich dessen Bitte nach finanzieller Unterstützung der immens teuren Arbeiten an der Badener Wasserversorgung nachzukommen. Im Überschwang des Abends erklärte sich Emil Jellinek tatsächlich zu einer überaus großzügigen Spende bereit. Freilich – wie es nun einmal seine Art war – nicht ohne eine Gegenleistung, die er dafür einforderte: und zwar erbat er sich im selben Atemzug vom Bürgermeister die Erlaubnis, darüber hinaus auch noch den Brunnen im Kurpark spenden zu dürfen.
Es war wenig verwunderlich, dass der Bürgermeister nur

allzu bereitwillig auf die Anregung eingegangen war, einen Undinebrunnen spendiert zu bekommen. Als krönenden Schlussakkord anlässlich der Fertigstellung ihrer Badener Wasserleitung. »Wie schön. Und dazu noch ganz ohne Kosten für uns verbunden. Eine zusätzliche Bereicherung unseres herrlichen Kurparkes. Das ist wirklich sehr aufmerksam von ihnen, Herr Jellinek-Mercedes. Diese Zusage kann ich ihnen jetzt schon – und zwar mit Freuden – geben, dass ein solcher Undinebrunnen errichtet werden darf. Mein Gemeinderat wird nicht das Geringste dagegen haben.«

Der von dem begeisterten Kommunalpolitiker solchermaßen überschwänglich Gepriesene grinste schelmisch in sich hinein, während er seine neben ihm stehende Tochter leicht in die Seite stupste. »Die werden schon noch eine kleine Überraschung erleben! Warte nur einmal ab. Mir schwebt da nämlich schon etwas vor. Ich werde einen ziemlich detaillierten Auftrag erteilen – und ich habe dafür bereits in aller Stille den Bildhauer Josef Valentin Kassin verpflichtet. Das ist der Einzige, der in der Lage ist, meine Vorstellungen auch dementsprechend umzusetzen. Der Kerl sollte eigentlich längst da sein, um von mir heute präsentiert zu werden. Ich warte schon seit Stunden auf seine Ankunft. Ich hoffe sehr, dass er noch kommt, denn dann werden die Herrschaften von mir das Thema erfahren – freilich nur das Thema, aber weiter nichts Genaues. Das bleibt nämlich geheim – zwischen mir und dem Künstler. Denn wenn ich den durchaus exquisiten Herrn Kassin schon auf eigene Kosten anstelle, dann bleibt auch mir das Sagen. Das wird eine herrliche Geschichte geben!« In sichtlicher Vorfreude schnalzte er mit der Zunge. »Wenn dieser Kassin nur endlich käme!« Und lauter fuhr er fort: »Doch meine Herrschaften, vorher erwartet uns noch eine andere kleine Überraschung. Und zwar sind sie alle hiermit herzlich eingeladen, am morgigen Nachmittag im Hafen mein neues Boot zusammen mit uns einzuweihen und zu taufen. Es wird den Namen Mercedes-Mercedes tragen!«

Trotz des höflichen Beifalls, der auf diese stolze Ankündigung folgte, entgingen Mercedes nicht die vielsagenden Blicke, die sich die Geburtstagsgäste zuwarfen, die nur allzu genau darüber im Bilde waren, dass es sich bei dem sogenannten Boot natürlich in Wahrheit um eine üppige Jacht mit allen Schikanen handelte. Und dann war da wieder dieser Name! Schon wieder Mercedes. Die Mehrzahl der Gäste schien permanent zwischen Neid, Unverständnis und Empörung hin und her zu schwanken. Nun denn. Egal. Sollten sie sagen und denken, was sie wollten. Ihr Vater war einfach ... unbeschreiblich. So, wie der Monsieur Mercedes und seine Tochter unzertrennlich waren.

Aber was sich der Herr Mercedes dann – in seinen Augen wohl sozusagen als Höhepunkt der Geburtstagsfeier – abschließend noch erdreistete, das mochte eventuell für ihn als typischer Schabernack durchgehen, aber ansonsten ... Immerhin sorgte es noch Wochen später in den Kaffee- und Teekränzchen der sogenannten besseren Kreise in Nizza und Baden für eine ordentliche Menge an Gesprächsstoff. So manche Dame der Gesellschaft runzelte indigniert die Stirn, als sie von Emil Jellinek, an dessen Seite sich nun endlich der lange erwartete Wiener Künstler Josef Valentin Kassin präsentierte, über die Geschichte ins Bild setzen ließ, die sich um die Gestalt der Undine rankte. Es handele sich um ein Märchen, dessen Hauptperson eine Wasserfrau namens Undine darstelle, erklärte Jellinek in der für ihn so typischen überschwänglichen Begeisterung. Ein ganz besonders anmutiges Mädchen aus der Welt der Feen und Nixen, das sich mit einem Menschen verheiraten ließ, um seinen größten Wunsch erfüllt zu bekommen, nämlich eine unsterbliche Seele zu besitzen. Eine Verbindung nicht ohne Risiko: denn falls sie jemals von diesem Ehemann beleidigt oder missachtet werden sollte, würde sie den Weg zurück in das feuchte Element antreten müssen. Und wenn er sie eventuell gar betrügen sollte, dann würde er sterben müssen. Aus gutem Grund halte deshalb der ewig skepti-

sche und misstrauische Onkel der Undine, der Wassergeist Kühleborn, Wache über die strikte Einhaltung der Beziehung zwischen Wasserfrau und Mensch. Natürlich kam es am Ende genau so – wie es im einem Märchen einfach kommen muss: ihr Mann hatte sie betrogen und zum wenig erbaulichen Schluss des sich mehr und mehr steigernden Dramas sollte ausgerechnet Undine selbst ihrem untreuen Gatten den Garaus machen müssen. Genau dieses spektakuläre Bild sollte der vom Monsieur Mercedes engagierte Künstler Josef Kassin abbilden. Und wer das Vorbild für die Figur der Undine abgeben würde, das stand natürlich auch schon fest: keinen andere käme dafür in Frage, als seine liebreizende Tochter Mercedes, hatte der Monsieur im Zustand höchster Verzückung ausgerufen.
Es war der Moment, in dem den Badener Bürgermeister erstmals gewisse Zweifel im Hinblick auf seine spontane Zusage beschlichen. Über die kommenden Monate und Jahre verteilt würden es nicht die letzten Zweifel bleiben ...
Auch die überwiegende Mehrzahl der anwesenden Damen zeigte sich indigniert. Nicht unbedingt nur aus Sorge um Sitte und Moral. Womöglich spielten da durchaus noch andere Motive mit hinein. »Also ich würde mich das keinesfalls trauen! Man stelle sich nur einmal vor: die eigene, noch nicht einmal 14-jährige Tochter, mit einer solch gruseligen Geschichte in Verbindung zu bringen! Das arme Ding!«
»Weiß der Mann denn eigentlich, was er da macht?«
»Bleibt nur zu hoffen, dass es kein schlechtes Omen ist. Denn man möchte dem unschuldigen Fräulein Mercedes ja wahrhaftig nichts Böses wünschen!«
»Und außerdem fragt man sich allmählich schon, weshalb es denn immer dieses Fräulein Mercedes sein muss. Als gäbe es keine anderen hübschen Damen.«
»Beispielsweise seine Ehefrau. Wie die Arme sich jetzt wohl fühlen wird.«
»Das ist ihm, wie man weiß, ganz egal. Bei dem Herrn Mercedes gibt es immer nur ein: Mercedes, Mercedes und nochmals Mercedes!«

Der Abend war längst der Nacht gewichen, als sich der vom üppig genossenen Champagner über die Maßen beschwingte Emil Jellinek mit seiner Tochter zu einer besonders illustren Runde von adeligen Damen begab und diese mit ausgesuchter Höflichkeit um eine ganz besondere Auskunft bat, die ihm, wie er das ausdrückte, im Sinne einer ordentlichen Erziehung des Fräuleins Mercedes nicht gänzlich unwichtig erschiene. Selbstverständlich wurde ihm – mit nicht minder huldvollen Gesten der Damen – die Erlaubnis gewährt. Sie hätten ja eigentlich auf der Hut sein müssen, angesichts der bekannten Schrullen des Monsieur, aber wie so oft trug wieder einmal die Neugierde den Sieg davon ...

Im Folgenden handelte es sich nämlich um eine Frage, die postwendend für genau jenes sprachlose Staunen sorgte, auf das er mit seinem Vorstoß abzielte. Die Frage lautete, wie er denn seiner noch nicht ganz 14-jährigen Tochter als wohlerzogenes Kind aus einigermaßen gutem Hause, das nun allmählich in die Kreise der Gesellschaft eingeführt werden müsse, erklären könne, wie man, ohne sich einer unverzeihlichen Peinlichkeit schuldig zu machen, Frankfurter Würstchen zu sich nehme.

»Jawohl, ich habe Frankfurter Würstchen gesagt«, bestätigte der arglos dreinblickende Jellinek auf die erstaunte Nachfrage – während es Mercedes hinter vorgehaltener Hand nur mit Mühe schaffte, sich das Lachen zu verkneifen. Ja, Frankfurter Würstchen, das sei durchaus eine Frage, deren Beantwortung er als diffizil erachte.

»Soll man diese als Dame von Welt, die auf ihre Reputation und Umgangsformen bedacht ist, nun besser mit Messer und Gabel verspeisen oder womöglich doch nur mit den Fingern, wie ich schon mehrfach gehört habe, dass es die Fürstin Esterhazy empfohlen haben soll?«

Um dem befremdlichen Frage- und Antwortspiel noch die Krone aufzusetzen, erschien wie zufällig ein Diener, der den Herrschaften zwei Frankfurter Würstchen auf einem silbernen Tablett präsentierte.

Nach einer sprachlosen Pause ergriff die wackere Baronin Bulgari den Stier bei den Hörnern. Die durch unzählige Empfänge und Abendgesellschaften gestählte Adelige verfügte über die nötige Gelassenheit, den Spaß, den sich der unverschämte Emporkömmling da erlaubte, zu durchblicken und andererseits dennoch die Contenance zu wahren, in dem sie, ohne auch nur mit der Wimper zu zucken, eines der Würstchen mit der rechten Hand ergriff, es zum Mund führte und herzhaft hineinbiss. »So musst du das machen, mein liebes Kind«, erklärte sie der staunenden Mercedes und ihrem nicht minder verblüfften Vater. »Genau so. Da, schau, Kind!« Sprachs – und tat erneut einen herzhaften Biss in die kulinarische Köstlichkeit. »So ein Würstchen, wissen sie, das muss nämlich beim Hineinbeissen richtig knacken, Herr Jellinek-Mercedes. Und das tut es nur, wenn man es mit den Händen zum Mund führt. Also niemals ein Messer dazu benutzen, denn das macht den ganzen Knackgenuss zunichte. Ausnahmsweise ist es in diesem Falle also erlaubt, sich mit den Händen gütlich zu tun. Und im Übrigen darf ich den Monsieur noch darauf hinweisen, dass es sich bei dieser durchaus als ungewöhnlich zu bezeichnenden Tischsitte nicht um eine Empfehlung meiner verehrten Freundin, der Fürstin Esterhazy handelt, sondern in Wahrheit um eine gesellschaftliche Regelung aus der Zeit des Wiener Kongresses. Die Fürstin Metternich war es, die diese Gepflogenheit hoffähig gemacht hat. Also schon vor weit über einhundert Jahren. Kein Wunder, dass ihnen diese Hintergründe nicht bekannt sind, verehrter Monsieur Jellinek. Denn ich möchte mutmaßen, dass ihre Familie in jenen Zeiten noch in anderen Kreisen verkehrt hat. Aber nun darf ich sie um Verständnis bitten, dass ich mich zur Toilette zurückziehe. Das etwas fettige Würstchen, das sie mir haben präsentieren lassen, war nämlich im wahrsten Sinn des Worts ein armes Würstchen. Sicherlich eine französische Kreation, die sich nie und nimmer mit unseren berühmten Wiener Köstlichkeiten messen lassen kann. Bestenfalls dürfte es sich

um ein Wiener Würstchen handeln, wie man es gemeinhin in Frankfurt am Main herstellt und benennt. Aber niemals ist es ein Frankfurter Würstchen, wie es in Wien – dank der Fürstin Metternich wie gesagt – seine im Übrigen absolut berechtigte Berühmtheit erlangt hat. Ich darf mich folglich empfehlen.« Unter weiterer Wahrung ihrer vornehmen Eleganz rauschte die Baronin Bulgari davon, verfolgt von den bewundernden Blicken ihrer feixenden adeligen Gefährtinnen.
Zurück blieben ein auf geradezu klassische Art und Weise schachmatt gesetzter Emil Jellinek und seine von diesem staunenswerten Maß an herablassender Geistesgegenwart höchst beeindruckte Mercedes. »Donnerwetter, die Dame hat wirklich Format«, brach es schließlich aus Jellinek heraus. »Diese Szene, die solltest du dir für deinen weiteren Lebensweg in der besseren Gesellschaft gut merken. Contenance ist eben alles, nicht wahr. Wir haben es ja gerade erleben dürfen. Chapeau Baronin, kann ich dazu nur sagen«, deutete Jellinek an einen imaginären Hut. »Chapeau!«
Auch in den folgenden Wochen sorgte diese kleine Szene in den Salons allerorten für ausreichenden Gesprächsstoff. Einigkeit bestand am Ende grundsätzlich darin, dass die Baronin diese mutmaßlich ganz bewusst erfolgte Provokation nicht nur glänzend gemeistert, sondern eindeutig den Sieg davon getragen hatte. Sie hatte dem neureichen Monsieur eine gewaltige Lektion erteilt. Bildlich gesprochen, dem Kerl eine schallende Ohrfeige versetzt. Florett statt Säbel. Die Mittel einer Dame aus besseren Kreisen. »Die Herkunft ist und bleibt eben alles.« Da konnte der Kerl noch so viele Millionen gescheffelt haben. Ein Unterschied blieb halt immer. In dieser Überzeugung waren sich die Damen einig.

Am frühen Morgen des 11. Juni 1903 stolperte ein sichtlich atemloser und allem Anschein nach auch ziemlich aufgeregter Postbote vor das Portal der Villa Mercedes in Baden, wo er viel kräftiger und vor allem viel länger als nötig

auf den glänzenden Messingknopf der Türklingel drückte.
»Was soll das denn werden?!« murrte Emil Jellinek, während er sich die Schleife seines hastig übergeworfenen Hausmantels enger um den Bauch band.
Auch Mercedes war von dem Sturmgeklingel aus dem Schlaf gerissen worden und trat stirnrunzelnd auf den Flur.
» Was soll denn das sein, Papa? Ist etwas passiert?«
»Ich weiß es nicht«, knurrte der verdrossen. »Werden wir aber gleich wissen.«
Es handelte sich um eine Eil-Depesche mit besonderem Vorrang für den Herrn Jellinek-Mercedes!
Das konnte nichts Gutes bedeuten! Hastig riss er den Umschlag auf und vergaß dabei völlig den Postboten, der in Erwartung eines Trinkgelds weiter stumm an der Eingangstür verharrte.
»Das ... das gibts doch gar nicht!«
»Was steht denn drin, Papa?«
»Ein Großbrand in Cannstatt hat die ganze Produktion vernichtet. Mehrere Dutzend Mercedeswagen sind in Flammen aufgegangen. Und ... Nein! Nicht noch auch das!«
Fürsorglich näherte sich Mercedes ihrem sichtlich konsternierten Vater und legte ihm sanft die linke Hand auf seine Schulter.
»Auch alle drei von mir bestellen Mercedes Rennwagen sind in den Flammen verbrannt. Vollständig verbrannt!«
»Die neuen Modelle?«
»Ja, die neuen Modelle mit den 90 Pferdestärken, die ich extra für das Gordon-Bennett Rennen habe bauen lassen ...«
»... das du als das wichtigste Rennen in diesem Jahr bezeichnet hast.«
»Das wichtigste Rennen in diesem Jahr«, wiederholte Jellinek tonlos.
»Aber die Konstruktionszeichnungen für diese Wagen sind doch sicherlich noch im Zeichenbüro vorhanden. Kann man die anhand der Pläne nicht rasch nachbauen?«
»Theoretisch ja, aber praktisch nein. Denn die Produktion

steht nicht nur still, sie kann aufgrund der gewaltigen Feuerschäden anscheinend auf Wochen, wenn nicht gar Monate hinaus nicht fortgeführt werden. Das ist ... eine echte Katastrophe!« Sichtlich erschüttert ließ er sich in den erstbesten Sessel sinken. »Und das neue Werk in Untertürkheim ist noch lange nicht fertig«, murmelte er in einem deprimierten Tonfall, wie ihn Mercedes schon lange nicht mehr von ihrem so optimistisch durch das Leben schreitenden Vater gehört hatte. Allenfalls in den Tagen nach der Beerdigung ihrer Mutter, als sie selbst noch ein kleines Mädchen gewesen war, meinte sie, sich dunkel an eine ähnliche Gemütslage erinnern zu können.

Geraume Zeit saß er einfach nur da, kraulte sich nachdenklich an dem langen Koteletten und sinnierte, dann allerdings schien er ganz plötzlich einen Entschluss gefasst zu haben. In einer ruckartigen Bewegung fuhr er aus dem Sessel, klatschte unternehmungslustig in die Hände und erläuterte seiner Tochter den spontanen Entschluss, zu dem er gerade gelangt war: »Ich werde persönlich nach Cannstatt reisen, um den Herren dort ein bisschen Dampf zu machen. Sie müssen jetzt eben alles daran setzen, die Produktion im neuen Untertürkheimer Werk schneller ins Laufen zu bekommen als das geplant war! Ja, das müssen sie – und ich werde ihnen dabei auf die Sprünge helfen!«

Das Leben hatte ihn wieder! Gott sei Dank!

»Und dann werde ich mich gleich auch noch mit dem Herrn Maybach beraten – das ist sowieso der Einzige, der dort über einen herausragenden technischen Sachverstand verfügt – und werde mit ihm die Frage erörtern, wie wir eventuell doch noch an geeignete Wagen kommen können, die für dieses anspruchsvolle Rennen taugen. Auch wenn sie natürlich keine 90 Pferdestärken aufweisen werden. Aber der Herr Maybach wird mir sicherlich einige Tipps geben können, wohin er seine besten Wagen geliefert hat ...«

Mercedes staunte bei dieser Äußerung nicht schlecht: »Aber das ist doch klar: an dich natürlich!«

»Es gibt, wie ich gehört habe, inzwischen schon noch ein paar andere Kunden. Leider außerhalb meines Einflussbereichs, der sich auf Österreich-Ungarn und Frankreich begrenzt. Das sind Leute, die diese Automobile auch zu Rennzwecken einsetzen wollen. Die also auch über einen gewissen automobilen Sachverstand verfügen, um sie dementsprechend umzurüsten. Dazu brauche ich nun vom Herrn Maybach die Namen von jenen, denen er das am ehesten zutraut.«

»Ich komme mit, Papa!«

Erstmals an diesem düsteren Morgen huschte so etwas wie ein Lächeln über die Miene von Emil Jellinek.

»Du willst mitkommen, meine Prinzessin? Das ist aber schön. Allerdings, was wird dein Hauslehrer dazu sagen? Der wird nicht gerade begeistert sein.«

»Ach der ...« winkte Mercedes lässig ab. »Du wirst schon die richtigen Worte für ihn finden – und für ihn hier«, nickte sie zum immer noch hoffnungsvoll am Portal der Villa verharrenden Postboten hinüber, »für ihn hast du wohl auch noch eine Münze übrig.«

»Aber sicher meine Liebe, das habe ich. Spiegel! Wo steckt der Kerl denn schon wieder? Nie ist er da, wenn man ihn braucht!«

Nur einen Wimpernschlag später wurde die Tür des Arbeitszimmers geöffnet und der herbeigerufene Sekretär Ferdinand Spiegel trat in den Flur. »Sie wünschen, Monsieur?«

»Geben sie dem Mann da sein Trinkgeld und dann bereiten sie alles für eine Depesche vor, die ich noch heute Morgen nach Württemberg schicken muss. Und – noch etwas: sagen sie dem Haas Bescheid, dass er den großen Wagen bereit machen soll.« Dann wandte er sich wieder seiner Tochter zu und zwinkerte unternehmungslustig mit den Augen. »Nun denn: auf nach Stuttgart also, um den Schwaben Beine zu machen. Jede schlechte Nachricht hat eben auch ihre guten Seiten. Denn auf dieser Reise kann ich dir dann gleich einmal die neuen Produktionshallen zeigen, in denen künftig die Automobile gebaut werden, die deinen Namen tragen.«

»Wie heißt das noch Mal?«

»Untertürkheim.«

»Untertürkheim ... ein komischer Name, das klingt für mich beinahe so wie Istanbul.«

»Da wäre ja noch mal schöner«, konterte ihr Vater, um dann freilich vielsagend mit den Augen zu rollen. »Obwohl – manchmal führen sich die Herren Vorstände durchaus wie die Paschas auf!«

»Sag ich ja: klingt irgendwie türkisch, dieses Untertürkheim.«

»Es liegt aber in Schwaben. Da übernachten wir dann im Hotel Marquardt in Stuttgart in der Königstrasse und lassen uns dort mein Lieblingsessen servieren. Ich bin sicher, dass es auch dir schmecken wird. Das ist nämlich etwas ganz Gutes, das man hierzulande leider nicht bekommt. Spätzle heißt das. Spätzle mit Soß' sagen sie dazu. Die wirst du mögen, diese Spätzle.«

»Spätzle, schon wieder so ein komischer Name. Das müssen ja lustige Leute sein, diese Schwaben.«

»Na ja, wie man's nimmt«, wiegte Jellinek schmunzelnd den Kopf. »Zumindest verstehen sie einiges vom Automobilbau.«

»Dank dir: weil du ihnen die nötigen Flötentöne beigebracht hast.«

»Woher hast du denn diesen Spruch?«

»Von dir natürlich. Ich habe dich das selbst einmal sagen hören.«

»Na dann ... dann muss es ja seine Richtigkeit damit haben. Also: auf geht's nach Stuttgart. Und zwar unverzüglich. Spätestens morgen früh reisen wir ab!«

Begeistert klatschte Mercedes in die Hände. »Ja! Auf nach Stuttgart. Zu den Spätzleessern!«

In der Tat war Emil Jellinek wenige Tage später fündig geworden. In letzter Minute gelang es ihm, sich für das

Rennen einen nach Amerika ausgelieferten, 60 PS starken Wagen zu sichern. Dazu konnte er – natürlich gegen die Zahlung einer besonders üppigen Summe – sogar einen der besten Rennfahrer Europas, den Belgier Camille Jenatzky für das Gordon-Bennet-Rennen verpflichten, das in diesem Jahr in Irland ausgetragen wurde. Jenatzky schaffte das Unmögliche: trotz der viel zu knappen Vorbereitungszeit, die ihnen zur Verfügung gestanden hatte, fuhr er den Wagen zum Sieg. Ein überwältigender Erfolg in dieser bedeutendsten Langstrecken-Wettfahrt der Welt! Ein Mercedes-Triumph von wahrhaft internationalem Format – wer anders als der kompromisslose Emil Jellinek wäre zu einer solchen Leistung fähig gewesen?
Sogar die traditionell eher zurückhaltenden Herren der DMG in Cannstatt gaben sich nach dem Erhalt der Siegesnachricht in ihrem Antworttelegramm geradezu euphorisch: »Heutige Siegesbotschaft heilt alle Wunden der Katastrophe vom 10. Juni. Sind im allseitigen Interesse hocherfreut über diesen Erfolg – Vischer/Maybach.«
Wieder einmal gab es also allen Grund für das junge Mädchen, mächtig stolz auf ihren Vater zu sein, der es geschafft hatte, das Unmögliche möglich zu machen. Den Sieg in einem legendären Autorennen. Einer Wettfahrt, die sie in Cannstatt längst verloren gegeben hatten. Aber keiner hatte mit dem eisernen Siegeswillen eines Emil Jellinek gerechnet, der wieder einmal Himmel und Hölle in Bewegung gesetzt hatte!
Platz eins für Mercedes!
Welch magischer Klang!

Am späten Vormittag des 1. Juli 1903 versammelte sich eine riesige Menschenmenge im Badener Kurpark vor dem noch vor neugierigen Blicken fest verhüllten Undinebrunnen mit seinen respektablen Ausmaßen. Voller Spannung warteten sie auf die feierliche Einweihung des Brunnens, der bekanntlich zur Feier der Vollendung der Badener Wasserversorgung von Herrn Emil Jellinek aus eigenen Mitteln in Auftrag gegeben worden war. Und wie es sich für den schwerreichen Mann und dessen Ruf gehörte, nicht bei irgendwem, sondern bei dem aus Klagenfurt stammenden Bildhauer Josef Valentin Kassin, einem der bedeutendsten Künstler seiner Zeit. In dessen Atelier in der Wiener Bäckergasse sich die höchsten Kreise die Ehre zu geben pflegten. Kein Wunder, dass Jellineks Wahl auf Kassin gefallen war, der sich, wie man gerüchteweise hörte, freilich erst einmal ein bisschen geziert hatte. War es eine glückliche Fügung des Schicksals gewesen oder gut durchdachtes Kalkül, das Emil Jellinek dazu veranlasst hatte, sich beim nächsten Besuch im Atelier von seiner Tochter Mercedes begleiten zu lassen? Auf jeden Fall war es das ausschlaggebende Motiv für Kassin, den Auftrag für die Gestaltung des Brunnens im Badener Kurpark tatsächlich anzunehmen. Und nun war es also so weit: das Kunstwerk, das bislang hinter einer hohen Bretterwand verborgen gewesen war, harrte seiner kurz bevorstehenden Enthüllung. Natürlich wurde die feierliche Übergabe des Brunnens zu einem bombastischen Ereignis. Denn in dieser Hinsicht hatte sich der Herr Jellinek noch niemals lumpen lassen. Wenn es bei dem spleenigen »Engländer«, der heute seinen unvermeidlichen Tropenhut erstaunlicherweise gegen einen hohen schwarzen Zylinder getauscht hatte, etwas zu feiern gab, dann nahm das bekanntlich immer gewaltige Ausmaße an. Mitten im Kurpark wurde alles an Speisen und

Getränken aufgetischt, was das Herz begehrte: von Kaviar über Champagner zu Lachs bis hin zu bestem Wein aus dem Burgenland. Es war ihm wieder einmal nichts zu teuer gewesen, und keinesfalls auch nur in kleinen Mengen vorhanden. Ganz im Gegenteil sogar. Nicht wenige Gäste hatten deshalb vorsorglich schon zu Hause ihre Handtaschen bis auf das allernotwendigste geleert, um sich jetzt heimlich die eine oder andere Köstlichkeit in die Tasche füllen zu können. Jellinek entging das natürlich nicht, er pflegte den »Hamstertrieb« seiner Mitmenschen jedoch mit einem amüsierten Lächeln zu quittieren.

Jetzt also stand die Enthüllung unmittelbar bevor – erstaunlicherweise, ohne dass zuvor die unvermeidliche Ansprache des Künstlers erfolgt wäre. Denn der war noch nicht einmal persönlich anwesend, sondern ließ sich mit einem Termin bei seiner durchlauchtigsten Majestät, dem Kaiser, entschuldigen, der ihn angeblich ausgerechnet für den heutigen Tag zu einer Audienz geladen hatte. »Na, ob das wahr ist – oder ob der Filou nicht eher bei einer seiner Liebschaften weilt?«

»Ich denke, ausnahmsweise wird es stimmen. Er wird es wohl nicht wagen, für amouröse Affären sogar den Kaiser vorzuschieben ...«

»Der Kassin? Nun ja ... ich möchte ja nichts gesagt haben, aber man hört ja so einiges ... Ein Künstler halt! Aber Achtung. Es scheint los zu gehen!«

Die Aufmerksamkeit der Lästermäuler richtete sich also auf den beginnenden Enthüllungsakt, der eigentlich mit der Rede des nun leider abwesenden Künstlers hätte beginnen sollen. Dessen Part hatte der Bürgermeister Zöllner übernommen, der sich zuvor erst noch bedeutungsvoll in das große weiße Taschentuch schnäuzte, um danach die Enden seines Bartes umständlich abzutupfen. Dann endlich begann er mit seiner Ansprache, verwies mit respektvoll emporgerecktem Kinn zunächst noch einmal auf die Tatsache, dass Josef Valentin Kassin durch eine Audienz beim Kaiser persönlich leider verhindert sei (was die Be-

deutung des Künstlers nachdrücklich unterstreiche), dann endlich griff er zu dem Blatt mit dem von Kassin verfassten Redetext und begann dessen Gedanken mit einem feierlichen Timbre in der Stimme zu rezitieren. Natürlich ging es dabei um die besondere Symbolik des Undinebrunnens, um die Geschichte der Wasserfrau Undine, ihres Onkels Kühleborn und des betrügerischen Ehemanns. Das meiste davon schien er so oft gelesen zu haben, dass er es beinahe auswendig hersagen konnte. Seine Konzentration schien sowieso eher dem jungen, ganz in blütenreines Weiß gekleideten Mädchen zu gelten, das neben dem sonderbaren Kerl mit den gewaltigen Koteletten stand: es war die kleine Mercedes, die Tochter des Herrn Jellinek, die bei diesem feierlichen Anlass sozusagen mit der Sonne um die Wette strahlte. Genauso wie ihr Vater, dessen rechte Hand sie fest ergriffen hatte. Es schien beinahe so, als wären all die anderen Gäste, die dicht an dicht gedrängt den Rand des Brunnens säumten, für die beiden gar nicht vorhanden.
Aber wovon faselte der Mann denn eigentlich die ganze Zeit? Was für ein schwülstiges Getue! Undine, die Wassernymphe, ganz aus edelstem Carraramarmor geschaffen. Undine, die erst dann eine Seele bekommen kann, wenn sie sich mit einem Menschen vermählt. Undine, die Krönung des wasserspendenden Brunnens, das Mädchen, das dafür Modell gestanden hatte. Mercedes. Mercedes Jellinek. Das knapp 14 Jahre junge Mädchen, von dem dieser Mensch die Augen anscheinend gar nicht lassen konnte.
Dann ging alles blitzschnell. Jellinek trat vor, flankiert von seiner Tochter und dem Bürgermeister. Jeder bekam ein Stück des seidenen Tuches in die Hand. »Meine sehr verehrten Damen und Herren, ich habe die Ehre, ihnen den Undinebrunnen zu präsentieren. Die neue Zierde der wunderschönen Stadt Baden!«
Ein Tusch der Musikkapelle, ein Ruck und urplötzlich erschien die Brunnenstatue, befreit von der Verhüllung, in ihrer ganzen Pracht. Tatsächlich! Den Betrachtern stockte der Atem! Denn bei dem Antlitz dieser halbnackten jun-

gen Frau, deren anmutige weibliche Körpermerkmale überdeutlich zu erkennen waren, handelte es sich wirklich und wahrhaftig um dieses Mädchen. Die nahezu barbusige Figur trug eindeutig die Züge von Mercedes Jellinek! Es war eindeutig. Ein und dasselbe Gesicht!
Ein Skandal!
Und schlagartig war allen klar, weshalb Kassin nicht persönlich erschienen war!
Selbst dem ansonsten nicht so leicht aus der Ruhe geratenden Badener Bürgermeister Zöllner schoss angesichts dieser Ungeheuerlichkeit unversehens eine dunkle Schamröte ins Gesicht, während sich die Fingernägel der entgeisterten Gattin schmerzhaft in seinen Unterarm krallten. Das hatte er nun also davon, dass er den Herrn Jellinek-Mercedes um eine Geldspende für die Badener Wasserversorgung gebeten hatte. Er hätte es sich doch denken können!
In ganz besonderem Maße schienen sich die adeligen Herrschaften, die ebenfalls in großer Zahl erschienen waren, zu echauffieren. Das hatte natürlich seine ganz besonderen Gründe. Den Mitgliedern der altehrwürdigen Familien war es ja schon lange ein Graus, ohnmächtig mit ansehen zu müssen, wie dieser Aufschneider ein ums andere Mal mit seinem riesigen Vermögen herumprasste, und sie dabei regelmäßig in den Schatten stellte.
»Und nun noch seine Tochter auf derart skandalöse Art und Weise öffentlich zur Schau zu stellen! Das ist der Gipfel!«
»Ich wette mit ihnen, dass es noch nicht das Ende vom Lied ist. Bald schon wird er sie einem Mitglied unseres Standes zur Frau anbieten.«
»Aber ich bitte sie, das Kind ist doch erst 14 Jahre alt!«
»Ich sage Ihnen, der hat auch das bereits ganz genau plant. Aber warten wir ab. Zunächst einmal bin ich gespannt, was heute noch alles kommen wird. Das war nämlich sicherlich noch nicht alles. Ich kenne ihn doch, diesen Schlawiner.«

Die Auguren sollten recht behalten, denn kaum war die erste Schockwelle verebbt, da ertönten von Neuem spitze Schreie, in die sich ein stetig anschwellendes Gemurmel mischte, das von ärgerlichen Kommentaren bis ins zornige wechselte. Manchmal allerdings konnte man auch ein schadenfrohes Grinsen auf den Gesichtern entdecken. Wesentlich öfter freilich das schiere Gegenteil: »Das ... das bin ja ich!«
»Da schau einmal an, das ist wohl der Herr Hofrat.«
»Wo denn?«
»Na, da drüben, genau unter dem Fuß der Undine. Schau nur: die stellt tatsächlich ihren nackten Fuß auf den Kopf des Herrn Hofrat. Das ist doch der Herr Hofrat – wie aus dem Gesicht geschnitten! Was für eine Dreistigkeit!«
»Und das hier; das ist unser Bürgermeister!«
»Tatsächlich: der Zöllner!«
»Und dort hinten seine ... na ihr wisst schon ...«
»... während die Frau Bürgermeister misstrauisch um die Ecke späht!«
»Herrlich! Eine Szene, direkt aus dem Leben.«
Während die eine Hälfte der vollständig versammelten Badener Honoratioren sich also plötzlich in einem Zustand wiederfand, der zwischen Zorn, Empörung und besorgter Ratlosigkeit schwankte und sich eine Vielzahl ihrer Begleiterinnen kurz vor einer Ohnmacht wähnten, brach sich bei der anderen Hälfte der Festgesellschaft eine andere Gefühlsregung Bahn. Erst noch leise und vorsichtig, bis es schließlich zu einem brüllenden Gelächter anschwoll. Als wäre der Pöbel schlagartig aus allen Ritzen und Spalten gekrochen, so hörte sich das an.
Im Grunde genommen war das kein Wunder, denn Neureiche vom Schlage eines Jellinek – man wusste ja, woher solche Leute stammten ...
Selbst wenn es sich bei diesem Jellinek um den Sohn des ehemaligen Wiener Oberrabbiners handelte: die Richtung stimmte dennoch. Denn wenn jemand in so kurzer Zeit zu derart unvorstellbar viel Geld gekommen sei, das konnte

nicht mit rechten Dingen zugegangen sein, da war grundsätzlich immer etwas faul.
Und jetzt also auch das noch. Dieser Unhold hatte es einfach zugelassen, dass der Bildhauer nahezu die gesamte Badener Oberschicht im Brunnenmarmor verewigte. Noch dazu mit den seltsamsten Fratzen versehen – und natürlich, ohne bei den Herrschaften zuvor um ihre Erlaubnis nachzusuchen. Jetzt war es passiert. Der Skandal war perfekt!
Man musste nun zusehen, sich möglichst wenig von der Demütigung anmerken zu lassen, um sich nicht noch mehr zum Gespött der Leute zu machen. Aber morgen ... morgen schon würden sie vom Bürgermeister verlangen, den Skandalbrunnen unverzüglich aus dem Kurpark entfernen zu lassen. Das konnte man sich keinesfalls bieten lassen, sich von einem gewissen Herrn Jellinek derart auf dem Kopf herumtrampeln zu lassen. Und dann noch diese Mercedes mit ihrem koketten Lächeln.
Doch was war das? Der nach wie vor nicht minder schockierte Bürgermeister Zöllner vermeinte, einer Sinnestäuschung erlegen zu sein. Konnte es wirklich sein, dass ihm da seine Exzellenz, der Erzherzog Rainer, gerade eben anerkennend auf die Schulter geklopft hatte? Und nicht nur das: seine Exzellenz hob jetzt sogar dazu an, die außerordentliche Qualität des Kunstwerks in den höchsten Tönen zu loben – samt dem Mut, den er als Bürgermeister bewiesen habe, eine solche Skulptur gerade hier errichten zu lassen. Zum guten Glück war der Berichterstatter der »Badener Zeitung« zugegen, der die Worte des Erzherzogs genau notierte. Wortwörtlich hatte seine Exzellenz gemeint: »Also mein lieber Zöllner, ich bilde mir darauf etwas ein, für Plastik Verständnis zu besitzen – und ich muss gestehen, dass der Brunnen großartig ist!«
Das ... das war ja ... Zöllner schnaufte erleichtert durch. Diese Anerkennung aus allerhöchstem Munde! Das war sozusagen die Lebensversicherung für sein Verbleiben im Amt, selbst wenn der Brunnen in der Gemeindepolitik dann

doch noch ein wochenlanges Nachbeben verursachen sollte, bei dem Zöllner natürlich nicht ganz ungerupft davon kam. Im nichtöffentlichen Teil der Ratssitzung hatten ihm die Stadträte die heftigsten Vorwürfe gemacht, dass er sich nicht rechtzeitig um die konkrete Gestaltung des Brunnen gekümmert habe. Naturgemäß kamen die wütendsten Attacken von denjenigen, die ihr Konterfei an einer der Brunnenfiguren entdeckt hatten. Selbst Zöllners wieder und wieder vorgebrachtes Argument, der Künstler habe sich von vornherein jedwede vorherige Betrachtung – oder gar eine konkrete Einmischung – auf das strikteste verbeten und überdies sei er davon ausgegangen, dass es sich beim Auftraggeber, dem schwerreichen, mit zahlreichen Orden dekorierten Herrn Jellinek-Mercedes um einen Ehrenmann handele, liefen ins Leere. Es hätte nicht viel gefehlt, und die zornigen Stadträte hätten ihn dennoch seines Amtes enthoben. Letztlich erwies sich aber die seinerzeitige Fürsprache des Erzherzogs und der kurz danach erschienene Artikel in der »Badener Zeitung«, in dem der Berichterstatter das Kunstwerk geradezu hymnisch bejubelte, von entscheidender Bedeutung für den Bürgermeister. Und so schrieb das Blatt die lobenden Sätze: »Es war ein glücklicher Gedanke des Künstlers, dieses Märchenmotiv für den Brunnen zu wählen. Er steigert die Katastrophe in seinem Werke zu einem drastischen Effekt, indem er den wilden Kühleborn selbst, den er in bizarrer Originalität zu gestalten verstand, von unten her das Brunnenbecken sprengen lässt. Die ganz untere Partie, an sich derb in ihrer Haltung, ist auch in derberem Material, in Margaretener Sandstein, ausgeführt; die obere, gleichsam ideale Hälfte des plastischen Aufbaus wurde Carraramarmor vorbehalten. Über einer Wassersäule, aus welcher die Halbfiguren von Nixen im Relief hervorquellen, steigt Undine hinan, in wasserartig umfließender Gewandung. Eine fein und edel modellierte Gestalt, ergreifend im Ausdruck des schönen Antlitzes und in der schmerzvollen Gebärde der emporgehobenen Arme. Das Wasserspiel ist in der Anordnung vor-

trefflich bedacht: es steigt in den Höhenstrahlen nur bis zu den Füßen Undines und bildet wie ein verstäubender Schleier eine natürliche Ergänzung zu der gemeißelten Wassersäule.«
Diese gewaltige Hymne auf den Brunnen verfehlte ihre Wirkung natürlich keineswegs. Wenn also die öffentliche Meinung von dieser Seite her argumentierte ... Und als Bürgermeister Zöllner in der folgenden Sitzung seinen Ratskollegen zu deren maßloser Überraschung sogar noch eine ganze Reihe von internationalen Zeitungen präsentieren konnte, die den Undinebrunnen in den höchsten Tönen priesen, war er endgültig gerettet. Denn deutsche, britische, italienische und französische Blätter, ja selbst eine russische Zeitung aus Petersburg: alle berichteten äußerst wohlwollend über dieses höchst gelungene Kunstwerk, das seit neuestem im Badener Kurpark bewundert werden könne. Internationale Aufmerksamkeit! Ganz so, wie es sich für eine Kurstadt von Weltformat eben gehörte. Besser hätte man es im Grunde genommen gar nicht treffen können – der kaiserliche Kurort Baden vor den Toren Wiens hatte wieder einmal Maßstäbe gesetzt. Apropos Kaiser: selbst aus der unmittelbaren Umgebung des greisen Monarchen Franz Joseph I. war inzwischen verlautbart worden, dass sich seine allerhöchste Majestät, sobald es die Gesundheit erlaube, persönlich ein Bild von dem Kunstwerk machen wolle, von dem er schon so viele begeisterte Kommentare vernommen habe. Das alles waren Argumente, denen sich auch die schärfsten Kritiker zähneknirschend beugen mussten. Vergeben würden sie dem Bürgermeister die durch seine Schuld erlittene Schmach keinesfalls. Man würde es nicht vergessen. Die Rechnung blieb weiter offen – lediglich mit der Quittung musste man sich noch eine Weile gedulden. Es musste kein Jahr vergehen, bis sich die Gelegenheit dafür bieten sollte.

In der Zwischenzeit freilich prasselte ein wahres Gewitter an bitteren Vorwürfen auch auf den Künstler selbst her-

nieder. Und das, obwohl sich Josef Valentin Kassin aus guten Gründen in seine Bildhauer-Werkstatt in der Wiener Bäckergasse zurückgezogen hatte und sich mehrere Wochen lang nicht in Baden zeigte. Vor allem aus kirchlich-klerikalen Kreisen hagelte es Kritik: Wie konnte sich ein dermaßen renommierter Künstler dazu versteigen, ein blutjunges Mädchen in einer solchen Pose abzubilden! Noch dazu in einem eng anliegenden Gewand, unter dem sich sämtliche Körperformen überdeutlich abzeichneten! Rundungen, die im Fall einer 14-Jährigen geradezu skandalös überzeichnet waren. Es war ... eben skandalös. Ein gläubiger Christenmensch konnte gar nicht anders, als mit den Kindern den zentralen Teil des Badener Kurparks künftig zu meiden – und selbst für Erwachsene empfahl es sich, schamhaft zur Seite zu blicken, sollte einen der Weg versehentlich doch einmal an diese Stelle führen.
Was hatte sich dieser Kassin dabei nur gedacht. Und das in seinem durchaus schon gesetzten Alter von 47 Jahren! Da war man doch kein junger Springinsfeld mehr – und längst den erotischen Phantasien, die manche junge Künstler ab und an umtrieben, doch längst entwachsen.
Es war unfassbar!
Doch was wussten die Lästermäuler schon vom Gemütszustand des geschmähten Bildhauers? Seit dem ersten Tag seiner Begegnung mit dem anmutigen Mädchen gab es für den um so viele Jahre älteren Josef Kassin nämlich keinen anderen Gedanken mehr als die an Mercedes. Nur ihretwegen hatte er den Auftrag angenommen. Auf den ersten Blick war es um ihn geschehen gewesen. Seitdem war er unsterblich verliebt in dieses 33 Jahre jüngere Mädchen.
Mercedes!
Welche Seelenqualen sie ihm bereitete. Zumal sie seine Liebe nicht erwiderte. Gut, es war eine gewisse Sympathie, die sie ihm entgegenbrachte. So wie das eben ihre offene, immerzu freundliche Art mit sich brachte, mit der sie jedermann gegenüber zu treten pflegte. Wie hell ihm das Atelier immer zu erstrahlen schien, allein wenn sie zur Tür

herein kam und ihm dieses warme, vertrauensvolle Lächeln schenkte. Sympathie ja. Herzliche Freundlichkeit. Mehr nicht.
Wie hatte er sich denn jemals etwas Anderes erwarten können?!
Um Himmels willen, nein! Er durfte einfach nicht zulassen, sich noch tiefer in diesen Strudel aus Liebe und Leidenschaft hineinreißen zu lassen. Ein um so viele Jahre älterer Mann!
Das war freilich leichter gesagt als getan. Mercedes. Kein anderer Gedanke, kein anderes Bild und erst recht kein anderer Name fand seitdem Platz in seinem Denken. In seinem Gefühlsleben, das völlig aus den Fugen geraten war. Nur ein einziger Name: Mercedes. Immerzu Mercedes. Das junge Fräulein. Die Anmutige. Die Graziöse.

Wie gesagt: In der Badener Stadtpolitik sollte der Undinebrunnen auch in den folgenden Jahre als nie versiegende Quelle von Ärger und Verdruss fungieren. Zwar hatten sich im Lauf der Monate selbst die eifrigsten Hüter der Moral mit dem Anblick der halbnackten Undine zumindest insofern abgefunden, als sie sich mit öffentlichen Protestbekundungen zurückhielten, doch nun stellte sich heraus, dass der Künstler und seine Helfer in einzelnen Details offenbar ziemlich schlampig ans Werk gegangen sein mussten – was der zur Rede gestellte Kassin lapidar mit der gewaltigen Hektik erklärte, der sie durch ihren bekanntermaßen chronisch ungeduldigen Finanzier Emil Jellinek ausgesetzt gewesen waren. Vor allem bei der Zuleitung zum Brunnen und bei den Verbindungsteilen der einzelnen Figuren habe man längst nicht die eigentlich notwendigen Ruhezeiten zum Aushärten des Zements einhalten können – das sei nun eben Quittung für die Tatsache, dass man damals – übrigens auch von Seiten der Bauverwaltung – all seine Einwände in den Wind geschlagen habe.
Es war schon wenige Wochen nach der Einweihungsfeier losgegangen, als sich ein erster nasser Fleck an einer Stelle

bemerkbar gemacht hatte, wo gar kein Wasser hätte sein dürfen. Und so ging es munter weiter. Bald darauf trat an allen Ecken und Enden des Brunnens Wasser aus. Die Leitung leckte gewaltig, fatalerweise hauptsächlich an jenen Stellen, an denen sie in die tonnenschweren Steine der Skulptur vermauert war. Bald stand zum blanken Entsetzen des Badener Kämmerers gar fest, dass inzwischen sage und schreibe ein Zehntel des gesamten Badener Wasserverbrauchs im Brunnen versickerte. Mit anderen Worten: das schöne Geld der Gemeinde verschwand in den Ritzen und Löchern des Undinebrunnens! Und niemand wollte für diese Kosten aufkommen! Die Stadtgemeinde blieb darauf sitzen. Wenn das im selben Tempo so weiter ging, dann drohte der baldige Bankrott!

Ein wahres Danaergeschenk war das. Abreißen! Den teuren Skandalbrunnen. Diesen Jellinek-Mercedes zur Verantwortung ziehen. Den großspurigen Lebemann gleich noch die Abbruchkosten bezahlen lassen! Sollten die aus allen Teilen Europas angereisten Bewunderer des Brunnen doch denken, was sie wollten. Keiner von denen würde schließlich den Brunnen auf eigene Kosten reparieren lassen. Abbrechen also!

Der Brunnen blieb dem Kurpark jedoch erhalten – dafür trug rechtzeitig eine weitere, nicht unbeachtliche Spende des vorausschauenden Emil Jellinek Sorge. Der Betrag war dermaßen üppig, dass nicht nur die schlimmsten Schäden ausgebessert werden konnten, sondern dass sich der Großteil des Wassers nun mittels einer neu installierten Saugpumpe wieder in den Kreislauf zurückführen ließ. Die Reputation des Monsieur Jellinek-Mercedes bei den Stadtvätern war somit wieder hergestellt. Auch Mercedes atmete erleichtert auf, denn ihr Papa hatte all diesen Kleingeistern wieder einmal gezeigt, wie generös sich ein Ehrenmann benahm. Bevor sie sich die Mäuler über ihn hatten zerreißen können, war die Rechnung bereits beglichen worden. Typisch Emil Jellinek-Mercedes, der halt doch ein ganz anderes Kaliber darstellte, als die engstirnigen Provinzpolitiker.

Im Nachhinein betrachtet war der Effekt dieser umfangreichen Reparaturarbeiten freilich nicht von allzu langer Dauer. Über Jahre hinweg sollte der von Besuchern aus aller Welt bewunderte Undinebrunnen das größte Sorgenkind der Stadtgemeinde Baden bleiben – zumindest in finanzieller Hinsicht.

Am 27. September des Jahres 1904 war ein fürchterliches Unglück geschehen. Der Tag, an dem ihr Bruder Adolf starb. Und das im Alter von nur 28 Jahren! In der gesamten Familie herrschte tiefste Bestürzung, als die entsetzliche Todesnachricht eingetroffen war. Selbst Emil Jellinek, der sich doch so häufig mit seinem ältesten Sohn gestritten hatte, schien in den ersten Stunden wie vom Donner gerührt. Noch nicht einmal um seine Tochter konnte er sich in den ersten Stunden seines Schockzustandes kümmern. Mercedes, für die eine Welt zusammengebrochen war. Ihr Lieblingsbruder war tot. Der Adolf, der ihr doch bislang zusammen mit dem Papa der Liebste gewesen war.
Aber das war noch längst nicht alles. Denn was für fürchterliche Kommentare sich wenig später im Getuschel der Dienstboten hören ließen. Das war geradezu ungeheuerlich.
»Zu üppig gelebt« habe der Adolf wohl zu seinen Lebzeiten. Bei einem dermaßen ausschweifenden Lebenswandel, da sei es kein Wunder, dass der junge Mann jetzt so früh eben auch den Tribut dafür habe zahlen müssen. Dazu wurde dunkel etwas gemunkelt von den vielen Freundinnen des lebenslustigen Monsieur Adolf, von Schauspielerinnen, Damen der Halbwelt und und und ... Gut möglich, dass an dem Gerücht etwas Wahres dran sein konnte, er habe sich bei einer seiner zahllosen Amouren mit der berüchtigten französischen Krankheit angesteckt – und sei letztendlich auch an deren Folgen verstorben. Du meine Güte! Als wäre es nicht ohnehin schon fürchterlich genug, was mit Adolf geschehen war. Und zu allem Überfluss jetzt auch noch dieses widerliche Geschwätz, das ihr in den Ohren hallte. Wie furchtbar! Ihr Adolf war nicht mehr! Mit ihm war eines der wichtigsten Bindeglieder verloren, das in einem direkten Bezug zu ihrer verstorbenen Mutter gestanden hatte.

Ein weiterer Teil ihrer einst so glücklichen Familie war von ihr gegangen.
Wie heftig ihr Vater unter diesem Verlust zu leiden hatte, das ließ sich unschwer aus seinen dunklen Sätzen heraus hören, als er am Nachmittag mit Fernand und Mercedes im abgedunkelten Salon der Villa saß und mühsam nach passenden Worten rang. Erstmals seit dem Tod seiner geliebten Rachel, ihrer Mutter, sei ihm wieder in den Sinn gekommen, dass kein Geld und kein Ruhm der Welt ewig währe, sondern alles auch ein Ende habe. Womöglich habe er den Verlust von Rachel noch immer nicht verkraftet und müsse sich nun umso bitterer eingestehen, dass diese übersteigerte, ja geradezu hektische Betriebsamkeit, der er verfallen sei, die verbissene Detailversessenheit, sein geradezu explodierender Geschäftserfolg gepaart mit dieser dennoch ewigen Unzufriedenheit, wohl jenem Verlust geschuldet sein, den er durch ein Leben in übersteigertem Luxus, durch Dutzende von Automobilen und Rennwagenerfolgen bestenfalls habe betäuben können. Aber vergessen und überwunden sei dieses persönliche Drama wohl noch lange nicht. Adolfs tragisches Ende habe es ihm auf die brutalste Art und Weise in die Erinnerung gerufen. »Die dunklen Schatten des Todes haben mich wieder eingeholt.«
Tagelang herrschte in der Familie eine düstere Stimmung, wie sie Mercedes niemals zuvor über einen so langen Zeitraum hinweg hatte erleben müssen. »Das Ende ist uns immer nahe.« Wieder so ein Satz aus dem Mund des lebenslustigen Emil Jellinek. Unfassbar! Lange hatte ihr Papa gezögert, ob er Adolf im selben Grab bestatten lassen sollte, wie die Mutter, also auf dem Friedhof in Nizza. Doch nachdem erst Fernand und dann vor allem Mercedes gleich mehrfach die dringliche Bitte vorgetragen hatten, ihren verstorbenen Bruder lieber in Wien begraben zu wissen, um ihn dort besuchen zu können, hatte er sich im Sinne seiner Kinder entschieden. Für die enorme Summe von 2400 Kronen erwarb er den Platz für ein standesgemäßes Grabmal der Familie Jellinek auf dem Zentralfriedhof Wien.

Aber noch immer schien er wie in Trance zu handeln. Das änderte sich erst – und genauso plötzlich – als er die Grabinschrift zu lesen bekam, die sein Bruder Georg, der Rechtsprofessor, eigenhändig für den verstorbenen Neffen verfasst hatte. »Diesen Spruch sollten wir auf Adolf Grabstein einmeißeln lassen, das würde ihm sicher gefallen, so wie ich ihn immer gekannt habe«, hatte der Onkel Georg gemeint und dann seinen Reimvorschlag mit feierlicher Stimme vorgetragen: »Voll Güte war sein Sinn, sein Herz nie alt: Der Himmel liebte ihn, drum starb er bald!«
Einige Sekunden lang herrschte im Salon der Villa völlige Stille. Buchstäblich hätten sie die berühmte Stecknadel auf den dicken Teppichboden fallen hören können.
Dann plötzlich ertönte ein leises Glucksen, das sich zu einem lauten, geradezu ausgelassenen Gelächter entwickelte. Minutenlang. Ihr Vater lachte! Lachte so sehr, dass ihm die Tränen in die Augen traten und über die Wangen rannen. Tränen der Erleichterung – nicht des Kummers! Der Bann war gebrochen!
»Ach Georg! Du hast den Nagel auf den Kopf getroffen. Das ist es. Du hast völlig recht: was sitzen wir hier herum und blasen Trübsal? Freuen wir uns lieber darüber, dass es den Adolf gegeben hat, dass er ein schönes Leben hatte und dass wir ihn bei uns haben durften! Es ist doch wirklich so: lieber ein kurzes, schönes Leben als ein langes, trauriges.«
Da stand er schlagartig wieder vor ihr: der Papa, so wie sie ihn kannte – und liebte. Der plötzliche Wechsel zwischen Gewitter und Sonnenschein. Emil Jellinek eben.
»Erst kürzlich habe ich einen ganz ähnlichen Sinnspruch aus dem Mittelalter gehört, in dem ein der Völlerei ergebener Lebemann seinem besorgt mahnenden Arzt seine Lebenseinstellung verkündet hat: lieber 30 Jahre ein Mastschwein als 50 Jahre eine Zuchtsau! So sei es ihm allerdings dann auch ergangen! Danke nochmals, Georg, dass du mir die Augen geöffnet hast! So wird es gemacht: wir werden deinen Spruch anbringen lassen und unserem Adolf mit dieser letzten Ehre auch wirklich gerecht geworden sein.

Seid ihr einverstanden?« Forschend blickte er in die Runde.
»Natürlich!« Mercedes und ihr Bruder nickten eifrig.
»Sehr schön! Dann ist es hiermit beschlossen. Adolf wird in dem neu erworbenen Familiengrab auf dem Zentralfriedhof zur letzten Ruhe gebettet werden – und für die Gestaltung des Grabmals als solches ist mir gerade auch schon eine wundervolle Idee gekommen!« Emil Jellinek schnalzte genießerisch mit der Zunge, während es um seine Mundwinkel schelmisch zuckte. »Ich weiß, ich weiß. Jetzt habe ich euch neugierig gemacht. Aber ein kleines Geheimnis wird ein alter Mann auch ein paar Tage noch für sich bewahren dürfen. Ihr werdet bald sehen, was ich meine. Und ich denke, ihr werdet mit meiner Entscheidung höchst zufrieden sein!« Unternehmungslustig klatschte er in die Hände und schenkte Mercedes ein fröhliches Augenzwinkern.

Wenige Tage später präsentierte ihr Vater seiner verblüfften Familie bereits die ersten Skizzen. Ja, doch: die Überraschung war ihm wirklich gelungen. Obwohl sie es sich eigentlich hätten denken können ... Denn mit der künstlerischen Gestaltung des neu zu schaffenden Familiengrabmals wurde kein anderer als wiederum Josef Valentin Kassin betraut. Und auch bei diesem Auftrag durfte nach Emil Jellineks strikter Anweisung zunächst niemand außerhalb des engsten Familienkreises darüber Bescheid wissen, wie das Grabmal aussehen sollte. Denn wieder sollte die Skulptur die Züge des Fräuleins Mercedes tragen – genau so wie in Baden. Das dortige Kunstwerk war ja inzwischen ein regelrechter Besuchermagnet – trotz des nervtötenden Ärgers mit den Badener Behörden wegen der leichten Mängel bei der Ausführung.
In Emil Jellineks Auftrag sollte jetzt wieder ein Werk entstehen, das sich von der Dutzendware anderer Skulpturen gewaltig unterscheiden musste. Mit einem dementsprechenden Paukenschlag würde man es präsentieren – wie das dem Geschmack des Monsieur Mercedes entsprach.

Selbst Kassin war zu unbedingter Verschwiegenheit verpflichtet worden. Angesichts der enormen Summe, die sein Auftraggeber bereit war, für die neue Skulptur auf den Tisch des Ateliers zu legen, blieb dem Künstler, der aus ganz bestimmten Gründen zunächst gezögert und innerlich heftig mit sich gerungen hatte, keine andere Wahl, als den Auftrag anzunehmen. Und sich zur Geheimhaltung zu verpflichten. Kein Mensch, noch nicht einmal die beiden Steinmetze, mit denen Kassin normalerweise zusammenarbeitete, sollten wissen, dass er die Züge der Mercedes Jellinek in den Gedenkstein meißeln würde. Nachdem es nicht notwendig war, Mercedes dafür im Atelier Modell sitzen zu lassen, würde die Sache nicht ruchbar werden. Denn als Vorlage konnten ihm die Zeichnungen dienen, die er damals für den Undinebrunnen angefertigt hatte. Allzu viel Zeit war seitdem ja nicht verstrichen.
»Kein abstrakter Marmorengel, wie sie überall auf dem Friedhof meiner Ehefrau in Nizza stehen, sondern ein wahrhaftiger Engel soll es sein. Meine Tochter Mercedes – niemand sonst könnte dafür das geeignete Vorbild sein«, hatte ihm Emil Jellinek seine Motivation erläutert. »Sie soll stellvertretend für uns alle abgebildet werden – denn kein anderes Familienmitglied besitzt diese Anmut. Es soll ein Sinnbild der Schönheit meiner geliebten Tochter werden. Haben sie mich genau verstanden?«
Kassin nickte wortlos. Und wie er verstanden hatte!

»Ja, Papa. Was ist denn nur mit dir?« In der Woche nach dem Begräbnis seines Sohnes hatten Vater und Tochter einen kleinen Spaziergang in Baden unternommen. Vaters Frau weilte wieder einmal, wie so häufig, in Neuilly, so dass Mercedes ihren Papa ganz für sich alleine hatte. Gerade recht so. Doch nun war Emil Jellinek urplötzlich stehen geblieben, tastete schwer atmend und mit hektischen Bewegungen seinen Oberkörper ab.
»Ich ... ich weiß nicht – ein plötzliches Unwohlsein hat mich überfallen.«

»Wir müssen sofort nach Hause. Komm, setz dich auf die Bank da drüben – ich laufe rasch zum Chauffeur, dass er mit dem Wagen herkommt und dich abholt. Aber du, bleibe um Gottes willen hier auf der Bank sitzen.« So schnell sie konnte, rannte Mercedes den Weg durch den Kurpark zurück in Richtung Casino, wo ihr Chauffeur mit dem Wagen auf die Rückkehr der beiden Spaziergänger wartete.
Gleich nach ihrer Ankunft in der Villa war telefonisch der Arzt Dr. Spitzer alarmiert worden, der zum guten Glück in seiner Praxis weilte. Mit drastischen Worten schilderte ihm Mercedes den ihrer Meinung nach äußerst besorgniserregenden Zustand ihres Vaters und bewegte den Mediziner damit, alles stehen und liegen zu lassen, um sich mit dem von ihr bereits zu seiner Praxis geschickten Automobil unmittelbar zur Jellinekschen Villa in die Badenerstraße zu begeben.
Die Untersuchung des Patienten dauerte beinahe eine Stunde. Dann endlich packte der Arzt seine Instrumente wieder zusammen.
»Was ist denn jetzt, Herr Doktor?« Mercedes konnte es kaum noch erwarten, endlich eine Diagnose zu hören. Vor lauter Anspannung konnte sie ihr Herz bis zum Hals pochen spüren – um kurz danach vor Schreck beinahe auszusetzen – als sich Dr. Spitzer mit tief gerunzelter Stirn kopfschüttelnd an die beiden wandte. Eine Geste, die sie freilich falsch interpretierte, wie sich nun zum guten Glück herausstellen sollte.
»Ich kann wohl Entwarnung geben«, begann der Arzt und zuckte die Achseln. »Es ist nichts – zumindest nichts Ernstes …«
»Ja, wollen sie damit etwa sagen, dass ich simuliere?!« fuhr Emil Jellinek aufgebracht in die Höhe. Da war er also wieder, ihr impulsiver Vater. Die Lebensgeister waren zurück gekehrt. Gott sei Dank!
»Das möchte ich keineswegs gesagt haben. Es dürfte sich eben um eine plötzliche Unpässlichkeit gehandelt haben, die später nicht mehr zu diagnostizieren ist. So etwas kann

durchaus vorkommen«, entschuldigte sich der Arzt mit vor Verlegenheit roter Miene. »Ich kann zumindest nichts finden, was auf eine akute Erkrankung hindeutet. Für ihr Alter scheinen sie mir sogar recht gesund zu sein, das ist meine erste, naturgemäß noch oberflächliche Diagnose, der man jedoch schon noch eine gründlichere Untersuchung folgen lassen sollte, um ganz sicher zu gehen. Wir können ja für die nächsten Tage über meine Praxis einen Termin im Spital vereinbaren. Ich würde sie selbstverständlich begleiten. Aber wie auch immer: so viel möchte ich durchaus noch sagen, dass ihnen ein bisschen Bewegung ab und an vielleicht nicht schaden würde.«
»Meinen sie etwa Sport?«
»Ja, durchaus. Etwas Sport tut dem Körper und dem Wohlbefinden gut.«
Der Patient fuhr hoch wie von der Tarantel gestochen: »Sport ist Mord – eben nichts für mich, in kurzen Hosen durch die Gegend zu laufen und mich damit zum Gespött der Leute zu machen. Weshalb auch? Schließlich sind wir schon vor vielen Jahren hierher nach Baden gezogen, weil die Leute behauptet haben, die Schwefelquellen täten meiner Gesundheit gut – und jetzt plötzlich heißt es, ich könne meine Gesundheit nur bewahren, wenn ich Sport treibe wie ein Rennpferd.«
»Ach was, Papa ...«
»Doch, genau so ist es. Heute erzählen sie dir dieses und morgen jenes. Erst heißt es, die Quellen hier enthielten heilkräftiges Wasser, seien schon seit den Zeiten des Kaisers Maximilian bekannt und berühmt für ihre gesundheitsfördernde Wirkung und jetzt plötzlich ... jetzt soll ich also auch noch Sport treiben und sinnentleert in der Gegend herumhüpfen! Das mache ich nicht! Niemals!«
»Und wenn ich mitmachen würde?«
»Auch dann nicht. Das kommt überhaupt nicht in Frage, denn wozu gibt es eigentlich Ärzte, die für unsere Gesundheit verantwortlich zeichnen?«
Doch weder der Dr. Spitzer noch die Tochter Mercedes

mochten sich auf diese Ausflüchte einlassen. »Du gehst ins Spital und lässt dich eingehend untersuchen, Papa. Darauf bestehe ich!«
Der Blick, dem sie ihm dabei zuwarf, lies seinen Widerstand in sich zusammenfallen. Achselzuckend fügte sich Emil Jellinek in sein Schicksal. »Also gut, Herr Dr. Spitzer. Treffen sie bitte die notwendigen Vorkehrungen. Ich werde übermorgen früh ins Spital kommen, da würde es mir terminlich passen.«
Nun ja, womöglich war es doch nicht so ganz verkehrt, sich einmal gründlich von oben bis unten von erfahrenen Ärzten unter die Lupe nehmen zu lassen. Theoretisch könnte sich dabei ja durchaus eine Krankheit entdecken lassen, die noch ganz im Anfangsstadium steckte und dann auch wesentlich effektiver behandelt werden könnte, als wenn sie sich schon in seinem ganzen Körper verbreitet hätte. Allein dieser Gedanke sorgte freilich dafür, dass sich der Patient plötzlich wieder furchtbar schwach und elend fühlte. Mit den Worten »Ich glaube, ich muss mich wieder setzen«, ließ er sich kraftlos auf einen Stuhl sinken und tupfte sich leise stöhnend mit seinem weißen Seidentaschentuch die Schweißperlen von der Stirn. Mercedes zog es vor, den Schwächeanfall ihres Vaters gar nicht erst zu kommentieren. Sie kannte ihn ja gut genug, um zu wissen, wie heftig er sich in eine eingebildete Krankheit hinein steigern konnte. So intensiv, bis er selbst daran glaubte. Typisch Papa. Der klassische Hypochonder. Wie er leibte und lebte. Grundsätzlich extrem. Und das mit aller Konsequenz.

Emil Jellinek hielt sein Versprechen – auch wenn er es längst bereute, sich in einem kurzen schwachen Moment dazu verstiegen zu haben. Dementsprechend missgelaunt war er ohne die Begleitung des Dr. Spitzer, auf die er spontan verzichtet hatte, am Morgen in dem vereinbarten Wiener Spital eingetroffen, wo sich die Chefärzte der verschiedensten Disziplinen ihrer bekanntermaßen zahlungskräftigen Patienten mit Freude annahmen. Sehr zum Bedauern der Mediziner war bei dem eigenwilligen Monsieur jedoch bis auf ein leichtes Übergewicht und eine – aufgrund eines gewissen Bewegungsmangels – eher mäßig ausgebildete Muskulatur zunächst tatsächlich keine Erkrankung zu diagnostizieren. Die letzte Hoffnung ruhte nun noch auf dem neuartigen Röntgenapparat, mit dessen kostspieliger Hilfe man den Patienten von Kopf bis Fuß durchleuchten würde. Und siehe da: als es an die Auswertung der Röntgenbilder ging, veränderten sich die Mienen der Ärzte schlagartig – Emil Jellinek sollte später gar von der eigentümlichen Beobachtung sprechen, dass sich die Gesichter regelrecht aufgehellt hätten. Wie dem auch sei, jedenfalls betrachteten sie wieder und wieder eine Abbildung aus dem Bereich der Hüftgegend, um anschließend ratlos die Köpfe zu schütteln und ihren angesichts der ganzen Aufregung sichtlich nervös gewordenen Patienten in dieser Körperregion mehrfach abzutasten. Endlich rückten sie mit der Wahrheit heraus: in der einen Hälfte seines Allerwertesten befinde sich ein völlig rätselhaftes, mehrere Zentimeter messendes dunkles Gewächs, das die Form eines Dreiecks aufweise und darüber hinaus auch völlig scharfe Konturen abbilde. Das sei mehr als ungewöhnlich. So etwas habe noch keiner von ihnen jemals zu Gesicht bekommen. Ob sich der Patient daran erinnern könne, sich an dieser Stelle früher eine Verletzung zugezogen zu haben? Oder eine sonstige Beeinträchtigung bekannt sei? Die Antwort war ein eindeutiges Nein, was die Sache aber eher noch rätselhafter machte. Eine dermaßen sauber abgegrenzte Geschwulst ... Seltsam ...

Spätestens das Stichwort Geschwulst lies nun endgültig den Angstschweiß bei dem vermeintlich Todkranken ausbrechen, der von den Professoren sicherheitshalber ein weiteres Mal zum Röntgenapparat geschickt wurde. Nunmehr freilich auf einer Bahre liegend und unter Begleitung der versammelten Experten, die den Körper des Kranken in den verschiedensten Winkeln und Lagen durchleuchten sollten.

Und wieder ereignete sich etwas ganz und gar Unerwartetes. Das schwarze Dreieck war plötzlich verschwunden! Auf keinem einzigen Bild war es mehr festzustellen. Aber das erste Bild zeigte das Objekt doch umso genauer und eindeutiger. Da war doch etwas ... gewesen. Es schien ihnen allen wie ein Mysterium. Beziehungsweise ein medizinisches Wunder. Keine der zahlreichen Koryphäen der Medizin konnte sich auch nur den geringsten Reim auf diese Geschichte machen, und erst recht nicht natürlich der völlig verstörte Patient, der sich, am ganzen Leibe zitternd, gerade wieder ankleidete.
Da plötzlich geschah es: in dem Moment, als Emil Jellinek sich seine Hose hochzog, bemerkte er die Gürtelschnalle, die vom Saum herunter baumelte – und die in Ausmaß und Gestalt exakt jenem magischen Dreieck entsprach, das sich auf dem Röntgenbild seines Gesäßes abgebildet hatte.
Eine Gürtelschnalle! Sie hatten die Gürtelschnalle für eine Geschwulst gehalten!
Diese Esel!
Sein Urteil über die Fähigkeiten der Mediziner stand spätestens seit diesem Erlebnis felsenfest: allesamt ausgemachte Trottel und Esel! Sollte bloß keiner glauben, dass er auch nur einen Groschen für dieses psychische Martyrium bezahlen würde, dem er an diesem Tag ausgesetzt gewesen war.
Eine Gürtelschnalle! Es war ja nicht zu fassen!
Natürlich würde er auch den Dr. Spitzer als den eigentlich Schuldigen an der ganzen Malaise mit dieser Peinlichkeit konfrontieren. Der hatte ihn schließlich diesen Nichtskönnern in die Hände getrieben!

Dem armen Doktor war die Sache natürlich überaus peinlich. Vor lauter Scham wäre er lieber im Erdboden versunken, als den vorwurfsvollen Blick seines Patienten noch länger ertragen zu müssen.
»Nun ja, das positive an der Untersuchung ist immerhin, dass man keinerlei Anzeichen einer tatsächlichen Erkran-

kung bei ihnen gefunden hat«, flüchtete sich der Arzt in eine möglichst positive Sicht der Dinge.
»Nichts gefunden hat«, knurrte der von den Toten wieder auferstandene Jellinek verdrießlich. »Diesen Eseln glaube ich gar nichts mehr. Weder das eine noch das andere. Jetzt bin ich also genauso schlau wie vorher, nur zwischendurch um Jahre gealtert, das können sie mir glauben.«
»Ich würde allerdings dennoch dazu raten wollen, vielleicht doch etwas Sport zu betreiben, dann wäre wohl auch die Gefahr solcher kleiner Unpässlichkeiten wie neulich gebannt«, versuchte der auf das peinlichste berührte Dr. Spitzer weiterhin krampfhaft, sein Gegenüber von der Fehldiagnose der Herren Kollegen irgendwie abzulenken.
Doch damit biss er auf Granit. Unwirsch schnaubte Emil Jellinek auf, dann hieb er mit der Faust energisch auf den Schreibtisch des Arztes. »Also, Herr Medizinalrat, jetzt hören sie: ich schlage ihnen etwas ganz Anderes vor. Wir werden ein Geschäft machen. Sie bekommen alle fünf Jahre, die ich trotz oder vielleicht auch dank ihrer Behandlung erreichen werde, eine gebührliche Prämie. Also soll es keine Bezahlung für das Krankwerden geben, sondern vielmehr eine Prämie dafür, dass sie mich gesund erhalten. Dafür müssen sie mich im Krankheitsfall allerdings kostenlos behandeln, denn sie können dann ja die jeweilige Belohung dafür bekommen, wenn ich die nächste Altersstufe erreicht habe.«
Dem verblüfften Dr. Spitzer wäre vor Staunen beinahe der Zwicker von der Nase gefallen, als er dem Vortrag seines Patienten lauschte. Der fuhr fröhlich fort: »Also – mein Vorschlag lautet ganz konkret: sie bekommen 5.000 Kronen von mir, wenn ich meinen 55. Geburtstag erleben werde und falls ich den 60. feiern darf, gibt es das doppelte – diese Summe wird sich immer weiter steigern. Am 65. Geburtstag werden es dann sogar 15.000 Kronen sein – und so weiter und so fort ...«
»Das ... das ist ... unmöglich«, stammelte der arme Doktor verstört, dem ein solcher Vorschlag noch nie in seiner

ganzen langen Laufbahn jemals unterbreitet worden war. Doch sein Gegenüber blieb ganz ruhig und gelassen. Er beugte sich langsam vor und schaute dem Arzt durchdringend in die Augen. »Ich wiederhole mich ausnahmsweise noch einmal: 5.000 Kronen in vier Jahren, das doppelte dann an meinem 60. Geburtstag, anschließend 15.000, 20.000, womöglich 25.000 ...«
Spitzer schluckte trocken und schien angesichts der enormen Summen, um die es ging, deutlich beeindruckt. »Also, ich weiß nicht so recht«, murmelte er, um dann mit allen Anzeichen des Unbehagens Satzbruchstücke wie »Ungewöhnlich«, »noch nie da gewesen«, »eigentümlich« zu formulieren. Andererseits: diese üppige Summe. »Höchst ungewöhnlich!«
»Eben drum!« kam es postwendend zurück.
»Und sie sind sich ganz sicher, Herr Jellinek, dass sie einen derartig außergewöhnlichen Betrag auch tatsächlich bereit halten wollen?«
»Es handelt sich um meine Gesundheit, dafür ist mir nichts zu teuer. 5.000, 10.000, 15.0000, 20.000, 25.000 womöglich ...« Emil Jellinek war das Zucken in den Augen des anderen nicht entgangen. Dieses erste Anzeichen eines Einlenkens, das ein letztes Mal mit den standesrechtlichen Bedenken zu ringen schien. Deshalb entschloss er sich – wie es seine Art war – zum direkten Angriff: »Herr Doktor. Ich habe noch mehr zu tun heute. Ich halte mein Angebot also noch genau eine Minute lang aufrecht. Nun, was ist? Ja oder nein?«
Mit einer aufmunternden Geste streckte er dem Arzt die rechte Hand entgegen: »Schlagen sie ein: jetzt oder nie. Dieses Angebot gilt nur heute. Einverstanden?«
»Einverstanden!«
»Gut! Dann ist es hiermit abgemacht!«
Damit war der Pakt besiegelt und der Arzt erhielt am 55. Geburtstag seines »Patienten« tatsächlich die versprochene erste Rate in Höhe von 5.000 Kronen für das Erreichen dieses Lebensalters. Für diese durchaus üppige Summe hat-

te der Mann freilich eine nicht unerhebliche Arbeit zu leisten – angesichts der durchaus stattlichen Liste an eingebildeten Krankheiten, an denen der Monsieur Mercedes mit fortschreitendem Alter regelmäßig zu leiden glaubte und die sich kurz danach trotz des gewaltigen Aufhebens, das er jedes Mal veranstaltete, zum guten Glück als Trugschluss erwiesen.

Doch andererseits war diese Entlohnung die Mühen durchaus wert. Und so schaffte man glücklich auch die noch nächste Hürde in Form einer Zahlung von 10.000 Kronen als Gesunderhaltungsprämie des Emil Jellinek an seinen Arzt.

Zu den 15.000 Kronen sollte es jedoch nicht mehr kommen. Da hatte das Schicksal längst seinen unabänderlichen Lauf genommen. Aber das konnte zu diesem Zeitpunkt natürlich noch niemand ahnen. Erst recht nicht Mercedes, die in den ersten Monaten nach der Unpässlichkeit kaum noch von der Seite ihres Vaters wich. Damit es ja kein zweites Mal passierte. Der Verlust ihrer Mutter war schon schlimm genug gewesen! Und nach dem armen Adolf nicht auch noch den Papa verlieren müssen.

Einen Monat später war der Skandal perfekt. Ganz Wien schien sich in heller Aufregung zu befinden. Und das nur wegen eines Grabsteins. Natürlich handelte es sich nicht um irgendeine Ruhestätte mit irgendeinem Gedenkstein. Nein, das Gewitter entlud sich wegen des Monuments, das jetzt auf dem neu erworbenen Grabmal der Familie Jellinek aufgestellt worden war. In dem Adolf Jellinek ruhte. Doch der Grabstein zeigte nicht etwa sein Konterfei, sondern vielmehr das Abbild eines noch lebenden Menschen! Es war kaum vorstellbar und die ersten Besucher hatten deshalb auch gedacht, ihre Sinne spielten ihnen einen pietätlosen Streich, denn das waren die Züge von Mercedes Jellinek – genau dieselben wie auf dem skandalumwitterten Undinebrunnen in Baden. Das war ja ungeheuerlich. Dazu diese beinahe schon unverschämte Gelassenheit, mit der Jellinek sich rechtfertigte, in dem er anführte, dass die wunderschöne Plastik das exakte Abbild jener Vollkommenheit sei, die für ihn allein schon der Klang des Wortes Mercedes darstelle. Die Herrschaften sollten sich freuen, dass eine solch wundervolle Arbeit den Zentralfriedhof der österreichisch-ungarischen Hauptstadt schmücke. Eine Skulptur, die Hoffnung und Zuversicht ausstrahle – und nicht diese geradezu depressive Trauer, die dort ansonsten dominierte.
Das war ja unerhört!
Was für ein eitler Geck!
Anstatt um seinen verstorbenen Sohn zu trauern, machte er sich einen Spaß daraus, sie mit dem Abbild seiner Tochter zu verhöhnen!
Aber die allgemeine Empörung schien den Monsieur nicht im mindesten zu scheren. Hauptsache, man blieb in aller Munde. »Denn wenn keiner mehr über dich spricht, dann bist du tot oder vergessen. Und beides ist gleich schlimm!«

Was im Zusammenhang mit dem Undinebrunnen erst gerüchteweise in Wien die Runde machte, erwies sich bald als Tatsache. Offenbar hatte der in sein Objekt inzwischen völlig vernarrte Kassin noch einen zweiten Brunnen geschaffen, eine verkleinerte Kopie seines in Kunstkreisen viel gelobten Undinebrunnens. Es handele sich dabei um einen möglichen Ankauf aus Leipzig, so hörte man munkeln. Ausgerechnet!

Nein, das ging nicht an. Das schickte sich nicht für einen österreichischen Künstler. Wenn überhaupt, dann hatte der Kassin das Duplikat dem Hof in Wien zum Ankauf zur Verfügung zu stellen.

Selbst der greise Monarch war inzwischen hellhörig geworden. Und nachdem er sich ja bereits das Original im Kurpark von Baden höchstselbst vor Augen geführt habe, sei er nun nicht minder gespannt darauf, welche Wirkung wohl das verkleinerte Ebenbild zu erzeugen vermöge. Am liebsten sei es ihm, das Kunstwerk in seiner Residenz, der Wiener Hofburg, vorgestellt zu bekommen – und so wurde es dann auch gemacht. Franz Joseph I. zeigte sich auch dieses Mal höchst angetan und lobte den Künstler und sein Werk mit einer geradezu überschwänglichen Begeisterung, aus der sich im Lauf der nächsten Tage ein diplomatisches Problem zu entwickeln begann.

Wie man denn eigentlich dazu käme, ein solches Meisterstück ins Ausland zu verkaufen?! Nein, ein so kostbares österreichisches Kulturgut, das es inzwischen unzweideutig darstellte, durfte nicht außer Landes gehen. Erst recht nicht nach Sachsen! Ganz Österreich-Ungarn nahm damit Schaden. Wurde eines Teils seiner Kultur beraubt. Wo sich seine Majestät doch so überaus huldvoll und begeistert gezeigt habe? Nie und nimmer dürfe man einen solchen Frevel zulassen! Was aber tun? Da konnte man doch nicht um des schnöden Mammons willen einfach die Einen gegen die Anderen ausspielen. Wie das Kassin anscheinend getan hatte, indem er den Preis in astronomische Höhen trieb. Am Ende waren die findigen Hofbeamten auf eine List ver-

fallen, in dem sie die bürokratischen Hürden für die Erteilung der notwendigen Ausfuhrgenehmigung in immer neue Höhen schraubten, bis dem Auftraggeber im fernen Sachsen irgendwann die Lust an der Sache vergangen war. Selbst die diplomatischen Vorstöße des von dem Kunstsammler eingeschalteten deutschen Botschafters waren in der Zwischenzeit wirkungslos verpufft und erreichten eher das Gegenteil: umso mehr verfestigte sich dadurch nämlich die Überzeugung bei den österreichischen Beamten, ein solches überragendes Kunstwerk keinesfalls einem Nichtösterreicher aushändigen zu dürfen.
Die Hauptlast des Problems lag nun freilich bei dem armen Kassin, dem plötzlich der Käufer seiner Plastik abhanden gekommen war. Und nicht nur das: allein die Materialien zur Herstellung der Brunnenkopie waren sündhaft teuer gewesen. Was also tun?
Hinter den Kulissen glühten nach wie vor die diplomatischen Drähte. Monatelang wurden Expertisen und Standpunkte ausgetauscht – und ganz allmählich flaute das Interesse der Öffentlichkeit an dem Thema damit wieder ab. Was womöglich das beste für alle Beteiligten war. Was aber dann? Die Zukunft des Kunstwerks war und blieb rätselhaft.
Mercedes selbst ließen die Verwicklungen, die ja immerhin ihr eigenes Konterfei betrafen, völlig kalt.
Noch immer litt sie vielmehr schmerzlich unter der Lücke, die der Tod ihres lebenslustigen Bruders Adolf hinterlassen hatte. Was blieb war die Hoffnung, dass sie künftig vielleicht ein bisschen enger mit ihrem eher zurückhaltenden, manchmal sogar düster wirkenden Bruder Fernand zusammenrücken könnte.
Es wäre schön.

Immerhin hatte der mittlerweile 21-jährige Fernand im späteren Herbst des Jahres 1904 seine Promotion als Doktor der Philosophie erfolgreich bestanden und mit diesem beachtlichen Erfolg auch sichtlich an Selbstvertrauen gewonnen. Ein Doktor der Philosophie im Hause Jellinek-Mercedes! Ein Tatsache, die sein Vater mit knurrendem Stolz in der Stimme folgendermaßen kommentierte: »Es hat mich ja lange geärgert, dass du dem Beispiel meiner Brüder gefolgt bist und die Philosophie der Technik vorgezogen hast – aber das musste wohl so sein. Schon aus Gründen deiner Selbstbehauptung hast du wohl gemeint, unbedingt einen Gegensatz zum Vater aufbauen zu müssen. Ich kann letztendlich nichts dagegen sagen, denn ich selbst habe mich meinem Vater gegenüber ja ähnlich verhalten. Eines allerdings möchte ich dir dennoch mit auf den Weg geben: bei meinen früheren Einwendungen gegen deine Schriftstellerei ist mir bekanntlich immer dein Onkel Hermann Jellinek kräftig in die Parade gefahren, weil ich schon seine Schreiberei immer ziemlich heftig kritisiert habe. Er gilt ja einerseits als recht angesehener Sprachwissenschaftler, andererseits habe ich mich immer gefragt, weshalb man Abhandlungen schreiben muss, die den Titel »Die Sprache der fragmenta theotisca und der Mondseer Glossen« tragen. Das interessiert doch keine Menschenseele – und das braucht doch auch niemand. Und wie du siehst, geben mir die nackten Tatsachen durchaus recht: denn er hat sich zwar früh habilitieren können, aber einen – im Übrigen miserabel bezahlten – Lehrstuhl als Professor hat er mit Ach und Krach erst vor zwei Jahren finden können. Seine akademische Laufbahn steht damit übrigens im krassen Gegensatz zu unserem Bruder Georg, dem Rechtsexperten, den sie mit Lehrstuhlangeboten geradezu überhäufen.« Er machte eine kurze bedeutungsvolle Pause und atmete tief ein. Um dann seinen Sohn umso nachdrücklicher ins Visier zu nehmen. »Ich weiß ja, dass dir der Hermann in Sachen Sprachwissenschaft und Schriftstellerei den Kopf verdreht hat, indem er sagt, man müsse in der Familie das Erbe deines Großvaters fortsetzen, der ja im Grunde genommen ebenfalls mehr Schriftsteller als Rabbiner gewesen ist. Aber das ist und bleibt nun mal eine brotlose Kunst. Das möchte ich dir einfach noch einmal gesagt haben. Überlege dir deine weiteren Karriereschritte also gut. Das ist meine Bitte an dich. Solltest du am Ende dieser Überlegungen zu dem Schluss kommen, eventuell doch noch Jura oder gar Technik studieren zu wollen, so brauchst du es mir nur zu sagen. Ich werde dieses Studium dann auf jeden Fall nach Kräften unterstützen. Und du kannst dir auch getrost Zeit lassen mit dem Studieren. Am Geld und meiner Unterstützung soll es jedenfalls nicht scheitern. Es wäre einfach schön, in der eigenen Familie einen Menschen zu wissen, der mir irgendwann bei den geschäftlichen Dingen vertrauensvoll zur Seite stehen kann. Solange dies freilich nicht der Fall ist, werde ich deinen Großneffen Otto zu meinem Adjudanten bestimmen.«

Sollte Fernand während dieser Rede seines Vaters jemals einen Augenblick lang ins Grübeln geraten sein, spätestens nachdem das Stichwort Adjudant und der Name von Otto Zels gefallen waren, hatten sich sämtliche Zweifel schlagartig verflüchtigt. Allein sein finsterer Gesichtsausdruck sprach Bände, als er postwendend und mit schneidender Schärfe in seinem Ton die Antwort gab: »So, jetzt ist es also heraus: du würdest also in deinem Sohn gerne eine Art Adjudanten sehen, den man nach Belieben herumschikanieren kann. Nein, nein, Vater. Das ist nichts für mich. Da bleibe ich lieber bei meiner brotlosen Kunst und werde ein zufriedener Mensch. Zum Herumkommandieren tauge ich nicht. Dafür hast du ja deinen Neffen Otto. Wie ich ihn kenne, lässt der das sicher gerne mit sich machen, wenn du ihn nur einigermaßen gut bezahlst. Für Geld tut der alles – und ein Techniker ist er ja obendrein. Was also willst du mehr? Und zum Liebhaben hast du ja auch noch jemanden: deine Mercedes. Da braucht es keinen Fernand mehr. Der Fernand Jellinek-Mercedes wird auf alle Fälle kein Ingenieur werden und an irgendwelchen stinkenden Benzinkisten herumschrauben. Der Fernand fühlt sich den schönen Künsten verpflichtet – und so wird es auch bleiben!«

Damit war die Debatte ein für alle Mal beendet.
Ein Gutes bewirkte diese erstaunlicherweise doch recht sachlich verlaufene Meinungsverschiedenheit am Ende schon noch: Fernand war sichtlich gestärkt daraus hervorgegangen. Erstmals hatte er es gewagt, seinem Vater mit deutlichen Worten gegenüber zu treten, eine Rolle, die ansonsten immer sein verstorbener Bruder übernommen hatte. Auch künftig sollte Fernand viel selbstbewusster durch das Leben gehen und wurde allmählich zu einem zunehmend unverzichtbaren Wegbegleiter für die Familie und vor allem für seine Schwester Mercedes.
Hauptsächlich in den bitteren Jahren, die noch auf sie zukommen sollten.

»Übrigens – hast du gehört, Onkel: die DMG wird künftig eine Stuttgarter Firma sein.«
»Eine was? Eine Stuttgarter Firma?!« Emil Jellinek meinte nicht richtig gehört zu haben. »Wer sagt denn so etwas?«
»Ich«, hielt Otto Zels dem Blick seines Großonkels tapfer stand.
»Davon weiß ich nichts! Haben die Kerle von der DMG wieder an mir vorbei Beschlüsse gefasst? Jetzt ist doch gerade erst die Produktionsverlagerung nach Untertürkheim endlich vonstatten gegangen! Man kann doch nicht sein Lebtag lang nur umziehen, man muss doch auch produzieren, anstatt sich ständig mit irgendwelchen Sandkastenspielen die Zeit zu vertreiben – na, da können sie aber etwas erleben, die Herren Lorenz und Co, wenn sie mich wieder mal übergangen haben! Ich werde mein Veto dagegen einlegen! Ohne meine Zustimmung wird keinesfalls etwas daraus werden – das wäre ja noch schöner. Man sieht in mir offenbar nur den Goldesel, der zwar sein ganzes Geld in ihren Laden investieren darf, aber nicht das Geringste zu sagen hat – Sitz im Aufsichtsrat hin oder her. Ich werde den Herrschaften auf der Stelle ein geharnischtes Telegramm übermitteln und sie nicht im Mindesten darüber im Unklaren lassen, was ich von diesem unglaublichen Vor-

gehen halte. Und gleichzeitig dazu wird mein Anwalt mit der Wahrung meiner Interessen beauftragt werden!«
»Du kannst dich wieder beruhigen«, unternahm Otto Zels zumindest den Versuch einer Beschwichtigung, der angesichts des impulsiven Temperaments seines Gesprächspartners freilich schon im Ansatz zum Scheitern verurteilt war.
»Ich soll mich wieder beruhigen, das sagst du so einfach zu mir!« Jellineks Lautstärke hatte sich mittlerweile auf Konzertsaalniveau gesteigert, während seine Gesichtsfarbe längst in ein dunkles Rot gewechselt war. »Da wird von einem Haufen hoffnungsloser Dilettanten mein ganzes Hab und Gut verplempert – und du sagst, ich solle mich beruhigen! Also wirklich ...«
Wie der sprichwörtliche Fels in der Brandung widerstand Otto Zels dem vorwurfsvollen Gebrüll des Monsieur Mercedes. »Nicht die DMG wird umziehen, sondern die Stadt Cannstatt wird demnächst aufhören zu existieren«, erklärte er mit fester Stimme.
»Wie? Aufhören zu existieren? Wie soll das gehen?« Verständnislos schüttelte Jellinek den Kopf. »Wird es etwa eine angekündigte Naturkatastrophe geben – oder was soll das heißen?«
»Schlichtweg nur das: Cannstatt wird nach Stuttgart eingemeindet und damit werden die Daimlerwerke zwangsläufig zu einer Stuttgarter Firma.«
»Zu einer Stuttgarter Firma ...«, echote der kleine Mann verdattert. Es dauerte geraume Zeit, bis er das gerade eben Gehörte offenbar richtig in seine Gedankengänge hatte unterbringen können. Und dann ging es, wie so oft: von einem Augenblick auf den anderen wich das zornige Rot aus seiner Miene und das berühmte Jellinek-Lächeln ließ die Mundwinkel des impulsiven Geschäftsmannes vom linken Ende seines gewaltigen Backenbarts bis zur rechten Seite wachsen. »Du bist mir vielleicht ein übler Schlingel«, drohte er dem Großneffen mit dem scherzhaft erhobenen Zeigefinger, während er in ein schallendes Gelächter ausbrach.

»Dass ich mich von so einem Jungspund dermaßen ins Bockshorn jagen lasse – das wird mir so rasch kein zweites Mal passieren. Das gibt irgendwann eine ordentliche Revanche für mich, darauf kannst du wetten!«

»Worauf ich mich schon heute freue«, gab Zels gelassen zurück. »Weshalb die Cannstatter das allerdings mit sich haben machen lassen, sich von ihrer Nachbarstadt schlucken zu lassen, zu der sie doch nie ein besonders inniges Verhältnis gepflegt haben?«

»Das ist auch mir ein Rätsel«, zuckte Jellinek die Schultern. »Die vornehme Kurstadt Cannstatt mit ihren bedeutenden Mineralquellen und vor allem mitsamt der mittlerweile – auch dank meinem Zutun – nicht gerade unbedeutenden Automobilfabrikation einfach nach Stuttgart eingemeinden zu lassen. Von dieser Warte aus betrachtet, wäre es anders herum eher sinnvoll gewesen. Wobei der König mit seinem Schloss nun einmal in Stuttgart residiert und wahrscheinlich ist es aus diesem Grund nicht anders gegangen. Obwohl, dieser König Wilhelm der Zweite, ich durfte ihm ja schon mehrmals begegnen, der hat so gar nichts von einem diktatorischen König an sich. Wenn ich dagegen unseren Franz Joseph in seinem kaiserlichen Ornat vor mir sehe im Gegensatz zu diesen schwäbischen Wilhelm mit seinem grauen Anzug, in dem man ihn für irgendeinen gewöhnlichen Stuttgarter Bürger halten könnte, also bitte ...«

Jellinek kicherte amüsiert in sich hinein.

Otto Zels dagegen war immer noch am Grübeln. »Es bleibt schon seltsam, dass sich die Cannstatter nicht gegen die Einverleibung nach Stuttgart gewehrt haben. Das ist ja beinahe so, als wenn unser schönes Baden von den Wienern geschluckt werden würde.«

»In der Tat – das ist durchaus vergleichbar. Doch wie immer: ich werde den Herrschaften in der DMG gleich einmal kabeln und mich erkundigen, welche Auswirkungen dieser Vorgang auf die Firmenpolitik haben könnte. Und ich werde in dem Telegramm auch durchaus nicht mit meiner Irritation hinter dem Berg halten, dass ich über diesen

Vorgang von Dritten in Kenntnis gesetzt worden bin und nicht etwa, wie es sich gehört hätte, von den Vorständen in Cannstatt. Spiegel! Wo ist der Kerl denn bloß? Spieeegel!« ließ er seine Stimme vernehmlich durch den langen Flur der Villa schallen. »Ich muss ein Telegramm nach Cannstatt aufgeben. Sofort. Spiegel! Wo steckst du denn um Himmels willen wieder?«
Sicherheitshalber griff Emil Jellinek zu seinem bewährten letzten Notnagel: bevor er die treffenden Formulierungen, die ihm gerade in den Sinn gekommen waren, womöglich vergessen hätte, notierte er sich die Sätze mit einem Stift auf seine blütenweißen Manschetten. »Gott sei Dank gibt es diese Dinger – wenn schon das Personal niemals da ist, wo man es braucht!« Zum guten Glück des Sekretärs hatte sich der Mann nicht allzu weit von den beiden Gesprächspartnern entfernt aufgehalten, so dass er seinem ungeduldigen Arbeitgeber nun endlich zu Diensten sein konnte und den Text für das Express-Telegramm, den Jellinek ihm von der Manschette herunter diktierte, unverzüglich entgegennahm.
Diese Marotte kannte man von dem Monsieur Mercedes seit Jahren. Da konnte seine Tochter noch so sehr zetern und mit ihm wegen seines Aussehens schimpfen, so viel sie wollte: in diesem Punkt stieß Mercedes bei ihrem Vater ausnahmsweise auf Granit. Selbst wenn die schöne Manschette damit ruiniert war: Hauptsache, sein spontaner Einfall war damit gerettet, so dass die Cannstatter in Kürze eine neue Nuss aus dem Hause Jellinek-Mercedes zu knacken bekamen! Per Manschettenorder sozusagen.
Ohne dass es weiterer Worte bedurft hätte, war durch Jellineks unvermitteltem Wutausbruch auf die eigentlich spaßig gemeinte Bemerkung von Otto Zels den beiden wieder einmal eine Tatsache nachdrücklich vor Augen geführt worden: das einstmals so starke Band zwischen dem Monsieur Mercedes und der DMG bestand längst nur noch aus einem dünnen Fädchen. Wenn schon ein einziger harmloser Satz genügte, um den über die Jahre angestauten Ver-

druss geradezu explosionsartig in ihm hochkochen zu lassen, dann konnte es mit dem Vertrauen auf eine tragfähige Partnerschaft nicht mehr allzu weit her sein. Die nächsten Monate würden es weisen ...

Frühjahr 1905 in Baden.
»Wie mir das immer auf die Nerven geht! Es ist in jedem Frühjahr dasselbe. Kein Wunder, dass ich diese rasenden Kopfschmerzen habe!«
»Aber was ist denn, Mercedes?« Emil Jellinek musterte seine Tochter mit einem tief besorgten Blick.
»Was ist ... was ist«, lautete die hörbar entnervte Antwort. »Ewig diese Renoviererei im Haus. Kaum sind wir hier, da geht es auch schon los: Gerüstbauer, Maler, Anstreicher, das ganze grässlich lärmende Bauvolk. Man könnte meinen, wir wohnen seit Jahren auf einer Baustelle. Hat das denn nie ein Ende?«
»Du meinst die Anstreicher?«
»Natürlich meine ich die! Kannst du denn nicht ein einziges Mal im Frühjahr auf diese Leute verzichten? Oder sie ihr lärmendes Geschäft eben dann verrichten lassen, wenn wir in Nizza sind?«
Ihr Vater schüttelte bedauernd den Kopf. »Das geht nicht. Das hiesige Klima ist für solche Arbeiten nicht geeignet. Ein Außenanstrich kann nur in der wärmeren Jahreszeit gemacht werden.«
»Aber warum denn unbedingt in jedem Jahr?«
»Weil ich es nicht ertragen kann, das wundervolle Weiß unserer Villa mit einem Grauschleier – oder gar mit grünfleckigen Moossporen überzogen zu sehen. Da, schau doch einmal genau hin, die Säule hier am Eingangsportal. Das ist nicht mehr dasselbe strahlende Weiß wie im vergangenen Sommer. Das feucht kalte Klima im Winter bekommt der Farbe nicht. Und wenn sich ein schmutziger Grundton in das blütenreine Weiß mischt, also nein! Deshalb die Renovierung, das kannst du doch verstehen, nicht wahr? Oder wäre es dir lieber, ich würde das Moos ungehindert wuchern lassen?«

»Nein, natürlich nicht. Ich will ja nicht in einer Bruchbude zuhause sein müssen. Aber mir geht diese alljährliche Bauerei eben auch gewaltig auf die Nerven. Wieso hast du dir eigentlich unbedingt ein Haus in Baden aussuchen müssen?« Ganz unvermittelt verschärfte Mercedes mit ihrer ziemlich direkten Frage den Ton der Diskussion.
Dementsprechend erstaunt, ja beinahe schon brüskiert, gab sich Emil Jellinek bei seiner Antwort. »Wieso ich ausgerechnet Baden ausgesucht habe? Ja, wäre dir denn ein Etablissement irgendwo in Wien, womöglich in Ottakring, lieber gewesen.«
»Ottakring? Nein, nein, um Himmels willen! Wie kommst du nur auf einen solchen Gedanken, Papa?!« Allein die Vorstellung, auch nur eine einzige Nacht in einem der traditionellen Wiener Arbeiterwohnbezirke verbringen zu müssen, jagte kalte Schauder über den Rücken der verwöhnten jungen Dame.
»Oder Floridsdorf, Stammersdorf, Jedlersdorf«, bohrte ihr Vater zum Ausgleich für die gerade erfolgte Attacke nun genüsslich weiter in der offenen Wunde seiner Tochter.
Die winkte mit einer eindeutigen Geste ab. »Papa! Hör auf. Bitte. Ich gebe mich geschlagen«. Kopfschüttelnd betrachtete sie die zahlreichen Männer, die emsig auf dem Gerüst herumkletterten, mit dessen Holzteilen die ganze Fassadenfront zugebaut war. »Aber dennoch: jetzt erkläre mir halt einmal in aller Ruhe, wie du – oder vielmehr ihr – denn vermutlich war daran ja wohl auch meine Mama beteiligt, auf Baden gekommen seid.«
»In der Tat war auch deine Mutter daran beteiligt«, nickte Emil Jellinek nachdrücklich. »Nichts anderes wäre für uns in Frage gekommen. Wer im Sommer eine Alternative zu Wien sucht, der kommt zwangsläufig auf einen Kurort wie Baden. Bedenke nur, wer hier alles schon gewohnt und gewirkt hat. Nicht nur der internationale Adel gibt sich bereits seit Jahrhunderten ein Stelldichein. Dazu Schriftsteller, Maler und Musiker vom Range eines Haydn, Mozart und Beethoven. Dann seit den Zeiten des Kaisers Maximi-

lian unzählige gekrönte Häupter, Erzherzöge, Freiherren, Barone und Prinzen – wo sonst wäre also eine unseren Ansprüchen gemäße Unterkunft zu finden gewesen, wenn nicht hier in Baden? In diesem kaiserlichen Kurort, zu dem sich die Anwesenheit meiner wunderschönen Prinzessin fügt wie das sprichwörtliche Tüpfelchen auf dem ›i‹ ... Wenn du verstehst, was ich meine.«

»Ja, das verstehe ich schon«, gab Mercedes lächelnd zurück und rollte mit den Augen. »Und dennoch ... Am schlimmsten ist es im vorvergangenen Jahr gewesen, als wir nämlich erst in Nizza und dann gleich im Anschluss auch hier in Baden diese Heerscharen von Handwerkern ertragen mussten. Sozusagen damit vom Regen in die Traufe geraten sind. Das war die reine Hölle!«

»Im vorvergangenen Jahr ...« sinnierte Jellinek. »Was war denn da gleich wieder? Ach richtig: die Außenrenovierung in Nizza anlässlich meiner Geburtstagsfeier.«

»Genau. Es war grässlich. Ausgerechnet in Nizza, wo du solche Arbeiten doch für gewöhnlich während unserer Abwesenheit erledigen lässt.«

»Aber dieses Mal musste es schon sein, denn unsere Villa sollte zum Empfang der Geburtstagsgäste schließlich im schönsten Glanz erstrahlen. In blütenreinem Weiß, von keinem Schmutzfleck getrübt.«

»Natürlich. Das verstehe ich ja. Aber dass es danach in Baden nahtlos weiter ging. Das war schon hart. Genau wie jetzt ...«, warf sie einen vielsagenden Blick auf die zahlreichen Handwerker, die sich laut rufend und gestikulierend über die Gerüste hinweg verständigten. »Vielleicht sollten wir in der Zwischenzeit einen kleinen Erholungsurlaub auf dem Semmering einlegen, um dem Gelärme hier zu entfliehen.«

»Das wäre durchaus einer Überlegung wert«, wiegte ihr Vater den Kopf. »Ich wollte die Rennstrecke demnächst sowieso genauer inspizieren, da könnte man das Angenehme also gleich mit dem Nützlichen verbinden. Nachdem die Temperaturen in diesem Jahr doch schon in höchst erfreuliche Bereiche gestiegen sind und das allem Anschein nach in den kommenden Tagen so bleiben wird, da könnte eine Woche auf dem Semmering durchaus in Betracht gezogen werden. Ich denke, dass auch die anderen diesem Vorschlag etwas abgewinnen kön ...«

Mitten im Satz wurde er durch einen schrillen Aufschrei unterbrochen. »Vater – Achtung!«

Zu spät! Im selben Moment, als der Alarmruf an seine Ohren drang, war das Malheur auch schon passiert. Der Inhalt eines versehentlich umgekippten Farbkübels platschte vom Gerüst aus auf den fatalerweise genau darunter stehenden Emil Jellinek, dessen schöner schwarzer Anzug nun von oben bis unten mit der weißen Fassadenfarbe überzogen war. Von Jellineks schütterer, normalerweise rötlichblonder Haarpracht erst gar nicht zu reden.

Während sich die umstehenden Arbeiter rasch von ihrem Schreck erholten, nachdem sie bemerkten, dass der Unfall ohne schlimmere Folgen geblieben war, präsentierte sich der sonst so stolze und elegante Villenbesitzer wie der sprichwörtliche begossene Pudel – und entgegen seinem Temperament ausnahmsweise völlig sprachlos.

»Also, Papa, du solltest dich einmal im Spiegel betrachten. Das ... das sieht ja schon wieder richtig komisch aus, dich so dastehen zu sehen, wie eine der griechischen Gipsfiguren in der Eingangshalle.«

»Ich muss doch sehr bitten, Mercedes! Muss ich zu dem ganzen Unglück nun auch noch den Spott meiner Tochter ertragen«, fand der empörte Emil Jellinek allmählich seine Sprache wieder und tastete vorsichtig nach seinem Zwicker, der ihm durch die Wucht der Fassadenfarbe von der Nase gerissen worden war und nun als weißes Etwas an dem seidenen Fädchen baumelte, mit dem das Augenglas am Anzugsjackett befestigt war. »Diese Trottel! Ich brauche ja sicherlich gar nicht erst zu fragen, wer das gewesen ist. Eine Antwort werde ich ohnehin nicht bekommen. Also: mein Entschluss steht fest. Wir fahren! Auf der Stelle!«

»Aber Papa ...« konnte sich Mercedes ihre nur scheinbar

besorgte Frage nicht verkneifen, »du wolltest doch vorher noch die anderen um ihre Meinung fragen.«

Die Antwort erfolgte wie aus der Pistole geschossen: »Nichts da. Wir fahren. Sofort. Spiegel, bring mir meinen neuen Anzug! Und der Haas soll augenblicklich den Mercedes vorfahren! Rasch! In fünf Minuten ist Abfahrt!«

Es dauerte gut und gerne eine halbe Stunde – dann aber war es endlich so weit. »Na, was sagt ihr jetzt?« Gemessenen Schrittes und mit dem berühmten breiten Grinsen trat Emil Jellinek aus dem Portal der Villa zu seiner im milden Frühlingslicht auf den Hausherrn wartenden Familie. Buchstäblich in vollem Ornat. In seiner Ausgehuniform nämlich, die eigentlich den Empfängen an hohen Festtagen des Kaiserhauses vorbehalten war, denn es handelte sich dabei vornehmlich um einen militärischen Paraderock, der über und über mit Orden und Ehrenzeichen behängt war, so dass es an der Brust des stolzen Mannes nun glitzerte und funkelte wie in der Auslage eines Juweliergeschäftes. Stolz breitete er die Arme aus und drehte sich langsam um die eigene Achse. »Nun, wie sehe ich aus?«

»Wie ein radschlagender Pfau!«, entfuhr es Mercedes, worauf sie in ein glucksendes Lachen ausbrach, während ihre Stiefmutter erschrocken die Hände vor den Mund schlug. Den Vater derart zu brüskieren. Wo er doch im Hinblick auf sein manchmal durchaus etwas ungewöhnliches Äußeres nie auch nur die leiseste Bemerkung duldete. Nicht von seinen Freunden und Geschäftspartnern und schon gar nicht von seiner Familie, naturgemäß am wenigsten von den Kindern. Bis auf Mercedes vielleicht ...

Und tatsächlich: um die Mundwinkel des Vaters zuckte ein amüsiertes Lächeln. Schlagartig war die Vermutung wieder einmal bestätigt: Mercedes war und bleib die einzige, die sich solche Bemerkungen herausnehmen durfte. Bei allen anderen hätte es ein fürchterliches Donnerwetter gesetzt.

»Und wieso, wenn ich fragen darf?«, warf sich Emil Jellinek noch einmal stolz in die Brust.

»Schon deswegen, weil kein Fleckchen auf deinem Oberkörper mehr frei ist. Vor lauter Gold, Silber und Emaille – ein wildes Durcheinander an Formen, Stilen und Farben ...«
»... nun ja, ein kleines Fleckchen ließe sich wohl schon noch finden«, grinste der Ordensträger stolz. »Doch auch da bin ich der zuversichtlichen Hoffnung, es in Bälde schon besetzt zu haben. Aber in der Tat, du hast schon recht, ich werde dem Photografen wieder abtelefonieren, den ich habe herbestellen lassen. Es passt wohl nicht für ein Familienfoto. Vielleicht solltest du mir demnächst einmal helfen, auf meinem Frack eine gewisse Ordnung zu schaffen, damit ich anders daher komme und nicht mehr aussehen muss, wie ein balzender Pfau. Übrigens ein schönes Bild, das du da verbal von mir gezeichnet hast.«
»Da hinten kommt der Photograf schon, meldete sich einer der Halbbrüder von Mercedes, der kleine Alain, schüchtern zu Wort.
Ein Hinweis, den sein Vater mit einer unwirschen Handbewegung kommentierte. »Es ist mir jetzt doch unpassend. Er kann gleich wieder umdrehen. Solange er sein Geld für den entgangenen Auftrag bekommt, kann es ihm ja egal sein.«
»Ach Papa, komm schon. Jetzt, wo der Mann nun einmal da ist. Dann lass uns halt spontan eine Photografie von uns allen machen, ausnahmsweise einmal nicht stundenlang geprobt und gestellt im Studio, sondern ganz natürlich hier vor dem Haus in der schönen freien Natur. Ein einziges, klitzekleines Photo, Papa – zumindest eines fürs Kuriositätenkabinett«, fügte Mercedes schelmisch lächelnd hinzu, nachdem sie das andeutungsweise Kopfschütteln bemerkte, mit dem er ihren Vorschlag offenbar bescheiden wollte.
Und wieder einmal geschah es, wie so oft bei ihrem Vater. Von einer Sekunde auf die andere änderte er seinen Standpunkt, worauf er nunmehr genauso intensiv dem neuen Beschluss zu folgen pflegte.
»Also gut, du hast gewonnen. Ausnahmsweise. Eine Photo-

grafie fürs Kuriositätenkabinett. Die dann aber bei uns in der Familie unter Verschluss bleiben muss. Versprochen?«
»Versprochen«, lachte Mercedes und winkte den Mann mit der großen Staffelei und dem riesigen Photografenapparat rasch zu sich heran.
»Aber danach werde ich mir doch wieder lieber den Zivilanzug anziehen, das ist mir ohnehin angenehmer als dieses militärische Gepränge«, brummelte ihr Vater zum Abschluss der Debatte. »Immerhin sollten wir in dieser Familie ja auch nie vergessen, dass mein Onkel schließlich ein Revolutionär gewesen ist. Der für seine Ideen von Freiheit und Gerechtigkeit gestorben ist – erschossen von Soldaten in habsburgischen Uniformen. Nein, wirklich: diese Uniform ist absolut nichts für mich.«
Seltsam – auch Fernand musste diese Sätze damals gehört haben. Und dennoch sollte er nur wenige Jahre später als Leutnant mit einem k.u.k. Regiment in den Weltkrieg ziehen. Als Freiwilliger. War es die kritische Distanz zu seinem Vater, die er damit unter Beweis stellen wollte? Mercedes würde es nie in Erfahrung bringen.

Mitte Oktober 1905. Während sich in Baden allmählich die Blätter der großen Bäume im Kurpark in den schönsten Herbstfarben präsentierten, stellte diese Farbenpracht gleichzeitig wieder einmal das optische Signal für den Aufbruch der Jellineks in Richtung Mittelmeer dar. Und es gab noch einen weiteren Grund. Denn am gestrigen Sonntag mit seinen besonders angenehmen Temperaturen, hatte sich kurz vor Einbruch der Dämmerung eine wahre Menschenlawine über die Wiener Straße ergossen, an deren östlichen Ende die Villa der Jellineks zu finden war. Und obwohl sich die Wohngemächer der Familie weit entfernt vom vorderen Grundstücksrand befanden, war der Lärm, den die hör- und sichtbar angetrunkenen Menschen bei ihrer Rückkehr vom Sonntagsausflug verbreiteten, selbst hier noch zu hören. »Es ist in der Tat allerhöchste Zeit zum Aufbruch«, hatte die Stiefmutter angesichts der johlenden Mas-

se mit indignierter Miene gemeint. »Schau doch nur, Emil, was diese Leute hier an unserem Gartenzaun für fürchterliche Dinge treiben! Da uriniert so ein Geselle doch tatsächlich völlig ungeniert in unseren Vorgarten. Emil! Unternimm doch endlich etwas dagegen!«
»Gegen eine angetrunkene Masse ist kein Kraut gewachsen«, gab der achselzuckend zurück. »Aber gleichwohl: du hast recht. Es ist höchste Zeit, die Koffer packen zu lassen und abzureisen.«
»Wo haben sich diese Leute denn nur dermaßen betrunken? Und vor allem: weshalb denn?« Auch Mercedes konnte die Gänsehaut beinahe körperlich spüren, die sie angesichts des widerwärtigen Verhaltens einzelner Zecher ergriffen hatte.
»Natürlich in Gumpoldskirchen. Das ist ja nur ein paar Kilometer von hier entfernt – und bei dem sonnigen Sonntag heute haben offensichtlich viele die Gelegenheit zu einem schönen Spaziergang genutzt. Samt Einkehr beim Heurigen, wo sie – wie man unschwer hören und sehen kann – dem frischen Sturm nach Kräften zugesprochen haben!«
»Ein Sturm? Was soll das sein?« Mit fragender Miene musterte Madeleine Jellinek ihren Ehemann.
»Das ist der Saft von den frisch geernteten Trauben, der bereits leicht angegoren ist. In diesem Fall heute dürfte die Alkoholbildung allerdings schon ziemlich weit fortgeschritten sein, sonst würden wir jetzt nicht das Resultat so deutlich vorgeführt bekommen. Das ist nämlich das Teuflische an diesem Getränk: man hat eigentlich das Gefühl, nur süßen Traubensaft zu trinken – und hinterher, beim Aufstehen, da merkt man spätestens, dass offenbar bereits ein gehöriges Quantum Alkohol mit im Glas gewesen ist. Ganz abgesehen einmal von den anderen Folgen, die dieser zweifelhafte Genuss am morgigen Tag zeitigen wird«, lächelte Jellinek und schüttelte sich erschaudernd.
»Was heißt das nun wieder?«
»Das überlässt du am besten deiner Phantasie«, warf Mer-

cedes blitzschnell in die Debatte, bevor ihr Vater seiner Ehefrau womöglich auch noch die unangenehmen Konsequenzen im Hinblick auf die Verdauung ausführlicher auseinandergesetzt hätte, die einen überreichlichen Sturmgenuss grundsätzlich begleiteten. »Schau sie dir nur an, diese Leute. Womöglich wäre es doch besser gewesen, eine andere Behausung in Baden zu erwerben, als ausgerechnet ein Domizil direkt an der Ausfallstrasse nach Gumpoldskirchen, Papa.«

»Auch diesbezüglich habe ich mir schon meine Gedanken gemacht, darauf kannst du dich verlassen«, warf sich Emil Jellinek stolz in die Brust. »Es wird auch gar nicht mehr all zu lange dauern, dann werden wir zwischen zwei Wohnsitzen hier in Baden wählen können.« Mit dieser Aussage erntete er einen erstaunten Blick seiner Ehefrau. Einen Blick, der auch Mercedes nicht entgangen war. Also hatte ihr Papa wieder einmal im Alleingang gehandelt und seine Gemahlin gerade eben, en passant, wie er das nannte, in seine neuesten Pläne eingeweiht.

»Aber da wird es auch nicht wärmer sein als hier in der Wiener Strasse«, gab sie rasch zu bedenken. Rechtzeitig genug, um die Stiefmutter von einer möglicherweise scharfen Replik abzulenken. »Schaut doch nur, wie der Wind dort im Garten jetzt gerade in die Bäume fährt und die Blätter von den Ästen weht. Es wird tatsächlich höchste Zeit, das wir der Kälte hier entfliehen und uns in wärmere Gefilde begeben.«

»Also dann: auf zur raschen Flucht in unser bescheidenes Überwinterungsquartier«, schlug Emil Jellinek unternehmungslustig die Hände zusammen und gab damit das Startsignal zum Aufbruch in Richtung Mittelmeer. Waren da etwa schon wieder erste Schweißtropfen zu entdecken, die sich auf seiner Stirne bildeten? Die eindeutigen Vorboten seines legendären Reisefiebers. Mercedes schien es beinahe so. Nun denn, sie wusste, was dann zu tun war: nämlich, in diesen Tagen einen möglichst weiten Bogen um den nervösen Herrn Papa zu schlagen – und sich lieber um die eigenen Dinge zu kümmern, die unbedingt mit nach Nizza kommen mussten. Es würde zwar noch eine knappe Woche ins Land gehen, ehe auch die letzten großen Schrankkoffer von einer Heerschar ächzender Diener in die riesigen Transportwaggons zum Bahnhof gehievt worden waren. Dann aber konnte es endlich losgehen. Mercedes konnte es kaum noch erwarten, wieder in der wunderschönen Villa in Nizza einzutreffen. Nicht nur wegen des prächtigen Hauses mit der von Orangen- und Zitronenbäumen geschmückten Allee und seines nicht minder beeindruckenden Parks ringsum. Sondern vor allem wegen der bevorstehenden gesellschaftlichen Ereignisse, die auf die mittlerweile 16-Jährige warteten – wie hatte sie ihr Vater kürzlich so treffend genannt: die »vornehme junge Dame, der Schwarm aller Kavaliere von bestem Rang und Namen«. Die Winterballsaison in Nizza und in den anderen mondänen Städten an der französischen Riviera wie Monte Carlo und Cannes würde wieder beginnen – sehr zur Freude der genauso tanzbegeisterten wie kontaktfreudigen Mademoiselle Mercedes.

Schon im vergangenen Frühjahr an der Riviera – kurz vor ihrem damaligen Aufbruch nach Baden – war diese besondere Aufmerksamkeit zu spüren (und zu genießen) gewesen, die ihr als erblühende junge Frau zuteil geworden war. In wahren Scharen hatten sich die Verehrer eingefunden, die dem hübschen Fräulein ihre Aufwartung machten und es – bislang allerdings vergeblich – zu einem romantischen Ausflug auf die Promenade des Anglais einladen wollten.

Den Vogel hatte dabei ein bulgarischer Prinz abgeschossen, der zusammen mit seinem Vater, dem Fürsten von Bulgarien, anlässlich der großen Bootsausstellung von Nizza zu Besuch bei dem Monsieur Mercedes weilte, der inzwischen stolz auch den Titel eines österreichischen Honorarkonsuls führte. Quasi im Vorübergehen hatte der Fürst ein halbes Dutzend sündhaft teurer Mercedeswagen der neuesten Generation bei Emil Jellinek bestellt und dabei

sogar versucht, dessen engem Freund, dem Baron Rothschild, einen weiteren Wagen abspenstig zu machen. Was ihm jedoch nicht gelungen war. Noch nicht einmal die Verleihung eines hohen bulgarischen Ordens hatte etwas bewirken können. Der Baron von Rothschild sei ein langjähriger Geschäftspartner und Freund, demgegenüber er sein Wort keinesfalls brechen wolle und werde, hatte der kleine rothaarige Mann dem zunächst maßlos enttäuschten Fürsten zur Antwort gegeben, ihn dann jedoch auf raffinierte Weise mit einem anderen technischen Spitzenprodukt von seinem ursprünglichen Vorhaben abgelenkt. Er lud den Fürsten von Bulgarien zum Empfang auf eine seiner kürzlich erworbenen riesigen Motorjachten Mercedes I und II ein – und schaffte es mit diesem wohl durchdachten Schachzug, die Begeisterung des Monarchen auf diese von einem leistungsstarken Daimlermotor angetriebenen Schiffe zu lenken. Über Nacht war aus ihm ein glühender Anhänger der benzinbetriebenen Wunderwerke geworden. Selbstverständlich werde er dafür Sorge tragen, dass eine identische Jacht so raschest möglich an die Schwarzmeerküste geliefert werde, versprach Emil Jellinek seinem nun doch noch hochzufriedenen Gast, dem der exorbitante Preis des Schiffes nicht einmal einen erstaunten Augenaufschlag wert gewesen war.
Und noch jemand zeigte sich an diesem Tag entflammt – allerdings für die Tochter des Monsieur. Es handelte sich um einen der beiden Söhne des Fürsten, die ihren Vater beim Besuch auf der Mercedes-Jacht begleiten durften. Schlagartig war es um die Contenance von Prinz Cyrill von Bulgarien geschehen, als er die anmutige Mercedes hatte begrüßen dürfen. Den ganzen Abend konnte er seinen Blick nicht mehr von ihr lassen. Als der Prinz in Erfahrung brachte, dass es sich bei der Tochter des Gastgebers um eine besonders sportliche Reiterin handelte, da war auch schon ein Plan in ihm gereift, dem wenige Wochen die Tat folgen sollte: als die inzwischen nach Baden zurückgekehrte Mercedes nämlich eines schönen Morgens erwachte, hör-

te sie ein lautes Pferdegewieher, das direkt vom Eingang kommen musste. Und als sie wenig später aus dem Portal der großen Villa trat, da wurde ihr von einem Rittmeister in bulgarischer Paradeuniform eine temperamentvolle Stute präsentiert, die sie bitteschön als Geschenk des Prinzen Cyrill von Bulgarien betrachten möge, der ihr gleichzeitig seine herzlichsten Grüße überbringen lasse.
»Ein Königreich für ein Pferd«, schmunzelte Emil Jellinek vergnügt, der neben seine sprachlose Tochter trat. »Und zwar nach allem, was ich beurteilen kann, ein besonders edles Ross. Wenngleich es mit einem entscheidenden Nachteil versehen ist: es hat leider nur ein einziges PS! Und das ist für mich halt viel zu wenig ...«
»Ach Papa«, stimmte Mercedes in das Lachen ihres Vaters ein. »Wie kann man nur ein so schönes Geschöpf mit einer stinkenden Benzinkutsche vergleichen. Das ist wieder einmal typisch für dich. Ich wette übrigens, dass du dir für das Tier auch schon einen Namen überlegt hast?«
»Aber sicher«, strahlte der kleine Mann hinter seinen Zwickergläsern mit der Sonne um die Wette. »Mercedes natürlich. Wie anders könnte ein so edles Geschöpf denn sonst schon heißen. Nennen wir sie also Mercedes. Einverstanden?«
»Einverstanden«, grinste Mercedes. »Noch eine Mercedes: nach den besten Automobilen, den schönsten Villen und den schnellsten Motorjachten nun auch noch ein edles Ross. Von mir aus: Gerne!«
»Nicht zu vergessen die schönste aller schönen Töchter: Mercedes.«
So sehr sie sich über das großzügige Geschenk des Prinzen entzückt zeigte, so erfolglos blieb der junge Galan freilich bei seinen zahlreichen Bemühungen, mit der reizenden Mademoiselle in eine nähere Beziehung zu treten. Jeder noch so raffiniert eingefädelte Annäherungsversuch scheiterte an der kühlen Ablehnung des Fräuleins Mercedes, die sich zwar artig für das wundervolle Geschenk bedankte, dem bedauernswerten Prinzen aber mit knappen Worten

und kühlen Gesten eindeutig immer wieder zu verstehen gab, dass es bei der flüchtigen Bekanntschaft der beiden bitte schön sein Bewenden haben solle.

Jetzt also waren sie zurück in Nizza – rechtzeitig zum Beginn der Ballsaison, in die sich Mercedes mit voller Energie und Freude zu stürzen gedachte. Freilich ohne den Prinzen von Bulgarien als Begleiter!

Als besonders angenehm empfand sie – wieder einmal – die Abwesenheit der Stiefmutter. Denn diese hatte es kurz vor der Abfahrt in Richtung Nizza nach einem heftigen Streit zwischen den beiden Eheleuten vorgezogen, ihre Koffer samt den dazugehörenden Dienstboten an einen anderen Bestimmungsort umzulenken. Nach Neuilly-sur-Seine, dem Wohnort ihrer Mutter. Ihrem so häufig aufgesuchten Fluchtpunkt von der Familie Jellinek. Wieder einmal war es bei der Auseinandersetzung um das ewige gleiche Thema gegangen: um die ihrer Meinung nach übertriebene Bevorzugung von Mercedes. »Manchmal glaube ich, du siehst dich viel eher als meinen Vater, denn als dass du in mir deine Ehefrau erkennst«, hatte sie auf den recht deutlichen Altersunterschied zwischen den Eheleuten angespielt.

»Aber Madeleine! Das ist ungerecht, was du da sagst!« entrüstete sich Emil Jellinek. Und schon war der Streit in aller Heftigkeit entbrannt. Erst nach einer guten Viertelstunde schienen die Kontrahenten so weit erschöpft, dass sich die Lautstärke der gegenseitigen Anklagen nun doch hörbar minderte.

»Ich frage mich manchmal wirklich, weshalb du mich überhaupt geheiratet hast«, warf Madeleine schließlich in die Debatte und schüttelte mit einer resignierten Geste den Kopf.

Geraume Zeit herrschte nach dieser bitteren Bemerkung völlige Stille zwischen den beiden. Ein unnatürliches, bedrückendes Schweigen.

Dann endlich räusperte sich Emil Jellinek und musterte

seine Gattin mit einem schuldbewussten Blick: »Ich möchte nicht, dass du mich für einen schlechten Menschen hälst«, murmelte er mit betretener Miene. »Ich meine es wirklich nicht so, wie du das manchmal empfindest. Das liegt wahrlich nicht in meiner Absicht.«
»Wie auch immer. Ich erlebe es aber so«, beharrte sie trotzig auf ihrem Standpunkt.
Der nach den richtigen Worten ringende Mann warf in einer hilflosen Geste die Hände in die Luft. »Noch einmal, Madeleine: ich möchte das wirklich nicht, dass du diesen Eindruck von mir hast ...«
Mehr als ein erneutes trotziges Schweigen erntete er dafür jedoch nicht. Aber alleine die Körpersprache seiner Ehefrau verriet, wie wenig seine Worte bei ihr gefruchtet hatten.
Ganz unvermittelt klatschte Emil Jellinek plötzlich in die Hände und fuhr aus seinem Ledersessel auf. »Komm Madeleine, lass uns zum Hauptplatz fahren. Ich habe da gestern beim Juwelier nämlich ein wunderschönes Diadem gesehen. Das wird dir sicherlich gefallen. Ich möchte es dir schenken. Komm, beeile dich bitte – bevor es uns ein anderer womöglich vor der Nase wegkauft. Es soll dir gehören – dir, und niemandem sonst!«
Damit war die Auseinandersetzung genauso abrupt beendet worden, wie sie begonnen hatte. Madeleine erhielt das versprochene – sündhaft teure – Diadem und verzichtete im Gegenzug auf eine weitere verbale Attacke im Hinblick auf ihren Ehemann. Allerdings eine gewisse Strafe sollte dennoch sein: und so beschloss die Madame Jellinek, nicht wie ursprünglich geplant, mit der Familie ins Winterquartier nach Nizza zu reisen, sondern erst einmal einen Aufenthalt in Neuilly-sur-Seine einzuplanen. Womöglich sogar für mehrere Wochen.
Der Gatte in seiner Einsamkeit durfte sie getrost schmerzlich vermissen, vielleicht würde ihm dann endlich bewusst, dass er an seinem Verhalten der eigenen Ehefrau gegenüber dringend etwas verändern sollte.

Während Emil Jellinek dann auch pflichtgemäß das erwartet betrübte Gesicht zur Schau stellte, als Madeleine ihm ihren Entschluss verkündete, blieben ihr die strahlenden Mienen glücklicherweise verborgen, mit denen Vater und Tochter kurz danach ihre Abreise in Richtung Paris begleiteten.
»Es ist das Beste so – für uns alle«, kommentierte Emil Jellinek trocken, als der Chauffeur den großen Wagen mit seiner Ehefrau und den kleinen Kindern behutsam durch die Ausfahrt der Villa Mercedes in Baden steuerte und sich zwischen die Pferdedroschken auf der Wiener Strasse einreihte.
»Da magst du recht haben, Papa. Nun habe ich dich wieder ganz für mich alleine! Wie schön!«, jubelte Mercedes und wedelte ausgelassen mit den Armen. »Nizza, wir kommen!«

Gleich nach der Ankunft aus Baden hatte sie sich von ihrem Vater zu einem Spaziergang hoch auf den Mont Boron überreden lassen – es war ein herrlicher Spätherbsttag mit einem geradezu atemberaubend schönen Ausblick auf die Stadt, den Hafen und weit hinaus auf das im milden Sonnenlicht glitzernde Mittelmeer. »Ach wie schön das alles hier ist. Und ich freue mich auch schon so richtig auf diese glanzvollen Bälle, die in Nizza eine ganz besondere Eleganz haben. Irgendwie ... wie soll ich es ausdrücken: auf eine ganz eigene Art und Weise scheinen mir das Leben und der Umgang miteinander hier irgendwie geschmeidiger zu sein als in der eher steifen Atmosphäre von Baden. Dort sind alle so ungemein förmlich und viel weniger lebenslustig als am Mittelmeer.«
»Hier sind wir eben in Frankreich. Und im Süden, speziell in Nizza, ist dazu ein recht kräftiger Schuss heißes italienisches Blut mit im Spiel. Nizza war ja bis vor 45 Jahren noch eine italienische Stadt, bis es dann zu Frankreich gekommen ist.«
»Die heißblütigen Italiener. Ja, das merkt man«, lachte Mercedes. »Ach – ich liebe das alles und erst recht dich, dass du mir das alles ermöglichst, Papa.«

Sie umarmte ihren Vater stürmisch und drückte einen schmatzenden Kuss auf seine Wange. Emil Jellinek schüttelte sanft den Kopf und betrachtet seine Tochter mit einem amüsiertem Blick: »Also wirklich Mercedes. Wenn das die Leute sehen. Man könnte ja beinahe glauben, dass ...«
»Dass was? Sprich es ruhig aus: dass ich in meinen Papa verliebt bin? Ja, das dürfen ruhig alle hören.« Sie holte tief Atem, um dann aus voller Kehle über die Stadt zu rufen: »Alle herhören in Nizza. Ja, es stimmt: ich bin verliebt in meinen Papa. Den besten Papa der Welt!«
»Meine Tochter. Unglaublich!«
»Wer sagt immer zu mir: der Apfel fällt nicht weit vom Stamm?«
Die beiden brachen in ein schallendes Gelächter aus. »Du gibst halt niemals Ruhe. Du ewiger Wirbelwind!«
»Solange ich lebe, muss etwas geboten sein. Sonst wäre das Leben doch langweilig, oder?«
Wie auf ein unhörbares Stichwort fegte in diesem Augenblick ein heftiger Windstoss über den Berggipfel und blies die Röcke von Mercedes kräftig auf, die diesen wahrhaft stürmischen Vorfall mit einem kleinen Aufschrei quittierte, um danach den Rocksaum kichernd wieder glatt zu streichen.
»Da bitte – da haben wir es schon: du bist und bleibst eine stürmische Person. Ein einfacher Windhauch tut es dir nicht.«
»Der Mistral hier ist mir in der Tat lieber. Der hat Charakter, der hat Kraft. Er ist für mich sozusagen der Fanfarenstoß, mit dem die Saison beginnt. Ein kräftiger Mistral gehört einfach für mich zu Nizza, genauso wie die Palmen, der Hafen, das Meer und die herrlichen Paläste.«
»Das Ungestüm der Jugend ...«
»Als wenn du selbst jemals zur Ruhe gekommen wärest!«
»Wenn ich zur Ruhe komme, dann bin ich tot. Andererseits«, fuhr ihr Vater plötzlich in einem ernsteren Tonfall fort. »Andererseits gibt es auch Aufregungen, die ich mir auf Dauer nicht mehr zumuten möchte. Deshalb werde ich

mich schrittweise aus dem ewigen Ärger mit der DMG zurückziehen und lieber wieder andere Geschäfte aufleben lassen. Zum Beispiel möchte ich mich in stärkerem Maße meiner Funktion bei der österreichischen Daimlergesellschaft zuwenden.« Es blinzelte schalkhaft in seinen Augen. »Wer weiß, vielleicht können wir die Herrschaften in Cannstatt eines Tages mit unseren Produkten dann sogar überholen. Dafür würde ich jedenfalls eine ordentliche Summe zur Verfügung stellen, um diesen Triumph zu erleben. Im Übrigen bin ich durchaus der Meinung, dass sich die Benzinwagen gegen die Konkurrenz aus Dampfwagen, Mixtewagen mit Elektro- und Verbrennungsmotor sowie sogar gegenüber den Pferdekutschen noch immer nicht endgültig durchgesetzt haben. Ein schlimmer Unfall, eine größere Pannenserie bei der neuen Technik – und alles ist womöglich umsonst gewesen. Man wird da höllisch aufpassen müssen, dass es nicht so weit kommt. Aber das scheint dich nicht sonderlich zu interessieren?«, bemerkte er das überdeutliche Gähnen seiner Tochter.
»Nein, das reißt mich tatsächlich nicht vom Stuhl, dieser ganze Technikkrimkrams«, bestätigte Mercedes betont gelangweilt, um etwas schnippisch noch zu ergänzen. »Aber dafür habe ich ja dich.«
Die Reaktion ihres Vaters mündete in einem dementsprechend tiefen Seufzer. »Technikkrimskrams! Ich sage es ja: Frauen und Technik! Dabei will ich mich doch etwas mehr zurückziehen, könnte also ein bisschen Mithilfe aus der eigenen Familie ganz gut gebrauchen. Aber zum guten Glück gibt es ja den Otto Zels. Der ist bereit, auch weiterhin fest für mich zu arbeiten und meine Interessen der DMG gegenüber zu vertreten, was ihm dank seiner technischen Ausbildung ja problemlos möglich ist. Die Herrschaften bei der DMG haben sich bereits damit einverstanden erklärt. Es ist ihnen sogar recht. Wobei sie freilich die Rechung ohne den Wirt gemacht haben: denn erstens lässt sich der Otto aufgrund seiner technischen Kenntnisse noch viel weniger leicht ein X für ein U vormachen als ich, und

zweitens ist er mir bedingungslos ergeben. Er wird alle meine Wünsche eins zu eins an sie weiter geben. Und damit werden meine Jesuitenfreunde dort gleich noch mehr beschäftigt sein als bisher«, grinste Emil Jellinek spitzbübisch. »Allerdings wird das wohl tatsächlich bedeuten, dass ich vor lauter Langeweile bald das Zeitliche segnen werde ...«
»Alles, nur das nicht Vater! Dann sterbe ich gleich mit dir!«
»Ach was. Du hast das ganz Leben doch noch von dir – während ich mit meinen ...«
»... tausend Zipperlein ...«
»Spotte nicht auch noch über deinen armen alten Vater!«
»Alter Vater, dass ich nicht lache. Ich werde dich gleich morgen Abend, beim Willkommensball des Barons Rothschild lehren, noch einmal vom alten Vater zu fabulieren. Wir werden gemeinsam tanzen, bis wir umfallen!«
Emil Jellinek verzog säuerlich das Gesicht: »Genau das befürchte ich auch. Das ist nämlich das Einzige in Nizza, was ich nicht mag. Diese steife Tanzerei. Wenn sie mich damit nur nicht immer wieder behelligen würden.«
»Es wäre doch ganz einfach, dem zu entgehen. Du hättest doch eine gute Ausrede ...«
»Welche denn?«
»Na, dein linkes Bein, durch den Unfall damals ...«
»Das kommt ja gar nicht in Frage!«, fiel er seiner Tochter hart ins Wort. Die Replik war schärfer ausgefallen als beabsichtigt. Überrascht blickte Mercedes hoch und musterte ihren Vater mit einem forschenden Blick, bevor sie in ein fröhliches Lachen ausbrach. »Das ist er wieder, mein lieber Vater, nur ja keine Schwächen zugeben. Selbst wenn es gar kein angeborenes körperliches Gebrechen ist, sondern von einem Reitunfall herrührt ...«
»... dank dem ich immerhin deine Mutter kennen lernen durfte. Ach Rachel!« Er seufzte tief auf und richtete dabei einen unsicher flackernden Blick auf das weite Meer hinaus. Eine Zeitlang verharrten sie schweigend und genossen den atemberaubend schönen Ausblick vom Mont Boron in vollen Zügen.

Urplötzlich hob Emil Jellinek seinen Kopf und wies mit dem weit ausgestreckten rechten Arm auf einen Hügel gegenüber. »Dort drüben, da liegt sie begraben, meine Rachel, deine wunderbare Mutter!«
Mercedes nickte stumm.
»Immerhin haben wir einen wunderschönen Ort für ihre letzte Ruhestätte finden können – einen schöneren Platz gibt es wohl auf der ganzen Welt nicht mehr. Mit diesem prächtigen Blick auf die Promenade des Anglais und auf den Hafen, das ist schon einmalig ... Mercedes ...?«
Allein der deutlich veränderte Tonfall in der Stimme ihres Vaters ließ das Mädchen aufhorchen. »Ja?«
»Mercedes! Du musst mir bitte eines versprechen.« Emil Jellinek war inzwischen ganz nahe an seine Tochter herangetreten, legte beide Arme schwer auf ihre Schultern und bedachte sie dabei mit einem derart eigenartig ernsten Blick aus tieftraurigen Augen, dass sie unwillkürlich zu frösteln begann.
»Alles, was du willst, Papa«, murmelte sie mit belegter Stimme. »Was ist es denn?«
»Du musst mir versprechen, dass du mich eines Tages dort drüben begraben lässt ...«
»Aber Papa, bitte!« Erschrocken schlug Mercedes die Hände vor den Mund. »Sag doch bitte so etwas nicht. Du musst bei mir bleiben. Ich möchte nicht auch dich noch verlieren müssen. Bitte Papa, sag so etwas nie wieder!«
Doch der ansonsten scheinbar so sorglos und leicht in den Tag hinein lebende Emil Jellinek schüttelte nur traurig seinen Kopf. »Man muss den Tatsachen ins Auge sehen. Und dies am besten rechtzeitig. Tatsache ist nun einmal, dass ich als dein Vater naturgemäß um einiges älter bin als du und dass ich nach dem Gesetz der Wahrscheinlichkeit deshalb auch früher sterben werde als du. Deshalb meine ganz ernst gemeinte Bitte an dich, Mercedes: bitte sorge dafür, dass ich eines Tages hier zur letzten Ruhe gebettet werde. An der Seite meiner geliebten Frau. Hier. Das ist es, was du mir versprechen musst. Das ist mein einziger Wunsch an

dich. Hier – und nirgendwo sonst. Willst du mir diesen Gefallen tun?«
»Aber ... aber was ... was ist mit der anderen ... mit ... mit deiner jetzigen Frau?« stammelte die nach wie vor schockierte Mercedes verwirrt. »Was wird sie dazu sagen? Meine ... meine Stiefmutter?«
»Das tut jetzt nichts zur Sache«, wischte Jellinek den Einwand barsch beiseite. »Für sie werden eines Tages deine Halbgeschwister Sorge tragen. Da bin ich mir ganz sicher. Aber mein Wille steht fest, egal an welchem Ort der Welt ich mein müdes Haupt zum ewigen Schlaf niederlegen werde: du wirst dafür sorgen, dass ich Seite an Seite mit deiner Mutter ruhe ...« Ein Tonfall, wie ihn der Papa ihr gegenüber noch niemals angeschlagen hatte. »Mein Wunsch ist es, hier begraben zu werden. Und deshalb frage ich dich als meine Tochter, als mein mir am nächsten stehendes Kind: willst du meinen Wunsch befolgen? Ja oder nein?«
Wann hatte es jemals ein Gespräch von dieser Tragweite zwischen ihnen beiden gegebene? Noch nie. Dem Vater war es ernst, bitter ernst. Das war unschwer zu spüren. Und auch wenn es sich um eine noch so bedrückende Vorstellung handelte, schien er zu erwarten, dass auch sie über ihren Schatten sprang und ihm dieses Versprechen gab – so schwer es für sie auch sein mochte, sich diesen Satz abzuringen. »Ich verspreche es dir, Papa. Bei allem, was mir heilig ist. Beim Leben meines Vaters nämlich!«
Über Emil Jellineks traurige Miene huschte ein kurzes Leuchten, als diese schlagfertige Antwort erfolgt war. »Das ist wieder einmal typisch meine kleine Prinzessin. Nun gut, ich habe dein Versprechen erhalten. Eines Tages werde ich Seite an Seite mit deiner Mutter ruhen – und du wirst uns beide auf dem Cimiez-Hügel besuchen können. Mit dieser Gewissheit habe ich nun endgültig meinen Seelenfrieden gefunden.«
Vater und Tochter sollten nach diesem schwermütigen Gespräch noch etwas mehr als 15 gemeinsame Jahre verbleiben. Aber auch nach seinem Tod verhinderten widrige Um-

stände, das von ihr abgegebene Versprechen einlösen zu können ...

Nach einigen Minuten des Schweigens räusperte Mercedes sich trocken. »Wenn wir schon bei diesem unangenehmen Thema sind, Papa ...« begann sie vorsichtig. »Wieso hast du das Grabmal eigentlich nicht nebenan auf dem Jüdischen Friedhof errichten lassen?«
»Weil wir uns zu dieser Zeit schon längst auch offiziell vom Judentum abgewandt hatten. Da war ich mir mit deiner Mutter in den letzten Tagen ihres Lebens einig: sie wollte auf diesem wunderschönen Friedhof begraben werden, bewacht von den riesigen Engeln hier überall. «
Mercedes war das wiederholte Blinzeln nicht entgangen, mit dem ihr Vater verstohlen um seine Fassung rang. Es war hohe Zeit, sich endlich anderen Themen zuzuwenden. Sanft ergriff sie mit ihrer Rechten die Hand des traurigen Mannes und zog ihn langsam mit sich auf dem kurzen Weg von der Aussichtsplattform bis zu der Stelle, an der ihr Chauffeur Haas geduldig mit dem Wagen auf die beiden wartete.
Beim Einsteigen verzichtete Emil Jellinek – im krassen Gegensatz zu seinen sonstigen Gepflogenheiten – sogar darauf, dem Chauffeur die übliche Anweisung zu erteilen: »Fahren sie bitte wieder wie der Fahrer eines Automobils und nicht wie ein Droschkenkutscher«, was den über das Ausbleiben des mit absoluter Gewissheit erwarteten Befehls ziemlich verdatterten Haas dazu veranlasste, einen irritierten Blick auf Mercedes zu werfen. Doch auch sie wusste keine richtige Antwort auf die stumme Frage des Fahrers, sondern zuckte nur vieldeutig mit den Schultern.
In betont langsamer Fahrt ging es deshalb den Nizzaer Hausberg wieder hinunter.
Zwischen den beiden Fahrgästen herrschte erneut völlige Stille. Nur die Knattergeräusche des Motors waren zu hören. Noch immer schien der Vater tief in traurige Gedanken versunken.

Dann, ganz unvermittelt nahm er den Gesprächsfaden wieder auf. »Ich habe hier oben übrigens einmal den Friedrich Nietzsche getroffen.«
»Den wen?«
»Sage nur, dir sagt der Namen Nietzsche nichts! Wozu bezahle ich dann eigentlich einen Hauslehrer für dich, wenn dir der Kerl nichts beibringt. Noch nicht einmal Nietzsche. Der Name sagt dir also wirklich gar nichts?«
»Nein, tut er nicht. Obwohl dieser Name eigentlich ja seltsam genug ist, dass man sich ihn merken müsste, aber der Kerl ist mir noch nie über den Weg gelaufen.«
»Der Kerl! Wie redest du nur über einen der größten Philosophen des 19. Jahrhunderts?!«
»Wie über alle anderen Philosophen auch. Sie langweilen mich mit ihren Tausende Seiten langen Gedankengängen. Außerdem nehmen sie das Leben viel zu schwer. Alle. Allein vom Lesen ihrer Titel bekomme ich schon Depressionen.«
»Aber doch nicht von Nietzsche!«
»Das weiß ich nicht – ich kenne ihn ja nicht. Und gelesen habe ich wie gesagt auch noch nie etwas von dem. Wie wäre es, wenn du den Mann eben einmal zu uns einlädst. Zum Nachmittagstee. Danach kann ich dir sagen, was ich von ihm halte.«
»Das geht nicht.«
»Und warum nicht?«
»Weil er schon vor fünf Jahren verstorben ist.«
»Aha. Auch das noch. Was soll mich folglich an einem verstorbenen Langweiler interessieren?«
Emil Jellinek schüttelte heftig den Kopf. »Nietzsche ist kein Langweiler. Er ist der größte Denker, dessen Schriften ich jemals gelesen habe. Ich verehre ihn!« Wieder verfiel er in ein länger anhaltendes, melancholisches Schweigen. Offenkundig schienen ihn tief traurige Gedanken zu bewegen. So still und nachdenklich hatte Mercedes ihren Vater schon lange nicht mehr erlebt. Es war höchste Zeit, gegenzusteuern. Aber wie? Sie räusperte sich vorsichtig.

»Und wenn das also so ist, weshalb hast du mir noch nie etwas von ihm und seinen Schriften erzählt.«

Überrascht hob der aus seinen Gedanken gerissene Emil Jellinek den Kopf und blinzelte unsicher in Richtung seiner Tochter: »Wie meinst du?«

»Weshalb wir uns noch nie über diesen Nietzsche unterhalten haben.«

»Das ist in der Tat erstaunlich.«

»Was hat er denn so alles geschrieben – und wie war das nun genau mit deiner Begegnung am Mont Boron?«

Ihr Vater atmete tief durch, bevor er mit seiner Schilderung begann. »Es war eines der ersten Jahre, die ich im Winter in Nizza verbracht habe – und sein letztes. Er war damals schon stark von einer Krankheit gezeichnet. Ich glaube es war 1888, als er zum letzten Mal in Nizza gewesen ist.«

»... also ein Jahr, bevor ich geboren worden bin«, warf Mercedes dazwischen, freilich ohne dass ihr Vater den Ball aufgegriffen hätte.

»Zuvor ist der Herr Nietzsche viele Jahre lang hierher gekommen. Er hat diese Stadt im Übrigen genauso empfunden, wie ich das inzwischen tue – dann ist er nach seinem letzten Herbstaufenthalt weiter nach Turin, wo er, wie man munkelt, einen Gehirnschlag erlitten hat. Er hat zwar noch zehn Jahre gelebt, ist aber dadurch in geistige Umnachtung gefallen.« Wieder machte er eine überlange Pause, bevor er fortfuhr. »Er ist übrigens meistens in der »Pension de Genève« abgestiegen.«

»War er ein Deutscher?«

»Nur von Geburt. Später hat er die deutsche Staatsbürgerschaft niedergelegt und war fortan staatenlos. Die politischen Grenzen waren ihm und seiner Philosophie zu eng, zu erdrückend. Ich kann das durchaus verstehen ...«

»... aber staatenlos? Das stelle ich mir nicht gerade einfach vor. Allein das Reisen. Die ganzen Formalitäten an der Grenze.«

»Das war ihm einerlei. Er fühlte sich keinem Staat, keinem König oder Kaiser verpflichtet, sondern nur seiner Wissenschaft. Dem großen Ganzen. So war er nun einmal. Wie gesagt, einmal habe ich ihn kurz erleben dürfen, oben am Mont Boron. Eine wirklich beeindruckende Persönlichkeit ...«

»Genau wie du!«

Auch auf diese Bemerkung erfolgte erstaunlicherweise keine Reaktion. »Er erlebte Nizza ganz ähnlich, wie ich es mittlerweile wahrnehme: ›Durch und durch widersprüchlich, faszinierend, unausstehlich, unwichtig, großstädtisch, lärmend, stupid‹. So hat er sich ausgedrückt über diese Stadt, von der er dennoch nicht lassen konnte und auch nicht wollte. Schon allein des Klimas wegen – nun gut, da hätte er auch an die Riviera gehen können, was er sogar einige Male versucht hat, aber immer wieder hat es ihn eben hierher gezogen. In diese großartige Stadt mit all ihren Widersprüchen. Die nicht italienisch und auch nicht französisch ist, egal, was der Präfekt auch immer sagen mag: sie bildet ein wundervolles Konglomerat aus allem. Nicht immer nur aus dem besten Stoff – aber eben aus allem. Die Mischung ist es, die das faszinierende Ganze ausmacht.«

»Nun ja«, Mercedes teilte diese seltsam distanzierte Begeisterung ihres Vaters für die glanzvolle Stadt an der Côte d'Azur nicht unbedingt. Das mochte schon in der Tatsache begründet liegen, dass sie Nizza seit eh und je im prunkvollen Jellinekschen Haushalt erleben konnte und auch an ihrer Jugend – an ihren 16 Lebensjahren, einem Alter, in dem die schönen Seiten des erblühenden Lebens naturgemäß verlockender aufscheinen als das triste Grau des bürgerlichen Alltags. »Und was findest du nun an seinen Schriften so bemerkenswert?«

»Das ist dieser unbedingte Wille zur Macht, den er postuliert. Vor allem in seinem bedeutendsten Werk. Es heißt ›Also sprach Zarathustra‹ – ein wahrhaft epochales Meisterstück der Philosophie.«

Mercedes ließ ihr klangvolles Lachen ertönen und bedachte ihren nachdenklichen Vater mit einem schelmischen Blick aus ihren dunklen Augen. »Der Wille zur Macht«, klatschte sie in gespielter Begeisterung in die Hände, »jetzt ist mir alles klar. Dieser Zarathustra, der bist in Wahrheit du. Du selber – und sonst keiner.«

Überrascht von der lautstarken Fröhlichkeit neben sich hob Emil Jellinek den Kopf und musterte seine Tochter verwundert. »Ich? Der Zarathustra? Also weißt du ... also wirklich ... also: je länger ich darüber nachdenke, desto logischer erscheint mir ...«

»... die Tatsache, dass dieser Nietzsche seinen Zarathustra deshalb so gut beschrieben hat, weil er in Wahrheit dich meinte«, fuhr Mercedes immer noch lachend fort.

Auch ihr Vater stimmte jetzt – endlich! – in das Lachen ein. »Also, das geht zwar an der historischen Wahrheit ziemlich vorbei, aber nun gut: zumindest möchte ich es nicht unbedingt als ehrenrührig betrachten, mit einer Hauptperson des großen Philosophen Friedrich Nietzsche in direkte Verbindung gebracht zu werden.« Amüsiert pflückte er seinen Zwicker von der Nase, polierte ihn sorgfältig mit dem seidenen Brusttuch, drückte den Rücken kerzengerade durch und platzierte die Sehhilfe anschließend wieder penibel auf der Nasenwurzel. »So!« Zufrieden schnaufte er durch und blinzelte seiner Tochter zu, während sich das berühmte breite Grinsen auf seiner Miene ausbreitetet. »Genug der trüben Molltöne. Wir sind wieder hier! Zurück in Nizza! Dem lebenslustigsten, quirligsten, widersprüchlichsten und schönsten Platz auf Gottes ganzem weiten Erdboden.«

Unversehens schoss er mit dem Oberkörper nach vorne und klopfte dem Chauffeur mit den Fingerknöchel der rechten Hand energisch auf die Schulter: »Was ist denn eigentlich los, Haas? Wieso sind wir denn noch immer nicht da?! Wie kann das mit so einem schnellen Wagen nur so lange dauern. Was ist denn das für ein fürchterliches Gezuckel. Was sollen denn die Leute denken? Auf geht's! Tempo jetzt. Gas geben – sonst setze ich mich selbst ans Steuer!«

Das war er endlich wieder. Gott sei Dank! Mercedes atmete

erleichtert auf. Ihr Vater hatte sich wieder gefangen. Der temperamentvolle Emil Jellinek, wie er leibte und lebte, schimpfte, wetterte und lachte. Wie sie ihn liebte!

Frühherbst des Jahres 1906. Die Taufe des neuen Automobils, das erstmals durch Ferdinand Porsche, den neuen technischen Direktor der Österreichischen Motorengesellschaft (der späteren Austro-Daimler), auf Wunsch und mit kräftiger Unterstützung seines großzügigen Förderers Emil Jellinek entwickelt worden war, geriet zu einer überaus prunkvollen Zeremonie. Denn es handelte sich ja nicht um irgendeine x-beliebige Neuentwicklung, sondern um einen geradezu historischen Moment. Zumindest in den Augen von Madeleine Jellinek-Mercedes, die bei ihrem Ehemann tatsächlich durchgesetzt hatte, dass dieses Automobil künftig den Kosenamen ihrer vor knapp vier Wochen geborenen Tochter Andrée tragen sollte: der Majawagen! Für den festlichen Taufakt schien der Familie das Beste wieder einmal gerade gut genug, bis hin zu einem besonders teuren Champagner, den die überstolze Mutter der Namenspatin zum Entsetzen der zahlreichen Gäste ohne mit der Wimper zu zucken einfach über die Kühlerpartie des nagelneuen Prototyps schüttete. »Was für eine maßlose Verschwendung!«

Hauptsächlich den ebenfalls in erstaunlicher Anzahl versammelten adeligen Besuchern wurde zu ihrem Leidwesen damit wieder einmal besonders drastisch vor Augen geführt, wie wenig Stil diese Emporkömmlinge in der Öffentlichkeit doch an den Tag legten und wie geradezu unerträglich dieses neureiche Gehabe eigentlich war. Aber darüber zerbrach sich die bestens gelaunte Madeleine Jellinek-Mercedes keineswegs ihren Kopf, ganz im Gegenteil sogar, denn wie sonst hätte sie den Anwesenden noch deutlicher veranschaulichen können, dass heute ein neues Automobil den Namen eines Säuglings erhielt, eines kleinen Mädchens, das erst im August zur Welt gekommen war.

Es hatte sicherlich einiger Überzeugungskraft der Madame Jellinek-Mercedes bedurft, um sich mit dieser Bitte Gehör zu verschaffen.
Was die Gäste natürlich nicht wussten, das war die Tatsache, welch geradezu brachiale Gewalt seiner Ehefrau den Ausschlag dafür gegeben hatte, dass Emil Jellinek-Mercedes dem ultimativen »Wunsch« schließlich entsprach. Nur allzu deutlich erinnerte sich freilich ein 17- jähriges Mädchen an diese Auseinandersetzung, bei der die Stiefmutter ein ums andere Mal vorwurfsvoll die Worte »Mercedes, Mercedes, immer nur Mercedes« in den Raum geschleudert hatte.
Doch nun war ja alles gut – und es war auch durchaus im Sinne von Mercedes, die sich nicht nur stolz und glücklich über die Geburt ihrer kleinen Halbschwester fühlte, sondern nicht minder die Tatsache genoss, dass nun also die beiden Mädchen der Familie als Namensgeberinnen von hochmodernen und vielbestaunten Automobilen fungierten, die von ihrem Papa als Krone des technischen Fortschritts gepriesen wurden. Selbst wenn sie mit diesem ganzen Technikkram genauso wenig anfangen konnte wie mit den Automobilen selbst. Hauptsache, diese brachten sie rasch und bequem vom einen zum anderen Ort. Alles andere war ihr einerlei. So seelenverwandt sich Vater und Tochter auch fühlen mochten, in dieser Hinsicht war ihr die überbordende Leidenschaftlichkeit des »Monsieur Mercedes« völlig fremd.
Dagegen war Mercedes nicht entgangen, dass ihr Vater am Tag der Taufe des Majawagens ein zweites Ereignis genauso begeistert feierte: den überragenden Triumph, den sein Rennfahrer Hermann Braun am 23. September im Semmeringrennen für ihn eingefahren hatte. Natürlich in einem Mercedes-Wagen. Was sonst?! Unglaubliche 100 PS wies der Motor an Leistungsstärke auf, beinahe zuviel, um das Automobil in den engen Kurven am Semmering noch in der Spur zu halten.
Doch alles war gut gegangen: dank der zahlreichen raffi-

nierten technischen Details, die zu einem erheblichen Teil auf seine Anregungen hin eingebaut worden waren. Neue Konstruktionsmerkmale, die er Mercedes zwar auf das Ausführlichste zu erklären versucht hatte, freilich ohne dass sie nur einen Funken davon verstanden hätte.
Irgendetwas von einer sogenannten »Prise directe« hatte der überstolze Papa da gemurmelt, zu deren Einbau sich die Cannstatter endlich hätten durchringen können. Anstandshalber hatte sie sich nach der Bedeutung dieses Begriffs erkundigt und dann Stichwort wie »Direktkupplung« und »schnellere Schaltmöglichkeit« zur Antwort bekommen. Eine Erklärung, mit der sie wenig anzufangen wusste. Weshalb denn auch!
Hauptsache, der Mercedeswagen hatte wieder einmal einen überlegenen Sieg davon getragen – zur überschäumenden Begeisterung ihres Vaters mit der neuen Rekordgeschwindigkeit von durchschnittlich 77 Stundenkilometern. »Mercedes ist und bleibt unerreicht! Das Beste vom Besten! Im Automobilbereich genauso wie im wahren Leben!«, brachte ihr höchst ausgelassener Vater, den sie bekanntlich auch schon in ganz anderer Tonart von den »Dilettanten in Cannstatt« hatte schimpfen hören, noch einmal einen feierlicher Toast auf den historisch zu nennenden Triumph des DMG Wagens am Semmering aus.
»Nicht so laut, Papa!« stupste ihn Mercedes in die Seite und wies mit ihrem Blick vorsichtig zur Stiefmutter hinüber, die umringt von einem Kreis neidvoller Damen, zum wahrscheinlich einhundertstenmal am heutigen Tag erklärte, welch goldene Zukunft dem neuen Majawagen bevorstände. »Nicht, dass sie dich sonst noch dazu zwingt, dich umzubenennen. Das würde ich ihr nämlich durchaus zutrauen.«
Ihr Vater zuckte verständnislos mit den Achseln. »Umbenennen? Was meinst du damit?«
»Dass du dich künftig nicht mehr Jellinek-Mercedes nennen darfst, sondern den Familiennamen in Jellinek-Maja umwandelst ...«

»Jellinek-Maja ... Das wäre ja noch mal schöner«, lächelte der elegante Mann in seiner schneidigen Ausgehuniform eher gequält, um sich kurz danach wieder in seiner gewohnt selbstbewussten Haltung zu präsentieren. Dennoch zuckte es verräterisch um seine Mundwinkel. Für Mercedes ein eindeutiger Hinweis, dass es in der Seele ihres Papas gerade kräftig rumorte. Das war die Gelegenheit, ein Thema anzusprechen, das sie schon länger beschäftigte. Sie hatte bislang nur noch nicht den richtigen Zeitpunkt dafür gefunden. Aber jetzt war er gekommen. »Und noch etwas, Papa«, wisperte sie ihm leise ins Ohr. »Es geht nochmals um deine Ehefrau ...«

»Um meine Ehefrau?« Indigniert kniff der Monsieur ganz kurz die Augen zusammen. »Du willst sagen, deine ...«

»Ja, entschuldige bitte: meine Stiefmutter meine ich.«

»Und was ist mit ihr?«

»Leise bitte, Papa!« Mercedes hob warnend den Zeigefinger an ihre Lippen. »Das muss niemand mitbekommen – und es ist auch wirklich keinesfalls böse gemeint. Aber dennoch ... Papa, wie soll ich es sagen?«

»Sag es halt einfach«, flüsterte ihr Vater achselzuckend zurück. »Was ist es denn?«

»Ach weißt du, es geht um ihre Sprache. Um ihre Ausdrucksform, genau genommen. Sie ist halt mit ihrer Muttersprache Französisch aufgewachsen und kann auch durchaus mit uns allen hier im Haus problemlos französisch sprechen. Nur, dadurch ist es um ihre Deutschkenntnisse leider nicht allzu gut bestellt, und es wird auch nicht besser werden, wenn sie sich nicht mehr Mühe gibt, beziehungsweise, wenn wir es ihr immer so leicht machen. Wenn wir uns in Nizza aufhalten, dann spielt das keinerlei Rolle, aber hier in Baden eben schon ...«

»Und was schlägst du vor?«

»Du solltest sie davon überzeugen, dass sie sich einen Deutschlehrer nimmt, der ihr die jeweiligen Formulierungen richtig beibringt. So, dass sie korrekt sind und kein deutsch-französisches Kauderwelsch daraus wird. Oder dass ihre Ansprache womöglich noch mit niederösterreichischen Dialektwörtern durchsetzt ist«, rollte sie vielsagend mit den Augen und spielte damit auf die zunehmende Eigenart ihrer Stiefmutter an, in der Konversation mit den Damen der besseren Badener Gesellschaft immer häufiger Wörter zu verwenden, die sie von ihren niederösterreichischen Dienstboten aufgeschnappt hatte – und die bei den Damen zu dementsprechenden Blicken führten, die sie untereinander wechselten, während Mercedes vor Scham am liebsten im Erdboden versunken wäre. Zum guten Glück war dieses Problem inzwischen auch von ihrem Vater erkannt worden.

»Du hast recht«, nickte er kurz, während er die Mundwinkel weit nach unten zog. »Ich werde ihr diesen Vorschlag demnächst ganz vorsichtig unterbreiten. Du weißt ja, wie rasch sie beleidigt sein kann ...«

»... wenn du ihr einen besonders jungen, hübschen Lehrer besorgen könntest, dann ließen sich vielleicht sogar gleich zwei Fliegen mit einer Klappe schlagen. Ich könnte mich ja einmal umschauen«, zwinkerte Mercedes ihrem Gegenüber verschwörerisch ins Gesicht.

»Untersteh dich!« Mit gespielt vorwurfsvoller Miene musterte Emil Jellinek seine Tochter streng. »Es ist kaum zu glauben, dass sich hinter einem so hübschen und unschuldigen Gesicht eine dermaßen raffinierte Ränkespielerin verbirgt.«

»Der Apfel fällt halt nicht weit vom Stamm«, gab das Mädchen gewohnt schlagfertig zur Antwort – womit das etwas unangenehme Thema abgehakt war, glücklicherweise ohne dass es zu einer Verstimmung zwischen dem Papa und seinem Liebling gekommen war. Sehr zur Erleichterung beider Seiten. Zufrieden rieb der Monsieur die Handflächen aneinander und lies seinen Blick genussvoll über die Gästeschar schweifen, die sich am heutigen Tag die Ehre gegeben hatte, seiner Einladung Folge zu leisten. Der Einladung eines Schulabbrechers und Tunichtguts, wie ihn sein Vater so oft tituliert hatte. Wenn der alte Rabbiner das alles noch erleben könnte. Er würde seinen Augen nicht trauen!

»Ach, übrigens, wo ist eigentlich das Kindermädchen mit deiner kleinen Schwester? Wenn du sie triffst, dann sage ihr bitte, sie möchte die Maja zu mir bringen – und dann lassen wir eine Photografie von uns allen machen: mit dem glücklichsten Familienvater der Welt und seinen zwei wunderbaren Töchtern!«

Seinen geliebten Backenbart hatte Emil Jellinek nach dem ganz besonders heftigen Zusammenprall mit seiner Ehefrau in Bezug auf die Taufe des neuen Automobils inzwischen übrigens tatsächlich abrasiert – zugunsten eines ziemlich kecken Zwirbelschnauzers. »Jetzt ist mein Gesicht glatt wie ein Säuglingspopo«, hatte er noch geknurrt, sich dann jedoch brummend in sein Schicksal ergeben. Die Madame hatte sich in dieser Hinsicht also durchgesetzt.

Sehr zum Ärger von Mercedes, die der üppig wuchernden Bartpracht ebenfalls nicht die allergrößte Attraktivität bescheinigen mochte. Aber es war nun einmal das Erkennungszeichen ihres Vaters gewesen. Und dass ausgerechnet die Stiefmutter die Oberhand behalten sollte, das war naturgemäß erst recht kein Grund zur Freude.

Dagegen überwog die Freude über das neue Automobil, das feierlich auf den Namen ihrer kleinen Schwester getauft worden war. Auf Maja, die sie sachte in ihren Armen wiegte und eng an die Brust drückte, damit das friedlich schlummernde Kleinkind nicht etwa von den überlauten Klängen der Musikkapelle erschreckt wurde. War es nicht schön, so eine liebe kleine Schwester geschenkt bekommen zu haben?! Und dazu dieses festliche Ereignis an einem wunderschönen Spätsommertag! Dass auch die kleine Maja ein Automobil gewidmet bekam, war nur recht und billig gewesen. In dieser Hinsicht musste sie der Stiefmutter ausnahmsweise vorbehaltlos beipflichten.

In diesem Moment hatte sich – von Mercedes unbemerkt – ihr Vater seitlich an sie herangepirscht und ihr mit einem

strahlenden Lächeln einen dicken Kuss auf die Wange gedrückt. Überrascht zuckte sie zusammen und blickte in die glückselige Miene von Emil Jellinek. »Ach Papa!«, strahlte sie mit dem Sonnenschein um die Wette. »Wenn das die Leute sehen – und vor allem, wenn sie es hören. Diesen lauten Schmatzer. Die feinen Damen werden da gleich in Ohnmacht fallen!«
»Sollen sie ruhig! Dann haben wir wenigstens wieder etwas zum Lachen! Da: noch einer!« Ein weiterer Kuss landete damit auf ihrer Wange.

Wenige Tage später war ein wichtiger Besuch aus Cannstatt, beziehungsweise musste man inzwischen ja korrekterweise von Stuttgart – Cannstatt sprechen, eingetroffen. Es handelte sich um den Konstrukteur Wilhelm Maybach. Übrigens hatte selbst dieser eher zurückhaltende Mann auf die Frage, was seine Meinung zu der kürzlich erfolgten Eingemeindung des traditionsreichen Stammsitzes nach Stuttgart sei, andeutungsweise das Gesicht verzogen und dabei den Blick zum Himmel gerichtet. »Als wenn wir innerhalb der Firma nicht andere Probleme hätten, als uns den Kopf über die Eingemeindung eines Kur- und Badeortes nach Stuttgart zu zerbrechen«, fügte er in einem sorgenvollen Tonfall hinzu – und mit einer gewissen Bitterkeit noch: »Es ist mir beinahe wieder wie damals, vor rund 30 Jahren bei der Gasmotorenfabrik in Deutz, wo sie den Herrn Daimler zwingen wollten, mit billigeren Materialien technisch weniger leistungsfähige Motoren zu bauen, was der Herr Daimler ja kategorisch abgelehnt hat. Sie sind sicherlich bestens darüber im Bilde, was daraufhin seinerzeit passiert ist, Herr Jellinek-Mercedes ...«, ließ er den letzten Teil seines Satzes offen.
Als sein Gegenüber mit einer fragenden Geste den Kopf schüttelte, fuhr Maybach fort. »Man hat dem Herrn Daimler, dessen Grundsatz ja Zeit seines Lebens gewesen ist ›Das Beste oder nichts‹ nach der Weigerung, unter seiner technischen Leitung diese schlechteren Produkte herzustellen,

schließlich die Kündigung ausgesprochen. Aber kaum war er aus Deutz weg – zum guten Glück hat er mich mitgenommen, sonst wäre ich freiwillig gegangen – da hat das Unheil seinen Lauf genommen: es hat Reklamationen geradezu gehagelt und das Ende vom Lied war seinerzeit, dass alles viel mehr Geld gekostet hat, als wenn man bei den technisch einwandfreien Produkten geblieben wäre. Die Gier der Kaufleute hat damals dafür gesorgt, dass die ganze Firma in eine bedrohliche Schieflage gekommen ist. Die größte Gasmotorenfabrik der Welt! Das muss man sich einmal vorstellen!«
Emil Jellinek staunte nicht schlecht. »Das habe ich in der Tat nicht gewusst, dass der Herr Daimler in Deutz eine Kündigung erhalten hat. Und die Ursache dafür war also eine Auseinandersetzung mit der Firmenleitung im Hinblick auf die Produktqualität?«
»Genau so war es«, bestätigte Maybach und strich sich mit der rechten Hand nachdenklich über seinen eisgrauen Spitzbart. »Das gute daran war, dass sich der Herr Daimler dadurch veranlasst gesehen hat, nach Cannstatt zu übersiedeln, wo er dann in seinem Gartenhaus mit den Arbeiten an einem leichten, schnelllaufenden Benzinmotor und damit letztendlich an der Konstruktion von seinen ersten Automobilen begonnen hat. So gesehen war es beinahe schon wieder ein Glücksfall, diese Kündigung in Deutz. Was ich jedoch nicht verstehen kann, ist, dass sich dieses Geschehen vor knapp einem Dutzend Jahren bei der DMG beinahe identisch wiederholt hat. Wieder hat man den Herrn Daimler zwingen wollen, technisch weniger anspruchsvolle Produkte zu bauen, und als er das kategorisch abgelehnt hat, ist er aus seiner eigenen Firma hinausgeekelt worden.«
»Diese Geschichte ist mir allerdings bekannt. Da war damals schon der Duttenhofer am Ruder, nicht wahr?« warf Emil Jellinek ein, worauf Maybach zustimmend nickte.
»In der Tat. Aber einige Zeit später haben sie den Herrn Daimler und mich wieder einstellen müssen, weil ihnen

aufgrund von Qualitätsmängeln die Kunden in Scharen davongelaufen sind.

Sein Gastgeber pflichtete ihm grimmig bei. »Geschichte wiederholt sich – weil die Menschen anscheinend niemals dazu in der Lage sind, aus der Geschichte zu lernen. Was diese Kaufleute im Vorstand auch in der Zusammenarbeit mit mir immer wieder vergessen, das ist die nachweisbare Tatsache, dass die Daimlerwagen durchaus solide, gebrauchsfähig und im großen und ganzen betriebssicher waren, als ich auf der Bildfläche erschienen bin – aber es waren eben bloß theoretisch richtige Automobile. Nein, nein, Herr Maybach, sie brauchen sich jetzt nicht angegriffen zu fühlen. Sie haben es doch oft genug selbst erlebt, wie man sich gegen meine Verbesserungsvorschläge gestemmt hat, von denen auch sie als Chefkonstrukteur meistens überzeugt waren. Aber auf sie hat man ja noch weniger gehört als auf mich. Wenn ich nicht immer wieder damit gedroht hätte, die Geschäftsbeziehungen unverzüglich zu beenden, dann würden sie heute noch dieselben Wagen bauen, wie vor fünf Jahren – falls es die DMG dann überhaupt noch gäbe.«

Maybach verzog unglücklich das Gesicht. »Das ist leider wahr. Die Vorstände versuchen immer wieder, mich zu Kompromissen beim Material zu zwingen. Mit anderen Worten: weniger Qualität, dafür ein höherer Preis. Da mache ich aber nicht mit – und nur dank ihrer beharrlich vorgetragenen Forderungen nach besserer Qualität, samt ihren jüngsten, zornigen Briefen, in dem sie darüber Klage führen, dass sie wieder einmal nicht das Beste vom Besten bekommen haben, kann ich meine Position verteidigen.«

Die Zornesader an der Stirn von Emil Jellinek schwoll deutlich an. »Wenn ich an diese Jesuiten dort denke, dann platzt mir beinahe der Kragen ...« Als er das irritierte Stirnrunzeln seines Besuchers gewahrte, das er mit dieser Bemerkung ausgelöst hatte, lachte Jellinek trocken auf. »Sie wissen nicht, auf wen ich damit anspiele? Auf den Duttenhofer – der Herrgott sei seiner armen Seele gnädig – und auf den jetzigen

starken Mann, diesen Lorenz, der ihnen ja, wie mir durchaus bekannt ist, das Leben so unsäglich schwer macht!«
»In der Tat – und wie gesagt: seit dem Ableben des Herrn Daimler machen sie auch mir das Leben schwer, allen Erfolgen zum Trotz.«
»Das habe ich in der Tat schon seit einiger Zeit mitbekommen«, brummte Jellinek dunkel. »Aber die aktuellen Qualitätsmängel kann man doch beim besten Willen nicht mehr auf die Produktionsverlagerung nach Untertürkheim schieben. Die Anlaufschwierigkeiten sind längst vorüber – oder müssten es jedenfalls sein ...«
»Sie sind es auch«, bestätigte Maybach mit einem knappen Einwurf. »Es sind längst andere Dinge, die diesbezüglich eine Rolle spielen!«
»Das dachte ich mir schon. Ich sage es ja: dieses Jesuitenpack«, ein zynisches Lächeln huschte über seine Miene, »ist ja um wortreiche Ausflüchte nie verlegen. Und deswegen ...«
»... habe ich jetzt einen gewaltigen Hunger«, mischte sich unversehens eine Mädchenstimme in das ernster werdende Gespräch. Unbemerkt von den beiden war Mercedes in den Empfangssalon getreten.
»Ach, Herr Maybach, sie kennen meine Tochter ja sicherlich noch von unserem Besuch in Cannstatt, nicht wahr. Darf ich sie ihnen dennoch aus Anlass der Ehre ihrer Aufwartung in unserem bescheidenen Haus hier in Baden heute vorstellen? Mercedes Jellinek-Mercedes!«
Staunend musterte Maybach die elegante, bald 17-jährige Mademoiselle, die ihm mit einer formvollendeten Geste die Hand entgegenstreckte, auf deren Rücken er, nicht minder stilvoll, einen andeutungsweisen Kuss hauchte. Ganz so, wie es sich in den besseren Kreisen der Donaumonarchie eben geziemte.
»Ich glaube, ich hätte sie gar nicht mehr wieder erkannt, so wie sie in der Zwischenzeit gewachsen sind, Mademoiselle. Es dürften ja auch sicher schon drei Jahre vergangen sein, als wir uns zum ersten Mal begegnet sind. Und so ist aus

dem jungen Mädchen von einst also längst eine bewundernswerte und hübsche junge Dame geworden«, sparte der ansonsten so nüchterne Konstrukteur ausnahmsweise nicht an überschwänglichen Komplimenten, die bei den meisten anderen jungen Frauen zu einem schamhaften Erröten geführt hätten. Nicht so bei Mercedes: ganz im Gegenteil! Mit einem kecken Augenaufschlag würdigte sie die Lobeshymne ihres Gastes.

»Also, wie gesagt, ich habe Hunger. Wie wäre es, wenn wir möglichst bald ein Restaurant aufsuchen würden. Darf ich ein Lokal für uns aussuchen, Papa?« Wie selbstverständlich hatte sie damit ankündigt, den beiden Männern beim Mittagessen Gesellschaft leisten zu wollen. In der Familie Maybach wäre keines der Kinder auch nur ansatzweise jemals auf die Idee gekommen, ein solches Ansinnen vorzutragen – und dann sogar in die Tat umzusetzen. Nicht so im Hause Jellinek-Mercedes.

»Aber sicherlich, Prinzessin. Selbstverständlich machen wir das so. Sie sind doch damit einverstanden, Herr Maybach?«

»Natürlich. Sehr gerne!« Was hätte er auch sagen sollen? Andererseits – die Gesellschaft der so überaus selbstbewusst auftretenden, munteren jungen Frau bewahrte sie davor, gleich zu Beginn ihres Zusammentreffens vor lauter geschäftlichen Problemen die Übersicht zu verlieren.

»Dann gehen wir am besten in das Kurhotel am Kurpark. Da gibt es nämlich das vorzüglichste Fiakergulasch in ganz Niederösterreich.«

»Kennen sie das, Herr Maybach?«

»Fiakergulasch ... nein, ehrlich gesagt ist mir das nicht bekannt. Ich kenne nur die Pferdekutschen, die bei ihnen Fiaker genannt werden.«

»In diesem Fall handelt es sich um ein Essen. Eine der Lieblingsspeisen meiner Tochter, wenn wir während der Sommermonate hier in Baden sind. Das ist etwas ganz Besonderes – am besten, sie probieren es. Ich würde meinen Sekretär dann gleich telefonisch eine Bestellung aufgeben lassen. Für drei Mal Fiakergulasch.«

Der von dieser raschen Auswahl einigermaßen überrumpelte Maybach wagte einen vorsichtigen Einwand. »Wenn es bitte kein Pferdefleisch ist?«
»Nein, das ist es ganz und gar nicht«, lachten die beiden Gastgeber. »Es heißt zwar Fiakergulasch, hat aber im Grunde genommen mit einem Fiaker – oder gar mit Pferdefleisch nichts zu tun!«
»Dann herzlich gerne«, war es Maybach zufrieden. Bekanntlich sollte man sich bei Besuchen im Ausland auch ein bisschen an der regionalen Speisekarte orientieren. »Und wenn es ihnen beiden schmeckt, dann wird es bei mir sicherlich nicht anders sein.«
Das ungläubige Staunen freilich, mit dem Wilhelm Maybach eine gute halbe Stunde später das Gericht beäugte, das ihm der für seinen Geschmack übertrieben livrierte Kellner vorsetzte, sorgte noch Wochen später für spontane Heiterkeitsausbrüche zwischen Tochter und Vater, allein wenn sie das Stichwort Fiaker gebrauchten. Dieser geradezu entgeisterte Blick, mit dem der Mann die kulinarische Köstlichkeit auf seinem Teller misstrauisch unter die Lupe zu nehmen begann.
»Entschuldigung ... aber was soll denn das sein?«
»Ein Fiakergulasch eben.«
»Aber das da ist doch ein Spiegelei.«
»Richtig – und darunter befindet sich das Gulasch.«
»Aha. Und wozu ist die Gurke bestimmt?«
»Zum Verspeisen natürlich. Denn so ein Gurkerl, das gehört ebenfalls zu einem richtigen Fiakergulasch. Sonst würde es ja nicht so heißen wie es eben heißt – warum auch immer«, grinste Jellinek fröhlich und wünschte nun allerseits einen guten Appetit!
»Guten Appetit«, gab Maybach mit deutlich weniger Begeisterung als die beiden sich köstlich amüsierenden Jellineks zurück. Am Ende des Festmahls waren die Teller dann aber tatsächlich leer gegessen – bis auf die saure Gurke und den Dotter des Spiegeleis, zu deren Genuss sich Wilhelm Maybach dann doch nicht durchringen konnte. Das Gu-

lasch an sich hatte hervorragend geschmeckt. Doch, durchaus. Bei einem eventuellen neuerlichen Besuch in Baden würde er freilich von vornherein ein »normales« Gulasch bestellen und auf den gewissermaßen vorgespannten Fiaker gerne verzichten ...

Emil Jellineks Auftrag für den völlig neu konzipierten Majawagen, dessen enorme Entwicklungskosten er aus seinen eigenen Mitteln finanzierte, war an den seiner Ansicht nach besten Ingenieur in Wien und Umgebung ergangen, einen jungen Mann aus Böhmen, dem trotz seiner erst 30 Lebensjahre bereits ein ausgezeichneter Ruf voraus eilte. Ferdinand Porsche hieß dieser überaus ambitionierte Ingenieur. Dank Jellineks Vermittlung war er dem nach Cannstatt zurückgekehrten Paul Daimler in der Position des technischen Direktors bei Austro-Daimler in Wiener Neustadt nachgefolgt. Ein kühnes Unterfangen, aber Jellinek war sich ganz sicher gewesen, dass er seine nachdrückliche Empfehlung, bei der es sich in Wahrheit natürlich um eine seiner berühmten ultimativen Forderungen handelte, keineswegs würde bereuen müssen. Immerhin durfte er sich damit stolz und glücklich schätzen, mit dem bereits legendenumwobenen Automobilpionier Wilhelm Maybach und nun auch mit dem begabten Ferdinand Porsche die beiden am hellsten leuchtenden Sterne am Konstrukteurshimmel, mit dem Bau von unschlagbaren Automobilen beauftragt zu haben.
Und nun trug das neue Automobil auch noch den Namen seiner zweitgeborenen Tochter Maja. Eine gute Wahl, das musste man durchaus anerkennen. Nach dem Mercedes nun auch noch ein Majawagen.
Eine Leistung, auf die man zu Recht ein bisschen stolz sein durfte – das musste wohl selbst seine ewig eifersüchtelnde Ehefrau anerkennen. »Nun Madeleine. Bist du jetzt zufrieden?«
Die Antwort war ein undefiniertes Brummeln gewesen – und sagte mehr aus, als einige Dutzend verständlicher for-

mulierter Worte. Er würde sie niemals zufrieden stellen können. Zumindest nicht im Hinblick auf die beiden Töchter. Mit einem vernehmlichen Seufzer zuckte Emil Jellinek die Schultern und verließ das große Wohnzimmer der Villa grußlos.
Nun denn, dann war es eben so. Mehr konnte er beim besten Willen nicht tun.
Ach ja, wo steckte denn eigentlich Mercedes? Die würde doch sicherlich nicht nein sagen, wenn er ihr den Vorschlag unterbreitete, eine kurze Ausfahrt zu machen – um dann im Kaffeehaus ihren Lieblingseisbecher bestellen zu dürfen: Vanilleeis mit Schokolade – und zwar, wie Mercedes das regelmäßig auszudrücken pflegte, »ohne Fürst Pückler«, also ohne Erdbeere.
»Mercedes! Wo bist du denn nur?«
Das Mädchen hatte ihn am gestrigen Tag – wieder einmal – total überrascht. Sozusagen »kalt erwischt«, wie man so schön sagte. Stolz hatte er ihr den ersten Wagen präsentieren wollen, den der Herr Porsche bereits vor einigen Jahren gebaut hatte. Es handelte sich um einen sogenannten Mixte-Wagen, dem ganz eindeutig die automobile Zukunft gehören würde. Zumindest glaubte Emil Jellinek inzwischen fest daran. Denn ein Wagen, der sowohl mit Benzin, als auch mit elektrischem Strom gefahren werden konnte, musste allen anderen eindeutig überlegen sein. Wenn da nur nicht die vertrackte Sache mit den Batterien wäre. Viel zu schwer und viel zu wenig leistungsfähig waren diese Dinger. Immerhin war der Herr Porsche wegen genau diesem Wagen, der für seinen Arbeitsgeber, die Kutschenbaufirma Lohner in Wien, zu einem gewaltigen finanziellen Fiasko geworden war, entlassen worden. Niemand in der Geschäftsleitung des kaiserlichen Kutschenbauers hatte den wahren Geniestreich verstehen wollen, der sich hinter dieser Konstruktion verbarg.
Und so hatte Emil Jellinek kurzerhand gegen einen ordentlichen Geldbetrag der Firma Lohner die Patentrechte an dem Mixtewagen abgekauft und den jungen Ingenieur

mit einem großzügig dotierten Vertrag an sich und Austro-Daimler gebunden.
Mit ganz besonderem Stolz über diesen Weitblick, der er hier wieder einmal an den Tag gelegt hatte, präsentierte Emil Jellinek also das Fahrzeug jetzt seiner davon eher mäßig erbauten Tochter. »Da schau – ein Mixte, der wird bald schon als Mixte-Mercedes in aller Welt Furore machen. Noch ein Mercedes also!«
Doch Mercedes traf mit ihrer verblüffenden Reaktion wieder einmal genau auf den Punkt. Das ganze schöne Kartenhaus: mit einem einzigen Satz war es zum Einsturz gebracht. »Was ist denn das für eine Missgeburt?!«, hatte sie entsetzt die Hände über dem Kopf zusammengeschlagen. »Und was sind das nur für seltsame Wülste an den Rädern? Die sehen ja aus wie Pestbeulen!«
»Pestbeulen!«, empörte sich der junge Mann, der gerade hinter dem seltsamen Vehikel hervortrat. »Das sind an den Radnaben angebrachte Elektromotoren, die während der Fahrt zusätzlich elektrischen Strom erzeugen können und dieses Automobil damit in die Lage versetzen, auch ohne Benzin vorwärts zu gelangen. Das ist die Spitze der technischen Entwicklung!«
»Äußerst seltsam sieht das Ding aber dennoch aus«, beharrte Mercedes auf ihrer Beurteilung. »Was ist es denn nun, ein Benzinfahrzeug oder ein Elektroautomobil?«
»Sowohl als auch«, entgegnete der junge Mann mit hörbarem Stolz in der Stimme. »Man kann mit beidem fahren.«
»Aha«, zuckte das Mädchen nur mäßig begeistert mit den Achseln. »Nichts halbes und nichts ganzes also. Und so etwas soll dann auch noch meinen Namen tragen? Mixte-Mercedes. Wie das schon klingt! Entsetzlich. Wie so eine Art Promenadenmischung. Also wirklich Papa – ich weiß nicht, was das alles soll ...«
»Ach, machen sie sich bloß nichts daraus, Herr Ingenieur, das ist heute eben mal wieder meine launische Prinzessin«, lachte Jellinek vergnügt. So war sie halt, seine Tochter. Sein Augenstern. »Das mit den Pestbeulen, wie du die Motoren

an den Naben genannt hast, das wird schon noch werden. Zugegeben: ein bisschen Kosmetik sollte sein, da gebe ich dir recht. Aber zunächst einmal geht es ja um die Technik als solche, nicht wahr ...«

»Kosmetik!« entfuhr es Ferdinand Porsche vorwurfsvoll.

»Die Technik als solche«, wiederholte Mercedes enerviert, während sie heftig mit den Augen rollte. »Als wenn es immer nur um Technik ginge und nie auch um Schönheit ... Ich gebe ja gerne zu, dass ich mich grundsätzlich überhaupt nicht für Automobile interessiere, und schon gar nicht für die Technik. Hauptsache, diese Vehikel bringen mich möglichst rasch und möglichst komfortabel von einer Stelle zur anderen. Aber so hässlich müssen sie deswegen auch nicht sein! Etwas mehr Ästhetik wird man wohl schon verlangen dürfen, ohne gleich in derart beleidigte Mienen schauen zu müssen ...«

»Das werden wir schon schaffen, wenngleich es noch einige Zeit dauern wird«, entgegnete ihr Vater gelassen. »Denn jetzt muss sich der Herr Ingenieur Porsche erst einmal um die neuen Majawagen kümmern und sie möglichst zahlreich unter die Leute bringen. Befehl von ganz, ganz oben!«, setzte er noch hinzu und zwinkerte Mercedes dabei vielsagend zu. »Damit hat Majas Mutter ihren Willen erhalten – und ich kann mich wieder voll und ganz auf meine eigentlichen Ziele konzentrieren. Wir sind also quitt. In jeder Hinsicht.«

Was es mit dieser nebulösen Andeutung auf sich hatte, auf die sie sich zunächst keinen Reim machen konnte, sollte Mercedes einige Tage später bewusst werden. Denn ihr Vater, der seiner Meinung nach mit dem Majawagen ja seine Pflicht und Schuldigkeit getan hatte, ließ seine Koteletten wieder munter wachsen – zum sichtlichen Verdruss seiner Ehefrau, was ihn freilich wenig kümmerte. Und falls er jemals irgendwelche Zweifel an diesem Entschluss gehegt haben sollte, dann gab es ja Mercedes, die ihrem Vater in Sachen Bartwuchs aus mancherlei Gründen umso nachdrücklicher den Rücken stärkte. Selbst wenn sein Aussehen

damit vielleicht nicht mehr ganz der gängigen Mode entsprach. Das war ihr völlig egal, denn: »Jetzt siehst du wieder aus wie früher! Hurra! Du bist und bleibst der beste Papa aller Zeiten! Juhu!«
»... weshalb dich der beste Vater aller Zeiten hiermit auf der Stelle zu einem kleinen Eiskaffeeausflug einlädt. Komm: es geht los. Der Wagen steht schon bereit!«
Es wurde ein besonders fröhlicher Nachmittag, den die beiden im Badener Kurpark verbrachten. Am Ende verstiegen sich Emil Jellinek in seiner ausgelassenen Stimmung sogar zu einem Wettbewerb: »Vor lauter Reden und Lachen sind wir ja kaum zum Eis essen gekommen. Sieh nur: es schmilzt schon. Wir sollten schauen, dass wir die Eisbecher leer bekommen, bevor wir sie nur noch austrinken können. Das wäre schade. Also komm: wer als erster fertig ist ... Auf die Plätze, fertig, los!«
Der Wettbewerb endete einerseits unentschieden und fand andererseits am früheren Abend mit einem gewaltigen Bauchgrimmen der beiden Jellineks seine Fortsetzung.

So positiv sich die Dinge bei Austro-Daimler, dem neuen Steckenpferd ihres Vaters zunächst auch entwickelten, eine Sache sorgte bei ihm für weiteres Bauchgrimmen. Das war die Angelegenheit mit den Militäraufträgen, die sie gegen seinen Willen übernommen hatte. Und tatsächlich: genau dieser Auftrag wuchs sich allmählich für die junge Firma zu einer mittleren Katastrophe aus – vor allem in finanzieller Hinsicht! Emil Jellinek sollte mit seiner Skepsis also wieder einmal recht behalten. Mercedes zuckte erschrocken zusammen, als ihr Vater seine Faust heftig auf den Schreibtisch niederdonnern ließ: »Da haben wir es! Ich habe es ja immer gesagt!«
Doch kaum dass er das Erschrecken seiner Tochter wahrgenommen hatte, da war sein Zorn auch schon verraucht. Kopfschüttelnd legte er den Brief zur Seite, der diese heftige Reaktion hervorgerufen hatte.
»Was ist denn passiert, Papa?«

»Tja!« Ein schadenfrohes Schmunzeln zuckte um seine Mundwinkel. »Was eigentlich passiert ist – das ist so eine Sache ... Bei Austro-Daimler haben sie eigentlich alles richtig gemacht und sind dennoch glorreich gescheitert. Sie wollten richtig Mut beweisen, indem sie den Grafen Schönfeldt, der bekanntlich einer unserer besten Rennfahrer ist, in den neuen Panzerwagen gesetzt haben.«

»Du meine Güte: der Panzerwagen! Dieses fürchterliche Monstrum, das aussieht wie ein Kochtopf auf Rädern!« Mercedes schüttelte sich entsetzt. »Dagegen ist ja selbst der Mixtewagen ein Ausbund an Schönheit und Ästhetik.«

Ihr Vater bedachte sie mit einem tadelnden Blick. »Jetzt übertreibst du aber ein bisschen. So hässlich ist der Mixte nun auch wieder nicht. In Sachen Panzerwagen hast du freilich recht: das ist ein wahres Monstrum. Wie auch immer: sie haben den Wagen dem Kaiser Franz Joseph bei einem Manöver vorgeführt. Das muss ein Höllenlärm gewesen sein, als das Ding an unserem Kaiser vorübergerattert ist.«

»Ich kann mir lebhaft vorstellen, dass dem Kaiser so etwas nicht besonders gefallen hat.«

»Es kommt noch besser: denn die Pferde der alten Generäle, die den Kaiser begleitet haben, waren solche Geräusche natürlich nicht gewöhnt. Woher auch. In den Stallungen der Generalität hört man keine Benzinmotoren. Und schon gar nicht solche. Der wackere Graf Schönfeldt hat natürlich kräftig auf den Gashebel gedrückt, als er die militärischen Würdenträger erreicht hat. Klar, er wollte ja zeigen, was dieses Ding an Leistung bringt. Der Schuss ist freilich im wahrsten Sinn des Wortes nach hinten losgegangen, denn eines der Pferde ist durch den Krach dieses Ungetüms dermaßen erschrocken, dass es seinen General abgeworfen hat. Worauf die Vorführung vom Kaiser kurzerhand abgeblasen worden ist. Er hat ja bekanntlich eh nichts mit den Motorwagen im Sinn, der alte Großvater aus Schönbrunn. Und damit ist es nun endgültig aus mit den Hoffnungen auf gute Militärgeschäfte.«

»Das hast du ja schon damals gesagt.«
»Aber diese Kerle haben nicht auf mich gehört. Nun denn: jedenfalls freut es mich, dass es so gekommen ist und wir bei Austro-Daimler auch künftig keine Militärwagen produzieren werden.«
»Dann ist ja alles gut.«
»Nicht ganz.« Emil Jellinek wiegte bedauernd seinen Kopf. »Was mich an der Sache am meisten ärgert, ist, dass sie mit der Konzentration auf diese Militäraufträge die notwendige Überarbeitung des Majawagens haben schleifen lassen. Der Wagen ist leider immer noch viel zu schwer und zu unbeholfen. Auch der junge Porsche hat mich enttäuscht, weil er da gegen meine ausdrücklichen Anweisungen gehandelt hat. Mein Geld aber haben sie gut gebrauchen können. Das ist jetzt natürlich alles weg. Und der Majawagen noch immer nicht so, dass man ihn als Verkaufsschlager bezeichnen könnte. Kürzlich hat sogar deine Stiefmutter davon Wind bekommen, dass die Produktion der Majawagen eingestellt werden soll. Du kannst dir vorstellen: das war natürlich wieder Wasser auf ihre Mühlen. Sofort hat sie sich mit ihren Eifersüchteleien dir gegenüber wieder einmal bestätigt gesehen. Weshalb die Mercedeswagen so viel erfolgreicher seien als die Majawagen, hat sie mich gefragt und dabei natürlich wieder einmal so getan, als stecke die pure Absicht meinerseits dahinter. Nein«, mit einer unwirschen Geste wischte er einen fiktiven Krümel vom Tisch, »nein, ich glaube, ich habe inzwischen die Nase endgültig voll.« Die Miene, die er dabei an den Tag legte, unterstrich sein bitteres Fazit nachdrücklich.
»Aber Papa!«, Mercedes schlug erschrocken die Hände vor den Mund. »Das kannst du doch nicht machen. Das kannst du doch mir und vor allem der Maja nicht antun!«
»Wenn sich diese Automobilheinis aber immer so störrisch gegen mich zeigen. In Cannstatt genauso wie in Wiener Neustadt ...«
»Was hat jetzt das mit deiner Scheidung zu tun?« Hilflos ruderte Mercedes mit den Händen. »Denk doch bitte ein-

mal darüber nach, was das bedeuten würde. Dann wäre die Maja ja nicht mehr bei mir, wenn es zu einer Scheidung kommt.«
»Welche Scheidung denn?«
»Na diejenige, die du gerade eben angekündigt hast.«
»Ich? Eine Scheidung?« Verständnislos starrte der Mann ins Gesicht seiner Tochter.
»Ja. Du hast doch gerade eben gesagt, du hättest die Nase endgültig voll!«
Jetzt endlich begriff er, auf welchen Holzweg Mercedes da versehentlich geraten war.»Aber doch nicht von unserer Familie«, schüttelte er heftig den Kopf. »Ich meinte doch die Sache mit den Daimlerwerken. Davon habe ich inzwischen genug. Mehr als genug sogar. Ich habe dir ja vor längerer Zeit schon einmal angedeutet, mich in nicht allzu ferner Zukunft gänzlich aus dem Automobilbereich zurückziehen zu wollen. Nun eben wird es etwas schneller gehen. Sollen sie doch alle machen, was sie wollen!«
»Die ganzen Jesuiten?«
»Natürlich. Das ganze Jesuitenpack«, lachte Jellinek, amüsiert über den schlagfertigen Einwurf seiner Tochter. »Sie können mir gestohlen bleiben. Ein für alle Mal. Sollen sie machen, was immer sie wollen – aber künftig ohne mich! Mein Seelenfriede ist mir lieber. Umso mehr Zeit gewinne ich damit für dich. Apropos: wäre eventuell eine kleine Ausfahrt genehm?«

»Da schau her! Sie haben sich bewegt! Man glaubt es kaum!«
»Was meinst du damit, Papa?«
»Da, schau selbst.« Mit stolz geschwellter Brust schwenkte Emil Jellinek ein amtlich wirkendes Schreiben vor den Augen seiner Tochter. »Sie haben sich endlich dazu durchringen können, mir eine Auszeichnung zuteil werden zu lassen, die über die üblichen Ordensverleihungen hinausgeht. Zwar ist es kein Adelsprädikat«, die Andeutung eines verächtlichen Lächelns, das ganz kurz um die Lippen ihres Vaters zuckte, ließ Mercedes ahnen, wie überschäumend dessen Freude ausgefallen wäre, wenn es sich um die Verleihung eines Adelstitels gehandelt hätte, »über diesen Schatten sind sie dann doch nicht gesprungen. Aber immerhin beehrt sich das k.u.k. Ministerium des Äußeren – und jetzt wörtlich: »... für das Fürstentum Monaco ein Honorarkonsulat zu errichten und Euer Hochwohlgeboren zum Titular dieses Postens zu ernennen«. Euer Hochwohlgeboren. Klingt nicht schlecht, was meinst du, Mercedes? Soll ich das Angebot annehmen?«
»Da fragst du noch? Aber natürlich. Begeistert klatschte sie in die Hände. »Mein Papa, ein richtiger Konsul im Dienste seiner Majestät. Das ist ja wunderbar.«
»Und am aller wunderbarsten ist die Tatsache, dass ich mir schon lebhaft die Reaktionen ausmalen kann, die diese Mitteilung von meiner Ernennung zum Konsul dann in den Kreisen der Gesellschaft auslösen wird. Da könnte es durchaus passieren, dass der eine oder andere vor lauter Neid platzen wird.«
»Sollen sie doch – um solche Menschen ist es nicht schade, die den anderen nur missgünstig gegenüber stehen. Sollen sie all das erst einmal selber schaffen, was du mit deiner Hände Arbeit erreicht hast!«

»Nun ja, nicht unbedingt mit meinen Händen«, schmunzelte der Grandseigneur.
»Du weißt, wie ich es meine. Mit deinem Fleiß und deinen geistigen Fähigkeiten hast du dich hinauf gearbeitet bis in die höchsten Kreise dieses Staates. Das soll dir erst einmal jemand nachmachen.«
»Bei aller Bescheidenheit: da hast du nicht unrecht. Aber wie gesagt: an der Tatsache, dass man mich lieber zum Konsul macht anstatt mich in den Adelsstand zu erheben, kannst du ablesen, wie suspekt ihnen so einer wie ich noch immer ist. Lieber überhäufen sie mich mit Orden aus aller Herren Länder, als dass man einem Emporkömmling die Möglichkeit gibt, sich sozusagen auf Augenhöhe mit den Baronen, Freiherren und Rittergutsbesitzern zu bewegen. Das dann lieber doch nicht. Für ›so einen‹ muss der Titel eines Konsuls ausreichen.«
»... dafür ist mir ›so einer‹, wie du das nennst, hundertmal, nein tausendmal lieber als die hochnäsigen Nachfahren ehemals bedeutender Familien, die heutzutage nur noch das Erbe durchbringen, das ihre Vorfahren einmal erschaffen haben. Sie halten sich für bedeutend und tragen die Nase ganz besonders hoch, dabei haben sie selbst nicht das Geringste dazu beigetragen. Ihr einziges Verdienst ist die Tatsache ihrer hochwohlgeborenen Geburt – aber Hochwohlgeboren hat dich der Erzherzog in deiner neuen Funktion als Konsul ja in diesem Schreiben auch genannt. Und Titel hin oder her, Papa, Hauptsache du bist und bleibst derjenige, der du nun einmal bist. So bist du mir am liebsten. Und noch etwas – auch das sollten wir nicht vergessen. Das ist wahrscheinlich auch der Grund dafür, weshalb sie alle so neidisch sind: denn auf den klangvollsten aller klangvollen Adelstitel müssen sie nämlich verzichten. Den berühmtesten Namen der Welt besitzen nur wir. Den Namen Mercedes!«
Ihr Vater nickte begeistert. »Wie recht du hast. Dieser Name ist so einmalig wie das wunderbare Mädchen, das ihn sogar doppelt trägt: Mercedes-Mercedes! Ach!« Er tippte

sich mit dem Zeigefinder bedeutungsvoll gegen die Stirn. »Das ist übrigens ein guter Gedanke, der mir da in den Sinn kommt ... Ja genau: »Mercedes-Mercedes«, es wird auch der Name unserer neuen Jacht sein, die wir demnächst taufen werden. Ach, es ist eine wahre Lust zu leben!«

Anfang April 1907. Der erste richtig warme Frühlingstag lockte die Spaziergänger zu hunderten in den lichtdurchfluteten Kurpark von Baden, wo sich die Blüten der stattlichen Magnolienbäume in einer verschwenderischen Pracht entfalteten.
Natürlich befanden sich auch die kurz zuvor aus ihrem Winterquartier zurückgekehrten Jellineks unter den Flaneuren – und zogen die neidischen Blicke und die genauso unvermeidlichen Kommentare der anderen auf sich.
Auch einem jungen Paar, das momentan zur Kur in Baden weilte, war die eigenwillige Prozession aufgefallen, die unweit von ihnen durch den Park promenierte.
»Da schau einmal«, nickte der junge Mann andeutungsweise in Richtung des Undinebrunnens hinüber, dessen Wasserspeier zum Beginn der Saison seinem Namen erstmals wieder Ehre machten, »siehst du: dort drüben steht das berühmte Fräulein Mercedes.«
Interessiert kniff seine Begleiterin die Augen zusammen und blinzelte angestrengt gegen den grellen Sonnenschein an. »Wo denn?«
»Na, da drüben.«
»Da sind so viele, drück dich doch etwas präziser aus. Woher soll ich wissen, wer von denen das Fräulein Mercedes ist. Ich kenne sie schließlich nicht.«
»Das ist doch ganz einfach, die junge Dame zu erkennen. Das ist natürlich diejenige, die am auffälligsten gekleidet ist.«
»Du meinst das junge Fräulein, das Arm in Arm mit dem etwas sonderbar wirkenden eleganten Mann flaniert, der sicherlich doppelt so alt ist, wie das junge Ding an seiner Seite?«

»Genau die meine ich. Das ist das Fräulein Mercedes, und der Galan an ihrer Seite, der mit dem gezwirbelten Schnurrbart und dem eigenartigen Tropenhut, das ist der Monsieur Mercedes höchstpersönlich.«

»Und wer sind die anderen hinter ihnen? Die ebenfalls höchst elegant gekleidete Frau mit den beiden Burschen neben sich, die auch diese seltsamen Tropenhüte auf dem Kopf tragen? Gut, die Frau hinter ihnen, die den Kinderwagen schiebt – das dürfte das Kindermädchen sein. Aber diese drei, die wirken irgendwie so, als ob sie gar nicht richtig dazu gehören würden.«

»Du hast es erfasst, meine Liebe.«

»Wie ... erfasst? Was meinst du damit?«

»Nun: an der Spitze laufen wieder einmal Vater und Tochter weit voraus, sozusagen die beiden Haupt-Mercedesse. Die etwas ältere Dame dahinter, das ist die eigentliche Madame Jellinek Mercedes, die Stiefmutter des Mädchens, folglich also die Ehefrau des Herrn Jellinek. Und die zwei mit den komischen Tropenhüten auf dem Kopf, das sind die beiden Söhne aus zweiter Ehe, und im Kinderwagen dürfte das Nesthäkchen liegen, die kleine Maja, nach der sie auch schon ein Automobil benannt haben – wenngleich ein weitaus weniger erfolgreiches. Es ist halt einfach kein Mercedes.«

»Und wieso läuft seine Ehefrau denn immer hinter dem Herrn Mercedes und der Tochter?«

»Weil sie die Nummer eins ist. Sein Augenstern. Man erzählt sich, in ihr sehe er seine früh verstorbene erste Frau, deren Tod er immer noch nicht verwunden hat.«

»Und das lässt sich diese Frau gefallen? Das würde ich dem Herrn schon austreiben!«

»Er meint es ja nicht böse, es ist eben so. Wie man hört, soll er ein durchaus liebvoller Ehemann sein – und höchst spendabel noch dazu. Es ist ihm kein Geschenk zu kostspielig.«

»Das schlechte Gewissen!«

»Mag sein. Aber wie auch immer: auch hier beweist sich

wieder einmal der alte Spruch, dass alles Geld der Welt nicht über persönliches Unglück hinweg helfen kann.«

»... aber es vermag, das Unglück zu lindern. Deshalb, mein Lieber, möchte ich dir nun noch kurz einen schönen Ring zeigen, den ich vorhin in der Auslage eines Juweliers entdeckt habe.«

Der junge Mann verzog schmerzvoll die Mundwinkel, wagte aber keine Widerworte. »Sehr gerne meine Liebe, sehr gerne.«

Mit einem lauten Knall donnerte das Portal der großen Villa Mercedes in der Wiener Straße von Baden zurück ins Schloss und unmittelbar danach waren kurze, zackige Schritte zu vernehmen, während eine hörbar ungehaltene Stimme vorwurfsvolle Begriffe wie »unglaublich«, »eine Provokation« und »Vaterlandsverräter« in den azurblauen Frühlingshimmel fauchte.

Wie sollte man sich ein derart ungehöriges Benehmen erklären? Wo ihr Papa ansonsten doch penibel darauf bedacht war, dass in seinem Haus ein gepflegter Umgangston herrschte. Proletenhafte Flegeleien hätten in einer Villa Mercedes keinen Platz – weder in Nizza, noch in Baden. Und dann so etwas!

»Was war das denn?« Voller Verwunderung war Mercedes in den Empfangssalon geeilt, wo sie ihren am Fenster stehenden Vater entdeckte, der den stürmischen Abgang seines lautstarken Besuchers mit gerunzelter Stirn verfolgte.

»Wieso ist dein Besucher denn so laut gewesen – er hat ja gebrüllt, dass die Wände gezittert haben und dann hat er auch noch die Tür zugeschlagen! Was erlaubt sich der Mann eigentlich?! Was ist denn zwischen euch vorgefallen, Papa, dass du dir in deinem eigenen Haus eine solche ungeheuerliche Szene bieten lassen musst?«

Emil Jellinek wandte sich um und verdrehte die Augen, während er im selben Atemzug eine wegwerfende Handbewegung beschrieb. »Ach, der ... das ist auch wieder so ein ewig Gestriger. Er ist als Abgesandter einer patriotischen

Vereinigung gekommen und meinte, mir Vorwürfe machen zu können, wegen meiner Einwilligung zur Übernahme des Konsultitels von Mexiko. Das dürfe ich nicht machen, wo doch seinerzeit der Kaiser Maximilian – das war ein Bruder von unserem Kaiser Franz Joseph, den sie idiotischerweise zum Kaiser von Mexiko gemacht hatten – von den dortigen Revolutionären hingerichtet worden ist. Das ist jetzt zwar schon gut und gerne 40 Jahre her, aber sie können es den Mexikanern anscheinend nie vergessen. Deswegen empören sich die Habsburger und ihre Gefolgsleute jetzt über mich und wollen mir deshalb auch einen weiteren Orden nicht verleihen, für den ich eigentlich vorgesehen war. Aber was wollen sie eigentlich, diese Herrschaften Habsburg? Ausgerechnet uns mit Vorwürfen zu konfrontieren! Schließlich waren es doch die Habsburger, die meinen Onkel Hermann, den Bruder deines Großvaters, den Revolutionär, im Jahr 1848 hingerichtet haben – so gesehen handelt es sich eher um einer Art später Genugtuung für unsere Familie.«

»Was damals genau geschehen ist, hast du mir übrigens nie richtig erzählt. Du hattest es mir zwar versprochen, aber irgendwie haben wir es wohl vergessen.« Die Neugierde von Mercedes war durch die Stichworte Revolutionär und Hinrichtung schlagartig geweckt worden. »Ich kenne diese Geschichte eigentlich nur deinen gelegentlichen Andeutungen – und weiß also lediglich, dass man den Hermann Jellinek damals hingerichtet hat«

»Erschossen haben sie ihn. Standrechtlich erschossen. Das ist eines der traurigsten Kapitel unserer Familiengeschichte, mein Vater hat lange nicht darüber sprechen können, so sehr ist es ihm zu Herzen gegangen – weil er sehr stolz auf seinen Bruder gewesen ist und später viel dafür getan hat, dass sein Andenken nicht vergessen wird. Das sei die Familie ihrem Hermann einfach schuldig, hat er gemeint und deshalb solle es auch immer einen Hermann in unserer Familie geben. Das ist übrigens der Grund dafür, weshalb mein jüngerer Bruder, dein Onkel, Hermann heißt. Auch wenn er als Germanist und Verfasser von seltsamen hochgeistigen Traktakten so gar nicht revolutionär daher kommt. Nun ja ... Mein Vater hat sogar einmal in Wien darüber gepredigt – das gab ein großes Aufsehen, denn er hat dabei die Abschaffung der Todesstrafe gefordert und die Exekution des Habsburgerkaisers von Mexiko im Jahr 1867 mit der Hinrichtung seines Bruders verglichen. Das war in den Augen der Habsburger ein Skandal. Um ein Haar hätten sie ihn dafür ins Gefängnis geworfen.«

»Na, jetzt wird mir so einiges klar. Schon aus diesem Grund wirst du noch hundert Jahre warten können, bis sie dir dann immer noch keinen Adelstitel verleihen werden. Das wäre ja ...«

»... als wenn sie den Bock zum Gärtner machten«, ergänzte Emil Jellinek lachend. »Der Revolutionär als Baron. Das trauen sich nicht mal die Habsburger. Lieber überhäufen sie mich weiter mit Orden und Ehrenzeichen, als mich in ihren Stand zu erheben. So gerne ich das schon hätte: andererseits ist es ja beinahe Ehrensache, nicht geadelt zu werden. Das bin ich unserem Revolutionär eigentlich schuldig.«

»Wir schweifen schon wieder ab. Was genau ist denn nun passiert«, mahnte Mercedes voller Ungeduld.

»Das war schon eine schwierige Phase in der österreichischen Geschichte. Längst nicht so unbedeutend, wie sie es heute im Nachhinein gerne darstellen wollen. Es waren unruhige Jahre in ganz Europa. Die Revolutionsjahre 1847 und 1848. Hermann Jellinek war einer der führenden Köpfe der österreichischen Revolution. Er galt sogar – wohl zu Recht – als einer der sogenannten Rädelsführer des gescheiterten Oktoberaufstands von 1848. Er war der Einzige, den sie danach hingerichtet haben, das war, ich vergesse das Datum nie, am 23. 11. 1848. Er war ein stolzer, unbeugsamer Geist und wäre wohl zu einer längeren Gefängnisstrafe verurteilt worden, wenn er die Richter bei der Verhandlung nicht bis aufs Messer gereizt und beschimpft hätte. Deshalb haben sie an ihm ein Exempel statuiert. Am

Abend vor seinem Tod hat er noch einen letzten Brief an seine Familie geschrieben, darin heißt es »Meine Ideen werdet ihr nicht erschießen können«. Ja, ich denke, er ist ein wahrhaft großer Mann gewesen, auf den wir zu Recht stolz sein können und den wir nicht vergessen dürfen. Wie wir überhaupt mit berechtigtem Stolz auf die Leistungen unserer ganzen Familie blicken dürfen.«

»Da hast du recht«, nickte Mercedes bedächtig, um kurz darauf vernehmlich mit den Fingern zu schnipsen. »Ach ja, das hätte ich jetzt beinahe vergessen, dir zu sagen: es gibt noch einen weiteren Grund, stolz zu sein. Denn der Fernand hat mir vorhin mitgeteilt, gleich nachdem er aus Wien zurückgekommen ist, dass der Onkel Georg jetzt Rektor der Universität Heidelberg geworden ist, das habe sich an der Universität in Wien wie ein Lauffeuer herumgesprochen. Wieso hast du mir eigentlich nichts davon gesagt?«

»Ach, ist die Wahl jetzt also tatsächlich vollzogen worden? Und er hat es wahrhaftig geschafft? Da schau an: mein tüchtiger großer Bruder!« Emil Jellinek schnalzte anerkennend mit der Zunge. »Ich habe es wirklich nicht gewusst. Mir war nur bekannt, dass mein Bruder Georg zu den heißen Favoriten bei der Rektorenwahl zählt – und dass er sich im Vorfeld auch bereit erklärt hat, sich zur Wahl aufstellen zu lassen. Ich habe aber gedacht, ich warte erst einmal ab und sage noch nichts, denn wer kann schon wissen, wie so eine Wahl endet ...«

»Da schau an, mein Papa hat also Geheimnisse vor seiner Lieblingstochter«, stemmte Mercedes die Hände gespielt vorwurfsvoll in die Hüften. »Das hätte ich nicht für möglich gehalten.«

»Ach was – ich wollte dir nur die Enttäuschung ersparen, wenn es mit der Wahl nichts geworden wäre«, winkte der Getadelte ab. »Nach meiner Einschätzung stand das auf Messers Schneide, denn immerhin wäre Georg damit, wie er mir vor einigen Wochen geschrieben hat, der erste jüdische Rektor dieser Universität. Und ob die anderen Professoren das zulassen würden – also da war ich mir alles andere als sicher, auch wenn unser Georg als Jurist und Staatsrechtler in wissenschaftlichen Kreisen ja über eine gehörige Reputation verfügt.«

»Wie du siehst, ist es gut gegangen. Judentum hin oder her. Das klingt schon gut, nicht wahr? Mein Onkel, der Rektor der berühmten Universität Heidelberg!«

»Eine der weltweit ältesten und renommiertesten Universitäten«, stimmte ihr Vater in das Loblied ein.

»Wir sollten bald einmal nach Heidelberg fahren und ihn dort besuchen. Was meinst du? Es ist ja schon einige Jahre her, seitdem ich dich dorthin begleiten durfte, aber da war ich noch zu klein, als dass ich noch eine klare Erinnerung an diese Stadt hätte. Ich weiß nur, dass da so eine riesige rötliche Ruine gestanden hat, die alles überlagert. Aber viel mehr an Eindrücken ist mir nicht geblieben. Gut, da war noch so eine alte Brücke über diesen Fluss, aber mehr weiß ich nimmer. Höchste Zeit also, dass wir zum Onkel Georg fahren und dann kann der uns als neuer Rektor mit allem Drum und Dran empfangen. Und«, setzte sie grinsend noch hinzu, »mit dem entsprechenden Tamtam natürlich auch. Wenn ich nur an seine sechs Kinder denke, mit denen er uns vergangenes Jahr überfallen hat ...«

»Das ließe sich eventuell einrichten. Bei der Gelegenheit kommen wir zwangsläufig auch in Cannstatt vorbei, wo ich den Herrschaften von der DMG wieder einmal persönlich auf den Zahn fühlen könnte. Was hundertmal besser taugt, als jedes Schreiben.«

»Fein!« Begeistert klatschte die junge Frau in die Hände. »Wann fahren wir also?«

»Gemach, gemach. Ich kann hier nicht einfach alles stehen und liegen lassen«, versuchte der Monsieur, den Tatendrang seiner Tochter etwas zu dämpfen. »In ein bis zwei Wochen ... nun gut, in ein bis zwei Tagen meinetwegen«, korrigierte er sich rasch, als er die Enttäuschung gewahrte, die sich während seiner Antwort blitzartig wie ein dunkler Schatten über die Miene von Mercedes legte. »Aber ein bis zwei Tage brauche ich schon noch.« Erleichtert registrierte er, wie sich die Enttäuschung wieder rasch verflüchtigte. »Aber nur, wenn ich jetzt in Ruhe meine Arbeit machen und die notwendigen Verfügungen für die Zeit meiner Abwesenheit treffen kann.«

Mercedes schenkte dem rötlich-blonden Mann mit dem eleganten Scheitel ihr strahlendstes Lächeln. »Ach Papa, du bist und bleibst doch der Beste von allen. Ich verspreche dir auch, dass ich dich gleich in Ruhe lassen werde, aber eines, das will ich dich doch noch fragen – wenn ich darf ...«

Jellinek seufzte tief und ließ sich in den großen Ledersessel gleiten, während er »seine Prinzessin«, die mit ihren inzwischen 17 Lebensjahren zu einer vielbewunderten Schönheit erblüht war, mit einem nicht minder strahlenden Blick bedachte. »Aber natürlich darfst du. Was hast du denn auf dem Herzen?«

Erstaunlicherweise schien sie nach den richtigen Worten zu suchen, druckste geradezu verlegen herum. Das war doch sonst nicht ihre Art. Umso gespannter durfte man sein, was die junge Dame derart beschäftigte. »Nun ja«, begann sie zögernd. »Also ich würde gerne wissen, weshalb du das mit der Religion so wichtig nimmst. Mit dem Judentum von Onkel Georg beispielsweise ... Also das hätte ich nicht gedacht ...«

»Sondern?«

»Sondern ... also, ich habe ja mehr als einmal mitbekommen, wie du dich eher spöttisch über den Onkel Georg geäußert hast, das sei dir völlig unverständlich, dass man sich wegen der Religion dermaßen quälen könne. Wenn er sich im Judentum nicht mehr aufgehoben fühle, dann müsse er eben die Konsequenzen ziehen. So, wie du das getan hast ... So habe ich das zumindest in Erinnerung von dir ...«

»Ja ...« Ganz bewusst ließ er sich nicht aus der Reserve locken, sondern war immer noch gespannt, was wohl den Kern der Frage ausmachte.

»Also ich dachte immer, dir sei die Religion ziemlich egal, Papa. Genauso wie mir übrigens. Deine Religion sei einzig und allein das Automobil.«

»Aber nein!« Irritiert schüttelte Emil Jellinek seinen Kopf. »Wie kommst du denn nur auf so etwas? Man soll die Dinge generell nicht allzu wichtig nehmen, sonst wachsen sie einem nämlich allzu rasch über den Kopf. Den ewigen Ärger mit den Jesuiten bei der DMG bin ich inzwischen ohnehin leid. Wenn da halt nicht diese wunderbaren Automobile wären ...« Wieder wechselte sein Mienenspiel in Windeseile vom Erstaunen in ein schelmisches Grinsen. »Nein, meine wahre Religion ist weder das Judentum und auch nicht das Christentum, noch ist es sonst eine Glaubensrichtung, meine wahre Religion ist ... na, dreimal darfst du raten ...«

»Jetzt sag schon«, drängelte sie ungeduldig.

»Du könntest es dir eigentlich denken: Meine Religion ist ... Mercedes!« Begeistert klatschte er sich Beifall.

»Also doch ein Automobil! Vorhin hast du das noch abgestritten!«

»Nein, ein Mensch. Ein wunderhübsches Fräulein mit demselben Namen. Mercedes, mein Augenstern. Das ist so – und wird auch immer so bleiben!«

»Ach Papa, du willst mich doch nur auf den Arm nehmen«, überspielte Mercedes mit ihrer raschen Antwort die Rührung in der Stimme ihres Vaters – mit dem gewünschten Erfolg.

»Von wegen auf den Arm nehmen! So rank und schlank wie du auch bist, du bist mir dennoch viel zu schwer, als dass ich dich trotz meiner allseits bekannten Riesenkräfte auf den Arm nehmen könnte«, lachte der schmächtige Mann aus vollem Hals – um in einem sachlicheren Ton fortzufahren. »Nein, nein. Das war vorher schon ganz ehrlich gemeint. Meine Religion bist du, Mercedes. Du und sonst niemand.«

»Was war das denn jetzt für eine verquere Formulierung? Du meine Güte – man könnte beinahe meinen, du stammtest aus Mähren«, grinste das Mädchen keck.

»Und selbst wenn dem so wäre, was es bekanntlich ja ist«, gab Jellinek fröhlich zurück. »Es ist eine Gnade des Schick-

sals, dass es dich gibt. Das ist schön. Einfach nur schön. Und deshalb ...«, wieder klatschte er unternehmungslustig in die Hände, »Deshalb wird jetzt zur Feier des Tages eine Ausfahrt gemacht ...«
»... aber deine Arbeit!«
»Die Arbeit kann warten. Nutze den Tag – das haben schon die alten Römer gewusst! An einem so schönen Tag wie dem heutigen einfach in der stickigen Bude zu sitzen, nein, das ist nichts für unsereins. Wir werden also eine kleine Spazierfahrt machen. Einverstanden?«
»Und was ist mit meinem Hauslehrer? Der müsste gleich da sein«, wagte Mercedes einen weiteren, nicht ganz ernst gemeinten Einwand.
»Ach der. Der soll morgen wieder kommen – und außerdem bekommt er sein Geld ja dennoch von mir. Soll er sich also auch einen schönen Tag machen und dafür eine Kerze für uns anzünden. In welcher Kirche auch immer!«
»Ach Papa! Du bist und bleibst einfach – unmöglich! Nun gut, mir kann es nur recht sein. In fünf Minuten kann es los gehen. Ich muss mir nur noch rasch meinen Frühlingsmantel bringen lassen. Und dann: ab durch die Mitte.

Am 6. April 1908, an einem der letzten Tage ihres Winteraufenthalts in Nizza, war die Villa Mercedes an der Promenade des Anglais wieder einmal Ausgangspunkt einer besonders glanzvollen Feierlichkeit, von der die Leute selbst noch Wochen später sprechen sollten. Den äußeren Anlass dafür bildete der 55. Geburtstag des Monsieur Jellinek-Mercedes. Erstmals befand sich unter den Gästen auch ein noch recht junger, erst 28 Jahre alter, eher unauffälliger Herr, der vom Hausherrn als der Baron Dr. Karl von Schlosser aus Wien vorgestellt wurde. »Er ist ein k.u.k. Kommissär im Ministerium für öffentliche Arbeiten, zuständig für Handelsfragen. Durch die Tätigkeit im Handelsministerium ist er mit dem Herrn Jellinek-Mercedes näher bekannt geworden«, gab der Sekretär Ferdinand Spiegel den neugierigen Fragestellern bereitwillig Auskunft. »Schon mit dessen Vater hatte er geschäftlich zu tun, dann und wann ist man sich auch privat in Wien begegnet, von daher kennt der Herr Jellinek-Mercedes den Herrn Kommissär schon seit frühester Jugend, sozusagen schon von Kindesbeinen an.«
Natürlich entwickelte sich Jellineks Einladung an den jungen Wiener Baron zu einem der Hauptgesprächsthemen bei den zahlreich erschienenen Festgästen, die sich die opulenten Feiern im Hause Mercedes, die selbst in den höchsten gesellschaftlichen Kreisen der französischen Riviera ihresgleichen suchten, keinesfalls entgehen lassen wollten. Wie der brave Hofhund seinen Knochen, ergriffen sie rasch und dankbar die Gelegenheit beim Schopf und ergingen sich voller Vergnügen in den verschiedensten Spekulationen darüber, welcher wahre Grund hinter der Anwesenheit des Herrn von Schlosser vermutet werden dürfe.
Am plausibelsten erschien ihnen die Mutmaßung, dass demnächst wohl eine Verlobung im Hause Jellinek an-

stünde. Die Heiratsabrede der immerhin demnächst 19 Jahre alten Mercedes mit dem Freiherrn, der sich, wie man so schön sagte, mit seinen 28 Lebensjahren im besten Mannesalter befand. Natürlich! Über diesen Umweg würde es dem Herrn Jellinek-Mercedes doch noch gelingen, ein Adelsprädikat in seine Familie zu bekommen.

Wie raffiniert – und andererseits auch durchaus naheliegend.

»Aber wenn das so wäre, dann beträfe das doch nur seine Tochter.«

»Das wird der Monsieur Mercedes ganz anders sehen – mitgefangen, mitgehangen sozusagen.«

»Aber was soll das alles: er hat doch Orden und Ehrentitel gesammelt, wie kaum ein zweiter. Das müsste ihm doch ohnehin genügen«, gab eine weitere Besucherin zu bedenken.

»Alles gut und schön, aber Adel ist und bleibt halt Adel.«

»Ach – schauen sie: da hinten, das sind die Brüder der jungen Mademoiselle«, deutete die Dame, der die Diskussion allmählich langweilig zu werden begann, zur Seite.

»Meinen sie etwa die Burschen in den seltsamen Strickjankern, die so unglückliche Gesichter zur Schau stellen?«, reckte ihre Gesprächspartnerin neugierig den Hals. »Das sind ja arme Gesellen, wie mir scheint.«

»Es sind die Halbbrüder der Mademoiselle. Bekanntermaßen hat der Vater nur Augen für seine beiden Töchter. Für die kleine Maja und vor allem für seine Mercedes, in die er regelrecht vernarrt ist.«

Mitten in der Feierlichkeit wurde das schöne Fräulein von ihrem Vater zu sich gebeten. »Mercedes: komm bitte einmal mit mir. Ich habe nämlich etwas für dich.«

Emil Jellinek klatschte mehrmals laut in die Hände, was die Gespräche der Festgesellschaft allmählich verstummen ließ.

»Meine sehr verehrten Herrschaften! Ich habe Ihnen eine kleine Überraschung zu verkünden!«

»Schon wieder eine Neuigkeit! Er wird wohl wieder eine sündhaft teure Anschaffung getätigt haben, die wir nun gebührend bejubeln sollen.«
»Ich glaube, diesesmal dürfte es eher um das Gegenteil gehen. Wahrscheinlich wird er seine definitive Trennung von der DMG bekannt geben, von der man schon lange munkelt ...«
»... als ob unsereinen das zu interessieren hätte!«, zischelte die Dame von eben scharf und sandte dabei einen indignierten Blick zur mit prachtvollem Stuck verzierten Decke der Villa Mercedes I.
Tatsächlich war in diesem Frühjahr gerüchteweise durchgesickert, dass mittlerweile wohl die endgültige Trennung des Monsieur Jellinek-Mercedes von der DMG erfolgt war. Den letzten Ausschlag habe die Tatsache gegeben, dass sogar der weltbekannte Konstrukteur Wilhelm Maybach seiner Firma frustriert den Rücken gekehrt hatte.
»Ich glaube dennoch nicht, dass er das zum Thema machen wird. Von diesem Mann werden sie in der Öffentlichkeit nur Erfolgsmeldungen zu hören bekommen, alles andere behält er für sich. Lieber würde er ersticken, als öffentlich zu bekennen, dass er sich im einen oder anderen Fall schwer verhoben hat.«
»Da mögen sie auch wieder recht haben.«
»Folglich dürfen wir gespannt sein, welche Heldentaten uns der Monsieur zu verkünden hat. Sehen sie nur, wie er sich gerade in die Brust wirft! Das dürfte wieder so eine spektakuläre Aktion werden, die auf Tage hinaus Gesprächsstoff liefert.«
Die Festgäste waren aufs äußerste gespannt – und der raffinierte Hausherr machte sich natürlich ein ganz besonderes Vergnügen daraus, die Verkündung seiner Neuigkeit noch ein bisschen hinauszuzögern.
Voller Ungeduld drängelte sich die illustre Gesellschaft durch die Tür des Nebensalons, an dessen gegenüberliegender Wand schemenhaft etwas zu erkennen war. Es schien sich offenbar um eine ziemlich große Skulptur zu

handeln, mehr ließ sich fürs Erste nicht vermuten, denn das rätselhafte Objekt war sorgfältig mit dicken weißen Seidentüchern verhüllt.
»Da, schauen sie nur! Darum soll es gehen!«
In diesem Augenblick drückte der Monsieur seiner Tochter eines der Tuchenden in die Hand und zwinkerte ihr dabei fröhlich zu. »So, bitte Mercedes, du musst nun ganz fest ziehen. Auf drei. Also: ich zähle. Eins ... zwei ... und .... drei!«
Sekunden später wogten erstaunte Ausrufe durch den Salon, begleitet von den ungläubig staunenden Mienen der Gäste.
»Ja so etwas!«
»Ach!«
»Schauen sie nur.«
»Das kenne ich doch!«
»Das ... das ist doch ...«
»Ja, genau: das ist der Badener Undinebrunnen ... maßstäblich verkleinert.«
»Womöglich handelt es sich sogar um dieses Duplikat, das für so viel diplomatischen Wirbel gesorgt hat, weil es ins Ausland gehen sollte.«
»Sie meinen ... sie denken also, der Jellinek hat das gekauft? Das wäre ja ein echter Coup!«
Der Hausherr sorgte für eine rasche Aufklärung: »Meine Herrschaften, sie haben richtig vermutet. Es handelt sich tatsächlich um den Undinebrunnen – wenngleich auch nur – ich darf dieses nur bitteschön in Anführungszeichen setzen – um eine original vom ursprünglichen Künstler, von Josef Valentin Kassin, angefertigte kleinere Kopie.«
»Papa!« Mercedes ließ einen ausgelassenen Jubelruf ertönen, der durch den ganzen Salon schallte. »Das ist aber schön, dass mein armes Standbild nun doch nicht nach Leipzig muss. Du hast die Undine gerettet, Papa!«
»Gerne geschehen«, grinste Emil Jellinek vergnügt. »Aber wieso gerettet? Was hast du denn gegen Leipzig?«
»Eine grässliche Stadt – so weit im Norden!«
»Immerhin ist es meine Geburtsstadt.«

»Seit wann bist du denn darauf stolz?«

»Nun ja«, ihr Vater verzog sein Gesicht zu einer schmerzlichen Grimasse. »Du hast ja recht. Aber lassen wir das lieber. Dennoch muss ich sagen, dass es in Wahrheit gar nicht um Leipzig ging.«

»Das verstehe ich nicht.«

»In Wirklichkeit wollte ein Interessent aus Dresden den Brunnen erwerben. Er hat sich nur hinter einer anderen Fassade versteckt, damit man ihm nicht so leicht auf die Spur kommen würde.«

»Na ja ... Dresden oder Leipzig, was macht das schon für einen Unterschied?«

»Das sind schon zwei ganz unterschiedliche Paar Stiefel. Denke nur einmal an das dortige Schloss und erst recht an die Frauenkirche – das ist schon eine beachtliche Stadt!«

»Nicht so beachtlich wie Nizza«, hielt Mercedes keck dagegen.

»Da hast du auch wieder recht.« Damit war ihre Unterhaltung fürs Erste beendet, denn nun drängten die Festgäste heran, um ihre Glückwünsche zum Erwerb des Kunstwerks auszusprechen.

Selbst der ebenfalls unter den Gästen weilende französische Präfekt rühmte das Kleinod in den allerhöchsten Tönen.

Es handelte sich in der Tat um ein einmaliges Stück, zu dem sich sozusagen als Krönung noch die hoch brisante Vorgeschichte gesellte. Das monatelange diplomatische Tauziehen um den Erhalt dieses wertvollen österreichischen Kulturguts, das keinesfalls ins Ausland gelangen durfte. Eine wunderbare Geschichte – ganz nach dem Geschmack des Monsieur. Und seitdem er seine sinistre Andeutung hatte fallen lassen, es handele sich in Wahrheit um einen Dresdener Interessenten, der seine Anonymität sorgfältig zu verschleiern versucht habe, da schossen die Spekulationen natürlich erst recht ins Kraut, die sich bis zur Mutmaßung verstiegen, es handele sich höchstwahrscheinlich um ein Mitglied des sächsischen Adelshauses, dem der kecke Jel-

linek das Kunstwerk in aller Heimlichkeit und buchstäblich letzter Minute mit tatkräftiger bürokratischer Unterstützung der Wiener Hofburg noch aus den Händen gerissen habe.
Er hätte keinen besseren Platz für den Brunnen finden können als hier in der Villa Mercedes. Es schien gerade so, als sei der maßstäblich verkleinerte Brunnen von Anfang an für seinen jetzigen Standort konzipiert worden, so harmonisch fügte er sich in den Raum. Dazu trug sicher auch die Tatsache bei, das Kassin jetzt nicht mehr, wie noch beim Original, weißen Carraramarmor und Sandstein verwendet hatte, sondern einen bronzenen Brunnen, der auf einem Sockel aus grünem Gasteiner Marmor ruhte – mit einer darüber thronenden, silbernen Undinefigur als optischem Höhepunkt. Das schien ihm für eine Platzierung im Innenraum eines Hauses wesentlich geeigneter. Auch diese sogenannte Kopie geriet zu einem wahren Meisterwerk.
Wieder einmal fügte es sich gut, dass Emil Jellinek-Mercedes seit der Vollendung des Badener Brunnens einen regelmäßigen Kontakt mit Kassin pflegte. Aus diesem Grund hatte er sofort die Ohren gespitzt, als er von den finanziellen Nöten erfuhr, in die der Künstler mit der Verweigerung der Ausfuhrbewilligung geraten war. Ohne lange zu fackeln, kaufte er den neuen Brunnen für die von Kassin genannte ursprüngliche Summe und ließ ihn in die Villa Mercedes nach Nizza schaffen.
Damit war das Kunstwerk zwar nun doch ins Ausland gelangt, befand sich aber immerhin im Besitz eines österreichischen Staatsbürgers. Der bekanntlich auch als österreichischer Honorarkonsul in Nizza fungierte. Den österreichischen Befindlichkeiten war damit Genüge getan. Selbst der Kaiser zeigte sich zufrieden mit der Lösung. Dem eigentlichen Auftraggeber dagegen blieb nichts anderes als sich zähneknirschend in dieses diplomatische Ränkespiel zu fügen.
Josef Valentin Kassin war am Ende also doch noch auf seine

Kosten gekommen und der Monsieur Mercedes durfte sich stolz und glücklich schätzen, am heutigen Abend unter den neidvollen Blicken der vornehmen Gästeschar seine neueste Erwerbung präsentiert zu haben: einen auf sein Geheiß zusätzlich wunderbar illuminierten und mit einem faszinierenden Wasserspiel versehenen zweiten Undinebrunnen! Mit dem an seiner Spitze thronenden silbern glänzenden Abbild des schönsten Mädchens der ganzen Welt.

Viel später am Abend, nachdem inzwischen auch die allerletzten Gäste endlich ihre Heimreise angetreten hatten, waren Mercedes und ihr Vater noch einmal gemeinsam in den Salon gegangen, um den gelungenen Tag mit einem letzten genussvollen Blick auf die neue Zierde ihres Hauses ausklingen zu lassen.

»Es ist wirklich ein einmaliges Stück, nicht wahr.«

»Schön, dass du es gekauft hast. Allein, wie er meine Gesichtszüge abbildet: exakt nach dem Vorbild von Baden!«

»Meine Mercedes – ganz in Silber! Es ist – einfach unaussprechlich schön!«

»Nun ja, das werden die feinen Damen der hiesigen Gesellschaft sicher etwas anders sehen ...«

»Lass die Lästerzungen reden. Hauptsache ich habe dich immer bei mir. Denn auch aus diesem Grund habe ich den Kauf getätigt und den Brunnen hierher bringen lassen. Denn ich will dich immer um mich haben, auch wenn du nicht in Nizza bist – so kann ich wenigstens alle Tage dein Gesicht sehen.«

Um von der eigentümlichen Verlegenheit abzulenken, die diese Worte bei ihr auslösten, wechselte Mercedes das Thema, in dem sie keck auf die Bauchpartie ihres Gesprächspartners deutete. »Mir scheint, du hast in den vergangenen Monaten ein kleines Bäuchlein bekommen, Papa«

»Ich? Niemals!« Mit allen Anzeichen der Verwunderung konzentrierte Emil Jellinek seinen Blick auf die angesprochene Körperregion, bevor er langsam seinen Kopf wieg-

te, während ein verlegenes Lächeln um seine Mundwinkel spielte. »Nun ja, ein bisschen vielleicht. Aber nur ein ganz kleines bisschen. Sicherlich ist es der ungünstige Schnitt meines Anzugs, der diesen Eindruck noch befördert. Ich werde also demnächst ein ernstes Wort mit dem Schneider wechseln müssen.«
»Du kannst doch dem armen Mann nicht die Schuld dafür geben, dass du zugenommen hast«, gab Mercedes kopfschüttelnd zurück. »Ich denke eher, dass du einen Trost dafür gesucht hast, dass du dir anlässlich deines 55. Geburtstags nun doch wieder deinen Bart und vor allem bedauerlicherweise auch noch deine schönen Koteletten gestutzt hast. Da scheint es eben einer anderen Art der Befriedigung bedurft zu haben ...«
»... und ausgerechnet ich soll diese im Essen suchen?! Von wegen! Dazu habe ich schließlich meine Automobile! Aber nun denn: ich werde mein Augenmerk künftig verstärkt auf diese etwas zu üppig gewachsene Körperregion richten müssen, nicht, dass sich meine Lieblingstochter eines Tages womöglich noch schämt, sich zusammen mit ihrem tonnenförmigen Vater in der Öffentlichkeit sehen zu lassen. Das muss unter allen Umständen vermieden werden!«
»Aber Papa! Wie kommst du denn nur auf eine solche Idee!«, brauste die junge Frau heftig auf. »Niemals werde ich mich für irgendetwas schämen, das im Zusammenhang mit dir und deinem Namen steht. Und überdies«, wieder deutete sie mit dem Zeigefinger kurz auf die entsprechende Stelle, »die Sache mit deinem kleinen Bäuchlein habe ich nur erwähnt, um dich rechtzeitig auf diese Entwicklung hinzuweisen. Ich weiß ja, wie sehr du immer auf dein äußeres Erscheinungsbild achtest. Wenn es schon deine Ehefrau anscheinend nicht für nötig hält, sich darum zu kümmern, dann tue ich das eben.«
»Ach Mercedes ...« seufzte ihr Vater. »Wenn ich dich nicht hätte!« Beide Seiten vermieden es freilich, das von Mercedes angeschnittene Thema an diesem Abend weiter zu vertiefen. Allein die Andeutung hatte ihren Zweck erfüllt.

»Was für ein wunderbarer Klang, den dieser Flügel erzeugt. Und wie edel er doch aussieht. Beinahe so edel wie das wunderschöne Fräulein, das ihn besitzt.« Der Bildhauer lies seinen bewundernden Blick deutlich länger auf der zart errötenden jungen Dame ruhen, als sich dies eigentlich geziemte.

»Ach, Herr Kassin, sie alter Schmeichler!«

»Es ist so wie es ist«, beharrte der Künstler auf seinem Standpunkt. »Ich wusste gar nicht, dass sie so gut Klavier spielen können.«

»Das geht bei einem solchen Prachtexemplar beinahe wie von selbst«, wehrte Mercedes die Komplimente lächelnd ab. »Ein Steinway ist eben nun einmal ein Steinway.«

»Eigentlich logisch, dass in diesem Haus ein solcher Flügel steht, Steinway und Mercedes bilden ja sozusagen eine Einheit. Es stimmt doch, dass William Steinway der erste war, der in Amerika die Daimler-Automobile verkauft hat, nicht wahr?«

»Soviel ich weiß, ist das wahr. Sie wissen ja, ich mache mir nicht besonders viel aus Automobilen. Aber ich glaube, das stimmt – so merkwürdig sich das auch anhören mag. Ein Klavierbauer und ein Automobilbauer. Man sollte glauben, dass die eigentlich nicht das Geringste miteinander zu tun haben.«

»Er ist eben Mercedes unter den Klavieren.«

»Nun ja. Es war dennoch nicht ganz so, wie sie denken. Mir hatte es dieser Flügel zwar schon einige Zeit angetan, aber mein Papa wollte ihn nicht kaufen. Stellen sie sich vor: er war ihm zu teuer!

»Ach! Das hätte ich nun wirklich nicht gedacht. Er hat ihnen tatsächlich einen Wunsch mit der Begründung abgeschlagen, der Flügel sei ihm zu teuer?!«

»Allerdings. Er hat sich sogar zu der Aussage verstiegen, ein gewöhnliches Klavier täte es doch auch.«

»Erstaunlich. Diese Worte aus dem Mund eines so überaus großzügigen Mannes, als den ich ihren verehrten Herrn Vater immer erlebt habe ...«

»Allerdings! Aber im Nachhinein hat sich ja alles gefügt. Man kann dieses Verhalten sogar erklären. Und zwar war er an diesem Tag, an dem ich meinen Wunsch vorgetragen hatte, ziemlich schlechter Laune, denn er hatte zuvor einen ordentlichen Disput im Vorstand seiner österreichischen Daimlergesellschaft in Wiener Neustadt, die in ihrer Bilanz plötzlich tiefrote Zahlen aufgewiesen hat, weil sich die Konstruktionen des Herrn Porsche wider Erwarten nicht so gut verkauft haben, wie man das gehofft hatte. Und da komme dann ausgerechnet ich daher – völlig ahnungslos, wie ich eben war.«

»Aber zum guten Schluss haben sie sich durchsetzen können. Wie haben sie das angestellt, dass der Steinway doch hierher gekommen ist?«

»Manchmal muss man eben warten können«, schmunzelte Mercedes. »Wenngleich die Geduld nicht unbedingt meine herausragende Eigenschaft ist. Ich habe einfach ein paar Tage zugewartet – und als er dann eines Abends wieder einmal aus dem Casino gekommen ist, da habe ich die Gelegenheit gleich beim Schopf gepackt, nachdem sich herausgestellt hat, dass er kräftig gewonnen hatte. Und siehe da: zwei Tage später ist der Steinway bereits hier eingetroffen.«

»Donnerwetter!«, der Bildhauer schürzte anerkennend die Lippen. »Dass so ein anmutiges Geschöpf dermaßen raffiniert vorgehen kann ...«

Es entstand eine kleine Gesprächspause, während der Kassin offenbar um die richtigen Worten zu ringen schien. »Ja also ... Hm ...«

»Worum geht es denn, heraus mit der Sprache, Herr Kassin«, versuchte ihm Mercedes in ihrer gewohnt unbekümmerten Art auf die Sprünge zu helfen.

Der Künstler räusperte sich verlegen. »Ja, also, wenn ich mir die Freiheit nehmen darf: sie haben doch so eine wunderschöne Stimme, Mademoiselle Mercedes. Wenn sie nun womöglich noch eines dieser wunderbaren Lieder vortragen könnten, wie ich es schön öfter von ihnen hören durfte

… Dazu begleitet von den einzigartigen Klängen dieses herrlichen Flügels … also das … das wäre …«
»Ach Herr Kassin, sie sind aber auch ein alter Schmeichler«, ließ die junge Frau ihr glockenhelles Lachen erklingen. »Nun gut. Ausnahmsweise, aber nur, weil sie es sind. Weil sie mich mit ihrem kecken Zwirbelbart so sehr an meinen Papa erinnern. Deshalb.«
»An ihren Vater«, knurrte Kassin, der mit seiner Aufwartung im Hause Mercedes eigentlich etwas ganz Anderes im Schilde führte. »Vielen Dank für so ein außergewöhnliches Kompliment.«
Gut, er musste sich schon eingestehen, dass der Altersunterschied zwischen ihm und dem wunderschönen Fräulein, das sein Gemüt schon seit Jahren in Wallung brachte, ziemlich deutlich war. Aber man hätte ja auch ein wenig taktvoller auf die Tatsache anspielen können, dass ihn lediglich drei Jahre vom älteren Monsieur Mercedes trennten. Dass er also durchaus ihr Vater sein könnte. Und dennoch: so leicht würde er die Flinte nicht ins Korn werfen. Schon gar nicht würde er tatenlos zusehen, wie sich da gerade ein Techtelmechtel zwischen seiner Mercedes und diesem Baron Schlosser abzuzeichnen begann. Ausgerechnet dieser nichtssagende Langweiliger! Nur, weil der Herr von Adel war. Also bitte!
Es gab schließlich noch andere Qualitäten, auf die es in viel stärkerem Maße ankam!
Es waren diese Tage um den 55. Geburtstag Emil Jellineks, in denen der Grundstein für eine lebenslange Abneigung zwischen den Herren von Schlosser und Kassin gelegt wurde. Ohne dass es dem Künstler freilich gelang, die Katastrophe abzuwenden, die dieses Ereignis in seinen Augen darstellte: die am 20. Februar des Jahres 1909 in Nizza erfolgte Vermählung seiner noch nicht einmal 20 Jahre jungen Mercedes mit dem 29-jährigen Baron Karl von Schlosser.

Die Hochzeit der Mercedes Jellinek-Mercedes! Der Tochter des legendären, unermesslich reichen Emil Jellinek-

Mercedes! Kein Wunder, dass die Feierlichkeit an der französischen Riviera zu einem gewaltigen Ereignis auswuchs, von dem nicht nur die Zeitungen in Südfrankreich, sondern auch in ganz Europa auf das Ausführlichste berichteten. Selbstverständlich auch alle in Wien erscheinenden Blätter, die ihren Umfang teilweise sogar verdoppelten, um ihre Leser über jedes Detail dieser »Hochzeit des Jahres« in Kenntnis zu setzen.

Wie man hörte, hatte der Monsieur Mercedes seiner Tochter als Mitgift in die Ehe eine atemberaubende Summe überschrieben, freilich erst – wie es seiner Wesensart als mit allen Wassern gewaschener Kaufmann entsprach – nach wochenlangen und manchmal durchaus auch ziemlich lautstark verlaufenen Verhandlungen mit dem Vater des künftigen Bräutigams. Natürlich war diese Morgengabe des Brautvaters erst erfolgt, nachdem die Dinge in einem umfangreichen Vertrag schriftlich besiegelt worden waren. Für alle Fälle eben. Man konnte bekanntlich nie wissen ... Mercedes jedenfalls sollte für alle Eventualitäten gerüstet und abgesichert sein. Nicht, dass der junge Baron nur an dem Geld der Familie interessiert war. Es würde ihm im Falle einer Scheidung nichts nützen. Das Vermögen gehörte Mercedes. Zum guten Schluss war man sich einig geworden.

Die Hochzeit des Jahres an der französischen Riviera konnte folglich stattfinden.

Schon am Tag vor der Vermählung seiner Tochter zeigte sich Emil Jellinek geradezu überschäumend vor Begeisterung und Vorfreude auf das herannahende Ereignis: »Ich bin der glücklichste Mensch der Welt!«, strahlte er ihr entgegen, als sie sich ein letztes Mal vor ihm in dem blütenweißen Brautkleid probeweise präsentierte – ganz gegen die übliche Gepflogenheit, diese an und für sich streng vertrauliche Prozedur nur unter den Damen des Hauses (und erst recht unter strengstem Ausschluss der Männerwelt) zu zelebrieren. Nicht so wieder einmal im Falle von Mercedes und ihrem Vater, der ihr nun voller Stolz ein Blatt präsentierte, auf dem untereinander fein säuberlich eine lange Liste von Namen verzeichnet war. »Da schau nur, Mercedes! Das alles sind die Namen von Presseberichterstattern, die sich zu unserer Hochzeit angemeldet haben, um darüber ausführlich zu berichten. Das wird ein gewaltig lautes Rauschen im Blätterwald verursachen! Selbst die renommiertesten Zeitungen werden mit zwei Korrespondenten und einem eigenen Fotografen vertreten sein«, deutete er mit dem Zeigefinger auf die entsprechenden Titel hinter den Namen.

»Zu meiner Hochzeit«, korrigierte ihn Mercedes lächelnd. »Auch wenn ich am liebsten dich heiraten würde, den besten Mann der Welt!« Sprachs – und drückte dem selig lächelnden Emil Jellinek einen innigen Kuss mitten auf die Stirn.

»Aber im Gegensatz zu dem jungen Herrn von Schlosser verfüge ich leider über kein Adelsprädikat. Ich habe nur ein paar Orden, Medaillen und Konsultitel vorzuweisen. So gesehen ist der Freiherr von Schlosser schon der richtige für dich. Und trägt überdies ja sogar einen Doktortitel«, konstatierte ihr Vater respektvoll – um dann mit einem schelmischen Augenzwinkern noch hinzuzufügen: »Na ja, so einen Doktor ehrenhalber sollte ich mir vielleicht schon noch besorgen. Das schmückt – und dürfte weiters kein Problem sein. Aber ein Adelsprädikat schlägt eben alles. Schon von dieser Warte aus betrachtet ist die Ehe mit dem Herrn Baron keine schlechte Partie für dich. Womit du dich künftig Mercedes Freifrau von Schlosser nennen darfst. Das klingt ... wie Donnerhall! Womöglich darf ich aber die Hoffnung im Herzen bewahren, dass du als nunmehrige Angehörige eines Adelshauses deinen biederen, bürgerlich geborenen Vater dennoch nicht vergessen wirst?«

»Aber Papa! Wie könnte ich nur?! Niemals!«, schüttelte die Braut in einer heftigen Reaktion ihren Kopf. »Als wenn ich nicht wüsste, was ich an dir habe! Und überhaupt: wie sich meine Ehe entwickeln wird, das steht sowieso auf einem ganz anderen Blatt ...«, setzte sie mit kaum verhohlener

Skepsis noch hinzu. »Umso besser, dass ich weiß, wo ich immer mit offenen Armen aufgenommen und willkommen sein werde, wenn der Fall des Falles eintreten sollte …«

»… was wir freilich nicht hoffen wollen. Aber dass das zwischen uns noch einmal ganz klar ausgesprochen ist: in der Tat stehen sämtliche Türen meiner Häuser immer für dich offen. Daran wird sich niemals etwas ändern. Schwer genug fällt es mir ohnehin, dich in die Hände eines anderen Mannes geben zu müssen.«

»Auch wenn du an der Angelegenheit ja nicht gänzlich unbeteiligt warst«, konnte sich Mercedes diese Anmerkung nicht verkneifen. »Aber genug der sentimentalen Gedanken, Papa. Jetzt sage mir lieber einmal, was du von diesem Diadem in meinem Haar hälst. Kommt der Goldglanz bei meinen blonden Haaren überhaupt richtig zur Geltung oder sollte ich nicht lieber das silberne nehmen, das mit den Perlen einen klareren Kontrast zeichnen könnte?«

Ihr Vater zuckte ratlos mit den Schultern. »Das zu beurteilen fällt mir schwer. Denn für mich bist du ja auch ohne Diadem bereits die Schönste von allen. Im Grunde genommen ist es daher einerlei, ob du dich für das goldene oder für das silberne entscheidest …«

»Männer!« stöhnte Mercedes auf und verdrehte in gespieltem Tadel die Augen. »Nun gut, dann werde ich die Entscheidung eben selbst treffen müssen …«

»Du könntest ja vielleicht deinen Verlobten fragen, was er dazu sagt. Vielleicht hat er sogar einen Wunsch diesbezüglich«, gab Emil Jellinek zu bedenken.

Doch mehr als ein schnippisches »Ach, der Baron!« bekam er von seiner Tochter nicht zu hören.

Hätte es einer klareren Aussage bedurft, um ihm wieder einmal zu verdeutlichen, was ohnehin als offenes Geheimnis galt? Wohl kaum! Das Verhältnis zwischen Mercedes und ihrem zukünftigen Ehemann lies sich eher als eine Art Zweckbündnis bezeichnen. Nun gut, es mochte sein, dass sich im Laufe der Zeit eine etwas innigere Beziehung daraus entwickeln würde. Wie das ja des Öfteren so war. Aber in diesem speziellen Fall würde es einer besonders langen Zeitspanne bedürfen, bis man von richtiger Zuneigung würde sprechen können. Wenn überhaupt ...

Naturgemäß machten solche und ähnliche Spekulationen auch in den Kreisen der Hochzeitsgäste und in den Redaktionen der Presseorgane die Runde, die sich dazu entschlossen hatten, für das unglaubliche Spektakel, das der Monsieur Mercedes in Nizza für die Vermählung seiner Tochter inszenieren würde, gleich mehrere Seiten zu reservieren. Wer war dieser Baron Karl Freiherr von Schlosser denn eigentlich, dass er es geschafft hatte, eine der begehrtesten, reichsten – und dazu noch hübschesten jungen Dame der gesamten Donaumonarchie vor den Traualtar zu führen? Der Glückliche! Aller Neid der Welt war ihm jedenfalls gewiss. Adel zu Geld. Wahrscheinlich ging es im Grunde genommen wieder einmal nur darum. Selbst wenn sich die Redakteure angesichts des durchaus vorhandenen Einflusses, über den der Brautvater bei Hofe verfügte, lediglich getrauten, ihre Mutmaßungen in mehrfach verklausulierten Formulierungen anzudeuten, so entwickelte sich aus diesen Gedanken, die in Wahrheit ja alle beschäftigten, bald schon so etwas wie die stillschweigende Gewissheit, dass dieser erstaunlichen Verbindung einzig und allein ausschließlich das folgende Motiv zugrunde lag: Adel zu Geld – Geld zu Adel. Denn weder das eher biedere Äußere des jungen von Schlosser, zu dem sich nicht die geringste Andeutung einer Neigung für besonders spektakuläre Auftritte gesellte, noch seine Stellung als bestenfalls zweitrangiger Beamter im k.u.k. Ministerium für öffentliche Arbeiten in Wien konnte den Ausschlag für das Jawort der attraktiven Mercedes gegeben haben. Aber einen gravierenden Vorteil warf der Herr zweifelsohne in die Wagschale: er war von Adel. Weshalb sich die verwöhnte junge Dame nun also einen weiteren Luxus gönnte, indem sie sich fortan Mercedes Freifrau von Schlosser nennen würde. Es war faszinierend einfach arrangiert. Und wer in Wahr-

heit als Triebfeder hinter dem Ganzen steckte, darüber brauchte man sich keine großen Gedanken machen. Das konnte sich auch der naivste Zeitgenosse leicht ausrechnen, wer einzig und allein dafür in Frage kam.
Welch überragendes gesellschaftliches Ereignis die Vermählung der Mademoiselle Mercedes selbst für die an Superlativen nicht gerade arme französische Riviera darstellte, wurde nachdrücklich durch die Tatsache unterstrichen, dass es sich der Bischof von Monaco nicht hatte nehmen lassen, persönlich die Trauung zu zelebrieren. Natürlich dürfte der Monsieur Mercedes mit einer dementsprechenden Geldspende zielsicher Sorge dafür getragen haben, dass der hohe Würdenträger erst gar nicht auf den Gedanken gekommen war, womöglich einen einfachen Priester mit dieser Aufgabe zu betrauen.
Der Monsieur überlies bekanntlich niemals etwas dem freien Spiel der Kräfte, sondern vertraute lieber auf die Macht seiner finanziellen Argumente. Zweifellos war das auch dieses Mal so.

Die Erwartungen wurden nicht enttäuscht: die Inszenierung der Mercedes-Hochzeit stellte alles in den Schatten, was man in den vergangenen Jahren an der Mittelmeerküste an prächtigen Schauspielen geboten bekommen hatte. Die ganze Stadt befand sich im Ausnahmezustand. Auf Jelineks Kosten waren die Hauptstraßen von Nizza festlich geschmückt worden. Palmenwedel und bunte Fähnchen überspannten die Straßen, die Häuser waren mit Blumen und festlichen Kränzen geschmückt, aus den Fenstern regnete es Blütenblätter auf die Besucher. Wahre Heerscharen von uniformierten Helfern, Dutzende der allerneuesten Automobilmodelle, die Crème de la Crème aus Politik und Gesellschaft, der Hochadel, nebst dem sich nicht minder vornehm präsentierenden Geldadel, gaben sich die Ehre – und alle wurden sie kostenlos freigehalten von der mehrere hundert Köpfe zählenden Truppe der Bediensteten des Monsieur Mercedes.

»Da. Schaut nur! Das Brautkleid. Wie es glitzert und funkelt. Genauso wie das Diadem auf ihrem Haar. Das sind Juwelen: das ganz Kleid ist damit bestickt. Perlen, Edelsteine: allein dieses Kleid muss ein Vermögen gekostet haben!«
»Wie man hört, hat sich die Mademoiselle Mercedes strikt dagegen verwahrt, es zusammen mit ihrer Stiefmutter aussuchen zu müssen, wie sie sich ausgedrückt haben soll.«
»Aber es ist doch üblich, dass die Brautmutter ...«
»Eben darum geht es: die Brautmutter. Das ist sie ja tatsächlich nicht. Sondern lediglich die zweite Frau ihres Vaters. Und überdies, soll sie gesagt haben, schicke es sich nicht, wenn sich diese Frau mit ihren 36 Jahren sozusagen als die Mutter einer zwanzigjährigen Braut geriere. Das gehe nicht! Punktum! Nur in Begleitung ihres Vaters hat sie das Kleid ausgesucht. Tja, das scheint eine ganz typische Eigenschaft dieser eigenartigen Familie zu sein ...«
»Aber eines kann man dem Grandseigneur wirklich nicht vorwerfen: geknausert wird bei dem nie – da wird geklotzt. Dieses Kleid muss wirklich ein kleines Königreich wert sein. Vom bloßen Anblick kann einem schon schwindelig werden. Ich denke, da hat ein Juwelier seinen gesamten Jahrsumsatz verkauft.«
»Und sicherlich nicht der Juwelier aus der schlechtesten Geschäftslage ...«
»Nein, nein, natürlich nicht: das muss einer von der Promenade des Anglais gewesen sein, sicherlich das erste Haus am Platze. Da würde ich sogar meine schönste Vase verwetten, dass es so gewesen ist. Wer hält dagegen?«
Aus guten Gründen fand sich niemand, der das Risiko einer Gegenwette eingehen mochte.
»Da, sehen sie, dort hinten kommen jetzt endlich die Geschwister der Braut und die Stiefmutter!«
»Wo denn?«
»Da – an der Seite von dem jungen Mann. Das ist der Fernand, der ältere Bruder aus der ersten Ehe.«
»Oh ja, jetzt sehe ich sie auch, die bedauernswerte Madame Jellinek-Mercedes.«

»Und wie tapfer sie versucht, eine möglichst gute Miene zu dem Schauspiel zu machen.«
»Was bleibt ihr schon anderes übrig?«
Die Beobachter waren sich einig. Man hatte Madeleine Anaise Jellinek-Mercedes, geborene Engler, an diesem Tag wahrhaftig zur Statistin degradiert – genauso wie ihre Kinder, die nicht minder bedauernswerten Halbgeschwister der Braut, die mit einigermaßen orientierungslosen Mienen aus ihren ziemlich deplaziert wirkenden Matrosenanzügen in die Menge schauten.
Nur eine machte ein anderes Gesicht: die jüngste aus der mittlerweile vierköpfigen Schar, strahlte fröhlich mit der Sonne um die Wette. Maja. Ganz an der Spitze des Zuges, Hand in Hand mit der Braut, schritt die Zweieinhalbjährige zum Traualtar, immerzu emsig darum bemüht, sich mit ihren kleinen Beinen möglichst demselben gemessen-feierlichen Gang anzupassen, mit dem ihr Vater seine Tochter über den dunkelroten Teppich im Inneren der Kirche zum Traualtar geleitete.

Kaum waren sie durch das lange Spalier der Schaulustigen gezogen, das vom Kirchenportal bis zum Eingangstor des Hotel Royal reichte, in dem die anschließende Feier stattfinden würde, setzte das Getuschel der Zaungäste ein.
»Also, im Grunde genommen sollten ja gleich diese beiden heiraten, so wie sie wieder als ein Herz und eine Seele auftreten, der Monsieur und seine Mademoiselle Mercedes. Ich denke, der Schwiegersohn wird es in diesem Umfeld nicht einfach haben ...«
»Immerhin kann er sich mit einer wahrhaft guten Partie trösten.«
»Geld ist nicht alles im Leben, meine Liebe ...«
»... aber es beruhigt die Nerven. Erst recht in einem solchen Fall. Es ist ja wirklich atemberaubend, welche Unsummen der Grandseigneur für diese Hochzeit ausgegeben hat. Der Mann muss ja noch reicher sein, als wir das immer angenommen haben!«

Emil Jellinek-Mercedes war das teuerste gerade gut genug. Selbstverständlich hatte er den edelsten Champagner direkt beim besten Produzenten besorgen lassen – auf gar keinen Fall durfte es eine billige Marke sein, noch nicht einmal bei der Verköstigung der beinahe unüberschaubaren Zahl von Dienstboten, die ihre Gäste begleiteten. Darin waren sich Vater und Tochter einig gewesen. »Man sieht mich zwar oft mit einem Champagnerglas in der Hand, aber im Grunde genommen ist mir dieses Getränk ohnehin viel zu sauer. Meistens geradezu gänsehauterregend sauer. Ich weiß eigentlich gar nicht, was die Leute daran so gut finden. Erst neulich habe ich mich auf einem Empfang beim Präfekten in Nizza wieder gefragt, ob mir der dort gereichte Champagner womöglich ein Loch in den Magen brennen würde …«

»… dann hättest du zum Ausgleich den trinken müssen, den sie einem bei der Familie Schlosser kredenzen«, verzog Mercedes säuerlich das Gesicht

Ihr Vater zuckte ratlos mit den Schultern. »Wieso das?«

«Weil dieser Champagner dermaßen sauer war, dass er dir das Loch im Magen gleich wieder zusammengezogen hätte.«

»Ach so«, lachte Emil Jellinek schallend. »Jedenfalls weiß ich nicht, was die Leute daran finden«

»So geht es mir auch«, bestätigte Mercedes, »aber wahrscheinlich ist es vor allem der Preis, der dafür verlangt wird: man möchte damit zeigen, dass man sich dieses Getränk auch leisten kann und keinesfalls zugeben, dass es einem gar nicht schmeckt. Womöglich könnte einer auf den Gedanken verfallen, dem Fuchs seien aus einem ganz anderen Grund die Trauben zu sauer.«

»Da magst du recht haben. Der Jahrmarkt der Eitelkeiten – wieder einmal. Und deshalb sehe ich mich zu meinem großen Leidwesen immer wieder gezwungen, mit einem Glas Champagner in der Hand auf das Wohl der jeweiligen Gastgeber anzustoßen. Nun ja«, der Hauherr schüttelte sich unangenehm. »Wir werden auf jeden Fall Sorge dafür tragen, dass zum festlichen Anlass deiner Vermählung ein wirklich guter Tropfen geliefert wird. Es gibt ja durchaus auch trinkenswerte Champagner. Nur so einer kommt mir bei deiner Hochzeit ins Glas. Ich möchte schließlich bei diesem wichtigen Meilenstein deines Lebens auf eine glückliche Zukunft meiner Tochter anstoßen, ohne dabei gleich das Gesicht verziehen zu müssen.«

»Da bin ich ganz deiner Meinung, Papa«, pflichtete ihm Mercedes bei. »Der Apfel ist ohnehin schon säuerlich genug ...«

Vater und Tochter vermieden es aus guten Gründen auch dieses Mal tunlichst, der scheinbar so belanglos dahin geworfenen Äußerung weiter auf den Grund zu gehen.

Es ist unfassbar! Wie konnten sie nur so etwas anstellen!« Der schon zu Beginn der Hochzeitszeremonie sichtlich angetrunkene Josef Kassin, der von Emil Jellinek selbstverständlich ebenfalls auf die Vermählungsfeier seiner Tochter eingeladen worden war, stellte sich dem stolzen Brautvater kurz nach dem Verlassen der Kirche unvermittelt in den Weg. »Wie konnten sie ihre wunderbare Tochter nur in die Hände eines solchen Langweilers geben?!«

Glücklicherweise wurde Kassin in diesem Moment von einer Schar laute Hochrufe ausstoßenden Zaungästen, die geduldig vor dem Gotteshaus ausgeharrt hatten, einfach beiseite geschoben. Im Überschwang ihrer Begeisterung stürzten sie sich auf den freudestrahlenden Mann, dem sie ein ums andere Mal kräftig die Hand schüttelten, um ihm herzlich zu gratulieren.

Fürs erste hatte Emil Jellinek den Bildhauer, dessen Einladung er bereits bitter bereute, also vom Hals. Aber der Tag war noch lang – und der Abend noch länger. Anscheinend glaubte Josef Kassin, seinen Kummer nun erst recht im Alkohol ertränken zu können.

Kein Wunder, nachdem seine Angebetete am heutigen Tag einem anderen das Jawort gegeben hatte. Womöglich trug der sonst so elegant auftretende Künstler sogar gewisse masochistische Züge in sich. Wie anders war es zu erklären, dass er sich grundsätzlich im selben Salon aufhielt wie Mercedes. Wie maßlos er sich im Lauf der vergangenen Stunden betrunken hatte, das wurde den Festgästen erst bewusst, als Kassin am späten Abend plötzlich einen wilden Zornesschrei ausstieß und sich mit hochrotem Kopf einfach auf den nichtsahnenden Bräutigam stürzte. Der überreichlich genossene Alkohol in Verbindung mit den resoluten Griffen einiger männlicher Festgäste verhinderten jedoch noch Schlimmeres.

Es handelte sich nur noch um ein Häufchen Elend, das kurz darauf in einem der kleineren Salons zusammengesunken auf einem Stuhl kauerte und seinen Kopf tief auf den Boden hängen ließ, als Emil Jellinek hereintrat, um sich sicherheitshalber zu vergewissern, dass keine zweite Attacke von dem Mann zu befürchten war.

»Aber mein lieber Kassin, was ist denn bloß in sie gefahren? Sie machen sich mit einem solchen Benehmen doch nur zum Gespött der Leute und sind ein gefundenes Fressen für die Presseleute. Was hat ihnen der arme Freiherr von Schlosser denn getan, dass sie ihm an den Kragen wollten?«

»Was er mir getan hat?« Langsam hob Kassin seinen Kopf und starrte dem Brautvater verständnislos ins Gesicht. »Was er mir getan hat? Ja, das fragen sie noch? Er hat mir meine Mercedes weggenommen!«

Jellinek versuchte ihn zu trösten – und betrat damit freilich ein diffiziles Terrain. »Ach, Kassin ... jetzt warten wir halt erstmal ab, wie lange das junge Eheglück tragen wird.«

Kassin glotzte ihn aus seinen vom Alkoholnebel verschleierten Augen verständnislos an. »Dass es was?«

Der Brautvater lächelte milde. »Es muss ja nicht immer und unbedingt die ganz große Liebe sein, wenn sich zwei so unterschiedliche Menschen vermählen, mein lieber Kassin. Das müssten sie als Mann von Welt doch eigentlich wissen.«

»Es muss ja nicht immer unbedingt die ganz große Liebe sein ...«, wiederholte Kassin verständnislos. Dann, ganz

plötzlich schien er zu begreifen. Impulsiv schoss er in die Höhe. »Darauf brauche ich jetzt erstmal noch einen Champagner.«
Mit sanftem Druck auf die Schulter des bedrohlich ins Schwanken geratenen Künstlers gebot Jellinek dem Vorhaben Einhalt. »Jetzt setzen sie sich erst einmal wieder hin. Ich hole ihnen den Champagner. Sie bleiben solange bitte hier. Das ist dann aber auch wirklich der letzte für heute. Danach lasse ich sie auf ihr Zimmer bringen. Haben sie mich verstanden, Herr Kassin?«
»Ob ich ihn verstanden habe«, lallte der mit schwerer Zunge. »Gar nichts habe ich verstanden. Überhaupt nichts.«
Kopfschüttelnd eilte Emil Jellinek davon, um das versprochene Glas Champagner zu besorgen und gleichzeitig zweien seiner Bediensteten den Auftrag zu geben, den Künstler zu seinem Hotelzimmer zu begleiten und erst dann wieder auf das Fest zurückzukehren, wenn sie Kassin auch sicher ins Bett gebracht hatten.

Während der Abend zügig fortschritt und die Stimmung dank des wirklich hervorragenden und deshalb auch reichlich genossenen Champagners immer ausgelassener zu werden begann, stand der überglückliche Emil Jellinek Arm in Arm mit seiner frisch vermählten Tochter und der nicht minder strahlenden zweieinhalbjährigen Maja auf der breiten Treppe über dem Empfangssaal und betrachtete voller Genuss das heitere Geschehen zu ihren Füßen.
Wie aus dem Nichts war plötzlich Madeleine Anaise Jellinek-Mercedes aufgetaucht und warf sich nun mit zorngerötetem Kopf und energisch in die Hüften gestemmten Armen vorwurfsvoll in Pose. »Da schau!« zischte sie ihrem völlig verdutzten Ehemann wütend ins Gesicht und wies dabei in den hintersten Winkel des Salons, wo die anderen Kinder der Familie ziemlich unbeachtet von der übrigen Festgesellschaft mit trüben Mienen herumstanden. »Das dort drüben, das sind auch deine Kinder – falls du es vergessen haben solltest!«

»Aber Madeleine, was soll das denn heißen? Wie kommst du nur auf eine solche Aussage. Bitte Madeleine: Mach mir doch jetzt keine Szene. Vor all den Leuten!« So dezent und unauffällig wie irgend möglich versuchte er, seine aus für ihn völlig unerfindlichen Gründen derart aufgebrachte Ehefrau von der erhöhten Position auf der Treppe nach unten zu bugsieren, um sie dann in einen weniger frequentierten Salon bringen zu können. Doch es war nichts zu machen. Madeleine Jellinek-Mercedes ließ sich nicht so ohne Weiteres zur Seite schieben, sondern verschränkte zu allem Übel die Arme grimmig vor der Brust.
»Ich soll keine Szene machen, sagst du!«, fauchte sie und blitzte ihn aus zornigen Augen herausfordernd an. »Ausgerechnet ich. Dabei bist es doch gerade du, der uns – mich und die Kinder – schon den ganzen Tag über auf die unverschämteste Art und Weise brüskierst!«
»Madeleine, bitte!« Es klang fast schon flehentlich. »Verdirb uns mit deiner ewigen Eifersucht doch bitte nicht die Freude an diesem ganz besonderen Festtag. Ich bitte dich inständig: lass uns diesen Tag gemeinsam genießen! Bitte Madeleine, reiß dich zusammen!«
»Zusammenreißen! Dem Herrn den schönen Tag nicht verderben! Das ist ja allerhand! Hast du heute auch nur ein einziges Mal einen Gedanken an mich und meine Befindlichkeit verschwendet? Und an das Gefühl, das deine anderen Kinder angesichts dieser unglaublichen Nichtbeachtung haben müssen, mit dem ihr Vater sie regelrecht ignoriert? Nein, das hast du sicher nicht, das lässt dein Egoismus ja gar nicht zu. Unterbrich mich nicht«, hob sie warnend die Hand, als sie bemerkte, wie sich ihr Mann zu einer Entgegnung anschickte. »Und behaupte ja nicht, ich würde mir diesbezüglich etwas einbilden. Von wegen einbilden und Eifersucht: die ganze Festgesellschaft tuschelt schon. Ich habe es gerade eben mit eigenen Ohren hören müssen, dass man sich bereits darüber unterhält. Das wird in den nächsten Tagen und Wochen ein wunderbares Thema für all den Klatsch und Tratsch werden, den die Herr-

schaften hierzulande ja so gerne pflegen. Aber mit mir nicht, mein Lieber! Mit mir nicht! Ein Festtag! Das ich nicht lache!« Damit wirbelte sie auf den Absätzen herum und stapfte mit wütenden Schritten die Treppe hinunter, verfolgt von den verdutzten Blicken der drei Jellineks.
Früher als alle anderen zog sich Madeleine Jellinek mit ihren Kindern von der Feier zurück, ohne dass sie damit freilich ein großes Bedauern bei den Festgästen auslöste. Nur eine blieb. Maja natürlich, die jüngste Halbschwester der Braut. Wie ihr Vater genoss das kleine Mädchen die Stimmung der bis weit in die frühen Morgenstunden währenden Festivität in vollen Zügen und schaffte es tatsächlich, so lange durchzuhalten wie ihre große Schwester: die allseits bewunderte, jetzige Mercedes Freifrau von Schlosser-Mercedes.

Im April 1909, gut sechs Wochen nach der Hochzeit und ihrer gerade beendeten, ausgedehnten Hochzeitsreise nach Italien, für deren nicht ganz unerhebliche Kosten selbstredend ebenfalls der Brautvater in seiner bekannten Großzügigkeit eingestanden war, hielt sich die neu vermählte Familie von Schlosser erstmals in Baden auf – und belegte einen ganzen Flügel in der glücklicherweise in diesem Frühjahr bereits fertig renovierten Villa Mercedes. Selbstverständlich musste gleich der erste Spaziergang nach ihrer Ankunft als inzwischen traditionelles Ritual der Jellineks zum Undinebrunnen in den Kurpark führen. Begleitet wurden die beiden von der freudestrahlenden Maja, die ihre Schwester sehnlichst vermisst hatte. Die beiden Eheleute waren vornehm in elegantes Schwarz gekleidet, Mercedes dazu mit einem breitkrempigen schwarzen Hut versehen, dem neuesten Modell aus Paris, das für entsprechende Aufmerksamkeit bei den übrigen Flaneuren sorgte. Kein Wunder, dass der ohnehin etwas bieder wirkende Karl von Schlosser in diesem Glanz, neben seiner spektakulären Ehefrau, nun erst recht verblasste. Aber auch die kleine Maja war eine rechte Augenweide, wie sie da in ihrem

blütenweißen Kleidchen, mit nicht minder weißen Kniestrümpfen und ihrem goldglänzenden, gelockten Haar im milden Sonnenlicht glänzte: ein wahrhaft schönes Kind.
»Schau mal Maja, das dort drüben, das bin ich«, deutete Mercedes zu der vom Wasser umtosten Frauenfigur hinüber, die als Krönung des Kunstwerks auf der Spitze des Brunnens thronte.
Verwirrt blickte die kleine Maja zum Brunnen hinüber und dann wieder zurück zu ihrer Halbschwester: »Wie meinst du das, Mercedes. Du bist doch hier – und nicht dort drüben?«
»Das schon – und dennoch bin es ich, die dort als sogenannte Undine abgebildet worden ist. Ich habe dem Bildhauer damals Modell für seine Brunnenfigur gestanden. Ist das nicht schön? Willst du nicht auch einmal in einem solchen Kunstwerk verewigt werden? So schön, wie du bist. Damit diese Pracht für alle Zeiten konserviert bleibt und wodurch die Menschen dann sogar noch in tausend Jahren ein so anmutiges Mädchen wie dich bestaunen können. Das wäre doch etwas, nicht wahr Maja?«
Maja nickte lebhaft. »Ja, freilich. Das wäre schön. Aber erst, wenn ich so groß wie du geworden bin. So erwachsen – und so schön!«
Sogar der ansonsten eher trockene Baron Schlosser geriet durch diese Unterhaltung allmählich ins Schwärmen. Auch er betrachtete das mädchenhafte Abbild seiner Ehefrau mit ehrlicher Bewunderung: »Das ist wirklich eine höchst bemerkenswerte Arbeit, die diesem Kassin damit gelungen ist. Allein«, er wandte sich um und deutete auf ein gutes halbes Dutzend weiterer Spaziergänger. »Man könnte ja beinahe eifersüchtig werden, wenn ich sehe, wie die Leute die Undine anstarren und mit ihren begehrlichen Blicken beinahe ausziehen.«
»Aber Karl! Sei doch nicht gleich wieder so spröde. Was gefällt dir denn daran nicht?«
»Es gefällt mir schon. Einerseits ... freilich gebe ich zu bedenken, dass die Skulptur, so gelungen sie auch sein mag,

in einigen Jahren für gewisse Irritationen und Probleme sorgen könnte ...«
Indigniert verdrehte Mercedes die Augen. »Was für Irritationen denn?«
»Nun«, der Baron wiegte unbehaglich den Kopf. Später, wenn wir erst einmal eigene Kinder haben werden, und wir mit ihnen an diesem Undinebrunnen vorbei spazieren, dann werden sie doch sicherlich geneckt werden, weil sie von ihren Eltern erfahren haben, dass ... dass du ...«
Barsch schnitt ihm seine Ehefrau das Wort ab. »Eigene Kinder. Wieso denn eigene Kinder? Wir haben doch die Maja. Das ist doch schön genug für uns.«
»Aber ... Mercedes.« Der arme Mann, man konnte es selbst als weiter entfernter Beobachter des Disputes erkennen, war wie vor den Kopf gestoßen und stützte sich schwer auf seinen Spazierstock. »Aber ...«
»Nichts aber! Es ist alles gesagt, was dazu gesagt werden musste!«
Es war die erste, gravierende Meinungsverschiedenheit zwischen den jungvermählten Eheleuten. Impulsiv packte Mercedes ihre Halbschwester an der Hand. »Komm Maja, wir gehen!«
Zurück blieb ein völlig verdutzter Baron, der sich den drastischen Stimmungsumschwung nach wie vor nicht im Mindesten erklären konnte.
Und ausgerechnet in diesem peinlichen Moment kam nun auch noch dieser fürchterliche Kerl daher! Mit unverschämt breitem Grinsen im Gesicht. Der Bildhauer Kassin!
»Ja der Herr Baron, so ganz alleine unterwegs. Habe ich nicht grade noch die gnädige Frau mit ihrer reizenden Schwester gesehen, oder täusche ich mich da?« Scheinheiliger hätte die Frage gar nicht gestellt werden können.
Dementsprechend ruppig war das Echo. »Ach, lassen sie mich doch in Ruhe!« Ohne ein weiteres Wort wandte Karl von Schlosser sich um und stapfte mit wütenden Schritten davon.
»Da schau her. Der Herr Baron. Hat mich einfach stehen

lassen. Hat anscheinend keinen Anstand im Leibe. Die arme Madame. Die ist solche rüpelhaften Umgangsformen doch gar nicht gewohnt. Ich denke, ich werde ihr bald die Aufwartung machen müssen, damit sie auf angenehmere Gedanken kommt.« Schmunzelnd blickte er seinem sich rasch entfernenden Kontrahenten hinterher. Ja, so würde er es machen. Vielleicht trog ihn die Erinnerung an den Abend der Hochzeitsfeier in Nizza doch nicht. Hatte da nicht sogar der Herr Jellinek-Mercedes eine diesbezügliche Bemerkung fallen lassen, die ihm leider aufgrund des viel zu reichlich genossenen Alkohols nur noch schemenhaft in Erinnerung war. Irgendetwas wie: Nur ja die Hoffnung nie aufgeben ...

Während das Verhältnis zwischen den Jungvermählten Eheleuten Schlosser-Mercedes also seine ersten Brüche erfuhr, tat sich – im wahrsten Sinn des Wortes – in anderer Beziehung etwas Erstaunliches. Die Atmosphäre in der Familie ihres Vaters hatte sich mit einem Mal spürbar verbessert. Vor allem im alltäglichen Leben der Stiefmutter mit ihrem Ehemann schien sich einiges gewandelt zu haben. Es konnte freilich kaum daran liegen, dass Mercedes inzwischen verheiratet war und offiziell ihren eigenen Hausstand unterhielt, denn noch immer hielt sie sich genauso häufig in den Villen ihres Vaters auf, wie vor ihrer Hochzeit.

Es musste eine andere Bewandtnis haben. Es schien eher so, als habe sich Madeleine innerlich gefestigt. Als sei sie selbstbewusster geworden – oder abgeklärter. Selbst den einen oder anderen Seitensprung ihres Mannes, von dem sie gerüchteweise Kenntnis erhielt, überging sie inzwischen mit beinahe schon nonchalanter Gelassenheit. Anstelle einer gewaltigen Szene lies sie sich stattdessen von ihrem mit Gewissensbissen geplagten Ehemann lieber ein besonders kostbares Schmuckstück schenken – ohne dass man näher auf das Motiv für das Geschenk einzugehen brauchte.

Sie schien das alles als eine Art Katz-und-Maus-Spiel zu

betrachten, das ihr erstaunlicherweise sogar sichtliches Vergnügen bereitete. Zum Beispiel war es der Stiefmutter zur festen Gewohnheit geworden, sich grundsätzlich mit einer Pferdekutsche chauffieren zu lassen. Und das ausgerechnet im Haushalt des Monsieur Mercedes! Doch auf die dementsprechenden Vorhaltungen pflegte sie nur in kühler Gelassenheit zu antworten, dass ihr ohnehin nie derjenige Chauffeur oder dasjenige Automobil zur Ausfahrt zur Verfügung gestellt worden sei, das sie erbeten habe. Um sich solcherlei Enttäuschungen künftig zu ersparen, sei sie zu dem Entschluss gekommen, sich lieber wieder mit einem Wagen fahren zu lassen, dessen Antriebskraft zwar nur aus einer einzigen Pferdestärke bestünde, der ihr dafür jedoch grundsätzlich und konkurrenzlos zur Verfügung stehe. Da hatte ihr Ehemann zum Beginn dieser eigenartigen Gepflogenheit argumentieren, zetern und bitten können, soviel er mochte: sie war nicht mehr davon abgerückt. Im Laufe der Zeit hatten sich auch die kopfschüttelnden Beobachter der familiären Verhältnisse im Hause Jellinek-Mercedes daran gewöhnt und nahmen es als eine weitere Facette im Leben dieser ohnehin so überaus schillernden Dynastie des schrulligen Monsieur und seiner in diesen Dingen mittlerweile nicht minder bewanderten Ehefrau.

»Aber das soll jetzt nicht heißen, dass du künftig keine Mercedeswagen mehr benutzen wirst, Papa?« Kaum hatte die junge Freifrau von Schlosser an diesem für die französische Riviera doch erstaunlich kühlen Novembervormittag des Jahres 1909 das Arbeitszimmers ihres Vaters in der Villa Mercedes II betreten, da war sie nach dem üblichen Begrüßungskuss auch schon auf den Hauptgrund ihres recht frühen morgendlichen Besuchs zu sprechen gekommen.
»Wie kommst du denn nur auf so etwas?« Emil Jellinek-Mercedes bedachte seine Tochter mit einem verwunderten Blick, während er gleichzeitig heftig den Kopf schüttelte. »Also trotz aller Auseinandersetzungen, die ich mit der DMG in den vergangenen mehr als zehn Jahren ausgefochten habe, so wird für mich der Mercedes dennoch das Maß aller Dinge bleiben. Allein wenn ich mir vor Augen halte, dass ich seit über einem Jahrzehnt geschäftliche Kontakte an den Neckar pflege, dann bricht mir beinahe das Herz, denn es ist schon eine höchst erfolgreiche Ära, die damit eindeutig zu Ende geht.« Tatsächlich registrierte Mercedes voller Verwunderung, dass ihr ansonsten so gar nicht zu Sentimentalitäten neigender Vater sein großes blütenweißes Ziertuch aus der Brusttasche des Anzugs zog und sich zitternd damit die tränenfeuchten Augen betupfte. »Niemals werde ich anderen Fahrzeugen den Vorzug geben. Noch nicht einmal diesem Benzwagen, den sie in Amerika nur noch den Blitzenbenz nennen, weil er in der vergangenen Woche diese sagenhaften 205 Stundenkilometer schnell gefahren ist. Nein, ich werde dem Mercedes wohl für immer und ewig die Stange halten, so ein ›Nibelungentreuer Germane‹ bin ich halt«, fügte er mit einem verlegenem Lächeln noch hinzu und zuckte die Schultern.
Erleichtert registrierte seine Tochter, dass sich die Stim-

mungslage ihres Vaters wieder einmal blitzschnell gewandelt hatte. Gott sei Dank!

»Nun, dann ist es ja gut«, atmete Mercedes auf. »Es ist nämlich nur so, dass ich mir schon seit Tagen Gedanken darüber gemacht habe, was das wohl bedeuten kann, wenn du nun auch offiziell aus allen Funktionen bei der DMG ausgeschieden bist, sogar als Generalvertreter, und dich nun überhaupt nicht mehr um das Autogeschäft kümmern willst.«

»Du? Gedanken gemacht? Über meine Geschäfte?« Emil Jellinek-Mercedes staunte nicht schlecht. »Das hast du ja noch nie gemacht. Seit wann interessieren dich denn meine Geschäfte?«

»Nun ja, seitdem ich kürzlich erfahren musste, dass du dich für so einen englischen Wagen interessieren würdest. Dieses grässliche Gefährt, ich weiß den Namen nicht mehr, in diesem scheußlichen schwarz und kirschrot.«

»Du meinst den Rolls Royce?« Der kleine Mann schnalzte genießerisch mit der Zunge. »Das ist ein wirklich prächtiger Wagen. Und schön finde ich ihn – offensichtlich im krassen Gegensatz zu dir – auch noch. Schwarz und Rot, das hat doch was!«

»Aber kirschrot! Papa! Ich bitte dich!«

»Also mir gefällt es.«

Damit stand fest, dass die Kaufentscheidung schon längst gefallen war. Es war da wohl nichts mehr zu machen.

»Und deswegen hast du also gedacht, ich wolle mich gänzlich von den Mercedeswagen verabschieden? Wie gesagt erstaunt mich schon, dass du dir plötzlich über meine geschäftlichen Angelegenheiten den Kopf zerbrichst. Automobile haben dich doch bislang noch nie interessiert.«

»Aber wenn sie meinen Namen tragen, dann schon«, beharrte Mercedes auf ihrem Standpunkt, um zögernd noch hinzuzufügen: »und da habe ich mich halt schon gefragt, wie es denn in finanzieller Hinsicht für dich weitergehen wird, wo du doch immer gesagt hast, der Mercedes, das sei dein Goldesel.«

»Ach, daher weht also der Wind. Du fürchtest um meine Einnahmequellen.« Emil Jellinek lachte laut auf. »Darüber brauchst du dir nun wahrlich keine Sorgen zu machen. Allein die Hotels und die Casinos, denen ich mich jetzt verstärkt zugewandt habe, die machen den Abschied von der DMG mehr als wett. Zumal im Automobilgeschäft schon seit Jahren längst nicht mehr die Summen zu verdienen sind wie in den Anfangsjahren. Nein, diesbezüglich ist es sogar ein Vorteil, dass ich nicht länger einen direkten Geschäftskontakt mit der DMG aufrecht erhalte. Und nachdem die Marke Mercedes auf Dauer gesichert ist, musst du dir auch keinerlei Gedanken machen. Oder ...«, er unterbrach sich und musterte seine Tochter mit einem forschenden Blick, »... oder steckt da noch etwas Anderes dahinter?«

»Nein, na ja ... vielleicht doch«, stammelte Mercedes, die sich wieder einmal von ihrem scharfsinnigen Vater ertappt fühlte, verlegen. »Es ... es ist nur so, dass mein Ehemann, also der Baron ... kurz und gut: es kommt gerade immer öfter vor, dass er mir die erbetenen Geldmittel verweigert. In kürzester Zeit hat er sich als ein gewaltiger Geizhals entpuppt.«

»Das ist ja allerhand. Ich denke, ich werde ihn demnächst einmal ins Gebet nehmen müssen und ihn an die gewaltige Mitgift erinnern, die er bei eurer Vermählung von mir bekommen hat.«

»Das wäre sicherlich nicht verkehrt, Papa. Ich habe nämlich wirklich die Befürchtung, dass er das Geld lieber auf seinem Bankkonto liegen sieht, als mir auch nur die geringste Kleinigkeit zu gönnen. Und wenn dann auch noch du ausgefallen wärst, wo du mir doch meine kleinen Wünsche immer so großzügig erfüllst ...«

»Also: um was geht es dir nun ganz konkret?« Wieder einmal hatte der Monsieur die Lage haargenau erfasst! »Welcher Wunsch ist es, den ich dir erfüllen darf?«

Ein verlegenes Rot ließ die anmutigen Züge der jungen Frau besonders attraktiv aufblühen. »Ach Papa, du bist so

großartig! Wenn sich nur mein knickeriger Mann einmal eine Scheibe von deinem spendablen Lebensstil abschneiden würde ...«
»Also?«, drängelte Emil Jellinek-Mercedes. »Was ist es?«
»Ich habe da an der Promenade in der Auslage eines Juweliers eine wunderschöne Kette aus Smaragden gesehen, das ist ein einmaliges Stück, das, so fürchte ich, nicht lange in der Auslage liegen bleiben wird. Und wenn man da nicht rasch zugreift ...«
»Schon gekauft«, antwortete der schneidige kleine Mann wie aus der Pistole geschossen. »Komm, sag dem Chauffeur Bescheid. Er soll den Wagen vorfahren. Ich komme in zwei Minuten nach, ich muss nur noch diesen Brief hier durchlesen und unterschreiben.«
»Papa! Du bist und bleibst einfach der großartigste Papa auf der ganzen Welt. Ein richtiger Mann von Welt eben.«
»Das will ich schwer hoffen«, knurrte der und zwirbelte zufrieden an seinem Schnurrbart, bevor er sich den letzten Zeilen des Schreibens zuwandte.
Beschwingt und heiter eilte Mercedes in den Flur hinaus, um dem Chauffeur Haas die entsprechenden Anweisungen zu erteilen. Bald schon würde das schöne Stück in der Auslage des Juweliers ihr gehören – und damit auch der Neid der gesamten Damenwelt von Nizza. Aber das Beste daran war: wieder einmal hatte ihr Papa selbstredend darauf verzichtet, sich erst noch nach dem Kaufpreis zu erkundigen. Das hatte der Grandseigneur schließlich nicht nötig.
Im krassen Gegensatz zu ihrem eigenen Ehemann. Dem Geizkragen. Wie schön, dass es auch noch andere Männer gab!

Der noch einmal konzentriert über den Schreibtisch gebeugte Emil Jellinek setzte mit einer schwungvollen Bewegung seine Unterschrift unter den Brief: Dann lehnte er sich in dem großen Schreibtischstuhl zurück, drückte den Rücken durch und fuhr sich nachdenklich mit dem Handrü-

cken über seine Stirn, während er für einen kurzen Moment die Augen schloss. Da waren sie nun also aufgetaucht, die ersten Anzeichen eines gewissen Zerwürfnisses zwischen den so ungleich veranlagten Eheleuten von Schlosser. Nun denn, der Schwiegersohn täte gut daran, seiner umtriebigen, impulsiven und durchaus auch einen gewissen Luxus gewöhnten Ehefrau gegenüber in finanzieller Angelegenheit eine etwas großzügigere Haltung einzunehmen. Sonst ... würde der junge Mann recht schnell das Nachsehen haben. Womöglich sollte er den Schwiegersohn demnächst zu einem wegweisenden Gespräch bitten – weniger wegen der Befindlichkeiten des Barons, sondern vielmehr im wohlverstandenen Interesse seiner Mercedes, der er solche unerfreulichen Auseinandersetzungen mit ihrem Ehemann gerne ersparen wollte. Offenbar stellte der Mann genau jenen Typus des Langweilers dar, den er in ihm schon vor vielen Jahren – damals noch zusammen mit Rachel – als kleinen Jungen in Wien vermutet hatte.
Also auch das noch, seufzte der Monsieur Mercedes schicksalsergeben in sich hinein. Gerade erst hatte er sich vom einen Ärger gänzlich getrennt, schon standen ihm neue Herausforderungen bevor, die seine diplomatischen Fähigkeiten beanspruchen würden. Vor allem kostete es Zeit. Viel Zeit, die er doch am liebsten seinen faszinierenden neuen Geschäften schenkte, in die er sich mit solcher Wonne gestürzt hatte: den Erwerb eines weiteren Hotels in Nizza und eines Casinos. Dazu das gewaltige Château Robert in der Nähe von Toulon. Ganz zu schweigen von seinem prächtigsten Etablissement, das allem buchstäblich die Krone aufsetzte: das Hotel in Paris, das er in der Avenue des Champs Elysées erworben hatte und das – wie sollte es anders sein – seitdem den Namen Mercedes trug.
Ja – für den rastlosen Emil Jellinek gab es auch ohne die DMG mehr als genug zu tun. Denn gleichzeitig war von ihm auch noch der Ausbau der Villa Mercedes II in Nizza und ein Anbau an die Badener Villa Mercedes, die künftige Villa Didier, in Angriff genommen worden. So sehr Mer-

cedes auch versuchte, ihren Vater davor zu bewahren, dass die Fülle der Anforderungen über ihm zusammenschlug, hatte sie in dieser Hinsicht ausnahmsweise nicht den geringste Einfluss auf ihn. Arbeit über Arbeit – wohin man auch blickte. Nein, da blieb keine Zeit zu ellenlangen »Friedensgesprächen«. Und erst recht bedurfte es keines bockigen Schwiegersohns, der mit seinem Geiz einen düsteren Schatten auf die überbordende Lebensfreude seiner geliebten Mercedes warf. Am besten würde er dem jungen Herrn Baron klipp und klar auseinandersetzen, was er zu tun und was er im ehelichen Zusammenleben künftig gefälligst zu unterlassen habe. Schließlich hatte er ja auch die üppige Mitgift genommen, ohne mit der Wimper zu zucken!

»Es ist schade, dass du uns so selten besuchen kommst, Fernand. Denn immer, wenn du da bist, dann genieße ich jede Minute mit dir.«

»Ach Mercedes, ich habe eben auch meine Verpflichtungen. Immerhin bin ich ja seit einigen Monaten verheiratet«, gab Fernand Jellinek-Mercedes lächelnd zur Antwort. »Und wenn man es schafft, in meinem beinahe schon biblischen Alter noch eine Frau zu finden, dann muss man sie dementsprechend umsorgen und verwöhnen, damit sie mir nicht wieder davonläuft.«

»Dir davonlaufen. Ich bitte dich, Fernand. Einem so attraktiven Mann, wie du es bist! Und was dein Alter angeht: du bist doch gerade einmal 27 Jahre alt. Als Mann ist man da im besten heiratsfähigen Alter, wie man so schön sagt.«

»Nun ja, aber wenn man wie ich als Germanist und Schriftsteller den sogenannten brotlosen Künsten nachgeht, wie unser Vater das gerne auszudrücken pflegt, dann ist es schon etwas schwieriger, die Richtige zu finden. Zumal ja in unserem Falle erschwerend hinzukommt, dass man keinem Heiratsschwindler auf den Leim gehen sollte ...«

Unwillkürlich war Mercedes bei dieser Andeutung zusammengezuckt. »Wie meinst du das?«

»Wie ich es sage. Schließlich hat sich ja herumgesprochen, dass wir, beziehungsweise unser Vater, nicht gerade zu den ärmsten Zeitgenossen zählen – und da ist es nicht ganz unwahrscheinlich, dass einem auch Subjekte den Hof machen, die es nur auf unser Geld abgesehen haben. Wenn die freilich wüssten, wie knapp mich unser Vater hält ...«

»Aber das trifft doch auf deine Poldi sicherlich nicht im mindesten zu!«

»Um Himmels willen, nein!« Abwehrend streckte Fernand die Hände von sich. »Die Poldi ist nicht so. Ganz und gar nicht. Sie ist eine so liebe Frau, wie ich sie noch niemals zuvor kennen gelernt habe. Die Poldi ist mein ganzes Glück! Die Liebe meines Lebens!«

Es waren freilich einige Jahre ins Land gegangen, bis der häufig zaudernde und oft so pessimistisch ins Leben blickende Fernand sich im Frühsommer des Jahres 1910 endlich getraut hatte, seine langjährige Bekannte Leopoldine »Poldi« Weiss aus Bad Vöslau vor den Traualtar zu führen.

»Die Liebe meines Lebens«, wiederholte Mercedes gedankenverloren den begeisterten Ausruf ihres Bruders. »Das heißt, du – beziehungsweise ihr beiden – ihr seid so richtig glücklich und zufrieden?«

»Aber ja!«, nickte Fernand eifrig und musterte seine Schwester anschließend mit einem forschenden Blick. »Genauso wie du – hoffentlich. Es geht dir doch gut, oder?«

»Ja, ja, sicher«, beeilte sich Mercedes mit ihrer Antwort. »Es ist alles in Ordnung. Natürlich. Klar. Wie sollte es auch anders sein ...«

Doch so leicht ließ sich Fernand nicht täuschen. Er beugte sich vor und musterte die junge Frau aus ernsten Augen. »Wenn du irgendwann irgendeine Hilfe brauchst, dann sage es mir. Bitte. Ich bin immer für dich da. Und die Poldi auch. Glaube mir. Es ist so. Wenn du dich also einmal von Frau zu Frau aussprechen willst, dann zögere bitte nicht. Du kannst der Poldi jederzeit bedingungslos vertrauen. So eine liebe Seele gibt es nämlich kein zweites Mal auf der Welt.«

»Außer deiner geliebten Schwester!«, fügte Mercedes postwendend an. »Mich hast du in deiner ganzen Poldi-Begeisterung nämlich einfach vergessen. Und dabei bin ich für dich doch immer das Einmaligste gewesen, das es gegeben hat. Hast du immer gesagt. Bis dann eben die Poldi deinen Weg gekreuzt hat!« Das herzliche Lachen, in das die beiden einstimmten, ließ die kurze Phase der seltsamen Bedrückung rasch vergessen. Nicht, dass ihr Gespräch möglicherweise auf den entscheidenden Punkt gekommen wäre. Das lag nicht unbedingt im Interesse von Mercedes. Zumindest im Augenblick noch nicht. Außerdem mochte sie ihrem Lieblingsbruder die beschwingte Stimmung nicht rauben, in der sich dieser seit seiner Hochzeit befand. Ja, doch: es hatte ihm spürbar gut getan, seine Poldi zu ehelichen. Die Liebe seines Lebens.
»Wie schön das wäre.«
»Was hast du gerade gemeint?«
»Ach nichts weiter. Ich habe einfach nur ein kleines bisschen geträumt ...«

Am Vormittag des 12. Januar 1911 war in Nizza eine Depesche aus Heidelberg eingetroffen – Emil Jellineks älterer Bruder, der Staatsrechtler Dr. Georg Jellinek war gestorben. Kurz nach dem Eintreffen der Nachricht versammelten sich alle Familienmitglieder im großen Salon der Villa Mercedes, darunter auch der seit einigen Tagen zu einem Kurzurlaub an der französischen Riviera weilende jüngere Bruder Hermann, der Sprachwissenschaftler und Mentor seines Neffen Fernand.

»Ich denke, man wird mit Fug und Recht sagen können, dass mit unserem Bruder Georg der größte Geist von uns gegangen ist, den diese Familie bislang hervorgebracht hat«, durchbrach Emil Jellinek mit einem langen, traurigen Blick auf Hermann das betretene Schweigen, das im Salon herrschte. Denn neben seinem bedeutenden Amt als ehemaliger Rektor der Universität Heidelberg und als einer der angesehensten Staatsrechtler Europas besaß er noch eine weitere, hochbedeutende Eigenschaft. Er war kein Opportunist! Solche Menschen sind selten geworden.

Wenn ich daran denke, wie lange er sich mit seiner Religion gequält hat! Er hatte sich gedanklich ja längst vom Judentum entfernt und hat dem Glauben seines Vaters dennoch die Treue gehalten, als er im Jahr 1907 zum Universitätsrektor gewählt worden war – wohl wissend, welche Hürden damit verbunden sein konnten. Er war im Übrigen ein ebenso glühender Verehrer von Heinrich Heine, wie ich das bin ...«

»Heine! Ausgerechnet!«, fuhr Mercedes unvermittelt dazwischen. »Das habe ich ehrlich gesagt noch nie so ganz begriffen: was ausgerechnet dich mit diesem doch eher sonderbaren deutschen Dichter verbindet.«

»Er ist nicht sonderbar. So hat man ihn nur hingestellt. In Wahrheit war er ein aufrechter Mensch. Eben anders als

die anderen – niemals angepasst oder gar kriecherisch. Ein freier Geist. Das hat mir schon als Jugendlicher an ihm gefallen – und auch, dass ihn mein Vater überhaupt nicht gemocht hat. Mit war alles recht, womit ich meinen Vater ärgern konnte. Erst später habe ich dann richtig begriffen, welch großer Charakter sich hinter diesem Namen verbirgt. Der Heine war kein Mitläufer in der grauen Masse.«
»Genau wie du früher. Das hat ihn dir also sympathisch erscheinen lassen, dieses ›Gegen den Strom schwimmen‹.«
»Mag sein«, nickte ihr Vater nachdenklich. »Auch wenn der Heine unter den Folgen seiner Direktheit ziemlich hat leiden müssen. Die Juden haben ihn genauso wenig gemocht wie die Christen, weil er sich zeitlebens gegen diese engstirnigen religiösen Beschränkungen zur Wehr gesetzt hat. Die Juden haben ihn als Verräter gebrandtmarkt – während er für die Christen halt auf immer und ewig eben doch ›der andere‹ gewesen ist.«
»Und wieso hat er das alles nicht einfach ignoriert? So wie du das doch inzwischen zu tun pflegst?«
»Dem Heinrich Heine hat der wirtschaftliche Erfolg gefehlt, der ihm den nötigen Freiraum hätte verschaffen können. Mein Vermögen war für mich deshalb das entscheidende Fundament zur persönlichen Unabhängigkeit. Mein Geld ist gewissermaßen mein Schutzschild. Diese Freiheit hat ausgerechnet der freiheitsliebende Heine nicht besessen. Aber dafür hat er sich mit seinen Gedichten und Balladen unsterblich gemacht. Da bin ich mir im Übrigen sogar mit dem Herrn Bosch aus Stuttgart absolut einig. Das ist der mit den Zündapparaten für die Mercedesmotoren. So knorrig der Mann in seinen seltsamen Wollanzügen auch immer daher kommen mag, in Sachen Heine und auch in weltanschaulichen Fragen stimmen wir völlig überein. Es war mir genauso wie dem Herrn Bosch immer ein ganz besonderes Vergnügen, die bekanntlich eher etwas konservativeren Herrschaften bei der DMG mit Heine-Zitaten zu beglücken. Was für ein herrlicher Anblick, wenn sie zusammengezuckt sind, sich aber mir gegenüber nichts zu

sagen trauten, sondern nur in einer Art bedeutungsvoller Verlegenheit die Köpfe gesenkt haben. Herrlich war das!«
Allein die Erinnerung an diese köstlichen Episoden ließ Emil Jellinek sich vergnügt die Hände reiben.
Mercedes schien die Begeisterung ihres Vaters nicht unbedingt zu teilen. »Nun ja, wenn du meinst. Aber wir sind abgeschweift. Lass mich nochmal darauf zu sprechen kommen, denn das hat mich eigentlich schon immer beschäftigt: weshalb bist du dennoch zum römisch-katholischen Glauben übergewechselt, wenn dir die Religion so egal ist?«, warf sie mit hörbarer Skepsis ein. »Und uns hast du damals auch gleich taufen lassen. So ganz einerlei kann es dir folglich doch nicht gewesen sein.«
»Nun ja. In erster Linie ging es mir darum, das gebe ich gerne zu, etwaige Nachteile zu vermeiden, mit denen man zu Beginn unserer Zeit in Wien als Jude eventuell zu rechnen hatte – und selbst heutzutage noch ist es bekanntlich in gewissen Kreisen der Gesellschaft schlichtweg einfacher, derselben Glaubensrichtung anzugehören, wie unsere allergnädigste und allerkatholischste Majestät, der Kaiser. Nun denn ...«, müde und nachdenklich rieb er sich die Nasenwurzel. »Leider ist unser Georg allzu früh von uns gegangen. Und seine arme Camilla steht nun mit den sechs Kindern alleine da. Sie tut mir aufrichtig leid. Viel zu selten sind wir in den zurückliegenden Jahren zusammengetroffen. Wir werden sie, sobald es ihr möglich ist, hierher einladen. Damit die Familie nicht gänzlich auseinanderbricht. Ach Georg! Sein allzu früher Tod ist ein schwerer Verlust für die Wissenschaft und erst recht für unsere Familie. Unsere Familie ist kleiner geworden – und wieder wird es ein Stückchen einsamer und dunkler um mich herum.«
»Aber Papa. Ich bitte dich!«
»Schon gut, Mercedes. Gott sei Dank habe ich ja noch dich.«
Wütend ballte Fernand, der bislang stumm am Tisch gesessen hatte, seine Faust. »Und was ist mit deinen anderen Kinder? Hast du etwa nur ein Kind, oder wie? Und was ist

mit Alain, Guy und dem kleine René – um schlussendlich die Maja nicht zu vergessen?! Und bevor du auch das noch ganz ignorierst: mich gibt es auch noch. Ob du es glaubst oder nicht, du ... du Sachse! Du … Preuße!«

Da war es wieder gefallen: dieses unsägliche Wort. Dieser verhasste Begriff.

Natürlich hatte ihn Fernand absichtlich benutzt, denn bekanntlich konnte man seinen Vater mit keiner anderen Bezeichnung dermaßen in Rage bringen, wie mit dem Begriff Preuße in Zusammenhang mit seiner Person. Es galt ihm als Schimpfwort – schon deshalb, weil es in den letzten Monaten auch immer öfter im zunehmend nationalen Rausch aufgekommen und missbraucht worden war. Neuerdings auch im direkten Zusammenhang mit ihm selbst. Dieser Jellinek sei ja keiner von ihnen: weder ein Franzose, auch wenn er noch so Französisch daherrede – und noch nicht einmal ein richtiger Österreicher. In Wahrheit sei der Mann in Leipzig geboren worden, folglich könne man ihn einen Sachsen nennen: Oder mit Fug und Recht sogar einen Preußen! Um das Maß des Unsäglichen voll zu machen, hatten einige sich sogar dazu verstiegen, ihn als einen vom Judentum abgefallenen Teutonen zu bezeichnen!

Kein Wunder, dass Emil Jellinek bei diesen Beschimpfungen – falls sie ihm zu Ohren kamen – jedes Mal regelrecht aus der Haut gefahren war.

Brandgefährlich schien es ihm, in diese Ecke gestellt zu werden, in die er weiß Gott nicht hinein gehörte. Und wenn man ihn unbedingt einen Ausländer schimpfen musste, dann sah er sich von seiner Abstammung her betrachtet als einen Landsmann aus Mähren – mütterlicherseits aus Ungarn – insofern also gleich in doppelter Hinsicht als einen Angehörigen der großen Donaumonarchie.

Aber ein Preuße! Es war das allerletzte, mit dem er sich in Verbindung bringen lassen mochte. Diese sich ganz allmählich wieder aufschaukelnde Feindschaft zwischen Frankreich und Deutschland. Was für ein fahrlässiger Unfug!

Erst kürzlich hatte sich eine Horde betrunkener französischer Jugendlicher dazu verstiegen, vor der Villa Mercedes lautstark die entsetzliche »Wacht am Rhein« zu schmettern. Es war gar zum Fürchten gewesen!
Preuße! Allein dieser unsägliche Begriff!
Hätte sich Fernand nicht genauso geistesgegenwärtig wie blitzschnell geduckt: eine schallende Ohrfeige wäre gegen die Wange des 35-Jährigen geklatscht. Ausgerechnet von der Hand seines Vaters, der jegliche Gewaltanwendung bekanntlich auf das Entschiedenste verabscheute.
»Und jetzt raus hier, sofort raus!«, keuchte Emil Jellinek außer sich vor Zorn und Empörung. Eine solche Szene hatte es in dieser Familie noch nie gegeben. War es die Zukunft, die ihre ersten düsteren Schatten über ihnen ausbreitete?

Wie harmonisch der Januar des Jahres 1912 in Nizza begann! Und wie wohl fühlte sich die schwangere Mercedes doch im Kreise ihrer Familie. Viel wohler und geborgener als bei ihrem Ehemann »zuhause« in dem in jedweder Beziehung momentan fürchterlich kalten Wien. Ob sie wirklich richtig gehandelt hatte, indem sie sich auf diese Schwangerschaft eingelassen hatte? Um damit ihre im Grunde genommen schon längst in die Brüche gegangene Beziehung doch noch irgendwie aufrechtzuerhalten? Weshalb nur hatte sie sich das angetan?!
Die Weihnachtstage in Wien waren bleiern verlaufen. Stunden und Tage, die sie zusammen mit ihrem Ehemann, mit dem sie im Grunde genommen nichts mehr verband – wenn da überhaupt jemals etwas gewesen war – bei dessen unsäglichen Eltern hatte verbringen müssen, deren immerzu missbilligenden Blicken und Kommentaren sie sich während ihres Aufenthaltes schutzlos preisgegeben fühlte. Und das alles, während ihr Papa mit seiner Familie wie üblich im Winterquartier an der französichen Küste weilte. Nein – so hatte es nicht weitergehen können: kurzentschlossen hatte sie also ihre Sachen gepackt und war noch vor dem Jahreswechsel in Nizza eingetroffen, wo sie seit-

dem die turbulente Atmosphäre aus vollen Zügen genoss, die ihre inzwischen merklich herangewachsenen vier Halbgeschwister in die riesige Villa Mercedes zauberten. Das alles unter den strahlenden Augen ihres Vaters, der das harmonische Zusammensein »seiner Großfamilie« mindestens ebenso genussvoll auskostete.
Aber dann! Dann war es plötzlich über sie alle hereingebrochen! Es war am Spätnachmittag des 20. Januar. Schon am gestrigen Abend hatte der achtjährige René über Bauchschmerzen geklagt und dabei wieder und wieder jammernd auf seine linke Seite gezeigt.
»Also der Blinddarm kann es nicht sein«, konstatierte Mercedes kopfschüttelnd. »Der ist ja auf der rechten Seite.«
»Er wird doch womöglich nicht ebenfalls schwanger sein«, hatte ihr Vater mit einem Seitenblick auf seine Tochter noch gescherzt und sich damit eine tadelnde Bemerkung seiner Ehefrau eingehandelt. »Damit macht man keine Witze, Emil!«
»Nun gut, dann lasse ich also sicherheitshalber den Arzt rufen, ja? Wenn es dir lieber ist?« »Das wäre mir allerdings lieber«, gab die besorgte Madeleine zurück. »Man kann ja nie wissen. Lieber einmal zu oft den Arzt holen, als einmal zu wenig.«
»Da gebe ich dir durchaus recht.«
Wenig später war der Hausarzt der Familie zur Stelle und konnte die Sorgen mit seiner klaren Diagnose rasch zerstreuen.
Es fielen Begriffe wie »kleine Unpässlichkeit«, »etwas Falsches gegessen«, »zu kalt getrunken womöglich«, »nicht weiters schlimm«, »kann schon einmal vorkommen«. »In diesem Alter geht das üblicherweise schneller vorbei, als es gekommen ist.« Ein harmloses Medikament, wohl mehr zur Beruhigung der Nerven der Mutter gedacht, wurde von dem Mediziner sicherheitshalber für alle Fälle gleich noch dazu verschrieben.
»Und morgen ist dann alles wieder gut!«
Nichts wurde gut!

Es wurde eine unruhige Nacht, der ein noch schlimmerer Tag folgen sollte, auch wenn der ein zweites Mal in die Villa gerufene Hausarzt wiederum die Meinung vertrat, das seien ganz normale Symptome einer Magenverstimmung. Bald schon ...

Aber von wegen!

Schlagartig hatte sich das Gesicht des armen kleinen Buben in ein tiefes, ungesundes Rot verfärbt. Seine fieberheiße Stirn glühte. Er wand und krümmte sich unter fürchterlichen Schmerzen. Jetzt war rasches Handeln angesagt. Während die verzweifelte Mutter den Arzt neuerlich ans Krankenbett ihres Sohnes rief, alarmierte der nicht minder besorgte Emil Jellinek in der Zwischenzeit einen ihm gut bekannten Chirurgen aus einer privaten Klinik und ließ ihm sicherheitshalber sofort einen Wagen schicken, der ihn so rasch wie möglich zur Villa bringen sollte. Kaum hatte der erfahrene Chirurg das Krankenzimmer betreten, da erkannte er auch schon die lebensbedrohliche Situation. Und fackelte nicht mehr lange: »Blinddarmdurchbruch! Es gibt keine Minute mehr zu verlieren, die Notoperation muss ohne jede weitere Verzögerung erfolgen! Auf der Stelle!«

In Emil Jellineks Augen spiegelte sich die blanke Panik: »Ich lasse sofort den Wagen vorfahren und telefoniere ins Krankenhaus, dass sie alles vorbereiten sollen!«

»Wenn ich sage auf der Stelle, dann meine ich auch auf der Stelle«, wurde er von dem Chirurgen barsch zu Recht gewiesen. »Also hier!«

»Mitten in unserem Haus!«

»Ja, mitten in ihrem Haus. Es ist die letzte Möglichkeit, die wir noch haben. Jede Minute zählt.« Der Chirurg blickte sich hektisch um. »Wo ist meine Instrumententasche? Nun los, jetzt machen sie schon und gaffen mich nicht so unnütz an! Das Küchenmädchen soll Wasser heiß machen, damit ich die Instrumente desinfizieren kann. Sofort!«.

Jetzt hatte es auch der Letzte begriffen: es ging um Leben oder Tod! Um das Leben des kleinen René.

»Er glüht ja regelrecht! Es muss Eis her! Haben sie Eis im

Haus? Tun sie es in ein Tuch und legen sie es ihm auf den Bauch – zur Kühlung. Rasch!«
Aufstöhnend krümmte sich der Kleine zusammen, als ihm die Mutter laut Anweisung des Arztes den Eisbeutel vorsichtig auf die rechte Seite seines Bauches legte. »Das tut gut«, würgte der Kranke mühsam hervor. »So gut!«
Zu ihrer maßlosen Verblüffung registrierte Mercedes die Tatsache, dass der Arzt das Eis auf die rechte Bauchseite des Patienten hatte verabreichen lassen.
»Wieso denn rechts? Er hat doch immer auf die linke Seite gedeutet«, stammelte sie verwirrt – und erntete damit ein ärgerliches Stirnrunzeln des Mediziners.
»Weil sich die Schmerzen eines akut entzündeten Blinddarms durchaus über die ganze Bauchdecke ziehen können. Das lernt man im Medizinstudium schon in einer recht frühen Phase«, setzte er bitter hinzu und streifte seinen Kollegen dabei mit einem vernichtenden Blick. »Was ist denn jetzt mit dem Wasser? Kocht es endlich? Wir müssen uns beeilen!«
Keine fünf Minuten später begann der Chirurg mit seiner Notoperation: indem er mit wachsender Verzweiflung, unter vielen gotteslästerlichen Flüchen und unter Aufbietung seines ganzen Könnens versuchte, das Unmögliche doch noch möglich zu machen. Doch das Schicksal hatte längst seinen unabänderlichen Lauf genommen. Dem achtjährigen Buben war nicht mehr zu helfen gewesen. Wenige Stunden nach der Operation verstarb der kleine René an den Folgen des viel zu spät erkannten Blinddarmdurchbruchs.
Wegen der Fehldiagnose eines Arztes! Es war nicht zu fassen! Die schwangere Mercedes tröstete ihren schwer getroffenen Vater, so gut sie das eben vermochte. Ganz plötzlich war dem Vater klar geworden, welchen Verlust er gerade erlitten hatte. Sein jüngster Sohn war tot. Derjenige, der ihm in Wahrheit am ähnlichsten gewesen war. Schon rein äußerlich betrachtet, mit seinen rotblonden Haaren, dem etwas gedrungenen Körperbau und mit dieser geis-

tesgegenwärtigen Schlagfertigkeit, mit der sonst keiner seiner Knaben gesegnet war. Sozusagen sein Abbild hatte wegen der Unfähigkeit eines Mediziners sterben müssen. »Ausgerechnet mein René«, murmelte Emil Jellinek tonlos, während ihm Mercedes mit einer hilflosen Geste über seinen Handrücken streichelte. Was hätte sie sonst tun können? Auch ihr schien es, als habe man ihr einen Teil des eigenen Ich's aus dem Leib gerissen. »Bald wird mein Kind zur Welt kommen, Papa. Und wenn es ein Sohn wird, dann werde ich ihn René nennen. Genau wie meinen armen Bruder. Das verspreche ich dir, Papa. Da kann der Baron sagen, was er will. Mein Kind wird René heißen!« Ein schwacher, flüchtiger Händedruck war das einzige Zeichen, dass die Botschaft bei ihrem Vater angekommen war.

Am 23. Januar, zwei Tage nach diesem tragischen Ende, wurde der so jung Verstorbene im engsten Familienkreis in einem blütenweißen Marmorsarkophag auf dem Cimiezfriedhof in Nizza bestattet. In demselben imposanten Grabmal, in dem auch die Mutter von Mercedes vor vielen Jahre ihre letzte Ruhe gefunden hatte.

Es sollten noch Wochen ins Land gehen, bis sich der ansonsten so temperamentvolle Monsieur Mercedes von diesem Schicksalsschlag einigermaßen erholt zeigte. Sehr zur Verwunderung seiner zahlreichen Bekannten, die bislang immer der Meinung gewesen waren, er habe nur einen Blick für seine Töchter. Und vor allem für Mercedes – seinen Augenstern. Die Söhne dagegen seien ihm ziemlich egal.

Weit gefehlt! Man konnte es an seiner geknickten Haltung deutlich ablesen. In dieser Hinsicht hatte man sich in ihm getäuscht. Der Mann steckte wirklich voller Überraschungen.

Was freilich keiner von ihnen wissen konnte, das war die Tatsache, dass selbst der trauernde Vater noch vor wenigen Tagen nicht im Entferntesten geahnt hätte, wie sehr ihn der

Verlust seines kleinen Sohns in die Knie zwingen würde. Und noch schlimmer wirkte sich das tragische Ende ihres Kindes auf die Seele von Madeleine Jellinek-Mercedes aus. Es dauerte Jahre, bis sie sich aus der tiefen Depression befreien konnte, in die sie der Tod ihres Sohnes so jäh und unvorbereitet gestürzt hatte. Es wurden bleierne Jahre – während ihr Ehemann sein Heil schließlich wieder in der Arbeit fand, in die er sich mit geradezu brachialer Gewalt verbiss.

⁂

Wenige Wochen später kam in Wien ein Mädchen zur Welt, das die Eltern unter dem Namen Elfriede Baronin Schlosser in das Geburtsregister eintragen ließen. Mercedes war erstmals Mutter geworden. Es war für Emil Jellinek-Mercedes der entscheidende Impuls, der ihm endlich die Trauer um seinen Sohn erträglicher werden ließ.
Gott sei Dank! »Auch wenn es nun doch kein Sohn geworden ist! Es ist ein gesundes Kind, ein weiterer Spross unserer Familie! Dazu noch ein Kind meiner lieben Prinzessin. Die Familie Jellinek hat den Weg in die nächste Generation geschafft. In die Zukunft. Das ist viel wichtiger, als die Frage nach einem Sohn oder einer Tochter. Das ist nämlich die Hauptsache. Im Übrigen«, setzte er augenzwinkernd hinzu, »du weißt ja: die Töchter, so heißt es, seien mir ohnehin die liebsten. Besonders eine!« Er hauchte ihr einen liebvollen Kuss auf die Wange und wandte sich rasch um, um vor seiner Tochter die Tränen der Rührung zu verbergen, die ihm in die Augen traten.
Die erleichterte Mercedes schloss dankbar die Augen und tat so, als habe sie die plötzliche Gefühlsaufwallung ihres Herrn Papa gar nicht bemerkt. Wie hatte der gerade eben so treffend bemerkt? »Die Familie existiert damit weiter!« Sie hatte mehr als nur eine gesunde Tochter zur Welt gebracht: sie hatte ihrem Vater ein Enkelkind geschenkt.
»Allerdings wird das Kind einen anderen Nachnamen tragen«, nahm Mercedes vorsichtig den Gesprächsfaden wieder auf. Ein Einwand, den ihr Vater lässig beiseite wischte.
»Das werden wir schon noch sehen, was sich da machen lässt. Und ob wir nicht eines Tages auch für deine Kinder einen Namenszusatz bekommen können. So wie in deinem Fall. Elfriede Baronin Schlosser-Mercedes, das klingt recht gut. Verlockend gut, findest du nicht auch?«
»Doch, schon ...« Mercedes gab sich alle Mühe, die plötz-

liche Begeisterung ihres Vaters nicht gleich wieder im Keim zu ersticken. »Sicherlich. Ja.«
Ihr Vater verstand dennoch. Sein vielsagender Blick sprach Bände. »Ich weiß. Ja, ich weiß, worauf du hinaus willst. Du hättest nicht unbedingt ein Kind haben müssen, das hast du ja schon ein paar Mal deutlich zu verstehen gegeben. Aber nun ist es glücklicherweise doch so gekommen, dass du mir ein gesundes liebes Enkelkind geschenkt hast. Und dafür bin ich dir unendlich dankbar. Ich werde im Übrigen natürlich Sorge dafür tragen, dass du nicht etwa durch das Kind an das Haus gefesselt sein wirst. Mit deinem Ehemann habe ich bereits gesprochen: ich habe ihm mitgeteilt, dass ich auf meine Kosten ein Kindermädchen und eine zusätzliche Dienstkraft einstellen werde, die sich ausschließlich um die kleine Elfriede kümmern und von dir alle zusätzlichen Lasten fernhalten sollen.«
»Und? Wie hat er darauf reagiert?«
»Wie er darauf reagiert hat?« Emil Jellinek zuckte verblüfft mit den Achseln. »Was soll er schon dagegen haben? Ich habe ihm mitgeteilt, dass für ihn keinerlei finanzielle Verpflichtungen damit verbunden sein werden, was will er denn mehr? Er hat nun eine Tochter – und er hat eine gesunde, über die Maßen anmutige Ehefrau. Das muss ihm ja wohl genügen.«
»Ach Papa«, seufzte Mercedes, während sie in einer hilflosen Geste die Arme hob und wieder senkte. »Das ist so lieb von dir. Aber du kannst dir lebhaft vorstellen, was den Baron dennoch umtreibt ...«
»Du meinst ...«
»Ja, ich meine. Er wird erst zufrieden sein, wenn ich ihm auch noch einen Sohn geboren habe. Einen Stammhalter. Einen Baron von Schlosser. Dabei war schon diese Schwangerschaft alles andere als angenehm. Von den ganzen damit verbundenen Begleitumständen will ich erst gar nicht reden ...« Mercedes belies es bei ihrer sparsamen Andeutung, durfte aber dennoch zuversichtlich davon ausgehen, dass ihr Vater sie auch in dieser Hinsicht verstanden hatte.

»Nun ja ... es muss ja nicht sofort sein. Und wer weiß schon, wie sich eure Ehe noch entwickeln wird. Ihr seid doch noch so jung.«

»Eben! Zumindest ich fühle mich so. Im Gegensatz zu meinem Herrn Gemahl, bei dem ich manchmal den Verdacht habe, dass er uns über sein wahres Alter getäuscht hat. Wenn ich bedenke, dass du mittlerweile 59 Jahre alt bist, er dagegen erst 32 – und wenn ich euch dann miteinander vergleiche ... Also wirklich: es könnte genauso gut anders herum sein.«

»Jetzt übertreibst du aber.«

»Kaum«, seufzte Mercedes unglücklich in ihr Kissen hinein. »Er hat keine zehn Prozent von deinem jugendlichen Temperament, Papa. Kannst du dir vorstellen, wie das ist, mit so einem Langweiler zusammen zu sein?«

»Ach, mein Kind, das wird sich schon noch geben«, wiegelte ihr Vater beruhigend ab – um dann jedoch abschätzend den Kopf zu wiegen. »Nun gut, schon sein Vater war nicht gerade ein Ausbund an Temperament und überschäumender Lebensfreude – und es kann ja sein, dass dein armer Karl eine zu große Portion von diesem Phlegma abbekommen hat. Aber ich denke, du wirst ihm schon Beine machen, wenn du erst wieder vollkommen wohlauf bist. Weißt du, ich glaube, du befindest dich jetzt, unmittelbar nach der Geburt deines Kindes, noch in einer besonders niedergeschlagenen Phase. Das war bei deiner lieben Mutter übrigens immer ganz genau so. Das ist absolut normal. Du wirst sehen, die Welt wird schon bald wieder ganz anders aussehen. Wenn du nur erst wieder zu Kräften kommst und die ersten Spaziergänge machst ...«

»Und was, wenn ich dann irgendwann wieder schwanger werden muss?« Mercedes verzog das Gesicht zu einer unglücklichen Grimasse. »Und am Ende womöglich wieder ein Mädchen zur Welt bringe? Was ist dann? Soll das ewig so weiter gehen?« Sie schüttelte heftig den Kopf und fixierte ihren Vater mit einem dieser entschlossenen Blicke, der mehr aussagte als tausend weitere Worte. »Nur dass dies klar ist: ich will und werde mich zu keiner Gebärmaschine machen lassen. Eventuell ... ich spreche diese meine unabänderliche Festlegung hiermit ganz deutlich aus ... aber nur eventuell werde ich mich eines noch sehr sehr fernen Tages vielleicht auf eine zweite Schwangerschaft einlassen. Diese wird dann allerdings definitiv die letzte sein. Da kann der Herr Baron machen, was er will, das ist mir völlig einerlei. Ich hoffe nur, Papa, dass du mir dann auch beistehen wirst.«

Empört schoss Emil Jellinek in die Höhe. »Was ist das denn für eine Frage?! Als wenn ich dich jemals im Stich gelassen hätte!«

Ihr Vater war endlich wieder der alte! So wie er in diesem Moment vor ihr stand: einem griechischen Rachegott gleich – nur eben etwas gedrungener und weniger muskulös. Doch seine Augen sprühten regelrecht voller Energie. Unverkennbar der impulsive und tatendurstige Monsieur Mercedes! Wie er leibte und lebte!

»Dann ist es ja gut Papa! Aber nun muss ich mich ausruhen und ein bisschen schlafen. Kommst du heute noch einmal vorbei? Das wäre schön!«

»Aber sicher, meine kleine Prinzessin, aber sicher.« Es glitzerte feucht in den Augen des gerührten Mannes, als er sich zu seiner Tochter hinunterbeugte und ihr einen liebevollen Kuss auf die Stirn hauchte. »Bis nachher dann – und träume etwas Schönes.«

Während Mercedes bereits die Augen zufielen, schlich sich ihr Vater auf den Zehenspitzen aus dem Zimmer, was ihm trotz des lädierten linken Knies erstaunlich gut gelang. »Papa?« Er stand bereits an der Tür, als noch einmal die leise Stimme von Mercedes an seine Ohren drang.

»Ach Papa. Nur eines noch: es ist so schön, dass es dich gibt!«

Leise schloss Emil Jellinek-Mercedes die Türe hinter sich und atmete tief durch. »Und dass es dich gibt!« Umständlich fingerte er das weiße Brusttuch heraus und polierte damit die Gläser seines tränennassen Zwickers.

Nur einen Tag später war ihr Vater wieder ganz in seinem Element. Das konnte man aufs erste Hinsehen erkennen, schon allein daran, wie er mit stürmischen Schritten in das Zimmer hereinplatzte, kaum dass er an die Tür geklopft hatte. Was jedoch viel eher nach einem trockenen Fausthieb klang. Energiegeladen stand er am Krankenbett, während er in seiner rechten Hand zwei Briefe schwenkte. »Da, schau dir nur an, was mir dieser Esel wieder geschrieben hat!« Kaum, dass er Mercedes in seiner hektischen Betriebsamkeit einen flüchtigen Kuss auf die Wange gedrückt hatte, pochte er mit dem Knöchel des Zeigefingers auf die beiden Papiere. »Es ist unglaublich!«
»Was denn Papa?« Sein Auftritt war köstlich! »Wen meinst du denn mit Esel?«
»Na wen wohl? Den großartigen Dr. Spitzer natürlich. Den nichtsnutzigsten aller nichtsnutzigen Mediziner!«
»Wieso ausgerechnet der? Mit dem Dr. Spitzer hast du doch dieses Abkommen geschlossen – dass du ihm eine Prämie bezahlen wirst, wenn du dank seiner Behandlungen die nächste Altersstufe erreicht hast. Deine Gesunderhaltungsprämie.«
»Aber anscheinend ist ihm das bisschen Gehirn, das er noch besitzt, jetzt mit dem Äther völlig vernebelt worden. Er scheint es auch kaum noch erwarten zu können, dass ich nächstes Jahr 60 werde und damit die nächste Prämie fällig wird ...«
»Was ist denn jetzt passiert?«
»Passiert ist eigentlich gar nichts – eher im Gegenteil. Der liebe Herr Dr. Spitzer scheint plötzlich etwas gedacht zu haben. Er hat eine Zeitungsannonce gelesen und dann zwei und zwei zusammengezählt, was bei ihm dann allerdings nicht vier ergeben hat, sondern 10.000...«
»Wieso 10.000?«
»Weil das ja die Summe ist, auf die er sich nächstes Jahr im April freuen darf – wenn ich bis dahin noch lebe, und nicht von irgendeinem Pfuscher um die Freude meines 60. Geburtstags gebracht worden bin.«

»Also was jetzt Papa«, drängelte Mercedes ungeduldig. »Was ist denn nun mit seinem Schreiben?«

»Da, schau!« Wieder wedelte er mit dem Schriftstück vor der Nase seiner Tochter herum. »Er hat also anscheinend gelesen – oder vielleicht auch nur gehört, denn ob er des Lesens wirklich mächtig ist, daran hege ich inzwischen auch schon ernsthaftere Zweifel ...«

»Weiter Papa!«

»Also, wie auch immer: er hat von deiner Niederkunft erfahren – und damit, dass du folglich ein Kind zur Welt gebracht hast.«

»Schön. Und weiter?«

»Dabei hat er anscheinend kräftig etwas durcheinander gebracht. Denn vor lauter Freude über die Geburt eines gesunden Kindes im Hause Jellinek-Mercedes hat der Spitzer mit seinem Spatzenhirn wohl gefolgert, dass es mir besonders gut gehen müsse. Und er sich infolgedessen in wenigen Monaten über einen üppigen Scheck freuen darf.«

»Das verstehe jetzt, wer will ...«

»Nun, es ist ganz einfach: er hat m i r zur Geburt d e i n e r Tochter gratuliert!«

»Das ist doch nett von ihm. Was soll daran aber so außergewöhnlich sein?«

»In diesem Fall schon: denn er hat mir nicht als Großvater gratuliert – übrigens ein schreckliches Wort, das ich im Zusammenhang mit mir bitte auf das strikteste vermieden wissen will. Großvater: allein wenn ich das höre, fühle ich mich schlagartig um 30 Jahre älter!«

»Was jetzt? Er hat dir nicht als Großvater gratuliert, sondern?«

»Sondern als Vater!«

»Wieso das denn?!«

»Weil er anscheinend denkt, ich sei der Vater deiner kleinen Elfriede. Er hat da offensichtlich nur zweimal das Wort Mercedes gelesen, deinen Vornamen und deinen zweiten Nachnamen. Dann ist wohl irgendwie der Gaul mit ihm durchgegangen, indem er gefolgert hat, der Herr Mercedes

müsse also noch einmal Nachwuchs bekommen haben.«
»Unglaublich! Der denkt tatsächlich, du bist der Vater meiner Elfriede?«
»Genau so ist es!« Emil Jellinek tippte sich vielsagend an die Stirn.
»Obwohl du doch nur der Gr ...«
Augenblicklich fuhr ihr der beinahe solchermaßen Titulierte scharf ins Wort: »Still! Worum hatte ich dich gerade gebeten? Bitte nicht diesen Begriff!«
»Schon gut, Papa, schon gut. Er glaubt also wirklich ...«
»... dass ich der Vater bin. Ich habe deswegen einen Brief verfasst, mit dem ich ihn über die wahren Hintergründe aufkläre. Soll ich ihn dir vorlesen?«
»Ich bitte dich sehr darum«, strahlte Mercedes in Vorfreude der wohlbekannten spitzzüngigen Formulierungskünste ihres Vaters.
»Also«, sorgfältig rückte dieser wiederum seinen Zwicker auf der Nase zurecht und konnte sich ein anzügliches Grinsen nicht verkneifen, als er vorzulesen begann: »Sehr geehrter Herr Medizinalrat, ich entnehme ihrem Glückwunschschreiben, dass Sie noch immer eine sehr hohe Meinung von meiner Männlichkeit hegen. Jedoch bin nicht ich der glückliche Papa, sondern mein Schwiegersohn, Baron Schlosser, der seiner Frau die Freude der Vaterschaft zu verdanken hat! Mit vorzüglicher Hochachtung bin ich und so weiter ...«
Er lies das Schreiben wieder sinken, während Mercedes ihm applaudierte. »Bravo Papa. Kurz und trocken. Das sitzt. Das ist wieder mal Florett! Eleganter geht es nicht!«
»Schade nur, dass ich sein Gesicht nicht sehen kann, wenn er das zu lesen bekommt. Ich würde viel dafür geben!«
»Du kannst es dir ohnehin ausmalen.«
»Da hast du auch wieder recht: dämlicher wird man gar nicht aus der Wäsche schauen können, wie mein armer Dr. Spitzer. Aber es geschieht ihm recht. Sehr sogar. Denn immerhin wird er – so Gott will – im kommenden Frühjahr ein ordentliches Schmerzensgeld für seinen Faux-Pas er-

halten. Dafür, dass ich all seine Behandlungen überlebt habe. Der Mensch ist schon ein zähes Wesen.«
»Das Geld sei ihm von Herzen gegönnt – solange du nur bei mir sein kannst – meinetwegen sogar ruhig das Doppelte, Papa!«
»Du hast gut reden«, grinste er fröhlich. »Es ist ja nicht dein Geld. Aber nun gut, wir haben ja genug davon. Glücklicherweise ...«
Er war wieder der Alte. Gott sei Dank! Mercedes schloss für einen kurzen Moment die Augen und schickte ein inniges Dankesgebet zum Himmel. Alles würde wieder gut werden. Alles! Und das Verhältnis zwischen ihr und ihrem Ehemann: das würde sie in Kürze endlich klar und eindeutig regeln.
In ihrem Sinne regeln.
Man musste ihm die Grenzen aufzeigen. Deutlich die Eckpfeiler abstecken. Bis hier hin und nicht weiter.
Endlich wusste sie wieder einen Mitstreiter an ihrer Seite.
Den wichtigsten von allen.
Den nicht nur für sie legendären Monsieur Mercedes.

Ein zaghaftes Klopfen an der Tür weckte Mercedes eine gute Woche später aus ihrem leichten Nachmittagsschlaf, in den sie auf der großen Chaiselounge des Empfangssalons der Villa hineingedöst war.
»Verzeihung, darf ich mir wohl erlauben, einzutreten?« Ganz langsam wurde die Türe ein kleines Stück weit geöffnet, dann schob sich vorsichtig ein grauer Haarschopf durch den Spalt. »Ob ich ihnen wohl die Aufwartung machen darf, verehrte Madame Schlosser-Mercedes?«
Mercedes rieb sich verwundert die Augen, dann hatte sie den Besucher erkannt. »Ach der Herr Kassin, das ist aber schön, dass sie mich besuchen kommen! Ich habe sie ja schon eine Ewigkeit lange nicht mehr gesehen. Und was für wunderschöne Blumen sie mir mitgebracht haben. Rote Rosen! Wie ein jugendlicher Liebhaber! Da könnte man ja auf die seltsamsten Gedanken kommen ...«
Schlagartig schoss eine verlegene Röte in das Gesicht des Besuchers, der den Blumenstrauß umständlich auf dem kleinen Tischchen neben der Tür des Salon plazierte. Suchend blickte er sich um.
»Ach, lassen sie nur. Ohnehin wird gleich das Mädchen kommen, das die schönen Rosen versorgen kann. Ich freue mich ehrlich über ihren Besuch. Wie geht es ihnen denn?«
»Immer gut, wenn ich sie sehe. Es ist mir eine wirkliche Erleichterung, sie gesund und wohlbehalten vor mir zu sehen. Sie sehen sehr gut aus – wie das blühende Leben!«
»Sie alter Charmeur«, lachte Mercedes vergnügt. »Sie haben sich nicht verändert. Übrigens – gerade vor einigen Tagen habe ich mit meinem Papa über sie gesprochen.«
»Hoffentlich nur das Allerbeste.«
»Nun ja ... wie soll ich sagen?«
Kassins Miene verdunkelte sich. »Ging es etwa um den Brunnen?«

»Erraten.«
»Ach, dann weiß ich, worauf sie hinaus wollen. Diese Kleingeister in Baden führen ja immer noch lautstark Klage darüber, dass der Unterhalt des Brunnen natürlich auch Geld kostet. Typisch: das Kunstwerk und den damit verbundenen Ruhm, den wollen sie haben, aber bezahlen will man nichts dafür.«
»Es ging um diesen Wasserverlust.«
»Ach, der Wasserverlust!« Kassin beschrieb eine wegwerfende Handbewegung. »Hätte man mich seinerzeit nicht dermaßen zur überstürzten Fertigstellung gedrängt, sondern mir einen Monat mehr Zeit gelassen, dann wäre es nicht so gekommen, wie es jetzt eben gekommen ist. All meinen Warnungen zum Trotz! Übrigens war das nicht nur ihr Vater, sondern ebenso die Beamten der Bauinspektion, die ihm mehrfach beigepflichtet haben, als er mich zur Eile angetrieben hat. Wenn mir diese Herrschaften dagegen hilfreich zur Seite gestanden wären, dann hätte sich auch ihr Vater, verehrte Madame Schlosser-Mercedes, überzeugen lassen. Aber so ... stand ich mit meinen Argumenten den anderen einsam gegenüber, die meine sämtliche Bedenken leichtfertig abgetan haben. Dafür lassen sie mich seitdem bei jedwedem Auftrag einfach leer ausgehen. Ich allein soll als Sündenbock herhalten. Als Pfuscher sozusagen ...«
»... während mein Papa wieder mal alles bezahlen soll!«
»Wieso das? Er hat denen doch schon einmal mit einer großzügigen Zusatzspende geholfen.«
»Aber dieses Mmal ist es der Verschönerungsverein, der den Brunnen gründlich hat überholen lassen. Die Rechnung haben sie dann bei meinem Papa eingereicht ...«
»Das ist ja unglaublich!«
»Sie haben bei ihm allerdings auf Granit gebissen. Denn im Augenblick führt mein Papa gerade eine etwas unangenehme Auseinandersetzung mit der Stadtgemeinde und dem Land Niederösterreich um irgendwelche Steuernachzahlungen für unsere Villa in Baden. Die Steuern, sie kön-

nen sich denken, dass es nicht wenig ist, begründen sie damit, dass er sich zu selten hierzulande aufhalten würde.«
»Eine abstruse Denkweise!«
»In der Tat. Und das alles, nachdem er in den vergangenen Jahren so über die Maßen kräftig in Baden investiert hat – nicht nur beim Brunnen. Sie haben es gerade ja mit eigenen Augen sehen können: den prächtigen Anbau an die Villa Mercedes mit seinen sage und schreibe 50 Zimmern ...«
»... es ist beinahe ein Schloss vom Ausmaße eines Schönbrunn daraus geworden.«
»... nun ja, das nicht gerade, da dürfte wohl noch der eine oder andere Flügel fehlen, aber dennoch: immerhin ist unser Domizil hier inzwischen mit den neuesten technischen Raffinessen ausgestattet. Acht Badezimmer, 28 Spülklosetts und so weiter und so weiter. Die Badener Handwerker haben sich eine wahrhaft goldene Nase daran verdient – und nun, nun will man meinem Papa einen Strick daraus drehen, dass er sich in den vergangenen Monaten wie üblich in Nizza und nicht in Baden aufgehalten hat. Deshalb soll er nun eine gigantische Summe als Sondersteuer auf den Tisch legen ...«
»Aber das ist doch schon deshalb widersinnig, weil der verehrte Monsieur Jellinek-Mercedes mittlerweile sogar als österreichisch-ungarischer Generalkonsul in Monaco fungiert!«
»Weswegen er sich seitdem besonders häufig an der französischen Riviera aufhält. Auch wenn die Sommerhitze dort seiner Gesundheit nicht eben zuträglich ist. Das alles nimmt er auf sich – im Interesse dieses Ehrenamtes für unseren Staat.«
»Wie kann man ihm daraus einen Vorwurf machen? Das kann doch nicht angehen, wo er ja sogar auf eigene Kosten im Interesse und zum Wohle Österreichs tätig ist?!«
»Man kann es anscheinend. Doch wie ich meinen Papa kenne, wird er sich zu wehren wissen. Andererseits ist es kein Wunder, dass er den Bittstellern aus Baden dieses Mal

die Tür vor der Nase zugeknallt hat, als sie ausgerechnet jetzt auch noch mit einem Bettelbrief zu ihm gekommen sind. Diese Dreistigkeit! Er hat sich über diese ganzen Vorgänge dermaßen echauffiert, dass er inzwischen drauf und dran ist, der Stadt Baden sogar gänzlich den Rücken zu kehren. Er hat ihnen geharnischt zurückgeschrieben, wie sehr ihn Baden grässlich langweile, dass er hier nicht mehr in den Schlaf finde und dieser angebliche Kurort seiner Gesundheit sowieso nicht gut tue. Das ist natürlich starker Tobak, aber so ist er eben. Im Grunde genommen hat er ja auch recht: ein Mann, der so viel für diese Gemeinde getan und der sich immer selbstlos im Interesse des Ganzen eingesetzt hat. So gutmütig und großzügig mein lieber Papa sein kann, so tief verwundet fühlt er sich nun. Deshalb hat er auch angekündigt, dass er uns Kindern seinen gesamten Besitz überschreiben will, dann könnten sie nämlich gar nichts mehr holen.«
»Das ist elegant!«
»Ja, so ist er eben, mein lieber Papa! Impulsiv, großzügig – und deshalb auch zutiefst verletzbar. Er scheint den Dingen niemals so gelassen entgegentreten zu können, wie es andere können. Er schafft es einfach nicht, eine gewisse Distanz zu wahren. Eher im Gegenteil! Seiner Gesundheit tut das natürlich nicht gut, wo er sich mittlerweile ohnehin ständig einbildet, an schweren Krankheiten zu leiden. Aber gut – oder auch nicht gut. Lassen wir das lieber«, winkte Mercedes mit einem müden Lächeln ab. »Sie sind ja sicherlich nicht gekommen, um sich die Klagelieder aus dem Hause Jellinek anzuhören, nicht wahr?«
Josef Kassin senkte verlegen den Kopf. »Nun ja. Nicht unbedingt, obwohl das schon auch dazu gehört. Es war mir ein ehrliches Anliegen, selbst danach zu schauen, ob sie sich auch wohl befinden. Zumal ... zumal mir ja von früheren Begegnungen durchaus bekannt ist, dass sie sich nicht unbedingt die Rolle einer Mutter haben ... ja, wie soll ich mich ausdrücken: ... in diese Rolle haben hineinversetzen können.«

Was für ein seltsames Herumgedruckse! Eigentlich wäre es am besten gewesen, die Dinge gleich richtig beim Namen zu nennen, denn es war ihm doch längst bekannt, dass die Ehe seiner angebeten Mercedes einen eher unglücklichen Verlauf zu nehmen schien. Und diese Mutterrolle dürfte eine weitere schwere Last für sie bedeuten ... Wie sollte er sich nur ausdrücken?.

Es war wieder einmal Mercedes selbst, die ihn mit ihrer verblüffenden Ehrlichkeit aus der Verlegenheit befreite.

»Das ist in der Tat ein offenes Geheimnis, dass ich mir auch eine Ehe ohne eigene Kinder hätte vorstellen können. Allein, wenn ich an meine zahlreichen Geschwister denke, vor allem an diejenigen aus der zweiten Ehe meines Papas, schon von dieser Warte aus betrachtet, wäre mein Bedarf an kleinen Kindern mehr als nur gestillt gewesen. Und tatsächlich, das habe ich ja auch immer wieder betont, wenn schon Kinder in unserem Haushalt gewünscht werden, dann hätte ich viel lieber meine kleine Halbschwester Maja ständig bei mir, das würde mir völlig genügen. Aber nun denn: es war nicht nur der Baron, sondern auch mein Vater, der regelrecht darauf gedrängt hat, endlich ein Enkelkind zu bekommen: schon wegen seiner adeligen Nachkommenschaft.«

Josef Valentin Kassin staunte nicht schlecht. Da saß er also hier in der Badener Villa und Mercedes, die Frau, die er geradezu abgöttisch verehrte, erzählte ihm frei heraus über die Befindlichkeiten in ihrer Familie. Und mehr noch: sie schien geradezu dankbar zu sein, einen Gesprächspartner gefunden zu haben. Allem Anschein nach kreisten ihre Gedanken schon seit geraumer Zeit um die familiären Verhältnisse, um die Suche nach Glück und Zufriedenheit in der Ehe.

Und so breitete die junge Frau unbekümmert weiter all ihre Gedankengänge vor ihm aus, gerade so, als handele es sich bei dem 56 Jahre alten Kassin um einen väterlichen Freund, wenn nicht gar um einen eng vertrauten Weggefährten.

»Wissen sie, die Maja hält sich mittlerweile ohnehin viel häufiger bei mir auf als bei ihrer Mutter, die nach dem Tod ihres Sohnes noch immer nicht aus der Depression herausgefunden hat. Ich sehe das sehr gerne. Mein Ehemann freilich, nun ja ... er ist halt keine Künstlerseele ...«
Der tiefe lange Blick, den sie dabei auf ihren Besucher heftete, ließ Josef Kassin feuerrot erglühen.
Er nickte verständnisvoll und begann, nachdem er den trockenen Kloß zurückgekämpft hatte, der in seiner Kehle aufgestiegen war, mit rauer Stimme zu sprechen. »Wie wäre es übrigens, wenn wir öfter als bisher zusammentreffen könnten? Beispielsweise in meinem Atelier in der Bäckergasse in Wien? Sie kennen es ja. Da wären sie auch vor den neugierigen Blicken der Lästermäuler geschützt ...«
Die Antwort fiel leider nicht ganz in seinem Sinne aus. Zumindest aber erklärte sich Mercedes sehr gerne zu einem freundschaftlichen Zusammentreffen bereit – nicht mehr. Sie hatte es so exakt formuliert und ihre Worte auch dementsprechend betont, dass keinerlei Missdeutung möglich war.
Immerhin sollte diese Begegnung den Eckpfeiler einer weit in die Zukunft reichenden vertrauensvollen Bekanntschaft bilden, die für beide in den kommenden schweren Jahren manches Mal den einzigen kurzen Lichtblick inmitten einer düsteren Zeit bedeutete – nicht mehr, aber auch nicht weniger. Auch wenn der Künstler seine verehrte Mercedes so gerne für immer an seine Seite gewünscht hätte.

Es war der vorletzte Tag im Mai des Jahres 1913, als ein fürchterlicher Skandal die österreichisch-ungarische Monarchie in ihren Grundfesten erschütterte. Fassungslos starrten die Menschen in ihre Tageszeitungen und mochten erst gar nicht glauben, was da unter der großen Schlagzeile des Artikels auf Seite 1 zu lesen stand. Vom Wiener Innenministerium war offiziell bekannt gegeben, dass Oberst Redl Wien, der Generalstabschef des VIII. Korps in Prag, der zudem eine herausragende Position im österreichischen Geheimdienst bekleidete, im Wiener Hotel Klemser Selbstmord verübt hatte. Allein diese Nachricht wäre schon schockierend genug gewesen, doch es kam noch weitaus schlimmer. Rasch machten Gerüchte die Runde, die sich auf die berühmt-berüchtigten, sogenannten »gut informierten Kreise« am kaiserlichen Hof beriefen. Und was dabei allmählich ans Licht des Tages drang, das war einfach unglaublich. Alfred Redl habe seit Jahren homosexuelle Beziehungen unterhalten und sei dabei von ausländischen Spionen über einen langen Zeitraum hinweg überwacht und erpresst worden. Ausgerechnet den Russen sei er jahrelang zu Diensten gewesen und habe denen – gegen eine üppige Bezahlung – Festungsskizzen, Auflistungen über Mannschaftsstärken und technische Details der Heereswaffen verraten. Sogar die geheimen Aufmarschpläne der österreichischen Armee hatte er über dunkle Kanäle nach Russland geschleust! Nach Redls Enttarnung als Doppelagent sei ihm als einziger Ausweg vor einem schmachvollen Gerichtsverfahren der Selbstmord nahegelegt worden, wobei ihm die österreichischen Ermittler die freie Wahl zwischen Gift oder einem Revolver gelassen hätten. Am 25. Mai 1913 hatte eine Pistolenkugel sein Leben beendet.

Dass im Zusammenhang mit der Affäre Redl im Laufe der Zeit trotz der strengen Zensur der Presseorgane immer

weitere Details ans Tageslicht drängten, machte die Sache nicht gerade appetitlicher.
Auch die Familie Jellinek zeigte sich tief erschüttert von dem unglaublichen Vorfall. Diese Betroffenheit steigerte sich bei Mercedes und ihrem Vater in blankes Entsetzen, als sie eines Tages erfahren mussten, wie der vor einigen Jahren von einem Freund namens Stefan Horinka verlassene Oberst anscheinend alle Hebel in Bewegung gesetzt hatte, um den Mann wieder fest an sich zu binden. In seiner Verzweiflung hatte ihm Redl sogar einen sündhaft teuren Mercedes-Tourenwagen geschenkt.
Mercedes war außer sich. »Mein Name – im Zusammenhang mit einer dermaßen widerlichen Affäre! Es ist fürchterlich, Papa!«
Auch Emil Jellinek war wie vom Donner gerührt. Der Name seiner Tochter – in einem Atemzug genannt mit einem Skandal. Das allerschlimmste daran war, dass keine Geldsumme der Welt diese mehr als nur unangenehme Geschichte wieder rückgängig machen konnte. Es war zum Haareraufen! Erstmals beschlichen den schwer geknickten Mann ernsthafte Zweifel an seinem Handeln. Ob es wirklich richtig gewesen war, Mercedes als Namenspatin für die Automobile zu benennen? Solange alles glatt lief und die Wagen von Erfolg zu Erfolg stürmten sicherlich. Aber es gab bekanntlich auch immer eine Kehrseite der goldglänzenden Medaille. Und diese Kehrseite zeigte sich ihnen jetzt gerade in einer ganz besonders hässlichen Art und Weise!

Da war es also zum ersten Mal im Zusammenhang mit dem Namen Mercedes aufgetaucht, dieses hässliche Wort: Spionage! Und Jellinek-Mercedes. Welch geradezu abstruse Begriffsvermengung! Und dennoch: in der schönen Fassade zeigten sich die ersten kleinen Risse.
So irrsinnig dieser Gedankengang in der Tat auch sein mochte: man konnte eine Lawine, war sie erst einmal in Bewegung geraten, nicht mehr stoppen. Man konnte höchstens noch versuchen, möglichst rasch reißaus zu neh-

men. Aber welcher Mensch witterte schon rechtzeitig eine Gefahr, die sich weit entfernt allmählich zusammenbraute? Für den Pöbel war die Sache ein gefundenes Fressen. Denn von der Markenbezeichnung Mercedes war der Weg in diesen, zunehmend vom nationalistischen Irrsinn erfüllten Zeiten nach ihrer beschränkten Meinung nicht mehr allzu weit zum Monsieur Mercedes, dem es an Neidern noch nie gemangelt hatte.

Spion. Mercedes. Dann brauchte nur noch scheinbar zufällig das Stichwort Preuße in den Raum geworfen zu werden – und fertig war die niederträchtige Intrige! Das konnte in Form einer einzigen kleinen Zeile am Rande eines Zeitungsartikels erfolgen oder durch irgendein Gerücht, das seine unselige Runde durch die Wiener Salons machte. Man konnte mithilfe eines massiven juristischen Trommelfeuers zwar versuchen dagegen anzukämpfen, aber das alles fruchtete im Grunde genommen überhaupt nichts. Denn trotz allem blieb immer irgendetwas an einem hängen.

Das musste auch Emil Jellinek schmerzhaft erfahren. Immer wieder tauchten neue, noch abstrusere Gerüchte über ihn und seine Geschäfte auf, ohne dass seine Anwälte das Geringste dagegen auszurichten vermochten. Der Feind blieb unsichtbar. Plötzlich tauchte wie aus dem Nichts eine neue Verleumdung auf – und während man sich noch verzweifelt abmühte, das Gerücht zum Verstummen zu bringen, erfuhr der Flächenbrand hinter ihrem Rücken in Form einer weiteren Tirade bereits seine Fortsetzung.

Vor allem drehte es sich dabei um scheinbare Erklärungen für den immensen Reichtum des bekanntlich aus eher bescheidenen Verhältnissen stammenden Monsieur Mercedes. Dabei hatte es doch niemals mit rechten Dingen zugehen können. In einer dermaßen kurzen Zeit ein derart riesiges Vermögen anzusammeln, wie der gebürtige Sachse Jellinek? Da roch es ja förmlich nach ausländischen Mächten, Intrigen – und nach Spionage!

Zeit seines restlichen Lebens würde ihn der unheilvolle Begriff von nun an begleiten: der Teutone. Der preußische

Spion! Grauenhaft! Ausgerechnet er, der österreichisch-ungarische Generalkonsul Emil Jellinek-Mercedes musste sich so etwas an den Leib heften lassen. Ein Mann, der sich in so vielen Ländern und Städten Europas und Nordafrikas zuhause fühlte! Der preußische Spion. Darauf lief es hinaus. Der Pöbel hatte seinen Begriff gefunden. Sich von diesem schmählichen Schimpfwort jemals wieder befreien zu können, das so unangenehm an seinen Schuhsohlen haftete, wie ein Haufen Hundekot, schien ihm von Tag zu Tag aussichtsloser. Es war ... entsetzlich!

Monatlich wurde es schlimmer. Der am Horizont heraufdämmernde Weltkrieg brachte selbst besonnene Gemüter in Aufruhr. Spätestens seit der Ermordung des österreichischen Thronfolgers: Der Erzherzogs Franz Ferdinand und seine Gemahlin Sophie wurden am 28. Juni 1914 in Sarajewo von einem Attentäter mit gezielten Pistolenschüssen regelrecht hingerichtet. Es herrschte eine krisenhafte Ausnahmestimmung in den Köpfen der Leute. Jetzt war es endgültig zu einem Dammbruch gekommen. In Österreich-Ungarn genauso wie in Deutschland, Frankreich, Italien und England: ganz egal, wo man sich aufhielt. Hatten die Menschen den Tag nach der unfassbaren Nachricht vom Attentat, das von einem Serben mutmaßlich im Auftrag mehrerer obskurer »feindlicher« Mächte ausgeführt worden war, noch in einer Art Schockstarre zu Kenntnis genommen, so entwickelte sich in der darauf folgenden Woche eine zunächst eher undefinierbare Mischung aus Entsetzen, Wut und Ratlosigkeit, die von interessierten politischen Kreisen nach Kräften allmählich bis zur Hysterie geschürt wurde. Immer mehr herrschte selbst unter den eigentlich recht umgänglichen Bürgern von Wien auf einmal eine anti-französische Stimmung, die sich sogar schon mehrfach in wüsten Beschimpfungen über Emil Jellineks französisch stämmiger Gemahlin Madeleine entfesselt hatte.
Eigentlich kein Wunder, dass das Pendel bei den Franzosen

in genau die andere Richtung ausschlug. Eines Tages Anfang Juli erhielt man von der französischen Riviera die beunruhigende Nachricht, dass sich vor den Villen Mercedes I und II mehrmals hintereinander kleinere Menschenansammlungen gebildet hätten, die antiösterreichische und – schlimmer noch – sogar anti-Jellinekssche Parolen gebrüllt hätten. So sah sich ausgerechnet Emil Jellinek urplötzlich zwischen allen Fronten stehen. Ein Mann, der von sich mit einigem Fug und Recht behauptete, er denke viel mehr kosmopolitisch als in den starren nationalen Grenzen.

Doch genau da lag das Problem. Denn die anderen schienen nur als geifernde Nationalisten zu fühlen und zu handeln. Es war für ihn verstörend, mit ansehen zu müssen, wie sich selbst ruhige und bedächtige Leute von der nationalen Hysterie anstecken und mitreißen ließen.

»Zum guten Glück hat der Thronfolger bei seiner Ermordung wenigstens nicht in einem Fahrzeug gesessen, das sie dann auch noch mit mir in Verbindung hätten bringen können!« schüttelte Emil Jellinek angewidert den Kopf. »Allein der Gedanke daran lässt mich schaudern. Nicht auszudenken, wenn es sich wieder um einen Mercedes gehandelt hätte!«

Mercedes erblasste und schlug entsetzt die Hände vor den Mund. »Du meine Güte. Das wäre ja furchtbar gewesen. Ein Attentat in einem Wagen, der meinen Namen trägt ...«

»Es ist ja nicht so gekommen«, nahm sie ihr Vater fürsorglich in die Arme und strich der jungen Frau beruhigend über das Haar.

»Dennoch: das hättest du niemals machen dürfen Papa ...«

»Was denn?« Er ahnte schon, was gleich kommen würde. Es war ihm, als risse man ihm das Herz aus dem Leib. Das hatte doch wirklich niemand ahnen können! Er hatte doch immer nur das Allerbeste gewollt für seine Tochter, auf die er so außerordentlich stolz war.

»Du hättest meinen Namen nicht verwenden sollen. Jetzt erst sehe ich nämlich, was damit alles geschehen kann!«

»Aber es ist doch nichts passiert. Es war ja ein ganz anderes Fabrikat, das sie nicht im Entferntesten mit uns in Verbindung bringen können. Es war ein »Gräf und Stift« – kein DMG Automobil – und erst recht kein Mercedes.«
»Und dennoch ...«
»Nein! Nichts und dennoch«, fuhr er barsch dazwischen. Diese Diskussion musste so rasch wie möglich beendet werden. Es half nichts, darüber zu räsonieren, was gewesen wäre, wenn. Die Fakten waren nun einmal geschehen. In einem milderen Tonfall fuhr er fort. »Alles wird gut. Glaube mir. Niemals werde ich zulassen, dass dein schöner Name beschmutzt wird. Dein Name, der ja bekanntlich auch der meinige ist.«
Die tröstenden Worte schienen auf fruchtbaren Boden zu fallen. Langsam hob Mercedes ihren Kopf und schenkte ihrem Vater einen hoffnungsvollen Blick. »Versprochen, Papa?«
»Versprochen meine Liebe!«
»Aber warum müssen die Menschen nur immer so böse miteinander umgehen. Weshalb können denn nicht alle in Frieden zusammenleben?«
»Weil nicht alle aus demselben Holz geschnitzt sind wie wir. Leider ...«
»Das ist wirklich bedauerlich. Da laufen sie in die Kirche und beten das Vaterunser – und dann gehen sie raus und erschlagen ihre Nachbarn. Das alles womöglich im Namen Gottes. Das ist und bleibt mir für alle Zeiten rätselhaft, wie so etwas zusammenpasst!« Ruckartig erhob sie sich und klatschte unternehmungslustig in die Hände. »Ach was, Papa!« Plötzlich schien ein wahrer Energiestoß in ihren zarten Körper gefahren zu sein. »Komm, lass uns die trüben Gedanken besiegen. Die Zukunft kommt noch früh genug. Lass uns also lieber das Hier und Heute genießen. Beispielsweise hätte ich mal wieder Lust darauf, mit dir ein Eis zu essen – Fürst Pückler natürlich. Falls es das in Österreich überhaupt noch geben darf. Was meinst du, Papa? Wie wäre das?«

Emil Jellinek atmete dankbar auf. Sie hatte ja völlig recht. Was brachte es ihnen, sich ihre Tage von trüben Gedanken zerstören zu lassen. Wie hatte sie sich gleich ausgedrückt? Die Zukunft kommt noch früh genug! Ein wunderbarer Satz. Genießerisch schnalzte er mit der Zunge. »Das ist eine glänzende Idee von dir – ich lasse sofort den Wagen vorfahren.«
Und so endete dieser bedrückende Tag doch noch einigermaßen versöhnlich, auch wenn da ganz im Hintergrund ein kleiner dunkler Schatten zurückblieb, der sich nicht mehr völlig verdrängen ließ. Kaum wahrnehmbar zwar, aber als heimlicher Begleiter dennoch irgendwie vorhanden. Als eine Art unangenehmes Menetekel, das hoffentlich niemals die Oberhand gewinnen würde.

Schon am übernächsten Morgen war der Schatten deutlich gewachsen. Zumindest zeigte sich Emil Jellinek der ahnungslosen Mercedes, die gerade das Haus betrat, außer sich vor Wut und Empörung. »Und jetzt wollen mich diese blindwütigen Nationalisten, in die sie sich hier wie dort plötzlich verwandelt haben, gleich doppelt bestrafen: jetzt wollen sie mich auch noch für meine Besitzungen in Frankreich mit unglaublichen Summen belegen. Es passt ihnen einfach nicht, dass unsere Familie international ausgerichtet ist. Wohin man auch schaut: sie sind völlig blind geworden in ihrem nationalen Eifer! Aber das lasse ich mit mir nicht machen, ich werde nun endgültig meine sämtlichen Besitzungen hier an euch überschreiben und mich dann auf der Stelle nach Nizza zurückziehen! Dann können sie schauen, wo sie bleiben. Schluss. Aus. Ende der Auseinandersetzung!«
Das Schlimme war nur, dass auch in Frankreich der Ton gegen die deutschstämmigen Bürger deutlich an Schärfe zugenommen hatte. Die ersten Pöbeleien, über die ihm berichtet worden war, hatte Emil Jellinek nicht ernst genommen – und musste sich nun zu seinem maßlosen Entsetzen von der Wirklichkeit eines besseren belehren lassen.

Denn selbst in Nizza war man ihm und seiner Familie derart feindselig begegnet, dass er sich ernsthafte Gedanken um ihre körperliche Unversehrtheit zu machen begann. In ihrer Bedrängnis sahen sich die Jellineks veranlasst, rasch wieder die Koffer zu packen und Nizza beinahe fluchartig zu verlassen. Er hoffte, sein Heil in einem Hotel in Südtirol zu finden, wo er für seine Familie und die zahlreichen Bediensteten gleich eine ganze Etage belegte. Hoffentlich war dieser Spuk bald vorüber. Länger als einige Wochen wollte er nämlich keinesfalls im Südtiroler Exil verbringen, so schön das Land mit seinen beeindruckenden Bergspitzen und den milden, fruchtbaren Tälern auch sein mochte. Sobald sich erste Anzeichen ergaben, dass sich der Wind wieder zu drehen begann, würde man sehen. Doch kaum waren sie in Südtirol eingetroffen, da brach der lange befürchtete große Krieg tatsächlich aus. An allen Fronten Europas wurde geschossen und gestorben. Es war fürchterlich. Eine rasche Heimkehr war ausgeschlossen!

Die in Wien zurückgebliebene Mercedes vermisste ihren Vater schmerzlich. Zunächst hatte sie, durch den Kriegsausbruch bedingt, keine Wahl gehabt, es dem Beispiel ihres Vaters gleich zu tun und mitsamt ihrer Familie im Süden die weitere Entwicklung abzuwarten – denn ihr Ehemann war als höherrangiger Beamter eines kriegswichtigen Ministeriums von Amts wegen als unabkömmlich eingestuft worden. Selbst wenn sich Karl von Schlosser also zu diesem Schritt entschieden hätte, was im Übrigen absolut nicht seiner Denkweise entsprach, so wären ihm und seiner Familie niemals die entsprechenden Reisepapiere ausgestellt worden. Zu ihrem größten Leidwesen war Mercedes folglich nichts anderes geblieben, als sich zähneknirschend in das scheinbar Unabänderliche zu fügen. Mit wachsender Unruhe verbrachte sie die Kriegstage und Wochen in Wien, die zu allem Überfluss jetzt auch noch von der Sorge um ihren Bruder Fernand geprägt waren, der sich gleich nach Kriegsausbruch als Freiwilliger zur Armee verpflichtet hatte und seitdem als Leutnant mit seiner Einheit in die Kämpfe irgendwo auf dem Balkan verwickelt war, die sich, wie man hören musste, Tag für Tag an Brutalität steigerten und schon längst nicht mehr den Charakter jenes »Spaziergangs« aufwiesen, als den die österreichische Propaganda den Feldzug bei Kriegsbeginn noch bezeichnet hatte. Ein Spaziergang! Was für eine fürchterliche und menschenverachtende Bezeichnung für einen Kriegseinsatz, bei dem es um das Leben von Menschen ging. Und ausgerechnet ihr Bruder befand sich mitten in diesem sinnlosen Morden und Schlachten. Fernand! Alle waren sie fort – nur Mercedes blieb in Wien zurück. Verlassen von all den lieben Menschen, deren Gegenwart sie so dringend benötigte. Lediglich Papas jüngerer Bruder Hermann war in Wien verblieben, doch mit dem Sprachwissenschaftler verband sie schon seit Jahren kaum etwas.

Inzwischen hatte sich ihr Papa genötigt gesehen, auch Südtirol rasch den Rücken zu kehren. Als letzter Ausweg für sich und seine Angehörigen war ihm Genf geblieben. Eine Unterkunft in der neutralen Schweiz, wo man hoffentlich auch künftig vom Krieg verschont bleiben würde.

Den Zeitraum vom Mitte 1914 bis 1915, also das erste Jahr seit Ausbruch des Krieges hatte die Familie Jellinek-Mercedes in Südtirol zugebracht. Hier, in der Abgeschiedenheit der bergigen Region zwischen dem Alpenhauptkamm und Oberitalien durfte man sich einigermaßen sicher fühlen, nicht zwischen den Fronten zermahlen zu werden. »In Frankreich beleidigen sie mich je nach Belieben als Deutschen Spion oder als aus Österreich stammenden Feind ihrer Grand Nation, und in Österreich wiederum werden meine Frau und meine Kinder als »Franzosenbrut« auf das Übelste beschimpft«, hatte der völlig konsternierte Emil Jellinek die gegenseitigen Kriegserklärungen seiner ehemaligen Heimatländer bitter kommentiert.

Der glimmende Funke im Herzen von Europa hatte mittlerweile die halbe Welt in Brand gesetzt. Zu allem Übel entwickelte sich Südtirol zu einem der Hauptbrennpunkte.

Ausgerechnet hier verbissen sich Italiener und Österreicher in einem erbittert geführten Stellungskrieg. »Ausgerechnet an unserem Rückzugsort!« Mit wachsender Sorge verfolgte Emil Jellinek die Entwicklung, wie sie in den verschiedenen Gazetten geschildert wurde. Sicherheitshalber hatte er sich nicht nur mit österreichischen Blättern eingedeckt, sondern verbotenerweise auch mit italienischen Zeitungen, die ihm auf heimlichen Pfaden ins Hotel geschmuggelt wurden. Gegen gutes Geld natürlich. »Wenn man die Erfolgsberichte beider Seiten liest, sie miteinander vergleicht und dabei jeweils etwa die Hälfte als pure Propaganda zum Abzug bringt, dann dürfte das so entstandene Bild zumindest einigermaßen den tatsächlichen Gegebenheiten entsprechen«, hatte er seiner Ehefrau erklärt, nachdem Madeleine ihm heftige Vorhaltungen »wegen dieser gefährlichen und verbotenen Zeitungslektüre« gemacht hatte. »Ich muss das einfach tun, um mir einen klaren Überblick über die wirkliche Lage verschaffen zu können«, setzte er stirnrunzelnd hinzu. »Und wie mir scheint, werden wir schon bald gezwungen sein, auch diesen Ort zu verlassen. Nicht auszudenken, wenn die Italiener hier einmarschieren – was inzwischen durchaus im Bereich des möglichen liegt – und mich als ehemaligen österreichischen Generalkonsul, mit anderen Worten: als hochrangigen Vertreter des Feindes, inhaftieren. Ja, Madeleine, diese Gefahr droht tatsächlich, wir müssen den Tatsachen einfach in die Augen sehen. Es wird uns also nichts anderes übrig bleiben, als am besten noch in dieser Woche die Koffer zu packen.«
»Und wohin sollen wir dann gehen? Nizza geht nicht mehr, Österreich auch nicht, jetzt können wir nicht einmal mehr hier in Südtirol bleiben, ja: wohin denn dann?!« Die aufsteigende Panik in der Stimme seiner Ehefrau war unüberhörbar. Und auch Emil Jellinek selbst machte sich inzwischen ernsthafte Sorgen, eines schlimmen Tages womöglich zwischen den Mühlsteinen des nationalen Irrsinns zermahlen zu werden. Es schien ihm jedoch geraten, diese

Sorgen besser für sich zu behalten. Madeleines zunehmend schwaches Nervenkostüm musste nicht noch stärker strapaziert werden, als das ohnehin der Fall war. An dieser vertrackten Lage, in der sie sich befanden, hätte es sowieso nicht das Geringste geändert. »Ich denke, die beste Alternative ist die Schweiz. Die Eidgenossenschaft ist seit Jahrhunderten neutral und wird sich aus guten Gründen weder von der einen noch von der anderen Seite in einen bewaffneten Konflikt verstricken lassen. In der Schweiz sind wir sicher. Ich habe da auch schon eine Idee, wo wir bleiben können, bis der Krieg endlich vorüber ist.«

»In der Schweiz«, wiederholte Madeleine Jellinek mit deutlich gedämpfter Begeisterung. »Also ich weiß nicht recht. Sind die denn nicht eher an den Deutschen orientiert?«

»Ganz und gar nicht. Und in der Stadt, die ich in unserem Fall für geeignet halte, dort brauchst du dir erst recht keine Sorgen machen, irgendwelchen Deutschtümmlern in die Hände zu laufen. Ich habe mich für Genf entschieden, also für die Hauptstadt der französischen Schweiz. Das scheint mir der ideale Ort für uns beide zu sein. Du als Französin, ich als deutschsprachiger Österreicher. Wenn wir nirgendwo auf der Welt sicher sind: in Genf sind wir es. Ganz bestimmt!«

So sehr Mercedes ihren Vater in langen Briefen auch gebeten hatte, von der Umsetzung seiner Pläne Abstand zu nehmen, so beharrlich blieb Emil Jellinek bei seiner Entscheidung.

»Und was ist, wenn der Krieg noch schlimmer wird und die Schweiz mir als Österreicherin – überdies noch als Schwester eines österreichischen Offiziers – dann eines Tages nicht mehr erlauben will, dich dort zu besuchen? Was ist dann? Hast du denn jemals auch daran gedacht, Papa?«

Seit der Mitte des Jahres 1915 residierte Emil Jellinek also in der neutralen Schweiz, in Genf, der Hauptstadt des französischsprachigen Teils. Wie schon zuvor in Südtirol hatte er gleich wieder eine ganze Etage im Hotel »National« für

sich und seine Familie angemietet. Zum guten Glück verfügte er nach wie vor über ein beachtliches Vermögen, auch wenn er voller Ingrimm tatenlos hatte zusehen müssen, wie sein Vermögen sowohl in Frankreich als auch in Österreich teilweise beschlagnahmt worden war. Dies in Österreich verbunden mit der abstrusen Begründung, dass er bei seiner überstürzten »Flucht« aus Österreich enorme Grundbesitzsteuern schuldig geblieben sei. Besonders verdächtig schien auch plötzlich die Tatsache, dass es sich bei der Ehefrau um eine Französin handelte, während es in Frankreich bei der teilweisen Beschlagnahme seiner Villen schon ausreichte, dass es sich bei dem Besitzer um einen österreichischen Staatsbürger handele. Der Irrsinn schien kein Ende nehmen zu wollen!
Spätestens als in den Tagen nach dem 21. November 1916 die Nachricht für weltweite Schlagzeilen sorgte, dass in Wien der greise Kaiser Franz Joseph gestorben war, musste er sich mit dem Gedanken vertraut machen, dass sein Leben nie mehr in denselben Bahnen würde verlaufen können, wie das bisher der Fall gewesen war. Nicht nur die Habsburgermonarchie als solche, sondern das gesamte, längst marode gewordene Staatsgefüge war mit dem Tod des Kaisers sinnbildlich in sich zusammengebrochen. Mochte das immer brutalere Schießen und Morden auf den Schlachtfeldern auch noch eine Weile andauern: nach dem Ende würde es nie mehr wie früher sein. Und ausgerechnet in Baden hatte jetzt auch noch das österreichische Armeeoberkommando sein Hauptquartier aufgeschlagen. Schlimmer noch: wie Mercedes ihm mittlerweile nach Genf telegraphiert hatte, würde der neue Kaiser Karl I. hier sogar seinen Wohnsitz einnehmen. Ausgerechnet das idyllische, bisweilen eher etwas verschlafene Kurstädtchen war urplötzlich in das Zentrum des großen Krieges gerückt worden. Fürchterlich! Damit bestand für den ehemaligen Generalkonsul, der in Österreichisch quasi über Nacht zur unerwünschten Person geworden war, auf absehbare Zeit keine Möglichkeit mehr, nach Baden zurückzukehren. Und nach

Nizza erst recht nicht. Womöglich würde er sich für immer im Exil einrichten müssen. Ein Gedanke, der den freiheitsliebenden Emil Jellinek beinahe in den Wahrsinn trieb!

Zunehmend vereinsamte Mercedes. So bedrückte sie auch immer intensiver die Sehnsucht nach der Familie ihres Vaters und vor allem nach dem Papa selbst. Eine Sehnsucht, für die weder die kleine Tochter Elfriede und erst recht nicht ihr Ehemann Karl in der Lage waren, in irgendeiner Form als Ersatz dienen zu können. Dann endlich, im Spätwinter des Jahres 1916 hatte sie sich zu ihrem definitiven Entschluss durchgerungen – mochten die Lästermäuler über sie sagen, was sie wollten: sie hielt es einfach nicht mehr aus! Folglich würde sie demnächst ihre Koffer packen und Wien verlassen. Und es gab nur ein denkbares Ziel für ihre Reise: Genf natürlich, den derzeitigen Aufenthaltsort ihres Vaters. Komme, was da wolle!
Doch kaum hatte sie für sich diese Entscheidung getroffen, da wurde sie von einer Entwicklung gebremst, mit der sie nicht im Entferntesten gerechnet hätte: sie befand sich in anderen Umständen! »Niemals! Das kann doch gar nicht sein! Das ... das ist doch unmöglich!«, lauteten ihre ersten Worte, als der Gynäkologe seine glasklare Diagnose darlegte. Dabei hatte sie ihn doch nur wegen dieses zunehmend unangenehmen Ziehens im Unterleib aufgesucht, ohne dass freilich, wie das bei ihrer ersten Schwangerschaft der Fall gewesen war, jemals eine morgendliche Übelkeit einhergegangen wäre. »Meine Diagnose ist eindeutig. Es gibt nicht den geringsten Grund dafür, daran zu zweifeln«, gab ihr der Professor barsch zur Antwort. »Und was ich ihnen dazu unbedingt auch noch ans Herz legen muss, das ist die strikte Bettruhe, die ich ihnen hiermit verordne!«
»Aber ... aber das geht nicht. Ich ... ich muss doch ...«
»Sie müssen gar nichts! Das einzige, was sie wirklich befolgen müssen, das ist mein dringender Ratschlag, sich unverzüglich nach Hause zu begeben und eine strenge Bettruhe einzuhalten. Ansonsten könnten sich ernsthafteste

Komplikationen ergeben – sowohl für das ungeborene Kind in ihrem Leib als auch für sie selbst. Mit dieser Form der Schwangerschaft ist nämlich keinesfalls zu spaßen. Sie leiden an einer seltenen Krankheit der Gebärmutter. Eigentlich hätten sie gar nicht mehr schwanger werden dürfen. Nun ist es aber dennoch so gekommen und das bedeutet: Falls sie meine Anweisungen nicht befolgen, dann kann ich für nichts garantieren. Weder für ihre Gesundheit, noch für ihr Leben. Haben sie mich verstanden, Frau von Schlosser-Mercedes?«

»Ja, Herr Professor«, flüsterte die schockierte Mercedes und fühlte, wie ihre Knie plötzlich weich zu werden begannen. Es dauerte bis in den späten Abend, als sie endlich aus der Ohnmacht erwachte, in die sie nach der Hiobsbotschaft gesunken war.

Der überaus problematische Verlauf dieser Schwangerschaft und die damit verbundene schwere Geburt ihres Sohns Hans-Peter samt der wochenlangen Rekonvaleszenz hatten die Reisepläne von Mercedes zerplatzen lassen wie eine Seifenblase. Mindestens ein ganzes Jahr würde ins Land gehen, bis sie – vielleicht – ihren Papa endlich wieder in die Arme schließen konnte. Und mit ihm ihre liebe Schwester Maja. Nicht genug mit diesen wahrhaft widrigen Umständen. Ganz heimlich gesellten sich nun noch infame Gerüchte dazu, die sich um das Kind rankten, das sie in Wien zur Welt gebracht hatte. Dieser Sohn, der angebliche Hans-Peter Freiherr von Schlosser, so hörte man munkeln, könne nämlich gar nicht vom Baron Karl von Schlosser sein. Sondern die Mutter habe dem ahnungslosen armen Kerl das Kind nur untergeschoben. Ein Kuckucksei! Man brauche nur das Konterfei des Kleinen einmal aus der Nähe betrachten, wenn er vom Kindermädchen im Wagen spazieren geführt werde. Im Übrigen: Beinahe nie von seiner Mutter. Allein diese verblüffende Ähnlichkeit des Kindes – nicht mit seinem vorgeblichen Vater, sondern mit einem Wiener Künstler. »Ist es etwa diese alte Liason mit diesem Kassin?«

»Ach was. Von wegen Kassin. Der wäre wohl gerne der Vater geworden. Nein, nein. Es ist ein anderer. Ein bei weitem weniger bekannter Bildhauer.«
»Jetzt sag schon. Wie heißt der denn?«
»Weigl. Rudolf von Weigl.«
»Weigl ... hm. Nie gehört! Ich kenne keinen Künstler mit einem solchen Namen. Da fällt mir eigentlich nur der ehemalige Generalmajor ein, der Freiherr Josef von Weigl. Aber der ist schon längst in Pension.«
»Dennoch sind sie damit auf der richtigen Fährte. Denn es handelt sich beim mutmaßlichen Kindsvater um den Sohn des Generals. Um den Baron Rudolf von Weigl, der in der Kunstszene in der Tat bislang keine Bäume ausgerissen hat. Aber dafür hat er sich ja die hübsche Freifrau von Schlosser-Mercedes geangelt.«
»Wieder so ein Adeliger. Dekadenz und Liederlichkeit, wohin man blickt. Kein Wunder, dass in diesem Land nichts mehr voran geht! Wir werden den Krieg verlieren, das wird mir immer klarer.«
»Nicht so laut. Wenn sie jemand hört! In Zeiten wie diesen steht man schneller vor dem Kriegsgericht, als einem lieb sein kann.«
»Wegen so etwas doch nicht!«
»Doch auch wegen so etwas, wie sie das nennen. Solche Gedanken in der Öffentlichkeit zu äußern, das ist nämlich Wehrkraftzersetzung.«
»Wehrkraftzersetzung! Ich bitte sie. Sollen sich die Herrschaften doch lieber um diese sogenannten besseren Kreise kümmern, wo es zugeht wie in Sodom und Gomorra. Soso, der Sohn des ehemaligen k.u.k. Feldzeugmeisters also, der Weigl. Wieder ein Adeliger also. Genau wie der Schlosser.«
»Nun ja, weniger als ein Baron, das wäre wohl nicht standesgemäß für die Madame Mercedes. Adel bleibt eben Adel. Ein Baron musste es mindestens sein, genau wie der offensichtlich gehörnte Ehemann.«
Allen Klageandrohungen der Familie von Schlosser wegen

übler Nachrede zum Trotz, wollten die Gerüchte nur äußerst zögerlich verstummen. Als gäbe es in diesen schlimmen Kriegszeiten keine anderen Sorgen! Vor allem die Sorge um ihren geliebten Papa, dem es, laut Inhalt seiner Briefe nach zu urteilen, in gesundheitlicher und vor allem auch in psychischer Hinsicht mittlerweile ziemlich schlecht ging. Der sich zunehmend brutaler entwickelnde Kriegsverlauf tat ein übriges dazu.

Der Name Rudolf von Weigl freilich sollte erst zu Beginn der zwanziger Jahre ganz plötzlich wieder eine Rolle spielen. Und wieder in Bezug auf Mercedes Freifrau von Schlosser-Mercedes. In einem ähnlich skandalträchtigen Zusammenhang wie gut sechs Jahre zuvor.

Inzwischen schien die Familie Jellinek-Mercedes auch in der vorgeblich so toleranten Schweiz nicht mehr willkommen. Immer öfter kam es zu kleinen Zwischenfällen und Zusammenstössen mit Spaziergängern auf der Promenade am Genfer See, zu amtlichen Anfragen, »zufälligen« Ausweiskontrollen durch die Polizei und ähnliche schikanöse Kleinigkeiten. Immer klarer schimmerte dabei durch, dass die Schweizer die gemischt-nationale Verbindung des »Exilantenehepaares« mit zunehmendem Misstrauen beäugten. Der Monsieur: ein in Leipzig (!) geborener Sohn eines ehemaligen (jüdischen!) Rabbiners, inzwischen dem römisch-katholischen Glauben angehörend und im Besitz eines österreichischen Dokuments sowie eines Diplomatenpasses, der jedoch seine Gültigkeit verloren hatte. Ausweislich seiner Akten bei der Fremdenpolizei hatte dieser Jellinek-Mercedes nach seiner Einreise in die Schweiz angegeben, ein im einstweiligen Ruhestand befindlicher österreichischer Konsul zu sein, der im südfranzösischen Nizza einen von zwei Hauptwohnsitzen besitze, währenddessen sich das Konsulat in Monaco befinde. Dann der zweite, ausweislich der Schweizer Erkenntnisse aus steuerlichen Gründen inzwischen nicht mehr benutzte Wohnsitz Baden bei Wien, und dann auch noch eine dritte Dependance in der österreichischen Hauptstadt selbst. Das schien den Schweizern eine äußerst mysteriöse Melange, wie man in Österreich sagte. Und es war noch längst nicht alles! Man brauchte nur einmal den Lebenslauf der Madame Jellinek-Mercedes unter die Lupe nehmen. Bei der Ehefrau des Monsieur handelte es sich also um Madeleine Anaise, geborene Engler: eine in Westalgerien (!) aufgewachsene Dame mit auffallend dunklem Teint, die einen französischen Pass besaß und die deutsche Muttersprache ihres Ehemannes nur äußerst unzureichend beherrschte.

Eine seltsame Gemengelage – und äußerst verdächtig noch dazu. Erst recht in diesen hochgefährlichen Zeiten, in denen ganz plötzlich auch die Existenz der Eidgenossenschaft in ernste Gefahr geraten konnte. Zerrieben zwischen den großen Machtblöcken. Zwischen den Franzosen und den Deutschen. Womöglich saß ja bereits, wie eine Spinne im Netz, mitten in Genf ein sich harmlos gebendes Ehepaar, bei dem es sich in Wahrheit aber um deutsch-französische Doppelagenten handelte!
In unschöner Regelmäßigkeit machten Gerüchte die Runde, dass der Monsieur seit mindestens 1906 als Chef der deutschen Spionage in Südfrankreich fungiert habe – ausgestattet mit der perfekten Tarnung und dem diplomatischen Status eines österreichischen Generalkonsuls. So habe er über die Jahre hinweg in aller Seelenruhe seinem verdorbenen Treiben nachgehen können. Womöglich sei die Spionagezentrale nun nach Genf ins Hotel »National« verlegt worden, wo der Deutsche eine komplette Etage in der nicht gerade als preiswert zu bezeichnenden Unterkunft angemietet habe. Eine ganze Etage! Und das schon seit Monaten! »Wozu braucht eine Familie mit drei Kindern so viel Platz?«
Im Grunde genommen konnte es angesichts dieser mehr als offensichtlichen Tatsachen nur eine einzige Schlussfolgerung geben!

Auch Emil Jellinek-Mercedes fühlte sich immer unbehaglicher. Von wegen Zufluchtsort! Von wegen Neutralität! Von wegen liberale Internationalität der Stadt Genf! An allen Ecken und Enden wurde er mit Anwürfen und Beschimpfungen konfrontiert. Noch nicht einmal am Hafen und auf seinem Motorboot ließen sie ihn in Ruhe. Am 22. April 1917 war es sogar zu einer körperlichen Attacke gekommen. Damit war ihm endgültig der sprichwörtliche Kragen geplatzt: er beschloss, die Flucht nach vorne anzutreten, ganz so, wie es seiner Wesensart entsprach. Die bislang geübte diplomatische Zurückhaltung hatte nicht ge-

holfen – eher im Gegenteil. Er musste nun wissen, woran er war. Musste den Stier bei den Hörnern packen. Am besten, man wandte sich direkt an die obersten Stellen. Damit die Herrschaften endlich mit der Sprache herausrückten. So verfasste er an diesem Nachmittag eigenhändig einen Brief an den obersten Polizeibeamten von Genf:
»Sehr geehrter Herr Polizeidirektor,
ich beehre mich, Ihnen zur Kenntnis zu bringen, dass mir heute gegen Mittag zwei Individuen folgten. Der eine, ein Mann in Arbeiterkleidung mit Hakennase und einem schwarzen Pflaster, beschimpfte mich plötzlich, und als ich mich umdrehte und ihn schweigen hieß, schlug er mir mit aller Kraft ins Gesicht. Er verschwand sofort mit seinem Gefährten, einem mageren Burschen, nannte mich Spion und sagte mir alle möglichen Dummheiten.
Die Sache spielte sich am Molard bei dem Autoparkplatz ab, wo weder ein Polizist noch ein Gendarm zu sehen war. Ich fand erst an der anderen Seite der Mont-Blanc-Brücke einen Gendarmen. Er riet mir, auf das Kommissariat zu gehen, leider aber war die Wachstube um 12 Uhr 10 geschlossen.
Da ich nicht zum erstenmal von fragwürdigen Elementen verfolgt werde, erhebe ich Klage gegen Unbekannt und beehre mich, Ihnen mitzuteilen, dass Herr Staatsrat Rutty Ihnen alle Auskünfte über meine Person geben kann.
Außerdem ersuche ich um Erlaubnis, einen Revolver tragen zu dürfen, da ich mich gegen derartige Angriffe zur Wehr setzen muss.
Ich verbleibe mit dem Ausdruck meiner vorzüglichsten Hochachtung.
Emil Jellinek-Mercedes.«
Das Echo auf seinen Hilferuf war niederschmetternd. Schlimmer hätte es gar nicht kommen können. Die Antwort blieb nämlich schlichtweg aus! Der Polizeidirektor hielt es anscheinend nicht für nötig, dem ausländischen Bittsteller zumindest den Eingang des Schreibens zu bestätigen. Nicht einmal das! Nichts!

Und das ihm gegenüber, vor dem noch vor wenigen Monaten halb Europa gekatzbuckelt hatte!
Der Kreis zog sich enger und enger um die Etage der Familie Jellinek-Mercedes im Genfer »Hotel National«.

Im Herbst desselben Jahres war etwas völlig Unfassbares geschehen, womit sie nach den Vorkommnissen der vergangenen Wochen freilich hätten rechnen müssen, wenn es in ihren Ohren nicht so gänzlich abstrus geklungen hätte. Mercedes wollte es erst gar nicht glauben, als sie den Brief in Händen hielt, der gerade in der Wiener Wohnung eingetroffen war, während ihr Ehemann aufgebracht in den Salon des Hauses stürmte. Mit einer selten schwungvollen Bewegung warf er die Zeitung auf den Tisch. »Da! Lies! Dein Vater hat mich auf das schwerwiegendste kompromittiert! Er ist als Spion verhaftet worden!«
»Wie bitte?!« Die junge Frau meinte, ihren Ohren nicht trauen zu können. »Das kann doch gar nicht sein!«
»Da, lies selbst, wenn du mir nicht glauben willst!« Mit den Fingerknöcheln klopfte Karl von Schlosser wütend auf den entsprechenden Artikel. »Ein Spion! In der Schweiz verhaftet. Und ich bin der Schwiegersohn von so einem!«
In der Tat – Emil Jellinek war von der Schweizer Polizei im Rahmen einer spektakulären Aktion in seiner Genfer Hotelsuite verhaftet und einen ganzen Tag lang ins Gefängnis gesteckt worden, bis ihn sein Anwalt, wenn auch mit einiger Mühe, schließlich wieder frei bekommen hatte. Und die Familie stand unter Hausarrest! Alain und Guy, die beiden Ältesten, waren aus dem Schulunterricht heraus von der Polizei ins Hotel gebracht worden! Wie zwei Schwerverbrecher!
Natürlich war das der Öffentlichkeit nicht verborgen geblieben – wahrscheinlich hatte man sogar die Presse gezielt über die Schlagzeilenträchtige Tatsache informiert, ein ehemaliger österreichischer Generalkonsul sei der Spionage verdächtigt und verhaftet worden. Tagelang war es das Thema Nummer eins in der Schweiz, in Frankreich und na-

türlich auch in Österreich – wo es den Blättern als willkommene Gelegenheit diente, die zunehmend düsteren Mitteilungen von der Weltkriegsfront einige Ausgaben lang in den Hintergrund zu drängen. Endlich ein neues Thema. Und was für eines!
Handelte es sich nun um einen österreichischen Agenten? Oder um einen französischen Spion? Oder gar um einen Doppelagenten – der sein zersetzendes Handeln womöglich gemeinsam mit seiner französischen Ehefrau betreibe – und je nach Lust und Laune mal die eine, dann wieder die andere Seite mit brisanten Geheiminformationen versorge? Nichts schien den Schlagzeilentexter unmöglich, die sich voller Wonne ihre angeblichen Erkenntnisse aus den Fingern saugten.
Und welches abstruse Argument er einem Journalisten gegenüber zu seiner Verteidigung ins Feld geführt hatte: »Das einzige Verbrechen, das ich begangen habe, ist, dass ich die Freilassung französischer Kriegsgefangener in Deutschland erwirkt habe. Und ich bin völlig bereit, es weiterhin zu tun.« Das sollte eine Entlastung von den Spionagevorwürfen darstellen? Eher das Gegenteil schien den Leuten richtig. Denn wie konnte dieser angebliche Österreicher in Deutschland über einen solchen Einfluss verfügen, der es ihm ermöglichte, französische Kriegsgefangene frei zu bekommen? Da war doch etwas faul! Oberfaul sogar! Das roch ja förmlich nach dem verwerflichen Treiben eines Doppelagentenpaares, das sich weder um die nationale Sicherheit noch um das Leid und Elend des Krieges scherte, sondern das nur darauf aus war, Kasse zu machen. Ohne Rücksicht auf Verluste. Ohne Skrupel und Moral. Es ging den beiden nur um Geld. Die Genfer hegten keinerlei Zweifel mehr, dass mit diesen Jellineks irgendetwas nicht stimmte.
Man brauchte doch nur einmal zwei und zwei zusammenzählen, denn angesichts des luxuriösen Lebenswandels, den die Familie trotz der Beschlagnahme ihrer Besitzungen führte, musste irgendwo eine andere Geldquelle sprudeln – ganz sicher aus undurchsichtigen Kanälen! Mit welchen

Mitteln hätten sie sich ansonsten über Wasser halten können, wenn nicht mit schmutzigem Geld?
Und überhaupt: so einem illustren Paar, das mal auf dieser und dann wieder auf jener nationalen Hochzeit tanzte, dem waren Begriffe wie Ehre und Vaterland fremd. Hauptsache, die Einnahmen sprudelten kräftig. Geld war der einzige Gott, den Leute dieses Schlages kannten. Kaiser, Volk und Heimaterde waren ihnen einerlei.

Erst als das Thema die Zeitungsleser allmählich zu ermüden begann, meldeten sich die ersten Zweifler zu Wort. Aber das interessierte kaum noch jemanden – und der Schaden war ohnehin längst angerichtet.
Emil Jellinek hatte sich wochenlang mit aller Kraft zur Wehr gesetzt, bis das Verfahren gegen ihn endlich eingestellt worden war. Für seine Tochter Mercedes gab es kein Halten mehr, nachdem sie von der Verhaftung erfahren hatte. Hals über Kopf kehrte sie Österreich den Rücken und reiste sofort nach Genf. Gegen den ausdrücklichen Willen ihres Mannes, der aufgrund der Affäre seines Schwiegervaters um die eigene Karriere im Wiener Handelsministerium bangte und fürchtete, mit in den Strudel der Ereignisse hineingerissen zu werden.
»Wenn dann auch noch du an der Seite deines Vaters auftauchst, wird es nicht mehr lange dauern, bis die Verbindung zu mir hergestellt ist. Du bleibst also bitteschön hier!«
»Wie kannst du nur so etwas sagen – mein Papa braucht meine Hilfe!«
»Und was ist mit mir? Ich habe dabei einen Ruf zu verlieren!«
»Das ist ja unfassbar!«
»Nein, es ist Tatsache. Ich kann und möchte es mir nicht leisten, in einen solchen Skandal hineingezogen zu werden!«
»Er ist doch unschuldig!«
»Dennoch ... es bleibt immer etwas hängen. Am Ende hoffentlich nicht an mir!«

»Du ... du… Feigling!« Das war ihr letztes Wort gewesen, danach war Mercedes wütend aus dem Raum gestürmt, hatte eilig ihre Reisesachen zusammengepackt und den Chauffeur rufen lassen, um ihm die Anweisung zu geben, den Wagen für eine längere Reise startklar zu machen. Wenige Stunden später befand sie sich schon auf der Fahrt in Richtung Genf. Ohne ihren Ehemann auch nur mit einem Wort des Abschieds zu würdigen, war sie einfach in den Fond des Mercedes gestiegen und hatte dem Fahrer den energischen Befehl zum sofortigen Losfahren gegeben. Allein. Ohne den unsäglich Baron von Schlosser.
Was für ein jämmerlicher Feigling der doch war! Und so etwas hatte sie geehelicht. Ausgerechnet sie!
Hätte es noch irgendeines Anlasses bedurft, um die Ehe endgültig als gescheitert zu betrachten, es wäre spätestens dieses erbärmliche Verhalten gewesen. Wobei die Charaktereigenschaften ihres Ehemanns im Grunde genommen ohnehin keine Rolle mehr für sie spielten: innerlich hatte sie sich schon längst von dieser Verbindung gelöst. Falls sie überhaupt jemals richtig bestanden haben sollte – nicht nur auf dem Papier.

Dann war das Verfahren endlich eingestellt worden. Eingestellt! »Allein wie das klingt!«
»Kein Freispruch!«
»Entsetzlich.«
»Was aber können wir noch tun?«
»Ich fürchte nichts. Uns sind die Hände gebunden. Erst recht im Ausland.«
»Das ist für einen wie mich das Schlimmste. Hilflos dazusitzen und nichts tun zu können – als ein wehrloser Spielball in den Händen interessierter Kreise!«
»Geldgieriger Hyänen, die es in Wahrheit auf deinen Besitz abgesehen haben, solltest du sagen.«
»Ja sicher, das auch. Also – am liebsten ginge ich nach Mexiko, wo man mich sicher mit offenen Armen empfangen würde.«

Mercedes wiegte skeptisch den Kopf. »Aber das sähe dann ja aus wie die Flucht eines Schuldigen.«

»Mein Ruf ist doch ohnehin zerstört.«

»Papa! Bitte!« Es war für Mercedes eine beinahe unerträgliche Situation, ihren Vater dermaßen niedergeschlagen und hoffnungslos erleben zu müssen.

»Nein, nein«, aus dem Mund des deprimierten Mannes kam ein tiefer Seufzer. »Sic transiit gloria mundi!«

»Was, bitteschön, soll das heißen?«

»So verwelkt der Ruhm der Welt: ein Satz, den ich bereits vor Jahrzehnten als Lateinschüler auswendig lernen musste – freilich ohne ihn damals verstanden zu haben. Das hat sich mittlerweile allerdings drastisch geändert«, setzte er bitter noch hinzu.

»Das kann noch nicht das allerletzte Wort gewesen sein. Irgendwann muss von einem ordentlichen Gericht festgestellt werden, was sie mit dir veranstaltet haben. Es kann doch nicht sein, dass man dich behandelt, wie einen staatenlosen Fremdenlegionär und Vaterlandsverräter. Das ist doch ein ganz leicht durchschaubares Spiel, das die ganzen Neidhammel auf deine Kosten veranstaltet haben.«

»Selbst wenn du recht hast«, flüsterte Emil Jellinek. »Es ist nun einmal geschehen. Das sind die berüchtigten Gesetze des Krieges, in dem es in Wahrheit weder Recht noch Gesetz gibt. Ich kann wirklich nur hoffen, dass dieses sinnlose Schlachten bald ein Ende findet – und die Herrschaften irgendwann wieder zur Vernunft zurückfinden werden. Das hoffe ich aus tiefstem Herzen!«

»Und dass unser Fernand gesund aus diesem Krieg zurückkommt«, versuchte Mercedes, ein anderes Thema anzusprechen, das sie zunehmend bedrückte. Denn ihre Sorge um die wohlbehaltene Rückkehr ihres Bruders aus dem Krieg nahm von Tag zu Tag zu.

»Ja, der Fernand, natürlich. Auch das noch. Der Ferdinand als Soldat! Ausgerechnet ein Jellinek, der in einer Uniform steckt und eine Einheit unter Waffen führt. Das ist gar nicht die Art unserer Familie. Zunächst habe ich ja gedacht, dass

er mich wieder einmal ärgern wollte, als ich die Nachricht bekommen habe, dass er als Freiwilliger in den Krieg gezogen ist. Ein Jellinek! Als Freiwilliger!«
»Aber Papa! Ich bitte dich! Du weißt doch ganz genau, dass er keine andere Chance hatte. Ansonsten hätten sie ihn zwangsweise eingezogen und womöglich wegen seiner angeblichen jüdischen Abstammung besonders übel traktiert. Papa! Das alles ist doch auch dir bekannt!«
»Ja, du hast recht«, gab sich Emil Jellinek den Argumenten seiner Tochter widerstandslos geschlagen. Allein diese kraftlose Reaktion versetzte ihr einen zusätzlichen Stich in die Magengrube. Es war früher nie seine Art gewesen, so rasch klein beizugeben. Das war doch nicht ihr Vater! Und in der Tat: ein weiterer forschender Blick genügte für die ernüchternde Erkenntnis: Vor ihr saß ein gebrochener Mann. Ein Häufchen Elend, das mit dem einst so stolzen Monsieur Mercedes beinahe nichts mehr gemein hatte.
»Ach Papa ...«

Seit Januar 1918 machten sie sich ernste Sorgen um Emil Jellineks Befinden. Die von einer unbestimmten inneren Unruhe erfasste Mercedes wich seitdem nicht mehr von seiner Seite.
Es waren eindeutig noch immer diese haltlosen Spionagevorwürfe, die ihm mehr und mehr zu schaffen machten.
»Diese Gerüchte sind nämlich das schlimmste, Mercedes, das kannst du mir glauben. Das allerschlimmste! Wenn die Menschen hinter deinem Rücken tuscheln, dann kannst du dich nicht dagegen wehren. Es bleibt tatsächlich immer etwas haften. Das macht mich krank! Wenn man machtlos dasteht und mit ansehen muss, wie sie Kübel von Dreck über einem ausladen!«
Wieder und wieder hatte sie versucht, ihn aufzumuntern. Manchmal gelang es ihr zumindest für einige Stunden, um beim nächsten Versuch dafür umso heftiger zu scheitern.
Am heutigen Tag versuchte sie, die üblen Vorkommnisse der jüngeren Vergangenheit direkt ins Visier zu nehmen.

»Ach Papa, übrigens, was mir gerade einfällt«, begann Mercedes mit möglichst unbefangener Miene ihren Vorstoß. »Da hieß es doch im vergangenen Jahr in den Zeitungen über dich immer, du seiest ein »Lebemann«. So haben sie dich wiederholt bezeichnet. Was hälst du eigentlich von dieser Formulierung? Ganz daneben ist es ja wohl nicht, oder?«
»Nun ja«, zuckte der einstige Grandseigneur kraftlos mit den Schultern. »Was soll ich dazu schon sagen?« Und dann geschah – wieder einmal – das kleine Wunder. Von einem Augenblick auf den anderen veränderte sich seine Gemütslage. Genau wie in den früheren, besseren Zeiten! Ein schelmisches Grinsen legte sich über seine Miene. »Sagen wir es einmal so: ich habe in meinen Glanzzeiten vor allem Orden gesammelt, Reichtümer, Villen, Automobile, Jachten und Auszeichnungen. Rauschende Feste hat es bei uns zuhauf gegeben, die ganze sogenannte bessere Gesellschaft hat sich bei uns am Eingangsportal gedrängelt – also insofern stimmt das mit dem Lebemann wohl schon. Ich betrachte es auch nicht als Schimpfwort, sondern eher als Auszeichnung – selbst wenn es anders gemeint war. Alles in allem habe ich sehr gut gelebt – und alles, wirklich alles, dabei mit meiner eigenen Hände Arbeit und meinem Esprit verdient, geschaffen und erreicht. Da ist nichts, weswegen ich mich schämen müsste: ja, ich habe gelebt – und das Leben in vollen Zügen genossen!« Er nickte nachdrücklich, während er seine Tochter mit einem liebevollen Blick bedachte.
»Aber ein Frauenheld, das warst du nie. Im Gegensatz zu so vielen anderen.«
»Nein, ein Frauenheld war ich nie. Das war mir viel zu blöde. Dieses gockelhafte Balzverhalten, dieses Kokketieren und Herumstolzieren, nein, das war nichts für mich. Das habe ich noch nie verstanden, wie sich die Männer – und manchmal ja anders herum auch die Damen – geradezu in Idioten und Trottel verwandeln können, wenn sie ihre erotischen Wallungen bekommen und sämtliche Sicherungen

gleichzeitig bei ihnen durchschmoren. Die überlegensten Geschäftsleute und die vornehmsten Adeligen benehmen sich plötzlich wie pubertierende Penäler. Unglaublich! Der eine oder andere Seitensprung – nun gut ... Aber den Affen machen? Einen Weiberhelden spielen?! Nein, so etwas habe ich nie aus mir machen lassen wollen. Ich habe es folglich auch nie vermisst. Denn schließlich gibt es ja dich. Meinen Augenstern. Ich habe ja meine Mercedes!«
»Und ich habe glücklicherweise meinen Papa!« Mercedes schluckte trocken. In einer plötzlichen Gefühlsaufwallung drückte sie einen innigen Kuss auf seine Wange und schmiegte sich eng an ihren Vater, um vor ihm die warmen Tränen der Rührung zu verbergen, die über ihre Wangen rannen.
Im Nachhinein war es einer der letzten glücklichen Momente, die sie gemeinsam erleben durften.

Mehr und mehr versank ihr geliebter Papa in einer unbestimmten Traurigkeit, die den einstigen Tausendsassa in einen geknickten Menschen verwandelte, der mit hängenden Schultern auf der Chaiselounge seines Hotelappartements hockte und trübe vor sich ins Leere starrte.
»Und weißt du, was man auch niemals vergessen sollte?«, hatte Emil ihr wenige Stunden vor der Katastrophe bitter zugeraunt. »Dass mir alle meine Orden und Ehrenzeichen nichts genützt haben: nicht die österreichischen, nicht die französischen und auch nicht die preußischen, mexikanischen oder sonstigen Medaillen, die sie mir alle mit großem Tamtam und noch größerer Geste verliehen haben. Nichts davon hat mir auch nur den geringsten Nutzen gebracht in dieser leidigen Affäre. In meinen schwersten Stunden haben sie mich vergessen und ignoriert – alle miteinander! Merke es dir gut, meine liebe Mercedes: so schnell wird man als vorgeblich bedeutende Persönlichkeit fallengelassen. Wenn sich die Herrschaften nicht mehr im Glanze deiner Bedeutung mit dir schmücken können, dann lassen sie dich fallen wie eine heiße Kartoffel. Denn sie ha-

ben mich immer nur als den hochdekorierten Ordensträger wahrgenommen, als Ehrenkonsul, als reichen Unternehmer, als ... pure Fassade. Niemals aber als den Menschen, der ich eigentlich immer sein mochte! Nein!« Er ballte die Hände zu Fäusten und verzog seine Miene zu einer bitteren Grimasse. »Der ich in Wahrheit doch auch bin!«

Kurz danach war es geschehen – am Morgen des 21. Januar 1918 – gleich nach dem Frühstück. Gerade hatte sich der leichenblasse Emil Jellinek, von dessen Stirne plötzlich dicke Schweißtropfen tropften, schwankend erheben wollen, als er mit heiserer Stimmte hervorstieß: »Mir ist nicht so richtig wohl, ich glaube, ich werde mich noch einmal für ein paar Stunden ins Bett legen«, da war er unvermittelt zusammengebrochen. Einfach umgefallen! Wie ein vom Blitz getroffener Baum. Das Unfassbare war geschehen!

Es handele sich um einen Schlaganfall der besonders schweren Art. Jede noch so rasche medizinische Hilfe wäre zu spät gekommen, erklärte der sofort herbeigerufene Arzt achselzuckend – um dann noch einen unbeholfenen Trost hinzu zu fügen: Es sei ein gnädiges Ende gewesen. Der Monsieur habe nicht leiden müssen.
Ein gnädiges Ende! Die Worte des Mediziners rasten wie Hohn durch ihren Kopf. Von wegen gnädig! Ihr geliebter Papa war tot!
Auf dem Genfer Saint-Georges Friedhof mussten sie ihn begraben. Noch nicht einmal seinen letzten Wunsch konnte sie ihm erfüllen. Obwohl sie es ihm doch hoch und heilig versprochen hatte: ihren Papa in Nizza an der Seite seiner Rachel zur letzten Ruhe zu betten. Bei ihrer Mutter – neben dem allzu früh verstorbenen René.
Es ging nicht. Die Genfer Behörden hatten sofort ihr kategorisches Nein erklärt, als Mercedes ihre Bitte vortrug. Und selbst wenn die Genfer zugestimmt hätten: niemals würde die französische Verwaltung in Nizza gestatten, mitten im Krieg gegen Deutschland einen gebürtigen Deutschen nach Frankreich überführen und bestatten zu lassen. Auf keinen Fall! So war ihr also nichts anderes übrig geblieben, als auch noch den letzten Wunsch ihres Papa zu ignorieren. Es war entsetzlich!

Zu all dem Übel gesellten sich die entsprechenden Nachrufe in den Zeitungen dazu – wobei ausgerechnet in erster Linie die französischen Blätter beitrugen, den Namen ihres Vaters in den Schmutz zu ziehen. Artikel wie dieser: »Jellineck-Mercedes in der Schweiz verstorben. Der berühmte Jellineck – der Besitzer des Hotels Astoria, wo der Kaiser im August 1914 seinen triumphalen Einzug in Paris feiern sollte – ist eben in Genf an einer Gehirnlähmung gestorben.

Der ehemalige österreichische Konsul in Nizza hatte seinem Namen, wie man weiß, den Beinamen Mercedes angehängt, den Namen der deutschen Automobilgesellschaft, deren Eigentümer er war.
Jellineck war in Genf in eine Spionageaffäre zugunsten der Mittelmächte verwickelt. Nach kurzer Haft wurde er aus Gesundheitsgründen gegen Kaution auf freien Fuß gesetzt.
Als der Krieg ausbrach, verlies Jellineck-Mercedes überstürzt die Côte d'Azur, wo alles darauf hinweist, dass er einer der Chefs der deutschen Spionage war. Er erreichte, wie bekannt, die Grenze im Automobil.
Jellineck-Mercedes, Flüchtling in der Schweiz, zog sich mit seiner Familie nach Genf zurück. Er wohnte im Hotel National, wo sein verdächtiges Gehaben schließlich das Augenmerk der Bundesbehörden auf sich zog.«
Gelogen! Alles nur gelogen! Dann schrieben sie auch noch seinen Namen falsch. Nämlich mit »ck«, anstatt mit »k«. Vermutlich mit voller Absicht. Was für üble Schreiberlinge. Es waren genau dieselben Leute, die zu den Glanzzeiten des Emil Jellinek-Mercedes wie die Motten um das Licht um ihn herum geschwirrt waren. Ein wahrhaft widerliches Pack!

Das Schlimmste war diese plötzliche Leere. Die Einsamkeit. Niemand in der gesamten Familie – noch nicht einmal Fernand in seinen Briefen von der Front – schien begriffen zu haben, welch katastrophalen Verlust seine Schwester erlitten hatte. Ihr über alles geliebter Vater war nicht mehr in ihrem Leben! Ihr einziger Halt, ihr Bindeglied! Sie hatte niemanden mehr. Da konnten die Leute sagen, was sie wollten. Die Ehe mit dem inzwischen zum Ministerialvizesekretär aufgestiegen Freiherrn von Schlosser? Pah! Ein schlechter Witz!
Und nun? Waren da eventuell gerade noch zwei ihrer Geschwister. Zum einen ihr Bruder Fernand, der sich jedoch als Leutnant mit seiner Einheit irgendwo auf dem Balkan im Krieg befand. Und Maja. Aber wie sollte denn die kleine

Maja mit ihren gerade einmal elf Lebensjahren die Lücke ausfüllen, die Papas Tod in der Familie hinterlassen hatte? Niemand war mehr da. Niemand, den sie um Rat fragen konnte. An dessen Brust man sich ausweinen durfte. Oh, diese entsetzliche Leere ...

Zu ihrem eigenen Erstaunen gelang es ihr, wenigstens die Maja zu sich in ihre alte Wohnung nach Baden holen zu dürfen. Die Stiefmutter, die seit dem Tod ihres Mannes in eine neuerliche Depression gefallen war, hatte nicht die geringsten Einwände gemacht. Beinahe hätte man vermuten können, es sei ihr geradezu willkommen, sich nicht mehr um ihr jüngstes Kind kümmern zu müssen. Der einzige, der versuchte, Widerstand gegen die Aufnahme Majas in das Haus zu leisten, das war – wieder einmal – ihr Ehemann Karl gewesen. Doch auf dessen Einwände war sie gar nicht erst eingegangen. Sie hatte seine zornigen Argumente einfach überhört. Und so war Maja während dieses fürchterlichen Jahres 1918, in dem sich die Hiobsbotschaften aus allen Teilen Europas überschlugen, bei ihr im Seitenflügel der Villa in der Wienerstrasse eingezogen. Wenigstens Maja ...

In gedrückter Stimmung feierten sie am 2. August 1918 Majas zwölften Geburtstag. Die einzigen, die sich einigermaßen in Feierlaune befanden, waren ihre beiden Kinder, die sechsjährige Elfriede und Hans-Peter, wenn man im Falle eines Zweijährigen überhaupt schon davon reden konnte. Ganz bewusst war ihr Ehemann am Tag zuvor »zu einer länger andauernden Dienstreise« aufgebrochen – eine Tatsache, die Mercedes äußerlich achselzuckend und innerlich mit Erleichterung aufgenommen hatte. Aber was war mit Fernand?

Bis zum Beginn des Jahres waren wenigstens im monatlichen Rhythmus kurze Feldpostbriefe von ihm eingetroffen, aus denen sie immerhin hatte entnehmen können, dass er den Krieg bislang unbeschadet überstanden hatte – in körperlicher Hinsicht. Welche Verwundungen die Gräuel des

Schlachtens aber in der Seele des empfindsamen jungen Mannes hinterlassen würden, daran mochte sie noch nicht einmal denken. Und jetzt, in den Wirren der letzten Kriegstage, in denen alle Seiten mit verheerenden Giftgasangriffen die Entscheidung zu erzwingen suchten, waren gar keine Briefe mehr durchgekommen!

Am 3. November 1918 war der Krieg vorbei. Sozusagen aus der Nachbarschaft, vom Badener Hauptquartier des Kaisers Karl, war die Kapitulationsdepesche samt der Annahme des Waffenstillstands an die Oberbefehlshaber von England, Frankreich und Amerika gekabelt worden. Der Krieg war zu Ende. Der Kaiser abgedankt, die Monarchie am Boden. Österreich-Ungarn lag in Trümmern.
Und Fernand?
Einige Tage später kam Maja jubelnd in den Salon gestürmt, in dem ihre Schwester einsam auf dem Sofa kauerte. »Mercedes! Ich habe gute Nachrichten für dich! Der Gärtner hat es mir erzählt: es spricht sich gerade herum wie ein Lauffeuer!«
»Was denn?«
»Fernand ist am Leben – und er ist gesund!«
»Woher willst du das denn wissen?«
»Sage ich doch: vom Gärtner. Und der hat es von einem Droschkenfahrer aus Wien. In Wien ist der Fernand nämlich Tagesgespräch. Ganz Österreich ist stolz auf ihn!«
»Wie kann das sein? Österreich hat doch kapituliert? Wieso sollen sie da noch stolz auf einen Offizier der geschlagenen Armee sein?«
»Jetzt hör doch mal zu!«
In der Tat war das, was ihr Maja nun erzählte, mehr als erstaunlich. Man konnte es kaum glauben. Aber nachdem der Coup des Fernand Jellinek-Mercedes am folgenden Tag sogar die Titelseiten sämtlicher Wiener Zeitungen schmückte, musste es damit wohl tatsächlich seine Richtigkeit haben.
Kurz nach der österreichischen Kapitulation war wie aus

dem Nichts heraus eine Einheit von k.u.k. Soldaten, angeführt von ihrem Leutnant Fernand Jellinek-Mercedes, in tadelloser Haltung und hoch erhobenen Hauptes am Wiener Heldenplatz aufmarschiert. Dort hatte sich die Formation ein letztes Mal korrekt aufgereiht, soldatisch gegrüßt – um danach ihre Waffen abzuschnallen und vor sich auf den Boden zu legen. Das Ende eines unwürdigen Schlachtens. Fernand Jellinek-Mercedes und seine Männer schafften es mit dieser Geste, die sogar den ehemaligen Kriegsgegnern allergrößten Respekt abnötigte, besser als jedes Mitglied des unterlegenen Generalstabs, ihren Landsleuten neuen Mut in einer hoffnungslosen Zeit zu geben. Denn ihre Würde hatten sie sich trotz aller Kriegsgräuel nicht nehmen lassen.

Kaum war Mercedes also von der Sorge um das Leben ihres Bruders befreit, da traf im Dezember dieses Jahres eine Depesche aus Genf ein, in der die Stiefmutter sie dringlich aufforderte, Maja nunmehr unverzüglich wieder zurückzuschicken. Zurück nach Genf!

Es war nichts zu machen. Alle Versuche, ihre kleine Schwester weiter bei sich behalten zu können, scheiterten am entschiedenen Widerspruch vom Majas Mutter. Gerade noch den Jahreswechsel durften sie gemeinsam verbringen, dann war Anfang Januar 1919 der Wagen vor das Portal der Villa in Baden gerollt, mit dem Maja die Rückfahrt nach Genf antreten würde. Wenigstens nicht in der Eisenbahn. In diesem allerletzten Punkt hatte sich Mercedes durchgesetzt und auf eigene Kosten den Wagen organisiert. Einen Mercedeswagen natürlich.

Mit dem erzwungenen Fortgang von Maja war ihr auch das letzte Bindeglied genommen. Es war fürchterlich!

Allein zuhause ... Ach was! Was hieß schon »zuhause«. Der Seitenflügel der Badener Villa konnte schon deshalb nicht ihr zuhause sein, weil sie sich die Räumlichkeiten mit Karl Schlosser teilen musste. Egal, wieviel Zimmer das riesige

Haus auch besaß. Schlosser war dennoch vorhanden. Allgegenwärtig sozusagen. Ja, Schlosser. Nur Schlosser. Kein Baron mehr, kein »von«. Zu seinem maßlosen Entsetzen, das er mit den anderen »Leidensgenossen« seines Standes teilte, hatte er das Adelsprädikat ablegen müssen. Österreich war nun eine Republik, den verhassten Habsburgern samt ihren Adeligen Hofschranzen war die Macht aus den Händen gerissen worden und so war es seitdem bei Strafe verboten, sich weiterhin als einen Freiherrn, Baron oder Grafen titulieren zu lassen.

Auch Mercedes war folglich keine Baronin Schlosser mehr – aber was machte das schon. »Namen ... Namen sind halt doch nur wie Schall und Rauch«, darin war sie sich längst mit Fernand einig, der immer wieder versuchte, sie in langen, poetischen Briefe über den Verlust von Maja hinweg zu trösten. »Was ist schon ein »von«, wenn man den Namen Mercedes tragen darf? Vergiss das bitte nie, meine liebe Schwester und halte dich dementsprechend tapfer!«

Mercedes lachte bitter auf, als sie diese letzte Zeile las. Halte dich bitte tapfer! Der hatte gut reden! Wie sollte das denn gehen? Jetzt, wo sie niemanden mehr um sich hatte, keinen Menschen, zu dem sie sich hingezogen fühlen durfte! Nichts und niemand!

Aber die Kinder?

Ach, die Kinder ...

Elfriede war von ihrem Vater schon längst auf dessen Seite gezogen worden – mit tatkräftiger Hilfe ihres Kindermädchens, das ihm mehr oder minder ungeniert immer wieder schöne Augen machte. Und ihr Sohn Hans-Peter? Seltsam: Zu dem fehlte ihr nahezu jegliches Empfinden. Mochte es an den fürchterlichen Wochen der quälenden Bettruhe während ihrer Schwangerschaft liegen, in denen die zur Untätigkeit verdammte Mercedes von der Sorge um ihren Papa dominiert gewesen war – oder an ihrer monatelangen Abwesenheit nach der Geburt des Kleinen. Nie hatte sie es geschafft, eine emotionale Beziehung zu dem Kind aufzubauen. Seltsam.

Selbst die riesige Villa kam ihr plötzlich niedrig und erdrückend vor. All die Erinnerungen an die wunderschönen Tage und Wochen, die sie in diesem Haus zu Papas Lebzeit aus vollen Zügen genossen hatte und die nun in jedem Winkel des Hauses auf sie lauerten und Mercedes damit nur noch tiefer in Apathie und Depression verfallen ließen. Und dann brauchte nur noch der einstige Baron um die Ecke zu biegen, spätestens dann war das Maß des Unerträglichen übervoll.
Nein! So konnte es keinesfalls weitergehen. Am besten, sie kehrte Baden rasch den Rücken und bezog wieder die alte Wohnung ihrer Eltern am Schottenring in Wien. Dort musste sie wenigstens ihren Ehemann nicht tagtäglich ertragen.

Aber auch der Umzug nach Wien brachte nicht die erhoffte Erleichterung. Die Tage schienen kein Ende nehmen zu wollen, und erst die Nächte ... bestanden aus einem einzigen Alptraum. Kein Trost, kein Vergessen. Nur Kummer und dieser ewig bohrende Schmerz. Das hoffnungslose Gefühl der Verlassenheit. Mutterseelenallein stand sie in dieser erbarmungslosen Welt! Niemand war mehr da, der sie an der Hand nehmen und ans sichere Ufer führen würde. Ach Papa! Warum hast du mich verlassen ...

Zu all dem Übel gesellte sich ein weiterer bitterer Beigeschmack. Denn ihre sämtlichen Versuche, den Papa, so wie sie es ihm ja hoch und heilig versprochen hatte, aus seinem Grab in Genf auf den Cimiez-Friedhof nach Nizza zu überführen, waren ein ums andere Mal zum Scheitern verurteilt. Sie war noch nicht einmal in der Lage, ihm seinen letzten Herzenswunsch zu erfüllen! Noch nicht einmal das!
Denn sowohl die Behörden in Genf als auch diejenigen in Nizza verweigerten sich weiterhin jeglichem Ansinnen in dieser Richtung. Erst war es in Genf mit dem in seinem Todesjahr noch andauernden Weltkrieg begründet worden. Mit der übertriebenen Sorge der neutralen Schweiz, unter

keinen Umständen Anlässe zu schaffen, die geeignet waren, das kleine Land plötzlich doch noch in den Krieg hineinzuziehen. Wer mochte in einer solchen Situation schon zusätzliche Konflikte riskieren? Schon gar nicht wegen eines toten Österreichers, bei dem es sich eventuell doch um einen Spion gehandelt hatte. Für die Deutschen. Oder die Franzosen. Die Geschichte war brenzlig. Weshalb sollte man sich diesbezüglich also die Finger verbrennen? Wegen eines Ausländers!

Aber nach dem Ende des Krieges hätte es doch kein Problem mehr sein dürfen. Dachte sie – und wurde Jahr für Jahr eines Schlechteren belehrt. Sie hatte ihm aber doch ihr Wort gegeben! Die Verzweiflung steigerte sich beinahe ins Unermessliche.
Sie durfte nicht nachgeben. Sie musste es schaffen. Wenigstens das noch. Und wenn es sich dabei um die letzte sinnvolle Tat ihres Lebens handelte. Vielleicht auch um die erste, konstatierte sie eines Tages gallig – um sofort einen weiteren Brief an die Genfer Behörden aufzusetzen. Eine neue Eingabe. Ein weiterer flehentlicher Appell einer vom Leben bestraften 30-jährigen Frau.

Dann! Um die Mitte des Jahres 1922 wähnte sich Mercedes am Ziel: nach unendlich vielen Eingaben, Bittschriften und persönlichen Gesprächsterminen hatte sie von den Schweizer Behörden »die Aussicht auf Genehmigung für die Überführung der sterblichen Überreste von Emil Jellinek von Saint-Georges Friedhof in Genf nach Nizza« erhalten. Endlich! Unter den mächtigen Marmorengeln auf dem riesigen Gelände des Cimiez-Friedhofs würden Emil Jellinek und seine geliebte Rachel nach Jahrzehnten der Trennung also bald wieder vereint sein.
Doch nur Tage später sollte sich ihr Jubel als verfrüht herausstellen. Wie Seifenblasen zerplatzten ihre Hoffnungen. Und schuld waren nun die französischen Behörden, die sich überaus sperrig zeigten.

Im Grunde genommen bildete diese skandalöse Halsstarrigkeit der ehemals besten Freunde ihres Vaters den vorläufige Schlussakkord in einem durch und durch üblen Spiel, in dessen Irrgärten und Fallen die Familie rettungslos gefangen war. Nach Ende des Krieges war nämlich von französischer Seite zu klären gewesen, wie die Witwe und die Kinder des verstorbenen Monsieur Mercedes an das Erbe kommen konnten, nachdem sich die dortigen Behörden längst der gesamten Jellinekschen Habe bemächtigt hatten. Man hatte die Besitzungen des Ausländers Emil Jellinek-Mercedes in Paris und Südfrankreich bei Kriegsausbruch bekanntlich beschlagnahmt und dies zunächst mit Steuernachforderungen, später dann mit der niemals bewiesenen, aber eben dennoch als Tatsache in den Raum gestellten Behauptung gerechtfertigt, es handele sich um das illegale Besitztum eines ausländischen Spions. Den anderen Teil seines Eigentums habe er überdies kurz nach Kriegsausbruch an den französischen Staat verkauft. Nach dem energischen Widerspruch der Witwe waren ihr Verkaufspapiere präsentiert worden, die selbst die in diesen Dingen wenig erfahrene Madeleine Jellinek auf den ersten Blick mühelos als Fälschung hatte identifizieren können. Verkaufspapiere für die Hotels, die Jachten und das Casino. Alles Manipulation. Und dazu noch schlecht gemacht. Das sah doch jeder! Doch die Behörden zeigten sich allen Argumenten gegenüber taub und verschlossen. Reagierten darauf sogar noch mit Sondersteuern, Strafzinsen für angeblich verspätete Steuerzahlungen, stellen plötzlich sogar Unterhalts- und Verwaltergebühren für die beschlagnahmten Villen in Rechnung. Es war offensichtlich, worum es ging. Man wollte die fette Beute nicht mehr hergeben – und brauchte das auch nicht. Denn der Staat saß nun einmal an den längeren Hebeln. Zumal in diesen Zeiten. Was nahm sich diese Witwe eines Deutsch-Österreichers eigentlich heraus? Hätte die Dame, die sich immerzu auf ihre französische Herkunft berief, denn nicht einem Franzosen das Jawort geben können? Aber nein: sie hatte ja un-

bedingt diesen Jellinek heiraten müssen. Vielleicht auch nur seine Reichtümer.
Wobei es sich bei den Villen und Hotels doch eindeutig um französischen Grund und Boden handelte. Letztendlich zählte nur das.
Insofern war die Entscheidung des französischen Gerichts vom 3. Juli 1922 genauso folgerichtig wie nicht minder skandalös. In dem Urteil wurde festgestellt, dass der Monsieur Emil Jellinek-Mercedes aufgrund seiner Herkunft »nach dem Zerfall der österreichisch-ungarischen Monarchie als tschechischer Staatbürger anzusehen gewesen wäre. Ebenso gelte diese tschechische Staatbürgerschaft damit für seine Ehefrau Madeleine Anaise, geborene Tiroler genannt Engler, sowie für deren Kinder«. Das war ja nicht zu fassen: aus ihrer Stiefmutter, der gebürtigen Französin, war nach dem Entscheid eines französischen Gerichts eine Tschechin wider Willen geworden! Samt einem tschechischen Pass für sich und ihre Kinder. Fehlte nur noch, dass auch sie, Mercedes, plötzlich die Aufforderung erhielt, sich in Prag einen neuen Pass ausstellen zu lassen. In diesen wirren Zeiten schien ihr selbst das nicht mehr undenkbar!
Aber dennoch. Einen Vorteil hatte diese abstruse Entscheidung mit sich gebracht: ihr Vater galt für die Schweizer Behörden seitdem nicht mehr als Deutscher. Im Falle des verstorbenen tschechischen Staatsbürgers Emil Jellinek tat man sich wesentlich leichter mit der endgültigen Genehmigung zur Überführung. Wenigstens das ...
Und auch die Franzosen konnte sie nun mit deren eigenen Argumenten schlagen. Den Angehörigen eines verstorbenen tschechischen Staatsbürgers, der lange Jahre in Südfrankreich zugebracht hatte, würden sie die Beisetzung von dessen Leichnam nicht mehr verweigern können. Wo es sich doch nicht um den deutschen Erbfeind handelte, sondern eben »nur« um einen Tschechen.
Bald war sie also am Ziel! Sie taugte also doch noch zu etwas. Immerhin würde sie den letzten Wunsch von ihrem Papa erfüllen können.

Vielleicht war dieser Erfolg auch dazu geeignet, ihr neuen Lebensmut zu verschaffen.
Zum Zweck einer feierlichen Beisetzung ihres Vaters in der Grabstätte neben seiner Rachel und dem kleinen René würde sie ihre allerletzten Geldmittel zusammenkratzen. Es sollte eine ganz besonders würdige Zeremonie werden – ganz dem Lebensstil ihres Papa entsprechend. Alle Familienmitglieder würde sie dazu einladen, neben Fernand die Halbbrüder Alain und Guy, dazu natürlich Maja.
Kurz danach traf die Nachricht von der definitiven Einwilligung der Schweizer in ihr Vorhaben ein.

Und nur wenige Wochen später erfolgte der lange erwartete Schlussbescheid der französischen Behörden. Sie war am Ziel. Mit zitternden Fingern öffnete sie den Umschlag, in dem das Dokument steckte, das ihre beharrliche Arbeit über all die Jahre hinweg nun doch noch belohnen sollte. Die Einwilligung zur Beisetzung in Nizza.
Von wegen!
Mercedes vermeinte, ihren Augen nicht zu trauen.
Eine Ablehnung!
Letztinstanzlich!
Keine Möglichkeit eines weiteren Einspruchs mehr.

Der Ton des Schreibens war genauso unverschämt wie unmissverständlich. Zumal im Hintergrund wieder dieses bitterböse Gerücht mitschwang, dass es sich bei Emil Jellinek-Mercedes in Wahrheit um einen deutschen Spion gehandelt habe, der von seiner Zentrale aus, der Villa Mercedes in Nizza, die deutsche Spionage im Süden Frankreichs koordiniert habe. Sie hatten das zwar nicht ausdrücklich so geschrieben, aber die Formulierungen sprachen eine überdeutliche Sprache. »Mein Papa ein deutscher Spion. Wie lächerlich! Aber davon, dass sie ihm vor einigen Jahren noch den Titel eines Ritters der Ehrenlegion verliehen haben, wollen die Herrschaften jetzt auch nichts mehr wissen! Wie schäbig!«

Es war unerträglich! Aller Schmerz und Trauer drangen mit einem Schlag wieder ans Tageslicht. Stärker denn je! Von wegen: die Zeit heilt alle Wunden! Das schiere Gegenteil war der Fall. »Ach Papa, wie sehr ich dich vermisse!«
Und noch nicht einmal seinen letzten Willen hatte sie ihm erfüllen können.
Die Sache war entschieden – für alle Zeiten.
Aus.
Vorbei.
Zu nichts war sie fähig. Zu gar nichts!

Noch viele Jahrzehnte sollten ins Land gehen, bis der letzte Wunsch des Monsieur Mercedes lange nach dem Tod seiner Tochter doch noch in Erfüllung ging.

Wie überall in Europa begannen nun auch in Wien die wilden Zwanziger Jahre. Zumindest für die vermögenden Teile der Gesellschaft. Wie ein Rudel ausgehungerter Wölfe stürzten sich die Menschen in Tanzvergnügen aller Art: Musik, Bars, nächtelange Feiern und Vergnügungen. Viel zu lange hatte es nichts mehr zu lachen gegeben. Erst der jahrelange mörderische Krieg, danach die Depression des Zusammenbruchs, Umstürze, Schießereien, Demonstrationen. Die Leute lechzten förmlich nach Ablenkung. Nach Vergessen und Verdrängen.
Auch Mercedes hatte sich nur allzu bereitwillig von dieser Modewelle mittragen lassen und tauchte voller Hingabe in das brodelnde Wiener Nachtleben ein, wo sie mit geradezu krampfhafter Verbissenheit den Versuch unternahm, ihren Kummer zu betäuben – beziehungsweise in Form von Alkohol jeglicher Art zu ertränken. Längst musste es nicht mehr nur Champagner sein. Ihr war inzwischen alles willkommen, was geeignet war, möglichst rasch die Sinne zu vernebeln – es musste noch nicht einmal gut riechen oder schmecken. Hauptsache, es tat seine Wirkung. Der Rest der Nacht war umso besser zu ertragen.
Bei einem dieser Nachtclubbesuche war sie zufällig wieder mit dem Bildhauer Rudolf Weigl zusammengetroffen, mit dem sie schon vor einigen Jahren für kurze Zeit ein lockeres Techtelmechtel gepflegt hatte. Doch damals war es für sie nur eine flüchtige Affäre gewesen, die allerdings mit einem neuen Liebhaber schon bald ihr jähes Ende fand. Damals. In ihren glücklichen Jahren. Als die Welt noch einigermaßen in Ordnung gewesen war. Aber jetzt ... Seltsam: Jetzt war plötzlich alles anders.
Auf geradezu magische Art und Weise fühlte sie sich plötzlich zu dem erfolglosen Bildhauer Weigl hingezogen, einen fünf Jahre älteren, in der Nachtclubszene wohlbekannten

Mann, von dem es hieß, er lasse grundsätzlich keine Einladung aus und mache jede Nacht zum Tage. Angeblich, so wurde gemunkelt, habe er das gesamte Familienvermögen seines kürzlich verstorbenen Vaters in Rekordzeit verspielt und vertrunken.
Unter anderem schien dabei wohl die Tatsache eine Rolle zu spielen, dass er in kürzester Zeit einen rapiden Bedeutungsverlust hatte erfahren müssen. Nachdem sein Vater, der einflussreiche, ehemalige k.u.k. Feldzeugmeister und Generalmajor Freiherr Josef von Weigl im Jahr 1919 verstorben war, der seinen Sohn zu Lebzeiten ganz offen und ungeniert über sein hohes Amt protegiert hatte, mochte jetzt niemand mehr Aufträge an Rudolf Weigl vergeben. Diese Protektion war schon damals vielen Beobachtern übel aufgestoßen, doch keiner hatte sich getraut, offen dagegen vorzugehen. Doch jetzt, nach der verheerenden Niederlage im Weltkrieg und dem Zusammenbruch des morschen Systems konnte man sich wenigstens am unbeliebten Sprössling des Generalmajors schadlos halten und den Kerl bei der Vergabe von künstlerischen Aufträgen gefahrlos übergehen.
Von irgendwelchen Skrupeln brauchte man sich deshalb sicher nicht plagen zu lassen. Das hatten die Herrschaften früher ja auch nicht getan. Und außerdem würde es der Weigl eh nicht mehr lange machen, angesichts seines unglaublichen Alkoholkonsums. Um überhaupt noch an etwas Trinkbares heranzukommen, hatte er mittlerweile auch den letzten Grundbesitz seiner Familie veräußern müssen. Der Mann hatte keine Zukunft mehr. Da unterstützte man folglich mit Aufträgen doch lieber Künstler von besserem Leumund, zumal solche, die auch noch eine Familie zu unterhalten hatten.
Im krassen Gegensatz zu diesem Weigl, dessen einziges Interesse seiner ewig durstigen Kehle galt. Lange würde der es wie gesagt nicht mehr machen – das konnte man unschwer an seinen Gesichtszügen ausmachen, in denen die zügellosen Ausschweifungen der vergangenen Jahre tiefe

Spuren eingegraben hatten. Doch so oft und drängend auch die allerletzten seiner ohnehin wenigen Freunde versuchten, ihm ins Gewissen zu reden: es war umsonst. Alle Argumente prallten wirkungslos an Weigl ab. Mit den Worten: »Es tut nichts, dass mein Leben kurz ist, schön soll es sein!« – pflegte er dann bereits das nächste Glas an die Lippen zu setzen und es üblicherweise in einem Zug auszutrinken. Irgendwann hatten sie es aufgegeben.
Aus welchem Grund auch immer es nun ausgerechnet zwischen diesem versoffenen Kerl und der zwar recht depressiv wirkenden, aber immer noch so überaus aparten Madame Schlosser-Mercedes gefunkt hatte, das blieb den sprachlosen Beobachtern ein einziges Rätsel. Sicherlich: In ihrer grenzenlosen Trauer über den Verlust eines geliebten Menschen mochte sie ja irgendwo Trost und Zuwendung gesucht haben, nachdem es mit ihrer Ehe offenbar nicht mehr zu funktionieren schien. Das war also durchaus verständlich. Aber doch nicht ausgerechnet bei so einem liederlichen Charakter. Doch nicht bei Rudolf Weigl! Um Himmels willen nein! Aber Mercedes schien keinen dieser Einwände hören zu wollen. Schlagartig fühlte sie sich nicht mehr allein. Denn Rudolf war ja nun bei ihr. Ein lieber Mensch, der die Trauer mit ihr teilte und sie in ihrem Kummer tröstete, ohne viele Worte darüber verlieren zu müssen.
Immer öfter blieb die Wohnung von Mercedes nun über die gesamte Nacht verwaist – und sogar mehrere Wochen konnten ins Land gehen, bis sie endlich einmal wieder ihren Kindern einen Besuch abstattete. Dies meistens zu Zeiten, wo sie verlässlich darauf spekulieren durfte, Karl Schlosser nicht begegnen zu müssen.

Gerade am gestrigen Nachmittag hatte ihr Fernand, den sie eigentlich wegen weiteren, genauso verzweifelten wie hoffnungslosen Vorstößen wegen der Sache mit der Beisetzung in Nizza aufgesucht hatte, heftige Vorhaltungen gemacht. Und schlimmer noch: kaum war sie an diesem Abend erschöpft und niedergeschlagen in die Wohnung gekommen, ausnahmsweise ohne zuvor noch das eine oder andere Café aufzusuchen und wieder mit Rudolf Weigl zusammenzutreffen, da entbrannte eine fürchterliche Auseinandersetzung mit Karl Schlosser. Ausgerechnet an diesem Abend hatten sich ihre Wege kreuzen müssen! Womöglich hatte er sogar von Fernand den Rat erhalten, doch einmal den Stier sozusagen bei den Hörnern zu packen und einen letzten Versuch zur Rettung seiner Ehe zu unternehmen. Nachdem ja Fernand seiner Schwester schon am Nachmittag schwer ins Gewissen geredet hatte ...

Doch ein besonderes diplomatisches Geschick stellte Schlosser dabei nicht unter Beweis. Ganz im Gegenteil: von Beginn an überzog er Mercedes mit den bittersten Vorhaltungen. »Seit Monaten, wenn nicht Jahren, vernachlässigst du deine Kinder auf das sträflichste! Sie sehen nur noch das Kindermädchen. Ihre Mutter ist ja praktisch gar nicht mehr vorhanden!«

Dann war es zu einer fürchterlichen Eifersuchtsszene gekommen: »Und überhaupt: wer ist es? Wieder dieser Kassin?«

»Ach wo!«

»Wer denn dann«?

»Lass mich doch einfach in Ruhe und verschwinde endlich aus meinem Leben!«

Beinahe wäre Karl Schlosser in diesem Moment handgreiflich geworden. Buchstäblich in letzter Sekunde gelang es ihm noch, den bereits reflexartig erhobenen Arm wieder sinken zu lassen. Dann wandte er sich wortlos um und verlies mit müden Schritten das Wohnzimmer, in dem seine Ehefrau zusammengesunken auf dem großen Ledersofa kauerte und mit einem leeren Blick vor sich auf den Boden starrte.

»Du sollst mich einfach in Ruhe lassen«, murmelte sie tonlos ein ums andere Mal. »Ihr alle ... sollt mich einfach in Ruhe lassen.«

Der Streit zwischen Mercedes und ihrem Ehemann war die endgültig letzte Auseinandersetzung zwischen den beiden gewesen. Seit Anfang des Jahres 1923 lebte Mercedes Jellinek-Schlosser-Mercedes auch offiziell getrennt von Karl Schlosser und von ihren beiden Kindern Elfriede und Hans-Peter. Die restliche Familie Schlosser war von Baden nach Wien gezogen, in die elterliche Wohnung des ehemaligen Barons, während Mercedes nun wieder ihre alte Wohnung im Seitenflügel der Villa ihres Vaters bezog – falls sie nicht bei ihrem Liebhaber in dessen Wiener Bude nächtigte. Jawohl! Ein Liebhaber!
Immer häufiger zeigte sie sich nämlich ganz ungeniert in aller Öffentlichkeit an der Seite ihres neuen Begleiters, dem akademischen Bildhauer Rudolf Weigl. Die Leute kamen aus dem Staunen über diesen skandalösen Umstand kaum noch heraus. Und was ihnen zusätzlich seltsam erschien: Von irgendwelchen künstlerischen Heldentaten des Herrn Weigl wusste niemand zu berichten.
Und seine wenigen Plastiken, die dank der Protektion des alten Generalmajors Weigl entstanden waren, zeichneten sich eher durch ihren martialischen Charakter aus, der den Menschen nach dem langen Krieg nun natürlich besonders unangenehm ins Auge stach. Er war schon gut so, dass der Kerl von niemandem mehr weitere Aufträge erhielt. Der Bedarf des Publikums an kriegsverherrlichenden »Kunstwerken« war überreichlich gedeckt.
Umso erstaunlicher, dass sich ausgerechnet eine derart anspruchsvolle und gebildete Dame von Welt, wie die Frau Schlosser-Mercedes, überhaupt mit einem solchen Menschen abgab!
Zumal natürlich auch Weigl nach dem jämmerlichen Zusammenbruch der Donaumonarchie sein freiherrliches Adelsprädikat hatte ablegen müssen. »Das ist das einzig Besondere gewesen, das ihn etwas aus der großen Masse gehoben hat – wenn man bei einem ehemaligen Freiherrn überhaupt von etwas Besonderem sprechen kann!« Gerüchteweise sickerte noch durch, dass sich der inzwischen

38-jährige Weigl, der in einer recht wenig attraktiven Gegend des 3. Wiener Bezirks zu hausen schien, zwischenzeitlich in psychiatrischer Behandlung befunden hatte, weil er anscheinend den Tod seines Vaters an Weihnachten 1919 nicht verkraftet habe. Vermutlich schon deshalb nicht, weil mit dem ehemaligen Generalmajor auch der einzige Förderer des Bildhauers Weigl das Zeitliche gesegnet hatte. Regelmäßig sah man die Madame Mercedes und diesen Weigl von nun an eng umschlungen durch die verschiedensten Lokale in den Wiener Gassen ziehen, und oft genug, so berichteten es diejenigen, die es wissen mussten, war dabei ein gehöriges Quantum Alkohol im Spiel. Die Frau, die mit ihrem Papa ihre wichtigste Bezugsperson im Leben verloren hatte, tröstete sich in der engen Bindung an einen Menschen, dem dasselbe widerfahren war. Im gemeinsamen Leid vereint waren sich die beiden offenkundig sehr nahe gekommen. Das hätte vor Jahresfrist noch niemand für möglich gehalten: hier die vornehme Erscheinung der ehemaligen Baronin Mercedes Schlosser-Mercedes, dort ein abgerissener Säufer, der erfolglose Bildhauer Rudolf Weigl. Mon dieu! Was dazu wohl ihr Vater gesagt hätte?!

Den Ehemann einfach zu verlassen, ohne dass ihr der arme Mann einen konkreten Anlass dazu gegeben hätte. Von irgendwelchen amourösen Affären des Dr. Karl Schlosser war zumindest nicht das Geringste bekannt – eher gab die andere Seite schon seit Jahren einigen Anlass zu niemals ganz verstummenden Gerüchten. Nun denn, aber eine kleine amouröse Affäre musste doch nicht zwangsläufig gleich zu einer Trennung führen. Was für ein ungeheuerlicher Vorgang, einen Ministerialvizesekretär dermaßen zu brüskieren! Was bildete sich die hochmütige Madame denn ein?! »Der arme Tropf. Von dieser Warte aus betrachtet wäre es wohl durchaus angeraten gewesen, sich ebenfalls rechtzeitig auf eine Liebschaft einzulassen. Aber dafür ist er schon von seinem ganzen Wesen her wohl viel zu brav und zu bieder. Der rechte Spielball für eine verantwortungslose Person wie diese Frau Mercedes ...«

»... die sich, wie man hört, sogar von ihm scheiden lassen will. Um das Maß damit richtig voll zu machen!«

»Das ist ja ungeheuerlich!«

»In der Tat. Aber zumindest wird sie vom finanziellen Aspekt her dabei leer ausgehen.«

»Das wäre ja auch noch schöner! An der nötigen Barschaft dürfte es ihr schließlich nicht mangeln, angesichts all der Reichtümer, die ihr Vater zu seinen Lebzeiten angehäuft hat.«

»Nun ja«, wiegte der Gesprächspartner der empörten Dame aus der Wiener Gesellschaft skeptisch seinen Kopf. »Die Herrschaften haben natürlich auch immer auf besonders großem Fuß gelebt. Und ein beträchtlicher Teil ihrer pompösen Besitzungen in Nizza ist ja bekanntlich vom französischen Staat beschlagnahmt worden, wegen der angeblichen Spionage, derer sich der verstorbene Herr Mercedes schuldig gemacht haben soll.«

»Aber das ist doch lächerlich«, warf die Dame unwirsch ein. »Selbst wenn ich diese Jellinek-Mercedes Familie nicht gerade zu den mir am sympathischsten scheinenden Zeitgenossen zählen will: ein solcher Vorwurf ist doch geradezu grotesk. An den Haaren herbeigezogen. Das weiß doch auch der französische Staat.«

»Aber auf einen solchen Besitz möchte auch ein Staat halt nicht einfach verzichten ... zumal es in diesem Zusammenhang mittlerweile eine ansehnliche Anzahl von Leuten gibt, die im Rahmen der damaligen Beschlagnahmen ordentlich in die eigene Tasche gewirtschaftet haben. Das dürfte auch der Grund dafür sein, weshalb sich all die Prozesse, die von der Familie Jellinek-Mercedes angestrengt worden sind, seit mehreren Jahren hinziehen, ohne dass jemals ein Urteil gefällt worden ist. Ein Beweissicherungsantrag folgt dem anderen. Und ein Ende ist noch lange nicht absehbar. Das kostet eine hübsche Stange Geld, so ein Prozess.«

»Und sie meinen, damit sei es bei den Jellineks nicht mehr so weit her?«
»Man hört so Manches«, bemerkte der andere skeptisch. »Denn wie gesagt. Nicht nur der französische Grundbesitz steht unter Zwangsverwaltung, auch ihre Konten in Frankreich sind eingefroren worden. Dazu der Steuerstreit mit dem österreichischen Fiskus – also, da kann selbst einer wohlhabenden Familie irgendwann die Luft ausgehen.«
»Der Onkel dieser Madame Mercedes ist aber Professor an der Universität in Wien. Der verdient doch sicher nicht schlecht ...«
»Er scheint mit seiner Nichte seit Bekanntwerden von ihrer Affäre keinerlei Kontakt mehr zu pflegen. Es ist eher der Bruder, von dem man hört, dass er seine Schwester finanziell unterstützt. So heißt es zumindest. Er bewohnt ja mit seiner Ehefrau Leopoldine, die beiden sind übrigens kinderlos geblieben, ebenfalls einen Seitenflügel in der Badener Villa seines Vaters. Und immerhin ist dieser Dr. Fernand Jellinek-Mercedes, ein recht angesehener Schriftsteller und Sammler – wenngleich er natürlich längst nicht diese Unsummen einstreicht, wie sein Vater früher. Nein, ich befürchte fast, dass dieses riesige Vermögen der Familie Mercedes weitgehend verloren ist. Und denken sie nur daran, wie kostspielig das alles ist: der Unterhalt des riesigen Hauses, dazu der Park, das allein verschlingt Unsummen. Und frisches Geld regnet es auch nicht mehr vom Himmel, so, wie das zu den Lebzeiten des Herrn Mercedes noch der Fall gewesen ist.«
»Ich habe dennoch kein Mitleid mit ihr! Es ist und bleibt skandalös, was sie mit ihrem Mann gemacht hat, diese Person. Und erst recht mit ihren Kindern. Wie kann man seine eigenen Kinder im Alter von sieben und elf Jahren einfach verlassen, um mit einem Künstler von zweifelhaftem Ruf durch schlecht beleumundete Wiener Etablissements zu ziehen. Das ist doch allerhand. Der arme Dr. Schlosser!«
»Ganz meine Meinung, Gnädigste, ganz meine Meinung«, rümpfte der Gesprächspartner vernehmlich die Nase, auf

der er anschließend besonders langsam und umständlich seinen Zwicker platzierte. Beinahe so formvollendet, wie man das zu dessen Lebzeiten von Emil Jellinek-Mercedes gewohnt gewesen war. Obwohl ... Emil Jellinek hatte schon noch auf einer ganz anderen Klaviatur gespielt.

Auch nach der offiziellen Trennung mussten freilich noch beinahe zwei Jahre ins Land gehen, bis es Mercedes gelang, endlich von Karl Schlosser geschieden zu werden. Womit ihre Ehe also auch amtlicherseits als gescheitert galt. Sie hatte alle Hebel in Bewegung gesetzt und dabei ein letztes Mal ihr ganzes Temperament zum Einsatz bringen können. Das Ziel war es wert. Der Weg war nun frei: noch im selben Jahr konnte sie ihrem geliebten Gefährten Rudolf Weigl das Jawort geben.
Logischerweise nur standesamtlich, was die beiden jedoch achselzuckend zur Kenntnis nahmen. Es spielte keine Rolle. Hauptsache, sie waren ein Paar.

Am meisten enttäuscht von dieser Verbindung zeigte sich jener Mann, der die Hoffnung bis zuletzt nie ganz verloren hatte: Josef Valentin Kassin, ihr langjähriger Wegbegleiter. Es hätte nur eines winzigen Fingerzeiges von ihr bedurft – und schon wäre er zur Stelle gewesen. Dagegen hatte sie sich an einen skandalumwitterten Lebemann gebunden, mit einem geradezu legendären Ruf als Trunkenbold. Einen Kerl, der zum Zeitpunkt dieser überaus merkwürdigen Eheschließung bereits überdeutlich von den Folgen dieses ausschweifenden Lebenswandels gezeichnet war. Ausgerechnet der hatte es sein müssen!

Einmal noch, im Frühjahr 1924, gleich nachdem die Trennung der Eheleute Schlosser bekannt geworden war, hatte er Mercedes aufgesucht. Stundenlang hatte er im strömenden Regen vor ihrer Haustüre gestanden, um sie keinesfalls zu verpassen. Nach einigen flüchtigen Begrüßungsfloskeln war es wie ein Wasserfall aus ihm herausgebrochen.

»Ich habe gehört, dass du dich diesem Weigl an den Hals werfen willst, diesem Hochstapler! Diesem Angeber und Nichtskönner! Hast du denn in künstlerischer Hinsicht jemals etwas von ihm gehört? Hat er irgendeinen Preis gewonnen? Hat irgendein Museum irgendeines seiner Werke gekauft? Nein, nein und nochmals nein! Wann hat er eigentlich diesen Auftrag für sein letztes, sogenanntes Kunstwerk erhalten ... Das ist schon Jahre her! Mehr als zehn Jahre um genau zu sein. Und auch diesen Auftrag, den scheußlichen Bronzeadler für das Kressdenkmal am Wienerwaldsee hat er damals nur über Beziehungen bekommen, die sein Vater, der Generalmajor für ihn geknüpft hat! Pfui Teufel! Dennoch erdreistet sich dieser Mensch, sich als großen Bildhauer titulieren zu lassen. Als Künstler. Ein Betrüger ist er! Nichts weiter! Und so einem willst du dich an den Hals werfen! Mercedes! Wach auf!«
»Er ist ein ganz besonders lieber Mensch«, hatte sie ihm kühl entgegnet und sich darauf brüsk abgewandt. »Und jetzt entschuldigst du mich bitte, ich habe heute noch viel zu tun. Adieu.«
Damit war sie rasch ins Haus geschlüpft und hatte die Tür mit einem vernehmlichen Knall hinter sich ins Schloss geworfen. Wie ein begossener Pudel war Josef Valentin Kassin davon geschlichen. Nass bis auf die Haut – und tief getroffen in Herz und Seele.
Es war aus – endgültig aus – noch bevor es zwischen ihnen richtig begonnen hatte. Es dauerte Monate, bis sich Kassin von diesem Schock einigermaßen erholte. Bis es ihm gelang, die Gedanken an seine geliebte Mercedes wenigstens für einige Stunden aus seinem Denken zu verdrängen. Erst allmählich fühlte er sich wieder zu einer künstlerischen Arbeit fähig.
Ein Rätsel war und blieb ihm diese sonderbare Verbindung dennoch. Genau so, wie auch der überwiegenden Mehrzahl seiner Zeitgenossen.
»Wie so eine Frau ausgerechnet an einen solchen Hallodri geraten kann!«

»Nun ja – wo die Liebe eben hinfällt ...«
»... aber doch dorthin nicht! Ich bitte Sie!«
»Tja, man kann diese Dinge mit Kategorien der Vernunft manchmal nicht erklären. Es ist eben so, wie es ist.«
»Übrigens, haben sie schon gehört? Die Fahrt mit dem Mercedeswagen nach der standesamtlichen Trauung, die hat ihr Bruder, der Dr. Fernand Jellinek-Mercedes aus seiner eigenen Tasche bezahlt. Er hat sie ihr spendiert. Es sollte wohl ein Signal sein, dass er seiner Schwester beistehen wird, egal, welche Dummheiten sie noch anstellt.«
»Wenigstens einer noch. Der Rest der Familie scheint ja mit ihr gebrochen zu haben.«
»Bis auf ihre Halbschwester Maja. Ein ganz besonderes Band muss zwischen den beiden bestehen. Obwohl das Fräulein Maja erst 19 Jahre alt ist, beinahe halb so alt wie die Frau Mercedes.«
»Ist an dem Gerücht eigentlich etwas dran, dass sich die Frau Weigl-Mercedes die Fahrt in dem Mercedeswagen aus eigenen Mitteln gar nicht hätte leisten können?«
»Das dürfte beinahe zutreffen. Das Vermögen, das ihr nach dem Tod ihres Vaters und all den behördlichen Auseinandersetzungen noch geblieben ist, scheint mittlerweile aufgebraucht zu sein. Und den letzten Rest muss sie in die medizinische Behandlung des Herrn Weigl stecken. Das muss man sich einmal vorstellen: Noch nicht einmal die Fahrt in einem Automobil, das ihren Namen trägt, kann sie sich mehr leisten!«
»Es heißt, er leide an einer Lungenkrankheit?«
»So ist es. Und die Heilungsaussichten tendieren gegen Null.«
»Du meine Güte!«
»Sie will trotzdem auch noch ihr allerletztes Geld für ihn opfern. Sie glaubt, dass er wieder gesund wird. Egal, was die Ärzte sagen. Sie will es nicht wahrhaben.«
»Und die Kinder?«
»Welche Kinder?«
»Na, ihre beiden Kinder eben. Die Tochter und der Sohn.«

»Die haben sich geweigert, bei der Hochzeit ihrer Mutter zu erscheinen. Sie sind bei ihrem Vater geblieben und wollen künftig nichts mehr mit ihr zu tun haben.«
»Das ist ja schlimm: die eigenen Kinder!«
»Nun ja, man darf aber nicht vergessen, dass sie es war, die den Anlass dazu gegeben hat. Die Madame Mercedes war es ja, die ihrer Familie den Rücken gekehrt hat.«

Kurz vor der standesamtlichen Vermählung der Mercedes Jellinek-Mercedes, geschiedene (von) Schlosser mit dem Bildhauer Rudolf (von) Weigl, war es während einer letzten Begegnung mit ihren Kindern zu einem nur kurzen, dafür jedoch umso schärferen Wortwechsel zwischen Mercedes und ihrer mittlerweile 13-jährigen Tochter Elfriede gekommen, in dessen hitzigem Verlauf das Mädchen vehement die Partei ihres Vaters ergriffen hatte: »So, du willst also, wie man hört, einen Herrn von Weigl heiraten, den Sohn eines k.u.k. Generalmajors, da kann unser armer Papa natürlich nicht mithalten, der ist ja nur ein einfacher Herr Schlosser!«
»Elfriede. Ich bitte dich. Was redest du da. Auch der Herr von Weigl hat nach dem Krieg sein Adelsprädikat ablegen müssen.«
»Immerhin bezeichnet er sich als Künstler«, gab Elfriede spitz zurück. »Während unser Papa halt nur ein Beamter ist – und noch nicht einmal mehr ein Baron. Das war dir wohl nicht mehr gut genug.«
»Das ist doch dummes Geschwätz«, kommentierte Mercedes bitter, die sich gegen ihre feste Absicht nun doch in Rage redete. »Das sind doch alles nur die Vorwürfe, die dir dein Vater ins Ohr geflüstert hat! Ich kenne diese angeblichen Argumente zur Genüge! Aber dass du sie einfach übernimmst und vorbehaltlos seine Partei ergreifst! Das ist nicht schön von dir! Du bist doch schließlich auch meine Tochter.«
Jetzt war es um die Selbstbeherrschung von Elfriede Schlosser endgültig geschehen. »Nenne mich nie mehr im Leben

deine Tochter!« Bebend vor Wut baute sich das Mädchen vor ihrer Mutter auf, während ihre Augen zornig funkelten. »Nie mehr, hörst du!«
Mercedes blieb erstaunlich gelassen. »Das mit dem Adel ist kein Argument von mir. Wenigstens das solltest du dir merken«, entgegnete sie mit einem leichten Zittern in der Stimme. »Um solche Äußerlichkeiten geht es mir beileibe nicht. In Wahrheit ist es so: Mein Papa, also dein Großvater, hat mich in diese Ehe hineingetrieben. Das war ein schwerer Fehler, den er da gemacht hat. Zugegeben, ich habe es geschehen lassen. Er hatte es zwar gut gemeint, aber eigentlich war von Anfang an klar, dass es nicht gut gehen konnte. Denn es handelte sich keineswegs um eine Liebesheirat. Zustande gekommen ist diese Verbindung vielmehr lediglich durch eine ganz nüchterne Abwägung auf beiden Seiten. Die einen wollten unbedingt ein Adelsprädikat in ihrer Familie haben – während es die anderen, also die Familie von Schlosser, nur auf unser Geld abgesehen haben. Auf den Reichtum der Jellineks.«
»Das höre ich mir nicht mehr länger an. Meinen Papa als geldgierigen Heiratsschwindler zu bezeichnen – und das ausgerechnet aus deinem Mund! Ich gehe jetzt.«
»Du bleibst!« Der ungewohnt scharfe Tonfall bewirkte, dass sich die zornige Elfriede nicht getraute, den Raum zu verlassen. »Es ist so, wie es ist. Und wenn du mir nicht glaubst, dann kannst du ja einmal deine Tante Poldi danach fragen, die wird es dir bestätigen.«
»Die ist doch auch auf deiner Seite und will mir nur ein X für ein U vormachen!«, maulte das Mädchen.
»Also wenn du niemandem etwas glauben magst, außer deinem Vater, dann ist in der Tat jedes Gespräch sinnlos. Aber dennoch ist und bleibt es die Wahrheit: mein Papa wollte endlich ein Adelsprädikat für die Familie, darum ging es ihm. Geld, Ruhm und Besitz – alles schön und gut, aber nun musste noch die Krönung her. Adel zu Geld, darum ging es bei meiner Hochzeit. Um nichts anderes. Und ...«, setzte sie mit einem bedeutungsvollen Unterton

noch hinzu, »... umgekehrt ganz genauso!« Mercedes schnaufte tief durch und legte beide Hände schwer auf die Schultern ihrer zusammenzuckenden Tochter. »Und nun solltest du dir das alles erst einmal durch den Kopf gehen lassen, bevor du zu einem abschließenden Urteil über deine Mutter gelangst. Danach können wir vielleicht noch einmal in Ruhe über das alles reden – und weshalb es vielleicht einfach so hat kommen müssen, wie es nun eben gekommen ist ...«

Die Reaktion auf ihre gut gemeinten Worte war verheerend. »Gar nichts will ich! Und du: spiel du dich bloß nicht als meine fürsorgliche Mutter auf! Die Rolle passt nicht zu dir. Es ist auch ganz egal, was dich – vielleicht sogar ja euch beide – damals zur Heirat bewogen haben mag: Tatsache ist und bleibt, dass ihr zwei Kinder habt. Den Hans-Peter und mich. Und dass bekanntlich du es warst, die uns verlassen hat. Hast du dir auch nur ein einziges Mal darüber Gedanken gemacht, wie das für den Hans-Peter gewesen ist, der damals sieben Jahre alt war – und für mich mit meinen elf Jahren? Wie wir uns einfach in die Ecke gestellt gefühlt haben, beiseite geschoben und weggeworfen wie ein unnütz gewordenes Möbelstück. Was glaubst du, wie flehentlich wir gebetet haben – und wie wir nächtelang in die Kissen geweint haben, ohne dass unsere Mutter gekommen ist und uns getröstet hat. Kannst du dir vorstellen, wie das war? Sicherlich nicht! Also du kannst es drehen und wenden wie du willst: Du warst es, die uns verlassen hat. Nicht unser Vater! Und deswegen möchte ich dich nie mehr im Leben wiedersehen. Ich ... ich habe keine Mutter mehr!«

Stürmisch wirbelte Elfriede herum und warf die Tür mit einem lauten Knall hinter sich ins Schloss. Zurück blieb eine bis ins Mark getroffene Mercedes, die regungslos auf dem Sofa verharrte, unfähig, auch nur den geringsten Gedanken zu entwickeln. Erst viel später erhob sie sich mit einem qualvollen Stöhnen und taumelte benommen zum Ausgang ihrer Wohnung.

Wenn doch nur ihr Papa noch am Leben wäre!

Der ihr hätte Trost und Zuspruch spenden können.
Aber Emil Jellinek war schon seit Jahren tot.
Das Band zu ihren Kindern war durchschnitten. Unwahrscheinlich, dass es jemals zu einer Versöhnung kommen würde.
Auch die Familie Schlosser-Mercedes hatte aufgehört zu existieren.
Jetzt gab es nur noch Rudolf Weigl. Ihm würde sie all ihre Liebe schenken.

»Wie schön!« Begeistert breitete die elegant gekleidete Dame ihre Arme weit aus und genoss die warmen Sonnenstrahlen auf ihrem Gesicht. »Ach, tut das gut. Endlich ist der Frühling da.« Mit ernsterer Miene wandte sie sich um und betrachtete sorgenvoll die blassen Wangen des immer noch im Wagen sitzenden Mannes, der sich trotz der deutlich spürbaren Wärme dieses Tages einen dicken Wollschal um den Hals geschlungen hatte.

»Geht es dir einigermaßen gut, lieber Rudolf?«

»Ich denke schon«, keuchte der Gefragte. »Allein wenn ich hierher komme, dann fühle ich mich jedes Mal gleich wieder ganz gesund.«

»Es ist ja auch ein besonders schönes Plätzchen – sieh nur, wie der See im Sonnenlicht glitzert und dahinter der Wald mit seinem frischen Grün. Herrlich!«

»Und für mein Kunstwerk hast du wohl gar keinen Blick übrig? Wobei es doch der Hauptgrund war, weshalb ich dich um diese Ausfahrt gebeten habe. An unseren See!«

»Aber natürlich. Das weißt du doch, wie gerne ich hier bin. Einfach hier sein und an deiner Seite den Tag geniessen. Ich glaube fast, an keiner anderen Stelle auf der ganzen Welt bin ich so gerne wie hier am Wienerwaldsee.«

»Für mich ist Tullnerbach ohnehin eine der entscheidenden Wegmarken meines Lebens geworden«, nickte Rudolf Weigl. »Denn immerhin habe ich hier das wichtigste Kunstwerk meiner Laufbahn gestalten können. Der Auftrag zu dem Denkmal für Wilhelm Kress, das war schon etwas Besonderes. Mit diesem Ort verbinden sich für mich die schönsten Erinnerungen. Vor allem die feierliche Einweihung des Bronzeadlers – das war damals an einem ähnlich schönen Tag wie heute. Wie mein Vater stolz Haltung angenommen hat, in seiner mit Orden übersäten Uniform. Es dürfte das erste Mal in seinem Leben gewesen sein, dass er so etwas wie Stolz für mich empfunden hat. Du kannst dir ja ausmalen, wie übel er es mir jahrelang genommen hat, dass ich keine militärische Laufbahn eingeschlagen habe, sondern dass ich lieber Künstler geworden bin. Mit dem Tag der Denkmalsenthüllung hat sich das schlagartig geändert. Da schau nur: diese atemberaubenden Kontraste gerade zwischen dem Wasser und dem Himmel. Dazu mein Adler mit seinen riesigen Schwingen, der See, von dem flimmernd die Luft aufsteigt, die optische Verbindung der Flügel mit der Luftschraube ...«

Auch wenn Mercedes eigentlich um solche Skulpturen eher einen großen Bogen machte: es handelte sich in diesem Fall um ein Kunstwerk, das ihr geliebter Rudolf geschaffen hatte. Auf das er stolz war. Obendrein noch sein bedeutendstes Werk. Das allein genügte ihr, um die Dinge in einem anderen Licht erscheinen zu lassen. Mercedes nickte anerkennend.

»Doch, wirklich: das ist dir ganz besonders gut gelungen, mein lieber Rudolf, und zwar nicht nur vom ästhetischen Aspekt her betrachtet, sondern auch mit der Geschichte, die hier erzählt werden soll.«

»Das war eine recht knifflige Angelegenheit. Aber kaum hatte man mir Anfang 1913 den Auftrag erteilt, da hat auch schon der Bürgermeister nachfragen lassen, wann man denn mit einer Fertigstellung rechnen dürfe. Dabei habe ich zunächst einmal überlegen müssen, ob ich dieses Unglück, das es ja eigentlich gewesen ist, thematisiere, oder ob ich den Schwerpunkt anders setze.«

»Wie auch immer: du hast es genau richtig gemacht«, strahlte Mercedes ihren Begleiter bewundernd an. »Ich erinnere mich noch ganz genau: Selbst mein Papa war davon recht angetan. Er hat sich einige Male mit mir und den kleineren Kindern hierher fahren lassen. Seltsam eigentlich, dass wir uns dabei nie begegnet sind. Es hätte unserem Leben vielleicht eine andere Wendung geben können. Nun ja ...« Sie wischte sich mit dem Handrücken rasch über die Augen. »Jedenfalls hat mein Papa immer voller Bewunderung von diesem Denkmal gesprochen – und von der geradezu idealen Stelle, an der es errichtet worden ist. Es sei gut gewesen, diesem Mann eine solche Ehre zu erweisen. Denn es seien ja schließlich längst nicht nur die Gebrüder Wright gewesen, die Luftfahrtgeschichte geschrieben hätten.«

Beinahe wortwörtlich konnte sich Mercedes noch an die Worte ihres Vaters erinnern, mit denen er den österreichischen Flugpionier Wilhelm Kress gewürdigt hatte. Leider war der Flugapparat, den Kress damals mit der von ihm entwickelten Luftschraube versehen hatte, zu schwer gewesen. Zu allem Übel war auch noch eine Windböe aufgekommen, wodruch das Flugzeug mit Wilhelm Kress am Steuerknüppel schließlich in den eiskalten Fluten des Wienerwaldsees versank. Kress selbst blieb zwar am Leben, aber sein Experiment galt seitdem als gescheitert. Zu Unrecht, wie sich später erweisen sollte.

»Ja, das finde ich auch. Immerhin hat man mich dann ihm zu Ehren dieses Denkmal schaffen lassen.«

»Dein wundervolles Kunstwerk.«

»Unseren Zufluchtspunkt.«

»Den Dreh- und Angelpunkt unserer Liebe.«

»Den schönsten Platz auf Gottes Erdboden – aber nur, wenn du dabei bist«, lächelte der Künstler glückselig.

»Komm Rudolf, versuchen wir einmal, ob du aussteigen kannst. Es wird dir sicherlich gut tun, die schöne frische Luft zu genießen. Fühlst du dich dazu wohl in der Lage?«

»Aber ja!« Unternehmungslustig klatschte Rudolf Weigl in die Hände und tastete auf der Ablage nach seinem Hut, als ihn plötzlich ein heftiger Hustenanfall mitten in der Bewegung innehalten ließ. »Oh mein Gott!«

»Rudolf! Um Gottes Willen! Rudolf! Was ist denn mit dir?!«

Es war entsetzlich, so völlig hilf- und tatenlos mit ansehen zu müssen, wie der arme Mann sich plötzlich unter den erstickenden Hustenattacken quälte und keuchend um Atem rang. So schlimm wie jetzt war es nie gewesen! »Rudolf! Wie kann ich dir nur helfen? Was kann ich tun!«

»Fahr!« krächzte der Kranke mühsam. »Bring mich in die Klinik. Bitte rasch.«
»In die Klinik! Nun fahren sie schon! Sie haben doch gehört!« Mercedes klopfte mit der Faust heftig auf die Schulter des erschrockenen Chauffeurs, der nun endlich den Gang einlegte und den Wagen mit laut aufheulendem Motor in Fahrt brachte.
»Um Gottes willen, Rudolf! Halte durch. Gleich sind wir in der Klinik. Bitte Rudolf, halte durch!«

Zum großen Erstaunen seiner Ärzte erholte sich Rudolf Weigl rascher von seinem Anfall, als sie es der über die Maßen besorgten Frau Weigl in Aussicht gestellt hatten. Bereits nach anderthalb Wochen war er so weit genesen, dass sie ihn mit dem Wagen in der Klinik abholen und nach Hause in die Wiener Wohnung bringen lassen konnte. Zwei Mal am Tag – einmal am Vormittag und ein weiteres Mal am späten Nachmittag – kam nun dort der von Mercedes eigens verpflichtete Arzt vorbei, um den Kranken mit dem Stethoskop sorgfältig abzuhören. Sogar dieser erfahrene Mediziner zeigte sich im höchsten Maße überrascht von den sichtbaren Fortschritten, die der Patient machte, was seiner Ansicht eindeutig auf die rührend liebevolle Pflege zurückzuführen war, die ihm seine reizende Ehefrau persönlich angedeihen ließ. Bis an den Rand der eigenen Leistungsfähigkeit. »Sie müssen jetzt aber auch einmal an sich denken und könnten doch zumindest für die Nachtstunden eine Krankenschwester engagieren, damit sie sich wenigstens ein paar Stunden ausruhen und erholen können. Es ist nämlich nichts gewonnen, wenn sie womöglich auch noch krank werden«, legte ihr der Arzt eines Morgens nachdrücklich ans Herz, nachdem er das Krankenzimmer betreten hatte, in dem die völlig erschöpfte Frau einfach auf dem Stuhl neben dem Bett ihres Mannes eingeschlafen war. Mercedes winkte verlegen lächelnd ab. Sie werde das schon schaffen. Es handele sich schließlich um ihren lieben Ehemann: für ihn sei ihr kein Opfer zu groß.

Die Genesung des Patienten verlief weiterhin zügig, so dass es den beiden bald möglich war, kleinere Spaziergänge in dem winzigen Park in der Nähe ihrer Wohnung zu unternehmen, bei denen sie von Tag zu Tag größere Distanzen bewältigten.
Knapp zwei Monate nach dem Zusammenbruch schien es sogar, als habe sich Rudolf Weigl restlos erholt. Ja, mehr noch: man durfte zuversichtlich davon ausgehen, dass die aufopferungsvolle Betreuung während seiner Rekonvaleszenz im Zusammenwirken mit den neuen Medikamenten, die ihm der Arzt verschrieben hatte, wahre Wunder bewirkten. Die Symptome der rätselhaften Krankheit waren plötzlich verschwunden. »Ich fühle mich wie neu geboren«, lachte der freudestrahlende Rudolf und drückte seiner nicht minder glücklichen Ehefrau einen innigen Kuss auf die Wange. »Es ist mir gerade so, als wenn ich beinahe spüren könnte, wie neue Kraft durch meine Adern fließt und mich von Stunde zu Stunde stärker macht.« Voller Dankbarkeit atmete Mercedes auf. Dann war es ja gut. So war es zum guten Schluss richtig gewesen, diese Unsummen für die Behandlung bezahlt zu haben, erst recht für die sündhaft teure Arznei. Jeder Groschen also gut angelegt. Egal, wie gewaltig ihr restliches Guthaben auf der Bank dadurch zusammengeschmolzen war. Wenn nur ihr Rudolf wieder ganz gesund wurde.

Immerhin durfte sie es mittlerweile schon wagen, ihren wieder beinahe genesenen Ehemann für einige Stunden alleine zu lassen, um endlich im 1. Bezirk der Stadt Wien all diejenigen Behördengänge, Notartermine und finanziellen Transaktionen zu erledigen, die sie während der langen Zeit von Rudolfs Pflege auf unbestimmte Zeit verschoben hatte.
Der letzte Notarbesuch freilich war zu einem schockierenden Erlebnis geraten. Mit wenigen kühlen Worten hatte ihr der Vermögensverwalter ihres väterlichen Erbes erklärt, dass er beabsichtige, sein Mandat in Bälde niederzulegen:

»Es ist schlichtweg nichts mehr verdient daran. Meine Aufwendungen in dieser Angelegenheit drohen allmählich die Einnahmen deutlich zu übersteigen, von dem enormen Zeitaufwand, den die immerwährenden, am Ende aber grundsätzlich fruchtlosen Auseinandersetzungen mit den französischen Behörden bedeuten, gar nicht erst zu reden. Und von einem Vermögen kann man – so leid mir dieses Fazit auch tut – eigentlich schon seit geraumer Zeit nicht mehr reden. Entschuldigen sie bitte, Frau Schlosser-Mercedes …«

»Weigl-Mercedes!«, unterbrach sie ihn scharf und ignorierte dabei geflissentlich den amüsierten Blick ihres Gegenübers.

»Verzeihung. Frau Weigl-Mercedes natürlich. Aber dennoch, sie müssen den Dingen einfach ins Auge sehen.«

»Aber das ist nicht möglich. Das kann doch gar nicht sein. Allein, wenn ich an den Grundbesitz denke, den mir mein Vater hinterlassen hat. Von seinen Aktien und dem Barvermögen erst gar nicht zu reden. Das kann doch nicht alles einfach verschwunden sein.«

»Bedenken sie bitte die inflationäre Entwicklung auf dem Finanzsektor. Wir in Österreich sind zwar im Gegensatz zum Deutschen Reich noch mit einem blauen Auge davon gekommen, aber es handelt sich um ein tiefblaues Auge. Dazu das vermeintliche Aktienkapital ihres Vaters, von dem sie zu sprechen belieben: ein beachtlicher Teil davon ist durch Firmenverschmelzungen, Konkurse, Neubewertungen nach dem Krieg und wirtschaftliche Schieflagen vielleicht gerade noch das Papier wert, auf den die entsprechende Summe gedruckt worden ist, ein weiterer Teil ist – wie auch der Grundbesitz – von den verschiedensten Behörden in den verschiedensten Staaten beschlagnahmt worden, wie ihnen ja durchaus bekannt sein dürfte. Dazu all die anderen Streitigkeiten im Hinblick auf Steuernachzahlungen, Bestreiten der Rechtmäßigkeit des damaligen Grunderwerbs et cetera, et cetera …«

»Aber das waren doch nachweislich haltlose Anschuldigungen. Rechtlich völlig unhaltbare Winkelzüge. Das haben sie mir doch immer bestätigt und deshalb haben wir dagegen geklagt ...«

»Ja sicher, all diese Klagen!« In gespielter Verzweiflung rollte der Notar mit den Augen. »Wenn sie möchten, dann kann ich ihnen gerne einmal zusammenrechnen lassen, welche Unsummen die Gerichtsverfahren bislang verschlungen haben. Allein die Anwälte, dazu die Gerichtsgebühren, die Kosten des Verfahrens, wenn wir in erster oder zweiter Instanz verloren haben und die enormen Kautionen, die zu hinterlegen waren, wenn wir weiter in Berufung gegangen sind. Da ist ein ordentliches Sümmchen zusammengekommen.«

»Aber es ist doch alles auf einem guten Weg. Das haben sie mir mehrfach versichert! Irgendwann müssen wir doch endlich eine Entscheidung zu meinen Gunsten bekommen.«

»Ach, meine verehrte Frau Schlos ..., Verzeihung, Frau Weigl-Mercedes! Sie haben völlig recht. Das ist auch meine Meinung. Aber sie wissen ja: vor Gericht und auf hoher See ...« Der Mann breitete seine Arme weit aus. »So leid es mir tut. Wir müssen weiter warten und uns in Geduld üben. Solche Verfahren, zumal im Ausland, die können sich über Jahre hinziehen. Und erst recht dann, wenn zu allem Übel auch noch der jeweilige Staat als Angeklagter mit im Spiel ist. Sie müssen sich leider weiter in Geduld üben – oder vielleicht auf ein Wunder hoffen. Ich für meinen Teil jedenfalls ...«

»Nein! Das sagen sie jetzt nicht!« Impulsiv war Mercedes in die Höhe geschossen und fixierte den erschrockenen Mann mit einem eisigen Blick. »Sie werden mich jetzt nicht im Stich lassen. Das akzeptiere ich nicht. Auf keinen Fall. Das sind sie mir – beziehungsweise zumindest meinem verstorbenen Vater – schuldig. Sie werden die Dinge in meinem Sinne bitte nunmehr beschleunigen und zügig vorantreiben. Ich werde auch künftig Mittel und Wege finden, die notwendigen Gelder zu beschaffen, die diese Klagen erforderlich machen. Ich werde mir mein Recht nicht stehlen lassen. Ich werde nicht aufgeben. Niemals! Adieu!«

Ohne eine Antwort abzuwarten, stürmte sie mit hoch erhobenem Kopf aus dem Raum. Ihre klaren Worte dürften bei dem Notar die entsprechende Wirkung gezeitigt haben. Darin war sich Mercedes sicher. Wie lange dieses Echo freilich anhalten würde, das war schon wesentlich weniger eindeutig vorherzusagen. Und erst recht, woher sie die Finanzmittel denn nehmen sollte, von denen sie so selbstbewusst gesprochen hatte. Von Fernand? Ganz sicher nicht. Der hatte ja bekanntlich selbst einige Mühe, den Unterhalt der Villa in Baden zu finanzieren und die damit verbundenen Steuernachforderungen zu bewältigen, die der österreichische Staat noch immer forderte. Eventuell die anderen Geschwister aus der zweiten Ehe ihres Vaters? Ach wo: die waren noch viel zu jung, um über ein eigenes Vermögen zu verfügen! Und bei der Stiefmutter, da brauchte sie erst gar nicht nachzufragen ...

Es war bedrückend. Eine Situation, mit der sie nie zuvor in ihrem Leben konfrontiert gewesen war. Denn Geld war im Hause Jellinek-Mercedes immer vorhanden gewesen. Genug Geld, um sich als Kind keinerlei Gedanken darüber machen zu müssen. Und so war es weiter gegangen. Selbst während der Zeit ihrer ersten Ehe. Wo im Fall des Falles ihr Papa als bewährter Rettungsanker fungiert hatte, wenn es wieder einmal darum gegangen war, seiner Tochter einen kostspieligen Wunsch zu erfüllen, den ihr der knauserige Baron Schlosser oft genug verweigert hatte. Aber jetzt? Emil Jellinek-Mercedes war seit sieben Jahren tot – und sein einstmals üppiges Erbe wurde längst von wahren Scharen schamloser Geier zerfleddert. Ach Papa!

Beim Nachhausekommen wurde sie schockhaft aus ihren bitteren Gedanken gerissen, denn in der Zwischenzeit war hier etwas Fürchterliches geschehen. Ihr Mann war im Badezimmer schwer gestürzt und lag nun vor den Augen der entsetzten Mercedes in einer großen Blutlache ohnmächtig auf dem Boden.

Die Krankheit hatte sich wieder zurückgemeldet! Ein neuer Anfall – unbarmherziger denn je. Und das allerschlimmste: die Notärzte im Spital, in das Rudolf eingeliefert worden war, hatten schon nach einem kurzen Blick auf den Patienten bedenklich die Stirn gerunzelt und mit einem hoffnungslosen Schulterzucken die vernichtende Diagnose gestellt. Da sei wohl nichts mehr zu machen. Das Todesurteil! Von wegen! Damit mochte sich Mercedes keinesfalls abfinden. Sie würde kämpfen – in dem sie wieder tage- und nächtelang am Bett des Schwerkranken Wache hielt.

Die fürsorgliche Pflege zeigte auch dieses Mal Wirkung. Jedenfalls schien es Rudolf Weigl – entgegen allen ärztlichen Prognosen – bald wieder besser zu gehen. Neue Hoffnung keimte in ihr auf, zumal Rudolf plötzlich sogar ansprechbar war und sich einige Zeit später sogar mit ihr für wenige Minuten unterhalten konnte. Die Ärzte zeigten sich jedoch weiterhin skeptisch und der folgende Rückschlag schien ihre düstere Diagnose auf bedrückende Art und Weise zu bestätigen.

Doch auch nun ließ sich Mercedes von keiner noch so niederschmetternden Prognose beirrren, sondern harrte weiterhin über Stunden und Tage tapfer an der Seite ihres schwerkranken Mannes aus. Und so entwickelte sich aus der einstmals als derart skandalös empfundenen Liebesaffäre der leichtlebigen Madame Mercedes eine wahrhaftige Tragödie, die auch die hartherzigsten Mitglieder der Wiener Gesellschaft nicht ungerührt ließ. Es war herzerweichend, wie Rudolf Weigl von seiner Ehefrau unter Hintanstellung aller eigenen Bedürfnisse keine Sekunde aus den Augen gelassen und auf das liebevollste gepflegt und betreut wurde.

Und dennoch war alle Mühe vergeblich. Die Zuversicht hatte der schieren Verzweiflung weichen müssen.

Kein noch so renommierter Arzt konnte ihm mehr helfen, egal wie viel Geld sie ihnen für den Fall einer Heilung ihres Mannes auch angeboten hatte. Sämtliche Ärzte waren mit ihrem Latein am Ende!

Mit brachialer Durchsetzungskraft gelang es Mercedes wenigstens, ihrem bereits vom Tod gezeichneten Rudolf den einzigen Wunsch zu erfüllen, der ihn noch bewegte: auf eigene Kosten und auf eigene Verantwortung brachte sie ihn nach Hause. Er wolle den letzten Atemzug seines Lebens nicht in einem sterilen Krankenzimmer aushauchen.
Am vorgestrigen Abend waren sie wieder in ihrer Wohnung im 3. Wiener Bezirk eingetroffen. Allein den kraftlosen Patienten, der kaum noch seine Beine bewegen konnte, durch das Treppenhaus hoch in den zweiten Stock zu schaffen, hatte von Mercedes und ihrem Chauffeur alle Kräfte abverlangt. Doch schließlich war es geschafft. Gleich danach gab sie dem Fahrer den Auftrag, unverzüglich den Hausarzt herzubringen, um die fürchterlichen Schmerzen, unter denen sich ihr armer Rudolf stöhnend krümmte, mit Hilfe von Morphiumspritzen zumindest einigermaßen zu lindern und ihm damit über die schlimmsten Qualen seiner letzten Tage hinwegzuhelfen.
Nicht nur an diesem Abend, sondern gleich drei Mal am nächsten Tag kam der Arzt vorbei, schüttelte sorgenvoll seinen Kopf, während er Worte wie »unverantwortlich«, »hochriskant« und »äußerst lebensbedrohlich« vor sich hin murmelte, dem Kranken dann aber doch das ersehnte Morphium verabreichte. Der große Geldschein, den ihm Mercedes anschließend kommentarlos überreichte, sorgte dafür, dass sie sich keine weiteren Vorhaltungen des Mediziners anhören musste. Was hätte es denn noch geändert? Man musste den Tatsachen ins Auge sehen, so bitter sie auch sein mochten. Ihr armer Rudolf würde dieses Zimmer nicht mehr lebend verlassen. Kein Arzt der Welt würde ihn mehr heilen können. Das hatte sich Mercedes inzwischen leidvoll eingestehen müssen. Aber seine Schmerzen konnte man dämpfen. Wenigstens das.
Und dann, war es doch viel schneller gegangen als der Arzt vorausgesagt hatte.
Es war der Morgen des 8. Juli 1925, der Tag, an dem Rudolf Weigl verstarb.

Es war aus!
Das Ende war da!
Nur wenige Monate waren ihnen als Ehepaar vergönnt gewesen.

Rudolf von Weigl hatte nur 41 Jahre alt werden dürfen! Noch Tage später bewegte sich die völlig verzweifelte Witwe wie in Trance. Ihre Umgebung, die Menschen, die Ereignisse, das alles schien sie in ihrer Trauer gar nicht wahrzunehmen. »Warum lässt der liebe Gott das nur zu? Weshalb müssen all die lieben Menschen in meiner Nähe so früh sterben?«, flüsterte Mercedes mit tränenerstickter Stimme ein ums andere Mal. »Erst meine arme Mutter mit 39 Jahren, dann mein Papa und jetzt auch noch mein lieber Rudolf mit gerade einmal 41 Jahren. Niemand ist mehr da! Jetzt bin ich ganz alleine auf der Welt! Oh Papa, hilf mir bitte! Papa!«

Auch Josef Kassin zerriss es beinahe das Herz, als er seine geliebte Mercedes am Tag der Beerdigung ihres Mannes zu Gesicht bekam. Verstört und verzweifelt. Handelte es sich bei der trauernden Witwe tatsächlich noch um ein und dieselbe fröhliche junge Frau, die seinerzeit sein Herz im Sturm erobert hatte? Dieses vom Leben geschüttelte Häufchen Elend mit den verwelkten Gesichtszügen und dem ausdruckslosen, leeren Blick! Mit einem Schlag musste er beim Anblick der Trauernden begreifen, dass es vorbei war. Dass er sich keinerlei Hoffnungen mehr zu machen brauchte. Denn es war offensichtlich: die Seele seiner geliebten Mercedes hatte Schaden genommen. War zerstört. »Ach, meine kleine Mercedes, warum nur diese ganze Pein? Wieso hast du nicht mich genommen?! Warum nicht?«

Die tröstlich gemeinten Worte waren an ihr wirkungslos abgeprallt. Gerade so, wie Pistolenkugeln an einer Panzerplatte. Er hatte sie in ihrem Innersten nicht mehr erreichen können. »Und das ausgerechnet wegen so einem Säufer und Nichtskönner! Es ist unfassbar«, murmelte Josef Kassin, während er mit gesenktem Kopf langsam aus dem Portal des Wiener Zentralfriedhofs trat und eine leise schluchzende, schwarz gekleidete Gestalt hinter sich zurückließ, die sich mit zitternden Händen an ihren Bruder Fernand klammerte, der gemeinsam mit seiner Ehefrau Poldi und der hochbetagten Mutter des Verstorbenen den winzigen Kreis der Trauernden gebildet hatte, die Rudolf Weigl die letzte Ehre erwiesen. Es war heiß heute, drückend heiß. Bald würde es ein Gewitter geben, die ersten dunklen Wolken brauten sich schon drohend am Horizont zusammen. Doch von all dem nahm Kassin nicht das Geringste wahr. Viel zu tief war er von der Sorge um Mercedes ergriffen. Das einst so lebenslustige Mädchen, das ihn mit seinem

unbeschreiblichen Lachen in ihren Bann gezogen hatte. Die tausendfach bewunderte, verehrte, auf Händen getragene Mercedes, deren Leben so vielversprechend begonnen hatte. Und jetzt so etwas.
Er hätte diesen Weigl damals mit eigenen Händen beseitigen sollen. Jawohl! Beseitigen.
Und von wegen Schwindsucht! Zornig ballte Kassin die Fäuste. »Totgesoffen hat sich der Kerl in Wahrheit und mit seiner Gesundheit jahrelang Schindluder getrieben. Pah! Schwindsucht! Jahrelanges Siechtum. Dass ich nicht lache!« Angewidert spuckte er auf den Boden.
Weigl hatte nicht nur sein eigenes Leben zerstört, sondern auch die Existenz seiner geliebten Mercedes. Dem anmutigsten Geschöpf, dem Josef Valentin Kassin jemals hatte begegnen dürfen.

»Ja, aber ... Mercedes. Ich bitte dich! Wie sieht es hier bei dir nur aus?!« Fassungslos schüttelte Fernand Jellinek-Mercedes seinen Kopf, als er die Tür des heruntergekommenen Zimmers in einer wenig einladenden Gegend des 3. Wiener Bezirk hinter sich und seiner nicht minder entgeistert dreinschauenden Ehefrau geschlossen hatte, in dem Mercedes seit dem Tod ihres Ehemannes mutterseelenallein hauste. »Und wo wohnst du denn überhaupt? Allein wenn man sich das nur anhört, was mir die Hausbesorgerin unten als deine Adresse angegeben hat: 2. Stiege, II. Stock, Tür 18. Also, ich bitte dich! Das ist doch keine Unterkunft für jemanden wie dich! Und dann diese Unordnung ... Du lebst ja im Chaos!«
»Unordnung, Chaos«, entgegnete die blasse Frau mit den tränennassen Wangen ihrem entsetzten Bruder unwirsch. »Wie anders soll es denn hier schon ausschauen? Eben so, als wenn jemand darinnen wohnt.«
»Wohnt? Das nennst du wohnen? Mercedes. Ich bitte dich!«
»Ich mache am besten erst einmal das Fenster auf.« Ohne eine Antwort abzuwarten, schlug Leopoldine Jellinek-Mercedes die schweren schmutzigen Vorhänge zurück und öff-

nete das einzige Fenster, wodurch schlagartig gleißend helles Sonnenlicht in den bis dahin düsteren Raum drang. Schützend schlug die Bewohnerin des Zimmers die Hand vor die Augen. »Aber Poldi. Das ist ja unerträglich. Das blendet mich! Mach bitte wieder zu!«
»Das Fenster bleibt auf!« kommandierte ihr Bruder in einem strengen Tonfall. »Und zwar nicht nur wegen des Sonnenlichtes, sondern auch wegen dieses unerträglichen Gestanks, der hier drinnen herrscht. Wann hast du denn zum letzten Mal gelüftet?«
»Gelüftet, gelüftet. Als ob das eine Rolle spielen würde«, maulte Mercedes und lies sich kraftlos auf das zerwühlte Bett sinken.
»Und ob das eine Rolle spielt. Du wirst noch krank werden in diesem Mief hier drinnen.«
»Wann warst du überhaupt zum letzten Mal draußen an der frischen Luft?«, erkundigte sich Poldi und musterte ihre Schwägerin mit einer sorgenvollen Miene.
»Draußen? Weiß nicht. Ist egal. Was soll ich denn da?«
»Du sollst ans Sonnenlicht – in dieser schönsten Zeit des Jahres. Der Sommer ist endlich wieder gekommen: schon seit einer ganzen Woche. Es ist so schön warm draußen. Auch heute – ein wunderschöner Sommertag.«
»Der Sommer ... soso«, erwiderte sie tonlos.
»Sag bloß, du hast das gar nicht bemerkt.«
»Der Tag ist zum Schlafen da – ich gehe erst raus, wenn die Dämmerung eingesetzt hat.«
»Ja aber wieso denn? Schau doch nur die ganzen Blumen in ihrer Pracht. An allen Ecken und Ende von Wien blühen die Rosen!«
»Das ist mir einerlei – ich halte das alles nicht mehr aus. Für mich gibt's keine Schönheit mehr.«
»Du darfst dich nicht so gehen lassen, Mercedes. Und das Sonnenlicht ist wirklich wichtig für dich. Frische Luft ebenfalls. Denk doch an deine Gesundheit!«
»Denk doch an deine Gesundheit! Du darfst dich nicht so gehen lassen«, echote Mercedes tonlos. »Ach was.«

»Doch, so ist es. Nicht ach was! Die Poldi hat schon recht: du darfst dich nicht so gehen lassen! Dein Rudolf ist nun schon seit vielen Wochen tot. Irgendwann musst du doch den Tatsachen ins Auge sehen: das Leben geht weiter.«
»Für mich nicht. Mein Leben ist vorbei!«
»Mercedes! Bitte!«
»Doch ... es ist vorbei!«
»Auch für dich hält das Leben noch viele schöne Momente bereit.«
»Gebt euch keine Mühe: mit meinem Rudolf ist auch meine Zeit zu Ende gegangen. Die große Liebe meines Lebens ist tot. Die einzige nach meinem Papa. Die letzte!«
»Mercedes. Wie kannst du nur so etwas sagen? Es geht immer weiter. Du wirst schon sehen.«
»Du hast leicht reden. Du und deine Poldi. Das Traumpaar in unserer Familie, das ihr beide schon immer gewesen seid.«
»Auch du wirst eines Tages erkennen ...«
»... dass ich einen so lieben Mann wie meinen armen Rudolf nie mehr im Leben finden werde. Nein, nein, sag jetzt bitte nichts, Fernand. Es ist so, wie es ist. Man muss den Tatsachen ins Auge sehen – und diese Tatsachen lauten: Mein Ehemann ist tot, meine Kinder verachten mich. Kurzum: ich habe nichts und niemanden mehr.«
»Du hast doch uns!« protestierte Poldi lautstark. »Deinen Bruder Fernand und mich.«
Ein müdes Lächeln quälte sich über die verhärmten Gesichtszüge: »Ich danke dir sehr, liebe Poldi. Dir und natürlich auch Fernand. Aber nun mach bitte das Fenster wieder zu und schließe die Vorhänge. Ich muss nämlich dringend schlafen. Ich bin müde. So unsagbar müde ...«
Niedergeschlagen verließen Fernand und Poldi wenig später das düstere Haus, in dem sich die nicht minder finstere Kammer von Mercedes befand. »Wir werden die Maja um Hilfe bitten müssen. Sie scheint mir die Einzige zu sein, auf die sie noch hört. Was meinst du?«
Poldi nickte ernst. »Du hast recht. Ich werde mich gleich

nachher an den Schreibtisch setzen und einen Brief an die Maja aufsetzen. Damit sie einmal ein deutliches Wort mit ihrer Halbschwester redet. Sie ist zwar erst 19, aber wer weiß, vielleicht ist es gerade diese Unbekümmertheit der Jugend, die für eine entscheidende Wendung sorgen kann. Man sollte die Hoffnung jedenfalls nicht aufgeben, dass sich für deine Mercedes doch noch einmal alles zum besseren wendet. Gönnen würde ich es ihr. Von ganzem Herzen!«

»Dann müssten sie ja eigentlich mit dem Fritz Jellinek verwandt sein. Mit dem Komponisten dieser wunderschönen Wiener Lieder. Sind sie etwa gar seine Schwester, mein Fräulein?«

Die solchermaßen schräg von der Seite angesprochene Dame schien von der süßlichen Tonart ihres Nebensitzers alles andere als erbaut. »Also erstens bin ich mit dem Fritz Jellinek in keinerlei Hinsicht verwandt, noch bin ich seine Schwester und schon gar nicht bin ich ein Fräulein, haben sie mich bitte verstanden, der Herr?!«

Das Gesicht des so überaus harsch in seine Schranken verwiesenen Fragestellers verfärbte sich vor lauter Verlegenheit dunkelrot. »Entschuldigen sie bitte, das Fräulein – Verzeihung, die Dame«, konnte er sich geistesgegenwärtig gerade noch korrigieren, als er das gefährliche Flackern in den Augen der Dame auf dem Barhocker gewahrte. »Die Dame schaut eben halt so jung und fesch aus, da hätte es sich schon ausgehen können mit der Schwester vom Herrn Jellinek – noch dazu, nachdem sie ja auf ein- und denselben Familiennamen zurückschauen können, wie ich gemeint habe, zu hören.«

»Ach was, ich trage viele solcher Namen«, raunzte die Dame schroff und stützte sich mit ihrem Ellbogen auf die Theke des Tanzcafés in der Wiener Innenstadt, in dem hoffentlich in einigen Minuten solche sinnentleerten Gespräche in den Klängen der lautstarken Tanzkapelle ihr zwangsläufiges Ende erleben würden.

Ihre Antwort hatte naturgemäß eher zur Verwirrung des Nachbarn beitragen. »Wie darf ich das verstehen?«

Die Dame zuckte gelangweilt mit den Schultern, bevor sie einen erstaunlich großen Schluck aus dem Glas nahm, in dem sich gerade noch eine ordentliche Portion des berühmt-berüchtigten grünen Absinth befunden hatte. Jetzt

aber war das Glas leer! Donnerwetter! Die Gute schien ja einiges zu vertragen ...
»Sie können mich entweder Jellinek nennen, oder Mercedes oder Weigl oder Schlosser, ganz wie es ihnen beliebt. Alle Namen passen zu mir, nur Fritz nicht«, gluckste sie. Die Menge des eben konsumierten Getränks schien bei ihr wohl doch die erste Wirkung zu hinterlassen.
»Ich verstehe leider noch immer nicht!«
»Na, dass ich nicht Fritz heiße, das müsste doch wohl klar sein«, lallte die Frau. »Und mit diesem Jellinek habe ich nun wirklich nicht das Geringste zu tun. Mit einem anderen, dem richtigen Jellinek dagegen viel mehr, mit dem Monsieur Mercedes nämlich«
»Der Monsieur Mercedes! Der Gast staunte nicht schlecht. »Das hieße folglich ... dann würde ich ja ... dann sind sie ... doch nicht etwa die berühmte Mademoiselle Mercedes?!«
»Wie oft soll ich es ihnen denn noch sagen: Ein Fräulein bin ich nicht mehr. Schon längst nicht mehr«, lachte sie im Gegensatz zu ihrem vorigen Verdruss kichernd in sich hinein.
»Das Fräulein, Pardon die Frau Mercedes! Die Madame Mercedes-Mercedes sozusagen ... Das Mädchen, das die Autowelt im Sturm erobert hat!« Der Nachbar erhob sich von seinem Stuhl und drückte den Rücken kerzengerade durch. »Welche eine Ehre für mich! Die Patronin der besten Automobile der Welt! Mercedes!«
»Ach was. Autos! Autos waren und sind mir schon immer egal gewesen. Ich persönlich kann gar nicht Auto fahren – noch nicht einmal einen Mercedeswagen habe ich jemals persönlich gelenkt. Das alles war einzig und allein das Verdienst von meinem Papa, den sie alle so rasch vergessen haben. Und sowieso: Namen sind Schall und Rauch.«
»Die meisten schon ... aber nicht dieser Name! Nicht der Name Mercedes. Und schon gar nicht die wundervolle Dame, die den legendenumwobenen Automobilen ihren Namen verliehen hat. Anmut! Grazie. Eleganz!«
»Eleganz! Dass ich nicht lache!«

Doch der Mann ließ sich in seinem Begeisterungstaumel nicht mehr bremsen: »Was immer sie auch sagen: Es ist und bleibt eine besonders große Ehre für mich, sie kennen gelernt zu haben. Gestatten, ...«
Doch wie ihr Nebensitzer am Tresen nun auch immer heißen mochte, Mercedes konnte es nicht hören. Im selben Augenblick hatte die Tanzkapelle endlich mit ihrer Arbeit begonnen und das Gespräch damit abrupt beendet. Schön. Allerdings würde sie dem Ober am morgigen Tag einen scharfen Verweis erteilen müssen und ihm auf das Strengste einschärfen, sie nie mehr wieder mit ihrem Mädchennamen Jellinek anzusprechen. Oder gar mit Madame Mercedes. All diese Namen aus einer anderen Zeit – und anderen Welt.
»Franz! Noch ein Glaserl bitte. Und dieses Mal ein richtiges bitteschön!« Ein doppeltes natürlich! Es war die einzige Möglichkeit, die bösen Geister zu bekämpfen, die sich gerade wieder bemerkbar machten. Die düsteren Gedanken betäuben. Vergessen.
«Franzl! Was ist denn jetzt mit meiner Bestellung? Gehn ma, gehn ma!« Eile tat not.
»Aber geh, Schatzerl, du weißt doch eh, dass es verboten ist ...«
»Franzl! Bitte! Du gibst mir jetzt auf der Stelle meine grüne Fee!«
»Psst! Das muss wirklich nicht jeder hören! Also wenn du in dieser Lautstärke weitermachst, dann werde ich noch in Teufels Küche kommen und du wirst deine Zauberfee gleich gar nicht mehr bekommen. Also bitte: kusch!«
»Franzl! Beeil dich! Bitte!«
Dann stand es vor ihr auf dem Tresen. Das magisch schimmernde grüne Getränk. Das alle Sorgen verschluckte, ertränkte, besiegte. Absinth!
Ein rascher Griff, ein ausgiebiger Schluck – und das Glas war leer.
Wie gut das tat! Und wie gut, dass der göttliche Zaubertrank hier, ihrem liebsten Tanzcafé, zu bekommen war.

Heimlich zwar. Aber was spielte das für eine Rolle? Solange es ihrem Wohlbefinden diente. Und die trüben Gedanken schlagartig aus ihrer Erinnerung jagte. Wenigstens bis zum nächsten Morgen.
»Franzl! Bittschön! Noch ein allerletztes Glas!«

»Na da schau an: das Fräulein Mercedes. Wie schaut sie denn nur aus?«
War es ein böser Traum! Oder hatte sie die Stimme tatsächlich gehört, die durch den seltsam dunklen Nebel in ihrem Kopf bis in ihr Bewusstein vorgedrungen war?
Eine Stimme, die sie bei ihrem Namen genannt hatte, ihrem früheren Namen. Eine vage Erinnerung an das Glück der frühen Jahre. Ein goldener Schimmer in der Dunkelheit.
»Wer ... wer redet so zu mir?«, krächzte sie mit einer Stimme, die ihr selbst fremd war.
»Na welcher Mann wird wohl nicht das Bild des begehrenswerten Fräulein Mercedes in seinem Gedächtnis tragen. Sie sind es doch, nicht wahr?«
Die vage Erinnerung an eine fürchterlich verlaufene Nacht nahm erste Formen an. Nein! Lieber nicht erinnern. Und erst recht nicht an gestern.
»Ich heiße Undine«, murmelte sie tonlos.
»Undine? Niemals! Sie sind doch die Mercedes – ach ja richtig! Jetzt begreife ich! Die Undine aus dem Kurpark. Wie schön.«
Es war alles andere als schön. Der Zigarettenqualm der vergangenen Nacht, der sich beißend in ihre Bronchien krallte. Die ausgelassenen wilden Tänze, der überreichlich konsumierte Alkohol, die grüne Fee, dazu das weiße Pulver, das so herrlich in der Nase kitzelte. Am Ende dann der Kopfschmerz, der Schwindel und die Übelkeit – alles Weitere war in diesem erstickenden Nebel versunken, aus dem sie in diesem Augenblick in die Realität eines kühlen, übelriechenden Morgens gerissen wurde.
Undine. Die unglückliche Wasserfrau aus dem Märchen.

Die anmutige Gestalt, die auf dem Brunnen in Baden thronte. In der Tat: der Kreis hatte sich geschlossen. Das Märchen war zur bitteren Wirklichkeit geworden. Die unglückliche Undine ... Mercedes. Ein und dieselbe Person!
Würgende Übelkeit stieg in ihr hoch. Ruckartig fuhr sie auf und wurde im selben Moment von einem heftigen Schwindel ergriffen. Aufstöhnend sank sie auf den kalten Fußboden. Wo befand sie sich überhaupt?
Wie war sie hierher gekommen? In diese fremde Wohnung? Hatte sie hier die Nacht verbracht? Und zu allem Übel dieser Kopfschmerz. Dieser unsägliche bohrende Schmerz … Was war nur aus ihr geworden! Eine erinnerungslose, bemitleidenswerte Jammergestalt!
Eine wohlbekannte Frauenstimme drang wie von weiter Ferne an ihr Ohr. »Da, schau! Um Himmles willen, das ist ja wirklich unsere Mercedes!«
Das war die Stimme von ... Genau: die Stimme ihrer kleinen Schwester. Oder war es nur eine Illusion?
Nochmals diese Stimme. »Mercedes! Was machst du denn nur für Sachen?«
»Ach Maja ...« Es war tatsächlich Maja!
»Du liebe Güte!« Auch die zweite Stimme war ihr nicht unbekannt. Das war doch ... ja, genau!
»Maja! Komm hilf mir und fass mit an!« Die Stimme von Fernand! »Mercedes, meine kleine Mercedes, was hast du denn nur wieder angestellt?«
Mit einiger Mühe schaffte sie es, die Augen einen Spalt weit zu öffnen. Tatsächlich. Da standen Fernand und Maja, in deren besorgte Mienen sie blickte. »Ach Fernand! Maja! Ist das schön, euch noch einmal sehen zu können ...«
»Was redest du schon wieder für dumme Sachen?« Waren das Tränen, die über die Wangen ihrer Halbschwester rannen?
»Wir können sie keinesfalls in ihre Wohnung schaffen, Maja. Da ist es viel zu einsam – abgesehen von allem anderen dort ...«, sprach Fernand die Zustände, die er kürzlich in der Wohnung seiner Schwester vorgefunden hatte, nur

schemenhaft an. »Und überhaupt: wenn ich sie so betrachte, dann denke ich, es ist am besten, wenn wir sie gleich ins Spital bringen.«

»Ins Spital? Auf keinen Fall! Den Ärzten ist nicht zu trauen. Ins Spital gehe ich nicht. Nicht dorthin, wo sie meinen armen Rudolf haben sterben lassen.« Erstaunlich: sie schaffte es sogar, abwehrend die Hände zu heben.

»Es ist schon gut, Mercedes. Dann werden wir dich zu Fernand nach Baden bringen.«

»Also ich weiß nicht, Maja. Glaubst du, dass wir diese Verantwortung wirklich auf uns nehmen können?«

»Was sollen wir denn sonst machen? Ins Spital geht sie nicht ...«

»Ins Spital gehe ich auf keinen Fall!«

Es blieb ihnen also gar nichts Anderes übrig. Maja war es recht. Es musste sein. »Ich fürchte, es ist die einzige Möglichkeit, sie zu stabilisieren. Körperlich und psychisch. Denn einen fürsorglichen Zuspruch, den hat sie mindestens genauso nötig wie die medizinische Versorgung.«

»Meine Maja ... Mit nach Hause nehmen ...«, flüsterte die Kranke, während sich ihre matten Augen langsam wieder schlossen. »Wie schön ... so schön«

Es dauerte nahezu zwei Wochen bis es Maja, mit tatkräftiger Unterstützung von Fernand und dessen Frau Poldi gelungen war, den besorgniserregenden Allgemeinzustand ihrer Schwester wenigstens einigermaßen wieder zu stabilisieren.
»Es war mühsam genug, dich wieder aufzupäppeln«, bilanzierte Fernand eines Tages kopfschüttelnd. »Ob wir das allerdings noch einmal schaffen werden, das ist sehr die Frage. Deshalb möchte ich dich eindringlich bitten, dich künftig nicht mehr so gehen zu lassen..«
»Nicht mehr so gehen zu lassen ...«, echote die blasse Mercedes traurig. »Das sagst du so einfach, wo du doch deine Poldi immer neben dir hast. Mein Halt, die Liebe meines Lebens, ist mir verlorengegangen.«
»Mercedes! Bitte!« Die Augen ihrer Schwester sprühten zornige Blitze. »Sag doch so etwas nicht. Du tust ja gerade so, als hättest du gar niemanden, der sich um dich sorgt. Wir sind schließlich auch noch da. Und du weißt doch genau, dass du jederzeit zu uns kommen kannst: zu mir und zum Fernand. Ich will das nie wieder hören! Verstanden?«
Die Gescholtene nickte achselzuckend. Ob sie aber wirklich willens und in der Lage war, das Gehörte zu verinnerlichen, das schien den beiden doch eher fraglich. So sehr sie ihr auch ins Gewissen zu reden versuchten.
»Fernand?«
»Ja, Mercedes?«
Ein unbestimmtes Lächeln lag auf den verhärmten Zügen der vom Leben schwer gezeichneten Frau, die viel älter wirkte, als sie mit ihren 38 Jahren tatsächlich war. »Kannst du dich eigentlich noch an unsere herrliche Villa in Nizza erinnern? An die schönen Olivenbäume im Park, an die Allee aus duftenden Zitronen- und Orangenbäumen und an diese Pförtnerin, mir will der Name nicht mehr einfal-

len, weißt du, diese grauhaarige, gebeugte Person, die so unglaublich schwerhörig gewesen ist. Wie hieß sie noch gleich?«
Auch ihr Bruder zuckte ratlos die Schultern.
»Du kannst dich aber schon noch an diese Szenen erinnern, wenn unser Papa den Chauffeur angewiesen hat, direkt vor die Pforte zu fahren und dann ganz kräftig auf das Signalhorn zu drücken. Das hat jedes Mal geklungen, als wären es die Trompeten von Jericho, aber die taube Portiersfrau hat nichts davon mitbekommen. Und wenn der Papa aus dem Automobil gestiegen ist und sich von hinten an sie herangeschlichen hat, während sie in der Sonne ein Nickerchen gehalten hat. Wie sie dann schreiend zusammengezuckt ist, als er sie an der Schulter gepackt hat ...«
»Ach Mercedes. Weißt du, so schön die Vergangenheit ja auch gewesen sein mag ... Wir sollten die alten Geschichten lieber ruhen lassen.«
»Lieber ruhen lassen«, schüttelte seine Schwester heftig den Kopf. »Das sagst du so einfach. Lieber ruhen lassen. Als wenn es dir ganz egal wäre, was sie mit unserem schönen Haus gemacht haben. Das der Papa auch für uns Kinder hat erbauen lassen. Das darfst du nicht vergessen. Das sind wir dem Papa doch schuldig, sein Andenken in Ehren zu halten.«
»Das tue ich doch«, warf Fernand unwirsch dazwischen. »Aber wie gesagt: du musst auch irgendwann einmal anerkennen, dass die Vergangenheit eben Vergangenheit ist und dass wir in der Gegenwart leben müssen.«
»Ohne Vergangenheit keine Zukunft«, kommentierte sie störrisch.
»Aber wer nur in der Vergangenheit lebt, wird untergehen. Begreife das doch endlich, Mercedes!« Ungewollt war Fernand laut geworden. Aber es war ja auch kein Wunder. Immer dieselben Diskussionen. Immer nur die ewig gleichen Themen, von denen sie sich anscheinend niemals lösen konnte – oder wollte.
»Die schönsten Phasen meines Lebens sind Vergangenheit.

Das ist schlichtweg so. Ich habe mein Leben gelebt. Das war es.«
Nun wurde es auch Maja endgültig zu viel. Das konnte, nein: das durfte man sich einfach nicht länger anhören. Diese permanente Abwärtsspirale aus Depression, Betroffenheit und Selbstmitleid.
»Mercedes! Bitte. So etwas sagt man nicht! Nicht mit 39 Jahren!« Sie beschrieb eine energische Handbewegung, um dem aufkeimenden Widerspruch schon im Ansatz zu begegnen. »Nein. Jetzt hörst du mir erst einmal zu! Mercedes! Du bist immer so eine fesche und fröhliche junge Frau gewesen: meine vielbewunderte große Schwester, auf die ich unsagbar stolz war! Schon als kleines Mädchen wollte ich unbedingt so werden, wie du, Mercedes.
Hörst du?!«
Es erfolgte keinerlei Reaktion.
Verzweifelt packte Maja sie an den Schultern und rüttelte das apathisch zu Boden blickende Häufchen Elend heftig.
»Mercedes! Bitte! Denk doch an die schöne Zeit, die wir miteinander verbracht haben. An all die wunderschönen Unterhaltungen und Träume, die wir zusammengesponnen haben. Wie du mir erzählt hast, dass du eigentlich Schauspielerin hättest werden wollen, möglichst im komischen Fach – und dass du das eines Tages wohl auch machen würdest ...«
Diese Erinnerung an längst vergangene Jugendträume schien tatsächlich zu fruchten. »Ach Maja, was du alles noch weißt ... Es sollte übrigens ein Geheimnis zwischen uns bleiben. Aber jetzt ... hast du es eben ausgeplaudert.«
War es die Andeutung eines Lächelns, das sich zaghaft auf ihre Miene geschlichen hatte? Bereits im nächsten Augenblick war alles wieder vorbei. »Nun ja, es spielt ja auch keine Rolle mehr.«
»Mercedes, das stimmt doch nicht! Das spielt freilich noch eine Rolle. Du hast einen großen Teil deines Lebens noch vor dir. Warte nur ab: die Zeit heilt alle Wunden!«
Es war nur ein heiseres Flüstern. »Wieder dieser uralte

Spruch: die Zeit heilt alle Wunden – wie schön das wäre ...«
»Es ist so. Glaube mir. Alles wird gut! Eines Tages werden wir wieder fröhlich miteinander im Garten sitzen, plaudern, lachen und neue Ideen spinnen. Die Zeit wird kommen.«
»Das wäre schön. So schön ...«
Fernand und Poldi tauschten einen kurzen Blick mit Maja. Immerhin! Zumindest von dieser Vorstellung hatte sie sich ein winziges Stückchen bewegen lassen. Es bestand also noch Grund zur Hoffnung.
Doch die letzten Worte, die sie am Abend von ihrer Schwester zu hören bekamen, ließen sie wieder ernsthaft zweifeln.
»Ach wisst ihr: es ist ja alles schön und gut, was ihr da sagt. Ich bin euch für eure Zuwendung auch sehr dankbar. Aber es ist und bleibt diese Leere in mir. Erst unser Papa und dann mein Rudolf. Die beiden liebsten Menschen auf der Welt haben mich verlassen müssen. Nur um einen letzten Gefallen möchte ich euch noch bitten: dass ihr mich nach meinem Tod ... Nein, lasst es mich aussprechen«, hob sie abwehrend die rechte Hand. »Man muss den Dingen einfach ins Auge sehen. Irgendwann wird es so weit sein – und wenn ich die Gewissheit mitnehmen darf, dass ihr mir diesen letzten Gefallen tut ... Also, ich möchte nicht in einem Grab verfaulen, das ist ein unerträglicher Gedanke für mich. Bitte lasst meinen Körper ins Krematorium bringen und mich verbrennen. Versprecht ihr mir das?« Aus ernsten, klaren Augen blickte sie in die betroffene Runde. »Nun?!«
Es war schließlich Fernand, der traurig mit den Achseln zuckte. »Also gut: ich verspreche es dir.«
»Und ihr beiden ebenfalls?«
Auch Maja und Poldi nickten stumm.
Ein erleichterter Seufzer drang aus dem Mund von Mercedes. »Schön. Ich danke euch dafür. Damit wäre alles zwischen uns besprochen.« Sie schnaufte tief. »Aber jetzt möchte ich mich bitte ein kleines bisschen ausruhen. Ich spüre nämlich, dass gerade eine grässliche Migräne im Anzug ist. Gute Nacht.«

❧

Als Maja am nächsten Morgen das Zimmer ihrer Schwester betrat, da war sie verschwunden. Zahllose Versuche, sie in dem verdreckten Wohnhaus aufzuspüren, in dem sich ihr winziges Zimmer befand, brachten kein Ergebnis. Niemand öffnete die Tür, egal wie laut Maja und Fernand auch daran klopften. Mercedes schien wie vom Erdboden verschluckt.
Einige Zeit später hörten sie gerüchteweise von einer Frau, die in den Nächten ziellos durch die Wiener Gassen irrte. Die Beschreibung passte genau auf Mercedes, die sich offenbar (wo auch immer) solange versteckte, bis die Dunkelheit hereinbrach und das grelle Licht des Tages gnädig verschluckte.
Die Dunkelheit, der Alkohol, die Musik. Diesen letzten Rest von Leben noch zu Ende leben. Tanzen, sich betäuben, vergessen.
Von wegen Anmut und Grazie! Das Fräulein Mercedes war nicht mehr. Schon vor vielen Monaten war ihre Seele gestorben. Ausgebrochen war die Krankheit erstmals beim Begräbnis ihres geliebten Papa. Bald darauf war kaum noch etwas übriggeblieben von der lebenslustigen und ambitiösen jungen Frau, die aus dem meist bewunderten Haushalt von Baden und Nizza stammte. Auch das körperliche Ende war jetzt nahe. Ein Ende, das ihr wie eine Erlösung schien.

Am 23. Februar des Jahres 1929 ist Mercedes Jellinek gestorben. In den letzten Wochen ihres Lebens war bei ihr dieselbe Krankheit ausgebrochen, der schon ihre Mutter Rachel zum Opfer gefallen war. Nach der eindeutigen Diagnose der Ärzte handelte es sich um Knochenkrebs. Als am Ende auch noch eine schwere Grippe dazu kam, war es für ihren ohnehin stark geschwächten Körper zuviel. Genau wie ihre Mutter wurde auch Mercedes nur 39 Jahre alt.

Zum Schluss:

Das »Fräulein« Mercedes Adrienne Ramona Manuela Jellinek ist seit ihrer frühesten Kindheit in der Familie ausschließlich Mercedes gerufen worden. Sie hieß tatsächlich Mercedes, auch wenn sich seit Jahrzehnten hartnäckig Gerüchte halten, dabei handele es sich nur um ihren Kosenamen. Diese Behauptung ist nachweislich falsch – man braucht für diese Erkenntnis nur einen Blick in das Namensänderungsgesuch ihres Vaters Emil Jellinek vom November 1902 zu werfen, wo er in einer vom »löbl. mag. Bezirksamt für den I. Bezirk« der Stadt Wien ausgestellten Urkunde die Tatsache amtlich bestätigt bekommt, dass seine am 16. September 1889 geborene Tochter als ersten Vornamen den Rufnamen Mercedes bekommen hat. Erst danach geht es weiter mit Adrienne Ramona Manuela. An erster Stelle jedoch steht klar und eindeutig: Mercedes.

Nach ihrem Tod am 23. Februar 1929 ist die Urne von Mercedes auf dem Wiener Zentralfriedhof bestattet worden – in der von ihrem Vater im Jahr 1904 erworbenen Familiengrabstätte, die von einer Grabskulptur geschmückt wird, die ihre mädchenhaften Züge trägt. Nicht von ungefähr erinnert sie an die Undine im Badener Kurpark, denn tatsächlich ist auch diese Plastik vom Bildhauer Josef Valentin Kassin gestaltet worden.

Der aus Kärnten stammende, in der Wiener Kunstszene des frühen 20. Jahrhunderts hoch angesehene Kassin gestaltete übrigens im Jahr 1929, im Todesjahr der Mercedes, auf dem St. Ruprecht Friedhof in Klagenfurt sein Familiengrab. Ich erwähne das deshalb, weil sich auch auf seiner Ruhestätte in Form eines Medaillons die Gesichtszüge des

Mädchens Mercedes finden. Womöglich hatte er sich schon bei der Gestaltung des Undinebrunnens für den Badener Kurpark unsterblich in sie verliebt. Im Lauf der Jahre hat Josef Valentin Kassin noch zahlreiche weitere Abbildungen des Mädchens Mercedes geschaffen: von der Faszination, die von ihr ausging, ist er zeitlebens – und offenbar auch bis zu seinem Tod – nicht mehr losgekommen.

Wie schwer sich Familie und Gesellschaft damals mit dem am Ende so turbulent verlaufenen Leben der Mercedes Jellinek, geschiedene Schlosser, verwitwete Weigl, getan haben, zeigen gleich mehrere fehlerhafte Eintragungen anlässlich ihrer Beisetzung im Jellinekschen Familiengrab. Als Mercedes Schlosser wurde sie laut Grabinschrift beigesetzt, im Verzeichnis der Friedhofsverwaltung erscheint sie unter dem Namen Mercedes Weigl. Darüber hinaus wurde in den Grabstein das falsche Geburtsjahr eingemeißelt: 1899. Richtig wäre jedoch das Jahr 1889 gewesen. Von ihrem zweiten Ehemann Rudolf (von) Weigl selbst fehlt beinahe jede weitere Spur, bis auf das eindeutige Ergebnis meiner Recherchen, die nachweisbar belegen, dass der in künstlerischer Hinsicht tatsächlich nur mäßig erfolgreiche akademische Bildhauer Rudolf Weigl nicht, wie das bislang immer behauptet wurde, im Jahr 1926 verstorben ist, sondern bereits am 8. Juli 1925 in Wien seinen letzten Atemzug machte.

Der Vater des »Fräulein Mercedes«, Emil Jellinek-Mercedes, der berühmte »Monsieur Mercedes«, darf wohl mit Fug und Recht als derjenige Mann gewürdigt werden, der mit seinen unablässigen Forderungen nach einer immer noch besseren Qualität den Siegeszug des Automobils in ganz entscheidender Weise beschleunigt hat. Und damit natürlich – allen jahrelangen Querelen und heftigsten Meinungsverschiedenheiten zum Trotz – vor allem auch den Erfolg der Firma Daimler in Cannstatt bzw. Untertürkheim. Mehr noch: im Grunde genommen haben die heu-

tigen Weltfirmen Bosch und Daimler ihrem kompromisslosen Hauptabnehmer Emil Jellinek-Mercedes die entscheidenden Wachstumsimpulse zu verdanken. Ohne ihn hätten sie es niemals zu ihrer heutigen Größe und Bedeutung geschafft. Begraben liegt der »Monsieur Mercedes« tatsächlich nicht im Familiengrab in Wien, sondern auf dem Cimiez-Friedhof in Nizza an der Seite seiner früh verstorbenen ersten Ehefrau Rachel, der Mutter von Mercedes. Aber erst 40 Jahre nach seinem Tod ist es den Nachfahren doch noch gelungen, endlich seinen letzten Wunsch zu erfüllen und seine sterblichen Überreste von Genf nach Nizza überführen zu lassen.
Übrigens war Emil Jellinek zu Beginn der triumphalen Siegesfahrten seiner Mercedes-Rennwagen noch nicht »Konsul an der Côte d'Azur«, wie das wieder und wieder behauptet wird. Diesen Titel (und noch einige weitere) hat er erst Jahre später verliehen bekommen, als er den Mercedes schon längst zur Legende gemacht hatte.

Und gleich noch eine Klarstellung, weil sich die Angaben oft widersprechen: die zweite Ehefrau von Emil Jellinek hieß bis zu ihrer Heirat Madeleine Anaise Tiroler, genannt Engler. Nicht anders. Auch das lässt sich aus den Quellen zweifelsfrei herauslesen.

Im Jahr 1926 sind die beiden bislang konkurrierenden Unternehmen Daimler in Stuttgart-Untertürkheim und die Mannheimer Benz & Cie in der neuen »Daimler-Benz AG« miteinander verschmolzen. Die schon damals zur Legende gewordene Bezeichnung Mercedes wurde aus guten Gründen beibehalten. Seitdem tragen die Automobile unter dem Markennamen »Mercedes-Benz« den berühmten »Mercedes«-Stern in alle Welt.

Am 10. Februar 1939 beging der Bruder von Mercedes, der Sprachwissenschaftler, Schriftsteller, Musikaliensammler und Privatgelehrte Fernand Jellinek-Mercedes Selbstmord.

Nach der Besetzung Österreichs durch die Nationalsozialisten hatte man ihn aufgrund einer Verordnung »über das Vermögen von Juden« gezwungen, seinen Privatbesitz zu Spottpreisen zu veräußern. Zuvor war es ihm nicht gelungen, seine lediglich »jüdische Abstammung zweiten Grades« nachzuweisen, da die an seinem Geburtsort Algier ausgestellten Urkunden keinen Eintrag über seine Religionszugehörigkeit enthielten. Als er dann auch noch sein Haus in Baden beleihen musste und zusätzlich von einem Vollstreckungsbeamten übel bedrängt und beleidigt worden war, sah der völlig verzweifelte Mann keinen Ausweg mehr. Seine Witwe Leopoldine »Poldi« Jellinek-Mercedes hat in den 60-er Jahren vergeblich versucht, von der Republik Österreich ihren widerrechtlich beschlagnahmten Besitz zurückzubekommen.

Am 20. April 2003 ist Andrée Jellinek-Mercedes, genannt Maja, verstorben – die jüngste Schwester von Mercedes. Der im Buch beschriebene Maja-Wagen endete übrigens als Flop. Er sei viel zu schwer und unhandlich konstruiert worden, lautete die einhellige Kritik. Deshalb wurde die Namenspatronin im Lauf der Zeit vergessen – im Gegensatz zu ihrer Schwester Mercedes. Erst im Zuge der Recherchen um die mittlerweile in der Musikbibliothek Essen aufbewahrte Musikaliensammlung ihres Onkels Fernand stießen Historiker im Jahr 2001 wieder auf ihre Spur. Nachdem Maja in der NS-Zeit ihr gesamtes Vermögen verloren hatte, lebte sie in Wien von einer äußerst bescheidenen Rente. In ihren letzten Lebensjahren erfuhr sie wenigstens noch eine symbolische Wiedergutmachung. Die Sammlung des Fernand Jellinek-Mercedes hat Maja der Musikbibliothek Essen überlassen. Sie bildet eine Besonderheit dieses Bestandes. Maja wurde im Familiengrab der Familie Jellinek-Mercedes in Wien bestattet, wo sie bei der Urne ihrer Schwester Mercedes ruht.

Vielen Dank an:

- Gustav H. Biach, Wien
- Verena Funtenberger, Musikbibliothek Essen
- Guy Jellinek-Mercedes (posthum), der in seinem bereits vor gut einem halben Jahrhundert erschienenen Buch »Mein Vater der Herr Mercedes« manche Erinnerung bewahrt hat (wenn auch ein bisschen verklärt – aber das ist sein gutes Recht)
- Herrn Uwe Heintzer, Daimler Konzernarchiv Stuttgart
- Regina Luxbacher, Stadtarchiv im Rollettmuseum Baden bei Wien
- Karl Novak, Künstlerbund Wien
- Georg Markus, Wien, für die freundliche Hilfestellung im Fall des Oberst Redl
- Gerd Ramacher, Kulturamt der Stadtgemeinde Baden bei Wien
- Und natürlich an meinen Freund Otto Potsch in Wolkersdorf bei Wien, den »Bernsteinmagier«, für seine genauso liebenswürdigen wie in diesem Fall (um ein Haar wär's so gekommen!) beinahe vergeblich gebliebenen Recherchen in der Wiener Kunstszene der Zwanziger Jahre des vergangenen Jahrhunderts. Es wäre trotzdem nicht umsonst gewesen! Denn das ist es ja nie ...

Die frisch vermählte Mercedes im Frühjahr 1909 im Kurpark von Baden bei Wien vor dem Undine-Brunnen mit ihrem Ehemann Baron Karl von Schlosser und ihrer Halbschwester Andrée, genannt Maja

Emil Jellinek-Mercedes im vollen Ornat eines kaiserlich-königlichen Honorarkonsuls

Die junge Mercedes Jellinek

Emil Jellinek mit seinem legendären Tropenhelm

Mercedes nach ihrer Vermählung als Baronin Mercedes von Schlosser-Mercedes

Der authentische Roman über das bewegte Leben eines großen Unternehmers:

Robert Bosch – Der Mann, der die Welt bewegte

erschien 2009 im Masken-Verlag und liegt bereits in dritter, durchgesehener Auflage vor.

Robert Bosch, geboren im Jahr 1861 in Albeck auf der Ulmer Alb war viel mehr als »nur« ein erfolgreicher Unternehmer: Der »rote Bosch« hat Sozialgeschichte geschrieben: Miteinander – nicht gegeneinander müssen wir unseren Weg gehen, nach diesem Motto hat er zeitlebens gehandelt.

... sein Leben und Wirken – als spannendes Leseerlebnis!

Ein atemberaubendes Kapitel in der deutschen Industriegeschichte – geschrieben aus der Perspektive eines genialen Unternehmers mit sozialer Einstellung.
Auch der rasante Siegeszug des Automobils wäre ohne Boschs Weitblick nicht möglich gewesen. Er war der Mann, der die Welt bewegte und dennoch blieb ihm, trotz allem wirtschaftlichen Erfolg, sein größter Wunsch versagt: die Welt nachhaltig zu verbessern.

Robert Bosch als Mensch wie du und ich! Gunter Haug ist es in beeindruckender Art und Weise gelungen, bislang unveröffentlichte Quellen in sein Werk einzubinden. Damit ist dieser Roman alles andere als eine der üblichen Biographien, sondern ein Lesebuch, in dem Robert Bosch für den Leser wieder greifbar und nacherlebbar wird.

Masken-Verlag, Stuttgart ISBN 978-3-939500-17-9

»… für alle, die auf unterhaltsame Weise etwas über die Ursprünge des Automobils erfahren wollen ist das Buch genau das richtige.«
Stuttgarter Nachrichten

Gottlieb Daimler –
Der Traum vom Fahren

Gottlieb Daimler (1834–1900) hat schon als Kind von der grenzenlosen Bewegungsfreiheit »Zu Lande, zu Wasser und in der Luft« geträumt. Viele Jahre später ist die kühne Vision des Bäckerbuben aus Schorndorf bei Stuttgart Wirklichkeit geworden.
Mit fast übermenschlichem Fleiß, Durchhaltevermögen und vor allem mit seinem unerschütterlichen Glauben, es eines Tages tatsächlich schaffen zu können, hat Gottlieb Daimler zusammen mit seinem jahrzehntelangen Wegbegleiter Wilhelm Maybach Automobil-Weltgeschichte geschrieben: den Traum vom Fahren realisiert!
Der Erfinder des Automobils war eine beeindruckende Persönlichkeit mit einer hoch spannenden Lebensgeschichte, die jedoch auch geprägt war von Rückschlägen, Demütigungen und persönlicher Tragik. Zeit seines Lebens ist der geniale Erfinder aber immer seinem Motto treu geblieben: Das Beste oder nichts!
Leicht lesbar und in dem für Haug so typisch flüssigen und spannenden Stil geschrieben, schildert der Autor die persönlichen Lebensumstände dieser genialen Automobilpioniere und ermöglicht den Lesern somit völlig neue Einblicke in ein faszinierendes Kapitel der deutschen Wirtschaftsgeschichte.
Wieder ein gelungener Roman: gute Unterhaltung im besten Sinne.

Masken-Verlag, Stuttgart ISBN 978-3-939500-27-8

Zeitlos aktuell und faszinierend zugleich:

Ferdinand Porsche – Ein Mann und sein Mythos

Eine Lebensgeschichte, die mit – im wahrsten Sinn des Wortes – elektrisierenden Knabenstreichen des Ferdinand Porsche im Elternhaus ihren atemberaubenden Anfang nahm. Schon in seiner Heimat Böhmen war der Weg des genialen Erfinders klar und deutlich vorgezeichnet. Zu einer Karriere, die dann weltweite Maßstäbe gesetzt hat und den Mythos Porsche entstehen ließ.

Und viel mehr noch: Er war ein genialer Konstrukteur, dem es auch mit anderen Motortechniken beinahe spielend gelungen ist, im Automobilbau Maßstäbe zu setzen. Seine Konstruktionen sorgten weltweit für Aufsehen.

Der Ingenieur aus Böhmen war schon vor 110 Jahren davon überzeugt, dass dem Elektromotor die Zukunft gehören wird.
Sein legendärer Lohner-Porsche war die Sensation der Weltausstellung in Paris im Jahr 1900.
Dennoch blieb ihm der große Durchbruch damit versagt.
Doch Ferdinand Porsche hat seine Vision für immer im Herzen bewahrt.

Ein Tatsachenroman, spannend im bekannten Erzählstil von Gunter Haug. Keine sich im Detail verlierende Darstellung oder gar Technikbuch für Insider, sondern beste Unterhaltung für alle.
Erneut ein besonderes Leseerlebnis! Erscheint 2012

Gunter Haug,

www.gunter-haug.de

geboren 1955 in Stuttgart-Bad Cannstatt. Aufgewachsen in Stuttgart-Untertürkheim und auf der Schwäbischen Alb. Der studierte Landeshistoriker, Journalist und Autor ist durch zahlreiche biografische und historische Tatsachenromane bekannt geworden. Mit seinen Büchern »Niemands Tochter«, »Niemands Mutter« und »So war die Zeit« erreichte er in bislang über 45 Auflagen insgesamt mehr als 250.000 verkaufte Exemplare.
Viele Jahre lang war Gunter Haug als Moderator und Redakteur bei Radio und Fernsehen tätig; unter anderem als Fernseh-Nachrichtenchef von SWF und SDR – wo er hinter die Schnelllebigkeit und die rasant zunehmende Oberflächlichkeit des Mediums immer mehr Fragezeichen zu setzen begann.
Schließlich wurde daraus ein Ausrufezeichen! Die »Liebe zum geschriebenen Wort« ließ ihn im Jahr 2003 den elektronischen Medien endgültig den Rücken kehren. Seitdem ist er als freier Autor tätig.
Seine heutige Leidenschaft gehört den Automobilpionieren Bosch, Daimler, Maybach, Porsche und Jellinek – und dem bedeutenden Jubiläum: 125 Jahre Automobil.
Die Erfindung, mit der die ganze Welt in Bewegung geraten ist! Geschichte begreifbar machen und vor allem die Menschen und ihre Lebensgeschichten hinter den nüchternen technischen Fakten wieder in sorgfältig recherchierten Büchern ans Tageslicht zu holen, das ist es, was unseren Autor mobilisiert und motiviert. Mit seinen bereits vorliegenden historischen Romanen im Masken-Verlag ist ihm das in überzeugender Art und Weise gelungen.
Und es geht munter weiter ...
Gunter Haug lebt als freier Autor in der Region Franken.

Masken-Verlag
www.masken-verlag.de